Jens-Olaf Lindermann (Hg.)

IVLI FRONTINI OPERA GROMATICA

Historisch-kritische Edition

Jens-Olaf Lindermann (Hg.)

Iuli Frontini Opera Gromatica

Historisch-kritische Edition

Mit Erläuterungen von Eberhard Knobloch und Cosima Möller und mit lateinisch-deutscher Übersetzung

wbg Academic

Gedruckt mit Unterstützung der Gerda Henkel Stiftung, Düsseldorf

https://doi.org/10.53186/978-3-534-64091-1

wbg Academic ist ein Imprint der Verlag Herder GmbH

Hermann-Herder-Straße 4, 79104 Freiburg

www.herder.de

Bei Fragen zur Produktsicherheit wenden Sie sich an:
produktsicherheit@herder.de

Satz und E-Book: Jens-Olaf Lindermann
Umschlaggestaltung: Arnold & Domnick GbR, Leipzig
Umschlagmotiv: Erfurt, Universitätsbibliothek, Dep. Erf., CA 4° 362 (11.–12. Jh.), fol. 83r mit Beschreibung und Illustrationen zu Frontins DE CONTROVERSIIS

Printed in Germany

ISBN Print: 978-3-534-64090-4
ISBN E-Book (Open Access): 978-3-534-64091-1

Inhaltsverzeichnis

et cantant laudes, Termine sancte, tuas:
tu populos urbesque et regna ingentia finis,
omnis erit sine te litigosus ager.
Ovid, Fasti 2, 658–660

Vorwort des Herausgebers

Mit diesem Buch wird das, was sich von einem Iulius Frontinus (ca. 2.–3. Jh. n. Chr.) erhalten hat, als historisch-kritische Edition herausgegeben; dazu gehören auch diejenigen Texte, die ihm in der handschriftlichen Überlieferung und in früheren Editionen fälschlicherweise zugeschrieben wurden. Vervollständigt wird die Ausgabe durch drei dem Text vorangestellte Kommentarteile, die die Texte philologisch, wissenschaftsgeschichtlich und rechtshistorisch erschließen. Auch eine lateinisch-deutsche Übersetzung, die erste in dieser Sprache überhaupt, ist der Ausgabe beigegeben.

Erstmals greifbar sind diese Texte, wie die Schriften der *Gromatici Latini* insgesamt, in zwei Handschriften vom Ende des 5. Jahrhunderts, die nun in der Herzog August Bibliothek, Wolfenbüttel, aufbewahrt werden (Guelf. 36.23 Aug. 2°) und zutreffend als »Rettungshandschriften« bezeichnet worden sind[1]. Die in den darauffolgenden Redaktionen um weitere Autoren vermehrten Texte bewahrten dem Westteil des Römischen Reichs mit den *Scripta Gromaticorum Latinorum* (*SGL*) für die Spätantike und das Mittelalter nahezu die einzigen Quellen und Kenntnisse antiker Mathematik. Da die *gromatici* oder *mensores* (Landmesser) im Imperium Romanum nicht nur neue Koloniegründungen anlegten und parzellierten, sondern bei schon angelegten Katastern auch Streitigkeiten über Flurstücke zwischen zwei oder mehreren Anrainern als gerichtlich oder privat bestellte Gutachter beurteilen konnten, setzen sich die Autoren der Schriften mehr oder weniger stark auch mit diesen juristischen Fragen auseinander. Iulius Frontinus und das ihm bisher Zugeschriebene behandeln vorzugsweise Land- oder Feldertypen (de agrorvm qvalitate) und die damit zusammenhängenden Rechtsstreitigkeiten (de controversiis materiae). Die anderen hier edierten Texte enthalten praktische Handlungsanweisungen aus

[1] Schindel 1992, 394.

dem Bereich der Land- oder Katastervermessung, zum Beispiel die Flächenberechnung unebenen Geländes (Nivellement).

Alle Autoren der früher unzutreffend als *Corpus Agrimensorum Romanorum* (CAR) bezeichneten Sammlung[2] teilen sich nicht allein den Umstand, daß sie historisch nur über ihre Schriften greifbar und ihre genauen Lebensdaten unbekannt sind, sondern auch das Schicksal, daß ihre Texte nur in stark kontaminierten Fassungen überliefert wurden. Dies gilt natürlich auch von der Überlieferung antiker Autoren, die für die Moderne, wie beispielsweise Cicero oder Vergil, eine ungleich höhere Bedeutung haben. Die »Landmessertexte« waren als antike Fachliteratur mit sehr überschaubarem Adressatenkreis der Gefahr einer abbrechenden Überlieferung noch stärker ausgesetzt; sie bewahren jedoch Wissen, das auch für die Nachfolgereiche Roms wichtig war: Die Berechnung von Flurstück- und Parzellengrößen, nach der man die Höhe der Steuereinnahmen festlegte, spielte auch in der Zeit der Merowinger und Karolinger als ›Rechtsnachfolger‹ der weströmischen Kaiser eine wichtige Rolle: Das römische Straßen- und Wegesystem war weiterhin intakt, festgelegte Grenzen zwischen Anrainern, aber auch zwischen Städten und Gemeinden galten weiterhin oder waren territorialen Veränderungen unterworfen, die Orientierung von Sakralbauten, die Ausrichtung nach dem wahren Sonnenaufgang und damit die Ermittlung der Mittagslinie, erforderte astronomische Kenntnisse; diese kamen auch bei der Ausrichtung urbaner Hauptachsen nach dem Sonnenaufgang am Geburtsdatum eines Gründers oder dem Gedenktag der Stadtheiligen zum Einsatz[3] . Die von den römischen *mensores* verwendeten Gerätschaften (Meßruten, Fluchtstäbe und -schnüre, Weiterentwicklungen der *groma* als frühe Vorläufer der Theodolite) waren ebenfalls weiterhin in Gebrauch. Auf naturwissenschaftliche Texte spezialisierte Klöster wie Corbie, Santa Maria de Ripoll, Fulda oder Murbach wirkten nachweislich als »Multiplikatoren« bei der Verbreitung dieses Schriften, und einige Haupthandschriften der Agrimensoren zeigen deutliche Nähe zur Aachener Kaiserpfalz oder sind mit den Namen wie Gerbert von Aurillac (Silvester II., ca. 950–1003) oder Radbod von Utrecht (ca. 850–917) verbunden, dessen Gedicht DE HIRVNDINE (»Über

[2] Zur Kritik an diesem Begriff s. Folkerts 2014, 131; Lindermann 2014, 199, 2022, 11–12.
[3] Vgl. McCluskey 2006 und Gessner 2020.

die Schwalbe«) sich am Ende des Palatinus latinus 1564, also eine der Haupthandschriften in der Überlieferung dieser Texte, erhalten hat[4]. Die praktische Bedeutung der Texte für nachfolgende Zeiten ist auch der Grund ihres Überlieferungszustands: Gesammelt wurden teils nur wichtige Abschnitte – oft ohne Rücksicht auf die eigentliche Reihenfolge[5]: Dieses Schicksal trifft Iulius Frontinus in besonderem Maß, da seine Texte schon gegen Ende der Spätantike nur noch als Amalgam mit der Abhandlung eines Agenus Urbicus zu den Rechtsstreitigkeiten und mit einer späten anonymen Exzerptsammlung, die ihrerseits fälschlicherweise Agenus zugeschrieben wurde, überliefert ist. Auch Textfragmente anderer Autoren scheinen früh in die Redaktion aufgenommen worden zu sein: Im Zuge der vorliegenden Ausgabe konnte unter den bisher Frontin zugeschriebenen Texten auch ein Stück aus dem LIBER GROMATICVS Hygins identifiziert und dadurch die 2018 (und 2022) vorgenommene Datierung Hygins vor Iulius Frontinus bestätigt werden[6].

Die im Rinascimento erfolgte Wiederentdeckung von Werken des Statthalters der Provinz Britannien, Sextus Iulius Frontinus, und die mit diesem Fund aufkommende Begeisterung für den *curator aquarum*, der (wahrscheinlich auch mithilfe seiner Angestellten) ein Verwaltungskompendium zum Be- und Entwässerungssystem Roms erstellte, führte schnell zu einer falschen Personalunion beider »Frontini«, die bis heute – ohne gesicherte Fakten – in der Forschung behauptet wird. Mit der eben angesprochenen Identifikation eines Stücks aus dem »Feldmesserbuch« Hygins im Werk Frontins geriet die Textkonstitution früherer Editionen Frontins ins Wanken. In der vorliegenden Ausgabe werden jetzt alle relevanten Handschriften berücksichtigt. Gleichzeitig erschließt der philologische Kommentarteil diese Texte, indem er sie historisch, so weit dies bei der Faktenlage möglich war, einordnet. Dazu gehören auch die sprachlichen Untersuchungen, die Darstellung der Überlieferungslage und Editionen und die von vielen Editoren viel zu selten geleistete Begründung der Textänderungen. Diese Begründung

---

[4] Fol. 149v, Permalink https://doi.org/10.11588/diglit.9860#0324; die Angabe fehlt bei Toneatto 1994–1995, 238. Vielleicht ist dem Schreiber das Gedicht durch die Wortähnlichkeit *hirundo* = Schwalbe und *harundo* = Meßstab in den Sinn gekommen.

[5] Der in diesem Buch abgebildete Amplonianus gibt davon ein gutes Beispiel.

[6] Feldmesserbuch 2018; Lindermann 2022.

war im Fall Frontins schon deswegen unerläßlich, weil die Textumstellungen teilweise erheblich sind: Von den 19 Seiten der Teubnerausgabe von 1913 werden Frontin in dieser Edition gerade einmal neun Seiten belassen. Auch die in der Forschung umstrittenen Themata wie die (hinfällige) Hypothese eines zweiten Buchs oder die nur noch selten behauptete Zuweisung eines mathematischen Fragments werden behandelt. Sozusagen als eine Appendix ist diesem Kommentarteil eine Untersuchung zur Wortgeschichte des angeblich antiken Begriffs der »cultellatio« angefügt und der mögliche *primus inventor* dieses Begriffs identifiziert worden.

Da die Philologie glücklicherweise nicht alles leisten kann (und soll), folgen mit den Beiträgen von Eberhard Knobloch und Cosima Möller zwei Kommentare zur Wissenschaftsgeschichte und zur rechtshistorischen Einordnung. Sie widmen sich nicht nur zwei Aspekten, die grundsätzlich für das Verständnis der gromatischen Texte wichtig sind, sondern nehmen ebenso einmal das bisher Frontin Zugewiesene, mit dieser Edition als unecht Ausgeschlossene und einmal die von Frontin erhaltenen, echten Stücke, vor allem das größere über die Rechtsstreitigkeiten, in den Blick: Behandelt werden damit beispielsweise nicht nur das Nivellement und die Ermittlung von Flächengrößen mithilfe des Polygonzugs, sondern ebenso die Rolle von *mensores* in gerichtlichen Verfahren und die detaillierte Einzelanalyse der fünfzehn Rechtsstreitigkeiten (*controversiae*), die Frontin zu Beginn dieses Abschnitts erläutert und dem Aufgabenbereich des Landmessers zuweist oder davon abgrenzt.

Im Anschluß an die antiken Testimonien, die *praefatio* und die Übersicht über die verwendeten Handschriften, findet der Leser dann als Kernstück des Bands den lateinischen Text mit textkritischem Apparat. Im Gegensatz zum von vornherein als synoptische lateinisch-deutsche Ausgabe angelegten Feldmesserbuch 2018 enthält dieser Text keine Abbildungen der ältesten Handschrift. Da aber diese Handschrift als Digitalisat verfügbar ist und diese Ausgabe in Open Access erscheint, ist von der Verlinkung auf die entsprechenden Seiten Gebrauch gemacht worden. Wie der Text in einer Handschrift der sogenannten »Mischklasse« überliefert worden ist, läßt sich im dieser Ausgabe angeschlossenen Bildteil einsehen.

Die lateinisch-deutsche Übersetzung möchte den Zugang und das Verständnis der hier veröffentlichten antiken Fachtexte erleichtern. Sie ist, wie schon diejenige des Hyginus im Feldmesserbuch 2018, eine Gemeinschaftsleistung aller an diesem Buch Beteiligten und möchte den Mittelweg zwischen philologischer Genauigkeit und lese- und leserfreundlicher Verständlichkeit wählen. Ob dies in jedem Fall gelungen ist, muß der Leser entscheiden; das Übersetzerteam hofft im Zweifelsfall zumindest auf Wohlwollen. Auch in der Übersetzung sind die Abbildungen auf die entsprechenden Blätter der Wolfenbüttler Handschrift Guelferbitanus 36.23 Aug. 2° verlinkt. Auf den Bildteil mit den Reprographien des Amplonianus folgen ein Glossar zu wichtigen, in der technischen Sprache der Landmesser häufig wiederkehrenden Begriffen, ein Verzeichnis aller im Buch erwähnten Handschriften, ein Sach- und Personenindex, ein Index zu den lateinischen Wörtern und das Quellenregister. Nur Handschriftenindex und Quellenregister möchten Anspruch auf Vollständigkeit erheben. Der Band wird beschlossen durch die Bibliographie, die auch die beispielsweise für paläographische Entscheidungen konsultierte, aber eben nicht immer direkt zitierbare Literatur enthält[7], und durch die Quellennachweise der in diesem Buch abgedruckten Abbildungen.

Eine solche Unternehmung lebt von der Zusammenarbeit mit vielen Kolleginnen und Kollegen, die hier nicht namentlich aufgeführt werden sollen, sich jedoch des Danks von Autoren und Herausgeber gewiß sein können:

Dank für das in dieses Projekt gesetzte Vertrauen und die stetige Unterstützung gebührt der Gerda Henkel Stiftung, die durch ein großzügig gewährtes Stipendium und durch eine Finanzierung der Druckkosten diese Edition ermöglicht hat. Stellvertretend für die gesamte Stiftung danke ich Frau Dr. Angela Kühnen als Mitglied des Vorstands und der betreuenden Projektreferentin Frau Anna Kuschmann.

Dank geht auch an diejenigen Institutionen, die bereitwillig die in diesem Buch abgebildeten Digitalisate zur Verfügung gestellt haben: Stellvertretend für die Abteilung Sondersammlung der Universitätsbibliothek Erfurt danke ich Frau Andrea Langner, für die Herzog-August-Bibliothek Wolfenbüttel Frau Claudia Minners-Knaup und für die Bayerische Staatsbibliothek Frau Elke Edlinger für die freundliche Zusammenarbeit.

[7] Z. B. Cappelli 1961 oder die *Notae Latinae*, W. M. Lindsay 1915.

Cosima Möller (Freie Universität Berlin) danke ich für die Bereitschaft, das initiierte Forschungsprojekt »Die gromatischen Traktate des Iulius Frontinus – Wissenstransfer im Spannungsbogen von Vermessungstechnik und Recht im Römischen Reich« gefördert und es trotz der vielfältigen anderen Aufgaben konsequent begleitet zu haben. Die regelmäßigen gemeinsamen Projektberatungen mit ihr und mit Eberhard Knobloch (Berlin-Brandenburgische Akademie der Wissenschaften) zum Stand der Forschungen pflegten nicht nur den in der gemeinsamen Zeit im Exzellenzcluster TOPOI gewachsenen Brauch weiter, sondern waren gleichzeitig sichere Baken auf den Abschnitten des Entstehungsprozesses.

Besonders danken möchte ich jedoch Eberhard Knobloch: Die Zusammenarbeit mit ihm kann nun auf eine über drei Lustren währende Zeitspanne zurückblicken. Das bedeutet nicht nur eine vertraute und von großer Kollegialität geprägte wissenschaftliche Zusammenarbeit, die von seiner großen Erfahrung und umfassenden Kenntnis der verschiedensten Fachgebiete profitierte und profitiert, sondern ebenso ein über die Jahre gewachsenes freundschaftliches Verhältnis, das an den *res secundae* ebenso Anteil nimmt wie an den *res adversae*. Mit großer Geduld, freundlicher Kritik und wertvollen Hinweisen hat er den Fortschritt am hier vorgelegten Band begleitet. Am 6. November 2023 feierte Eberhard Knobloch seinen 80. Geburtstag. Als verspätetes Geburtstagsgeschenk sei ihm deswegen dieser Band mit den herzlichsten Glückwünschen gewidmet.

Wie stets konnte auch diese Ausgabe nur mithilfe der LaTeX-Pakete ›reledmac‹ und ›reledpar‹ von Maïeul Rouquette realisiert werden. Dank gebührt auch dem Herder-Verlag und seinem Lektor, Dr. Jan-Pieter Forßmann, die den Entstehungsprozeß dieser Edition professionell betreut und begleitet haben.

Jens-Olaf Lindermann
Berlin, im Oktober 2024

Kontakt zum Herausgeber: j.lindermann@fu-berlin.de

Teil I.

Iulius Frontinus. Kommentarteil

1. Philologische Erläuterungen
(*Jens-Olaf Lindermann*)

1.1. Iulius Frontinus: Der Autor

Iulius Frontinus[†] kann beanspruchen, zu den bekanntesten und rezeptionsgeschichtlich interessantesten Autoren der Landmesserschriften gezählt werden[1]. Das hat auch damit zu tun, daß er seit der Renaissance stets mit seinem berühmten Namensvetter Sextus Iulius Frontinus (ca. 35–103 n. Chr.) verwechselt wurde und teilweise immer noch wird[2]. Der doch recht trockene und teilweise auch schwer verständliche Inhalt der gromatischen Texte wurde durch die Autorschaft des gerade erst als Autor wiederentdeckten Statthalters von Britannien und ebenso durch die pseudo-boethische ELEMENTA-Übersetzung aufgewertet. Die Gleichsetzung ist nicht nur wegen der Namensgleichheit verständlich, sondern auch, weil Sextus Iulius Frontinus unter Domitian mit einer ungefähr vier Bücher umfassenden Militär-Handreichung (STRATEGEMATON LIBRI IV) aus der griechischen und der römischen Geschichte und unter Nerva mit einem Werk zu den Wasserleitungen Roms (DE AQVAEDVCTV

[†] In früheren Arbeiten hatte ich teilweise für den gesamten Frontinus der *SGL* noch die Bezeichnung »Pseudo-Frontinus« gewählt, um ihn von Sextus Iulius Frontinus zu unterscheiden. Mit dieser Ausgabe schlage ich vor, zukünftig als ›FRONTIN.‹ einen gromatischen Autor *non ante saec.* II (*saec.* III?) zu bezeichnen, von dem sich Abschnitte eines gromatischen Werks (=*grom.*) erhalten haben, und mit ›PS.FRONTIN‹ die als Fremdtexte erkannten Teile (=*grom.*), wobei der Abschnitt II sicher als Nebenüberlieferung aus dem LIBER GROMATICVS Hygins zugeordnet werden kann = PS.FRONTIN. *Hyg. lim. grom.*

[1] Auch in der Folge werde ich von Land- statt von Feldmessern sprechen und greife damit den freundlichen Hinweis von Klaus Grewe in seiner Besprechung von Hygins Feldmesserbuch 2018 auf; s. Grewe 2019, 315.

[2] So erst jüngst noch von Grainger 2023. Graingers Ausführungen zu Sextus Iulius Frontinus als Landmesser Kap. 2 (20–30) zeugen von mangelhafter Durchdringung des Stoffs, der Problematik und der Forschungsliteratur zum Thema (Carl Olof Thulin, der im Gegensatz zu Lachmann in der Gesamtbibliographie verzeichnet ist, wird als »German editor« bezeichnet). Die Bibliographie zum Kapitel in den Fußnoten, 227–228, umfaßt gerade einmal vier thematisch relevante Publikationen.

VRBIS ROMAE) in Erscheinung getreten war, zwei Themen also, die man irgendwie mit den teilweise geodätischen, teilweise das juristische *métier* streifenden Traktaten in Zusammenhang bringen und dem *curator aquarum* zuschreiben konnte. Diese Zuschreibung ist jedoch kein Überlieferungsfehler der Manuskripttradition: Im Zuge der Wiederentdeckung der STRATEGEMATA im 15. Jahrhundert[3] wird ein wie Hyginus nur über seine Schriften und wenige Testimonien greifbarer gromatischer Autor Iulius Frontinus mit Sextus Iulius Frontinus gleichgesetzt – und zwar in gerade einmal zwei humanistischen Abschriften unter den weit über hundert Mss. der *SGL*, dem sogenannten »Memmianus«, BN Paris. lat. 7229 auf fol. 9r, und dem Barberinus latinus 164 (Vaticano [C.d.]) auf fol. 16r; beide stammen aus der Mitte des 16. Jahrhunderts. Eine weitaus größere Wirkung dürfte im Zusammenhang mit der Wiederentdeckung der STRATEGEMATA die Leidener Vegetius-Edition Pieter Schrijvers von 1607 gehabt haben, der im Zuge dieser Edition neben dem echten Werk dem *vir consularis* zugleich noch die gromatischen Traktate untergeschoben und damit wohl auch die Personalunion beider Autoren zementiert hat.

Die falsche Zuweisung hat sich in der Forschung zum Autor (oder seinem Werk) bis in jüngste Zeit gehalten und wurde teils recht hartnäckig verteidigt, obwohl die Mss. dafür keinerlei Anlaß bieten[4]. Diejenigen, die die Zuweisung der gromatischen Textpassagen an Sextus Iulius Frontinus befürworten, können sich dabei nur auf den erst ab 70 n. Chr. gesicherten Lebenslauf und den bis zu diesem Datum hypothetisch zu erschließenden *cursus honorum* stützen[5]; teilweise scheint ihnen dabei

[3]Die Sextus Iulius Frontinus tatsächlich zugeschriebenen Werke werden in sehr jungen Mss. überliefert: Für DE AQVAEDVCTV ist die älteste Handschrift der von Petrus Diaconus (1107–1159) zwischen 1132 und 1133 geschriebene Casinensis 361 (C); alle anderen Mss. stammen aus dem 15. Jh.; vgl. Reeve in Reynolds 1983, 166–172, bes. 166 und 171, Kunderewicz 1973, bes. vi–x und Rodgers 2004, 30–52. Für die STRATEGEMATA datieren die besten Mss. der Klasse α, der vollständige Harleianus 2666 (H) und das *Florilegium* G, der Gothanus memb. I. 101, auf den Anfang des 9. Jh; vgl. Ireland 2012, xxxiii–xxxiv.

[4]Vgl. dazu »Echt oder unecht? Frontin als gromatischer Autor aus der Sicht der Philologie.«, Lindermann 2016. Die folgenden Ausführungen verwenden Passagen dieses Artikels.

[5]70 n. Chr. ist Sex. Iulius Frontinus *praetor urbanus*. Die Erwähnung Tac. *hist.* 4, 39 (ed. Koestermann 1961) ist gleichzeitig biographischer Erstbeleg.

die Problematik eines solchen Vorgehens bei der Zuweisung gar nicht bewußt zu sein[6]. Die behauptete Autorschaft beruht auf Analogieschlüssen, deren Beweiskraft sich folgendermaßen zusammenfassen läßt: Da Sextus Iulius Frontinus mit einem militärstrategemischen Werk und einem solchen über die Wasserversorgung Roms hervorgetreten ist,

[6]Apodiktisch Schulten im Lemma »Gromatici« und Kappelmacher im Lemma zu Frontinus in der RE (vgl. schon früher Dederich 1839); ebenso apodiktisch und ebenfalls ohne stichhaltige Beweise macht W. Eck Sextus Iulius Frontinus außerdem zum »Begründer einer neuen Sparte der Fachliteratur« (diese Formulierung geht wohl zurück auf Fuhrmann 1960, 99); vgl. Eck 1983, 57–58: Fuhrmanns Behauptung hat sich seitdem verselbständigt: Sie läßt sich wenige Jahre später bei Dihle 1989, 167 nachweisen, bei dem Frontin »eine spezifisch römische Tradition der Fachliteratur begründete«, und sie findet sich bei Classen 1994, 164 n. 14 und 1998 in Sallmanns DNP Artikel (677–678): »Noch unter Domitian entstand das nur fragmentarisch aus Zitaten bei Agennius Urbicus bekannte Werk über die Feldmeßkunst (*De agri mensura libri II*), die erste und richtungweisende Schrift dieser Gattung.« Sallmann folgt damit in seiner Datierung und der gattungshistorischen Einordnung nicht nur Fuhrmann und Eck, sondern verbindet diese gleichzeitig mit einem unechten Werktitel und der unerweisbaren Lachmann'schen Hypothese eines zweiten Buchs. Für Serafina Cuomo und Ulrich Schindel 1992, 379–380, ist der Iulius Frontinus der *SGL* einfach identisch mit dem Autor der STRATEGEMATA, ohne daß diese Identität nachgeprüft werden muß; vgl. Cuomo 2000, 190: »He also wrote a book on military tactics ..., and one on land-surveying (*De arte mensoria*).« Auch für de Nardis 1994 steht die Identität des Verfassers von vornherein fest, ohne daß ihn die von ihm selbst in der Folge erwähnten historischen Einwände (z. B. 13 zur Herkunft der *mensores* und zu den epigraphischen Zeugnissen) irgendwie beunruhigen. Auch bei de Nardis findet sich Fuhrmanns topische Bewertung (10): »Frontinus started being regarded as the earliest and one of the most erudite authors in the Corpus of the Roman land surveyors. But, if it is beyond doubt that Frontinus' work is the first surviving example of this kind of technical literature...«. – Auch Ecks jüngste Publikation wiederholt die Gleichsetzung: »Ob sie (sc. die Mitglieder des kaiserlichen Senats) daneben wie Plinius oder Salvius Iulianus, bei denen wir alles, was darüber hinausging, aus den eigenen literarischen Quellen und partiell aus Hinweisen bei anderen wissen, noch weitere Interessen hatten, Interessen intellektueller oder vielleicht auch praktischer Natur wie etwa die Kunst der Feldvermessung wie bei Frontinus, kann, ja muss man bei vielen von ihnen zwar voraussetzen.« (Eck 2022, 10). – Einen Tiefpunkt sorgloser Quellenbehandlung erreicht Grainger 2023, 21, der die berechtigten Einwände gegen die Zuweisung als unvermeidbare (und zu diskontierende) Nörgelei einiger Kritiker abtut: »Fourth, several commentators have cast doubts on Frontinus' authorship, though since this is standard for a discussion of any ancient text, it need not to be taken too seriously. ...nevertheless it must be admitted that proof of his authorship is not available, and it may even be, if one wants to be hyper-critical to the point of destruction, that a different Sextus Julius Frontinus might be the author.«

muß er ebenso der Verfasser der mit Iulius Frontinus überschriebenen Texte zur Landmessung gewesen sein, dessen *praenomen* durch die Kopisten irrtümlich vergessen wurde[7], was insofern irrelevant ist, weil auch in den Mss. zu den echten Werken Frontins das *praenomen* nicht geschrieben wird, und die Argumentation gegen Sextus Iulius Frontinus als gromatischen Autor sich zum wenigsten auf das fehlende »Sextus« stützt[8]. Von einem »l'erreur d'un copiste« kann jedoch gar keine Rede sein; bis zu den beiden Mss. des 16. Jahrhunderts, die Sextus Iulius Frontinus mit den LIBRI COLONIARVM, nicht jedoch mit den ihm in modernen Editionen zugeschriebenen Texten in Verbindung bringen, müßte die gesamte Überlieferungsgeschichte des Namens falsch und erst durch diese beiden Mss. (allerdings mit einer wiederum falschen Werkzuschreibung) berichtigt worden sein. Da diese Idee für sich genommen zu abwegig erscheint, versuchte man, die Verfasserschaft wenigstens intern zu erweisen, indem man Aussagen in den sicher zuweisbaren Schriften als Hinweise auf eine nicht näher bezeichnete Tätigkeit als gromatischer Schriftsteller wertete[9]:

---

[7] So ausführlich Guillaumin 2005a, 128–129: »Plutôt que d'opposition et d'incompatibilité, nous préférons parler de complémentarité entre ces différentes catégories d'ecrits. Nous évitons ainsi la difficulté, sans doute un peu gratuite, d'avoir à parler d'un traité sans auteur connu et attribué à Frontin par l'erreur d'un copiste, et celle, comparable, de devoir imaginer un Sextus Iulius Frontinus qui serait sensiblement de la même époque que le curator aquarum, qui aurait mené lui aussi une carrière de fonctionnaire, qui aurait produit aussi une œuvre technique, dont certains points d'ailleurs ne seraint pas sans rapport avec les problèmes d'adduction d'eau (celle-ci n'étant guère séparable de l'organisation des territoires) – mais qui ne serait pas le Sextus Iulius Frontinus connu.«

[8] Vgl. Rodgers 2004, 121: »F.'s praenomen is known only from epigraphic sources (CIL VI 2222 = ILS 6074, 8.7066, 13.7711, 15.7474, 16.42: see PIR² I 322); it is found neither in C nor in the report of the Hersfeld codex nor yet in the text traditions of the *Strategemata* or the Agrimensores. Tacitus, Hist. IV.39.1 and Pliny, *Ep.* IV.8.3 have ›Iulius Frontinus‹; elsewhere he is simply Frontinus.« – In seiner Edition hat Guillaumin also völlig unnötig, jedoch ohne Kennzeichnung, das *praenomen* ›Sextus‹ einfach in den *titulus* hineinkonjiziert, obwohl es auch in den *Incipit* der STRATEGEMATA und von DE AQVAEDVCTV fehlt, und sogar die Verschreibung *Frontonis* vorkommt.

[9] Chouquer und Favory 2001, 22 versuchen, aus einer Tacitus-Stelle (Tac. *hist.* 4, 40 [ed. Koestermann 1961]) eine Beteiligung Frontins an einer Kommission zur Rücknahme von Bodenenteignungen im Januar des Jahrs 70 n. herauszulesen, um daraus eine Beziehung des frisch ernannten *praetor urbanus* zu Katasterfragen abzuleiten. Die Stelle nennt keinen der durch Los Gewählten (*sorte ducti*) namentlich; Frontins

Strat. pr. 3 Nam cum hoc opus, sicut cetera, usus potius aliorum quam meae commendationis causa adgressus sim, adiuvari me ab his, qui aliquid illi adstruent, non argui credam. (ed. Ireland 2012, 2, 27–29)

aq. 1 ...sitque nunc mihi ab Nerva Augusto, nescio diligentiore an amantiore rei publicae imperatore, aquarum iniunctum officium, ad usum tum ad salubritatem atque etiam securitatem urbis pertinens, administratum per principes semper civitatis nostrae viros, primum ac potissimum existimo, sicut in ceteris negotiis institueram, nosse quod suscepi. (1, 4–9 ed. Rodgers 2004)[10]

Besonders die frühe Stelle aus dem Vorwort der STRATEGEMATA ist von Lachmann wegen der Junktur *opus sicut cetera* als Anspielung auf eine »noch ältere Lehrschrift« verstanden worden. Lachmann (und mit ihm alle darauf aufbauenden Argumentationen) verkennt jedoch, daß das Wort *opus* keinesfalls im Sinn eines literarischen Œvre verstanden werden will, sondern einfach eine Aufgabe oder Tätigkeit (hier eine im Staatsdienst) bezeichnet. Daß diese eigentlich naheliegende Deutung die richtige ist, wird auch durch die zweite als Anspielung verstandene Stelle in DE AQVAEDVCTV erhärtet, wo Sextus Iulius Frontinus davon spricht, er habe »wie in seinen übrigen Amtsgeschäften« vorrangig wissen wollen, was seine Aufgabe sei (*sicut in ceteris negotiis*). *Opus* bzw. *negotium* sind also austauschbare Begriffe für übernommene berufliche Verpflichtungen[11]. Nicht mit einbezogen in die Argumentation wurden von den Vertretern der These einer Autorschaft Frontins merkwürdigerweise diejenigen gromatischen Texte, die er ja geschrieben haben sollte[12]. Dies bezog sich nicht nur auf die seit Lachmann unter

Teilnahme daran wird deswegen dadurch »belegt«, daß er einen Abschnitt vorher (Tac. *hist.* 4, 39 (ed. Koestermann 1961)) als *praetor urbanus* eine Senatssitzung einberufen hat. Im Gegenteil erwartete man bei der Nähe beider Stellen zueinander eher, daß er wie Tettius Iulianus in beiden Abschnitten namentlich genannt würde; Tac. *hist.* 4, 40: *tum sorte ducti, per quos redderentur bello rapta, quique aera legum vetustate delapsa noscerent figerentque et fastos adulatione temporum foedatos exonerarent modumque publicis impensis facerent.* – Doch auch eine solche Aufgabe würde nicht mit dem Aufgabengebiet eines Landmessers zusammenfallen.

[10] Vgl. ed. Kunderewicz 1973, 1, 4 u. 8–10.

[11] Rodgers 2004, 126 vergleicht *aq.* 2, 2 *more iam per multa mihi officia servato.*

[12] So richtig Campbell 2000, xxvii: »Now the standard concordance of Frontinus assumes with no argument that the author of the surveying writings is identical

diesem Autor versammelten Texte mit ihren konjizierten *tituli*, sondern auch auf die bei Agenus und im COMMENTVM überlieferten Stücke, deren genauere Analyse jedoch zeigt, daß durch die früheren editorischen Rekonstruktionsversuche, die auch vor willkürlichen Änderungen der in den Mss. überlieferten Textreihenfolge nicht zurückschreckten, die Zuordnung noch unsicherer wird und auch die teilweise postulierte Aufteilung von Frontins gromatischem Werk in zwei oder mehr Bücher nicht zu halten ist, da man dafür Text des Agenus einfach als »frontinisch« umdeutete[13].

Ein weiterer Punkt, auf den in der Forschung zurecht hingewiesen wurde, ist die Unvereinbarkeit einer Tätigkeit in der Land- und Katastervermessung und dem Rang Frontins als Angehöriger der römischen »upper class«[14]. In der Landmessung Tätige waren meistens Freigelassene[15], niemals aber Leute im Rang eines Senators oder überhaupt Angehörige des Patrizierstands[16]. Auffällig ist deswegen, daß die Zuschreibung der gromatischen Fragmente mit der Wiederentdeckung der STRATEGEMATA im 15. Jahrhundert zusammenfällt – in ihrer Begeisterung für durch ephemer-aktuelle Ereignisse veranlaßte Untersuchungen haben sich die Wissenschaften bis heute nicht gewandelt – und nicht schon bei den Autoren beginnt, die ihn ja verwenden. Die Tatsache, daß in den *SGL* Iulius Frontinus niemals explizit als *vir consularis* oder durch andere Anspielungen herausgehoben wird – auch in der pseudo-boethischen GEOMETRIA wird er ›nur‹ als *geometricae artis*

with the author of the Strategemata and De Aquis, but arbitrarily takes no account of material from Frontinus that may have been preserved by Urbicus.« Vgl. auch Campbell 1996, 76–77.

[13] Dies reicht bis zu konstruierten Textlücken, die teilweise die im Text stehenden *Explicits* unterschlagen oder bis zur nach Analogieschlüssen konstruierten *tituli*. Vgl. dazu im Detail Lindermann 2016, besonders 25–38. – Auch Thulin hat in seiner Edition 25,1–14 nicht gewagt, die Aufteilung in sechs Bücher mit Lachmann als ›frontinisch‹ zu identifizieren. Weiteres zu den angenommenen zwei Büchern Frontins im Abschnitt 1.3, ab 50.

[14] Das ist schon dadurch verständlich, weil eine solche Ausbildung ihre Präzision der ständigen Anlage und Ausmessung der römischen Militärlager verdankte; vgl. z. B. Richardson 2005.

[15] Auch das *cognomen* Hyginus ist griechischen Ursprungs und deutet auf einen *libertus*; vgl. Salomies 1987, 361–362 n. 56.

[16] Keppie 1983, 12; Campbell 2000, xxvii–xxviii.

inspector providissimus bezeichnet[17] –, ist auch denjenigen, die die bisher behauptete Verfasserschaft kritisch sehen, nicht aufgefallen[18]. Welchen Rang oder gesellschaftlichen Status ein Landmesser zumeist bekleidete, wird durch die *SGL* selbst überliefert (244 La. = 240–241 Camp.)[19]: Durchweg sind es hier Dienstgrade der Armee und keine mit Angehörigen der Nobilität besetzten Stabsränge, die als Landmesser genannt werden, so ein Satrius Verus (*miles*) für die *forma Sorana* in Capua[20], ein Vettius Rufinus, Tribun der 6. Prätorianercohorte und Mamilius Nepos, *miles* der 3. Prätorianercohorte, die 141 n. Chr. in dem auch von Frontinus § 14 genannten *Asculum* Vermessungen durchführen[21], oder der *centurio* der 27. Kohorte, Cecilius Saturninus, der die *depalatio* (Abmarkung) und *determinatio* (Versteinung) für die *mappa Albensium* (Alba Fucens) *mensoribus intervenientibus* vornimmt[22].

Die NOMINA AGRI MENSORVM, die Lachmann nach dem Ms. Bamberg, HJ. IV. 22 (s. ix–x, x *in.*)[23] in seiner Edition 403,18–404,6 abdruckt, führen Iulius Frontinus zwar als Autor *Tiberii Caesaris iussu* auf[24], doch die ganze Liste dieses »*Florilegium*« antiker und mittelalterlicher Naturwissenschaft ist ein Kunstprodukt, dessen willkürliche historische Zuschreibungen schon daran

---

[17] *Grom.* 415, 9–11 La ...*secundum Iulius Frontinum, geometricae artis inspectorem providissimum, quid sit mensura definire.* Der Ausdruck *inspector* ist mit Sicherheit ein beruflicher *terminus technicus*: vgl. LEX VISIG. Eur. 276 = VISIG. 10, 3, 5 *nullus novum terminum ... sine inspectore* (*spectore* cod. Eur.) *constituat.*

[18] Alexandratos 2007, 13 weist mit Campbell 2000, xxvii–xxviii darauf hin, daß diejenigen, die Sex. Iulius zum Autor machen wollen, dann aus seinem Lebenslauf einen Anlaß ableiten müßten, warum er sich dem Thema der Landmessung zuwendet. In DE AQVAEDVCTV gibt es dafür überhaupt keinen Hinweis.

[19] Das Stück mit dem Titel *NOMINA AGRI MENSORVM QVIS IN QVO OFFICIO LIMITABANT* (Lachmann und Campbell emendieren zu *qui in quo*) ist allein im Jenensis, Ms. Prov. f. 156 (Thüringer Univ. u. Landesbibl.), fol. 71v, überliefert, der Texte der Aceriani (Mss. *AB*) von vor 1559 bewahrt hat; vgl. Thulin 1911a, 33, 1911b, 427. Zu *J* insgesamt vgl. Toneatto 1994–1995, II 591–606.

[20] Vgl. dazu Guillaumin 2005b, besonders 284 n. 16.

[21] Vgl. den Kommentar von Campbell 2000, 443 n. 2. Campbell vertauscht in seiner Übersetzung allerdings unabsichtlich die Dienstgrade beider Männer.

[22] Die mit dem Text zusammenhängenden Datierungsschwierigkeiten listet Campbell 2000, 429 n. 169 auf; vieles spricht für die Regierungszeit des Antoninus Pius.

[23] Bei Lachmann *b*. In der älteren Literatur ist das Ms. oft unter der älteren Signatur class. 55 (Leitschuh/Fischer) zu finden; vgl. Toneatto 1994–1995, III 888–894.

[24] Mit dieser Frühdatierung wäre eine Identität mit Sex. Iulius Frontinus auch unmöglich gemacht worden.

erkennbar sind, daß (in dieser Reihenfolge) die Landmesser Agenius, Urbicus, Marcus, Iunius und Nipsus je den Kaisern Vespasian, Trajan, Severus Antoninus und Nero zugeordnet werden[25].

Diese Einschätzung bestätigen auch die epigraphischen Zeugnisse: Neben aktiven *milites* als Angehörige der ›einfachen‹, nichtadligen Bevölkerung – die Herkunft ist teilweise auch an den Namen erkennbar – sind auch bereits pensionierte *emeriti* als Landmesser tätig[26]. Die Mehrzahl der *mensores* stellen nach den epigraphischen Befunden jedoch die *liberti*, sehr häufig ehemalige »Staatssklaven«, wie an der Bezeichnung als *Augusti libertus* erkennbar ist[27].

---

[25] Das einzige, was die Liste des Bamberger Codex bietet, ist ein Einblick in das teilweise desperate und fragmentarische Durcheinander der *SGL* im 9. Jh. Das von Lachmann gebotene Druckbild in drei Kolumnen 403 für die NOMINA AGRIMENSORVM und in zwei Kolumnen 404 für die angeblich unter dem *titulus* NOMINA IMPERATORVM laufenden Kaiser entspricht kaum noch dem, was das Bamberger Ms. auf fol. 5v abbildet; fast nichts davon wird im Apparat Lachmanns korrekt aufgeführt (vgl. aber seinen Apparat 404): In Ms. *b* steht der Titel NOMINA AGRI MENSORVM auf fol. 5r; ein zweiter Titel *nomina imperatorum*, wie von Lachmann angeben, fehlt. Die Darstellung fol. 5v ist durchweg vierspaltig; sie wird rechts von vier Winkelschemata flankiert. Die erste Spalte beginnt in *b* mit *Balbus mensor* und nicht mit *Igeni*, der in *b* fehlt. Das gesamte Ms. ist einsehbar unter dem Permalink https://mdz-nbn-resolving.de/details:bsb00140761.

[26] Vgl. die (undatierte) Inschrift aus *Lambaesis* (Tazoult-Lambèse, Algerien) in der Provinz *Numidia*: *Mensores / Abbonius Mucrubius / Sallustius Ianuarius / Arruntius Maximus / Afranius Lucius / Cossutius Gududus / Octavius Saturninus / Iulius Bassinus / Iulius Fortunatus / Iulius AEmeritus // Aurelius Rusticus / Octavius Felix / Aurelius Rogatianus / (A)elius Victor // Successus Successianus / Iulius Castricus / Iulius Guzabius*; EDCS-ID: EDCS-16700098 = EDH HD-Nr: HD033192 = AE 1904, 72; Umschrift nach der Epigraphik-Datenbank Clauss/Slaby EDCS.

[27] Vgl. z. B. aus *Carthago* (*Africa proconsularis*) CIL VIII 12639 *Dis Manib(us) sacr(um) / T(itus) Flavius Dapnus Aug(usti) / lib(ertus) agrimensor pius / vix(it) ann(os) LXXXX / Iulia Fortunata viro piissimo / fecit h(ic) s(itus) e(st)* = EDCS-ID: EDCS-25001640 = AntAfr-1973-133; aus *Volterrae* (Etrurien, 71–200 n. Chr.) CIL XI 1737 *Bellonae sacr(um) / Donax Aug(usti) lib(ertus) / me(n)sor d(onum) d(edit)* = EDCS-ID: EDCS-22000087 = AE 1995, 496; aus *Narbo* (*Gallia Narbonensis*; undat.) CIL XII 4490 *D(is) M(anibus) / M(arco) Ulpio / Eutycheti / Aug(usti) lib(erto) / me(n)sori / liberti / patrono / merentissimo* = EDCS-ID: EDCS-09301654. Die EDCS verzeichnet zu *mensor* allein 182 Inschriften. Zum *libertus Augusti* vgl. auch das *Incipit* zum LIBER GROMATICVS des Hyginus im Palatinus *P* fol. 82v: *Inc. Kygeni Augusti liberti...* und zur möglicherweise griechischen Herkunft Lindermann 2022.

Vereinzelt hat es schon immer Zweifel an der Verfasserschaft gegeben: Im 17. und 18. Jahrhundert meldeten Willem van der Goes (1611–1686) und Giovanni Poleni (1683–1761) in ihren Ausgaben Bedenken an der Verfasserschaft Sextus Iulius Frontinus' an[28] – jedoch argumentierten sie mit den Frontinus fälschlicherweise zugeschriebenen Stücken in den Mss. Dies betraf die EXPOSITIO des Balbus oder die LIBRI COLONIARVM. Neben dieser durch Lachmann widerlegten Argumentation kritisierten van der Goes und Poleni aber besonders diejenigen Abschnitte in den Mss., in denen Frontinus zugewiesene Texte teils mit Hyginus oder einem Iulius Frontinus Siculus in Zusammenhang gebracht wurden[29]. Gerade van der Goes' Vermutung, der Abschnitt DE LIMITIBVS stamme nicht von Frontinus, sondern von Hyginus, zielte mit seiner Stoßkraft in die richtige Richtung[30].

Auch wenn der Autor nur durch sein Werk erhalten geblieben ist, ist er durch das COMMENTVM scheinbar präsenter als beispielsweise Hyginus, der nur an einer Stelle innerhalb der *SGL* erwähnt wird[31]. Iulius Frontinus wird dort häufiger nicht nur namentlich erwähnt, sondern auch wörtlich zitiert, wie z. B. COMM. *grom.* 52, 3–5: *Agrorum qualitates tres esse Iulius Frontinus ostendit dicens unam agri divisi et assignati*[32]. Doch auch Frontinus wird nur im anonymen COMMENTVM genannt; im Gegensatz zu Hyginus scheint die Namensnennung und die damit verbundene Zitation noch nicht einmal sicher überall auf Frontin zu weisen. Die anonyme Quellensammlung verwendete im Abschnitt zu DE CONTROVERSIIS einen »Frontintext«, der nach Thulin nachweislich aus Agenus stammt[33]. Das bedeutet, daß Iulius Frontinus schon zur Zeit des COMMENTVM, also etwa zwischen dem 5. oder 6. Jh., in einer Fassung

---

[28] Goes 1674; Poleni 1722.

[29] Für die Namensverwirrung muß nach meiner Vermutung eine Autorenliste verantwortlich sein, die ähnlich aufgebaut war, wie das oben (23) beschriebene Bamberger Ms. HJ. IV. 22.

[30] Vgl. zur Argumentation insgesamt ausführlich Lindermann 2016. Van der Goes' Vermutung ist richtig gewesen: Lindermann 2022, 87–106 (in dieser Edition wiederholt in Abschnitt 1.8.4).

[31] COMM. *grom.* 54, 7–14 Th.

[32] Die Stelle ist insofern wichtig, weil in der Folge die Textabschnitte in einer Reihenfolge zitiert werden, die diejenige der Tradition unterstützen.

[33] COMM. 59, 10–11: *ut ait Frontinus velud instantium argumentorum oportunitas controversialis aptatur* und dazu den Apparat.

vorgelegen hat, die nicht mehr eindeutig mit ihm verbunden werden kann[34]. Agenus selber erwähnt Frontinus namentlich an keiner Stelle, so daß die Zuschreibung an Iulius Frontinus tatsächlich nur über die *Incipit* und *Explicit* und durch die Erwähnungen in den *SGL* gewonnen wird. Dies und die Tatsache, daß auch der Agenustext in seinem jetzigen Zustand ein recht fragwürdiges Konstrukt der Editionsphilologie ist, machen die Bestimmung dessen, was im Text überhaupt als »frontinisch« bezeichnet werden darf, außerordentlich schwer[35].

Historisch ist dieser Iulius Frontinus nur durch den ihm zugeschriebenen Text ein (nicht sehr hilfreiches) Stück weit einzuordnen: Als *terminus post quem* konnte man auf der Grundlage früherer Editionen den Tod des Augustus im Jahr 14 n. Chr. annehmen[36]; doch auch dieses Datum ist hinfällig, da Iulius Frontin sich nicht dezidiert auf die Bodenreform des Augustus bezieht, sondern der Text § 14 von mehreren *divi Augusti* spricht. Dies schiebt die Datumsgrenze mindestens auf 37 n. Chr. (das Todesjahr des Tiberius) nach vorn, ordnet den Autor historisch aber nur vage ein. Das Jahr 37 ist allerdings das einzige für Frontin relevante Datum. Die sonst über den Text verstreuten Hinweise sind für eine Datierung unbrauchbar: So lassen die Lokalbeispiele Salamanca und Palencia in § 2 oder von Mérida in § 17 keinen Rückschluß darauf zu, ob der Autor diese Orte aus eigenem Anschauen kannte[37]. Andere Oikonyme wie *Suessa Aurunca* (§ 1) in Kampanien,

---

[34] Vgl. dazu auch die späte, pseudo-boethische GEOMETRIA II und dort im zweiten Buch den Epilogus (Bubnov 1899, 196 u. n. 49): *si qui vero de controversiis et de qualitatibus et nominibus agrorum deque limitibus et de statibus controversiarum scire desideret, Julium Frontinum nec non Urbicum Aggenum lectitet.* Auch Bubnov erkennt, daß dem *falsarius* der zweiten »boethischen« Geometrie ein echter Frontin nicht mehr vorgelegen haben kann: »*Unde patet falsarium nostrum Frontini non textum genuinum, sed ab Urbico Aggeno excerptum et commentatum ... habuisse*«.

[35] Vgl. Lindermann 2016, 25–30, bes. ab 27.

[36] Vgl. Edition Thulin 1913a Frontin. 7, 9–10 *habita oratione divus Augustus de statu municipiorum*; van der Goes hat überliefertes *ratione* zu *oratione* konjiziert. Ihm sind alle Editoren gefolgt. Aus der Abbreviatur *A.A.G.G.* in Ms. *A* geht aber hervor, daß *divi Augusti* einen auf zwei Kaiser (*Augusti*) bezogenen Plural bezeichnet hat: Vgl. Cappelli 1961, 429) und die Anmerkungen Abschnitt 1.8.6, 151, den § 14 und den app. crit. ad l.

[37] Mérida wurde als Hauptstadt der Provinz *Lusitania* (kaiserliche *provincia* seit 27 v. Chr.) von Augustus 25 v. Chr. im Zuge seiner Ansiedlungspolitik verdienter Veteranen (*emeriti*) gegründet; diese *emeriti* kamen später auch aus der *legio quinta*

das auch bei Agenus Urbicus erwähnt wird[38], oder *Interamnia Praetuttiorum*, das heutige Teramo (Abruzzo), und seine Gebietsabtretungen an *Asculum* (Ascoli Piceno, Marche) in § 14 lassen zwar Kenntnis des geschichtlichen Hintergrunds der sullanischen Reformen erkennen[39], doch inwieweit der Sonderfall einer Exklave im Gebiet der *Asculi* nicht ein Musterbeispiel im juristischen Teil agrimensorischer Fachbücher gewesen ist[40], und man DE CONTROVERSIIS als eine Art »case book« ansehen muß, bleibt beim Erhaltungszustand des Texts eine offene Frage, auch wenn der Autor dezidiert die Situation und die geschichtliche Entwicklung vom Marktflecken (*conciliabulum*, wohl nach 290 v. Chr.) zu einer Stadt »mit ungewöhnlichem Nebeneinander von Munizipial- und Kolonialverfassung« in sullanischer Zeit schildert[41]. Gleichzeitig ist die Stadt aber noch in der Γεωγραφικὴ Ὑφήγησις des Claudios Ptolemaios und auch in der *Tabula Peutingeriana* aufgeführt[42] – sie mag also als Station entlang den *viae Caecilia* und *Salaria* nicht unwichtig gewesen sein.
Für die Datierung des Texts bietet dies allerdings keinerlei Anhaltspunkte[43]. Eine einzelne Stelle läßt sich jedoch so deuten, Iulius Fron-

Alaudae, die Hyginus *lim. grom.* 170, 44, 8 namentlich erwähnt; vollständig vernichtet wurde sie 86 n. Chr. Von Plin. *nat.* 4, 117 (ed. Jan/Mayhoff 1967) wird Mérida als einer von drei *conventus iuridici* erwähnt. Wenn Birley 2005, 69 n. 28 davon spricht, daß »the fragments of Frontinus in the *Corpus agrimensorum Romanorum* show intimate knowledge of Spain: 1f., 9, 44 Thulin; and of Africa, ibid. 45, 48. Frontinus might have served in both as procurator in the 60s.«, so verwendet er dafür Stellen, die Thulin als Text des Agenus ausweist. Über bloße Ortsnennungen, die stereotyp bei allen Autoren der *SGL* vorkommen, geht auch Frontin nicht hinaus. Ihm gegenüber ist Hyginus im LIBER GROMATICVS §§ 7–8 viel genauer. Zu den literarischen und archäologischen Zeugnissen der Kataster in Augusta Emerita vgl. Ariño-Gil und Gurt 1993 und Cáceres-Puerto 2019.

[38] Agen. *grom.* 39, 8 Th.

[39] Vgl. Hinrichs 1974, bes. 68–71.

[40] In den LIBRI COLONIARVM wird *Asculum* in drei Einträgen erwähnt; zum administrativen Hintergrund vgl. Guillaumin 2005b.

[41] Vgl. KlP 2, 1419, 58–1420, 2 und CIL XI 5074–5075. Zur Magistralverwaltung der Stadt durch *Octoviri* vgl. Curchin 2016, 27–30 und n. 17 und Thein 2010, 88, jeweils mit weiterer Literatur; zur Entstehung einer Munizipialverwaltung und zur langsameren Urbanisierung anderer Siedlungszentren vgl. z. B. Capogrossi Colognesi 2014, 100–107.

[42] Vgl. Ptol. 3, 1, 58 (276–277 Bd. 1 nach Stückelberger/Graßhoff) und auf der *tabula* 4 B 4 (nach Rathmann 2022, 58–59; im Index verschrieben zu *Interamnio*?).

[43] Ebenso verhält es sich mit dem Verweis auf die zur *lex Mamilia* verkürzte LEX MAMILIA

tinus in nächster Nähe zu sabinischem Gebiet, also auch in Rom (?) zu vermuten: In § 16 spricht der Autor in der *controversia* DE LOCIS PVBLICIS über Forstwälder, die vielerorts (*multis locis*) dem römischen Volk gehörten, wie man aus alten Urkunden ersehen könne *ut ex proximo in Sabinis in monte Mutela*[44]. Dieses *ut ex proximo* (= »z. B. in nächster Nähe; direkt nebenan«) kann als geographische Eigenaussage des Verfassers genommen werden, da es sprachlich eindeutig seinen Standort zur Zeit der Abfassung markiert. Mit einiger Zuversicht kann dieser Hinweis auch mit der davor stehenden Äußerung *ex veteribus instrumentis* in Verbindung gebracht werden: Daraus wäre deutlich, daß der Autor Zugang zu Archiven hatte, was für einen staatlich bestallten Landmesser jedoch nicht wirklich erstaunlich ist[45].

Da Iulius Frontinus ohne ein *praenomen* überliefert wird[46], scheint es nützlich, weitere Mitglieder der weitverzweigten *gens Iulia* prosopographisch kenntlich zu machen[47]; dies führt nicht unbedingt zu einer Identifizierung, erweitert aber nach Ausschluß des Sextus Iulius Fron-

ROSCIA PEDVCAEA ALLIENA FABIA in § 7 und § 8; diese *lex* wird in den Mss. überliefert und in den *SGL* erwähnt: Vgl. Campbell 2000, 216–219 und 436 (Kommentar); Hyg. 4, 11; Agen. 33, 14; Sic. Flacc. 108, 19.

[44] Zur Gleichsetzung des *mons Mutela* mit dem Monte Gennaro vgl. Baumgarten 1750, Bd. 3, 30 § 45. Der Monte Gennaro (oder Monte Zappi) ist mit 1276 m der höchste Ortspunkt, der, nordöstlich von Rom gelegen, von dort aus sichtbar ist; vgl. Encyclopedia Britannica https://theodora.com/encyclopedia/l2/lucretilis_mons.html. Im *Liber Pontificalis* firmiert der Berg als *mons Lucretius* (od. *Lucretilis*; vgl. Hor. *carm.* 1, 17, 1 (ed. Klingner 1954)): *possessio in territorio Sabinensi quae cognominatur ad duas casas sub monte Lucretio* zur Zeit Silvesters und Konstantins; vgl. Mommsen 1898, 67, 16.

[45] Öffentlich zugänglich sind diese Urkundsstellen offenbar nicht gewesen; vgl. Brodersen 1995, 218–219 und dort n. 2. Hermon 2006, 191 sieht in der Stelle eine Anspielung auf den *ager Sabinus*; das könnte für den Autor auch auf das sabinische *Cures* hindeuten, das ungefähr im 2. Jh. n. Chr. aus der anfänglichen Bedeutungslosigkeit der republikanischen Ära herauszutreten begann.

[46] Parallel dazu läßt sich diese Gewohnheit in den kaiserzeitlichen Inschriften feststellen; vgl. Salomies 1987, 390–406; Salomies (391) weist »auf den Sprachgebrauch der kaiserzeitlichen Schriftsteller hin, in der (*sic*) sich die Bedeutungslosigkeit der Pränomina deutlich genug widerspiegelt.« Das Fehlen eines *praenomen* ist für die Datierung des Autors also nicht von entscheidender Bedeutung; auch hier kommt man in etwa auf die Mitte des 1. Jh. n. Chr.

[47] Ich kann damit endlich dem freundlichen Rat Wolfgang Kaisers (Freiburg/Breisgau) nachkommen, der mir einen solchen Ansatz bereits für meinen 2016 erschienenen Artikel »Echt oder unecht?« empfohlen hatte.

tinus, dessen *praenomen* »gewöhnlich weniger als 3%«[48] der Römer trugen, den Kreis der historisch greifbaren Persönlichkeiten. Neben möglichen *Iulii Frontini* wird im Folgenden die Suche, schon aus Gründen der Vollständigkeit, auch auf Personen mit dem Namen »Iulius Fronto« erweitert, da man nach dem *Explicit* in Ms. *A* fol. 27v auch von einer falschen Namensüberlieferung ausgehen kann[49]. Merkwürdigerweise hat sich die Forschung dieser Aufgabe nie wirklich angenommen, sondern sich mit der seit dem 15. Jh. angenommenen Verfasserschaft begnügt[50].

Einen Quintus Iulius Frontinus weist eine Kalksteintafel, datiert auf 101–250 n. Chr., aus der *Germania inferior* (Fundort: Bad Münstereifel), aus: *Matro[nis] / Austriah[enis] / C(aius) Iuliu[s] / Fronti[nus(?)] / l(ibens) m(erito)*[51]. Wahrscheinlich ähnlich datiert werden kann ein in der Oosterschelde (Schaar van Colijnsplaat, Zeeland) gefundener Altar der germanischen Göttin Nehalennia, der als Votiv eines Quintus Iulius Frontinus in der Provinz *Belgica*, vermutlich aus *Ganventa* stammt: *Deae Nehalennia[e] / Q(uintus) Iul(ius) Frontinus / v(otum) s(olvit) l(ibens) m(erito)*[52]. Ein weiterer Quintus Iulius Frontinus, Präfekt der 8. Freiwilligenkohorte, ist historisch durch eine Statuenbasis belegt: *Donum / deae Patr[i]/ae*

---

[48] Vgl. Salomies 1987, 50.

[49] *IULII FRONTONIS LIB. EXPLICIT FELICITER.* Dieses Schicksal teilt der Autor mit den *Explicit* seines berühmteren Namensvetters.

[50] Das gilt auch für die Diskussion einer hypothetischen Herkunft des Sextus Iulius Frontinus aus der *Gallia Narbonensis* auf Grundlage zweier Inschriften, die einen *senator* Quintus Valerius Lupercus Iulius Frontinus in *Vienna* nennen; vgl. CIL XII 1859 und 1860. Auch wenn Verwandtschaft zu Sextus Iulius Frontinus bestanden hat (Dorothea von Lunzer in RE VIII A1, Sp. 53, 7–16 hat diese Verbindung zurecht als fraglich bezeichnet), würde diese Identifikation nicht den gromatischen Verfasser betreffen, der ohne *praenomen* überliefert ist, sondern nur die Herkunft des Sextus Iulius Frontinus aus der *Narbonensis* wahrscheinlicher machen. Für diese Herkunft sprechen allerdings gute Gründe: Birley 2005, 68 n. 26 hat mit Verweis auf die Untersuchungen von Salomies 1987, 50 n. 100 und 204 auf die überdurchschnittliche Häufigkeit anderer *praenomina* als das typische C(aius) und Ti(berius) gerade in der *Narbonensis* hingewiesen. Zu den für Sex. Iulius Frontinus relevanten Inschriftenbelegen vgl. Rodgers 2004, 339–341.

[51] Alle Umschriften werden, soweit nicht anders angegeben, nach der Ephigraphik-Datenbank Clauss/Slaby EDCS präsentiert; vgl. EDCS-ID EDCS-24200284 u. die Epigraphische Datenbank Heidelberg EDH, https://edh.ub.uni-heidelberg.de/edh/inschrift/HD046996.

[52] Vgl. EDCS-ID: EDCS-23400560 = EDH HD-Nr: HD047363.

suae / Q(uintus) Iulius / Frontinu[s] / praef(ectus) coh(ortis) / VIII volun/tarior(um) d(edit). Diese Inschrift stammt aus der Provinz *Numidia* (Fundort: Thamugadi, heute Timgad). Durch die Erwähnung der *Cohors VIII Voluntariorum* läßt sich die Zeit auf 94–245 n. Chr. eingrenzen[53]. Um das Jahr 195 belegt ist aus Torlonia, Portus, ein Lucius Valerius Frontinus, *centurio* einer Vigilmannschaft, der der *Fortuna Domestica Sancta* einen Altar weiht (CIL XIV 6): *Fortunae / Domesticae. san/ctae. ara. pro salute / et reditu .L. Septimi / Severi Pertinacis / Auc.*(?et d. clodi) *Septi/*(?mi albini caesaris) / *L. Valerius Frontinus* / (centurio) *coh*(ortis) . *II* . *vigil*(um) . *sua pecunia / posuit cum suis / a*(?nimo) *l*(?ibens) *et v*(?otum) *f*(?ecit) *I*(?) / *Fl Iulianus cen / cor. IIII vigili*[54] Unsicher belegt ist ein Iulius Fronto (?), dessen Name (als einer von zwei Stiftern?) an einem Türsturz in Ebora (Évora), Provinz *Lusitania* gefunden wurde (1–100 n. Chr.): *L(ucius) Iulius Philomusus L(ucius) Iulius Fro[nto*[55]. Ebenfalls in der *Lusitania* (71–100 n. Chr.) hat ein Gaius Iulius Fronto seiner Frau einen Grabstein gesetzt: *C(aius) Iulius / Fronto / Vitulae / b(ene) m(erenti) d(e) s(uo) p(osuit)*[56]. Zwischen 51–100 n. Chr. kann eine Grabinschrift aus der Provinz *Noricum* (Fundort Slovenske Konjice) datiert werden, die einen Tiberius Iulius Fronto nennt: *T(itus) Iulius Bellicus dec(urio) / alae Asturum II / dec(urio) municipi(i) Cla(udiae) Celeiae / t(estamento) f(ieri) i(ussit) / Ti(berius) Iulius Frontonis f(ilius) Civis / frater et heres fecit*[57]. In einer weiteren Grabinschrift aus Tarquinia in *Etruria* (*regio* VII) (101–230 n. Chr.) sind ein Titus Iulius Fronto und eine Iulia Frontina nachweisbar: *D(is) M(anibus) T(ito) Iulio / Valenti vet(erano) / leg(ionis) V Maced(onicae) / m(ilitavit) an(nos) XXVI eq(uo) / vix(it) a(nnos) L T(itus) Iulius / Fronto fr(atri) ka(rissimo) / et Iulia Fron/tina et Iulia / Valentina / p(atri) p(ientissimo) posu[er(unt)]*[58]; eine andere Grabinschrift (Neapel, 151–250 n. Chr.) weist auf einen Gaius Iulius Fronto: *D(is) M(anibus) / Valerio Q(uinti) f(ilio) /*

[53] Vgl. EDCS-13800139 = EDH HD-Nr: HD018017; die Kohorte war eigentlich in Dalmatien stationiert: EDCS-ID: EDCS-12300242 = CIL XVI 38.

[54] Umschrift nach Keegan 2017, 107, mit Verweis auf CIL XIV 1 (11) in n. 40; vgl. ebenso Salomies 1987, 405.

[55] EDCS-ID: EDCS-11901487 = HD-Nr: HD002128.

[56] Der Fundort, das erst im 9. Jh. gegründete Badajoz, liegt in kurzer Entfernung zu Mérida; EDCS-ID: EDCS-20400058.

[57] EDCS-ID: EDCS-30301340 = HD-Nr: HD030924.

[58] EDCS-22500244 = CIL XI 3369.

Diodoreo / vixit annis XXX / C(aius) Iulius Fronto / b(ene) m(erenti)[59]. Eine sogar literarisch gesicherte Persönlichkeit, die von Tacitus, *hist.* 1, 20 (ed. Koestermann 1961), erwähnt wird, ist Iulius Fronto, Tribun einer stadtrömischen *cohors Vigilum* zur Zeit Galbas und Othos (69 n. Chr.) – Tac. *hist.* 2, 26 erwähnt auch seinen Bruder Iulius Gratus als *praefectus castrorum*); es ist unklar, ob er mit Lucius Iulius Fronto, »*praef(ectus) equi(tum)* und *IIII-vir iter(rum)*« in Wien identisch ist, ebenfalls wohl nicht mit einem weiteren Namensvetter[60].

Die relativ weite, durch die epigraphischen Zeugnisse abgedeckte Zeitspanne verdeutlicht, wie wenig belastbar die bislang von der Forschung als sicher betrachtete Datengrundlage ist. Mit einiger Sicherheit kann man sagen, daß der Autor ein Landmesser namens Iulius Frontinus (vielleicht auch Fronto?) gewesen ist. Sein *praenomen* hat sich, wie es Mitte des 1. Jh. n. Chr. allgemein üblich wurde, nicht überliefert. Zur Zeit der Abfassung von DE CONTROVERSIIS hält er sich nach eigener Aussage in nächster Nähe der Sabinerberge, also vielleicht sogar in Rom, auf und hat (wahrscheinlich) Zugang zu Urkundsstellen und Archiven. Mit Sextus Iulius Frontinus ist er nicht gleichzusetzen: Dafür fehlen jegliche Anhaltshaltspunkte, und auch stilistisch unterscheidet er sich nach dem Erhaltenen stark. Vor allem aber verbietet dies der Berufstand als *mensor*, der nach den epigraphischen Zeugnissen von Soldaten, einfacheren militärischen Offiziersrängen und von Freigelassenen (oft *Augusti liberti*) ausgeübt wurde – Iulius Frontinus kann also ein literarisch gebildeter Militär gewesen sein; die Zuschreibung an Sextus Iulius Frontinus entsteht aus der Wiederentdeckung der STRATEGEMATA im 15. Jh. und aus der darin resultierenden Begeisterung für den adligen Namensvetter in den zwei humanistischen Mss. dieser Zeit, die den Landmesser, ebenso wie die Edition Schrijvers 1607, als *vir consularis* betiteln. In dem, was in diesem Buch später (71–83) über Frontins Sprache gesagt werden kann, läßt sich griechische Herkunft oder griechischer Einfluß völlig ausschließen. Dafür finden sich keiner-

---

[59] EDCS-15100242 = CIL X 3042.

[60] Vgl. dazu Stein in RE X, 1 Nr. 248 Sp. 606, 38–53. Nach Heraeus 1885, 43 *ad l.* war Fronto damit Offizier einer aus sieben *cohortes* bestehenden Polizeiwache und Feuerwehr, deren Leiter, der *praefectus vigilum*, dem *praefectus urbis* unterstand. Die Angehörigen rekrutierten sich aus Freigelassenen. Ein weiterer Iulius Fronto (RE *loc. cit.* Nr. 249 mit Quellen) war Präfekt der Flotte in Misenum.

lei Hinweise im Text. Ihn eindeutig zeitlich zu verorten, ist unmöglich. Sprachlich lassen sich bei ihm Eigenheiten beobachten, die für eine spätere Einordnung als das 1. Jahrhundert sprechen, und in einem Fall sogar auf das 3. Jahrhundert weisen. Nach der Datierung derjenigen Autoren, die ihn namentlich zitieren, also die späte, COMMENTVM genannte Quellensammlung und die ebenfalls späte pseudo-boethische GEOMETRIA (beide ca. 5. bis 6. Jh.), ergibt sich für Iulius Frontinus damit ein Zeitraum Ende des 1., Anfang des 2. Jhs bis höchstens zum Anfang des 3. Jh.[61] Außer seinen (stark interpolierten) Texten DE AGRORVM QVALITATE und DE CONTROVERSIIS, für die das Jahr 37 n. Chr. den *terminus post quem* bildet, hat sich von ihm nichts erhalten. Die Benutzung bei Späteren deutet darauf hin, daß sein Werk recht bald nur noch unvollständig vorgelegen hat.

1.2. Iulius Frontinus: Der Text

Wie der LIBER GROMATICVS Hygins liegt auch das wenige, was von Iulius Frontinus überliefert wird, nur in einer stark interpolierten Fassung vor. Die Fragmentierung des Texts ist sogar stärker als diejenige Hygins, da ihm in früheren Editionen fälschlich mehrere Texte zugeschrieben werden, die nicht von ihm stammen. Mit einiger Sicherheit können ihm nur DE AGRORVM QVALITATE und DE CONTROVERSII MATERIAE zugeordnet werden[62]; deren *tituli* wurden in der Manuskripttradition aus dem Anfang des jeweils ersten Satzes extrahiert. Die Texte selbst können am Beginn eines Traktats gestanden haben; sicher ist auch das nicht, weil nur die *tituli* den Gedanken an einen Werkanfang hervorrufen. Denkt man sie weg, bleiben zwei Textstücke übrig, die nicht einmal inhaltlich aufeinander Bezug nehmen. Allein die Reihenfolge, *qualitates agrorum* als erstes, *controversiae* als zweites Thema, war wohl, gestützt auf die Anordnung der Themata im COMMENTVM, die richtige. Inhaltlich kann man diesen naheliegenden Schluß leider nicht ziehen: Daß in DE QVALITATE angeblich über *subsiciva* gesprochen wurde (§ 4), ist kein Hinweis darauf, daß DE CONTROVERSIIS, in

[61] Dem COMMENTVM lag der Text Frontins nur noch in einer mit Agenus durchsetzten Textfassung vor; auch die Verwechslungen Frontins mit Balbus in der GEOMETRIA lassen sich so erklären.

[62] Vgl. Fuhrmann 1960, 99.

denen ein Rechtsstreit *de subsicivis* ebenso behandelt wird (§ 16), auf einen vorangehenden Teil aufbaut. Im Fall der *subsiciva* ist der Text sogar eine vermutlich aus dem Agenustext entnommene spätere Zutat, die durch eben diese Erwähnung hervorgerufen wurde[63]. Ebenso hätte DE CONTROVERSIIS die Kenntnis derartiger Begrifflichkeiten einfach voraussetzen können – dies überhaupt ein logischer Fehler, den die Interpreten der Texte begehen, wenn sie thematische Ähnlichkeiten für Hinweise interner Textbezüge halten. Auch über die Intention lassen sich aufgrund des Erhaltenen keine belastbaren Hypothesen aufstellen; eine didaktische Absicht, wie sie beispielsweise im Belehrungs- und Unterrichtsanspruchs des Fragments 4 deutlich hervortritt, läßt sich aus den listenartigen Beschreibungen jedenfalls nicht herauslesen.
Aus diesem Grund verzichte ich auf die Analyse eines nur hypothetisch zu konstruierenden Werkaufbaus, wie ihn Lachmann und Thulin mehr oder weniger stark auch als Begründung ihrer Textkonstitution herangezogen, und referiere nur knapp den Inhalt der Frontinus zuweisbaren Stücke. Das wenige, was diesem Autor sicher gehörte, besteht nämlich nur aus listenartigen Zusammenstellungen und kurzen Definitionen, die das Wissen um die entsprechende Thematik nicht erläutern, sondern voraussetzen.

DE AGRORVM QVALITATE In § 1 werden die Felder in drei Kategorien oder Typen unterteilt. Iulius Frontinus geht in dieser Aufzählung systematisch vor; die Behauptung *agrorum qualitates sunt tres* wird durchnummeriert aufgezählt (*una ... altera ... tertia*) und sofort mit dem ersten Punkt das Referat fortgeführt. Dieser erste Punkt wird in zwei Unterpunkte rechtlicher Beschaffenheit (*condiciones*) zerlegt: *ager limitatus* und Land, das nach *strigae* und *scamna* unterteilt ist. Der letzte Punkt wird durch ein geographisches Beispiel der rund 200km südöstlich von Rom entfernt liegenden Gemeinde Suessa Aurunca (heute Sessa Aurunca, Provinz Caserta, Campania) unterstrichen. § 2 widmet sich dem Punkt 2 der Aufzählung (*ager mensura conprehensus*). Auch hier werden für den Feldertyp zwei Beispiele benannt, diesmal jedoch aus den spanischen Provinzen[64]. Der dritte Punkt des *arcifinius* wird ohne Beispiel in § 3 behandelt. Die Aufzählung dieses Typs listet natürliche Landgrenzen

[63] Siehe dazu den Abschnitt 1.8.1, 109.

[64] Salamanca in der *Lusitania* und Palencia in der *Hispania citerior*. – Zur Unmöglichkeit, aus der Erwähnung dieser Orte biographische Angaben über den Autor abzuleiten siehe 26.

wie Wasserscheiden und Gebirgszüge, aber auch durch Menschen angelegte Landmarken wie Gräben, Straßen oder Grenzbäume als Grenzen anstelle der *limites* auf. Nach dem Satz *In his agris nullum ius subsicivorum intervenit* am Ende des dritten Paragraphen ist der Text, wohl um das *ius subsicivorum* zu erläutern, mit Stellen aus Agenus und überhaupt aus der Thematik der *controversiae* redaktorisch erweitert worden; dieser Abschnitt hat nichts mit den hier behandelten Feldertypen zu tun.[65].

Der größte zusammenhängende Text Frontins wird durch die §§ 5–20 repräsentiert, in dem fünfzehn Typen (*genera*) von *controversiae* in kurzen Definitionen oder Beschreibungen aufgezählt werden. Dieser Teil des Werks ist auch der am stärksten rezipierte und rezipierende Text der *SGL*: Neben Agenus' DE CONTROVERSIIS AGRORVM und dem anonymen COMMENTVM finden sich gedankliche und wörtliche Spiegelungen in faktisch allen weiteren Autoren bis hinauf zur pseudo-boethischen ARS GEOMETRICA, so bei Hyginus 1 und, als eher literarische Analyse gebrochen, bei Siculus Flaccus[66]. Auch für DE CONTROVERSIIS MATERIAE kann man nicht davon ausgehen, den tatsächlichen Anfang des Texts (oder einen Text in unmittelbarer Nähe dieses Anfangs) vor sich zu haben. Inhaltlich kann das auch durch Agenus nicht gestützt werden, aus dem Lachmann ohne Begründung eine zweite frontinische Version des *controversiae*-Themas konstruieren wollte[67]. Der Abbruch der Überlieferung von DE AGRORVM QVALITATE in den Mss. der dritten Handschriftenklasse ist ebenfalls kein belastbarer Hinweis dafür[68].

DE CONTROVERSIIS MATERIAE In § 5 wird der Stoff ebenfalls systematisch mit *Controversiarum sunt duae, finis et locus* eingeteilt. Der Aufbau ist parallel zu § 1 *Agrorum qualitates sunt tres*. Danach werden die einzelnen *controversiae* aufgezählt, um dann in den folgenden fünfzehn Paragraphen (§§ 6–20) abgehandelt zu werden. Die Länge der Paragraphen schwankt: Der Paragraph § 14 zu DE IVRE TERRITORII gehört zu den längsten, wogegen die beiden

---

[65] Zur Unechtheit von § 4 siehe unten Abschnitt 1.8.1, 109–115.

[66] Vgl. zu [Boethius] 398,16–400,20 La, zu Hyginus 1 86,19–98,5 Th; beide Bezugnahmen (und die chronologische Einordnung, wer hier wen benutzt hat) harren bis heute einer von Philologie und Rechtsgeschichte unternommenen interdisziplinären Würdigung.

[67] Vgl. Abschnitt 1.3, 50.

[68] Der Anfang unterscheidet sich von der *praefatio* im LIBER GROMATICVS Hygins; beim Überlieferungszustand des Werks kann man auch annehmen, daß mit der Darstellung der *controversiae* nur ein neuer Abschnitt angefangen wurde.

§ 6 DE POSITIONE TERMINORVM	?*Agen. 26, 11–26*?	COMM. 58, 28–59, 26
§ 7 DE RIGORE	Agen. 31, 11–26	COMM. 60, 1–61, 2
§ 8 DE FINE	?*Agen. 27, 1–26*?	COMM. 61, 3–20
§ 9 DE LOCO	ø	COMM. 61, 21–62, 8
§ 10 DE MODO	Agen. 35, 3–26; 36, 1–37, 10	COMM. 62, 9–34
§ 11 DE PROPRIETATE	Agen. 39, 1–40, 16	COMM. 62, 35–63, 29
§ 12 DE POSSESSIONE	Agen. 40, 17–23	COMM. 63, 30–64, 2
§ 13 DE ALLVVIONE	Agen. 42, 3–44, 23	COMM. 64, 3–30
§ 14 DE IVRE TERRITORII	Agen. 44, 24–46, 7	COMM. 64, 31–66, 17
§ 15 DE SVBSICIVIS	Agen. 40, 24–42, 2	COMM. 66, 18–28
§ 16 DE LOCIS PVBLICIS	Agen. 46, 11–47, 8	COMM. 66, 29–67, 20
§ 17 DE LOCIS RELICTIS ET EXTRA CLVSIS	Agen. 47, 9–22	COMM. 67, 21–68, 8
§ 18 DE LOCIS SACRIS ET RELIGIOSIS	Agen. 47, 23–48, 25	COMM. 68, 9–32
§ 19 DE AQVAE PLVVIAE TRANSITV	Agen. 48, 26–49, 11	COMM. 69, 1–9
§ 20 DE ITINERIBUS	Agen. 49, 12–25	COMM. 69, 10–20

Tabelle 1.1. Übersicht der bei Frontin, Agenus und im COMMENTVM behandelten *controversiae*

vorangehenden Paragraphen zu DE POSSESSIONE und zu DE ALLVVIONE kaum mehr als eine knappe Information enthalten. Aus der Länge oder Kürze der Abschnitte läßt sich jedoch nicht (oder nicht mehr) auf etwaigen Textausfall schließen: Die 15 *controversiae* machen in ihrer Darstellung einen zwar unterschiedlich ausführlich behandelten, sonst aber recht kohärenten Eindruck. Fast immer werden sie, darin dem »Katalog« der *coloniae* bei Hyginus vergleichbar, im Arcerianus *A* von Illustrationen beschlossen; das spricht für eine enge Abstimmung der Text-Bildgestaltung zwischen Miniator und Schreiber[69].

Entsprechende Passagen im Agenus oder in der Quellensammlung des anonymen COMMENTVM, die ebenfalls die *controversiae* behandeln, sind dagegen teilweise beträchtlich umfangreicher (Tabelle 1.1)[70]. Da die

[69] Die Kohärenz der Abschnitte hat Lachmann wohl auch gezwungen, ein zweites Buch mit der Behandlung der *controversiae* anzunehmen. Es gibt wenige Stellen in den *controversiae*, die unter kodikologischem Gesichtspunkten Textausfall vermuten lassen, ohne ihn aber so überzeugend belegen zu können, daß er Eingang in den textkritischen Apparat fände: Dazu kann wahrscheinlich nur die in der Überlieferung von *S* gestörte Passage der §§ 11–13 und teilweise auch § 15 gezählt werden.

[70] Ich habe in Klammern diejenigen Stellen aus Agenus und dem anonymen COMMENTVM hinzugefügt, deren *tituli* nicht von Lachmann, Thulin oder darauf aufbauenden Editionen aus der Liste Frontins konjiziert wurden und *kursiviert* und in »?« diejenigen Stellen gestellt, an denen Agenus gegen die Ed. Thulins diese *controversiae* explizit benennt (s. auch 48). Eindeutige Referenzstellen und Entsprechungen im

Zahl der *controversiae* nicht erweitert wurde – die Kontroverse in fr. 1 DE ARBORVM FRVCTIBVS kennt auch das COMMENTVM nicht – kann man, die Überlieferung eingerechnet, einigermaßen sicher sagen, daß auch der Frontintext nicht über fünfzehn Streitfälle hinausgegangen ist. Eine davon unabhängige Frage ist diejenige der Vollständigkeit der überlieferten Texte. Bei der Rezeption gerade von DE CONTROVERSIIS[71] liegt die Vermutung nahe, daß »frontinisches« Material in den Agenus und das COMMENTVM geraten ist. Aber auch der umgekehrte Fall, daß nämlich Frontinus mit Fremdmaterial angereichert oder erläutert wurde, ist möglich und wird in der bisherigen Forschung leider zu wenig bedacht. Daß auch das stattgefunden hat, erkennt man an der Frontin zugeschriebenen Nebenüberlieferung DE LIMITIBVS aus dem LIBER GROMATICVS Hygins. Und schließlich könnte man beim listenartigen Charakter von DE CONTROVERSIIS sogar annehmen, daß mit der Liste dieser 15 Fälle nur die Epitome einer längeren, verlorenen Schrift überliefert wurde[72]. Ohne den Boden gesicherter Fakten zu verlassen, läßt sich Folgendes festhalten: Die beiden Frontinus zuzuweisenden Textfragmente sind Reste eines Werks, das von späteren Autoren der *SGL* ausgiebig rezipiert und schlußendlich, wie im Fall von DE CONTROVERSIIS, vollständig assimiliert wurde. Es ist deshalb unmöglich, aus den späteren Autoren irgendeinen Frontin-Text zu ›retten‹. Andererseits kann auch nicht ausgeschlossen werden, daß das uns von Frontin Erhaltene ebenfalls in der Überlieferung, z. B. durch Glossierung oder bewußte Kürzungen, verändert wurde. Insgesamt ist es eine hypothetische (und damit

Text fehlen zu DE POSITIONE TERMINORVM, zu DE FINE und zu DE LOCO im Agenus; Agen. *grom.* 30,12–31,10 wird vom Autor selbst als *controversia moti termini* (31,7) bezeichnet; von der Fallbeschreibung her unterscheidet sich die mutwillige Umsetzung eines Marksteins von dem in § 6 geschilderten Streitgrund. Bei allen ergänzten *tituli* haben Thulin oder Lachmann Textausfall angenommen. Agenus' Darstellung ist wegen der erwähnten Winkellösung nach *hebes*, *rectus* und *acutus* offensichtlich auch mathematischer. – Carder 1976, 38 setzt in seinem Vergleich die von Thulin ergänzten *tituli* ein, berücksichtigt aber nicht das COMMENTVM.

[71] Man denke vor allem an die inkonsistente und streckenweise krude *status*-Lehre, die Agenus entwickelt.

[72] Vgl. Campbell 2000, xxix n. 63. Dies würde natürlich bedeuten, auch DE CONTROVERSIIS von der Liste der echten Werke streichen zu müssen. Es gibt aber für diese Annahme keine Hinweise in den Inskriptionen in Verbindung mit den *tituli*, auch wenn Suski 2017, 26 n. 6 zu Recht darauf hingewiesen hat, daß im Titel einer Epitome das Wort *Epitome* nicht immer geschrieben wurde.

weitgehend müßige) Beschäftigung, die beiden kurzen Textstücke gedanklich zu erweitern: Daß DE AGRORVM QVALITATE und DE CONTROVERSIIS nur Teile einer sonst nicht erhaltenen Schrift sind, ist eine Beobachtung, die jeden, der um das Schicksal anderer lateinischer Werke in der Überlieferung weiß, nicht weiter überraschen kann[73].

Erstaunlicherweise wird die mit dem Erhaltungszustand verbundene Beschränkung weitreichender Schlußfolgerungen gerade für Frontin nicht einfach akzeptiert, obwohl der Text auch ohne den berühmten Autor für die Geschichte der römischen Landmessung wichtig bliebe[74]. In Verbindung mit der Annahme eines Sextus Iulius Frontinus zugehörenden Werks hat man auch versucht, aus den fünfzehn *controversiae* einen unter den Flaviern staatlicherseits sozusagen sanktionierten »Katalog« abzuleiten, ohne daß der Text sicher in diese Zeit datiert werden könnte[75]. Der Autor wird auf diese Weise historisch unsicher verortet und eine in den *SGL* häufig vorkommende übersichtlichen Zusammenfassung über Gebühr interpretiert[76]. Es gilt deswegen weiterhin die

[73]Vgl. Guillaumin 2005a, 130: »Nous n'aurons en conséquence qu'un nombre assez réduit de pages attribualbles véritablement à Frontin, et il y a bien des chance pour qu'il s'agisse d'excerpta d'une œvre dont nous aurions perdu l'intégralité.« Chouquer 2020, 106 liest daraus falsch die Idee eines breiter angelegten Werks: »...et sur ce point il faut rappeler l'hypothèse de J.-Y. Guillaumin qui pense qu'il s'agit probablement de résumés d'une œuvre dont on aurait perdu le texte plus développé.«

[74]Zu diesem richtigen Hinweis vgl. Campbell 2000, xxviii: »Nevertheless, the text, which is coherently expressed and unlikely to be later than the second century A.D., remains good evidence for surveying practices.«

[75]Vgl. Castillo Pascual 2014, 149 (und 153): »In dem Katalog von fünfzehn Kontroversen, der unter den Flaviern veröffentlicht wurde und mit einigen Änderungen unter Trajan noch zur Anwendung kam...« Die angebliche Systematik erkennt Castillo in einer bewußten Abkehr Hyginus 1', »der in der Zeit Trajans lebte«, und mit seinen sieben Kontroversen (Castillo zählt sechs und übersieht DE VIA 97, 23 Th) »andere Klassifikationsmethoden und die Bodenpolitik einer neuen Dynastie beachtete.« Die Datierung des unidentifizierbaren *Hyginus maior* ist bei Castillo ebenso eine Vermutung wie die Datierung des Katalogs nicht bewiesen werden kann, sondern über die unerweisbare Autorschaft des Sextus Iulius Frontinus einfach behauptet wird. Warum der frontinische Katalog einerseits bis in die Zeit Trajans gültig gewesen sein soll, andererseits um mehr als die Hälfte zusammengestrichen und angepaßt wurde, wird weder begründet noch die Überlieferung dieses Autors genügend berücksichtigt.

[76]Vgl. Balb. *grom.* 94, 13 La zu den *appellationes mensurarum*, 98, 6 La zu den *genera extremitatium*, 99, 3 La zu den *linearum genera* oder 100, 5 La zu *genera angulorum*.

quellenkritisch notwendige, von Campbell gültig formulierte Selbstbeschränkung, nach der man weder einen erste systematische Erfassung der Landmessung, noch eine Beeinflussung anderer Autoren durch Frontinus nachweisen kann, und sich ebenso Aussagen über die Art und Weise verbieten, in der er selbst andere Quellen rezipiert haben könnte[77].

Unter der im vorangehenden Kapitel vorsichtigen Verortung des Autors zwischen dem Ende des 1. Jh. und dem Ende des 2. Jhs. und den von Campbell formulierten Beschränkungen erlaubter Schlußfolgerungen soll deswegen hier der Versuch unternommen werden, wahrscheinliche Bezüge von DE AGRORVM QVALITATE und von DE CONTROVERSIIS bei anderen Autoren nachzuzeichnen, auch wenn entsprechende Aussagen vor dem Hintergrund der in weiten Teilen immer noch mangelhaften editorischen Erschließung der Texte unter großem Vorbehalt zu lesen sind.

Eindeutigen Bezug zum Frontintext hat der anonyme Verfasser des COMMENTVM. Er verwendet sowohl DE AGRORVM QVALITATE, als auch DE CONTROVERSIIS. Durch den zeitlichen Abstand zu Frontinus (und zu Agenus) ist für diesen Autor das darin geschriebene Latein schon so dunkel und unverständlich, daß es erklärt werden muß[78]. Gleichzeitig ist sein

[77]Campbell 2000, xxxi: »To conclude, it is impossible to say either that Frontinus established a systematic technical vocabulary for surveying, or that he influenced later writers to any significant degree. There is not enough material clearly ascribed to Frontinus to judge these points, and we do not know what other writings about surveying were in circulation when he wrote. So, it is possible that Frontinus was copying another source, now lost, and that this source may have been used by later writers. Or parts of Frontinus' text may have circulated combined with other works. Moreover, in respect of key issues we should expect certain methods and approaches to be commmonplace in technical treatises of this kind, e.g., the setting out of general definitions and the exposition of technical points, combined with examples taken from practical experience. Frontinus' role in land survey and his contribution to its study, though seemingly impressive, remain shadowy.« – Gerade diese fehlende Möglichkeit, Frontins Texte unter dem Aspekt zu untersuchen, welche Quellen er benutzt hat, unterscheidet den Autor von anderen Schriftstellern der *SGL*, die in dieser Hinsicht durch die ausführlichere Darstellung ihrer Methoden viel mehr von sich preisgeben.

[78]Vgl. COMM. 51, 7–10 Th. *Suscepimus qualitates agrorum tractandas atque plano sermone et lucido exponendas, et volumus ut ea, quae a veteribus obscuro sermone conscripta sunt, apertius et intelligibilius exponere.* Guillaumin 2014, 50 n. 3 möchte darin eine über Cic. *Tusc.* 4, 10 (ed. Pohlenz 1976) vermittelte Anspielung auf pytha-

Werk, vor allem im zweiten Teil zu den *controversiae*, nicht so sehr Erläuterung, sondern eine Zusammenstellung von relevanten Quellentexten gewesen. Die Idee eines »Kommentars« kommt wohl auch daher, daß man *commentum* = *commentarium* versteht[79]. Diese Übereinstimmung gibt es nicht; ein *commentum* ist mit Isid. *diff.* 1, 90 eher eine Textkollation denn ein Kommentar gewesen[80]. Das COMMENTVM zitiert den Text des Iulius Frontinus und auch den anderer Autoren der *SGL* wörtlich. Eine anderes Problem ist die Frage, welcher Frontintext dem anonymen Verfasser vorgelegen hat. Mit Sicherheit ist es nicht die Fassung der Arceriani gewesen, doch auch die genaue Übereinstimmung mit der palatinischen Redaktion läßt sich an manchen Stellen ebensowenig behaupten, da die Varianten zu stark voneinander abweichen[81]. Teilweise ist das, was der Autor für Frontinus gehalten hat, auch nicht Frontin gewesen, sondern Agenus: der Frontintext war also bereits interpoliert; und schließlich bleibt die Schwierigkeit, zwischen bewußten Änderungen des Autors oder einem von der Frontintradition unterschiedenen Text entscheiden zu müssen; das bezieht sich auch auf diejenigen Stellen, an denen das COMMENTVM Frontin für das behandelte Thema nicht zitiert, obwohl Text Frontins zur Verfügung gestanden hat und man vor der Frage steht, ob dem anonymen Verfasser der Text an dieser Stelle komplett fehlte oder ob er sich nur für eine andere Quelle entschied, die ihm für seine Darstellung geeigneter erschien – all diese

---

goräische *obscuritas* sehen. Zur Zeit des COMMENTVM werden die Menschen das Latein der *SGL* aber teilweise schlicht nicht mehr verstanden haben; vgl. dazu Kramer 1997, 151–152 mit Verweis auf Isid. *synon.* II 68 (ed. Elfassi 2009 = PL 83, 816A MIGNE): *cum autem doces, noli verborum obscuritate uti; ita dic, ut intelligaris, nec simplicibus loquendo displiceas.*

[79] Vgl. exemplarisch Campbell 2000, xxxiv: »As argued above, the *Commentum* or ›Commentary‹...«.

[80] Isid. *diff.* 1, 90 *Commentum vel commentatum volumen id est ex diversis libris collatum scilicet ex veteri et novo testamento*; vgl. auch Lindermann 2016, 32. Das Druckbild in den Editionen drückt diesen Aspekt des COMMENTVM leider nur unzureichend aus. Bei Thulin entsteht der Eindruck eines zusammenhängenden Texts; erst mit der Edition von Guillaumin 2014 wird der Versuch unternommen, durch Auszeichnung im Druck eindeutige Fremdquellen zu kennzeichnen.

[81] Falsch deswegen Campbell 2000, xxxiv: »The anonymous commentator used a text of Frontinus close to that preserved in the Arcerianus manuscript...« und auch Thulin 1913b, 111: »Die frontinischen Exzerpte des Commentum stimmen mit dem Wortlaut des Frontinus in P genau überein, wo der Autor in nicht absichtlich geändert hat,...«

Fragen lassen sich aus heutiger Sicht nicht mehr zufriedenstellend beantworten.

In DE AGRORVM QVALITATE muß der anonyme Autor, nach seinem Frontin-Zitat 52, 3–5, für den *arcifinius* 53, 1–2 so etwas wie *Tertia arcifinii agri qualitas est* gelesen haben, wenn man schlußfolgert, daß er seine *oratio obliqua* und die A.c.I. konsequent nach der Vorlage konstruiert; ebenso liest er bereits die Glosse *arcifinius ager ab arcendis hostibus* (jedoch ohne die »Quelle« Varro; ausgelassen?). In 53, 14–17 *hic ager habet condiciones duas, unam qua plerumque limitibus continetur, alteram qua per proximos possessionum rigores assignata est* vergißt er aber, oder hat nicht mehr, die Angabe *sicut in Campania Suessae Aruncae*. Zwischen dem Zitat zum *arcifinius* und dem *ager divisus et adsignatus* fügt er außerdem eine zweite Bezeichnung des *arcifinius* als *ager occupatorius* ein und im Zusammenhang mit der Begrenzung des *arcifinius* durch *iugera montium* (53, 10–11) auch eine Herkunftserklärung dieses Worts. Nach dem *apparatus fontium* bei Thulin sind hier Hyginus 1 und Sicculus Flaccus benutzt worden, doch der Autor erwähnt sie nicht, wie sonst, wörtlich[82]. Man kann also nicht genau sagen, ob diese Zitate nicht bereits in seinen Frontintext eingeflossen sind und von ihm als »frontinisch« identifiziert wurden. So schließt er an den Satz 55, 14–16 (= § 2) *hunc agrum multis locis mensores, quamvis extremum mensura conprehenderint, in formam in modum limitum condiderunt.* mit 55, 16–20 *formarum quinque sunt genera — horum sunt species infinitae* ein Balbus-Zitat an, ohne daß er wie sonst seine Quelle nennt[83]. Ebenso ist fraglich, ob er tatsächlich emendierend in den ihm vorliegenden Text zum *arcifinius* eingegriffen hat, wie Thulin 1913b, 111 meint: Die eingeschobene Glosse im Satz von Ms. *P etsi qua loca hoc est quae ante a possessore potuerunt obtineri* kann schwerlich zu *et per ea loca quae antiquitus a possessore potuerunt obtineri* verändert worden sein (Bezug zu den *codices mixti* kann wegen dort stehendem Nominativ *possessores* ebenfalls nicht vorliegen): hier hat er offenbar eine andere Fassung benutzt. Auch fehlt ihm der letzte Satz des § 4 (= 3, 13–15 Th) *Ager extra clusus est, qui extra finitimam lineam et centurias interiacet, ideoque extra clusus, quia ultra limites finitima linea cludatur*[84].

In DE CONTROVERSIIS zitiert der Verfasser gegen die Angaben Thulins in der Teubnerausgabe nicht wörtlich (diese Vermutung verbietet eigentlich das

[82] Vgl. Hyg. *grom.* 78, 5 Th (78, 9; 79, 2; 87, 5) und Sic. Flacc. *grom.* 101, 14 (102, 1; 115, 17; 118, 8).

[83] Balb. *grom.* 104, 3–7 La (= Guillaumin 1996, 68–70, §§ 2–3). Vgl. Thulin 1913b, 111–12; diese Stelle allein ist geeignet, Lachmanns Vermutung eines »mathematischen« Texts von Iulius Frontinus zu erschüttern, da sie in unmittelbarer Nähe zum angeblich »frontinischen« Fragment Balb. *grom.* 107, 10–108, 8 La steht.

[84] Diesen Satz bewahrt Ps.Boeth. EXCERPTAE GEOMETRICAE ARTIS 398, 13–15 La.

folgende *ut ait Frontinus* 58, 22 Th), sondern unterschlägt den Relativsatz *quidquid ex agro disconvenit*, um gleich mit *sed quoniam singulae controversiae diversis condicionibus obligantur, propriae nominandae sunt* fortzufahren. Hier greift er einmal mit Änderung der Konstruktion *condicionibus obligare* statt *condiciones habere* in den Text ein (oder las ihn bereits so?) und läßt hinter *sed quoniam* mit *in his quoque partibus* (in Ms. *P* zu Frontin fol. 12r vorhanden!) wieder einen Teil des Zitats ausfallen. Einen deutlichen Hinweis darauf, daß dem Verfasser des COMMENTVM eben nicht bloß ein Text vorgelegen hat, der einfach die palatinische Redaktion abbildet, sieht man auch daran, daß er zwar, leicht abgewandelt, *genera controversiarum sunt numero XV* aus Frontinus zitiert, aber diese Liste dann nicht aufzählt. Auch hier ist also unklar, ob der Frontin-Text, der ihm vorgelegen hat, diese Liste überhaupt hatte[85]. In der *controversia* DE POSITIONE TERMINORVM unterscheidet sich der fast ganz zitierte § 6 in einigen Punkten wesentlich von der Überlieferung der Frontin-Mss.[86]: 1) *de horum opinione consistit in mensoris definitione...* : fehlt ; 2) *...secundum proximi temporis possessiones. Quae, si non conveniunt, diversas attiguis possessoribus faciunt...* : *Qui si secundum pristini temporis possessionem non conveniunt, diversas attiguis possessoribus controversias g e n e r a b u n t*. An dieser Stelle ist zweierlei auffällig: Der COMMENTVM-Schreiber kennt wie das Ms. *S* das in den Mss. *AP* nicht vorhandene *quae si*; allerdings schreibt es *S* an einer anderen Stelle; statt *proximi temporis* schreibt er *pristini temporis* (falsche Auflösung einer Ligatur?)[87]; 3) *...et ab integro alius forte de loco, alius de fine litigat* : *sed alius forte de loco alius de fine litigat* (*ab integro* fehlt). 4) Daß der Frontintext tatsächlich ein anderer gewesen ist, wird auch daran deutlich, daß der Verfasser 59, 10–11 Th (9 Gui) einen Text des Agenus als wörtliches Frontinus-Zitat ausweist: *in istis, ut ait Frontinus, velud instantium argumentorum oportunitas c o n -*

---

[85] Vielleicht resultiert daraus seine in doppeltem Sinn deplaziert wirkende Methodenkritik an Frontin COMM. 58, 23–27 Th; vgl. Campbell 2000, xxxiv.

[86] Ich wähle auch hier die meist kommentarlose Gegenüberstellung. Die Reihenfolge ist stets Front. : COMMENTVM. In Sperrstellung markiert werden vermutet b e w u ß t e Änderungen des Autors.

[87] Wegen *quae si* und wegen der naheliegenden Verlesung *pristini* aus *proximi* halte ich die Variante weder für ein Versehen des Kommentators (Guillaumin 2014, 75 n. 159), noch für willentlichen Eingriff in den Text, wie Del Lungo 2004, 289 n. 46 (zitiert nach Guillaumin) annimmt. Dem anonymen Kommentator werden nur diese beiden Optionen, Verschreibung oder absichtliche Änderung, gelassen; an die Möglichkeit, daß er einen anderen Frontintext vor sich hatte, wird nie gedacht.

troversialis aptatur = Agen. 28, 12–13 *in illam quoque velut extantium argumentorum opportunitas aptatur*: Der Frontintext des COMMENTVM war also bereits durch Agenus interpoliert. Das bedeutet im Umkehrschluß, daß man mit dem COMMENTVM keine Aussage über den »echten« Frontin treffen, sondern im besten Fall aus seinen Zitaten ein klareres Bild seiner Vorlage(n) gewinnen kann[88]. Gleichzeitig ist das falsche Zitat ein Hinweis auf die teilweise falsche Rekonstruktion des Agenus: Obwohl der anonyme Autor des COMMENTVM es nämlich im Abschnitt DE POSITIONE TERMINORVM verortet, steht es in den Agenusrekonstruktionen der Editionen noch vor diesem Streitfall[89]. Für die Kontroversen DE RIGORE, DE FINE, DE LOCO und DE MODO nimmt der COMMENTVM-Schreiber seinen Text nicht aus Frontinus. Neben einem beträchtlichen eigenen Beitrag vor allem zu DE RIGORE, eher unüblich im zweiten Teil der Quellensammlung, finden sich vor allem Anleihen aus dem historisch schwer faßbaren Hyginus 1[90]. Ein Frontintext als Quelle oder Vorlage scheidet hier vollständig aus. Erst in DE PROPRIETATE ist Frontinus als Quelle (oder vermittelt über Agenus?) wieder nachweisbar, teilweise mit Abweichungen gegenüber der Frontintradition: statt *nam et per hereditates aut emptiones eius generis* schreibt der anonyme Verfasser (63, 19 Th) *nam per emptiones vel hereditates huius generis*[91], und es fehlt der abschließende Relativsatz *de quibus iure ordinario litigatur*. In DE POSSESSIONE weicht der Verfasser wieder von der Frontinüberlieferung ab: § 12 *de possessione controversia est, de qua ad interdictum, hoc est iure ordinario litigatur* : *de possessione fit controversia quotiens de totius fundi statum per interdictum hoc est iure ordinario litigatur*[92]. Von DE ALLVVIONE hat das COMMENTVM nichts aus dem in den Haupthandschriften überlieferten kurzen Frontintext (überraschenderweise auch wenig aus Agenus = 43, 4–8), dafür aber, folgt man Thulins Quellenapparat, aus Hyginus 1. Die Problematik, welcher Frontintext dem COMMENTVM vorgelegen hat, setzt sich auch in DE IVRE TERRITORII fort (§ 14; hier wird Frontin nur auszugs- oder besser schnipselweise verwendet, und der

---

[88] Für das Agenus-Zitat ist der ältere Arcerianus *B codex unicus*.

[89] Der Beginn von DE POSITIONE TERMINORVM Agen. *grom.* 30, 12 Th ist keineswegs sicher; in den Editionen ist der *titulus* eine Konjekturalleistung Lachmanns.

[90] Vgl. den *apparatus fontium* bei Thulin 1913a, 61.

[91] Vgl. auch Agen. *grom.* 39, 23 Th *Nam per emptiones quasdam solet proprietas...*

[92] Thulin zeichnet COMM. 63, 30–31 ohne Grund die Worte *fit* und *quotiens de totius fundi statum per* als eigene Worte des COMMENTVM aus; natürlich kann der anonyme Verfasser in den Text eingegriffen haben; andererseits kann er diesen Text ebensogut in ›seinem‹ Frontin gelesen haben (*fit* steht § 13).

Schreiber muß einen Text gelesen haben, in der nicht *controversia ad ipsam urbem pertinens* gestanden hat, sondern entweder (wahrscheinlicher) *pertinent* oder sogar *pertinentibus*, jedenfalls etwas, das grammatikalisch mit den *privata opera* in Verbindung gebracht wurde[93]. Damit steht das COMMENTVM gegen alle Mss. der frontinischen Überlieferung. Sein Text hat zwar schon die Glosse *eum dico locum, quem nec ordo nullo iure a publico poterit amovere*, doch muß diesem der einheitlich überlieferte Ausdruck *nec ordo* gefehlt haben, da er 65, 5–6 Th mit *hic locus est, qui a publico nullo iure poterit amoveri* im Passiv konstruiert. Die Zeilen 65, 6–8 entsprechen dann weitgehend, bis auf kleine Umstellungen in der Wortreihenfolge (z. B. *quod publicis operibus datum est aut destinatum* statt *quod op. publ. datum fuerit aut destinatum*), allerdings auch hier mit *datum est* unterschieden von *datum fuerit* (*fuerat*) in den Mss. zum Frontintext. Vom Satz *Huius soli — sicut in Piceno* hat er nur *maxima pars finium coloniae est adtributa*, gibt diesem Stück aber (65, 12–17) durch ein eigenes Potpourri aus Hyginus 1, Siculus Flaccus und Hyginus 2 einen ganz anderen Charakter, um erst dann das Lokalbeispiel *Picenum*, auch hier wieder mit Abweichungen gegenüber der Frontintradition zu zitieren[94]. Die etymologische Glosse zum *territorium* (= *hostis terrendi causa*) stimmt dann wieder mit dem Palatinus *P* überein (66, 16–17). In DE IVRE SVBSECIVORVM (66, 18–28) beschränkt sich die »Verwendung« Frontins auf einen kurzen Satz – der allerdings nicht aus § 15 DE SVBSICIVIS stammt, sondern aus dem (unechten) § 4: *cum centuria expleri non potuit*[95]. In der *controversia* DE LOCIS PVBLICIS § 16 wird auf Frontin im COMMENTVM (66, 29–67, 21 Th) eigentlich nur im ersten Satz Bezug genommen. *De locis publicis ... quotiens ea loca, quae neque assignata neque vendita fuerint* zeigt wegen *ea loca quae* Bezug zu den *codices mixti FES*, die genauso schreiben[96]. Ebenso wird das Lokalbeispiel 67, 1 Th *ut ex proximo in Sabinis in monte Mutela* (das richtige Toponym so nur in der palatinischen Redaktion) vom Ende des § 16 zitiert. Vom Zwischenteil im Frontin, das von einer durch veränderten Wasserlauf entstandenen

[93]Vgl. COMM. 64, 31–34 *cum quidam privatorum aut pomerium eius urbis privatis operibus inverecunde vult pervadere aut avare de locis publicis, hoc est ad ipsam urbem pertinentibus.*

[94]*Oppidi partem* : *partem oppidi*; *fuisse fertur et postea* : *fuisse et postea fertur*; *nam non omnia* : *nam omnia.*

[95]Vgl dazu, dort auch ausführlicher zum COMMENTVM, Abschnitt 1.8.1, ab 109.

[96]*Fuerint* wiederum schreiben nur Arcerianus *A* und Palatinus *P* (*om.* Mss. *FE*, *sunt S*).

Insel referiert, haben sich im COMMENTVM nur Bruchstücke erhalten (67, 18–19 Th *et ubi vis aquae alvei Tiberis populi Romani tantum modo insulam fecit, locus est publicus. Silvae etiam sunt...*). Allerdings kann die schon bei Frontin fragwürdige Textposition dieser Beschreibung, die eher zu DE ALLVVIONE paßt, auch über Agen. 42, 18–43, 8 Th, besonders 42, 20–22 beeinflußt sein – dort steht sie allerdings tatsächlich in DE ALLVVIONE und nicht in DE LOCIS PVBLICIS[97]. Das Ende des § 16 *nam et coloniarum — ut subsiciva concessa* fehlt; gleiches gilt für den letzten Satz des § 17 mit dem Lokalbeispiel Méridas: *multis enim locis — finibus Augustinorum* von DE LOCIS SACRIS ET RELIGIOSIS (= 67, 21–68, 8 Th); auch hier ist unklar, ob der Satz in der Quelle überhaupt stand oder, unwahrscheinlich bei der sonstigen Zitationsweise mit Toponymen[98], bewußt ausgelassen wurde. Für DE LOCIS SACRIS ET RELIGIOSIS (§ 18) läßt sich aus Thulins Angabe im *apparatus fontium* schließen, daß das COMMENTVM (68, 9–32 Th) Frontin fast komplett zitiert; im direkten Vergleich bleibt von dieser Behauptung kaum etwas übrig. Der Abschnitt bietet aber einen wertvollen Einblick in die Art und Weise des anonymen Verfassers, mit der er den Frontintext bearbeitet: Die bei Frontin in den Relativsatz geschobene Hauptaussage *de locis sacris et religiosis controversiae plurimae nascuntur, quae iure ordinario finiuntur* kürzt er straffer zu *de locis sacris et religiosis controversiae plurimae iure ordinario finiuntur* (68, 9–10 Th). Vom § 18 verwendet er wieder das Ende: Aus *secundum cautiones modus finis est restituendus* wird beim COMMENTVM-Schreiber *secundum cautionem modus restituebatur* und aus *mausolea iuris sui hortorum modos circumiacentes aut praescriptum agri finem* wird *moesilea vero habent iuris sui hortorum modum circum iacentem vel praescriptum agri finem*, was nahelegt, daß die konsequente Verwendung des Singular anstelle des Plural wohl nicht auf eine versehentlich falsch aufgelöste Ligatur zurückgeht, sondern schon seine Quelle den Singular verwendete hatte[99]. Ganz anders ist das am Ende von DE AQVAE PLVVIAE TRANSITV, wo das § 19 stehende *exigit mensoris interventum* im

[97] Thulin erwähnt im *apparatus fontium* diesen Agenusbezug nicht. Ob die Anschwemmungsproblematik eine Datierung in der späten Kaiserzeit wahrscheinlich macht, wäre bedenkenswert; Bono 2022 hat die Regulierungsvorschriften der römischen Juristen in späterer Zeit anhand der Novell. Theod. 20 nachvollzogen. Vgl. andererseits zum Kataster von Lacimurga Hettinger 2017.

[98] Vgl. COMM. 55, 9–12; 62, 35; 63, 6; 65, 17–19 Th.

[99] Warum von Thulin *vel* als bewußte Änderung interpretiert wird, ist unverständlich; die Quelle kann hier wie sonst *vel* vor *aut* präferiert haben, was im Latein der Fachschriftsteller üblich ist. Ebenso kann man aus dem Fragment *locorum religiosorum*

COMMENTVM bewußt zu *sed hoc mensoris est peritia finiendum* (69, 8–9 Th) verändert ist. Auch bei dieser *controversia* hat der Verfasser scheinbar nur die Definition aus dem ersten Satz verwendet. Mit *De aquae pluviae ... secans finem alterius fundi influit* (69, 1–3 Th) unterscheidet sich sein Text nur im Ausdruck *finem alterius fundi* vom *finem alterius fundum* bei Frontin, wohl deswegen, weil er nicht mehr sah, daß *finem* Akkusativobjekt zu *secans* ist[100]. Fast vollständig verwendet wird § 20 DE ITINERIBVS (69, 10–20 Th). Als einziger Satz fehlt im COMMENTVM *omnes enim limites secundum legem colonicam itineri publico servire debent*, was einer veränderten rechtlichen Situation geschuldet sein kann, die den Satz obsolet machte, oder wieder darauf zurückgeführt werden muß, daß der Satz im Frontintext des COMMENTVM-Verfassers schlicht fehlte[101]. Auch in dieser *controversia* läßt sich nicht ausschließen, daß dem Autor ein abweichender Frontintext vorlag, wenn er (69, 13–14 Th) mit *et sunt in usu agrorum in eis locis, ubi...* vom in den Mss. der Frontintradition überlieferten *in usu agrorum eorum locorum* abweicht[102]. Ebensowenig läßt sich aber bewußte Bearbeitung ausschließen, um das fehlerhafte *eorum locorum* mit dem relativischen *ubi*-Satz in eine grammatikalisch korrekte Beziehung zu bringen.

Für das COMMENTVM und seinen anonymen Verfasser läßt sich die Frontinus-Rezeption also, mit der oben angesprochenen Vorsicht, wie folgt zusammenfassen: Er kennt und benutzt ausschließlich diejenigen Textstücke Frontins, die diesem Autor in dieser Edition als echt zugesprochen werden können, also DE AGRORVM QVALITATE und DE CONTROVERSIIS. Obwohl er selbst der späten Schicht der *SGL* zurechnet werden muß und er ausschließlich durch die Mss. *pG* (und nur gegen Ende durch *P*) als Repräsentanten der palatinischen Handschriftenklasse überliefert wird, gibt es keinen Hinweis darauf, daß er das, was diesem

---

(COMM. 68, 21 Th) keine wirkliche Frontinzitation mehr herauslesen, da auch die Wortwahl des COMMENTVM der Thematik unterworfen ist.

[100] Mit *quae transversum* stimmt der Text mit der durch die Mss. *pG* repräsentierten 2. Klasse überein, nicht jedoch bei *fundum*, wo *p flumen* schreibt.

[101] Für eine bewußte Auslassung spricht, daß der Folgesatz *sed multi exigente ratione... limites* ausläßt, da der Satz *omnes enim limites* das Subjekt nennt; hätte dieser Satz in der Fassung des COMMENTVM gefehlt, so hätte zwingend ein *limites* stehen müssen.

[102] In meinem Text ändere ich deswegen zu *eorum loca*. Mit *possessor est* und nachfolgendem *et transitum* (*est* und *et* fehlen in der Frontinüberlieferung), macht er die *silva* zum Subjekt des von *possessor* abhängigen Relativsatzes.

Autor in früheren Editionen außerdem zugesprochen wurde, kennt. Anspielungen und wörtliche Zitationen, beispielsweise aus der hyginischen Nebenüberlieferung ⟨DE LIMITIBVS⟩, fehlen. Auch eine Unterteilung in zwei Werke Frontins ist ihm unbekannt. Von DE AGRORVM QVALITATE hat ihm der Text (mit wenigen Unterschieden) so zur Verfügung gestanden, wie er durch die Mss. zu Frontin repräsentiert wird. Ob er hier einen Text der palatinischen Redaktion verwendete, kann nicht so genau gesagt werden, wie es noch Thulin behauptet hat[103]. Diese Feststellung gilt mit noch größerer Bestimmtheit für die Textfassung, die er für DE CONTROVERSIIS verwendet hat. Hier kennt er wie Frontin die fünfzehn *controversiae*, sein Text hat aber wohl nicht die zu Anfang stehende Liste enthalten. Auch sonst gibt es einige Unterschiede, die für diesen Abschnitt eher eine Fassung in der Nähe der *codices mixti* vermuten lassen. Von den 15 Kontroversen schöpft der anonyme Verfasser allerdings nur in neun Fällen aus Frontin: Komplett verwendet er ihn dabei für die *controversiae* DE POSITIONE TERMINORVM, DE PROPRIETATE, DE POSSESSIONE, DE LOCIS RELICTIS ET EXTRACLVSIS und für DE ITINERIBVS (jeweils mit Ausfall eines Satzes), teilweise für DE IVRE TERRITORII, für DE LOCIS PVBLICIS, DE LOCIS SACRIS ET RELIGIOSIS und DE AQVAE PLVVIAE TRANSITV, wobei »teilweise« in diesem Zusammenhang bedeutet, daß er bis auf die Definition nichts aus Frontin entnimmt, obwohl seine Ausführungen zu den Themata teils beträchtlich ausführlicher sind. Sechs Kontroversen werden ohne Beteiligung eines Frontintexts bearbeitet: DE RIGORE, DE FINE, DE LOCO, DE MODO, DE ALLVVIONE und DE SVBSICIVIS. Hier läßt sich nicht mehr feststellen, ob sie in der Vorlage fehlten, und er deswegen auf andere Autoren (Hyginus 1, Siculus Flaccus, Agenus) ausweichen mußte, oder ob diese Fälle in seiner Vorlage zwar vorhanden waren, er sich aber trotzdem entschied, andere Autoren als Frontinus zu verwenden. Ein weiteres kommt hinzu: Auch wenn der Verfasser des COMMENTVM wörtlich zitiert und seine Quelle mit *ut ait Frontinus* angibt, ja teilweise sogar die Position des Zitats bestimmt[104], ist ihm nicht in jedem Fall zu trauen. Obwohl unklar ist, welche Fassung Frontins er verwenden konnte, muß es jedenfalls bereits eine

[103] Ebensowenig läßt sich klären, ob er tatsächlich, wie Del Lungo 2004, 214 und dort n. 2 vermutet, der Begründer der palatinischen Redaktion ist.

[104] Vgl. COMM. 53, 2–3 Th *arcifinius ager ab arcendis hostibus nuncupatur, sicut p a u l o i n f e r i u s subsequens lectio manifestat.*

mit dem Text des Agenus interpolierte Fassung gewesen sein, da er einmal diesen Autor als Frontinus angibt. Aus diesem Grund ist es fraglich, ob er nicht auch andere Autoren als ›frontinisch‹ bewertet hat. Aussagen zu Frontin selbst lassen sich also mit dem COMMENTVM nicht treffen. Auch wenn im Vorangegangenen von e i n e r Fassung oder Vorlage die Rede war, sollte man bedenken, daß dem Autor für seine Quellenkompilation mehrere unterschiedliche Fassungen, z. B. eine für DE AGRORVM QVALITATE, und eine weitere für die Kontroversen zur Verfügung standen[105]; dies wäre eine Erklärung für die von der Frontintradition teilweise erheblich abweichenden Lesarten, die das COMMENTVM bietet.

Die Unsicherheit, belastbare Aussagen zur Verwendung eines Frontintexts durch den Verfasser des COMMENTVM zu machen, obwohl Frontin (oder das, was man dafür gehalten hat) dort wenigstens meistens als Zitat gekennzeichnet ist, verstärkt sich noch einmal, wenn man entsprechend über eine Frontinrezeption im Traktat DE CONTROVERSIIS AGRORVM des Agenus urteilen soll[106]. Diese Unsicherheit hat mehrere Gründe: Im Gegensatz zum COMMENTVM zitiert Agenus seine Quellen nicht. Es ist also nicht eindeutig bestimmbar, inwieweit er auf Frontintext zurückgreift[107]. Manchmal scheint es Übereinstimmungen zu geben, die eine Verwendung nahelegen[108]. Daneben gibt es im Agenus auch Pas-

---

[105] Vgl. den richtigen Hinweis von Guillaumin 2014, xviii.

[106] Den *titulus* überliefert der Arcerianus *A* fol. 67r.

[107] Vgl. schon Guillaumin 2021, 35: »C'est-à-dire que le texte flavien, qu'il soit un texte de Frontin complémentaire de son exposé rapide dans *De controversiis* ou bien un *fons optimus* qui ne serait pas Frontin, n'est pas la seule source copiée longtemps après par Agennius.« und insgesamt 30–38.

[108] Campbell 2000, xxviii und n. 55 führt folgende Beispiele an: Agen. *grom.* 31, 21-26 Th *at si in agro arcifinio si[n]t, qui nulla mensura continetur, sed finitur aut montibus aut viis aut aquarum divergiis aut notabilibus locorum naturis aut arboribus, quas finium causa agricolae relinquunt et ante missas appellant, aut fossis aut quodam culturae discrimine* (≈§ 3); Agen. *grom.* 39,15–17 Th *haec variis appellationibus per regiones nominantur: in Etruria »communalia« vocantur, quibusdam provinciis »pro indivisa«* (≈§ 11 ...*propterea quod »conpascua« multis locis in Italia communia appellantur, quibusdam provinciis »pro indivisa«* – Im Agenus habe ich die falsche Korrektur *indiviso* rückgängig gemacht und die Begriffe in Anführungszeichen gesetzt; die Unterschiede zu Frontin sind deutlich: Der Vergleich zeigt, wie schwer es ist, mehr festzustellen, als daß die Texte ähnliche Formulierungen haben); Agen. *grom.* 47,18–20 Th *extra clusa, quod extra limitum ordinationem sint et tamen fine*

sagen, die den Frontintext begrifflich in seiner Zeit »aktualisieren« wie 26, 11–14 Th (= 65, V. 2 Gui): *Omne genus controversiarum ex quadam materiali bipertitione generatur. Constat autem haec bipertitio aut in fine aut in loco, non sine illa controversia quae de positione terminorum praescribitur*[109]. Das letzte Beispiel ist geeignet, auf ein weiteres Problem hinzuweisen, dem man gegenübersteht, wenn man einen Rezeptionsbezug von Agenus auf Iulius Frontinus nachweisen will. Der Agenustext, wie er sich heute präsentiert, ist ein auf Lachmann und Thulin zurückgehender, von den folgenden Editoren weitgehend übernommener Rekonstruktionsversuch, in seiner Form jedoch alles andere als sicher. Dies hat vor allem damit zu tun, daß Lachmann aus dem Agenus fälschlich das zweite, größere Werk Frontins rekonstruieren wollte (vgl. den folgenden Abschnitt 1.3) und die Blätter im Ms. *B* nach diesem theoretischen Werkaufbau Frontins angeordnet wurden. Daß diese Anordnung teilweise willkürlich ist und nach Lachmann den Zweck hat, darin den *liber Frontini secundus* ohne allzu große Widersprüche zu konstruieren, beweist das eben zitierte Stück zur *bipertitio controversiarum*, in der Agenus als Beispiel dieser Zweiteilung die *controversia* DE POSITIONE TERMINORVM behandeln will. Er ordnet dabei diese *controversia*, die bei den Landmessern schon aus praktischen Erwägungen am Anfang gestanden haben wird – ein versetzter Grenzstein, der Streit um die Position und die Wiederherstellung derselben wird wohl eine der Hauptaufgaben der *mensores* gewesen sein – in seinen philosophischen Hintergrund ein, der, wie schon die *bipertitio*, neuplatonisch beeinflußt ist[110]. Man sollte meinen,

---

cludantur (≈§ 4 – die Zugehörigkeit des § 4 zu Frontinus wird in dieser Edition bestritten; siehe Abschnitt 1.8.1, 109.) Weitere Parallelen sind Agen. *grom.* 39, 8–11 Th *Et sunt plerumque agri, ut in Campania in Suessano, culti, qui habent in Monte Massico plagas silvarum determinatas; quarum silvarum proprietas ad quos pertinent debeat vindicatur* und Agen. *grom.* 39, 23–25 Th *nam per emptiones quasdam solet proprietas quarundam possessionum ad personas pertinere. quae iure magis ordinario quam mensuris explicantur* (≈§ 11); Agen. *grom.* 41, 1–3 und 6–7 Th (ebenfalls aus dem unechten, wohl agenischen § 4).

[109] Vgl. auch Guillaumin 2021, 112–113 n. 101, der zu Recht auf die sehr späten Belege von *bipertitio* (und *tripertitio*) verweist (*bipertitio* an dieser Stelle wäre Erstbeleg); Ms. *B* schreibt statt *bipert-* stets *uipert-*, eine für die Arceriani typische Eigenart, die auch beim Futur I bzw. dem Ind. Perfekt act. der 3. Person sing. gehäuft zu bemerken ist.

[110] Guillaumin 2002, zur Stelle vgl. bes. 442–443, hat Ansätze einer durch den Neupla-

daß sich Agenus' Text also am Katalog Frontins orientieren würde. Dem ist nach der Rekonstruktion Lachmanns (und Thulins) jedoch nicht so: Die *controversia* DE POSITIONE TERMINORVM beginnt erst vier Teubner-Seiten später[111], hier allerdings nicht eindeutig so bezeichnet, sondern als Problem eines *terminus translatus* (30, 15 Th) oder als *controversia moti termini* (31, 7 Th). Der *titulus* dieses nach Lachmann aus dem zweiten Buch Frontins stammenden Stücks ist von Lachmann konjiziert, der außerdem eine Lücke in der Überlieferungs annimmt, die in einem Zirkelschluß die Aufgabe hat, den *titulus* zu belegen. Ähnlich verfahren Lachmann und Thulin bei DE FINE, obwohl nach der von Agenus explizit so bezeichneten Besprechung von DE POSITIONE TERMINORVM tatsächlich eine zu DE FINE folgte, und man also auch einfach eine leicht geänderte Reihenfolge der Streitfälle gegenüber Frontin annehmen könnte[112]. Dementsprechend erschöpft sich die »Benutzung« Frontins in den meisten Fällen bei Agenus auf gleiche *tituli* der *controversiae*. Man kann also nur feststellen, daß ihm ein Frontintext vorgelegen haben muß; aufgrund der auffällig wenigen direkten Übereinstimmungen läßt sich aber noch weniger als beim COMMENTVM bestimmen, wie groß der Umfang dieses Frontintexts gewesen ist und welche Version(en) er für seinen Kommentar verwendet hat[113]. Auffällig ist, wie schon beim COMMENTVM, daß auch im Agenustext nur Hinweise auf Frontins DE

---

tonismus vermittelten »pythagoräischen« Arithmetik festgestellt; man sollte jedoch nicht den Fehler begehen, daraus auf ein übergeordnetes, sozusagen »philosophisches« Gedankengebäude der Landmesser zu schließen, die natürlich die Mathematik ihrer Zeit beherrschten; ebenso fraglich ist, inwieweit das »Pythagoräische« nicht doch eher neuplatonisches Gedankengut widerspiegelt; die längeren, teils philosophisch anmutenden Gedanken zur besonderen Stellung der Eins und zur Zwei als zuerst gezählter Zahl (Agen. *grom.* 26, 14–16 = 65 V, 3 Gui: *quemadmodum unum extra positum est, quo separato a cetero numero duo primum numeratur*; Guillaumin 2021, 113 n. 103 hat hier zu Recht die Konjektur Lachmanns *numerantur* abgelehnt) erinnern stark an die bei Hyg. *lim. grom.* 149, 14,1–4 stehende Diskussion einer Unterscheidung von *limes quintarius* und *limes quintus*. Vgl. dazu auch Lindermann, Feldmesserbuch 2018, 15–16.

[111] Agen. *grom.* 30, 12–31, 10 Th.

[112] Im Arcerianus Ms. *B* fol. 99ra: Die Kontroverse DE POSITIONE TERMINORVM ist, im Gegensatz zu DE FINE, sogar rubriziert.

[113] Vgl. schon Campbell 2000, xxxii: »In his research Urbicus had used Frontinus and Hyginus 1, but it is impossible to say what version of their text he used and what other sources may have been available to him.«

AGRORVM QVALITATE und DE CONTROVERSIIS zu finden sind und nicht auf die diesem Autor später zugewiesenen und von den Editoren mit *tituli* versehenen Werkteile. Hauptsächlich aber leidet das Urteil zum Ausmaß von Agenus' Frontinbenutzung unter den Rekonstruktionsversuchen Lachmanns zu einem zweiten frontinischen Buch, denen dieser Autor wie kein anderer ausgesetzt war.

1.3. Der »frontinische« liber secundus

Für die Idee einer Werkaufteilung in zwei (oder mehr) Bücher ist Lachmann nicht allein verantwortlich zu machen: Schon Pieter Schrijver hatte in seiner Leidener Vegetius-Edition von 1607, veranlaßt durch eine falsche Inskription in der *P*-Redaktion, den dort stehenden Text als frontinisch abgedruckt und außerdem den naheliegenden, aber, wie im Folgenden dargelegt wird, falschen Schluß gezogen, Frontinus – natürlich der Konsul Sextus Iulius Frontinus – habe mehr als ein Buch geschrieben[114]. Eine Werkaufteilung in zwei Bücher ist insofern mißverständlich, weil man unter *libri* den Umfang zweier Kapitel eines einzelnen Werks, aber auch zwei eigenständige Werke versteht kann[115]. Diese zweite Interpretation ist diejenige, die Lachmann für Frontinus annahm, nämlich eine kurze erste und eine zweite umfangreichere Abhandlung, die sich beide mit Fragen der Landmessung und deren rechtlichen Aspekten beschäftigten. Anlaß dazu boten ihm die *Incipit* und *Explicit* im Laurentianus *F* (und auch in den Mss. *ES*) hinter fr. 4 fol. 24v *IULI FRONTINI SICULI EXPLICIT LIBER PRIMUS*, vor allem aber ein im Palatinus *P* fol. 50r stehendes *EX LIBRO FRONTINI SECUNDO* mit einem kurzen Abschnitt aus Agenus Urbicus, einem Autor, dem Lachmann praktisch nur eine Kommentarfunktion des »echten« Iulius Frontinus zugewiesen zu haben scheint[116]. Für die

[114]Schrijver 1607: »*Ex quo apparet Frontinum nostrum plures de iure Limitum et Agrorum divisionibus libros reliquisse.*« Schrijvers Worte enthalten bis auf die konsequente Umsetzung der Idee vom Agenustext als eigentlich frontinisch alle Ansätze, die Lachmann in seiner Hypothese verwendet.

[115]Vgl. von Kamptz ThlL VII 2 1271–1280, 12 s.v., bes. 1272, 29–43, Birt 1882, besonders 11–45 zur Uneindeutigkeit der Trennung zwischen Buch und Buchteil, und Gardthausen 1911, 140.

[116]Vgl. Agen. *grom.* 32, 18–33, 11. Vernichtend in seinem Urteil Fuhrmann 1960, 99 n. 3: »...während sich die zuversichtlicheren Hypothesen Lachmanns und Rudorffs

Überlieferung des Agenus Urbicus ist in der Hauptsache der *B*-Teil des Arcerianus *codex unicus* (20–32,18 und 33,12–37,10 Th), der restliche Text wird durch den *A*-Teil des Ms. unterstützt. – Nach der Angabe in *P* konstruierte Lachmann aus den durch Agenus (und mithilfe des COMMENTVM) überlieferten Frontinremineszenzen und -zitaten einen von ihm erkannten *liber secundus* Frontins. Diese Rekonstruktion, der übrigens schon Mommsen nicht folgen wollte[117], hat bereits in ihrer Grundvoraussetzung mehrere deutlich erkennbare Schwächen. Für zwei unabhängige Werke gibt es keine belastbaren Nachweise[118]. Zweitens muß Lachmann, wie Mommsen richtig bemerkte, eine zweimalige Bearbeitung desselben Themas annehmen, die sich auch stilistisch vom sicher zuweisbaren Text unterscheidet[119]. Die ›Lösung‹, dies mit einer

(a. O. 2,112ff. bzw. 230f.), die sich auf die Anzahl der Bücher und die Stoffverteilung beziehen, als unhaltbar erwiesen haben. Lachmanns Argumentation ging von der Tatsache aus, daß in der 2. Handschriftenklasse ein mit den Worten *ex libro Frontini secundo* überschriebenes Bruchstück überliefert ist, das in dem Traktat *De controversiis agrorum* des Agennius Urbicus (5. Jh.) wiederkehrt (32,18–33,11). Er schloß daraus, daß dieser Traktat aus frontinischem Material zusammengezimmert sei; vor allem glaubte er, durch gewaltsame Kürzungen die Disposition, die Agennius an einer Stelle mitteilt (25,1–14), auf Frontin zurückführen zu können, der somit, wie Lachmann folgerte, die Feldmeßkunst in zwei Büchern nach dem Schema *artifex – ars* dargestellt habe. Lachmann verteilte dann sowohl die echten wie die aus dem Traktat des Agennius ausgehobenen angeblich frontinischen Fragmente auf diese beiden Bücher. Rudorffs These, daß der Aufbau des frontinischen Werkes dem System des Juristen Gaius entsprochen habe, ist gänzlich unbegründet.« – Fuhrmanns kurze Beobachtungen erweisen sich in der folgenden Erörterung als richtig. Vgl. auch Guillaumin 2021, 9–12; diejenigen, die heute noch an der Idee eines zweiten Buchs Frontins festhalten, bilden in der Forschung die Mindermeinung ab.

117 Mommsen 1895, 279: »Das Verhältnis der Controversenschrift des Agennius zu derjenigen Frontins über denselben Gegenstand kann hier unberührt bleiben; Lachmanns Ansicht, dass Frontinus diesen Gegenstand zweimal bearbeitet und Agennius dessen zweite ausführlichere Bearbeitung überarbeitet hat, scheint mir wenig wahrscheinlich. Auf alle Fälle ist es rathsam, den überlieferten Text des Agennius p. 59–90 anstatt des von Lachmann daraus hergestellten nach ihm frontinischen p. 34,13–58,22 zu benutzen.«

118 Diese Unterscheidungsproblematik berührt erneut die falsche Gleichsetzung mit Sextus Iulius Frontinus, da Lachmann schon dort über sicher zuweisbare Bücher die Verfasserschaft für die gromatischen Werke beweisen wollte. Dies ist wohl überhaupt Hauptursache dieses Rekonstruktionsversuchs gewesen. Ebenso vorsichtig schon Campbell 2000, xxix n.59.

119 Vgl. ebenso Thulin 1911c, 132–133: »Auch der Stil Frontins muss nämlich in dem breiter angelegten Buch ein anderer gewesen sein als in dem kurzen, konzisen Hand-

knappen ersten Übersicht in einem ersten Werk und einer, zusätzlich durch einen späteren Autor überarbeiteten, ausführlicheren Fassung eines zweiten Werks zu begründen, führt in ein Dickicht von unerweisbaren Hypothesen, die durch die Überlieferungsproblematik zusätzlich erschwert oder unmöglich gemacht werden. Drittens nimmt Lachmann die Bucheinteilung und Teile der *tituli* einzelner Bücher (= Kapitel) aus einem Text des Agenus (64, 8–23 La = 25, 1–14 Th), den er in einem Zirkelschluß als Frontintext interpretierte. Dieser nur in Ms. *B*, foll. 101vb–102ra überlieferte Text bildet also den Ausgangspunkt der Zwei-Werke-These[120].

Quamquam[121] ⟨non ignorem⟩ in⟨ter⟩ professores inmodic*e* controversia*r*um quaestione⟨m⟩ frequenter agitata⟨m⟩, necessariam studii exercitationem huius quoque partis existimavi. Un*o* enim libro *in*stituimus artificem, alio de arte disputavimus, cuius tripertitionem ⟨s⟩ex libris, ut puto, satis conmod*e* sumus executi. Exigit enim {p}ars scientiam metiun*di*, *cui* datur libr*i* tertia pars, quam quinto et sexto libro con*t*inuabimus. Et de adsignationibus et partitionibus agrorum et de finitionibus terminorum ⟨h⟩actenus deputato artis mensoriae ordine meminimus: Superest nunc, ut de controversiis disp*u*tem. |[102ra] quae pars, quamvis quarta sit universitati⟨s⟩, seiungitur, quoniam communis est *cu*m aliis artibus et privatae disputationis exigit cu⟨ra⟩m. Qua⟨m⟩ ita capere ac persequi poterimus, si anticipalia quoque, quibus init⟨i⟩a substituuntur, non praetermiserimus.

---

buch.« – Stilkriterien können jedoch für die *SGL* wegen des Erhaltungszustands und der immer vorauszusetzenden Interpolationen nur bedingt herangezogen werden, wie dies Campbell schon für die Unterscheidung von Hyginus 1 und 2 betont hat; vgl. Campbell 2000, xxxvi–xxxvii und n. 102.

[120] Präsentiert wird der Text nach der Edition Thulins 1913; die Rechtschreibung (Großschreibung am Satzanfang, v statt u) und die Interpunktion wurden behutsam angepaßt. Im Apparat aufgenommen wurden auch die Emendationen der jüngsten französischen Edition von Guillaumin 2021, 63–64 und 108–109, nn. 76–81 und an zwei Stellen eigene Vorschläge.

[121] *Quamquam* mit folgendem Konjunktiv geht auf den Einfluß von *quamvis* zurück, ist jedoch auch im 1. Jh. n. Chr. eher seltener; viel häufiger werden im Spätlatein beide Modi nebeneinander gebraucht, hier besonders von Kirchenschriftstellern wie Minucius Felix, Tertullian und anderen; vgl. LHSz II § 325, 602–603.

1 omni quoniam *B*; in *B*; inmodica *B*; **1–2** controversia cum *B*; **3** studiis *La.*; unum *B*; **4** substituimus *B* **4–7** cuius — continuabimus *secl. La.*[122]; **5** ex libris *B* sex libris *secl. Gui.*; conmodis *B* exsecuti *ci. Gui.*; **6** metiunacludatur *B*; libra *B*; tertii *La.*; **7** quam — continuabimus *secl. Gui.*; cominuavimus *B* (*forte* commemoravimus?); **8** partitionibus *forte* portitionibus? (*cf.* Hyg. *lim. grom.* 30,4); **9** deputato — ordine *secl. La.*; **10** disponam *B* dispiciamus *La.* disputemus *Gui.*; **10–11** quamvis — quoniam *secl. La.*; **12** cum qua *B*; **13** inita *B*

Schon Thulin hatte dieses Textstück in einem Eranos-Artikel untersucht und war den Ausführungen Lachmanns nicht nur gefolgt, sondern wollte es, sogar ohne die Athetesen ll. 4–7 und 10–11, Frontinus insgesamt zuweisen[123]. Zwei Jahre später rückte Thulin von dieser Einschätzung in seiner kritischen Teubner-Edition wieder ab: Dort steht der Text in kleinerer Romana innerhalb eines Abschnitts, der vorwortartig dem eigentlichen Traktat der *controversiae* vorangestellt und Agenus Urbicus zugerechnet wird[124]. Mit der kurzen Abhandlung zur *cultellandi ratio quae sit* endet nach Thulin der Frontinus sicher zuweisbare Text. Im Apparat hat er deswegen darauf hingewiesen, daß das, was auf den Seiten 34, 15–58, 22 der Berliner Ausgabe dem zweiten Buch Frontins zugesprochen wurde, eine höchst persönliche Exzerptleistung Lachmanns gewesen ist[125]. Damit unterläuft Thulin ein Fehler, der sich bereits in seinem Eranos-Artikel findet: Der *liber secundus* begann nach Lachmann unmittelbar hinter dem Text von DE CONTROVERSIIS ...*inter adfines molientur disputationem*. Der Hinweis Thulins auf den

[122] Die von Lachmann belassene überlieferte Lesart *huius quoque partis* läßt die Athetese nicht mehr zu; es geht dem Autor eindeutig um Teile oder Abschnitte seiner Ausführungen in einzelnen Bücher oder besser Kapiteln. Sie ist auch deswegen überflüssig, weil thematisch zwischen den Kapiteln zum *artifex* und zur *ars* unterschieden und auch am Ende des Abschnitts explizit von der *ars mensoriae* gesprochen wird.

[123] Thulin spricht darin auch noch von Sextus Iulius Frontinus als Autor: Thulin 1911c, 131–135.

[124] Ihm folgt Guillaumin ist seiner Edition von 2021; er entkräftet durch seine gegenüber Thulin leicht veränderte Textkonstitution und durch den Hinweis auf die spätlateinischen Belege des Begriffs *tripertitio* die Argumentation Lachmanns weiter. Vgl. Guillaumin 2021, 108, n. 78.

[125] Thulin 1913a, 19: »*Ea, quae Lachmann 34, 15–58, 22 cum titulo* FRONTINI LIB. II *edidit, ex libro Agenni Urbici (pp. 20–50) et ex Commento (pp. 51–70) ipse excerpsit.*«

Beginn des von Lachmann konstruierten zweiten Buchs, der nach seiner Textkonstitution mit DE LIMITIBVS einsetzte, steht also an der falschen Stelle[126]. Dieses Versehen ist insofern verzeihlich, weil das von Thulin im Apparat mit *ipse excerpsit* noch höflich umschriebene Verfahren Lachmanns vom Agenus praktisch nichts Eigenes mehr übrig gelassen hat, und es weitgehend unmöglich ist, dies in Lachmanns kritischem Apparat nachzuvollziehen[127]. Thulin hat noch versucht, das editorische Wagnis durch Großdruck (Frontin) und Kleindruck (Agenus) kenntlich zu machen. Gegenüber Lachmann verzichtete er nur darauf, wie Lachmann den Text doppelt abzudrucken, also einmal als oft großzügig emendierte Exzerpte *ex libro Frontini secundo* und einmal an der Stelle, wo der Text in den Mss. entweder tatsächlich steht oder nach Meinung von Lachmann und Thulin gestanden haben könnte[128]. Trotzdem bildet genau genommen auch die Edition Thulins den Text, natürlich mit den Abweichungen der neuen *recensio*, fast so ab, wie die Interpretation Lachmanns ihn sich vorstellte – mit der Ausnahme, daß Thulin das zweite Buch Frontins nicht schon mit dem in dieser Edition als fr. 2 abgedruckten Text und DE LIMITIBVS beginnen läßt, sondern erst mit dem Agenus belassenen Text[129]. Auch wenn Thulin gegenüber seiner

[126] Ein Hinweis fehlt sowohl bei DE LIMITIBVS als auch bei dem von Thulin versetzten fr. 2 *sunt et aliae limitum condiciones* 14, 23 Th, mit dem bei Lachmann 26, 5 *ex libro Frontini secundo* beginnt.

[127] Vgl. dazu Lachmann, Bluhme und Rudorff 1848–1852, Bd. 2, 112–131. Mit welcher Willkür Lachmann gerade bei der Beurteilung eines angeblichen Frontintexts im Agenus vorgegangen ist, merkt man auch an der apodiktischen Gewißheit, mit der er andererseits die bei Ps.Boethius *Grom.* 415, 9–12 stehende Definition *secundum Iulium Frontinum ... quid sit mensura definire. Mensura quippe est complurium et inter se aequalium intervallorum longitudo finita* der EXPOSITIO BALBI AD CELSVM zuschreibt, weil sie im Rostochensis UB philol. 18 dort steht (= 94, 9–10); vgl. Lachmann, Bluhme und Rudorff 1848–1852, Bd. 2, 91. Dies ist schon von Tolkiehn, RE X 1 (1918) s.v. Iunius 108., Sp. 1069–1070 kritisiert worden. Zum Rostochensis vgl. auch Bachmann 1861.

[128] Das führt in den Kopfzeilen der Teubner-Edition zu doppelten Paginierungsverweisen auf die Lachmann-Edition.

[129] Vgl. Thulin 1913a, 20: »*Minoribus litteris propria Agenni verba, maioribus ea, quae ex optimo quodam fonte* (Frontino, *credit La.*) *Agennius sumpsit, impressi*«. Thulin hat auf eine genaue Zuweisung im Apparat verzichtet; die gewählten *tituli* der Edition bilden aber die im Eranos-Artikel dargestellte Werkgliederung ab. Das drucktechnische Durcheinander von Groß- und Petitdruck und Kursivierung Thulins im Agenus ist also dem Versuch geschuldet, die Hypothese Lachmanns trotz

Edition im Eranos-Artikel eine andere Darstellung und eine andere Gewichtung des Texts wählt, sind seine Überlegungen, die zu dieser weitreichenden Zuweisung geführt haben, als Ausgangspunkt einer neuerlichen Bewertung zu wählen, weil die Schwierigkeiten dieser Hypothese dadurch am deutlichsten sichtbar werden.

Die Unterteilung in einen *liber primus* und *liber secundus* durch Lachmann nimmt zwei Abhandlungen Frontins an: Die erste, kürzere, war als eine Art Propädeutikum konzipiert und enthielt in knapper Darstellung das Grundwissen für die Ausbildung zum Landmesser[130]. Ein *titulus* ist nicht überliefert; nach vergleichbar angelegten Werken und aus l. 4 des oben stehenden Texts bezeichnen Lachmann und Thulin dieses Buch als *Institutio artificis*[131]. Diesem ›Handbuch‹, das den *liber primus* repräsentiert, lassen sich nach Thulin verschiedene Exzerpte zuordnen, die thematisch die Anordnung des *liber secundus* spiegeln[132]. Das »Handbuch« (= *liber primus Frontini*) enthielt die Exzerpte DE

eigenen Bedenken abzubilden. Es bleibt die Frage, ob Thulin damit dem Text einen wirklichen Gefallen getan hat. Die Typographie des Agenus-Teils unterscheidet sich zusätzlich von dem des unbekannten COMMENTVM-Autors, dessen Worte in kleiner, lateinischer Drucktype präsentiert werden, solche eines sicher fremden Ursprungs in kleiner Kursive; Text Frontins wird mit Zitationszeichen markiert, Text unbekannten Ursprungs in großer lateinischer Drucktype (Thulin 1913a, 51): *Propria commentatoris ignoti verba latinis litteris minoribus, aliena certae originis cursivis litteris minoribus impressi et quidem Frontini verba notis citationis distinxi. Quae incertae originis sunt, maioribus litteris latinis designavi.*

130 Vgl. Lachmann, Bluhme und Rudorff 1848–1852, 117: »Ich glaube, die *institutio* des Künstlers war eine allgemeine Belehrung, mit welchen Gegenständen er sich zu beschäftigen habe: das zweite Buch gab ihm Anweisung, auf welche Art er bei jedem zu verfahren habe. Vom ersten haben wir einen Unterricht über die verschiedenen Arten: der limitierten und nicht limitierten Aecker, dann was für Rechtsstreitigkeiten über Aecker vorkommen. Das zweite Buch handelte von der Kunst des Mensors in den drei angegebenen Theilen.«

131 *Uno enim libro instituimus artificem...* – Schon dieser *titulus* geht in Wahrheit auf eine Konjektur zurück; Ms. *B* schreibt *substituimus* (= »vorstellen« wie Quint. *inst.* 3, 8, 54 (ed. Winterbottom 1970) *utimur ficta personarum, quas ipsi substituimus, oratione*; Apul. *flor.* 18 (ed. Helm 1959) *poetae solent hic ibidem varias civitates substituere.* Mit der überlieferten Lesart fällt die These von zwei Büchern komplett zusammen, da die *libri* jetzt eher Kapitel sind und dem Sinn nach viel enger zusammenrücken: »Im ersten Kapitel stellen wir uns einen Feldmesser vor, im zweiten analysieren wir die Landmesskunst«.

132 Thulin 1911c, 133: »Von seinem ersten Buch, dem Handbuch, sind dagegen in allen Hss. unter seinem Namen Exzerpte überliefert, die uns zeigen, dass dieses Buch

QVALITATIBVS AGRORVM, DE CONTROVERSIIS, DE LIMITIBVS (hierunter wird auch das fr. 2 eingeordnet) und die ARS MENSORIA mit den frr. 4, 3α und 3β der vorliegenden Edition. Damit weicht Thulin entscheidend von der Lachmannschen Zuordnung ab, der alle Texte (und in leicht geänderter Reihenfolge)[133] nach DE CONTROVERSIIS im *liber secundus* verortet[134]. Ein fünfter von Thulin im Eranos-Artikel als Frontin-Fragment identifizierter Text (107, 10–108, 8 La) wurde in der kritischen Edition von 1913 komplett verworfen: Dieses mathematische Fragment am Ende der EXPOSITIO ET RATIO OMNIVM FORMARVM des Balbus[135] wurde von Lachmann als Fremdtext ausgeschlossen; dies und die Tatsache, daß zwei humanistische Abschriften des Arcerianus aus dem 16. Jh., der Jenensis Prov. f. 156 (fol. 70v) und der Codex Zanchi (Vat. lat. 3132, fol. 110v) ein *Explicit liber Frontonis primus* überliefern[136], führte dann in der Folge zu der von der modernen Forschung weitgehend abgelehnten Vermutung, der Text überliefere den Rest eines mathematisch-geometrischen Buchs oder Kapitels des Frontinus[137].
Damit beschreibt Thulin Aufbau und Inhalt des ersten (!) kurzen, konzisen Handbuchs. Problematisch daran ist, daß eine derart detaillierte Beschreibung weder durch den oben ll. 3–4 stehenden Satz *uno enim libro instituimus artificem* gestützt, noch thematisch über konstruierte

hauptsächlich dieselben Teile wie, nach der oben angeführten Disposition, das zweite umfasste.«

[133] Siehe dazu die Tabelle 1.3, 109.

[134] Die von Thulin gewählten *tituli* tauchen auch in seiner kritischen Edition wieder auf und haben damit das Bild eines durch die Überlieferung nicht gestützten Werkaufbaus bis heute verfestigt; auch bei den *tituli* ist Thulin weitaus zuversichtlicher gewesen als Lachmann. Die Kapitel- oder Buchüberschriften haben jedoch keinerlei Beweiskraft, weil sie nach der oben zitierten Agenusstelle erschlossen werden; dafür wiederum muß man annehmen, daß die Agenusstelle in Wahrheit frontinisch ist. Darüberhinaus sind sie eingestandenermaßen Schöpfungen des Exzerptors, die dieser aber nicht nach einem Frontintext, sondern nach Agenus Urbicus gebildet hat – ob weitreichendere Eingriffe dieser Bearbeiter im Text selbst erfolgt sind, wäre eine Frage für sich –, oder sie sind analog gebildete Etiketten Thulins.

[135] Siehe dazu den nächsten Abschnitt 1.4, 67.

[136] Weiteres zu den Mss. bei Bohlin 2013, 1–6.

[137] Ablehnend Guillaumin 1996, 83 n. 94 und Campbell 2000, 435 n. 24; zustimmend Bubnov 1899, Thulin 1911c und Bendz 1938. Bohlin 2013, 3 hat die argumentative Grundlage dieser Zuweisung treffend beschrieben: »In any case, Bubnov and Thulin did not ground their view on any other form of evidence than the varying statements of the manuscript incipits and explicits.«

tituli abgedeckt werden kann. Aus diesem Grund muß das Argument hinzugenommen werden, das kurze Handbuch spiegele nur Aufbau und Inhalt eines breiter angelegten Buchs DE ARTE MENSORIA (= *liber secundus Frontini*)[138]. Für dieses Buch lassen sich die hypothetischen Kapitelüberschriften leichter aus dem oben abgedruckten Text ableiten. Thulin extrahiert aus ll. 4–10 folgende Themata des Buchs 2: Kapitel 1–2 *de assignationibus et partitionibus agrorum et de finitionibus terminorum*, Kapitel 3 und Kapitel 5–6 *de scientia metiundi* und Kapitel 4 *de controversiis*. Die so konstituierte Werkeinteilung von Buch 2 mit dem daraus ja abgeleiteten Inhalt des Handbuch (Buch 1) zu parallelisieren, überläßt Thulin dem Leser. Das fällt leicht bei *de scientia metiundi* = *de arte mensoria*, vor allem auch wegen des konjizierten Titels, und macht keine Mühe bei *de controversiis*, wird aber alles andere als einsichtig bei den Kapiteln 1 und 2 *de assignationibus et partitionibus agrorum et de finitionibus terminorum*. Implizit soll hier wohl eine Übereinstimmung mit dem ebenfalls nur konjizierten *titulus* DE LIMITIBVS vorliegen; eindeutig ist die Verbindung deswegen nicht, weil schon die Junktur *adsignatio et partitio agri* – wenn nicht zu *portio* geändert werden muß – nicht nur mit der Limitation zusammenhängen, sondern sich thematisch auch den *controversiae* zuordnen lassen[139]. Die *adsignatio*[140] beschreibt die Tätigkeit des Landmessers nach staatlichen Vorgaben, also auf adsigniertem Gebiet, auf dem die *limitatio* ausgeführt wird oder werden muß[141]. Andere Stellen in den *SGL* wiederum stellen die *adsignatio* als sozusagen ersten Schritt im Verlauf der Limitation dar, meist in Verbindung mit der Außenlinie (*extremitas*)

---

[138] Es müssen demnach auch fast gleiche *tituli* für beide Bücher angenommen werden; dies ist für DE CONTROVERSIIS noch verständlich, für DE ARTE MENSORIA (15, 5 Th), die ja nach Thulin in Buch 1 lokalisiert wird, wäre demnach der Haupttitel von Buch 2 ein Unterkapitel von Buch 1.

[139] Dies gibt auch Lachmann, Bluhme und Rudorff 1848–1852, 117 beiläufig zu: »*De adsignationibus et partitionibus agrorum*; wie er [sc. der Landmesser] das angewiesene Land limitieren solle, wie die Grenzsteine beschreiben, die bestimmten Theile verloosen; die Zeichnung des ganzen Gebiets anfertigen: das Nachmessen bei Streitigkeiten und das Nachsehen der Zeichnung ergab sich von selbst.«

[140] Das Wort ist belegt seit Cic. *leg. agr.* 2, 84 (ed. Clark 1909); Cicero behandelt in seiner Rede DE LEGE AGRARIA die sullanischen Bodenreformen.

[141] Vgl. Hyg. *lim. grom.* 164, 33, 14–15 *tunc in ea regione, ubi adsignaturi erimus, decimanum maximum et kardinem constituemus* und 168, 40, 4–5 *secundum meritum et militiam adsignavit* (sc. *divus Augustus*).

des zuzuweisenden Felds[142]. Ebenso verhält es sich mit der *finitio terminorum*: *finitio*[143] bezeichnet in den *SGL* die Feldgrenzen oder besser die Außenlinie als Ende vermessbaren Gebiets[144] und seine rechtlich belastbare »Begrenzung« durch *termini*[145]. Die übersetzungstechnisch rätselhafte Junktur *finitio terminorum* ist damit eine, grammatikalisch überdies fragwürdige Tautologie für gebräuchlicheres *terminatio*[146]. Die Schwierigkeit dieser von Thulin rekonstruierten Buchstruktur besteht in der ermittelten Reihenfolge der Kapitel in beiden Werken und in der Tatsache, daß die *Institutio artificis* die Struktur des größeren Hauptwerks nicht wirklich spiegelt. Dieses Problem übergeht Thulin stillschweigend, denn aus Agen. 25,1–14 Th lassen sich die angeblichen Übereinstimmungen beider Bücher nur mit Phantasie erschließen. Zwar ermöglicht das *uno enim libro instituimus artificem, alio de arte disputavimus*... eine theoretische Einteilung in zwei Werke[147]. Das Vorangehende und das Folgende verweigert sich jedoch der genauen Zuweisung[148]:

> Quamquam ⟨non ignorem⟩, int⟨er⟩ professores inmodice controversiarum quaestione⟨m⟩ frequenter agitata⟨m⟩, necessariam studii exercitationem huius quoque partis existimavi. Uno

[142] Hyg. *lim. grom.* 171, 46, 10–11 *Primum adsignare agrum circa extremitatem oportet, ut velut terminis fines optineantur.*

[143] Belegt ist das Wort seit Vitruvs DE ARCHITECTVRA und bezeichnet dort teilweise die Handlung des *definire* oder *finire* selbst (8, 1, 1 [ed. Krohn 1912]), den bereits »definierten« Ort (10, 9, 1) oder in Verbindung mit *liber* das Buchende (3 pr. 4). Vielleicht ist mit *finitio terminorum* auch der *circuitus* gemeint wie 2, 8, 13 *conspicitur ... forum et portus moeniumque finitio.*

[144] Vgl. fr. 4, § 1 ...*omnium agrorum extremitas flexuosa est et inaequali cluditur finitione.*

[145] Hyg. *grom.* 90, 24–91, 2 Th *et in hoc genere finitionis similiter dirigendum est. Sunt et illae arbore aliquando loco finitionis, quae ante missae dicuntur.*

[146] Vielleicht liegt bei *finitio terminorum* wegen des übergeordneten Abstractum Genitivus inversus vor für *de terminis finitionis*? Dies würde allerdings wegen der parallelen Problematik *de positione terminorum* das Thema erneut in Richtung der *controversiae* verschieben; zum Gen. inversus vgl. LHSz II, § 89γ, 152.

[147] Die Unterteilung in zwei Einzelwerke ist bereits eine unbeweisbare, zusätzlich auf der Konjektur *sex libris* beruhende Hypothese, die aus der Unterteilung *unus – alius liber* nicht abgeleitet werden darf.

[148] Um unnötiges Zurückblättern zu vermeiden, ist der am Ende leicht gekürzte Text mit gesperrt hervorgehobenen zentralen Punkten hier erneut abgedruckt.

enim libro instituimus artificem, alio dc arte disputavimus, ...cuius tripertitionem sex (überliefert ist *ex*) libris ... sumus executi. Exigit enim {p}ars scientiam metiundi, cui datur libri tertia pars, quam quinto et sexto libro continuabimus. Et de adsignationibus et partitionibus agrorum et de finitionibus terminorum hactenus deputato artis mensoriae ordine meminimus: Superest nunc, ut de controversiis disputem. Quae pars, quamvis quarta sit...

Welche Information gewinnt man aus dem Text? Trotz der Behandlung der *controversiae* durch berufene Fachleute meint der Verfasser, dieses Thema sei auch »für diesen Teil unterrichtsrelevant« (*necessariam studii exercitationem huius quoque partis*). Offenbar sieht der Autor sich am Beginn seiner Ausführungen zu den Rechtsstreitigkeiten, was ja auch das abschließende *superest nunc* nahelegt. Demnach befindet der Leser sich (nach Thulin und Lachmann) am Beginn des vierten Teils (= Kapitels) von Buch 2[149]. In der Rückschau werden nun zwei Bücher und zwei Themenbereiche unterschieden: 1. die *artificis institutio*, 2. die *ars* – also Handbuch und Hauptwerk. Im Hauptwerk würde eine thematische Dreiteilung auf sechs Bücher vorgenommen, wenn die Konjektur Lachmanns denn richtig ist[150]. Mit der Konjektur *sex libris* ergibt sich für die *ars metiundi* oder *mensoria* das Problem, welche drei Gebiete auf je zwei Bücher oder Kapitel verteilt werden. Bei Thulin sind deswegen recht vage die *scientia metiundi* auf die Bücher (= Kapitel) 3, 5 und 6 aufgeteilt und die Bücher (= Kapitel) 1 und 2 werden mit der *adsignatio* und *partitio agrorum* und der *finitio terminorum* »gefüllt« – eigentlich Themata, die zum Kernbereich der

---

[149] Das Perfekt *existimavi* ist resultativ bzw. als präsentisch zu deuten: »Ich habe geglaubt und bin jetzt der Überzeugung, daß...« Eine andere Frage ist, ob das überlieferte *huius quoque partis* überhaupt richtig ist oder der Schreiber *ars* und *pars* wie auch später verwechselt hatte, was eine völlig veränderte Information ergibt: Dann nämlich wäre auch unter den *professores* die Frage diskutiert worden, ob die *controversiae*-Thematik überhaupt notwendigerweise zum Unterricht eines Landmessers dazugehöre, und der Verfasser hätte diese Frage positiv beantwortet. Damit fiele natürlich der Hinweis auf eine wie auch immer zu interpretierende Gliederungsangabe.

[150] Tatsächlich unterbricht die aus *quam quinto et sexto libro* gezogene Konjektur *sex* statt *ex libris* die logische Aufzählung, die von 1 bis 6 durchläuft.

scientia metiundi gehören müßten und durch die Abtrennung merkwürdig in der Luft hängen; eine weitere Auffälligkeit ist der thematische Hiat, mit dem Frontin zwischen den Kapiteln 3 und 5 der *scientia metiundi* offenbar die *controversiae* in Kapitel 4 einschieben möchte. Nach Thulin umfaßte nun das Handbuch »hauptsächlich dieselben Teile wie nach der oben aufgeführten Disposition, das zweite« [sc. größere Buch][151]: Dies wäre also a) *de agrorum qualitate* (wohl Kap. 1–2 des *lib.* II), b) *de controversiis* (Kap. 4), c) *de limitibus*, d) *Principium artis*, e) *Cultellandi ratio* (wohl Kap. 3, 5 und 6 = *de scientia metiundi* aus *lib.* II)[152]. Nach Lachmann umfaßte das Handbuch dagegen nur *de agrorum qualitate* und *de controversiis* und das Hauptwerk DE ARTE MENSORIA begann bereits mit DE LIMITIBVS und den merkwürdigerweise unter dem Titel des Hauptwerks zusammengefaßten Textstücken c)–e)[153]. Die aus dieser unterschiedlichen Auf- und Verteilung der Texte herrührende Diskrepanz wird allein durch die Interpretation der eigentlich Agenus gehörenden Textstelle erzeugt: Die Aufteilung Thulins kann aus dem Agenustext nicht erklären, warum man vor Beginn des vierten Kapitels ein *résumé* des Gesamtwerks stellt und wie zur *ars mensoria* gehörende Stücke künstlich auf Kapitel 1 und 2 aufgeteilt werden müssen; die Lachmannsche Aufteilung benötigt zu ihrer Unterstützung einen von der Überlieferung völlig verschiedenen Text, der vor allem keinerlei Hinweise mehr auf irgendeine interne Kapiteleinteilung enthalten dürfte, sondern nur noch eine solche der Hauptwerke. Diese auf den ersten Blick völlig abwegig erscheinende »Lösung« hat Lachmann in seiner Edition dem Leser tatsächlich angeboten (37, 9–18 La)[154]:

> Quamquam non ignorem inter professores inmodice controversiarum quaestionem frequenter agitatam, necessariam studiis

[151] Thulin 1911c, 133.

[152] Ausgenommen habe ich hier nur das gesondert zu behandelnde Balbus-Fragment.

[153] Vgl. Campbell 2000, xxix: »Lachmann believed that it comprised two books, the first consisting of *De Agrorum Qualitate* and *De Controversiis* (L 1–26), the second containing *De Limitibus*, *De Arte mensoria*, and material from Urbicus which in Lachmann's view came directly from Frontinus (L 26–58).«

[154] Ab 34 seiner Edition ist der Frontintext Lachmanns eine rein auf Divination beruhende Hypothese, in der er aus dem Frontin die Worte des Agenus (also den in den Blättern überdies großzügig umgestellten überlieferten Text der Mss.) ohne Nennung im Apparat durch Asteriske ersetzt: »*asteriscis significavi Agenniorum verba a me praetermissa.*«; Lachmann, Bluhme und Rudorff 1848–1852, 34.

> exercitationem huius quoque partis existimavi. Uno enim libro instituimus artificem, alio de arte disputavimus. * Et de adsignationibus et partitionibus agrorum et de finitionibus terminorum actenus * meminimus: superest nunc ut de controversiis dispiciamus *|* quoniam in priore * sequentium rerum ordo absolute de his disputari inhibuit. Reddendum itaque hic locum tam necessariis partibus existimo.

In dieser »Version« des Texts, in dem Frontinus in seinem zweiten Buch sich dezidiert den *controversiae* zuwenden will, ist von Lachmann zwar alles wegathetiert worden, was die Hypothese des *liber secundus* zusätzlich erschweren könnte; doch auch diese Textfassung erklärt nicht, wieso der Text mit der unter den Fachleuten (*professores*) umstrittenen Relevanz der Rechtsstreitigkeiten für die Landmesserausbildung einsetzt; der Hinweis auf beide Abhandlungen steht jetzt noch unmotivierter da; ebenso verhält es sich mit dem falschen Hinweis auf die bisherige Behandlung (*hactenus meminimus*) von Themata, die mit Landzuweisungen, Aufteilung und Raingrenzen zusammenhängen: Der vorangehende Text beschäftigte sich mit Steuer- und Abgabenpflichten und dem *ius colonicum*[155]. Nach diesen widersprüchlichen Bemerkungen wendet sich der Text dann wieder den Rechtsstreitigkeiten zu (*superest nunc ut de controversiis dispiciamus*), was insofern konsequent ist, weil sie das Thema des Textstücks bleiben – ein Thema, das Frontin in der Edition Lachmanns allerdings schon drei Seiten vorher begonnen hat: Dort endet der Text[156] ...*quousque res exegerit, perducere* (= 34,13 La = 18,11 Th) und es beginnt (nach angenommenem Textausfall) die *controversiae*-Diskussion (*satis ut puto dilucide ..... genera controversiarum exposui:* nunc quem admodum singulae tractari debeant persequendum est*[157]. Damit behandelt Frontinus nach Lachmann und Thulin jedoch die *controversiae* nicht nur in beiden Werken, sondern er ›beginnt‹ in seinem größeren Werk dasselbe Thema gleich an zwei kurz

[155] 34,15–37,8 La = 49,26–50,19+23,5–24,29 Th.

[156] In der vorliegenden Edition wird er als Fragment 4 in § 5 mit vermessungstechnischem Inhalt abgedruckt.

[157] Gerechterweise muß Lachmann von dem Vorwurf freigesprochen werden, er habe nach *satis ut puto dilucide* ein *in priore libro* eingeschoben, wie Kappelmacher ihm unterstellt hat; vgl. RE X,1 (1918) s.v. Iulius (243), 591–606, zum Vorwurf bes. 596,37–39.

aufeinander folgenden Stellen. Diese an sich schwer nachvollziehbare Voraussetzung beiseite gelassen, würde man für den zweiten Einstieg deswegen eine Begründung benötigen wie diejenige, daß man durch die Reihenfolge der folgenden Thematiken die Rechtsfälle nicht vollständig hätte behandeln können[158]. Nach der »Selbstsicherheit Lachmanns, die eigenen Zusätze des Agennius weg zu operieren«[159], überrascht es nun nicht, daß der ursprüngliche Text des Agenus, um die Metapher fortzusetzen, erneut amputiert wird: Der hinter *dispiciamus* mit ›*|*‹ eigeleitete *quoniam*-Satz im oben abgedruckten Text setzt nämlich nach dem angezeigten Blattwechsel keineswegs auf fol. 102ra des *codex unicus B* fort, sondern Lachmann bedient sich mit dem *quoniam*-Satz eines Kausalglieds von fol. 98va *B* (die Reihenfolge nach Lachmann also foll. 101vb–98va!), das er ebenfalls aus dem *controversiae*-Text des Agenus herausreißt und für seine Zwecke zurechtstutzt. Auf fol. 98va lautet der komplette Abschnitt (vgl. 65, 14–18 La = 26, 6–10 Th):

> Prius quam de transcendentia controversiarum tractare incipia*m* (incipit alii[160] *B*), status earum exponend*o*s (exponendus *B*) existimo, quoniam in priore{m} parte{m} libri sequentium rerum ordo absolut*e* (absoluti *B*) de his disputari inhibuit. Reddendum itaque hic locum tam necessariis partibus existimo.

Der Kausalsatz steht hier völlig logisch: Er markiert (und begründet) den Beginn eines dem Autor wichtigen Nebenthemas, daß dieser wegen der Disposition im ersten Abschnitt seines Buchs nicht abschließend behandeln konnte. Ebenso logisch wie der Kausalsatz muß auch von der Aussage *in priore parte libri* nichts weggenommen werden, da ja der Einschub des Nebenthemas erfolgt. Aus beiden Erklärungen wird verständlich, warum sie an der Stelle, an der Lachmann den *quoniam*-Satz einfügen wollte, entweder komplett stören oder nur zurechtgestutzt verwendet werden konnten: Der *prius quam*-Satz zeigt, daß das Thema der *controversiae* bereits begonnen wurde. Er kollidiert also mit der Aussage *superest nunc ut de controversiis dispiciamus*. Der

---

[158] Das würde voraussetzen, daß zwischen den beiden Stellen tatsächlich etwas anderes behandelt wurde.

[159] Thulin 1911c, 132.

[160] Warum nach Thulin 1913a, 26, 6 app. crit. ad l. *alii* eine Glosse sein soll, ist unklar.

quoniam-Satz in seiner überlieferten Fassung zeigt, daß mit *in priore parte libri* kein neues Buch, noch nicht einmal ein neues Kapitel beginnt. Dadurch wird auch die Annahme Thulins in seinem Eranosartikel hinfällig, es würde auf den *liber primus* hingewiesen[161].

Die Forschung scheint sich bis heute nur unzureichend den sprachgeschichtlichen Aspekten der *SGL* zu widmen; sonst hätte es auffallen müssen, daß das Wort *transcendentia, -ae* ein spätes, schon an der Schwelle zum Mittellatein gebildetes Wort mit unklarer Bedeutung ist, daß wohl erst mit Agenus aufkommt[162]

Der schon öfter angesprochene, kühne Umgang Lachmanns (und Thulins) mit dem Agenustext manifestiert sich auch in der Anordnung, mit der er bis heute präsentiert wird: Der von Lachmann für eine angebliche synoptische Gliederung der beiden Bücher verwendete *quoniam*-Satz steht sechs Blätter vor dem von ihm angezeigten Blattwechsel, wird aber in den Editionen unmittelbar danach abgedruckt. Überhaupt wird zum Erweis eines *liber Frontini secundus* das in Ms. *B* mit fol. 93va *Incipit lib. Sinplicius*[163] überschriebene Buch vollkommen umgestellt, und die überlieferte Reihenfolge der Texte ist von den Textkonstitutionen Lachmanns und Thulins völlig verschieden[164]: Foll. 93va–102va = pp. 23, 3–24, 23; 30, 14–31, 26; 32–33, 11; 33, 14–35, 26; 35, 28–37, 10; *26, 6–27, 26; 27, 28–30, 10; **24, 23–26, 2

---

[161]Vgl. Thulin 1911c, 132: »Frontin bezeichnet selbst das Handbuch als sein erstes Werk auch durch die Worte bei Agennius La. 65, 15 *quoniam in priore*[*m*] *parte*[*m*] *libri* (zu schreiben ist wohl *in priore libro*) *sequentium rerum ordo absolute de his disputari inhibuit.*« Auch von dieser Theorie hat Thulin in der Teubner-Edition Abstand genommen.

[162]Vgl. neben Agen. *grom.* 26, 6 noch 28, 2–3 *ex falso in verum transcendentia est, cum a quolibet alio statu ad generalem statum controversia revocatur* (Definition?); 28, 14; 29, 27; 30, 1 u. 8 und COMM. 70, 15–16 *nam transcendentiam non habet de hoc effectivus...*; richtige Ansätze und Beobachtungen bei Campbell 2000, 336–337, n. 13 ad l. Auch deswegen kann Lachmann den Vordersatz nicht verwenden, weil das Wort nicht in die Zeit Domitians paßt, in der der spätere *curator aquarum* ja seine beiden gromatischen Frühwerke verfaßt haben sollte. Mit dem ebenfalls späten Begriff *tripertitio* und der durch Ms. *B* gestützten Zuweisung beider Passagen an Agenus, läßt sich *transcendentia* zeitlich eingrenzen.

[163]-us *erasit manus antiqua.*

[164]Zum Folgenden vgl. Toneatto 1994–1995, I 141. Ich habe die Position der beiden in diesem Abschnitt untersuchten Textstücke, fol. 98va und foll. 101vb–102va durch Asteriske ** hervorgehoben.

Thulin (=pp. 62,17–64,1; 71,18–72,21; 73,11–74,10; 74,17–76,17; 76,19–77,18; *65,14–67,10; 67,16–70,9; **64,1–65,12 Lachmann). Das bedeutet, daß die angeblich in einem zweiten Werk Frontins stehende Gliederungssynopse, die sich den *controversiae* zuwenden wollte, in der Überlieferung des Arcerianus *B* am Ende des Agenustexts gestanden hat und der Text eines Autors, der sich vor der Darstellung der *transcendentia controversiarum* den *status controversiarum* widmen wollte, dies auf den vier folgenden Teubner-Seiten vor diesem Buchende (Buch = Kapitel) auch tatsächlich getan hat[165]. – Daß Lachmann überhaupt auf den Gedanken eines zweiten Buchs kam, ist nun wiederum der schon am Anfang dieses Abschnitts erwähnten Angabe im Palatinus *P* geschuldet. Auf fol. 50rv bietet das Ms. nach einem Abschnitt, der fol. 49r mit *FAUSTUS ET VALERIUS VV. PP. AUCTORES* überschrieben ist, die rubrizierte Überschrift *EX LIBRO FRONTINI SECUNDO* und den Text 32,18 (*si termini desint*)–33,11 Th (*non debet*)[166]. Der Palatinus *P* überliefert an dieser Stelle einen Abschnitt, der im Arcerianus *B* auf den foll. 95vb–96rb Agenus zugeordnet wird[167].

Ein interessanter Nebenaspekt des in *P* überlieferten Stücks ist sein Anfang: *Si termini desint, frequenter inter se possessores propter loci difficultatem totum supercilium, quod angerentur ipso subiacente* (*augentur* [*P augenter*] *ipsa subiacet BP*) *inferioribus cesserunt, et contenti fuerunt terminos per summum iugum disponere, nullam secuti rationem.* Der Konditionalis wird in allen bisherigen Editionen des Agenustexts zum (hier nicht abgedruckten) vorangehenden Satz gezogen: *Ideoque magis certior ratio illa videtur, ut fundamentum tenus in agro arcifinio possessio servari debeat, s i t e r m i n i*

[165] Vgl. mit gleichem Einwand zur Stelle Campbell 2000, n. 32, 327: »However, this passage almost certainly concerns material written or collated by Urbicus himself, and does not necessarily refer to Frontinus.« – Die stellenweise schweren Eingriffe in den Text und die Änderung der Blattreihenfolge durch Lachmann und Thulin lassen sich deswegen nicht rechtfertigen und müssen in einer Neuedition überprüft werden.

[166] In der *editio princeps* von Adrien de Turnèbe und Galland 1554, 243–244.

[167] *B* rubriziert bestimmte Abschnitte, vermutlich als Gliederungshilfe; der Schreiber des Arcerianus hat die erste Zeile des Textabschnitts, aus dem das in *P* mit *Ex libro Frontini secundo* betitelte Stück genommen wird, rot abgesetzt: *in superciliis autem...* (=Agen. *grom.* 32,11 Th), da die *supercilia* Thema des Abschnitts sind.

d e s i n t[168]. Hier kann die sprachliche Beobachtung, daß Konditionalsätze in den *SGL* zur Betonung des Hauptaspekts meist in Voranstellung konstruiert sind, durch *P* gestützt und auch wegen der *scriptura continua* in *B* nicht angefochten werden[169]. Inhaltlich verweist *in agro arcifinio* auf ein Landstück, daß ursprünglich nicht durch Versteinungen abgemarkt wurde. In einer Neuedition müssen die Sätze deswegen entsprechend anders getrennt werden; dem Schreiber von *P* hat der Abschnitt nur in einer Fassung vorgelegen, die den *si*-Satz so eindeutig mit dem Nachfolgenden verbinden mußte, weil eine andere Trennung gar nicht denkbar war, der Abschnitt also bereits in der Vorlage als Exzerpttext ohne weiteren Kontext gewesen ist; daraus läßt sich jedoch nicht schlußfolgern, daß auch die Überschrift bereits in der Vorlage gestanden hat.

Auch die Beweiskraft der Angabe *ex libro Frontini secundo* in *P* ist also relativ wertlos[170]. Bei der sonstigen »Kühnheit« Lachmanns ist es verwunderlich, warum er nicht auch versucht hat, die komplette EXPOSITIO ET RATIO OMNIVM FORMARVM des Balbus dem frontinischen Hauptwerk zuzuweisen, obwohl der Gudianus Ms. *G* fol. 1r (der damit einen im Palatinus *P* fehlenden Text bewahrt) sie mit der *Inscriptio IVLIVS FRONTINVS CELSO* einleitet[171]. – Wie bei den *tituli* gehen Hinweise auf Buchteile, Exzerptquellen oder auch Buchanfänge und -enden jedoch nicht auf den Autor selbst zurück. Im Fall des angeblich aus einem zweiten frontinischen Buch stammenden Agenustexts ist schon die äl-

---

[168] Vgl. Thulin 1913a, 32, 16–18 = Guillaumin 2021, 72, XI 6. Korrekt trennt Thulin im Eranos-Artikel; Thulin 1911c, 132.

[169] Der Klauselschluß *servari debeat* (— — — — ⏑ ×) spricht eher für die Zugehörigkeit des *si*-Satzes zum Folgenden.

[170] Vgl. Fuhrmann 1960, 99–100 n. 3: »Das Zitat einer angeblich frontinischen Stelle in der 2. Handschriftenklasse entwertet er durch den Hinweis auf einen ähnlichen Fall (59, 10–11; s. seine Bemerkungen zu dieser Stelle und zu 32, 18ff.): der dort dem Frontin zugeschriebene Passus, der sich ebenfalls nochmals bei Agennius findet (28, 12/13), kann nicht von Frontin stammen.«

[171] Tatsächlich ist dieser Versuch gemacht worden: Schon van der Goes 1674, 28, der für seine Edition nur den Gudianus *G* heranzieht, weist die Einleitung der EXPOSITIO Frontin zu. Auf der Grundlage dieser Edition hat Dederich 1839, 842–843 die gesamte EXPOSITIO Frontin geben wollen; wegen der Ähnlichkeit einiger Formulierungen im Balbustext und in den STRATEGEMATA und DE AQVAEDVCTV und vor dem Hintergrund einer unvollständigen Kenntnis der Mss. verständlich (der Londinensis *S* konnte noch nicht berücksichtigt werden), konnte Bendz 1938 zuversichtlich die Autorschaft Frontins für die EXPOSITIO behaupten.

teste Überlieferung der Arceriani, mit der *P* bis auf eine Ausnahme am Ende des Abschnitts weitgehend übereinstimmt, eine Handschrift gewesen, die schwer beschädigt und in weiten Teilen unvollständig ist[172]. Aber auch bei aller Unsicherheit der Inskriptionen gibt es Hinweise in den Arceriani, die für eine irrtümliche Zuweisung eines zweiten Buchs des Agenus Urbicus an Frontinus sprechen. Das Werk des Agenus Urbicus muß nämlich aus zwei Büchern (= Kapiteln) bestanden haben, die sich zwar beide mehr oder weniger den juristischen Aspekten der Landmessung (Katastervermessung), also den *controversiae*, zuwandten, jedoch tatsächlich einmal mehr den *mensor* als möglichen Sachverständigen in den Blick genommen haben werden (*liber primus*), um sich dann, nach einer kruden *status*-Lehre und ausgerichtet an den 15 Kontroversen Frontins, mit diesen Fallstudien zu beschäftigen (*liber secundus*). Für eine solche Annahme spricht, daß das erste Buch in den Arceriani mit einem Moralkatalog des Landmessers endete (Ms. *A* 67r, *B* fol.93rb = 37, 13–51, 3 Th)[173] und danach das zweite Buch (*INCIPIT LIB.*) mit *status*-Lehre und *controversiae*-Untersuchung beginnt (fol. 93va–102va). In diesem Teil steht auch der bisherige Zentraltext eines zweiten Frontin-Buchs mit seiner Gliederungsübersicht der Bücher relativ zu Beginn des neuen Kapitels und noch davor findet sich die Begründung, vor der *transcendentia* die *status* der Kontroversen darzustellen. Für diese Deutung muß die auf Zirkelschlüssen, Blattumstellungen und großzügigen Emendationen beruhende These eines *liber secundus Frontini* natürlich aufgegeben und in einer *recensio* des Agenustexts die bisherige Rekonstruktion der Blattreihenfolge kritisch überprüft werden[174].

---

[172] Vgl. Campbell 2000, xxxi: »The manuscripts have suffered serious damage, with some pages out of order and others missing. Consequently, the text printed by Thulin is largely based on modern philological judgements, and owes much to the order established by Lachmann.« – Die Unterschiede zwischen den Mss. *BP* sind *difficultate B*: *-em P*; *augentur B*: *augenter P*; *debebimus B*: *debemus P*; *illud B*: *illos P*; *suadet B*: *s. poni P*; *et ipso fine defigunt B*: *in ipsis finitionis defigere maluerunt P*; die Fehler lassen nicht unbedingt auf eine von der ersten Klasse unabhängige Quelle schließen.

[173] In den Mss. *AB* lautet die Subskription *AGENI URBICI LIB. EXP.*

[174] Dies wird allerdings Aufgabe einer späteren Agenus-Edition sein. – Die ersten wichtigen Schritte in dieser Richtung hat Guillaumin 2021 mit seiner kritischen Edition unternommen. Er richtet sich in der Textkonstitution noch weitgehend nach

1.4. Das »frontinische« Balbus-Fragment

Wie schon im vorigen Abschnitt (1.3, 56) angedeutet, erschöpften sich die Bemühungen, den *liber secundus* Frontins zu einem die gesamte Landmessung behandelnden *opus magnum* aufzuwerten, nicht auf Agenus allein[175]. Auch Balbus' EXPOSITIO ET RATIO OMNIVM FORMARVM war von diesen Rekonstruktionsversuchen betroffen, jedoch in einem weitaus weniger starkem Maß, obwohl sein Werk in der palatinischen Redaktion, die überhaupt erst die Hypothese eines zweiten Frontinwerks ermöglichte, mit Iulius Frontinus als Verfasser ausgewiesen wird[176]. Der Text, der von Lachmann im Balbustext als »frontinisch« identifiziert wurde, steht bei Guillaumin 1996, 82–88 (=107, 10–108, 8 La =212, 40–214, 12 Camp)[177]:

> Balb. **83,1–89, 7** Qualemcumque rectorum angulorum formam rectis lineis comprehendere. **2.** Ex data recta linea ducere posito

---

Thulin, übernimmt aber schon nicht mehr die konjizierten *tituli* (oder lehnt sie, wie im Fall von DE LOCO, sogar ab). Hervorzuheben ist hier vor allem Guillaumins Verzicht, Agenus auf eine den Frontintext bloß kommentierende Rolle zu reduzieren, wie dies noch Lachmann und Thulin taten; er nimmt ebenfalls Abstand von dem Bemühen, im Agenustext ein zweites Buch Frontins zu identifizieren; vgl. besonders Guillaumin 2021, 9–10: »Comment savoir si cet Agennius Urbicus est le personnage qui écrivit le texte flavien (si l'on admet, bien sûr, que celui-ci n'est pas de Frontin), ou bien celui qui, plusieurs siècles après, composa le noveau traité formé par des extraits du 1er s. *cum grano salis* ajouté par lui? On ne voit pas. Il faut se résoudre a trancher en adoptant l'une ou l'autre des deux possibilités. Nous choisissons de voir en Agennius Urbicus le professeur érudit auteur du commentaire dans son état final, non pas le personnage auteur uniquement d'un texte du dernier quart du 1er siècle. Si jamais on prouvait un jour (contre ce qui est actuellement admis par la plupart) que ce qu'il y a de texte ›flavien‹ dans notre *De controversiis agrorum* est finalement de Frontin (un ›livre II‹ de cet auteur, comme le pensait Lachmann et comme le pensent encore certains spécialistes avertis), du moins n'aurait-on pas l'embarras, à ce moment-là, de l'avoir donné à tort à un Urbicus inconnu.«

[175] Thulin 1911c, 133–134.

[176] Vgl. den Cusanus *p* fol. 36ra (Gudianus *G* fol. 1r); mit Iulius Frontinus teilt Balbus sich die Versuche der Forschung, ihn in der »upper class« Domitians oder Trajans zu verorten. Dies weist Campbell 2000, xl wie bei Frontin mit dem richtigen Verweis zurück, daß *mensores* nicht der Nobilität angehörten.

[177] Der Text der Edition Guillaumin 1996 ist in Orthographie und Interpunktion den deutschen Konventionen angepaßt. Für eine vertiefte Analyse des Texts verweise ich auf den Artikel von Bohlin 2013.

> signo ⟨ .... ⟩ relato in utramque partem circino, aequali punctorum diastemate (fig.) Circulos scribere oportet, per quorum conexionem recta linea transeat factura normales in data linea angulos (fig.). **3.** Sed quo in rectarum linearum forma circularis linea non interveniat rectis, a circumferentiarum parte chiasmi cuiusdam ratione utamur (fig.). **4.** Quod si ab eadem recta linea ducenda fuerit, quae rectum angulum faciat, ex quolibet puncto, qui per caput recta linea transeat, rectam lineam eicere, per cuius signum, quod est in circumferentem lineam a capite rectae lineae, recta linea transeat factura in data linea rectum angulum (fig.). **5.** In hanc autem rationem sublata circumferentia chiasmis utendum est. **6.** Nam quod ad extremam lineae normationem pertinet, vulgaris consuetudinis est sex, octo et decem: Haec, de qua supra disputavimus (fig.). **7.** Circuli ratio magis artificialis est, quae numeros non praefinit; habemus enim apud Eucliden, quocumque loco ad circumferentem lineam ex signis dimensionis duae lineae concurrerint, normam facturas.

Die Zuweisung des Texts an Frontin durch Lachmann[178], Bubnov und Thulin erschließt sich nicht wirklich: Ihre Argumentation stützt sich allein auf die Inskriptionen und Subskriptionen einiger Mss.[179] Der Stil, der hier tatsächlich einmal, zusammen mit dem durch ihn transportierten Inhalt, die Entscheidung für oder gegen einen Autor beeinflussen kann, unterscheidet sich durch seine vorgeblich mathematische, durch griechische Quellen beeinflußte Terminologie zu stark von dem, was von Iulius Frontinus in den *SGL* als echt identifiziert werden kann[180]. Selbst unter Berücksichtigung der Zwei-Buch-Hypothese ließe sich die genaue Position des kurzen Stücks schwer bestimmen[181]. – Für Fron-

[178] Vgl. Guillaumin 1996, 83+85 n. 94: »Ce passage est un exercice d' agrimensor. Lachmann le considère comme interpolé, sans donner les raisons de son jugement.«

[179] So zusammenfassend Bohlin 2013: »In any case, Bubnov and Thulin did not ground their view on any other form of evidence than the varying statements of the manuscript incipits and explicits.«

[180] Zur Beurteilung vgl. Folkerts 1992, 317–318: »Dieser Abschnitt, der nur in den Humanistenhandschriften JV überliefert wird, beschäftigt sich u. a. mit Figuren, die in Kreise einbeschrieben werden. Der Text befindet sich in einem korrupten Zustand; obwohl der Name ›Euklid‹ genannt wird, kann von exakter Mathematik keine Rede sein.«

[181] Thulin 1911c, 134 verortet es wegen der Subskription im »kurzen« Handbuch Frontins;

tin als Verfasser spricht, wie schon beim *liber secundus*, einzig eine spätere, unsichere Subskription, in diesem Fall ein *Explicit liber Frontonis* (!) *primus* in zwei humanistischen Abschriften des Arcerianus[182]. Oberflächlich betrachtet scheint die Argumentation Thulins jedoch stringent[183]: Die Apographa *JV* des Arcerianus *B*, darunter vor allem *J* als vertrauenswürdige Abschrift von *B*, hatten als Subskription des Fragments *Explicit liber Frontonis primus*. Diese Subskription führte in der zweiten Klasse der Mss., also der palatinischen Redaktion *PG*, zur falschen Inskripion *Iulius Frontinus Celso*; da jedoch *B* fol. 156vb den Anfang des Balbus richtig mit der Inskription *Inc(ipit) lib(er) balbi ad celsum expositio et ratio omnium formarum* ausweist, konnten *J* und *V* den Text nicht aus der zweiten Handschriftenklasse (der *P*-Redaktion) weitergeführt, sondern mußten ihn aus der ersten Klasse, also Ms. *B*, geschöpft haben. Dieses Ms. überliefert den Anfang des Balbus mit richtiger Inskription fol. 156vb, bricht dann aber ab und wird nur durch seine Apographa *JV* weitergeführt; aus diesem Grund nahmen sowohl Bubnov als auch Thulin eine unvollständige EXPOSITIO BALBI an, zu dem das oben stehende Fragment wegen der Subskription nicht gehören konnte[184]. Auch dies war »freilich nicht ohne Bedenken« (Thulin a.a.O.) möglich, da die Mss. *JV* Zeichnungen überlieferten, die nicht aus *B* stammen konnten, weil dieses Ms. keine Illustrationen besitzt. Thulin folgerte aus der weitgehenden Übereinstimmung der Abbildungen in den Apographa, daß sie entweder aus einer älteren und vollständigeren

---

dies läßt bei dem komplexen mathematischen Thema die Frage aufkommen, wie kurz dieses Handbuch denn nun gewesen ist. Über den Umfang der Werke machen alle Befürworter keine Aussage.

182 Jenensis Prov. f. 156 fol. 70v; Vaticanus lat. 3132 fol. 110v. Beide Mss. sind unabhängig voneinander enstanden. Vgl. Thulin 1911c, 134 n. 2: »Wegen dieser Unterschrift ist in der Redaktion P der Name des Frontinus an die Stelle des Balbus in der Überschrift eingesetzt worden.« – Diese Argumentation kann man, ohne daß dies den Verfechtern eines zweiten Frontinwerks aufgefallen wäre, auch auf die (fehlerhafte) Inskription *Ex libro Frontini secundo* in der P-Redaktion anwenden.

183 Vgl. Thulin 1911a, 23 und insgesamt zur hier referierten Argumentation Bohlin 2013, 3–5.

184 Vgl. Bubnov 1899, 407, 437 u. 509 und Thulin 1911a, 23: »Aber da die Überschrift des Balbus in B richtig erhalten ist, so kann die Unterschrift *Explicit liber Frontonis primus* sich nicht auf Balbus beziehen, weshalb Bubnov mit Recht den Text des Balbus La. 107, 9 unvollendet und ohne Subscriptio ausgehen läßt und das folgende gemäß der Subscriptio als ein Frontinusfragment aussondert«.

Handschrift der *P*-Redaktion stammten oder vom Schreiber selbst hinzuerfunden wurden[185]. Eine zufriedenstellende Lösung des Problems war bis 1969, der Wiederentdeckung des Londinensis *S* durch Folkerts, wahrscheinlich auch gar nicht möglich: Lachmann konnte sich für seine Textkonstitution nur der Apographa bedienen, da die Mss. der *codices mixti* mit 106, 11 *plurilatera appellatur* endeten[186]. Das wiederentdeckte Ms. *S* hat jedoch Teile des Fragments foll. 45v–47r mit weiterem Text aus Balbus' EXPOSITIO bewahrt und überliefert mit Abbildungen auch das Ende des Texts ... *lineae concurrerint nomalis factura est*, um dann den kurzen Abschnitt § 1, 11 *ager per strigas et scamna divisus* aus Frontins DE AGRORVM QVALITATE anzuschließen, obwohl die eigentliche Überlieferung erst mit § 3 und dem Titel *Mensurae rationabilium agrorum* fol. 32r einsetzt. Danach kann man nun annehmen, daß 1) die Apographa des Arcerianus ihre Fortsetzung tatsächlich aus einer älteren Quelle geschöpft haben, wie Thulin vermutet, diese Quelle aber nicht der *P*-Redaktion angehörte, sondern der Mischklasse, und daß darin ein Exzerpt des Balbus vor einem Frontinexzerpt gestanden hat. Die Subskription wäre demnach eine fehlerhafte Inskription und der Schreiber hätte eigentlich ein *Incipit liber Frontini primus* schreiben wollen[187].

Die Diskussion, ob das Stück zu Balbus gehört oder nicht, würde eine Einzeluntersuchung erfordern, die im Rahmen dieser Frontin-Edition nicht geleistet werden kann. Nach den sorgfältigen Untersuchungen von Bohlin sind die EXPOSITIO und der Text, der ja nur vermutlich ein Fragment ist, vom selben Autor geschrieben worden[188]. Insofern ist die Zuweisung an Frontin durch

---

[185]Diese letzte Annahme scheidet nach den Untersuchungen von Bohlin 2013 aus.

[186]In diesem Fall der Amplonianus 4° 362 (Ms. *E*) auf fol. 88v.

[187]Dies würde in etwa mit dem *Iuli Frontini Siculi explicit liber primus* in den Mss. *FES* übereinstimmen. Das *primus* kann sich, dies am Rande bemerkt, natürlich auch auf die Abschnitte DE AGRORVM QVALITATE und DE CONTROVERSIIS beziehen, die einzigen Texte, die bis zum COMMENTVM mit Frontin belegbar in Verbindung gebracht werden.

[188]Vgl. Bohlin 2013, 2–3: »The question of authorship, however, is not addressed to any further extent than pointing out some common features in the supposed fragment and the Expositio – features which, in my view, seem to indicate that the supposed fragment was written by the same author as the Expositio and hence is a genuine part of this treatise, rather than the opposite«. Ebenso schon Campbell 2000, 435 n. 24: »The text at C 213.42-215.14 was omitted by MSS EGR, and

Bendz 1938, 30–33 zwar eine folgerichtige Entscheidung, doch sie gründet auf den Prämissen, daß der Autor der *SGL* Iulius Frontinus mit Sextus Iulius Frontinus identisch und Verfasser zweier gromatischer Werke gewesen ist. Beide Voraussetzungen können als widerlegt gelten. Eine davon unabhängige Frage ist es, ob Frontinus in der späteren Überlieferung als Verfasser einer »Geometrie« wahrgenommen und mit Balbus verwechselt wurde. Für diese Vermutung spricht, daß in der GEOMETRIA des Pseudo-Boethius (415, 9–12 La) ein Definition der *mensura* Frontinus zugeschrieben wird: ...*secundum Iulium Frontinum, geometricae artis inspectorem providissimum, quid sit mensura definire. mensura quippe est complurium et inter se aequalium intervallorum longitudo finita.* Dieses Stück ist scheinbar ein direktes Frontinzitat; es stammt jedoch ebenfalls aus der EXPOSITIO des Balbus (94, 9–10 La = 30, 2 Gui), und die Zugehörigkeit zu Balbus wird diesmal durch auch durch die *P*-Redaktion und die *codices mixti* bezeugt. Ein weiteres Indiz für eine Verwechslung Frontins mit einem mathematischen Autor der *SGL* (Balbus?) findet man im Bibliothekskatalog der Murbacher Abtei, der im 9. Jahrhundert auf Blatt 96b eine gromatische Schrift *Iulij Fro*(n)*tini d*(e) *Geo/metrica* verzeichnet[189]. Untersucht werden muß auch das Verhältnis zwischen den Mss. *J* als Vertreter der ersten und *S* als Vertreter der dritten Handschriftenklasse. Es gibt in *S*, wie üblich, bedenkenswerte Unterschiede der Überlieferung, die auch trotz Bohlins Untersuchung des Textstücks noch ungeklärt sind.

1.5. Iulius Frontinus: Sprache und Stil

Der Überlieferungszustand des Frontintexts verbietet weitreichende Schlußfolgerungen. Was in dieser Edition als Iulius Frontinus identifi-

---

Lachmann seemingly regarded it as an interpolation. But it is appropriate in its context because it was part of the surveyor's job to plot and draw angles in the measurement process.«

[189] Milde 1968, 45. Die Rolle, die Murbach bei der Vermittlung gromatischer Mss. gespielt hat, sollte weiter untersucht werden; für die »Geometrien« ist enger Bücheraustausch zwischen Murbach und seinem Mutterkloster Reichenau bezeugt; vgl. Folkerts 1970, 34–35 und n. 71. Murbachs Katalog umfaßt nicht nur die ARITHMETICA des Boethius und einen *liber Geometrica*; im *Breviarium librorum Isghteri abbatis* (= Abt Isker, ca. 870) finden sich neben DE COMPOTO und DE ASTROLABIO und dem *libellus de astrologia Arati* auch die *Geometrica et Iginius volumen* und Frontinus. Vgl. dazu neben Milde auch Bloch 1901, besonders 272–274.

ziert werden kann, enthält jedoch einige sprachliche Besonderheiten, die im Folgenden dargestellt werden. – Gegenüber dem autoritativen Stil Hygins, aber auch gegenüber den hier als unecht ausgeschlossenen Texten, fällt als erstes das völlige Fehlen eines literarischen Gestaltungswillens ins Auge[190]. Um den »Stil« Frontins von demjenigen Hygins abzugrenzen, könnte man von einem »definitorischen« Stil sprechen[191]. Die durchschnittliche Satzlänge in DE AGRORVM QVALITATE liegt bei etwa 6 Wörtern und auch im Abschnitt über Rechtsstreitigkeiten sieht es nicht viel anders aus. Es fehlt jedoch eine stilistische Durchformung, wie sie bei Hyginus sichtbar wird. Der Text macht einen stellenweise geradezu kurzatmigen Eindruck, beispielsweise in § 1 *Ager ergo divisus est coloniarum. Hic habet condiciones duas* statt ...*quo condiciones duas habet* oder in § 11 *De proprietate controversia est plerumque ut in Campania*; das geographische Beispiel wird hier völlig unmotiviert vor die erst anschließend beschriebene lokale Situation gestellt, was unbeabsichtigt zu einem anderen Schwerpunkt der Aussage führt: Statt eine allgemein gültige Situation lokal zu verorten, wird eine Lokalerscheinung als allgemein gültig erweitert. Zusammenfassend kann man über den Text des Autors urteilen, daß er in seine Prosa entweder keinen Ehrgeiz legen wollte oder dazu gar nicht in der Lage war. Ob er literarisch zu mehr imstande gewesen ist als Aspekte eines Thema kunstlos aufzulisten, kann aufgrund des Erhaltenen nicht entschieden werden.

---

[190] In dieser Hinsicht kann der Stil (gegen Campbell 2000, xxvii n. 49) durchaus als Kriterium und zum Vergleich mit z. B. DE AQVAEDVCTV oder den STRATEGEMATA herangezogen werden. Selbst wenn man ein Frühwerk annimmt, ist die Entwicklung von der offensichtlichen stilistischen Armut, die sich in kurzen Sätzen und fehlenden, gliedernden Unterordnungen manifestiert (auch im Vergleich zu anderen Autoren der *SGL*), hin zur stilistischen Durchformung angeblich nicht viel späterer Schriften nicht nachvollziehbar. Richtig bleibt Campbells Feststellung allerdings für die von Lachmann divinierten »frontinischen« Stellen im Agenus; vgl. auch Lindermann 2016, 38–39.

[191] Vgl. Campbell 2000, xxx: »The character and tone of Frontinus' work are explanatory...«

1.5.1. Stellung des Prädikats

Die schon für Hyginus festgestellte, bei den Fachschriftstellern übliche Endstellung des Prädikats[192] ist auch bei Iulius Frontinus die gewöhnliche; er verwendet sie sogar in noch stärkerem Maß. In Endstellung (ESt.) steht das Prädikat in 75% der Fälle (Hygin 67%), in Zwischenstellung (ZSt.) zu rund 9,7% (Hygin 19%) und in Anfangsstellung (ASt.) zu rund 15% (Hyginus 14%)[193]. Die Anfangsstellung beschränkt sich bei Frontinus weitgehend auf Sätze mit Hilfsverben wie *esse* und *habere*, die mit der Satzaussage ja sowieso enger verbunden sind. Teilweise ist dabei in Fällen einer Verbindung mit *esse* nur das Prädikatsadjunkt prominent nach vorn gestellt, während sich das Hilfsverb weiter am Ende des Kolon befindet, wie § 17 *Relicta autem loca sunt, quae...* Eine vorangehende Satzaussage wird dabei meist mit begleitenden Partikeln in ASt. konstruiert und logisch weitergeführt: § 10 *Agitur enim...*, § 14 *Habet autem condiciones duas*, § 17 *Haec sunt iuris subsicivorum* (mit hinzugedachtem *enim*), § 18 *Habent enim et mausolea iuris sui hortorum modos*, § 20 *Et sunt in usu...* Ungleich häufiger ist die ASt. bei Hilfsverben, wie die Zwischenstellung (s.d.) Folge des definitorischen Stils, der die eigentlichen Satzinformation ans Ende stellt: § 1 *Hic habet condiciones duas*, §§ 2–3 *Ager est...*, § 11 *Est et ... proprietas pertinens ad fundos*[194], § 20 *Et sunt in usu ... loca*; in diese Kategorie gehört auch die Konstruktion von *esse* mit gen. possessivus § 17 *Haec sunt iuris subsicivorum*[195]. Echte Betonung der Verbalaussage liegt vor in § 3 *Finitur secundum antiquam...*, § 14 *Fertur Interamnatium ... fine circumdari* (statt *circumdari fertur*). Wohl als Chiasmus konstruiert ist § 1 *...per scamna divisus et adsignatus est more antiquo*. Bei Doppelfragen steht das Verb hinter dem betont vorangestellten gefragten Begriff an zweiter Stelle: § 6

---

[192] Lindermann 2022, 29–32.

[193] Die ungleiche Textmenge kann wegen des unterschiedlichen Erhaltungszustands nicht einberechnet werden. Rein prozentual gesehen ist bei Frontinus ESt. häufiger als bei Hyginus und ASt. annähernd gleich; in ZSt. steht das Prädikat bei Frontinus deutlich seltener.

[194] In dieser Hinsicht ist § 17 *Relicta autem loca sunt* statt *Sunt autem loca relicta* eine Ausnahme, die aber dadurch erklärlich ist, daß der Satz mit *relicta* abschließt.

[195] Die Kürze mancher Sätze erschwert dabei teilweise eine genaue Einordnung der Prädikatsstellung.

Inter duos, an rigore sit ceterorum..., inter plures, trifinium faciat an quadrifinium. Selten ist ASt. im Relativsatz, fast ausschließlich bei *quidquid*, wo sonst ESt. überwiegt: § 8 *quidquid pertinet ad flexus* und § 9 *quidquid excedit supra scriptam latitudinem*; von ZSt. bei Relativsatz kaum zu unterscheiden wegen des zwischengestellten Konditionalis ist § 19 *quod si per ordinationem finis ipsius agitur, exigit mensoris interventum* (statt *mensoris interventum exigit*).

Die Zwischenstellung stellt die Prädikatsaussage betont in die Mitte wie § 6 *de horum* (sc. *vicinorum*) *opinione consistit in mensoris definitione...*; § 10 *Ut si L. Titius ... quartum acceperit sortis suae partes* III; § 11 *cultorum agrorum silvae absunt in montibus...*; § 14 *aliqua portio moenium ... inclusa sicut in Piceno.*

Meist beschränkt sich die ZSt. aber auf den formelhaften Ausdruck *est* (*fit*) *controversia* (z. B. §§ 8 u. 13); dabei kann nicht entschieden werden, ob hier bewußte *variatio* des Autors vorliegt, oder eine versehentliche Umstellung von *de aliqua re controversia est* durch den Schreiber.

Wie oben beschrieben, ist die Endstellung des Prädikats, die größtenteils für den definitorischen Stil Frontins verantwortlich ist, am häufigsten. Dieser Stil zeigt sich schon in den ersten zwei Sätzen des § 1: *Agrorum qualitates sunt tres. Una agri divisi et adsignati, altera ..., qui nulla mensura continentur.*

In den Relativsätzen ist ESt. üblich: § 1 *Unam, quae ... continetur, alteram, quae ... adsignata est*; *quo ... coluntur*; § 2 *cuius modus ... est adsignatus*; § 3 *qui nulla mensura continetur*; § 11 *quae proprietas, ad quos fundos pertinere debeat, discutitur* (relativischer Anschluß mit davon abhängigem Relativsatz); *de quibus iure ... litigatur*; § 14 *quod a privatis operibus optineri non oportebit*; *quod ... datum fuerit aut destinatum*; *quamvis ... tractaverint*; *quare ex voluntate ... est adtributa*; § 16 *quae ... vendita sunt*; *quem vis aqua ... reliquerit*; *quae ... data adsignata sunt*; § 17 *quae aut ... servatur*; *quae ... intra finitimam lineam erint*; § 18 *quibus ... modus finis est restituendus*; § 20 *quae in arcifiniis ... finitur*; *qua iter fieri non potest*; *possessor, cuius forte silva limitem detinet*; bei Konditionalsätzen: § 3 *si qua loca ... optineri*; § 10 *etiam si publico itineri serviat*; § 18 *si de locorum modo agitur*; § 19 *si per ordinationem finis ipisius agitur*; teilweise umrahmen ASt. im Haupsatz und ESt. im relativischen Nebensatz die Satzaussage: § 2 *Ager est mensura conprehensus, cuius modus universus civitati est adsignatus*;

weniger deutlich § 17 *Relicta autem loca sunt, quae ... in arbitrium conditoris relicta* (mit Ellipse).

Die Stellung des Hilfsverbs kann zwischen letzter und vorletzter Position wechseln: § 1 *est coloniarum* gegenüber *quidquid ... in longitudinem est*; § 2 *populis est definitum*; § 5 *controversiarum sunt duae*; *quoniam ... diversas habent condiciones, propriae sunt nominandae*; *genera sunt controversiarum* xv (hier ist die Verbindung von *esse* zum Subjekt jedoch so stark (=*genera controversiarum* xv), daß kaum noch zwischen ASt. und ESt. unterschieden werden kann); § 8 *de fine similis est controversia* (vgl. jedoch zu diesem formelhaften Ausdruck das zur ZSt. Gesagte); § 11 *eius generis controversiae fiunt*; § 13 *...multas habet condiciones*; § 14 *quod intra pomerium eius urbis erit*; § 14 *...fuisse fertur et ... in municipii ius relatum*; *...habent suum privilegium*; § 15 *non est adsignata et possidetur*; § 16 *similis est condicio*; § 17 *finitima autem linea mensuralis est*; § 20 *sed multi ... eunt*. Auffällig ist ferner, daß in ESt. konstruierte Verben (natürlich vor allem im längeren Abschnitt DE CONTROVERSIIS) der forensischen Sphäre zugeordnet werden können, wie *agere* (§§ 2; 7–8; 18), *litigare* (§§ 6; 11–12), *servire* (§ 10), *pertinere* (§§ 14–15; § 19), *detinere* (§§ 15; 20), *obtinere* (§ 16), *possidere* (§§ 15–16), *restituere* (§ 18), *cognoscere* (§ 16), *denegare* (§ 20); *debere* wird meist mit anderen forensische Ausdrücke kombiniert, wie z. B. § 11 *ad quos fundos pertinere debeat* und § 20 *itineri publico servire debent*. Auch mensorische Verben stehen häufig in ESt.: § 10 *quotiens repromissioni modus non quadrat*; § 17 *agrorum inmanitas superfuit*. Mischung von gromatischer und forensischer Terminologie liegt vor § 19 *...alterius fundum influit et disconvenit*.

1.5.2. Präpositionen

a(b) steht fast ausschließlich an seinen wenigen Stellen aus sprachlicher Notwendigkeit, bei einem passivischen Verbalausdruck den Urheber oder Verursacher anzugeben: § 3 *a possessore potuerunt optineri*, § 9 *a petente non proponitur*, § 14 *a privatis operibus optineri non oportebit*, § 16 *ab aliis obtinebuntur*; den Ausgangspunkt von etwas bezeichnet *ab* § 14 *a publico poterit amovere*. Ungewöhnlich ist § 6 die Junktur *ab integro litigare* (gebräuchlicher ist *ex integro*), die vielleicht deswegen gewählt wurde, um eine Häufung von Adverbialia *denuo* ... *forte* zu verhindern[196].

ad ist in seinem Gebrauch auf die Junktur *pertinere ad aliquid* beschränkt: § 8 *quidquid per⟨tinet ad⟩ flexus* (Emendation van der Goes); § 11 *ad quos fundos pertinere debeat, proprietas pertinens ad fundos*, § 14 *ad ipsam urbem pertinens, ad coloniae municipiive privilegium pertinet*, § 15 *ad subsicivorum controversiam pertinebit*, § 16 *ad populum Romanum multis locis pertinere*, § 19 *ad ius ordinarium pertinebit*[197] – Ebenfalls spät und in jedem Fall ungewöhnlich ist der Ausdruck § 12 *de qua ad interdictum hoc est iure ordinario litigatur*, da der Akkusativ mit die Richtung angebendem *ad* ohne jede Beziehung auf *litigare* steht: Hier scheinen zwei Ausdrücke zusammengezogen worden zu sein, so daß neben regelrechtem *de possessione interdicto litigare* ein *litem ad interdictum provocare* oder *litem ad interdictum deducere* mitgedacht werden muß[198].

de findet sich nur im Teil, der die *controversiae* behandelt; hier übernimmt *de*, das an den meisten Stellen einfacher Präpositionalausdruck im Sinne »in betreff, in Bezug auf, über« wie in § 14 *de statu municipiorum tractaverint* ist[199], die Funktion des gen. forensis wie § 8 *de quinque pedum agitur*, §§ 11 u. 12 *de quibus iure ordinario litigatur* bzw. *de qua ... litigatur* und § 18 *si de locorum modo agitur*. In diese Kategorie dürften auch die Paragraphenanfänge in DE CONTROVERSIIS mit

[196] Möglich ist auch eine Umschreibung für *causam retractare* (= »anfechten«).

[197] Die Junktur *ad ius p.* wird erst spät und dann hauptsächlich von den römischen Juristen verwendet: vgl. neben Frontin. *aq.* 118, 1 (ed. Rodgers 2004) *ad ius aquarum pertinentium* (*vectigalia*) und Quint. *inst.* 5, 10, 38 (ed. Winterbottom 1970) vgl. vor allem Paul. *sent.* 3, 6, 48 *si colonum ius fundi testator pertinere voluerit* und Symm. epist. 6, 12, 3 (ed. Seeck 1883), Cod. Theod. 13, 6, 6 u. 15, 1, 9, *Dig.* 29, 1, 25 (*Marcellus lib. responsorum*), Novell. Valent. 13, 12 und *Dig.* 23, 4, 12 (*Paulus 35 ad edictum*), 41, 1, 48 (*Paulus 50 ad edictum*) und 49, 14, 49 (*Hermogenianus de tacitis fideicommissis*). Das Lemma des ThlL ist unvollständig und verzeichnet keinen einzigen Beleg zu Iulius Frontinus.

[198] Vgl. dazu Agen. *grom.* 24, 2 und 34, 2–3 Th. Die Angabe von Hermans im Lemma »*interdico*« des ThlL, Sp. 2175, 33 mit *perducere* ist unrichtig. Textverderbnis der Stelle kann ebenfalls nicht ausgeschlossen werden, da der vorhergehende Paragraph mit *de quibus iure ordinario litigatur* abgeschlossen wird.

[199] Vgl. LHSz II 261–262 § 146.

wiederkehrendem *de aliqua re controversia est* fallen. Partitives *de* liegt vor in § 15 *aut quidquid de extremitate perticae ... detinebit*[200]. *e(x)* findet sich viermal; gegenüber der vermessungstechnischen Verwendung der Präposition im LIBER GROMATICVS Hygins, wo es in der überwiegenden Zahl der Fälle einen Ausgangspunkt bezeichnet, steht *ex* bei Frontinus teils als Ersatz eines gen. partitivus (§ 5 *quidquid ex agro disconvenit*), teils als spätlateinischer Ersatz des abl. instrumentalis, wie § 14 *quare ex voluntate conditoris* und § 16 *ex veteribus instrumentis cognoscimus*. Dieser Ersatz scheint (neben vielleicht beabsichtigter *variatio*?) auf das unmittelbar folgende ...*ut ex proximo* (statt *in proximo*) *in Sabinis in monte Mutela* eingewirkt zu haben.

in mit Abl. drückt oft ein Ortsadverbiale aus, so beispielsweise § 1 *quo in provinciis arva publica coluntur*, § 6 *constistit in mensoris definitione*, § 10 *quartam* (sc. *sortem habeat in quacumque proxima centuria* oder § 11 *silvae absunt in montibus*). Zu dieser rein lokalen Funktion tritt sehr oft einschränkendes *in* = »in betreff«, vorzugsweise in einem forensischen Kontext, wie schon § 3 *in his agris nullum ius subsicivorum intervenit* = »in betreff, bezüglich dieser Felder findet kein *ius subsicivorum* Anwendung.«. Ebenfalls limitierend verwendet wird *in* § 5 *in his quoque partibus*, § 9 *controversia frequenter in arcifiniis agris ... exercitur*, § 10 *controversia in agro adsignato* u. *in ceteris agris de modo fit controversia*, § 17 *controversia est in agris adsignatis*, § 20 *quae in arcifiniis agris iure ordinario finitur, in assignatis mensuram ratione.* Von der rein lokalen Funktionen läßt sich diese Verwendung von *in* dadurch unterscheiden, daß es meist mit der den gen. forensis ersetzenden Präposition *de* zusammen erscheint. Bei einigen Verben, die eine Bewegung ausdrücken, werden Akkusativ und Ablativ teilweise miteinander vertauscht: § 14 *postea in arbitrium conditoris relicta*[201] Ebenfalls nachklassisch häufiger (wenn auch

[200] Fast vollständig verdrängt ist der gen. partitivus durch *de* bei Vitruv; vgl. KSt II, 1 § 91δ, 499.

[201] Vgl. LHSz II 276 § 156 ζ und KSt II 1 § 107 3b, 563; der Ausdruck *in arbitrium* ist allgemein selten und nachklassisch belegt, häufig in den Digesten Iustinians: Vgl. *Dig.* 13, 4, 3 pr. (*Ulpianus 27 ad edictum*); 21, 1, 31 (*Ulpianus 1 ad edictum aedilium curulium*); 39, 3, 23 (*Ulpianus 53 ad edictum*); 50, 17, 22 (*Ulpianus 27 ad Sabinum*).

schon für Plautus belegt) ist *in* mit substantiviertem Adj. neutr.: § 11 *proprietas pertinens ad fundos, sed in commune, propterea quod conpascua multis locis in Italia communia appellantur*[202]. Statt dativus finalis (wohl um Homophonie zu vermeiden) gebraucht ist § 14 *quod in tutelam rei fuerit adsignatum urbanae.* Mit Akkusativ steht *in* modal in den Ausdrücken *in longitudinem*, *in latitudinem* (§ 1) und dort neben abl. modi aus Gründen der *variatio* ebenso: *in hanc similitudinem* und § 2 *in modum limitum.*

per unterscheidet sich in seinem Gebrauch durch Frontinus deutlich von demjenigen Hygins, bei dem bis auf wenige Ausnahmen die ursprüngliche Funktion des Akkusativ als Richtungskasus erhalten geblieben ist[203]. Bei Frontinus steht *per* an fast allen Stellen als Ersatz eines abl. modi oder abl. causae: Modale Funktion liegt vor in § 1 in den Fachausdrücken *per strigas* und *per scamna*, ebenso ersetzt in § 2 *per universitatem* ein Modaladverb wie *universaliter* oder *omnino*. Ersatz eines kausalen Ablativ in § 11 *per hereditates aut emptiones eius generis controversiae fiunt*, ebenso in § 19 *quod si per ordinationem finis ipsius agitur*. Gerade diese Ausdrücke weisen in ihrer freien Konstruktion auf spätere Zeit[204] Den abl. instrumenti ersetzt *per* § 8 *quibus arcifinii agri continentur ut per extrema arvi aut promuntoria aut summa montium aut fluminum cursus aut locorum natura*, wo im letzten Glied wieder der Ablativ verwendet wird. In eigentlicher Bedeutung, die die Richtungsfunktion des Akkusativs bewahrt hat, steht *per* nur § 20 *per declivia et confragosa loca eunt.*

Andere Präpositionen: *pro* findet sich im Frontintext tatsächlich nur einmal als juristischer Fachausdruck des Nießbrauchs mehrerer: § 11 *pro indivisa* (sc. *parte*)[205]. *inter* und *intra* sind ihrer Verwendung noch klassisch unterschieden: *inter* bezeichnet an seinen Stellen auf die Frage ›wo?‹ den Ort, hier §§ 6–7 die Gruppe der streitenden

[202] Vgl. Hyg. *lim. grom.* 171, 46, 14–15 *proximis possessoribus datum est in commune nomine compascuorum.* Bei *in commune* liegt sicherlich juristische Terminologie vor.

[203] Dazu Lindermann 2022, 35–36.

[204] Vgl. LHSz II 241 § 130.

[205] Die Herausgeber schreiben hier seit Rigault *pro indiviso*, da man offenbar vulgärlateinisches *pro*+Acc. annimmt und korrigiert. Es handelt sich jedoch um einen Begriff der Rechtssprache *pro indivisa parte*. Bedenkenswert wäre der Vorschlag von Mommsen 1892, 116, *pro* in *vero* zu ändern, doch schreibt Frontin sonst *autem*.

Parteien (*inter duos*, *inter plures*), *intra* dagegen ausschließlich den räumlichen Bereich, worin etwas liegt: § 7 *intra quinque pedes*, § 14 *intra pomerium*. Gleiches gilt für *ultra* mit Angabe der Zahl: § 11 *ultra quartum aut quintum forte vicinum*. Korrespondierendes *ultra – intra* steht § 17 *quae ultra limites et intra finitimam lineam erint*[206]. *secundum* steht (häufiger als in klassischer Zeit) in der Bedeutung ›gemäß‹ § 1 mit *condicio*, § 3 mit *observatio*, § 7 und § 20 mit *lex*, § 18 mit *instrumentum* und *cautio*. Juristische Nebenbedeutung »zugunsten von; für« liegt vermutlich vor in § 6 *secundum proximi temporis possessiones*[207].

1.5.3. Gebrauch der Partikeln

Partikeln verwendet Iulius Frontinus in geringerem Umfang; auffällig ist hier die geringe Anzahl kausaler und konklusiver Partikeln, die man bei einem Fachschriftsteller, der seinen Stoff ja begründen oder aus dem Dargestellten seine Schlußfolgerungen ziehen will, erwarten würde[208]. Dieser Mangel resultiert daraus, daß Frontinus fast ausschließlich Hauptsätze mit Relativsatz konstruiert[209].

Kopulative u. disjunktive Partikel: Die Konjunktion, mit der Frontin Wörter oder Sätze verbindet, ist *et*. Varianten wie *ac*, *atque* oder enklitisches *-que* fehlen vollständig. Ebenfalls wohl nicht gebraucht ist korrespondierendes *et... et* (die Stelle § 8 *Nam et eadem lege continetur et de quinque pedum agitur latitudinis* ist unklar; der Sinn ist eher aufzählend = »Denn erstens ... und zweitens«); wie bei Hyginus wird *et* bereits nachklassisch als *etiam* oder *quoque* verwendet[210]: § 2 *eadem ratione et privatorum agrorum aguntur*; § 10 *Nam et in ceteris agris* (verschrieben aus *etiam in*?); § 11 *Est et pascuorum*

---

[206] Vgl. auch Hyg. *lim. grom.* 174, 49, 3 *alii in montibus ultra quartum forte vicinum* und Hor. *carm.* 2, 18, 23–26 (ed. Klingner 1954) *quid quod usque proximos / revellis agri terminos et ultra / limites clientium / salis avarus?* (ed. Klingner 1954).

[207] Vgl. dazu LHSz II 249 § 136. Mit sechs Belegen bei Iulius Frontinus ist *secundum* damit genauso häufig wie im Gesamtwerk Cäsars.

[208] Die Kausalnuance von *nam* ist häufig der Bedeutung eines bloß anschließenden *item* gewichen, die konklusive von *ergo* fehlt gänzlich; vgl im Gegensatz dazu Hyginus gromaticus, Lindermann 2022, 37–43.

[209] Überraschenderweise treten die Partikeln nicht in den Relativsätzen, sondern meist im Hauptsatz auf.

[210] Wie bei Hyginus sind *etiam* und *quoque* selbst selten; vgl. zu *etiam* nur § 10 *etiam si publico itineri serviat* und zu *quoque* § 5 *in his quoque partibus*.

proprietas pertinens ad fundos und *Nam et per hereditates ... controversiae fiunt*; § 16 *Nam et coloniarum aut municipiorum similis est condicio*; § 18 *Habent enim et mausolea...*; § 20 *Et sunt in usu agrorum*. Im Sinne von a u t steht *et* § 3 *finitur ... fluminibus, fossis, montibus, viis, arboribus ante missis, aquarum divergiis et si qua loca antea a possessore potuerunt optineri*[211].
Bei *a u t, v e l, - v e* kann man die schon für Hyginus festgestellte Bedeutungsabschwächung = »(oder) beziehungsweise« beobachten: § 7 *sive quae alia signa* (sc. *sunt*); § 11 *absunt in montibus ultra quartum aut quintum forte vicinum*; § 15 *aut quidquid de extremitate perticae possessor proximus aliusve detinebit*; § 16 *coloniarum aut municipiorum similis est condicio*; § 18 *ut locorum publicorum in montibus aut aedium* und *habent enim et mausolea iuris sui hortorum modos circumiacentes aut praescriptum agri finem*; § 20 *...cum itineri limitem aut locum limitis debeat*. Im Sinne eines echten »oder« stehen (mit *variatio*) *vel* und *-ve* im Ausdruck § 6 *duos vel plures* bzw. § 7 *duos pluresve*. In der schon für *aut* festgestellten Abschwächung steht *-ve* mit lautlicher Härte § 14 *quidquid enim ad coloniae municipiive privilegium pertinet*; § 16 *sive Romani sive coloniarum municipiorumve controversia* (dort in *variatio* zu *aut*). Nachklassisches *s i v e = a u t* steht in D o p p e l f r a g e n und auch sonst in dieser Bedeutung § 6 *an rigore sit sive ratione*; § 15 *aliqua pars centuriae sive tota*. Selbst korrespondierendes *s i v e — s i v e* steht in der Bedeutung *aut ... aut*: § 16 *sive populi Romani sive coloniarum* und § 17 *quae sive locorum iniquitate sive in arbitrium conditoris relicta*.

A d v e r s a t i v verwendet Iulius Frontinus nur *sed* und *autem*. Auffällig ist jedoch, daß gerade *sed* an seinen Stellen die adversative *nuance* noch vollständiger eingebüßt hat, als dies bei Hyginus der Fall ist, und praktisch kopulativen Charakter angenommen hat, so § 5 *sed quoniam in his quoque* (= »weil nun«); § 8 *sed de fine* (»doch um«); § 11 *pertinens ad fundos, sed in commune* (»und zwar«); § 20 *sed multi ... per declivia et confragosa loca eunt* (»doch nun gehen viele«). Bei *a u t e m* liegt meist e x p l i k a t i v e Nuancierung vor: § 1 *quidquid autem secundum hanc conditionem*; § 9 *haec autem controversia frequenter ... exercitur*; § 14 *habet autem condiciones duas*; § 17 *relicta autem loca sunt, quae* und *finitima autem linea menuralis est, quae...*

Als k a u s a l e - e x p l i k a t i v e Partikeln schreibt Frontinus *nam* bzw. *enim*; *nam* steht dabei meist in der Verbindung *nam et = item* und verliert damit seinen Kausalcharakter, so § 10 *nam et in ceteris agris*, § 11 *nam et per hereditates...*; § 16 *nam et coloniarum aut municipiorum similis est condicio*

---

[211] Zu *et = aut* siehe die parallele Konstruktion § 9: *...in arcifiniis agris variorum signorum demonstrationibus exercitur, ut fossis, fluminibus, arboribus ante missis aut culturae discrimine*. Vielleicht muß man deswegen Verschreibung annehmen? Nach LHSz II § 257k, 484 (dort weitere Quellen), ist *et = aut* erst seit der Itala belegt.

(das *nam et* in § 8 ist tatsächlich begründendes *nam* mit anschließendem, aufzählenden *et ... et*). Ebenfalls kausal steht § 14 *nam non omnia antiqua municipia habent suum privilegium*. Wie bei Hyginus wechselt auch bei Frontinus die Nuancierung von *enim* zwischen kausal und affirmativ. Eher kausal steht es § 10 *agitur enim de antiquorum nominum propria defensione*, eher affirmativ dann wenig später *huic enim universitati limes finem non facit*. Begründend steht es auch § 14 *quidquid enim ad coloniae*, eher affirmativ § 17 *multis enim locis ... agrorum inmanitas superfuit* (= »vielerorts war ja tatsächlich«), ebenso § 18 *habent enim mausolea* und § 20 *omnes enim limites...* (= »alle Grenzlinien müssen ja«). – Als vormals konklusive Partikel steht nur *ergo* an zwei Stellen in § 1. Allerdings hat es im Gegensatz zum Gebrauch bei Hyginus seine konklusive *nuance* vollständig eingebüßt und steht in der für das Spätlatein belegten fortführenden Bedeutung (wie μέν oder καί = »nun«), deren gedankliche Färbung praktisch verschwindet[212].

1.5.4. Parataktische und hypotaktische Satzgefüge

Der »definitorische« Stil Frontins manifestiert sich in der fast ausschließlichen vorkommenden Parataxe; wo nämlich hypotaktische Satzgefüge vorliegen, beschränken sich diese in der überwiegenden Mehrzahl der Fälle auf Relativsätze. Dies trifft nicht nur auf mit *qui, quae, quod* und (häufiger) *quisquis, quaeque, quidquid* eingeleiteten Relativsätze zu, sondern auch auf die relativische Korresponsion *sicut* bei *ut modale*, hauptsächlich in Verbindung mit *adsignare* und damit in Zusammenhang stehenden Junkturen, wie schon in § 1 *quae ... adsignata est sicut in Campania* (= »so adsigniert, wie es in der Campania der Fall ist«; vgl. nur mit *ut* statt *sicut* § 11 *ut in Campania*): In allen genannten Fällen leitet *sicut* ein am Satzende stehendes Toponym ein; weitere Fälle in § 2 (zu *adsignare*), § 14 (zu *adsignatione includere*), § 17 (zu *adsignationi superesse*). Niemals dagegen findet sich *ita – ut*. *Ut* allein steht in § 8 *quibus arcifinii agri continentur ut...*, § 9 *demonstrationibus exercitur ut...*, § 16 *...aliquis possidebit, ut alveum fluminis, ex veteribus instrumentis cognoscimus ut ex proximo...* und *ab aliis obtinebuntur ut subsiciva concessa*, § 18 *si de locorum modo agitur ut locorum publicorum in montibus...* – Auffällig ist, daß *ut* bei

---

[212] Vgl. LHSz II § 279β, 512. – *Igitur* findet sich gar nicht bei Frontinus.

Frontinus niemals einen finalen Nebensatz einleitet. Im weiteren Sinne eines *sicut/ut* stehen Ausdrücke wie § 1 *adsignatus est more antiquo..., quo* oder § 2 *eadem ratione et ... mensurae aguntur.*

Hypotaxe findet sich nur an wenigen Stellen. Temporale Hypotaxe steht ausschließlich mit der Subjunktion *quotiens*: § 7 *quotiens inter duos pluresve*, § 10 *quotiens repromissioni non quadrat*, § 15 *quotiens aliqua pars ... non est adsignata*, § 16 *quotiens ea ... aliquis possidebit* und *quotiens loca ... ab aliis obtinebuntur*. Das Tempus ist hier regelmäßig entweder der Ind. Präsens oder der Futur. Andere temporale Konjunktionen werden nicht verwendet. Kausale Unterordnung steht mit *quoniam* in § 5 in Verbindung mit *sed* zur Kennzeichnung einer thematischen Überleitung *sed quoniam ... singulae controversiae diversas habent condiciones*; mit *propterea quod* (konjiziert aus überliefertem *propter quod*) § 11 und mit *quare* in § 14 *quare ex voluntate conditoris*. Auffällig ist das vollständige Fehlen von kausalem *cum* oder allgemein gebräuchlichem *quia* oder *quod*. Der Grund dafür liegt in der Tatsache, daß die Kausalbegründung stets im Hauptsatz (durch Partikeln wie *nam, enim*) ausgedrückt wird oder durch den Ablativ. Konditionale Konstruktionen finden sich bei Frontinus in § 3 *Finitur* (sc. *arcifinius*) ... *aquarum divergiis et si qua loca antea a possessore potuerunt optineri*; § 6 ...*quae, si non conveniunt, diversas, diversas attiguis possessoribus faciunt controversias*, § 10 *Ut si L. Titius ... quartum acceperit sortis suae*[213] und *Huic enim universitati limes finem non facit, etiam si publico itineri serviat*; § 18 *quae iure ordinario finiuntur, si de locorum modo agitur* und § 19 *quae, si collectus pluvialis ... influit, exigit mensoris interventum*. – Abweichend vom bei den Fachschriftstellern üblichen Tempus findet sich bei Frontin kein Futur[214], sondern hauptsächlich der Indikativ Präsens oder Perfekt. Konzessiver Nebensinn wird bei Frontin fast durchgehend durch *quamvis* ausgedrückt: in § 2 *quamvis extremum mensura conprehenderint*, § 14 *quamvis ...de statu municipiorum tractaverint*[215]. Nur an einer Stelle steht *cum* § 20 *inverecunde denegat, cum ... debeat.*

---

[213] *Ut* = »zum Beispiel; den Fall angenommen, wenn...« ersetzt hier vulgärsprachlich eine ganze Apodosis, dessen Sinn nicht einmal aus dem vorangehenden Satz erschlossen werden kann.

[214] Lindermann 2022, 45.

[215] Die bei frühen Autoren noch erkennbare steigernde Konnotation ist an beiden Stellen nicht mehr nachzuweisen; *quamvis* wird ganz wie *quamquam* gebraucht, das Frontinus, ebenso wie *etsi*, jedoch nie verwendet.

1.6. Die Handschriften

Für Iulius Frontinus und die bisher ihm zugeschriebenen pseudofrontinischen Fragmente gibt es sieben relevante Handschriften aus drei Handschriftenklassen[216]:

Klasse 1

A Wolfenbüttel, Herzog-August-Bibliothek, Guelf. 36.23 Aug. 2°, s. v *ex.*–vi *in.* [*Arcerianus*]. Foll. 16vb–27^{v}.

Klasse 2

P Vaticano (C.d.), Biblioteca Apostolica Vaticana, Pal. lat. 1564, s. ix *in.* [*Palatinus*] Foll. 11^{r}–13^{v}.

p Bruxelles, Bibliothèque Royal de Belgique, 10.615-729 [*Cusanus*], s. xii^{2} Fol. 37^{r}.

(*G* *Wolfenbüttel, Herzog-August-Bibliothek, Guelf. 105 Gud. lat. 2°, s. ix [Gudianus]. Foll. 7^{v}–8^{v}.*)

Mischklasse (*codices mixti*)

F Firenze, Biblioteca Medicea-Laurenziana, Plut. XXIX.32 (s. viii *ex.*–ix *in.* [a. 800 ca.]; Bischoff ix s. 1. Drittel), [*Laurentianus*] Foll. 17^{v}–19^{v} u. 21^{r}–22^{v}, 24^{rv}, 26^{r}–27^{v}.

E Erfurt, Universitätsbibliothek, Dep. Erf., CA 4° 362, s. xi–xii. [*Amplonianus*] Foll. 79^{r}–81r^{r} u. 82^{r} u. 83^{r}–84^{v} u. 88^{r}[217].

[216] Die *folia*-Nummern für die Mss. *p* und *G* werden nur für die Teile aufgeführt, an denen *P* als Zeuge ausfällt. Nicht aufgeführt wird hier das für die Nebenüberlieferung Hygins verwendete Ms. *Z*; siehe dazu die *Praefatio* 231, den *Conspectus Notarum* 239 und die Liste im Abschnitt 1.8.4, 128. Auch die Apographa *J* und *V*, die teilweise die von Mortaigne ausgeschnittenen Bilder bewahren, sind nur dort aufgeführt. – Im Rahmen der Handschriftenbeschreibung mache ich wegen ihres Einflusses auf editorische Entscheidungen auch einige Anmerkungen zu den Illustrationen und verweise in diesem Zusammenhang, soweit mir bekannt, auch auf die kunsthistorische Literatur.

[217] Fol. 88r überliefert den Textschnippsel *est et controversiae genus quod ad solum non pertinet de arborum fructibus earum quae in finem sunt* von fr. 1 zwischen zwei Texten aus der EXPOSITIO des Balbus: S. Teil IV, 311.

S London, British Library, Addit. 47679, s. xii. [*Scriverianus, Nansianus, Londinensis*] Foll. 32^{r}–38^{r} u. 47^{rv}+49^{rv}.

A Für die erste Klasse bewahrt nur der jüngere Teil *A* der Arceriani die hier behandelten Texte[218] Nach dem noch in zwei Kolumnen geschriebenen *IN̄C IULI FRONTINI DE AGRORUM QUALITATĒ FILICITER* auf fol. 16vb[219] folgt foll. 17r–23r der jetzt fortlaufend einspaltig geschriebene Text *Agrorum qualitates sunt tres...* bis zum Ende von DE CONTROVERSIIS und auf den foll. 23rv–24r die frr. 1–3[α]. Auf foll. 24r–25v findet sich dann der Text der hyginischen Nebenüberlieferung aus DE LIMITIBVS CONSTITVENDIS und foll. 25v–27v der Text des fr. 4; die Subskription lautet *IULI FRONTONIS LIB̄ EXP FELICITER*. Frontinus und Pseudo-Frontin überliefert *A* zusammenhängend; die Texte standen zwischen geometrischen Exzerpten des Epaphroditus und Vitruvius Rufus (foll. 6rb–16vb) und dem LIBER COLONIARVM I (ab fol.27v).

A ist reich illustriert[220]: Auf den elf rv-Blättern gibt bzw. gab es 33 (30) Abbildungen: Auf den foll. 20rv und 21r sind drei besonders schöne Zeichnungen wohl der Sammelleidenschaft Gerard Mortaignes (16. Jh.) zum Opfer gefallen. Durch die humanistische Abschriften der Arceriani (*JV*) sind sie wenigstens als sorgfältig ausgeführte Federzeichnungen erhalten geblieben[221]. Ob deswegen für fol. 21r weiterer Verlust auf der *verso*-Seite ausgeschlossen werden kann, ist unsicher[222]. Die meisten Zeichnungen im Arcerianus *A* zum hier edierten Text sind Schemata; neben polychromen Miniaturen (foll. 18r, 20rv,

[218] Vgl. Toneatto 1994–1995, I 154–155 und 160–163.

[219] Zweispaltig ist der Text normalerweise nur im älteren Ms. *B* der Arceriani; wohl auch wegen des größeren Raums für die Illustrationen ist *A* mit Beginn von DE AGRORVM QVALITATE einspaltig. Bis dahin finden sich foll. 2–16 nur monochrome geometrische Schemata (ab fol. 4v), aber auch zwei kleinere mehrfarbige Miniaturen fol. 8r.

[220] Vgl. die Analyse bei Carder 1976 37–75; zu DE AGRORVM QVALITATE 41–49; zu DE CONTROVERSIIS 49–62 und die Literatur: 29–35.

[221] *A* fol. 20rv ist verstümmelt = *J* foll. 76v/77r = *V* fol. 9rv.

[222] Ich nehme frühen Verlust einer weiteren fig. 20 vor Mortaigne an; in den *codices mixti* stand der Text vor einer Textfuge. Vgl. dazu den Abschnitt 1.8.6, 149–151; zu Mortaignes Methode vgl. Carder 1976, 10: »He chose to remove only those illustrations which by chance were situated in such a way that they were backed by another illustration on the reverse side of the page. Thus with each robbery, two illustrations but little or no text were lost.«

21r, 23v) gibt es eine Vielzahl von Mischfällen[223], in denen sich Miniaturelemente auch in eher schematisch angelegten Illustrationen finden (foll. 17r, 20r, 21r, 22rv, 23f, 25r), wie zum Beispiel auf fol. 22r in der Illustration zu den *subsiciva* (in der Mitte mit einer Vignette, die einen Teich und mehrere Wasservögel zeigt) am besten zu sehen ist[224] Schon in den Abschnitten zum Frontintext (Abschnitt 1.2) und zum »zweiten« Buch (Abschnitt 1.3) wurde festgestellt, daß der Text Frontins und Pseudo-Frontins schon im Arcerianus nur in einer kompilierten Fassung vorliegt, die eine Beurteilung des »echten« Frontins weitgehend unmöglich macht; wenig überraschend gilt diese Feststellung auch für die Illustrationen[225].

Die zweite Klasse wird durch drei Mss. repräsentiert, den Palatinus P
latinus 1564 (*P*), den Cusanus (*p*) und den Gudianus (*G*). Der Palatinus[226] überliefert foll. 11r–13v von Frontinus nur die echten Werke, also DE AGRORVM QVALITATE und DE CONTROVERSIIS, foll. 11r–12r unter der Überschrift *IVLI FRONTINI DE AGRORV̄ QVALITATE* und ab fol. 12r unter *ITEM CONTROVERSIAE* bis fol. 13v, wo der Text in der Beschreibung der *controversia* DE LOCIS PVBLICIS nach *ut alveum*

---

[223] Auf fol. 23r macht diese Mischform einen noch unfertigen Eindruck. Die Miniatur des Bergs oder Hügels ist unvollständig, und die Hilfslinien der Vorzeichnungen sind sichtbar.

[224] Carder 1976, 54: »...this illustration (Ill. 25) shows a centuriation system which is interrupted by, in this case, a diamond-shaped subsicivum apperently representing marsh land. Within this area are depicted two groups of ducks and various water plants on blue water.« Carder weist darauf hin, daß eine genau gleiche Zeichnung im Agenus zwischen den *controversiae* DE SVBSICIVIS und DE ALLVVIONE fol. 71r steht. – Wie aus der Vignettenbeschriftung *subsiciva* hervorgeht, bezieht sich die Abbildung also auf DE SVBSICIVIS. Von Thulin wird sie als fig. 38 jedoch *hinter* DE ALLVVIONE gestellt und an ihrer Stelle fälschlicherweise mit fig. 37 vertauscht, die erst fol. 72v zwischen DE ALLVVIONE und DE LOCIS PVBLICIS gestanden hat.

[225] Vgl. Carder 1976, 72: »This examination of the Frontinus illustrations raises several problems, most of which result from the fact that in many cases the illustrations seem enigmatic and poorly exemplary of the textual passages. This lack of correspondence between text and illustration can in part be explained by the fact that the Frontinus treatise is preserved only in a highly edited redaction.«

[226] Vgl. Toneatto 1994–1995, I 220–221 und 239–249. – Unberücksichtigt bleibt der von Johannes Sichard 1528 für seine Basler Ausgabe des codex Theodosianus verwendete, und kurze danach makulierte Fuldensis (heute Basel, Universitätsbibliothek N I 6:69): Ob der Fuldensis für die Überlieferung vielleicht sogar wertvoller gewesen ist, läßt sich heute nicht mehr feststellen, ebensowenig, was Lesart des Fuldensis und was Sichards Konjektur gewesen ist; vgl. Sichard 1528.

(§ 16) abbricht. Die Mss. *p* und *G* überliefern den Text bis zum Ende von fr. 3α. Die Mss. der zweiten Klasse fügen den *SGL* Material hinzu, das rechtliche Aspekte der Landmessung behandelt: Vor DE AGRORVM QVALITATE steht aus den Iustinianischen Digesten 10, 1 tit. der Text *de finium regundorum*. Auch nach Ende von DE CONTROVERSIIS wird, thematisch eng angebunden, die Quellensammlung des COMMENTVM und (in *PG*) der *liber diazographus* angeschlossen, in den vielleicht (siehe weiter unten) auch Illustrationen aus Frontinus Eingang gefunden haben[227]. Damit sind die Mss. *P*, *p* (und der *descriptus G*) jünger als die älteste Handschrift der Mischklasse, der Laurentianus *F*. Allerdings ist die *P*-Redaktion mit *P* als erstem Zeugen besser und vollständiger gewesen als das, was von *F* verarbeitet wurde. *P* verdient also größeres Vertrauen als *F*[228]: Da *P* und die aus dieser Redaktion hervorgegangenen Mss. vor allem Frontin bewahren, dessen Ordnung durch die erste Handschriftenklasse bestätigt wird, greift hier einmal mehr Pasqualis *recentiores, non deteriores*[229].

Von der Forschung ist nicht hinreichend beachtet worden, daß nach dem Textabbruch fol. 13v Ms. *P* auf fol. 18r mit Textstücken einsetzt, deren Zuweisung in den bisherigen Editionen deutlich macht, wie provisorisch und vorläufig ihre Textkonstitution ist und wieviel Schutt von diesen Texten auch heute noch abzutragen bleibt: Von Toneatto wurde der auf fol. 18r mit *cum centuria expleri non potuit* einsetzende Text dem anonymen COMMENTVM zugewiesen (66, 21–70, 32 Thulin), das unter DE IVRE SVBSECIVORVM eine im Frontinus-Katalog § 5 so nicht aufgeführte Rechtsstreitigkeit abhandelt[230]. In Thulins

[227]Nach fol. 13v hat *P* Blattverlust; über *pG* läßt sich rekonstruieren, daß im fehlenden Teil der COMMENTVM-Teil zu den *qualitates* gestanden hat.

[228]Vgl. auch Kleine [2018], Kap. 5 Anfang: »Der älteste Codex F (um 800) ist bereits eine Exzerptenhandschrift, eine philologisch recht fehlerhafte zudem, die voraussetzt, dass zum Zeitpunkt ihrer Herstellung im Umfeld des Aachener Hofes weit umfangreicheres und wohl auch besseres Material vorhanden gewesen sein muss, aus dem die Auszüge hergestellt wurden. Das heißt, dass in diesem Fall nicht die älteste Handschrift auch das überlieferungsgeschichtliche Schlüsselzeugnis darstellt. Die Leithandschrift der Agrimensorenüberlieferung ist der ca. eine Generation später, ebenfalls im Aachener Umkreis redigierte Codex P (820–830). In ihn ist der Großteil des gromatischen Materials eingegangen, das damals im Umfeld des Hofes verfügbar war.«

[229]Pasquali 1952, cap. iv.

[230]Vgl. Toneatto 1994–1995, I 9. Bei Frontinus ist diese Rechtsstreitigkeit nur mit DE SVBSICIVIS betitelt.

Edition ist dieser Text jedoch durch kleinere Kursive als Fremdtext ausgewiesen, an dem der anonyme COMMENTVM-Schreiber sich nur bedient hat. Nach Thulin besteht der in *P* überlieferte Text zu großen Teilen aus Hyginus 1 und Frontinus[231]. Der Text von *P* 18r findet sich in Teilen im rätselhaften Hyginus 1-Text schon im Arcerianus *B* wieder, wobei die Identität dieses Autors mit »Hyginus gromaticus« bisher weder sicher erwiesen noch sicher widerlegt worden ist. In *B* steht dieser lückenhafte und mit Schnipseln aus Siculus angereicherte Text foll. 106va–122vb; darin werden mehrere Stücke aus Hyginus 1 behandelt. Nach Toneatto 1994–1995, I 142 enthält *B* Abschnitte aus Hygins DE LIMITIBVS, DE CONDICIONIBVS AGRORVM und aus DE GENERIBVS CONTROVERSIARVM und aus Siculus' DE CONDICIONIBVS AGRORVM. In *B* ist dieses *potpourri* unter *DE LIMITIBVS HYGINI* zusammengefaßt – dem einzigen überlieferten *titulus* für Hyginus 1; alle anderen Unterteilungen sind Erfindungen späterer Editoren. Auch diejenige Stelle, an der *P* Hyginus 1-Text aus *B* rezipiert, ist so nicht richtig. Vielmehr ist der Text, den *B* bietet, in seiner Reihenfolge von den Editoren nach dem Vorbild von *P* erst so hergestellt worden: Der Satz Hyg. 96,13–15 Th *cum sit ager centuriatus, aliqua inculta loca quae in⟨tra⟩ centurias erant, non sunt adsignata* existiert in *B* so nicht, da zwischen *aliqua* Ms. *B* fol. 121ra (dort *aliqui*) und fol. 122ra (l. 4) *inculta* ein ganzes *folium* steht. Genauso gut könnte man nach *centuriatus* den Satz enden, auf 121ra mit *aliqui per alienos agros transeunt* (nach Thulin aus Siculus 110, 22–23) einen neuen Satz beginnen lassen und auf 122ra das *inculta loca quae in centurias erant non sunt adsignata* ebenfalls als eigenständige Information respektieren. Da die Entsprechung im Palatinus *P* mit *cum sit ager centuriatus in loca culta quae centurias erant, cum centuria expleri non potuit, subsecivum appellavit* überliefert wird, fehlt gegenüber *B* das Stück *non sunt adsignata*. Dies setzt die *petitio principii* voraus, daß *B* in dieser ein Blatt auslassenden Textkonstitution überhaupt den richtigen Text bietet – und daß *in loca culta* tatsächlich eine (von Thulin und allen Nachfolgern nicht ausgewiesene) Verschreibung von *P* gegenüber *B* gewesen ist. – Weder Ms. *P* noch die Mss. *pG* sind in den Partien, in denen sie Frontintext überliefern, illustriert; ob Bilder in der Vorlage gefehlt haben, ist eine Frage, die nicht eindeutig beantwortet werden kann. Carder vermutet, daß Abbildungen zum Frontin in der *P*-Redaktion durch Agenus, noch stärker aber durch das teilweise in *P*, hauptsächlich aber in *pG* überlieferte COMMENTVM und dort vor allem durch den sogenann-

[231] Vgl. Thulin 1913a, 66 den *apparatus fontium* zu ll. 18–28.

ten *liber diazographus*, anderes angeordnet und mit späteren Illustrationen zur gleichen Thematik vermischt wurden[232]. Der *liber diazographus* ist ein kunstgeschichtlich interessantes »Beiheft« gewesen, das zum COMMENTVM die den Text im wahrsten Wortsinn illustrierenden Abbildungen und Schemata gesammelt hat: Die darin enthaltenen Bilder sind jedoch ebenso wichtig für das Verständnis der Textüberlieferung, da unklar ist, in welchem Verhältnis sie zu Frontin stehen. Teilweise gibt es Überschneidungen, so z. B. in der Darstellung des *ager per extremitatem conprehensus* (*G* fol. 19r), die in *P* fol. 22r fehlt. Das Verständnis hängt jedoch wiederum damit zusammen, ob man den anonymen Verfasser des COMMENTVM auch zum Urheber des *liber diazographus* machen und die Passage COMM. 57,16–17 Th *sicut in subsequenti libello nostro designavimus, quem diazografum nuncupavimus, poterit agnosci* trotz ihrer grammatikalisch unsauberen Konstruktion für echt hält[233].

pG Der Ausfall von *P* nach fol. 13v wird durch die Mss. *pG* kompensiert. Für Frontinus wird der Cusanus in dieser Edition erstmals verwendet; stemmatisch stammt *p* direkt von *P*. Deshalb könnte der Gudianus *G* als *descriptus* unberücksichtigt bleiben. Im Apparat dieser Edition wird er trotzdem aufgeführt, weil er für die §§17 und 18 für die ersten zehn Zeilen der zweiten Kolumne fol. 37rb von *p* den dort durch die Pergamentverfärbung schwer bis überhaupt nicht lesbaren Text hat. Das Ms. *p* überliefert den Text auf den foll. 36vb–37rb (*G* foll. 7v–8v). Wichtig wird es für die Überlieferung nach dem Ausfall von *P* in § 16 mit fol. 37ra (6. Zeile v.u.); danach hat *p* den Text bis zum Ende des fr. 3α *...quam si ex plano nascatur*, woran sich unmittelbar das anonyme COMMENTVM ZU DE QVALITATE AGRORVM anschließt.

FES Die Mss. der Mischklasse bieten in der Überlieferung des Texts das desolateste Bild; dabei fallen vor allem die Unterschiede zwischen den Mss. *FE* und dem Londoner Codex *S* ins Auge, der im Vergleich zum Laurentianus und zum Amplonianus relativ konsistent ist und auch für die Textkonstitution das reichere Material bietet (siehe Tabelle 1.2).

---

[232] Carder 1976, 13.

[233] So zumindest Guillaumin 2014, 71 n. 125. Im COMMENTVM selbst wird nirgends auf Illustrationen des *diazographus* verwiesen: Er kann also auch Bildmaterial enthalten haben, das sich nicht auf das COMMENTVM, sondern auch auf Texte anderer Autoren bezogen hat. Der Bildteil entspräche damit in seiner Exzerptnatur dem Textteil.

E	F	S	Ed. Lindermann
∄	∄	47r	§ 1 (Ende)–§ 2
79r	17v	32r	§ 3
∄	∄	49r	§ 4
∄	∄	49rv	§ 5–§ 6
∄	∄	49v	§ 11–§ 13
79rv	18rv	32v	§ 15
79v	19r	33r	§ 17
80r/83r	19v/26r	33v	§ 18–§ 19
83rv(+88r)	26v/27rv	34r	frr.1–3α
80v	21r	34r	frr.1–3β
80v/81r	21v/22r	34v/35r	Hyginus § 1–§ 2
81r	22v	35v	Hyginus § 3–§ 4 (Anfang)
81r/83v	22v/27v	35v	Hyginus § 4
83v/84r	∄	35v/37r	Hyginus § 5–§ 8; fr. 4 § 1
84v/82r	24r	37r	fr. 4 § 1–§ 2 (Mitte)
82rv	24rv	37v/38r	fr. 4 § 2–§ 5

Tabelle 1.2. Übersicht der Blattwechsel und Textfugen in den *codices mixti*

Interessant sind in allen drei Mss. die offensichtlichen Sprünge zwischen den Blättern, also für Ms. *F* zwischen 19rv und 26v, für Ms. *E* zwischen 80r, 81r und 83v und für Ms. *S* zwischen 32r und 47r und zwischen 47r und 49r[234]. Allen drei Mss. gemeinsam ist, daß die Zwischenräume dieser »Textfugen« in der Hauptsache durch Texte »ausgefüllt« werden, die in der Forschung dem zweiten Buch des Iunius Nipsus zugeschrieben werden, für den diese Mss. die einzigen Zeugen sind. Dies betrifft zwei nicht betitelte Fragmente zur Landmessung, zur Versteinung und die sogenannte VARATIONIS REPOSITIO für *E* und *F* und die LIMITIS REPOSITIO für *F*. Die Art und Weise dieser »Textfugen« verdient besondere Beachtung, da die Texte einfach ineinander überge-

234 Von fol. 36rv ist in *S* nur etwas über das untere Drittel erhalten; das Blatt ist auf der *recto*-Seite leer, auf der *verso*-Seite befindet sich eine Zirkelzeichnung: Innerhalb von drei konzentrischen Ringen ist eine achtstrahlige »Zirkelblüte« konstruiert. Über der Illustration steht ein Kreuz (✠), das gewöhnlich einen neuen Abschnitt oder einen Titelbeginn markiert. Toneatto 1994–1995, I 489–490 hat für fol. 36rv keinen Textausfall festgestellt. Vielleicht ist das Blatt versehentlich zwischen foll. 35 und 37 gebunden worden.

hen. Dabei nimmt der Londoner Codex *S* insofern eine Sonderstellung ein, als er die Anordnung der Textstücke belegt, die in den Mss. *FE* völlig durcheinandergeraten sind[235].

F In Ms. *F*, das mit *E* den Text (und den Textausfall teilt)[236], finden sich die folgenden Textfugen oder -sprünge auf den folgenden Blättern, die hier nach der Reihenfolge, wie sie dem Leser dieser Edition begegnen, dargestellt werden[237]:

α § 18 **19v** ① *similiter locorum religiosorum quibus secundum cautionis modus est restituendis* quattuor signa eaque posuisti in limitem – **26r** incipiens mensuram agere ab eo lapide centuriale unde possis dus ② *habeat enim et misolea iuris hortorum modum circumiacentes aut res scipta agri finem*

β fr. 3α **27v** ① *et illam terrae obliquitatem crescendo adterit nec maiorem* limis oculis Item limum cinctum quod purpura transversam habeat (der gesperrt gedruckte Teil stammt aus der »Etymologie« des LIBER Hygins § 4 – **21r** perpenso ferramento ab umbilico soliae mittis perpendiculum ita ut in puncto lapidis cadat Con pre ② *numerum occupat quam nisi ex plano nascatur*

γ Hyginus § 4 **22v** ① *Limites autem appellati transversus a limo id est antiquo verbo quod dicunt poetae* Actus tamen in base sunt xx – **27v** et illam terrae obliquitatem crescendo adterit nec maiorem (der gesperrte Teil gehört zum ersten Teil des fr. 3α) ② *limis oculis Item limum cinctum quod purpura transversam habeat*

---

[235]Vgl. Bouma 1993, 103: »Nypsus' second treatise is to be found in a more complete form in EFN. Yet the extent to which it has suffered in the course of transmission is clear in this mss. too, especially in EF. Changes of pages which already occur in the archetypes are responsible for the transposition of passages. This explains the illogical order in which these passages in EF are grouped around *Fluminis Varatio*. The correctness of the reconstruction of their order and the completeness of the respective passages can now be confirmed by ms. N.« Bouma verwendet für *S* noch die von Folkerts eingeführte, jedoch bereits besetzte Sigle N.

[236]Der Amplonianus wird deswegen nur in einem knappen Petit-Abschnitt behandelt.

[237]Die zusammenhängenden Texte sind *kursiv* gesetzt. Der Text wird abgedruckt, wie ihn *F* überliefert. Zum besseren Verständnis der Textfugen sind die unmittelbar vorausgehenden oder folgenden Sätze ebenfalls dokumentiert.

δ Fragment 4 (*Excerptum Nipsi?*) **24rv** ...*rectorum angulorum ratione sua postulatione constringi*. Dieses Stück unterscheidet sich insofern von den anderen Textsprüngen, weil es sich in diesem Fall um ein »Einsprengsel« in mehrere Marcus Iunius Nipsus zugeschriebene Fragmente handelt. Ähnlich ist allein die Art und Weise, in der Text sich in einfach in ein anderes Stück einschiebt. Dies ist im Fall von *F* auffälliger als beim Amplonianus *E*, der auch von den Fragmenten mehr Text überliefert (s. dazu Abschnitt 1.8.5, 139).

In [α] (foll. 19v zu 26r) findet sich nach *restituendis* die schematische Darstellung eines *ager relictus et non adsignatus*, die dort nicht am richtigen Platz steht, folgt man der Überlieferung von Ms. *A* fol. 22v. In *A* steht die Zeichnung, logisch nachvollziehbar, als Illustration der *loca relicta et extraclusa* in § 17. In *F* sind an dieser Stelle fol. 19r zwei Schemata abgebildet, die nur teilweise mit den Illustrationen zu § 15 und § 16 übereinstimmen, die *A* überliefert: Einmal ist dies eine in *A* so nicht auffindbare Zeichnung und außerdem eine zweimal mit dem rätselhaften Wort SVBDIBAL beschriftete Illustration, die in *A* auf fol. 22r als Nebenzeichnung zur Illustration der *subsiciva* identifizierbar ist[238]. Nach der Zeichnung zum *ager relictus et extraclusus* setzt *F* auf 19v zwar mit rubrifiziertem *similiter locorum religiosorum*... fort, bricht aber nach *restituendus est* den Text einfach ab und beginnt mit *quattuor signa ea quae posuisti in limitem* unmittelbar einen Text, der Nipsus' LIMITIS REPOSITIO (Bouma 1993, 48, 38 = II 12-13 Gui = 287, 26–288, 6 La) zugeordnet wird[239]. Dieses Stück zeigt starke thematische Nähe zu einem Text, der von Thulin den Titel DE ARTE MENSORIA erhalten hat und der in dieser Edition als fr. 4 abgedruckt wird. Nipsus' Text handelt von der Rückverlegung (*repositio*), also der Berichtigung einer Grenzlinie

[238] Dazu ausführlich, besonders 69–71, Danièle Conso 2006b; die unterschiedlichen Illustrationsvarianten sind 71 abgebildet. Conso folgt der *communis opinio*, nach der das Wort eine Verschreibung aus *subsciva* ist. *Subdivalis* (= unter freiem Himmel) ist erst in der späten Latinität (Tertullian, *adv. Iud.* 11) belegt.

[239] Der Schreiber von *F* hat 4 Zeilen unter dem Textwechsel LEGE SCRIPTURAM LAPIDUM *in mg.* geschrieben; dieser Satz steht auch im von *F* überlieferten Nipsustext: Daß durch diese Wiederholung der Textwechsel kenntlich gemacht werden sollte, scheint wenig wahrscheinlich, da *F* auch sonst oft Marginalzitate aus dem Text an den Rand geschrieben hat.

in einer *centuria* mit strittigem Grenzverlauf durch Einmessung mit der *groma* (bei Nipsus wie bei Hyginus *ferramentum* genannt) und mit Fluchtstäben (*metae*) von einer benachbarten *centuria* mit korrektem Grenzverlauf[240]. Auch das *cultellare* wird im Text von Nipsus beschrieben, allerdings nicht als *nivellement*, sondern als Lotfällung von einer Diagonallinie auf eine bekannte und gegebene Gerade, um so die Parallellinien zwischen beiden Strecken zu ermitteln[241].

[β] (foll. 27v zu 21r) ist insofern ein Sonderfall, da hier der Text in den Blättern nicht nach vorne, sondern zurückspringt und Bezüge zu den beiden anderen Textfugen aufweist. Die Texte stammen dabei auf fol. 27v aus dem fr. 3α, das die Methode des *nivellements* (*cultellare*) darstellt, und aus der etymologischen Glossierung des LIBER GROMATICVS Hygins (§ 4). Am Ende des Paragraphen bricht auch die Überlieferung von *F* ab und wird danach nur durch den Arcerianus *A* und die Mss. *ES* weitergeführt. »Fortgesetzt« wird der Text weitaus früher auf fol. 21v, das den Anfang von Nipsus' LIMITIS REPOSITIO und den zweiten Teil des fr. 3α enthält. Interessant ist es aber vor allem wegen der Stückelung des Nipsustexts, der hier ebenfalls in seiner jetzt edierten Form durch Bouma den Anfang der REPOSITIO auf fol. 26r bietet (*incipiens mensuram agere*), um diesen dann ebenfalls auf fol. 21r mit *perpenso ferramento ab umbilico* weiterzuführen. Die Textverwirrung setzt sich danach fort, da der Text auf 19v mit *quattuor signa eaque posuisti in limitem* nochmals zurückspringt. Die Reihenfolge des Nipsustexts verläuft also in *F* (nach der Edition Bouma) foll. 26r–21r–19v, so daß man folgern muß, daß zwischen diesen Blättern die Textüberlieferung wohl schon in der Vorlage stark gestört war. Daß der Text von foll. 26r und 21r auf eine nicht mehr zu ermittelnde Weise zusammenhing, wird vielleicht auch in dem fehlerhaften *possis dus* vor dem Übergang zum § 18 im Frontin deutlich, wenn das *con pre*⟨hen⟩*dus* auf fol. 21r mit dem *quattuor signa* auf fol. 19v zusammenhängt. Ein Indiz dafür wäre,

---

240 Nipsus 47,1–5 Bouma (= II,1 Gui [224] = 286,12–16 La): *Cum in agro adsignato veneris et lapides duo contra se alium alio in capitibus centuriae in decimano sive in cardine inveneris, incipies mensuram agere ab eo lapide centuriale unde possis pervenire ad centuriam in qua mensurae agendae sunt.*

241 Zur Methode vgl. Guillaumin 2021, bes. 224, fig. 1 und 245, n. 34 und Roth Congès 2006, bes. 315–328.

daß auch die Textfuge auf fol. 19v mit *restituendis* eine Gerundivform -*endis* schreibt.

Auch in [γ] (foll. 22v zu 27v) folgt auf ...*quod dicunt poetae* mit unmittelbar anschließendem *Actus tamen in base sunt* XX ein Satz aus einem Nipsustext, der in den Editionen mit dem Behelfstitel LAPIDES versehen worden ist[242]. Der Autor behandelt die Festlegung von Grenzen: Das Stück steht auf fol. 22v vor seinem Anfang, den man erst auf fol. 23v findet[243]. Auch für [γ] läßt sich deswegen feststellen, daß die Reihenfolge der Blätter gestört ist: In *F* haben sich nach Toneatto[244] Frontinus, Pseudo-Frontinisches (darunter das Stück aus Hygins DE LIMITIBVS CONSTITVENDIS) und Nipsustexte miteinander abgewechselt. Ab fol. 19v nehmen die Störungen durch Textabbrüche und Wiederaufnahmen zu – nimmt man die beiden schwer mit der übrigen Überlieferungsgeschichte übereinstimmenden Illustrationen hinzu, kann man schon auf fol. 19r eine Blattverwirrung annehmen. Die für [β] und die Textkonstitution festgestellte rückläufige Reihenfolge der Blätter für Nipsus ab fol. 26r läßt die Hypothese zu, daß auch der Frontinustext und auch die pseudofrontinischen Fragmente in *F* ab fol. 27rv falsch angeordnet waren, also zwei Quaternionen (27–19) der Vorlage falsch eingebunden waren.

Amplon. 4° 362[245]: Die Textfugen von *E* gleichen denen des Ms. *F*, weswegen hier nur die Blattwechsel der Textfugen [α–γ] ohne deren Textübergänge dargestellt werden: [α] § 18 foll. 80r + 83r; [β] fr. 3α foll. 83v + 80v; [γ] Hyginus § 4 foll. [*81r*][246] + 83v. — Für die Textkonstitution ist *E* deswegen nur insofern von Wert, daß er im Gegensatz zu *F* auch den Text des Hyginfragments aus dem LIBER GROMATICVS ab § 5–§ 8 und den Anfang des fr. 4 bis zum ersten Drittel des § 2 bewahrt, die in *F* fehlen. Die Übereinstimmung bestätigt die kodikologische Bewertung, daß *F* und *E* von einer nicht E

242 Vgl. Bouma 1993, 50–57, zu den Fugen bes. 51 und 53.

243 Auch hier steht *in mg.* wenige Zeilen unter dem Textwechsel IN TRAPIZEO IUGERA CENTUM.

244 Toneatto 1994–1995, I 173–176.

245 Zur Bedeutung des Amplonianus (*E*) bei der Rekonstruktion einer wahrscheinlichen fig. 20 in der Umgebung der *controversia* DE IVRE TERRITORII (Ende § 14) s. Abschn. 1.8.6, 149–151.

246 81rv ist in Kursive gesetzt, weil das Blatt in voller Länge mittig vertikal abgeschnitten wurde; der Text ist deswegen im wahrsten Wortsinn zur Hälfte verloren: Siehe dazu auch den Abbildungsteil IV 303–304.

erhaltenen Vorlage η abstammen[247]. Die Textfugen von Ms. *E* beginnen mit foll. 80r–83r in § 18 der *controversiae*: Die erste [α] zwischen ...*modus finis est restituendus* und *habent enim mausolea*..., die zweite [β], wie in *F* rücklaufend, zwischen foll. 83v und 80v, und die dritte [γ] zwischen foll. 81r und 83v. Das für *F* Festgestellte trifft auch hier zu. Die erste Lücke findet sich im Übergang fol. 79v zu 80r (§ 18 dieser Ed.): ...*quibus secundum instrumentum finis consti|tuendus est. Similiter locorum religiosorum quibus secundum cautionis modus est restituendis*. Im Anschluß daran findet sich ein Stück, das mit *Quattuor signa ea quae posuisti in limitem, aliis corniculis tenebis alium limitem*... beginnt. Allgemein wird es in den Mss.beschreibungen der LIMITIS REPOSITIO des Nipsus zugeordnet, allerdings in einer leicht gestörten Reihenfolge, da der Anfang des Texts erst auf fol. 80v mit *Perpenso ferramento ab umbilico soli emittes perpendiculum ita ut in puncto lapidis cadat et conpre* fortgesetzt würde (hier wird über das -*endis* der Anschluß an die vorherige Blattseite in *E* angenommen). Die Textfuge foll. 80r und 83r ...*modus finis est restituendus* und *habent enim mausolea*... wird auch in *E* durch Nipsus »aufgefüllt«: Auf fol. 80rv durch die schon erwähnte LIMITIS REPOSITIO und die VARATIONIS REPOSITIO, auf fol. *81rv* durch mehrere Stücke, wohl aus dem Bereich der Landversteinung, und erneut durch Text der VARATIONIS REPOSITIO und durch das als Nebenüberlieferung identifizierte Stück aus Hygins DE LIMITIBVS CONSTITVENDIS, auf fol. 82rv durch das früher Frontinus zugeschriebene fr. 4, wo es unvermittelt im Text von § 1 mit der Methodik der rechten Winkel einsetzt, um dann (bis zum Wiedereinsetzen von Frontins DE CONTROVERSIIS) erneut Text von Nipsus zu überliefern. Toneatto hat die verschiedenen Wechsel für Nipsus leider noch ohne Hinweis auf die Edition von Bouma 1993, dargestellt; es wird aber auch durch diesen kurzen Überblick deutlich, daß *E* den frontinischen Text zu den *controversiae* durch einen relativ zusammenhängenden Nipsustext unterbricht (auf fol. 82 sogar mit *incipit marci iuni nipsi liber II feliciter de fluminis varatione*), nachdem er davor ein erstes Buch eines *iuli frontini siculi liber i explicit* hat enden lassen. Wahrscheinlich ist dieses *Expl.* falsch: Die sonstigen Texte, die *E* zwischen den Fortgang des § 18 aus DE CONTROVERSIIS stellt, zeigen deutliche Nähe und öfter auch inhaltlichen Bezug zu Nipsus oder bieten Fremdtexte, die entweder eindeutig identifizierbar sind wie im Fall von Hyginus' LIBER

[247] Vgl. Toneatto 1994–1995, I 17 (und in diesem Buch abgedruckt 237, auch wenn ich einige Abhängigkeiten bezweifle); zu *E* insgesamt 360–376, besonders 365–368.

GROMATICVS, einem anderen Autor zuweisbar sind, oder die, wie im Fall von fr. 4, in einem Kontext stehen, der bei der fragmentarischen Überlieferung von Nipsus durchaus diesem Autor zugerechnet werden könnten, wenn man die inhaltlichen Ähnlichkeiten mit einbezieht (Abschnitt 1.8.5)[248].

Einen Sonderfall bildet der Londoner Codex *S*, dessen Wert für die Überlieferung schon an anderer Stelle betont wurde[249]. *S* überliefert für den § 1 der *qualitates agrorum* auf fol. 47r ein kurzes Stück, das in *FE* fehlt: *Ager per strigas et per scamna ... privatorum agrorum mensurae aguntur*. Umrahmt wird dieses kurze Stück nach Toneatto[250] von der EXPOSITIO des Balbus; genauer: zu Beginn steht ein Text mit geometrischer Thematik, das in der älteren Forschung Frontin und nicht Balbus zugeschrieben und dessen Verfasserschaft auch heute noch diskutiert wird[251], und am Ende, nach dem Frontintext, ein sicher zuweisbares, abrupt einsetzendes Stück der EXPOSITIO. Der letzte Satz des § 2 wird von *S* und *FE* nicht überliefert; die Überlieferung springt zu fol. 32r zurück und setzt mit § 3 *Ager est arcifinius...* und dem *titulus* MENSVRAE RATIONABILIVM AGRORVM wieder ein; diesen Text überliefern *S* und *FE* bis zum Ende des Paragraphen, *S* jedoch auch (mit kurzem Textausfall am Anfang) den § 4 zum *subsicivum*. Nur *S* ist damit, neben dem Arcerianus *A* und dem Palatinus *P*, Zeuge für einen Abschnitt, der in *FE* fehlt. Der Text von § 4 findet sich in *S* mit Vorspringen auf fol. 49r. Dort steht auch der (in *FE* nicht erhaltene) Anfang von DE CONTROVERSIIS: Dies erlaubt den Schluß, daß nach dem Ende des § 4 in der Überlieferung der Text zu den *controversiae* tatsächlich begonnen hat. *S* stimmt mit *A* hier nicht nur deutlich in der Abfolge der Textstücke überein, sondern auch in der Reihenfolge der Illustrationen[252]. *S* überliefert den Text bis zum Ende des § 6 (fol. 49rv); S

[248] Die Textkonstitution von Nipsus' Werk, wie sie bei Lachmann und auch bei Bouma vorliegt, sollte in der Anordnung und der Präsentation des Texts wohl noch einmal kritisch überprüft werden. Guillaumin hat weitgehend kritiklos den Lachmann'schen Texts übernommen; vgl. Guillaumin 2021.

[249] Vgl. jeweils mit weiterer Literatur Lindermann im Feldmesserbuch 2018, 25–26 und Lindermann 2022, 79–86

[250] Toneatto 1994–1995, I 473–774.

[251] Siehe dazu den Abschnitt 1.4, 67.

[252] Auf fol. 49r zeigt *S* mit *A* übereinstimmend die figg. 9–11 Th. Unterschiedlich ist in fig. 10 Th die Position der Kreisausparung (in *A* in der linken der vier *centuriae*, bei *S* in der Mitte der einzig abgebildeten *centuria*) und in fig. 11 die sauber geometrische

die Paragraphen §§ 7–10 zu den *controversiae* DE RIGORE, DE FINE, DE LOCO und DE MODO fehlen in *S*; auf fol. 49v setzt *S* mit § 11 und der *controversia* DE PROPRIETATE wieder mit der Überlieferung ein; der Text am Ende von § 13 fehlt – die Reihenfolge der Paragraphen ist gegenüber *A* verändert (§§ 13-12-11). Bemerkenswert ist auch, daß das Blatt 49v nicht nur §§ 11–13 (in umgekehrter Reihenfolge) überliefert, sondern auch den ›Beginn‹ von DE CONTROVERSIIS enthält. *S* setzt den Text der *controversiae* mit § 15 und auch die weiteren Texte in der Reihenfolge, wie sie diese Edition abdruckt, wieder ab fol. 32v bis fol. 38r fort. Gegenüber der disparaten Textvermischung im Laurentianus und im Amplonianus (*FE*) zeigt *S* eine relativ stringente Überlieferung. Textabbruch beziehungsweise Textsprünge finden praktisch nur zwischen drei Blättern statt, nämlich zwischen den foll. 47rv, 32rv und 49rv:

α § 2 **47r|v** ① ...*eadem ratione et privatorum agrorum mensurae aguntur* | Mensurae igitur aguntur generibus tribus: per longitudinem et latitudinem et crassitudinem. – **32r** hinc addendae sunt mensurae limitum et terminorum ex libris Augusti et Neronis et caesarum, sed et Balbi mensoris, qui temporibus Augusti omnium provinciarum formas et civitatum mensuras compertas in commentarios contulit et legem agrariam per universitatem provinciarum distinxit et declaravit § 3 ② *MENSVRAE RATIONABILIVM AGRORVM AGER est Arcifinius...*

β § 3 **32r** ① ...*in his agris nullum ius subsicivorum intervenit* – **49r** Omnes tamen illae inaequalitates rationabilibus lineis comprehendi et dividi possunt. Flexuosa autem linea est sicut dicis aut cornualis § 4 ② *ALIVD genus est agrorum subsicivorum...*

γ § 11 **49v** ① ...*ad quos fundos debeat discutitur* – § 15 **32v** ② *De subsicivis controversia est, quotiens...*

In [α] endet fol. 47r mit dem kurzen Stück des § 2. Dem Text ging das in der Forschung Balbus zugeschriebene Fragment (siehe Abschnitt 1.4) voraus. Es folgt Frontins *Ager per strigas et scamna — agrorum mensurae aguntur*, unterbrochen durch eine Schemazeichnung,

Konstruktion einer Kästchenpyramide unter einem Halbkreis, die in *A* unregelmäßig ausgeführt ist. Fig. 11 hat in den Umrissen Ähnlichkeit mit fig. 33 Th.

die der ersten Illustration in Ms. *A* auf fol. 17v entspricht. Auf der *verso*-Seite schließt sich mit *Mensurae igitur aguntur generibus tribus* ein Stück aus der EXPOSITIO AD CELSUM des Balbus (96, 21 La) nach einer weiteren Schemazeichnung an. Zwischen dem Ende des Frontintexts ...*mensurae aguntur* und dem Anfang des Balbustexts *Mensurae igitur aguntur*... gehen die Exzerpttexte logisch ineinander über und werden nicht wie in *FE* abrupt hintereinandergestellt. Ob die Zusammenstellung der Exzerpte allerdings zufällig gewesen ist, oder ob man hier Einblick in die Bearbeitungkriterien der spätantiken Redaktoren erhält, kann nicht beantwortet werden[253]. Wahrscheinlich gemacht wird eine solche Bearbeitung, die sich dann nach thematischen Gesichtspunkten gerichtet hat, allerdings durch einen Text, der nach dem »Rücksprung« von *S* auf fol. 32r vor dem mit *titulus* MENSVRAE RATIONABILIVM AGRORVM beginnenden Frontinabschnitt steht. Vor *Ager est arcifinius* ... steht, mehr oder weniger vollständig in allen Handschriftenklassen überliefert, ein Text, der von Toneatto als Subskription oder als genuine Anmerkung »*mensoris cuiusdam*« über das Exzerpieren der LIBRI COLONIARVM interpretiert und von Lachmann 239, 14–19 und allen nachfolgenden Editoren aufgrund der Tatsache, daß er in Ms. *A* teilweise in Capitalis geschrieben wurde, ebenfalls in Kapitälchen gesetzt wird. Überliefert wird das Stück von allen Mss.: In *A* fol. 41rv zwischen dem LIBER COL. 1 und der CONSTITVTIO Hygins; in *P* fol. 72v zwischen dem LIBER COL. 1 und den NOMINA LIMITVM des LIBER COL. 1 auf fol. 73r; im Laurentianus (*F*) fol. 16v zwischen zwei Abschnitten des LIBER COL. 1 (*Verulae oppidum – Ager Carsolis*)[254] und im Amplonianus (*E*) fol. 79r; in *S* auf fol. 32r zwischen dem LIBER COL. 1 (*Ager Carsolis*) und dem Beginn von Frontins DE AGRORVM QVALITATE[255]:

---

[253]Das erste Schema fol. 47v zu *mensurae aguntur generibus tribus*... (Balbus 96, 21 La) überliefert Ms. *S* allein, oder die Zeichnung gehört noch zu Frontin; sie kann jedoch nicht identifiziert werden. Dazu, daß einige Figuren in den Mss., die Lachmann benutzen konnte, fehlen, und von *S* überliefert werden vgl. Toneatto 1994–1995, I 473–474.

[254]Heute Veroli, Provinz Frosinone (Lazio) und das Gebiet von Carsoli (L'Aquila/Abruzzo).

[255]Vgl. Toneatto 1994–1995, I156 (zu *A*), 227 (zu *P*), 172 (zu *F*), 364 (zu *E*), 468 (zu *S*); Ich folge weitgehend der Überlieferung von *S* und tilge nur *provinciarum* als versehentlich nochmals in den Text geratenes Wort aus *omnium provinciarum formas*.

Hinc (huic *APFE*) addendae sunt mensurae (addendas mensuras *APFE*) limitum et terminorum (k *litteram rubricatam add. F*) |A 41v [ex libris Augusti et Neronis et (et *om. PFE*) Caesarum, sed et Balbi (balui *E*) mensoris, qui temporibus Augusti omnium provinciarum] ([...] *deest in A*) formas et (et formas *APFE*) civitatum (-ium et *A*) mensuras compertas in commentarios (-iis *PE*) contulit et LEGEM AGRARIAM per universitatem (diversatis *A* diversitates *P*) {provinciarum} (*delevi*) distinxit (dextexit *A*) et (ac *AP*) declaravit.

Die Bedeutung dieses kurzen Texts für die handschriftliche Überlieferung der *SGL* ist nicht erkannt worden, obwohl der Inhalt mehr als deutlich macht, daß man es nicht mit einer Anmerkung eines Landmessers oder einer Subskription zu tun hat, sondern mit der aus dem Text zu athetierenden Anweisung eines Redaktors. Da sie bereits im Arcerianus überliefert ist, reicht sie schon in die Entstehungszeit des Archetyps, der tatsächlich eine »Rettungshandschrift« gewesen sein muß[256]. Deutlich ist aus der Anweisung abzulesen, Texte aus dem LIBER COLONIARVM an dieser Stelle einzufügen; das kann daraus ermittelt werden, weil in *A* der *liber primus* die Inskription *Incipit liber Augusti Caesaris et Neronis* enthält. Demnach sollte also vor allem Material aus der ältesten Quelle, die eine unter Augustus und seinem Nachfolger Tiberius veranlaßte Vermessung des italischen Kernlands enthielt, verwendet werden[257]. Es ist jedoch wenig wahrscheinlich, daß sich der Redaktor auf den Ursprungstext bezieht, sondern auf die in der Folge »angereicherte« Fassung, die Verweise bis hinauf zu Commodus kennt: Der Kompilator des Texts wird in der Mitte des 4. Jhs. vermutet[258]; aus diesem Grund wird auch die Anweisung in diese Zeit datiert werden müssen[259]. Für die Frontin-Überlieferung ist jedoch

---

[256] Schindel 1992, 394.

[257] Der Name Nero bezieht sich nach herrschender Meinung auf Tiberius vor seiner Adoption durch Augustus; vgl. Campbell 2000, xli und n. 115 und Roselaar 2009, 198 und n. 2 (mit weiterer Lit. auch zur Problematik der Balbus-Datierung).

[258] Vgl. Campbell 2000, xl–xli und nn. 113–118.

[259] Die Formulierung *qui temporibus Augusti omnium provinciarum formas et civitatum distinxit et declaravit* zum *Balbus mensor* findet sich leicht verändert in Pseudo-Boethius 402, 8–9 La: *Balbo mensori, qui omnium provinciarum mensuras distinxit ac declaravit*. Sie ist wohl über *P* in die Mss. geraten.

vor allem interessant, daß aus der Stellung der Anweisung ersichtlich wird, warum Frontinus sowohl irrtümlich als Verfasser der LIBRI COLONIARVM ausgewiesen als auch mit Balbus verwechselt werden konnte oder sich in seinem Text Teile der CONSTITVTIO Hygins finden. Die exzerptartige Behandlung, die schon in den Mss. *A* und *B* sichtbar wird, hat wahrscheinlich dazu geführt, daß das wenige Erhaltene (in *A* sind es sieben Blätter, die die echten Stücke überliefern[260]) unter andere Texte geriet, und damit auch Falschzuschreibungen wahrscheinlicher werden. Das bezieht sich nicht einmal mehr auf Werktitel, sondern auch auf Kapitelzählungen und In- wie Subskriptionen[261].

Wenig überraschend wird diese Beobachtung auch durch den Textsprung in [β] bestärkt. Nach Ende des § 3 auf fol. 32r springt der Text nun wieder nach vorn auf fol. 49r, wo »Frontinus« mit § 4 *aliud genus est...* fortgesetzt wird. Auch hier steht ein Abschnitt aus der EXPOSITIO des Balbus (103, 9–11 La = 66, 16 Gui) vor dem Frontintext. Im Gegensatz zu den Mss. *FE* ist in *S* Nipsus nicht mit Frontinus und ›Frontinischem‹ vermengt worden, sondern mit Balbus[262]. Auf fol. 49v führt *S* den Text zu DE CONTROVERSIIS nach Ende von § 6 sofort mit dem in der Textreihenfolge leicht gestörten § 11 zur *controversia* DE PROPRIETATE weiter[263]. Die Überlieferung von *S* in [γ] setzt nach § 13 kurz aus, um mit § 15 und DE SVBSICIVIS fortzufahren – jedoch nun nicht mehr auf fol. 49v, sondern auf fol. 32v; ab dieser Stelle verläuft die Überlieferung im Ms. auf foll. 32v–38r ohne weitere Unterbrechung.

Zu den Illustrationen in den Mss. *FES*: Für die Mss. *FE* hat Carder festgestellt, daß durch die großen Aussparungen im Text von *F* die Illustrationen nicht unmittelbar auf den Text folgen[264]; dies betrifft nach seinen Untersu-

[260] In *A* foll. 16v–23r: also ungefähr ein *quaternio*. Der Arcerianus bietet die vollständigste Überlieferung.

[261] Da in *S* die Anweisung des Redaktors direkt vor dem Beginn Frontins gestanden hat, ist in Ms. *E* 79r diese Anweisung falsch zwischen den Passagen *Verulae oppidum* und *Ager Carsolis* eingeordnet worden.

[262] Man beachte allerdings im Amplonianus *E* den kurzen Text aus fr. 1 zwischen zwei Balbuspassagen fol. 88r.

[263] Auf fol. 49v von *S* kann man in der Illustration hinter DE POSITIONE TERMINORVM einen weiteren Hinweis auf die *SGL* entdecken: Neben den Grenzstreitigkeiten des üblichen L. Titius, vergleichbar dem heutigen N. N., ist eine *Agenij M. Balbi controversia* eingezeichnet.

[264] Vgl. Carder 1976, 54–55. Die Paginierung der *folia* hat Carder offenbar aus der

chungen vor allem eine Passage in den *controversiae*, DE SVBSICIVIS und DE LOCIS PVBLICIS (§§ 15–16). Carder vermutet hier richtigerweise den Fehler in der Vorlage (oder den Vorlagen). Er stellt außerdem fest, daß in *E* nach DE SVBSICIVIS auf fol. 79v, *F* fol. 18r, offenbar eine Illustration aus dem LIBER COLONONIARVM – vielleicht durch die falsche Zuschreibung ans Frontin? – die Reihenfolge durcheinandergebracht hat. Die Illustrationen, die die Mss. der Mischklasse bieten, sind grundsätzlich einfache schematische Zeichnungen mit Beschriftungen in roter oder schwarzer Unziale (Laurentianus; Londinensis) und, wie in Ms. *E*, in schwarzer Minuskelschrift, die *E* auch für den Text verwendet. Während der Laurentianus *F* diese Zeichnungen großzügig in der Textbreite ausführt und sich wie im Arcerianus *A* Text und Abbildung miteinander abwechseln, läuft im Amplonianus *E* der Text um die Zeichnungen herum; die Zeichnungen sind meist bündig ausgeführt, nur ausnahmsweise findet sich (fol. 80r) eine Zeichnung auch der Mitte. Der Londinensis *S* kennt diese Einpassung zwar auch, geht aber in seinen Zeichnungen meist wie *F* über die gesamte Textbreite. Im Vergleich zum Arcerianus *A* unterscheiden sich die Illustrationen in *FES*, deutlich erkennbar beispielsweise im Vergleich der Abbildung fig. 20 Th = Ms. *F* fol. 18v = *E* fol. 79v = *S* fol. 32v = *A* fol. 22r: Während die Illustration des Arcerianus den Text wieder aufgreift und eine »Mischform« aus polychromer Miniatur und schematischer Aufsicht bietet, ist davon in den Mss. *FE* nicht viel übriggeblieben. Vom Hofgebäude in Aufsicht mit angedeutetem Sattel- oder Walmdach ist eine pfeilartige Figur übrig geblieben, die in *A* sichtbare Gebäudewand mit Eingang wird in ein Recht- und ein Viereck zerlegt; in *S* fehlt sie komplett. Die im Arcerianus auch farblich in Rot und Ocker markierte *insula fundi Septiciani* ist in *FE* nur noch ein Eintrag, der ohne genaue Kennzeichnung in die gesamte Fläche der Abbildung eingetragen wird. Diese letzte Feststellung gilt für die Mss. *FE*, aber nicht für *S*, das die *insula in fundo Septimiano* im Areal mit zwei Parallelmarkierungen von der restlichen Fläche abtrennt.

Teubneredition Thulins, der +1 Blatt zählt. Aus diesem Grund sind Carders Angaben oft schwer nachzuvollziehen. Kunsthistorisch ist die erneute Würdigung sämtlicher Illustrationen der Mss. gerade vor dem Hintergrund der neuen Erkenntnisse (Einbeziehung von *S* in die Textkonstitution) und der kodikologischen Beschreibung Toneattos ein Desiderat; zur Bibliographie (in Auswahl) vgl. Weitzmann 1959; Dilke 1961 und Dilke 1967; Bertelli 1968; Petrucci 1971; Mütherich 1974; Carder 1976; Haffner 1991; Stückelberger 1994; Thorson Hause 1997; Kathrin Müller 2005; McNamee 2019.

1.7. Die Editionen

Die Autoren der *SGL* behandeln mathematisch-geometrische, musiktheoretische, astronomische, aber auch juristische Themenfelder und waren deswegen nicht nur für das *quadrivium*, sondern teilweise sogar für die höheren Fakultäten der Universität von Interesse[265]. Dies führte, wohl auch begünstigt durch die Illustration mancher Mss., in der Folge zu zahlreichen humanistischen Abschriften, die sich teils als Glücksfälle für die Überlieferung erweisen, wie zum Beispiel der in Italien (Rom?) geschriebenen Jenensis *J* (Ms. Prov. f. 156; s. XVI *in.*), in dem diejenigen Illustrationen der Arceriani überliefert sind, die dort von Sammlern wie Gerard Mortaigne herausgeschnitten worden waren, oder das Ms. aus der Privatbibliothek des Basilio Zanchi (1501–1558), der codex Zanchi *V* (Vat. lat. 3132; s. xvi *in.*). In diesen Handschriften wird neben der redaktionellen Bearbeitung auch schon das Bedürfnis nach philologischer Kommentierung sichtbar, im Falle von *V* in den Anmerkungen des Angelo Colocci (1467–1549)[266]. Die humanistischen Abschriften der gromatischen Mss. Mitte des 15. Jhs. markieren allerdings eine Rückbesinnung auf die unter editorischen Gesichtspunkten wichtigen Quellen der Haupthandschriften. Wie Thulin richtig feststellt, sind alle für die *SGL* relevanten Mss. mit Ausnahme des Amplonianus *E* (und des Lachmann und Thulin unbekannt gebliebenen Londinensis *S*) Handschriften, die älter sind »als das 10. Jh.«[267].

[265] Zur Bedeutung für die Rechtsfakultät vgl. in diesem Zusammenhang zum Erfurter Codex *E* Toneatto 1994–1995, I 56: »Uno dei primi dati incontrovertibili della conoscenza degli Agrimensori e il possesso del codice Erfordiense (famiglia W) da parte di Amplonius Ratinck (1360/1365-1434/1435), dottore in medicina e Magister der freien Künste, poi rettore dell'Universita di Erfurt a partire dal 1394: fu studioso dagli spiccati interessi per opere scientifico-matematiche.« – Die juristischen Themata sind auch dafür verantwortlich, daß sich seit dem Wiederaufleben des Interesses an den *SGL* hauptsächlich die Juristen mit diesen Texten beschäftigt haben: Mit Frans Nans, Nicolas Rigault, Willem van der Goes, Henri de Mesmes und in der Moderne mit Friedrich Bluhme oder Charles Giraud sind viele Juristen darunter. Zu dieser Phase des juristischen Interesses s. Palm 1997, 161–166. Palms Untersuchung legt den Schwerpunkt auf den Palatinus lat. 1564 *P*.

[266] Beide Mss., der Jenensis (https://collections.thulb.uni-jena.de/receive/HisBest_cbu_00031149) und der codex Zanchi (https://digi.vatlib.it/view/MSS_Vat.lat.3132) sind online abrufbar.

[267] Vgl. auch zum Folgenden Thulin 1911b, 417–418.

Dennoch nahm die Anzahl der Mss. mit agrimensorischem Material vom 10. bis 14. Jh. kontinuierlich zu; sie enthielten aber »alle nur Kompendien und Exzerpte, die mit Rücksicht darauf, dass in dem höheren Unterricht Gromatik und Geometrie zusammen gelehrt wurden, verfasst und ausgezogen waren und überwiegend die geometrischen Texte des Corpus umfassten«[268].

Die eben angesprochene Rückbesinnung auf die relevanten Quellen führt zur Pariser *editio princeps DE AGRORUM CONDITIONIBUS & CONSTITUTIONIBUS LIMITUM* von 1554 durch Adrien de Turnèbe (1512–1565) und Pierre Galland (1510–1559). Sie beruht fast ausschließlich auf dem in der bei Saint-Omer gelegenen Abtei Saint-Bertin gefundenen Gudianus *G*, einem in Corbie nach einer Kopie des Palatinus *P* angefertigten *descriptus*[269]. Möglicherweise liegt in dieser nach einem Ms. der zweiten Handschriftenklasse erfolgten Edition der Agrimensoren der Grund dafür, warum in der langen Geschichte der Editionen bis hinauf zu Lachmann und Thulin die editorische Entscheidung immer leicht zur palatinischen Redaktion tendiert. Jedenfalls führte dies für Frontins Texte von vornherein dazu, wegen einer in der *P*-Redaktion fehlerhaften Inskription *Iulius Frontinus Celso* (33–36) aus der EXPOSITIO des Balbus eine Einführung in das frontinische Gesamtwerk *de agrorum qualitate et controversiis, limitum* zu konstruieren[270]. Auch weitere Texte aus den in der Forschung als »gromatische Digesten« bezeichneten *P*-Redaktion wurden in der Ausgabe Turnèbes und Gallands nach der Vorrede an Celsus ab 36–44 unter dem Titel *de limitibvs agrorum Frontini* versammelt, aber wohl nicht Iulius Frontinus als Autor zugeordnet; in ihrer Widmung an Charles de

[268] Thulin 1911b a.a.O. und Thulin 1911d.

[269] In der *praefatio* (Blatt 1) zu *De agrorum conditionibus et constitutionibus limitum* beschreibt Galland, daß er und Turnèbe die einzelnen Klöster auf der Suche nach alten Büchern wie Spürhunde durchstöbert hätten: »*...et in singulis monasteriis libros veteres veluti canes sagaces ... diligentes conquivisse.*« Vgl. dazu auch Lewis 1998, 38. Zum Anteil der arcerianischen Tradition vgl. Toneatto 1994–1995, I 64–66, bes. 65: »Nella ›princeps‹ il testo ›arceriano‹ occupo gioeoforza uno spazio e un ruolo limitati, ma la produzione francese di apografi permise di fatto ad alcuni studiosi di possedere, contemporaneamente all'edizione, uno spettro di conoscenze ben piú ampio di quello fornito dalla nuova stampa.«

[270] Mit der im Arcerianus *B* fol. 156v stehenden Inskription *Inc. Lib. Balbi ad Celsum expositio et ratio omnium mensurarum* wäre dieser Fehler vermeidbar gewesen.

Loraine-Guise (1524–1574) wird Frontin nur als Autor von de AGRORVM QVALITATE und von DE CONTROVERSIIS genannt[271]. Diese beiden Werke drucken Turnèbe und Galland auf den Seiten 44–46 und 46–51 nach dem Überlieferungszustand des Gudianus *G*: Es fehlt also die hyginische Nebenüberlieferung DE LIMITIBVS und das fr. 4. Angeschlossen ist allein das fr. 3α (51–52).

Der Fund weiterer Mss. bzw. der eröffnete Zugang zur »arcerianischen« Tradition und die Benutzung des Londinensis *S* führte zur Leidener Ausgabe 1607 von Pieter Schrijver (1576–1660) und zur Pariser Edition 1614 von Nicolas Rigault (1577–1654)[272]; Schrijver benutzte für seine Vegetius-Edition den Text der Turnèbe-Edition, den Gudianus, die Arceriani und den Nansianus *S*. Wichtig ist dieser letzte Codex, wie Folkerts gezeigt hat, vor allem für Frontinus; der Text der Schrijverschen Edition beruht hier vollständig auf *S*, so daß man sich wundern muß, warum die Lesarten dieser Handschrift, die Schrijver in seiner Edition ja mitteilt, nicht stärker von Lachmann und Thulin berücksichtigt wurden[273]. Schrijver ist (neben den beiden humanistischen Abschriften) allerdings auch für die dann zementierte Gleichsetzung von Iulius Frontinus mit »Sextus Iulius Frontinus V.C.« verantwortlich. Auch Schrijver druckt ab 137–145 unter dem Titel *SEXTI IVLII FRONTINI VIRI CONSVLARIS DE RE AGRARIA id est DE AGRORVM QVALITATIBVS ET EORVMDEM CONTROVERSIIS LIBER VNVS CVM AGGENI VRBICI COMMENTARIO*, mit der falschen Inskription der *P*-Redaktion, zuerst ein Stück aus der EXPOSITIO des Balbus und erst danach die beiden echten frontinischen Abschnitte DE AGRORVM QVALITATIBVS (141–142) und DE CONTROVERSIIS (142–145). Im Gegensatz zur *editio princeps* fehlt bei Schrijver auch das Exzerpt aus Hyginus' LIBER GROMATICVS nicht; es wird aber erst nach dem Pseudo-Agenus (= COMMENTVM) abgedruckt (159–162) und richtet sich vollständig nach *S*.

Die Pariser Ausgabe Rigaults von 1614 kennt zwar *S* nicht, macht aber durch Verwendung der Leidener Edition Schrijvers mittelbar Gebrauch

---

[271] *Praefatio* 1: *In eo siquidem erant Siculus Flaccus de conditionibus agrorum, Frontinus de eorundem qualitate & controversiis: in hunc etiam Aggeni Vrbici commentarij: praeterea Hygeni de limitibus constituendis, Gromaticus dictus.*

[272] Die folgenden Ausführungen stützen sich hauptsächlich auf Folkerts 1969, 55–58.

[273] Thulin wäre es bei Kenntnis einer Miszelle von Förster 1884 möglich gewesen, den Londinensis zu verwenden; vgl. Lindermann 2022, 80.

von dieser Handschrift. Daneben benutzte Rigault die Ausgabe Turnèbes, die Mss. Paris BN 7229, 3359 und 8679A[274], das Ms. *P*, arcerianisches Material nach Abschriften des Joseph Scaliger (1540–1609)[275], zwei codices Thuani (aus der Bibliothek von Jacques-Auguste de Thou [1553–1617]), von denen Folkerts (a.a.O.) eine Handschrift als Paris BN 7185 (= Toneatto 1994–1995, III 1132–1136) identifiziert hat, und die Abschrift von Paris BN 8732A durch Frans Nans (ca. 1525–1595)[276]. Die Zuweisung der Texte (auch in dieser Ausgabe ist die EXPOSITIO ein Werk Frontins) ähnelt derjenigen Turnèbes; der Text von DE AGRORVM QVALITATE steht bei Rigault 51–52, DE CONTROVERSIIS 52–57 und 57–58 der Text von fr. 3α *cultellandi ratio ... ex plano nascatur*. Auch wenn Rigault Frontinus (auch bei ihm wird der Autor der *SGL* mit Sex. Iulius gleichgesetzt) nach dem Titel (82) *Iulii Frontini de coloniis libellus* wohl auch noch die kompletten LIBRI COLONIARVM zugewiesen hat, druckt er im Gegensatz zu Schrijver das in den modernen Editionen mit *de limitibus* überschriebene Stück aus dem LIBER Hygins unter den *varii auctores* als *Fragmentum agrarium de limitibus* ab[277].

Vor diesem Hintergrund erscheint das Urteil Thulins, die Editionen Schrijvers, Rigaults und van der Goes' seien »wesentlich nur kritiklose Abdrucke von einzelnen Handschriften mit einigen Korrekturen und eventuellen Notizen über abweichende Lesarten«[278] nicht nur zu hart, sondern schlicht unzutreffend, da Schrijver (und über ihn Rigault) den für die Konstitution der Texte wichtigen Codex *S* verwendete. Das Gleiche gilt im übrigen auch für zahlreiche Konjekturen, die sich in diesen Ausgaben finden. Daß den *SGL* nicht dieselbe philologisch-kritische Aufmerksamkeit zuteil geworden ist wie Livius oder Vergil liegt weniger an einem Mangel philologischen Scharfsinns, sondern am Zustand, in dem Turnèbe, Schrijver und andere sie vorfanden und der auch heute dazu führt, daß man sich editorisch in diesem ›Großtrümmerfeld‹

[274] Nach Folkerts 1969, 58 u. n. 28 sind dies die drei Memmiani aus der Privatbibliothek Henri de Mesmes' (1532–1596); vgl. dazu auch Toneatto 1994–1995, II 650–668; Paris BN 3359 fehlt dort.

[275] Vgl. Rigault 1614, *Observationes et notae* 4–5.

[276] Vgl. Toneatto 1994–1995, II 669–678; feststellbar ist neben Frans Nans eine weitere Hand.

[277] Rigault 1614, 335–340.

[278] Thulin 1913a, 3.

nur langsam fortbewegen kann. Unter den abschätzigen Urteilen der Moderne hatten vor allem die späteren humanistischen Editoren der *Gromatici Latini* zu leiden: Da mit den Arceriani und ihren Apographa, den Vertretern der palatinischen Redaktion und den Handschriften der Mischklasse an Texten das vorlag, was bereits herausgegeben war, konnte man die Editionsschichten der *SGL* stemmatisch unterscheiden[279]. Die Editionen der *SGL*, die im 17. Jh. veröffentlicht werden, haben als gemeinsamen Verlagsort Amsterdam. Zu nennen ist hier einmal die bei Johan Janszoon van Waesberghe (1616–1681) durch Robert Keuchen (1636–1673) besorgte Ausgabe *Sexti Julii Frontini quae exstant. Post Modium, Stewechium, Scriverium. Notis et Emendationibus illustravit* von 1661 und die Gesamtausgabe der REI AGRARIAE AVCTORES von 1674 durch Willem van der Goes (1611–1686), die ebenfalls bei van Waesberghe gedruckt wurde. Sowohl die *Keuchiniana* als auch van der Goes stützen sich dabei auf die Ausgabe Schrijvers[280].

Kritisch ediert wurden die *SGL* von Friedrich Bluhme (1797–1874), Karl Lachmann (1793–1851) und Adolf Rudorff (1803–1873) in der zweibändigen Berliner Edition von 1848–1852 (erster Band Text, zweiter Band Kommentare und Studien)[281]. Die Herausgabe des zweiten Bands erlebte Karl Lachmann nicht mehr. Die Berliner Ausgabe hat ihre Mängel hauptsächlich in der Textkonstitution durch die textkritische Gewichtung der Mss. Wieder wurde der leichter erreichbare Gudianus *G* komplett auch dort herangezogen, wo er nun durch den Palatinus *P* hätte ersetzt werden müssen. Kollationen und Abschriften in Italien liegender Mss. wurden teils von Studenten besorgt, was ein generelles Problem der Textüberlieferung natürlich fortsetzte. In der Beurteilung der arcerianischen Handschriften überwog immer noch Skepsis und die Bevorzugung der zweiten Handschriftenklasse, flankiert durch den Gebrauch der *codices mixti*, also der sogenannten »Trümmerhandschriften« (mit der Bevorzugung von *E* gegenüber *F*) und von Mss.

---

[279] Vgl. zum Stemma der auf den Arceriani beruhenden Editionengeschichte Toneatto 1994–1995, I 66.

[280] In der *Goesiana* finden sich neben ausführlichen Studien auch die Anmerkungen aus der Ausgabe Rigaults; vgl. Toneatto 1994–1995, I 74.

[281] Das Folgende bis zum Ende des Abschnitts ist mit leichten Änderungen meiner kritischen Edition 2022 zu Hyginus entnommen; die Aussagen sind allerdings auch für die modernen Frontineditionen gültig; vgl. Lindermann 2022, 77–79.

zu den Geometrien des Pseudo-Boethius[282]. Der größte Kritikpunkt beim Umgang mit den Texten durch Lachmann liegt jedoch in der damals über Gebühr geübten »Quellenkritik«, vor der auch die *Gromatici Latini* und darin vor allem Frontinus nicht verschont geblieben sind[283]. Nach der Edition von Bluhme, Lachmann und Rudorff im 19. Jahrhundert erschienen im 20. Jahrhundert die notwendige, vieles korrigierende, größer angelegte, aber leider nicht zu Ende geführte Leipziger Teubner-Ausgabe des schwedischen Altphilologen Carl Olof Thulin (1871–1921) als Band 1 der Opuscula agrimensorum veterum, Leipzig 1913 und, ohne textkritischen Apparat, die englische Gesamtedtion, -kommentierung und -übersetzung durch Brian Campbell (London 2000), die sich nicht nur auf den Text Thulins stützt, sondern dort (meist) auf Lachmann zurückgreift, wo das Material von Thulin noch nicht ediert war; 2005 wurde in Paris die kritische Budé-Edition Guillaumins herausgegeben[284]. Allen modernen Editionen, hier insbesondere den Gesamteditionen, aber auch den Einzeleditionen Guillaumins zu den verschiedenen Autoren der *SGL*, ist gemeinsam, daß sie praktisch den *status quo* der Textkonstitution Thulins festschreiben und keine wirkliche Neubewertung der Überlieferung vorgenommen haben. Bei den Gesamteditionen ist diese Vorgehensweise insofern verständlich, als die Schwierigkeit einer Neubewertung auch durch Toneattos Arbeit nur insofern erleichtert wird, weil sie einen Überblick des vorhandenen Materials bieten kann, ohne daß einem Bearbeiter dadurch die Autopsie und die Bewertung der Mss. abgenommen wird. Auch wenn bereits Campbell in seiner kurzen Übersicht der Mss. auf den durch Folkerts erneut gefundenen Londoner Codex *S* (bei Campbell *H*) verwiesen

---

[282] Die Auswahl erklärt sich natürlich auch aus der leichteren Erreichbarkeit der im Gebiet des Deutschen und Norddeutschen Bunds liegenden Mss.

[283] Dennoch ist die Editionsleistung Lachmanns, der gerade zur Frontinedition »eigentlich keine Lust« hatte und die Gromatiker als »Plage« empfand, nicht hoch genug einzuschätzen. Schindel 2006 hat ihm ein würdiges Denkmal seiner Leistung gesetzt (zu den Zitaten s. 50).

[284] Die von M. Clavel-Lévêque und anderen besorgte ›Voredition‹ der Budé-Ausgabe Guillaumins von 1998 unter europäischer Ägide beruht, trotz Benutzung von *S*, eingestandenermaßen auf der Textkonstitution der Teubneriana und an wenigen Stellen auf der Berliner Ausgabe. Vgl. Clavel-Lévêque, Daniele Conso und al. 1998. Zum »etablissement du texte« s. xvii–xix. Sie wird im Apparat nicht berücksichtigt, da sie der Ausgabe Guillaumins entspricht.

hatte[285], bleibt es das Verdienst von Guillaumin, diese Handschrift der Textkonstitution wiedergegeben zu haben; die Bedeutung dieses *codex recentior* insgesamt hat er jedoch nicht erkannt und nicht in vollem Umfang für den Text genutzt[286].

1.8. Zur Textkonstitution dieser Ausgabe

Der Text der hier vorgelegten Ausgabe unterscheidet sich wesentlich von früheren Editionen dieses Autors. Als »frontinisch« belassen wurden die Abschnitte DE AGRORVM QVALITATE ohne den § 4 und DE CONTROVERSIIS MATERIAE. Die *tituli* beider Stücke sind unecht; sie wurden später aus den jeweiligen Anfangsworten gebildet. Aus Gründen der Übersichtlichkeit seien hier die Hauptänderungen in ihrer Reihenfolge kurz aufgeführt und am Ende tabellarisch zusammengefaßt (109).
Die §§ 1–20 dieser Ausgabe (DE AGRORVM QVALITATE; DE CONTROVERSIIS MATERIAE) entsprechen in ihrer Reihenfolge den Ausgaben von Lachmann (1–24), Thulin (1, 1–10, 13) und Guillaumin (148, § 1–156 § 16). Der § 4 wurde als Fremdtext athetiert. Als fr. 1 der *Incerta fragmenta* unter I. ausgeschlossen wurde in DE CONTROVERSIIS der nach der *controversia* DE ITINERIBVS folgende Abschnitt *Est et controversiae genus ... molientur disputationem* (La 25, 1–26, 2; Th 10, 14–18; Gui 157 § 17), der schon deswegen nicht an der richtigen Stelle gestanden haben kann, weil damit nicht, wie dort § 5 angegeben, fünfzehn Arten *controversiae*, sondern sechzehn aufgezählt würden. Hier eine Verschreibung anzunehmen wird dadurch unwahrscheinlich, weil auch das COMMENTVM nach DE ITINERIBVS deutlich das Thema beschließt (Th 49, 26 und 69, 21–22): *satis ut puto dilucide genera controversiarum exposui*[287]. Nach *inter adfines molientur disputationem* gehen auch die Editionen von Lachmann

[285] Campbell stützt sich dabei auf die Synopse von Reeve 1983; vgl. Campbell 2000, xxii.

[286] Guillaumin verwendete für den Londoner Codex *S* die von Folkerts benutzte, jedoch schon von einem Neapolitanus V.A.13 besetzte Sigle *N*; dazu richtig Reeve (1983, 3 n. 14); vgl. zu N Toneatto 1994–1995, I 188–202. Guillaumins kritischer Apparat ist durch die Verwendung des *descriptus G* dort, wo *P* nicht ausfällt, redundant, wenig aussagekräftig und teilweise ungenau.

[287] Wegen der deutlichen Anspielung auf den Anfang des COMMENTVM 51, 7–8 *suscepimus qualitates agrorum tractandas atque plano sermone et lucido exponendas* und das Erklären des nicht mehr verständlichen Lateins (*obscuritas*) würde ich diesen Abschnitt nicht Agenus, sondern nur dem COMMENTVM zuordnen wollen.

einerseits und diejenige Thulins (und Guillaumins) andererseits getrennte Wege. Bei Lachmann, der hier nicht nur eine *lacuna* konjiziert, sondern auch ein nichtexistentes zweites Buch Frontins konstruiert, folgen in der Reihenfolge, die auch die Mss. überliefern, die hier als fr. 2 und fr. 3 abgedruckten Abschnitte La 26, 5–10 *Sunt et aliae limitum condiciones ... praefectura appellatur* und La 26, 11–27, 12 die technische Abhandlung *Cultellandi ratio quae sit* als Stücke EX LIBRO FRONTINI SECVNDO. Bei Thulin 10, 19–14, 21 (Gui 157 § 1–161 § 13) folgt dagegen auf den Abschnitt des fr. 1 *Est et controversiae ... molientur disputationem* durch Änderung der Blattreihenfolge ein von Thulin und den darauf folgenden Editionen mit DE LIMITIBVS überschriebener Text, der jedoch auf einen in einer schlechten Nebenüberlieferung kompilierten Hyginus-Text aus dessen LIBER GROMATICVS zurückgeht[288]. Bei Lachmann steht DE LIMITIBVS hinter dem Abschnitt *Cultellandi ratio* La 27, 13–31, 10. Erst danach folgt bei Thulin *Sunt et aliae limitum condiciones* (Th 14, 22–15, 4 = Gui 161 § 13) ein in dieser Edition als fr. 2 abgedrucktes Textstück, wobei auch Thulin zwischen dem Ende der Hyginusüberlieferung und dem Anfang dieses Texts eine *lacuna* annehmen muß, die in den Mss. nicht existiert. Bei Thulin folgt mit dem konjizierten *titulus* DE ARTE MENSORIA nun der vierte Abschnitt der Frontin zugeschriebenen Texte (Th 15, 5–18, 11 = Gui 161 § 1–165 § 6) *Principium artis mensoriae ... perducere*, in dieser Ausgabe fr. 4, hinter dem Thulin das Stück *Cultellandi ratio* (= fr. 3) eingeordnet hat, als ob es dazugehören würde (Th 18, 12–19, 8 =Gui 165 § 7). Auf diese Idee geriet Thulin wohl vor allem deswegen, weil in fr. 4 in § 5 von der Tätigkeit des *cultellare* gesprochen wird[289]. Bei Lachmann steht der Text des fr. 4 dieser Edition ohne irgendeine Überschrift hinter dem hyginischen DE LIMITIBVS La 31, 12–34, 13. – Einen Überblick über die Unterschiede zwischen den vorhergehenden kritischen Editionen und der jetzigen Ausgabe nach Paginierung und Zeilennummern bietet Tabelle 1.3.

Für die in dieser Edition gewählte Textkonstitution war die unbefriedigende Behandlung der in den Mss. überlieferten Textreihenfolge

[288] Vgl. dazu Lindermann 2022; dieser Text wird hier unverändert abgedruckt.

[289] Vgl. fr. 4 § 5 *aequaliter ad perpendiculum cultellare debemus (...) nam quotiens sine linea cultellamus...*

Lindermann	Lachmann 1848	Thulin 1913	Guillaumin 2005
fr. 1	25, 1–26, 2	10, 14–18	157 II,17
fr. 2	26, 5–10	14, 22–15, 4	161 II,13
fr. 3fr. 3	26, 11–27, 12	18, 12–19, 8	165 IV,7
Hyg. §§ 1–6, 26	31, 12–34, 13	15, 5–18, 11	161 IV,1–165,6
fr. 4	27, 13–31, 10	10, 19–14, 21	157 III,1–161,13

Tabelle 1.3. Unterschiede der Textreihenfolge in den kritischen Editionen seit Lachmann

durch Lachmann und Thulin ausschlaggebend. Daß Thulins große Textumstellungen problematisch sind, ergibt sich aus zwei Beobachtungen: Die erste, offensichtliche ist der schon oben angesprochene Widerspruch, daß nach den 15 *controversiae* kein weiteres *genus*, in welcher Form auf immer, als Frontin-Text interpretiert werden kann, da diese Rechtsstreitigkeit um die Baumfrucht als Streit um die Breite des Grenzstreifens nicht einmal mehr von Agenus oder dem anonymen COMMENTVM behandelt wird. Die zweite und wichtigere Beobachtung ist die, daß der in DE LIMITIBVS bisher als frontinisch abgedruckte Text ein interpoliertes Stück aus Hygins LIBER GROMATICVS darstellt. Aus beiden Beobachtungen zusammen ergibt sich, daß der von Thulin konstituierte Text nicht zu halten ist; natürlich erhebt sich damit die Frage, ob die tradierte Reihenfolge überhaupt Hinweise auf Störungen oder Vertauschungen enthält. Im Folgenden sollen die Textumstellungen, die diese Edition gegenüber ihren Vorgängern vornimmt, erläutert werden.

1.8.1. De agrorum qualitate § 4

Der in dieser Edition als § 4 aus DE AGRORVM QVALITATE abgedruckte Text *subsicivum est, quod a subsecante linea ... qui ultra linea finitima linea cludatur*[290] wurde bisher stets Iulius Frontinus zugeordnet. Im vorangehenden Paragraphen § 3 werden der *ager arcifinius* und seine meist natürlichen Begrenzungen beschrieben und das Ganze mit der Bemerkung abgeschlossen, auf diesen Feldern werde kein *ius subsi-*

[290] Vgl. Lachmann, Bluhme und Rudorff 1848–1852, 6, 5–8, 9 Thulin 1913a, 2, 16–3, 15, Guillaumin 2005a, §§ 5–6, 149–150.

civorum angewendet[291]. Scheinbar natürlich schließt sich daran der Paragraph § 4 mit seiner Worterklärung und der Einteilung in zwei *genera* von *subsiciva* an.

Die Stelle sollte trotzdem Verdacht erregen: Der Text läßt sich schwerlich dem bisherigen Thema der *qualitates* zuordnen, die mit der Beschreibung des *arcifinius* abgeschlossen sind. Der Inhalt von § 4 beschäftigt sich nicht so sehr mit Bodeneigenschaften oder Feldertypen, sondern mit Themata, die in den Bereich von DE CONTROVERSIIS gehören. Dies legt nicht nur die Erwähnung des *ius subsicivorum* nahe, sondern auch sonst die juristisch konnotierten Begriffe, wie *genus* (*genera subsicivorum*), *condicio* (*ager est similis subsicivorum condicioni*)[292] oder Verbalausdrücke wie *in potestate remanere*, *ad populum Romanum pertinere* oder *non datum esse*. – Die in § 4 behandelte Thematik rückt aber auch aus einem anderen Grund in die Nähe des in DE CONTROVERSIIS behandelten Themas: Die in diesem Abschnitt aufgezählten Arten von *subsiciva* oder von Flurstücken behandeln ausnahmslos Themata der Paragraphen § 15–§ 18 aus DE CONTROVERSIIS, nämlich *subsiciva*, *loca extra clusa* und *loca sacra et religiosa*.

Ein weiterer Hinweis darauf, daß § 4 nicht an dieser Stelle gestanden haben kann, sondern thematisch zur *controversiae*-Diskussion gehört, ist der, daß die »Referenztexte«, die in den Apparaten Lachmanns und Thulins für § 4 herangezogen werden, ausschließlich aus dem Bereich von DE CONTROVERSIIS AGRORVM stammen; die angegebenen Parallelen sind Agenus *grom.* 41,1–7, Siculus Flaccus *grom.* 120,1–9 (nach Thulin) und Pseudo- Boethius ARS GEOMETRICA 400,16–20 (nach Lachmann). Der Übersichtlichkeit halber sind diese Texte nebeneinander abgedruckt[293]:

---

[291] § 3 *In his agris* (sc. *arcifiniis*) *nullum ius* (*genus S*) *subsicivorum intervenit.*

[292] Von *condicio*, ein schwer zu übersetzender Begriff, ist auch schon in § 1 die Rede, wenn es um den *ager divisus et adsignatus* geht. Dort geht es im Gegensatz zur *condicio subsicivorum* allerdings nicht so sehr um die rechtliche Stellung des Landstücks.

[293] Auch Guillaumin 2007, 157–171 (und Annexe I, 172) hat den Text Frontins mit demjenigen des Siculus Flaccus, mit den Ausführungen Hygins und dem anonymen Stück *Agrorum quae sit inspectio*, das Thulin 1910 ebenfalls Hygin 1 zuschrieb, verglichen. Wenig überraschend findet er Unterschiede, weil er nicht die direkt voneinander abhängigen Texte, sondern nur solche mit derselben Thematik einander gegenüberstellt.

§ 4 (Teil 1) Subsicivum est, quod a subsecante linea nomen accepit subsicivum. Subsicivorum genera sunt duo: Unum, quod in extremis adsignatorum agrorum finibus centuria⟨m⟩ explere non potuit (fig.). Aliud genus est subsicivorum, quod in mediis adsignationibus et integris centuriis intervenit. Quidquid enim ⟨minus quam⟩ inter IIII limites {minus quam} intraclusum est fuerit adsignatum, in hac remanet appellatione, ideo quod is modus, qui adsignationi superest, linea cludatur et subsecetur[294]. (fig.)

Agen. 41, 1–7 Th
Subsicivorum autem genera sunt duo; unum quod extremis adsignatorum agrorum finibus centuria[ru]m non explet. aliud etiam integris centuriis intervenit. de quo maximae controversiae agitantur. cum autem adsignatio in agro adsignato fieret, non potuit omnis modus intra IIII limites veteranis adsignari. in ea remansit aliquid, quod a subsecante linea nomen accepit subsicivum.

Sic. Flacc. 120, 1–9 Th
subsecivorum vero genera sunt duo. u-num est quod a subsecante linea mensura⟨e⟩ quadratum excedet. alterum est autem quod subsecante assignationes linea[e] etiam in mediis centuriis relinqueretur. evenit hoc autem ideo, quoniam militi veteranoque cultura assignatur: si quid e⟨ni⟩m amari et incerti soli est, id assignatione non datur.

Deutlich werden die wörtlichen Parallelen der drei Stellen. Sie rühren daher, daß man es mit drei unterschiedlich guten Überlieferungen eines einzigen Texts zu tun hat. Am augenfälligsten ist diese Parallele im Agenus-Text: Die Worterklärung des *subsicivum* ist an den Anfang des Abschnitts gestellt, was nicht die richtige Reihenfolge des Texts sein kann, da es eben nicht um Worterklärungen und Etymologien geht – schon in § 3 hatte ein Glossator für den *ager arcifinius* die Autorität eines Varro bemühen müssen – , sondern um beide *genera subsicivorum*. Ausgelassen im sogenannten Frontin-Text ist (verständlicherweise) der Hinweis auf das hohe Streitpotential solcher *subsiciva*. Ebenfalls logischer und in sich stringenter ist bei Agenus der Hinweis auf die Schwierigkeit, den römischen Veteranen komplette *centuriae*

[294] Zum letzten Teil des Satzes vgl. weiter unten die Darstellung zu Teil 2. Zum Text auch COMM. 57, 20–21 Th.

zuzuweisen. Daß dieser Hinweis im Text gestanden haben muß, zeigt der Vergleich mit der Stelle bei Siculus Flaccus, bei dem sich dies in der Formulierung *in quoniam militi veteranoque cultura assignatur* erhalten hat. Sogar der Hinweis INTRA IIII LIMITES bei Agenus gegenüber falschem *inter* im Frontinus ist bei Siculus wahrscheinlich in der verballhornten Formulierung *quod a subsecante linea mensurae quadratum excedet* bewahrt worden, wenn man bedenkt, daß *quadratum* eine falsche Auflösung oder Verschreibung von *quattuor* oder *quat*^{OR} ist. Die Unterschiede in der ›Qualität‹ der Überlieferung erklären sich aus dem Alter der Zeugen: Der Agenus-Text wird von beiden Teilen des Arcerianus (*AB*), also auch vom ältesten Zeugen unterstützt, der »frontinische« Text vom Arcerianus *A* und in Teilen vom Palatinus (*P*) und Londinensis (*S*) und Siculus nur durch den Palatinus. Weil der Agenustext in sich korrekter ist, kann im Frontinus Teil 1 des § 4 nicht an der richtigen Stelle gestanden haben. Er ist wahrscheinlich Agenus zuzuordnen und stand ursprünglich unter den Ausführungen zu den *controversiae*. Diese Schlußfolgerung läßt sich durch den Abgleich mit dem spätantiken anonymen COMMENTVM ZU DE AGRORVM QVALITATE überprüfen. Sein Text wird durch den Cusanus (Ms. *p*) und den Gudianus *G* (hier als *descriptus* zu vernachlässigen) repräsentiert, also Zeugen der späteren palatinischen Redaktion. Das COMMENTVM schließt sich zwar in seinen Frontinzitationen ganz an die bisher gültige Reihenfolge des Texts an, hat aber überlieferungsgeschichtlich weniger Wert als der bisher vernachlässigte Arcerianus *B* mit dem Text des Agenus[295]. Das bedeutet jedoch auch, daß das COMMENTVM nicht etwa aus Frontinus selbst geschöpft hatte, sondern aus Agenus. Es bewahrt nämlich mit dem Teilsatz *ideo quod is modus, qui adsignationi superest, linea clu-*

[295] An der Behandlung des Agenustexts im Vergleich zur frontinischen Fassung zeigt sich die Widersprüchlichkeit in der Edition Thulins. Auch Thulin wollte, wie Lachmann, im Agenus unterschiedliche Quellen erkennen, die er mit kleiner und großer Drucktype voneinander zu unterscheiden suchte (Apparat 20): *Minoribus litteris propria Agenni verba, maioribus ea, quae ex optimo quodam fonte (Frontino, credit La.) Agennius sumpsit, impressi.* – Ich habe an dieser Stelle darauf verzichtet, diesen im Agenustext verwirrenden Größenwechsel der Drucktype der Edition Thulins nachzuahmen. – Für Agen. 41,1–7 liegt nun der merkwürdige Fall vor, daß faktisch alles, was nach Thulin im Frontinteil auch frontinisch sein soll, gerade nicht in größerer, sondern in kleiner Type gedruckt wurde, also derselbe Text zwei Autoren zugewiesen wurde.

datur et subsecetur eine Erklärung, die erst durch die Umstellung des letzten Agenus-Satzes an den Anfang notwendig wurde.

> § 4 (Teil 2) ...ideo quod is modus, qui adsignationi superest, linea cludatur et subsecetur[296]. Nam et reliquarum mensurarum actu quidquid inter normalem lineam et extremitatem interest, subsicivum appellamus. (fig.) Ager est similis subsicivorum condicioni extra clusus et non adsignatus, qui, si rei publicae populi Romani aut ipsi coloniae, cuius fine circumdatur, sive peregrinae urbi aut locis sacris aut religiosis, quae ad populum Romanum pertinent, datus non est, iure subsicivorum in eius, qui adsignare potuerit, remanet potestate. (fig.) Ager extra clusus est, qui extra finitimam lineam et centurias interiacet, ideoque extra clusus, quia ultra limites finitima linea cludatur. (fig.)

COMM. 57,19–31 Th	Ps.-Boeth. 400,16–20 La
...ideo quod is modus qui assignationi superest, linea cludatur et subsecetur. nam et reliquarum mensurarum actu[s] quicquid inter normalem lineam et extremitatem interest, subsecivum appellatur.	
... (26) Est ager similis subsecivorum condicioni extra clusus et non assignatus, qui si r. p. populi Rom. aut ipsius coloniae cuius fine circumdatur, sive peregrinae urbi aut locis sacris et religiosis aeque ad populum Romanum pertinentibus, datus non est, iure subsecivorum in eius qui assignare potuerit remanet potestatem.	Ager est similis subsicivorum conditionis extra clusus et non adsignatus; qui si rei publicae populo Romano, aut ipsius coloniae cuius fine circumdatur, aut ad populum Romanum pertinet, datus non est, in eius qui adsignare potuerit remanet potestate.
	Ps.-Boeth. 398,13–15 La Ager extra clusus est qui intra finitimam lineam et centurias interiacet.

[296] Vgl. zum *ideo*-Satz auch Tl. 1.

ideo extra clusus, quia ultra limites finitimos cluditur.

Auch dieser zweite Teil von § 4 findet sich als unterschiedlich gut überlieferte Fassung in zwei Texten, einmal im COMMENTVM (dort im Teil zu DE AGRORVM QVALITATE) und in einem Exzerpttext des Pseudo-Boethius wieder. Dort ist er verstümmelt: Der letzte Satz über den *ager extra clusus*, den schon Mommsen athetiert hatte und der eigentlich gar nichts mit *subsiciva* zu tun hat, steht vor dem Hauptteil *ager est similis*, dieser jedoch unter den Exzerpten zu den *controversiae*. Zusammen mit Teil 1 von § 4 kann man erkennen, daß der gesamte »Frontin«-Text aus mehr oder weniger gut verleimten Schnipseln besteht, die der Thematik der *subsiciva* oder (wahrscheinlicher) derjenigen des *ius subsicivorum* entnommen wurden. Teil 1 wird gebildet durch einen Agenustext, bei dem die Umstellung der Worte *quod a subsecante linea nomen accepit subsicivum* an den Anfang eine Wiederholung notwendig machte. Die restliche Beschreibung versammelt unter den *subsiciva* die ähnlich gelagerten Fälle des *ager extra clusus* und des *locus sacer et religiosus*[297]; das COMMENTVM bediente sich ausschließlich und gerade in seinem zweiten Teil an frei zusammengestellten Fremdtexten, deren Präsentation bei Thulin als zusammenhängender Text einen falschen Eindruck von logischem Zusammenhang erweckt. Dies verdeutlicht die veränderte Reihenfolge im späten Pseudo-Boethius und die Darstellung im zur Nebenüberlieferung gehörenden Ms. Ripoll. 106 (Ms. *Z*) fol. 79v, in dem der Abschnitt *ager est similis* unter der Überschrift DE SVBSICIBVS AGRIS behandelt wird; dort steht der Text in einer freien Zusammenstellung aus Abschnitten, die heute dem DE IVRE SUBSECIVORVM des Hyginus 1 oder den LIBRI COLONIARVM I zugeordnet werden.

Der § 4 mit seinen Ausführungen zu *subsiciva*, zum *ager extra clusus* und zu anderen Themata kann also nicht an der Stelle gestanden haben, an der ihn die Editionen bisher abdrucken, sondern er wurde wohl nur durch die Bemerkung *in his agris nullum ius subsicivorum intervenit* am Ende von § 3 als Erklärung späterer Redaktoren, die dann Material aus den *controversiae*-Darstellungen hauptsächlich des Agenus

[297] Man vergleiche dazu die formulierungs- und teilweise wortgleichen Beschreibungen des COMMENTVM zu den entsprechenden *controversiae*.

verwendeten, eingeschoben. Für den ersten Teil wird dies auch durch die ältesten Mss. erwiesen. Ein weiterer Hinweis mag sein, daß nach § 3 die Überlieferung in den *codices mixti* (*FE*) aussetzt und mit DE CONTROVERSIIS, übrigens bei dem Abschnitt über die *subsiciva*, wieder einsetzt, und der Abschnitt damit in unmittelbarer Nähe zur Thematik der *controversiae* steht[298].

1.8.2. Die Fragmente 1 und 2

Inhalt: Fr. 1 entwickelt den Rechtsstreit des sogenannten »Überfalls«: Bäume, die auf der Grundstücksgrenze selbst oder innerhalb ihres Grenzstreifens (dessen Breite gesetzlich geregelt war) stehen und so gewachsen sind, daß ihre Früchte nicht auf das Gebiet ihres Eigentümers werfen, der dann auf ein Betretungsrecht des fremden Grundstücks klagen konnte. In den Mss. *AFES* ist die *controversia* illustriert; auch hier sind zwischen Arcerianus und den *codices mixti* deutliche Darstellungsunterschiede festzustellen. Nur die Unterscheidung in die Mustergrundstücke *fundus Terentianus* und *fundus Seianus* ist in allen Illustrationen zu finden. Bei den *codices mixti* ist auffällig, daß *E* (fol. 83r) und *S* (fol. 34r) die stilisierten, auf dem Halbkreis stehenden drei Bäume ausführen. Im Laurentianus (fol. 27r) fehlen sie. Fr. 2 stellt zwar die Bemerkung voran, daß es noch andere Rechtsstreitigkeiten ohne Bodenbezug gäbe, geht dann aber auf die Bezeichnungen dieses Bodens nach der *adsignatio* ein; sie unterscheiden sich (angeblich) dadurch, daß das aus einer anderen Kolonie genommene Stück eine *praefectura* genannt wird, sonst jedoch *pertica*. Auch dieser Abschnitt ist in den Mss. *AFES* als Schema illustriert, doch erinnert die Darstellung eher an Abbildungen aus Hyginus (vgl. im Palatinus *P* fol. 85r, Feldmesserbuch 2018, fig. 14, 125). Dort ist auch die Unterscheidung zwischen *pertica* und *praefectura* deutlich. Hier steht als Beschreibung in allen Mss. *praefectura*.

In den Mss. endet DE CONTROVERSIIS MATERIAE mit ...*cum itineri limitem aut locum limitis debeat* und der Illustration fig. 23 Th in *A* fol. 23r,

[298] Die Überlieferung der Mss. *FE* beginnt mit dem *arcifinius* unter dem *titulus Mensura rationabilium agrorum*. Das Ms. *F* fällt zusätzlich dadurch auf, daß auf den *folia* zum *arcifinius* 17v und zur *controversia* DE SVBSICIVIS 18r viel Raum gelassen wird, der nicht mehr nur mit Platz für Illustrationen erklärbar ist. Das Londoner Ms. *S* überliefert zwar einen Teil des Texts aus § 4 (*aliud genus — cludatur*), aber auch in diesem Codex ist die Überlieferung merkwürdig zerschnitten und teilweise durch Stücke aus Balbus unterbrochen.

in *p* fol. 37rb (*G* fol. 8r), in *E* fol. 83r, in *F* fol. 26v, in *S* fol. 33v. Unmittelbar danach folgen der hier als fr. 1 behandelte Text über den sogenannten »Überfall« der Baumfrucht[299] (*Est et controversiae genus quod ad solum non pertinet*) und das fr. 2 *Sunt et aliae limites condiciones ... praefectura appellatur*; auch der Text von fr. 2 folgt in den Mss. unmittelbar auf den Text von 1; innerhalb dieser Texte findet in allen Mss. Wechsel zwischen *recto-verso* (oder *verso-recto*) statt[300]. Inhaltlich haben die frr. 1 und 2 keinerlei Bezug zueinander. Fr. 1 schließt sich an die *controversiae*-Liste an und entwickelt den Typus eines Rechtsstreits, der auch heute noch zwischen Grundstücksnachbarn gang und gäbe ist[301]. Einzig die Junktur *ad solum non pertinet* ist beiden Stücken gemeinsam, doch dieser Ausdruck kommt nur hier vor und findet sich sonst in den *SGL* nicht[302]. Ungewöhnlich und eher spät sind auch die Ausdrücke *ad radicem habent controversiam* und das Intensivum *iactare*: *controversiam habere ad alqd.* findet sich so nur in den Digesten Iustinians[303] und in den *SGL* gar nicht. Merkwürdig ist auch das Verb *iactare* zur Beschreibung des »Überfalls«; auch dieses Wort findet sich in anderem Zusammenhang nur noch in den späten Teilen der *SGL*[304] In der Bedeutung *deicere* wäre dies der einzige Beleg. Erst die ANTHOLOGIA LATINA 465, 3 zeichnet mit *iam platanus iactare comas ... coeperat* ein vergleichbares Bild[305]. Auch sonst weicht fr. 1

[299] Vgl. *Dig.* 43, 28 (*Ulpianus 71 ad edictum*) DE GLANDE LEGENDA: *Ait praetor: glandem, quae ex illius agro in tuum cadat, quo minus illi tertio quoque die legere auferre liceat, vim fieri veto. Glandis nomine omnes fructus continentur.* Danach standen dem Eigentümer des Baums auch die auf das Nachbargrundstück gefallenen Früchte zu; zum Streit konnte es also nur wegen des Betretungsrechts kommen.

[300] Um diese Ausführungen nicht durch die Präsentation der Blattnummern zu verwirren, sei der Leser auf den Text der Edition verwiesen.

[301] Zum Unterschied der Rechtsprechung der Römer und dem BGB vgl. in diesem Band Möller, 215, n. 75.

[302] Geläufiger ist *ad aliquem pertinere* oder *ad ius ordinarium pertinere*; vgl. § 11 *ad quos fundos -ere*; § 14 *ad ipsam urbem -ns*; § 14 *ad coloniae ... privilegium -et*; § 16 *ad populum Romanum multis locis -ere*; § 19 *ad ius ordinarium -bit.*

[303] Dig. 31, 77, 20 (*Papinianus 8 responsorum*) *ne quam cum his controversiam habeas* und Dig. 50, 17, 73, 2 (*Quintus Mucius Scaevola* ὅρων) in der Bedeutung eines Rechtsstreits oder Prozesses; Caes. *Gall.* 5, 44, 2 und 6, 13, 10 (ed. Hering 1987) nur im Plural.

[304] Lib. col. 249, 8 La und [Boeth.] 405, 5 La.

[305] Ed. Riese 1869–1926, 289.

von der aus DE CONTROVERSIIS MATERIAE gebräuchlichen Struktur ab. Der *titulus* der *controversia* steht nicht zu Beginn des Abschnitts, sondern merkwürdig nachgestellt, was dazu führt, daß im Arcerianus die Rubrizierung hier nicht das Wesentliche hervorheben kann. Ebenso geht der Abschnitt in der palatinischen Redaktion, in der die *tituli* der Rechtsstreitigkeiten noch stärker herausstellt werden, im Fließtext der Seite förmlich unter[306]. Daß die Herausgeber früherer Editionen das fr. 1 nicht als Fremdtext erkannten, hat damit zu tun, daß es sich bei oberflächlicher Betrachtung gut in die Thematik von DE CONTROVERSIIS einfügt.

Dies läßt sich für fr. 2 nicht festsstellen: Einziges Bindeglied ist der nur hier stehende Ausdruck *quae ad solum non pertinet*; in Verbindung mit *condicio* ist er sinnlos, was durch die wie angeklebt wirkende und von Lachmann und allen nachfolgenden Editoren zu Recht athetierte Erklärung *hoc est ad artem nostram* nur verstärkt wird. Auch sonst wirkt der Text wie ein Konglomerat unterschiedlicher Informationen. Dies hat früh dazu geführt, die Echtheit des Stücks zu bezweifeln. Wohl die erste Untersuchung lieferte Gustav Zeiss[307]. Seine Argumentation, mit der er die Autorschaft Frontins bezweifelte, kann bis heute weitgehend Gültigkeit beanspruchen. Zeiss' Einwände seinen deswegen hier referiert: Mit *aliae limitum condiciones*, was er plausibel zu *aliae litium conditiones* emendieren möchte, wird zu einem Thema übergeleitet, das bisher nicht behandelt wurde, auch wenn *aliae* in Verbindung mit *quae ad solum non pertinent* genau dies andeutet[308]. Als weiteren Widerspruch begreift Zeiss, daß die *limites* »stets und allein den Boden betreffen«. Im Gegensatz zu Lachmann, der nur den völlig unlogischen Zusatz *hoc est ad artem nostram* als unecht athetiert hatte, hält Zeiss den gesamten Abschnitt *sunt et aliae — artem nostram* für unecht[309]. Auch das Folgende stehe »noch viel weniger in irgend einem

[306] In Ms. *G* 8r sind bei den frr. 1 und 2 nur die Anfangsbuchstaben durch Unzial-Initiale leicht vom Rest abgesetzt, ganz im Gegensatz zu den sonstigen Titeln, die in Unziale jeweils in den Abschnitt einleiten. Da Ms. *G* eine recht treue Kopie des Palatinus *P* ist, kann man fest davon ausgehen, daß die (hier ausgefallene) Haupthandschrift der 2. Handschriftenklasse ebenso verfuhr.

[307] Vgl. Zeiss 1840 und zu fr. 2 besonders 883–884.

[308] Zeiss 1840, 884: »*Sunt et* aliae *limitum condiciones*, da er doch bis jetzt gar nicht von den Verhältnissen der *limites* gesprochen hat.«

[309] Vgl. Zeiss 1840, 884: »Ich glaube, es hat *litium conditiones* geheissen, und die

Zusammenhange mit Frontins Schrift«; tatsächlich sind die Aussagen, der einer Kolonie adsignierte Boden habe die Bezeichnung *pertica* und aus einer weiteren Nachbargemeinde zugewiesene Landstücke hießen *praefectura*, mit dem Vorangehenden ebensowenig zu verbinden wie mit dem folgenden und mit dem Etikett DE CVLTELLANDI RATIO QVAE SIT versehenen fr. 3. Auch dies merkt Zeiss (a.a.O.) an, wenn er richtig die Konjektur *cultellatum* aus der Not der Editoren geboren sieht, um den Text des fr. 2 mit dem des fr. 3 zu vereinen zu können[310].

Die Texte der frr. 1 und 2 zwingen die Editoren also in jedem Fall zum Eingreifen: Während das neue *genus* von Rechtstreitigkeiten, das weder in der Aufzählung von DE CONTROVERSIIS MATERIAE § 6 noch im COMMENTVM steht, einfach außer acht gelassen wurde, machte die Anbindung des fr. 2 größere Probleme. Diese Probleme wurden in den älteren Editionen bis Lachmann dadurch gelöst, die Verbindung zu fr. 1 locker über den parallelen Ausdruck *ad solum non pertinere* zu entwickeln, es dafür aber umso näher an fr. 3 zu rücken, indem man a) entweder am Satzende *sive solidum sive cultellatum fuerit, praefectura appellatur* mit *cultellatum* eine Lesart herstellte, die zum Anschluß paßte, oder b) wie Lachmann und Thulin in den Worten *sive solidum — fuerit* eine spätere Glosse athetierte, die diese Verbindung überhaupt erst herstellen sollte – in Wirklichkeit eine *petitio principii*. Thulin und die modernen Editoren gingen darüber hinaus, indem sie die in fr. 2 behandelte Thematik der *limites* und deren *condiciones* betonten, dann jedoch Blattverwirrung annehmen müssen, da der Text erst hinter dem mit DE LIMITIBVS betitelten Stück stehen konnte. Diese Annahme wird durch kein Indiz in den Mss., z. B. eine unterschiedliche Reihenfolge der Texte in der Tradition oder Hinweise auf eine Textlücke, gestützt[311]; sie

Wörter sind ein späterer Zusatz, durch welchen der vorhergehende Satz des Frontin erklärt werden sollte.« – Leider definiert seine Aussage nicht genau den Textumfang, so daß ich Zeiss' Athetesen-Vorschlag nicht im Apparat aufnehmen konnte.

[310] Die Konjektur zu *cultellatum* (die Mss. schreiben *utilatum*, *tutilatum* oder *titulatum*) ist nicht von Lachmann (so Guillaumin): Thulin versäumt, auf Adrien de Turnèbes' *editio princeps* von 1554, 51 zu verweisen.

[311] Thulin vermutet Textausfall direkt vor fr. 2, um die Position hinter dem, jetzt als Stück aus Hygins LIBER GROMATICVS erkannten DE LIMITIBVS halten zu können. Der Textabbruch dieser Nebenüberlieferung nach *ubi proxima...*, der einzige schwache Hinweis auf so eine Lücke, ist durch die sinnvolle Fortsetzung des Londoner Ms. hinfällig.

beruht auf der rein textimmanenten Annahme, in allen Texten sei Iulius Frontinus der Verfasser. Zeiss' Vermutung, fr. 2 sei nicht frontinisch, wäre der Schlüssel zu einer richtigen Textbehandlung gewesen, hätte er sie mit größerer Konsequenz verfolgt und die Widersprüche schon des fr. 1 zum Vorangehenden stärker betont. Sowohl fr. 1 als auch fr. 2 sind deswegen nicht von Frontinus: Beide Fragmente widersprechen sich inhaltlich und sind auch in sich und für sich genommen zusammenhanglos. Fr. 2 stand auch deshalb nicht hinter einem Abschnitt des Werks, in dem Frontin über die Grenzlinien DE LIMITIBVS sprach, weil es diesen Werkteil, der ein Stück von Hygins LIBER GROMATICVS tradiert[312], gar nicht gegeben hat.

1.8.3. Die Fragmente 3α–β

Inhalt: Die kurzen Abschnitte behandelt die Flächenberechnung von schiefen Ebenen; Erhebungen in der Landschaft werden auf die Ebene zurückgerechnet. Die eigentliche Rechenoperation wird dabei gar nicht beschrieben, sondern anhand eines aus der Natur genommenen Vergleichs anschaulich gemacht. Das daraus entstehende geometrische Paradoxon scheint in der mathematischen Rezeption der frühen Neuzeit recht beliebt gewesen zu sein[313].

Auch Fragment 3 und das darin geschilderte Verfahren des *nivellements* ist nur durch eine Textumstellung Thulins Frontin zuzuordnen. An der überlieferten Stelle, die in dieser Edition beibehalten wurde, steht es hinter den frr. 1 und 2. In der Teubneredition Thulins und auch in den nachfolgenden Editionen wird es hinter das mit DE ARTE MENSORIA betitetelte Stück gestellt (15, 5–18, 11 Th)[314] und mit diesem vereint (18, 12–19, 8 Th). Thulin selbst bezeichnet im Apparat zu 10, 18 diese

---

[312] Siehe dazu weiter unten den Abschnitt 1.8.4, 122.

[313] Vgl. dazu den Abschnitt 1.9, 160. – Der Text ist in den Mss. *AFES* illustriert, in *A* ist als polychrome, perspektivische Zeichnung ein Hügel dargestellt, auf dem (den langen Grannen nach zu urteilen) auf den einzelnen Erdterrassen Roggen wächst. Der Illustrator hat den Text jedoch nicht verstanden; die Anzahl der Pflanzen ist auf beiden Seiten unterschiedlich (10 li., 13 re.) und auch nur rechts wachsen je 2 Pflanzen aus den Erdstufen, deren Anzahl (5 u. 6) ebenfalls unterschiedlich ist. In den *codices mixti* ist das Problem offenbar noch weniger erfaßt worden. Die schematische Zeichnung läßt den Hügel im Arcerianus nur noch erahnen, die Pflanzen fehlen völlig und das Ganze wirkt wie eine Zirkelübung; am stärksten ist die Abweichung in Ms. *S*.

[314] In dieser Edition fr. 4; siehe dazu die Ausführungen 139–160.

Texte als Fragmente[315]. Die Zuweisung von DE ARTE MENSORIA geschieht allein durch die Annahme, daß sich mehr als ein Buch Frontins erhalten habe, wofür die ›Beweise‹ aus einer Agenusstelle genommen werden, die ihrerseits als originale Gliederung Frontins angesehen wird[316]. Warum das kurze Stück über die *cultellandi ratio* mit dem längeren Text über die Grundlagen der Landmesskunst überhaupt verbunden wurde, erschließt sich kaum. Es mag an der Tatsache liegen, daß darin *cultellare* zweimal erwähnt wird, allerdings in einem Zusammenhang, der deutlich zeigt, daß der Autor die Durchführung des Verfahrens bei seinen Lesern als bekannt voraussetzte[317]. Demgegenüber wirkt der Text von fr. 3 wie eine Einführung für den Laien[318]. Unklar ist, ob dem Text ein *titulus* beigegeben wurde: Im Arcerianus *A* und in den Mss. der Mischklasse wird jeweils die erste Zeile oder wenigstens die Initiale rubrifiziert. Einzig der Gudianus *G* hat fol. 8v in Unziale auch vom Schriftbild abgesetzt *cultellandi ratio quae sit* als Überschrift, wodurch der Satzanfang *saepe quaeritur cur ea* sich logisch erschließt[319]. Diesen *titulus* übernimmt auch diese Edition.

Im Gegensatz zu früheren Editionen fasse ich den Text von fr. 3 nicht als Einheit auf, sondern unterteile ihn in die Abschnitte α und β. Unsicher bleibt nämlich, ob beide Abschnitte tatsächlich als ein Text zusammengehört haben. Nur der Text von α wird in allen Mss. überliefert. Nach *quam si ex plano nascatur* setzt *A* auf dem nächsten Blatt fol. 24r

---

[315] Thulin 1913a *ad l.*: *Sequuntur in codicibus duo fragmenta, quae suis locis posui. ... Prope finem secundi fragmenti desinit textus Frontini in (P)G, qui tractatus* De limitibus *et* De arte mensoria *omiserunt.*

[316] Siehe dazu die Ausführungen zu fr. 4 139.

[317] Vgl. Campbell 2000, 322: »Thulin believed that it did not fit there and inserted it where it now stands. But this general reflection on cultellatio is inappropriate at this point, since the whole process has already been discussed.« Campbell schlägt vor, das Stück hinter fr. 4 § 4 *accipere debebunt* einzufügen, um den Gedankengang stringenter zu machen. Er weist aber auch auf die Möglichkeit hin, daß hier ein autonomes Stück eines Traktats überliefert werden kann: »On the other hand, the fragment has an illustration (Ill. 33 = T fig. 33) and may originally have been part of a separate illustrated treatise on measuring horizontally to establish area in sloping or uneven ground; the surviving part of *De Arte Mensoria* is unillustrated«.

[318] Exakte Anweisungen wie z. B. in Hyg. *lim. grom.* 161, 26 oder 164, 32 fehlen.

[319] Der Arcerianus schreibt *curae*; daß hier einfacher Buchstabenvertauschung aus *cur ea* vorliegt, wird durch den Londinensis *hoc est cur ea* gestützt.

mitten im Hyginusfragment der Nebenüberlieferung wieder ein[320]. Im Gudianus *G* folgt unmittelbar das Agenus zugeschriebene, anonyme COMMENTVM ZU DE AGRORVM QVALITATE[321]. Im Arcerianus markieren außerdem sechs Punkte nach *ex plano nascatur* »······« in α entweder einen Abschnitts- oder Satzende (s. dazu 157). Auch in den *codices mixti* ist die Zusammengehörigkeit von α und β nicht eindeutig. Sowohl im Laurentianus *F* als auch im Erfurter Codex *E* ist die Überlieferung gerade dieser Stelle ungewöhnlich: Die Mss. *FE* schließen den Text fr. 3α unmittelbar an die frr. 1 und 2 an (*F* fol. 27v; *E* fol. 83v). Der Text wird danach bis kurz vor das Ende von α überliefert, um ohne Unterbrechung die etymologische Erklärung der *limites* im Hyginusfragment der Nebenüberlieferung (§ 4) aufzunehmen[322]: [1]*crescendo adterit nec maiorem* [2]*limis oculis item limum cinctum*.... Die restlichen sieben Worte von α und der gesamte Text von β findet sich, in *F* fol. 21r bzw. in *E* fol. 80v, ebenfalls ohne Markierung und ebenso übergangslos am Ende einer Abhandlung des Nipsus zur Triangulation (*varatio*): [1]*perpenso ferramento ab umbilico soliae mittes perpendiculum ita ut in puncto lapidis cadat Con pre* [2]*numerum occupat quam nisi ex plano nascatur*[323]. Daß beide Teile in der hier beibehaltenen Reihenfolge irgendwie zusammengehört haben könnten, macht allein der Londoner Codex *S* wahrscheinlich, bei dem sich α und β auf einem Blatt (fol. 34v) finden – allerdings auch hier durch eine stilisierte Zeichnung dreier Baumreihen voneinander abgesetzt. Es läßt sich deswegen weder der genaue Ort der Fragmente feststellen, noch daß beide Teile tatsächlich zusammengehört haben oder ob das nur durch die Redaktion von *FES*, thematisch Ähnliches zusammenzustellen, erfolgt ist. Die Redaktion von *S* spricht für die Richtigkeit der Reihenfolge; die Exzerptnatur von fr. 3 wird insgesamt durch seine Stellung im Laurentianus und im Amplonianus erwiesen; gestützt wird diese Beobachtung durch das unvermittelte Wiedereinsetzen der arcerianischen Überlieferung im Hygintext. Ganz sicher falsch ist jedoch die Vereinigung der frr. 3

[320] Vgl. dazu den Abschnitt 1.8.4, 122–139.
[321] Vgl. COMM. 51, 7 *suscepimus qualitates agrorum tractandas...*
[322] Der Wechsel ist hier durch [1] und [2] markiert.
[323] Zu Nipsus vgl. 288, 2–4 La = 48, 36–38 Bouma = II 12 Gui [226] und zu Nipsus als vermutlichem Autor von fr. 4, speziell zur hier zitierten Stelle, Abschnitt 1.8.5, besonders 144.

und 4 unter dem Titel DE ARTE MENSORIA. Beide Stücke gehörten nicht unmittelbar zusammen, was nicht bedeutet, daß sie nicht von einem Autor stammen können, aber an unterschiedlichen Stellen in seinem Werk gestanden haben[324].

1.8.4. Eine Nebenüberlieferung Hygins: ⟨De limitibus⟩

Ein von der Forschung bislang unbemerktes Problem ist die Beantwortung der Frage, warum die falschen Etymologien zum *decimanus* und zum *limes* im Text Hygins und ebenfalls in einem bisher Frontin zugeschriebenen Abschnitt auftauchen[325]. Im »frontinischen« Textabschnitt, der in früheren modernen Editionen mit dem konjizierten *titulus* DE LIMITIBVS überschrieben wird, finden sich die Etymologien zum *decimanus* aus *duocimanus* beziehungsweise zum *limes* aus *limus* = »schräg, schief« oder aus *limen* = »Schwelle« wortgleich oder annähernd wortgleich zum Text Hygins erneut. Die Ähnlichkeit beider Textpassagen fiel zwar auf, man erklärte sie sich jedoch mit der ähnlichen Thematik beider Texte[326].

---

[324] Campbells Vermutung, mit *cultellandi ratio quae sit* läge ein autonomes Stück aus einem illustrierten Traktat zur horizontalen Messung in unebenem Gelände vor, ist deswegen mit hoher Wahrscheinlichkeit richtig; vgl. Campbell 2000, 332, 40: »On the other hand, the fragment has an illustration (Ill. 33 = T fig. 33) and may originally have been part of a separate illustrated treatise on measuring horizontally to establish area in sloping or uneven ground...«

[325] Das Folgende wurde, als eines der ersten Ergebnisse dieses Editionsprojekts, in der kritischen Edition des LIBER GROMATICVS veröffentlicht; vgl. Lindermann 2022, 87–106; der Text wird hier mit einigen Korrekturen und gestraffter Formulierung wieder abgedruckt. Der Abschnitt im LIBER betrifft die Paragraphen *lim. grom.* 141, 1–144, 6 und den Anfang von *lim. grom.* 159, 26. In dieser Edition steht der Text in Abschnitt II der Fragmente und Exzerpte (vgl. Thulin 1913a, 10, 19–14, 21).

[326] Eine Beziehung zwischen beiden Texten erkennt aufgrund kunsthistorischer Analyse Carder 1976, 48: »The similarities of the illustrations are paralleled by similarities in the texts ..., suggesting a clear dependence of one on the other.«, gibt den Text aber Frontin. Guillaumin 2005a, 227, n. 80: »Tout cet ensemble sur les *limites* est à peu de chose près identique au développement que consacre à la même question le début du traité d'Hygin le Gromatique...«; ich hatte die Wortgleichheit unter dem Aspekt später in den Originaltext eingefügter Etyma thematisiert: Lindermann 2013, besonders 129–134. Cranach 1996, 145–147 scheint von einem beabsichtigten Plagiat auszugehen, wenn er (146) schreibt, es »kommt der Verdacht auf, dass der Autor, der den anderen als Vorlage benutzte, sich bemüht, diese Abhängigkeit zu verschlüsseln, indem er die übernommenen Formulierungen leicht abänderte und

Tatsächlich behandeln beide Texte den Ursprung des Grenzliniensystems aus der *disciplina Etrusca*, deren Unterteilung des Erdkreises in vier Quadranten durch zwei Hauptlinien (*decimanus maximus* und *kardo maximus*) kurz dargestellt wird. Die im Falle des *decimanus* schwierige Etymologie wird aus der 2 und nicht mehr korrekt aus der älteren 12 ab-[327] und im Anschluß daran die auf die Hauptlinien folgenden *limites* etymologisch hergeleitet; diese Herleitung ist zweifach: Einmal werden nur die in Nord-Süd-Richtung verlaufenden *limites transversi* aus dem Wort *limus*= »schief, schräg« heraus erklärt, das andere Mal die *limites transversi*, aber auch die in West-Ost-Richtung verlaufenden *limites prorsi*[328] aus dem Wort *limen* »Schwelle«. Schon deswegen kann man schlußfolgern, daß die unter Frontin überlieferte Textvariante gegenüber der hyginischen Texttradition nicht die ursprüngliche sein kann: Sie arbeitet mit der jüngeren Herleitung des *duodecimanus* aus der 2 (*duo*) und ist durch die unmotiviert dastehenden und doppelten Worterklärungen der *transversi* oder der *limites* erkennbar gestört[329]. Dennoch ist es für die folgende Diskussion unerläßlich, beide Textfassungen miteinander zu vergleichen[330].

Hyginfragment §§1–8

A Limitum prima origo, sicut Varro descripsit, ad disciplinam ⟨a⟩ruspicum noscitur pertinere.

Quod aruspices orbem terrarum in duas partes diviserunt dextram appellaverunt, ⟨quae⟩ septentrioni subiacere⟨t⟩, sinistram, quae ad meridianum terrae esse⟨t⟩, orientem et occasum, quod eo sol et luna occide-

LIM. GROM. 141, 1–144, 6 u. 159, 26

A' Unde primum haec ratio mensurae constituta ab Etruscorum haruspicum {vel auctorum habet, quorum artificium} disciplina. Quod illi orbem terrarum in duas partes secundum solis cursum diviserunt, dextram appellaverunt, quae septentrioni subiacebat, sinistram, quae ad meridianum terrae esset, occasum,

die Wortfolgen anders kombinierte.« Eine solche Handlungsweise ist der Antike allerdings fremd.

327 Siehe dazu Lindermann 2022, 52–61.

328 Vgl. Fest. 340 M (Lindsay 1930): *Prorsi limites appellantur in agrorum mensuris qui de>re<ti sunt.*

329 Lindermann 2013, 133–134.

330 Eine erste Gegenüberstellung findet sich bei Cranach 1996, 145–146, nn. 595–599 und Gargola 2004, bes. 123–128.

re et oriri spectentur, sicut {quidam garriunt} architecti delubra in occidentem recte spectare scripserunt. Aruspices altera linea a septentrione ad meridianum diviserunt terram, et a me{ri}dia{no} ultra antica⟨m⟩, citra postica⟨m⟩ nominaverunt.

quod eo sol et luna spectaret. Alteram lineam duxerunt a meridiano ad septentrionem, et a media ultra anticam, citra posticam nominaverunt. Ex quo haec constitutio limitibus templorum adscribitur. (fig.)

B Ab hoc fundamento maiores nostri in agrorum mensura videntur constituisse rationem. Primum duos limites duxerunt: Unum ab oriente in occasum, quem vocaverunt decimanum, alterum a meridiano ad septentrionem, quem cardinem appellaverunt. Decimanus autem ¦ dividebat agrum dextra et sinistra, cardo citra et ultra.

B' Ab hoc exemplo antiqui mensores agr{or}um normalibus longitudinibus incluserunt. Primum duos limites constituerunt: unum, qui ab oriente in occidentem dirigeret. Hunc appellaverunt duodecimanum {ideo, quod terram in duas partes dividat et ab eo omnis ager nominetur.} Alterum a meridiano ad septentrionem, quem kardinem nominaverunt a mundi kardine. (fig.) Duodecimanum postea decimanum appellaverunt.

Γ {Quare decumanus a decem potius quam a duobus vocatur, cum omnis ager eo fine in duas dividatur partes? Ut duopondium et duoviginti, quod dicebant antiqui, nunc dicitur dipundium et xx, sic etiam duodecumanus decumanus est factus.} (fig.) Kardo nominatur, quod directum a cardine caeli est, nam sine dubium caelum vertitur in septentrionali orbe.

Γ' {Quare a decem potius quam a duobus? Sicut dipundium nunc dicimus duopondium, et, quod dicebant antiqui, duoviginti nunc dicimus viginti, similiter duodecimanus decimanus est factus.}

Δ Postea hoc ignorantes nonnulli aliud secuti sunt, ut quidam agri magnitudinem, et, qua longior erat, fecerunt decumanum; itaque non ortum spectant, sed ita conversi sunt, ut sint contra septentrionem ut in agro Campano, qui est circa Capuam,

Δ' s. K

ubi est kardo in oriente⟨m⟩ et decumanus in meridianum. (fig.) Ab his duobus omnes agri partes nominantur.

E Reliqui limites fiebant angustiores et inter se distabant paribus intervallis; qui spectabant in orientem, dicebant prorsos, qui dirigebant⟨ur⟩ in meridianum, dicebant transversos. Haec vocabula in lege, quae est in agro Uritano, in Gallia item in quibusdam locis adhuc permanere dicuntur. (fig.)

E' Reliquos limites fecerunt angustiores, et qui spectabant in orientem prorsos, qui ad meridianum, transversos appellaverunt. (fig.)

Z {Limites autem appellati sunt transversi a limo, id est antiquo verbo, a quo dicunt poetae limis oculis; item limum cinctum, quod purpuram transversam habeat; aut limina ostiorum. Alii et prorsos et tranversos dicunt limites a liminibus, quod per eos in agros et foras eatur.} Hi ab incolis variis ac dissimilibus vocabulis a caeli regione aut a loci natura sunt cognominati {in alio loco}, sicut in Tuscia, Umbria, circa Fanum Fortunae: qui ad mare spectant, maritimos appellant alibi, qui ad montes montanos. (fig.)

Z' {Limites autem appellati a limo, id est antiquo verbo transversi: Nam et limum cinctum ideo quod purpuram transversam habeat, item limina ostiorum. Postea et prorsos et transversos limites appellaverunt a liminibus, quod per eos agrorum itinera serventur.} Postea apud quosdam a loci natura nomen acceperunt, et qui ad mare spectant maritimi appellantur, qui ad montem, montani. (fig.) Omnis ergo huius mensurae et recturae longitudo rationabiliter limes appellatur: nec interest quicquam decimanum dicamus an limitem.

H Primum agri modum fecerunt quattuor limitibus clausum, figurae quadratae similem, plerumque centum pedum {in utraque parte}, quod Graeci PLETHRON appellant, Osci et Umbri vorsum, nostri centenos et vicenos in utra⟨m⟩que parte⟨m⟩, cuius ex IIII unum latus {sicut diei XII horas, XII menses anni}, XII decempe-

H' Decimanus autem primus maximus appellatur, item kardo: sua latitudine ceteros praecedunt. Alii limites sunt *actuarii* atque alii *linearii*. Actuarius limes est, qui primus actus est, et ab eo quintus quisque; quem si numeres cum primo, erit sextus, quoniam quinque *centuriae* senis limitibus cluduntur. (fig.) Reliqui medas esse voluerunt; ex actibus concinnum locum {primum appellatum} dictum fundum. (fig.) Hi duo fundi iuncti iugerum definiunt; deinde haec duo iugera iuncta in unum quadratum agrum efficiunt, quod sint in omnes partes actus bini. In hunc modum quidam primum appellatum dicunt sortem et centies ductum centuriam. Sunt qui centuriam maiorem modum appellant, ut apud Cremonam, ubi in *centuria* decem et ducenta iugera; sunt qui minorem, ut in Italia triumvirales agri iugerum quinquagenum. Nam et omnes in subsicivis extremae *centuriae*, quae non sunt quadratae, in eadem permanent appellatione.

Θ

I Optima{e} ergo ac rationabilis

dii limites linearii appellantur {in Italia subruncivi}. Actuarii autem extra maximum decimanum et kardinem habent latitudinem ped(um) XII. Per eos iter populo sicut per viam publicam debetur: id enim cautum est LEGE SEMPRONIA ET CORNELIA ET IVLIA. Quidam ex his latiores sunt quam ped(um) XII, vel hi, qui sunt per viam publicam limitares acti. Habent enim latitudinem viae publicae. Linearii limites a quibusdam mensurae tantum disterminandae causa sunt constituti, et si finitimi interveniunt, latitudinem secundum LEGEM MAMILIAM accipiunt. In Italia enim itineri publico serviunt. Sub appellatione subruncivorum habent latitudinem ped(um) VIII. Hos conditores coloniarum fructus exportandi causa publicaverunt. {Nam et possessiones pro aestimio ubertatis angustiores sunt adsignatae.} Ideoque limites omnes non solum mensurae sed et publici itineris causa latitudines acceperunt. (fig.)

Θ' Secundum antiquam consuetudinem limites diriguntur, quare non omnis agrorum mensura in orientem potius quam in occidentem spectat: In orientem sicut aedes sacrae, nam antiqui architecti in occidentem templa recte spectare scripserunt. {Postea placuit omnem religionem eo convertere, ex qua parte caeli terra inluminabitur. Sic et limites in orientem constituuntur.} (fig.)

I' s. Λ'

agrorum constitutio est, cuius decimani ab oriente in occidentem diriguntur, kardines a meridiano in septentrionem.

K Multi, mobilem solis ortum et occasum secuti, variaverunt hanc rationem. Sic{uti} effectum est, ut decimani spectarent, ex qua parte sol eo tempore, quo mensura acta est, oriebatur. Et multi, ne proximae coloniae limitibus ordinatos limites mitterent, exacta conversione discreverunt. Et sic per totum orbem terrarum est unaquaeque limitum constitutio ordinata, ubi proxima {sibi} plagarum caeli conversio fuit. (fig.)

K' Multi ignorantes mundi rationem solem sunt secuti, hoc est ortum et occasum, quod in semel conprehendi ferramento non potest. Quidam ergo posita auspicaliter groma, ipso forte conditore praesente, proximum vero ortum conprehenderunt, et in utramque partem limites emiserunt, quibus kardo hora sexta non convenerit. (fig.) Et quidam, ne proximarum coloniarum limitibus ordinatos limites mitterent, relicta caeli ratione mensuram constituerunt, qua tantum modus centuriarum et limitum longitudo constaret. (fig.) Quidam agri longitudinem secuti et, qua longior erat, fecerunt decimanum. (fig.) Quidam in totum converterunt decimanum in meridianum et kardinem in orientem sicut in agro Campano, qui est circa Capuam. (fig.)

Λ s. I

Λ' ... ... Optimum est ergo umbram hora sexta deprehendere et ab ea limites inchoare, ut sint semper meridiano ordinati. Sequitur deinde, ut et orientis occidentisque linea huic normaliter conveniat.

Ohne Evidenz ist der Text Iulius Frontinus zugeschrieben worden: Verantwortlich zu machen ist wohl auch hier wiederum Pieter Schrijver, in dessen Edition das Stück mit *Sexti Iulii Frontini* V.C. DE LIMITIBVS überschrieben wird. Rigault und nach ihm van der Goes betiteln den Abschnitt als *Fragmentum agrarium de limitibus* ohne Zuweisung an einen Autor. Erst Lachmann mit seiner für Frontin fatalen Quellenkritik kehrte mit seiner ›Rekonstruktion‹ eines zweiten Buchs und der Überschrift *Ex libro Frontini secundo* zu Schrijvers Zuschreibung zurück.

Zur konjizierten Autorschaft tritt ein weiteres Problem: Die konstruierte Reihenfolge der Texte. In den modernen Editionen zu Frontin folgt der oben abgedruckte Text mit seinem konjizierten *titulus* unmittelbar auf DE CONTROVERSIIS. Tatsächlich bildet diese Reihenfolge nicht den Überlieferungszustand ab; die Editoren übernehmen lediglich eine Umstellung Thulins von zwei Textfragmenten, die ihrerseits ebensowenig Frontin zugeordnet werden können und unter einem von Thulin ebenfalls konjizierten Titel ⟨DE ARTE MENSORIA⟩ zusammengefaßt wurden. In Wirklichkeit folgt ⟨DE LIMITIBVS⟩ erst nach diesen Fragmenten, nach denen in den Mss. *A* und *FES* ein *Explicit* das Ende eines Werks markiert[331]: Aus diesem *Explicit* wird deutlich, daß die Mss. weder den Autor sicher benennen noch in ihrem *Incipit* das folgende Werk oder einen Titel zuweisen können. Es bleibt festzuhalten: a) die Zuweisung des Textstücks ist ungeklärt, b) die Autorschaft Frontins ist eine Erfindung der Renaissance, die c) in der Folge erst durch Umstellung überhaupt nachvollziehbar gemacht wurde, obwohl d) der ursprüngliche Überlieferungszustand diese Zuschreibung mehr als zweifelhaft macht. Folgende Mss. überliefern den Text:

A Wolfenbüttel, Herzog-August-Bibliothek, Guelf. 36.23 Aug. 2°, s. v *ex.*–vi *in.* [*Arcerianus*]. Foll. 24^r–25^v: *...dividebat dextram et sinistram — ubi proxima...*

E Erfurt, Universitätsbibliothek, Dep. Erf., CA 4° 362, s. xi–xii. Foll. 80^v–81^r: *Limitum prima origo — pertinere Quod aruspices orbem...*, Foll. 83^v–84^r *...limis oculis — ubi proxima...*

F Firenze, Biblioteca Medicea-Laurenziana, Plut. XXIX.32 (s. viii-

[331] In Ms. *A* mit *IULII FRONTONIS LIB EXP FELICITER INC. LIB. AUGUSTI CAESARIS ET NERONIS*; in den Mss. *FES* mit *IULI FRONTINI SICULI EXPLICIT LIBER PRIMUS* (*EXPLICIT FELICITER* Ms. *S*) *INCIPIT MARCI IUNII NYPSI LIBER SECUNDUS FELICITER* (*DE FLUMINIS VARATIONE* Mss. *ES*).

ex.–ix *in.* [a. 800 ca.]; Bischoff ix s. 1. Drittel), Foll. 21v–27v: *Limitum prima origo — qui ad montes montanos.*

S London, British Library, Addit. 47679, s. xii. Foll. 34v–37r: *Limitum prima origo — ubi proxima sibi plagarum caeli conversio fuit.*

Z Barcelona, Archivo de la Corona de Aragón, Ripoll 106 (s. ix²): Foll. 81r|v: *Limitum vero prima origo — vertat in septentrionali orbe.*

Im *Arcerianus A* fehlt der Anfang; der Text setzt in *A* erst mit *...dividebat dextram et sinistram, cardo citra et ultra* in Abschnitt B, im Text durch ›¦‹ kenntlich gemacht, ein. Vollständig und durchlaufend überliefert wird der Text nur vom Londoner Ms. *S*, das hinter *ubi proxima* mit *sibi plagarum caeli conversio fuit* auch die *lacuna* beseitigt[332]. Ebenso bestätigt Ms. *S* zu Beginn des Texts den Akkusativ *ad disciplinam* ⟨*a*⟩*rus*picu*m* (*scripsi*; *Etrusca La.*; Etruscam *Scriv. rusticam codd.*) im sonst prädikatlosen ersten Satz, den es mit *noscitur pertinere* vervollständigt und damit die Texteingriffe Lachmanns und aller nachfolgenden Editoren überflüssig macht[333]. Zeuge für den Anfang bis zum Satz *decimanus autem dividebat dextram et sinistram, cardo citra et ultra* (linke Spalte, Abschnitt B) ist ein Florentiner Codex *F*, der faktisch nur im ersten Satz durch das Erfurter Ms. *E* unterstützt wird; beide gehören zur Klasse der *codices mixti*. Die Blätter von *E* sind verstümmelt und in der Mitte mit einem scharfen Messer so abgeschnitten, daß die rechte Hälfte des Texts fehlt; das Ms. kann nur für die erhaltenen Teile herangezogen werden: Sein Wert ist bei solchermaßen

332 Toneatto 1994–1995, I 469: *Verba extrema lacunas editionum supplent.* – Weder Campbell 2000, 10 noch Guillaumin 2005a, 161 und 229, n. 95 berücksichtigen diese Lesart; für Guillaumin (229) ist der Schreiber von *S* einmal mehr das Konjekturalgenie, dem man, warum auch immer, weniger vertrauen sollte als einem stumpfsinnigen Abschreiber: »On se gardera de penser que, par une heureuse bizarrerie du sort, N est le seul à conserver le texte d'origine. La vérité est que le copiste de N est un esprit systématique et intelligent qui corrige et complète son texte à différents points de vue (...), ce qui le rend parfois redoutable, et paradoxalement moins digne de confiance qu'un copiste borné.«

333 Die Vermutung *aruspicam* von van der Goes führt in die richtige Richtung; ihm folgt Giraud 1843 ad l.

unvollständig überlieferten Sätzen gering. Eine weitere Besonderheit unterscheidet die Mss. *FE* von *S*: Der Text ist nicht durchlaufend, sondern ›springt‹ durch Textabbruch in der Etyma-Erläuterung der *transversi*; nach *Limites autem appellati sunt transversi a limo id est antiquo verbo, a quo dicunt poetae...* auf fol. 22v wird in *F* erst fol. 27v mit *...limis oculis* fortgesetzt; gleiches gilt für Ms. *E*, das ebenfalls nach *a quo dicunt poetae...* fol. 81r den Text mit *...limis oculis* auf fol. 83v fortsetzt. Unvermittelt folgt in beiden Mss. auf *a quo dicunt poetae* mit *Actus tamen in base sunt* XX... ein Stück aus dem *Liber secundus* des Marcus Iunius Nipsus – die FLVMINIS VARATIO in einem Abschnitt über die Versteinung (*lapides*) auf *agri divisi*[334]. Die Textsprünge in den Mss. *FE* lassen die Vermutung zu, daß die Idee eines zweiten Frontinus-Buchs wohl hauptsächlich durch ein tatsächliches zweites Buch des Nipsus aufgekommen ist[335]. Ms. *F* bricht am Ende des Abschnitts Z ab; der ab fol. 82r wieder unversehrte Erfurter Codex *E* überliefert jedoch den Text des Abschnitts bis zum Ende zusammen mit Ms. *S*.

Ein von Toneatto zur »tradizione indiretta« gerechnetes Ms. *Z* mit der ARS GISEMVNDI überliefert ebenfalls kurze Fragmentschnipsel des Texts: Dieser codex Rivipullensis[336] ist aus verschiedenen Gründen ebenfalls interessant für den Abschnitt, obwohl er für die Textkonstitution von geringerem Wert ist als das Londoner Ms *S*. Auf fol. 81r beginnt im Rivipullensis mit INCIPIT LIBER SECVNDVS CVM CAPITVLA ein zweites Buch der *Geometria ars Gisemundi*. Unter diesem *Incipit*, etwa auf der

[334]Der Text ist rein mathematisch und beschäftigt sich mit Seitenverhältnissen von Dreiecken, Trapezen und Fünfecken: *Actus tamen in base sunt* XX *ut puta in pentagono* LIIS, *bis ducti, faciunt* CV. *Qui in se ducti, faciunt iugera* LXV. *Cathetum sic quaerimus semper. Embadum duco quater – id est* LXV; *fiunt* CCLX. *Huius summae pars vicesima fit* XIII; *erit cathetus. In trigono sunt actus* XLII, *iugera* CL. *Insequentem actum iunctum trigono ac trapezeo similiter. Quae si autem fuerint in trapezeo iugera* C, *iugera ducta quater, erunt* CCCC. *Horum pars vicesima – hoc est* XX *– erit basis. Deducto contrario, id est* XX, *fit reliquum* VII. *Erit contraria basis actus* VII. *Similiter in reliquis pedibus, sic fuerint* CC. Text nach Bouma 1993, 51, 91–100 (= III 3–10 [231] Guillaumin 2021 = Lachmann, Bluhme und Rudorff 1848–1852, 290, 6–16).

[335]Zu den Sprüngen in den Mss. der Mischklasse siehe Abschnitt 1.6, 88–95.

[336]Vgl. Toneatto 1994–1995, III 999–1007; die Beschreibung und Gliederung des Ms. durch Toneatto hat gerade in der Zuordnung der *tituli* ihre Schwächen. Den *titulus* des untenstehenden Abschnitts z. B. führt er nicht auf.

Hälfte des *folium*, ist das Blatt durch einen Strich in roter Tinte in zwei Hälften geteilt[337]. Links stehen die Kapitelüberschriften der Kapitel I–XX, von denen in diesem Zusammenhang nur das zweite Kapitel, II DE ORBEM OMNI TERRE IN QVATTVOR PARTIBVS DIVISVM interessiert: Schon von seinem *titulus* her lehnt er sich thematisch eng an das Thema des diskutierten Abschnitts, die *limitum prima origo*, an (fol. 81rv)[338]:

> DE ORBEM OMNI TERRE IN QUATTUOR PARTIBUS DIUISUM Mundus iste etiam constat sphaerica constat rotunditatem collectus ut diversas rerum formas ambitus sui circuitione concluderet ·; Limitum vero prima aurigo sicut barro discipsit, ad disciplinam rusticam. quod maiores nostri id est Nicodoru Didimus Teudotus et Poclitus . tempore Iulii Caesaris i arco et Antonino consulibus missi orbem | terrarum in duabus partibus ab oriente in occidente diviserunt ·; Dexteram appelaverunt septentrionis subiacere ·; Sinistram quae a meridiano terrae est in occasum qua parte sol et luna per zonas suas discurrere videntur ·; Maiores nostri alteram lineam a sep tentrione ad meridianum diviserunt terram et a meridiano ultra antica citra positaca nominaverunt ·; ideo primus limes qui ab oriente in occidente directus est . Decimanus vocatus est qui ad duodecim manus est factus ·; Secundus limes kardo nominatur · quod directum cardine caeli est . Nam sine dubio caelum vertat in septentrionali ; Orbe in hunc artificium quod mensores iudicaverunt orbe terrae in quattuor divisus est partes ; Set partes habitabiles sunt tres ut~~dest~~ Asia · Europa · et Affrica ·;

Eindeutig benutzt der hier abgedruckte Abschnitt der *Ars Gisemundi* im wesentlichen Stücke einer Vorlage, deren Quelle auch für die Fassungen sowohl des Abschnitts DE LIMITIBVS im Ps.-Frontin als auch

---

337 Das Ms. Ripoll. 106 ist als (nicht besonders gutes) Digitalisat online verfügbar: http://pares.mcu.es/ParesBusquedas20/catalogo/show/1994850.

338 Ich gebe hier ohne größere editionsphilologische Eingriffe, ausgenommen die Auflösung von End-Ligaturen und der Umschrift von & zu *et*, den Text von Ms. *Z* wieder, sperre jedoch die relevanten Stellen. Jüngste kritische Edition der *Ars Gisemundi* mit katalanischer Übersetzung bei Expósito 2015. Auch Toneatto hat die Stelle im Rahmen eines längeren Artikels untersucht; vgl. Toneatto 1992, bes. 224–226.

der Hygin-Stelle des LIBER GROMATICVS verantwortlich gemacht werden kann. Es gibt einige in diesem Zusammenhang wichtige Beobachtungen: Sowohl der frontinische Text als auch der Rivipullensis sprechen im Gegensatz zum Hyginus nicht von *antiqui mensores*, sondern von den *maiores nostri*; die Quelle, die für den Text von *Z* benutzt wurde, liegt aber sicher nach der verschollenen COSMOGRAPHIA[339] des Iulius Honorius (ca. 4. Jh. n. Chr.)[340], nach dessen Aussage vier griechische Geometer, Nicodemus, Didymus, Polyclitus und Theodotus, eine komplette Vermessung des Erdkreises (*peragratio vel mensuratio orbis*) ausgeführt haben sollen. Diese Namen kennt auch Ms. *Z*. Die *maiores nostri* im Ps.-Frontin sind ältere, jedoch römische Landmesser, die die Methodik der etruskischen *disciplina* übernehmen. Gleiches gilt in noch weiter gefaßtem zeitlichen Abstand (*antiqui mensores*) für Hyginus. Im Text von Ms. *Z* sind die *maiores nostri* die griechischen Geodäten. Ob der Verfasser Grieche gewesen ist oder der Text Anleihen an der Übersetzung einer griechischen Vorlage macht oder die Stelle einfach zwei Texte vermengt, läßt sich nicht feststellen. Ms. *Z* scheint allerdings auch auf einer Vorlage zu beruhen, die Verbindung zur Vorlage des Hyginustexts hatte: Das *orbe in hunc artificium quod mensores* besitzt eine bemerkenswerte Ähnlichkeit zur von Rigault athetierten (und vom *Arcerianus A* durch *rasura* getilgten) Formulierung *lim. grom.* 141, 1, 10 *vel auctorum habet quorum artificium*, die dort erkennbar am falschen Platz steht[341]. Ebenfalls enger an Hygin lehnt sich der Rivipullensis bei seinem etymologischen Erklärungsversuch des *decimanus* an, der so genannt worden sei, *qui⟨a⟩ ad duodecim manus est factus*[342]. Hier scheint noch die originale Ableitung des *duodecimanus* aus der 12 durch; die Ableitung aus der 2 fehlt im gesamten Text von Ms. *Z* völlig. Daß die *Ars Gisemundi* und Ms. *Z* sich für ihren Text recht frei aus

339 Eine Rekonstruktion versucht Kubitschek 1885.

340 Zur Datierung Barthel 1911, 117; vgl. ebenso Modéran 2003, 85–93.

341 Ms. *Z* hatte aber wohl keinen Zugang zu einer Vorlage, die Ursache für die sinnvollen Ergänzungen in Ms. *S* gewesen ist: Z. B. bleibt hinter *ad discliplinam rusticam* der Satz elliptisch.

342 Emendationen nach Expósito 2015 »...ja que fou creat a dotze mans«, also nach 12 Händen. Toneatto 1982, 225 und allgemein 256 hält die Lesart »*duodecimanus*« von Millàs Vallicrosa 1931 *a.l.* für falsch; mir scheint, daß darin das hyginische *Duodecimanum postea decimanum appellaverunt* mitschwingt. Vielleicht muß korrigiert werden zu *Decimanus vocatus est qui {a} duodecimano est factus*?

älteren Quellen bedienen, wird nicht nur durch die namentliche Anspielung auf die vier griechischen Geodäten des Honorius deutlich. Der Abschnitt, der von den Ursprüngen der Limitation und damit auch von der Vermessung der Welt handelt, das Grenzliniensystem also in einen größeren Rahmen stellt, war natürlich geeignet, auch außerhalb seiner eigentlichen Entstehungssphäre rezipiert und teilweise wörtlich zitiert zu werden; dazu schöpft die *Ars* ihren Stoff (und ihre Formulierungen) aus so vielen Autoren (und damit auch aus deren Texttradition), daß ein Flickenteppich mit den unterschiedlichsten Quellen entstanden ist, deren Herkunft auch durch die Arbeiten von Toneatto und Expósito erst teilweise erschlossen worden ist[343]. Von dieser Tatsache abgesehen wird durch Ms. Ripoll. 106 deutlich, daß die *Ars Gisemundi* auf einen Text zurückgreift, der den Ursprung der *limites* aus der *disciplina Etrusca* referierte, die Ausrichtung von *decimanus maximus* und *kardo maximus* benannte, auf die Nebenlinien und ihre Bezeichnungen einging und die astronomisch legitimierte, beste Ausrichtung präferierte, doch ebenso auf die Fehlerquellen (Orientierung nach dem täglichen Sonnenaufgang; Vermeidung des In-eins-Laufens beieinander liegender Grenzliniensysteme) Bezug nahm. Die auf den Seiten 123–127 einander gegenübergestellten Texte sind nicht unabhängig voneinander entstanden und bloß »zufällig« thematisch ähnlich, sondern sie sind unterschiedliche Fassungen einer gemeinsamen Vorlage[344]. Auch die Glossen zu den Etyma sind deswegen nicht etwa aus dem einen Text in den anderen geraten; sie können also in der ›frontinischen‹ Fassung nicht bewahrt und nur in der ›hyginischen‹ athetiert werden. Vielmehr waren diese Glossen schon in einer Vorlage enthalten, die zu den beiden Fassungen führte: Die Anmerkungen eines Glossators sind damit, neben den bisher aufgeführten Punkten, sogar das stärkste Argument für eine gemeinsame Vorlage. Unter diesen Aspekten sollen nun die Abschnitte A–Λ einzeln betrachtet werden.

Der hyginische A'-Teil ist weitaus komprimierter und in sich schlüssiger geschrieben als die »frontinische« Fassung; dies läßt sich auch

---

343 Toneatto 1982; Expósito 2015.

344 Teile dieses Stücks werden auch in der Hygintradition »doppelt« überliefert: Der Abschnitt *ab hoc exemplo — transversos appellaverunt* (B'–E') findet sich zweimal in *P*; zur zweiten mit *lim. grom.* 177, 54 verbundenen Stelle vgl. Kaiser 2013, 284 u. nn. 77–78.

insgesamt feststellen. Trotz einigen Unterschieden in den Formulierungen und dem Einschub *sicut Varro descripsit*, der vielleicht auf den Glossator von § 3 *nam ager arcifinius sicut ait Varro...* zurückgeht, sind beide Texte praktisch identisch. Die frontinische Fassung greift jedoch auf eine wahrscheinlich schon inkonzinne Vorlage Hygins zurück: Auffällig sind ungeschickte Anschlüsse des den gesamten Abschnitt beherrschenden handelnden Subjekts mit iteriertem *quod aruspices...* und *Aruspices altera linea...*, aber auch die Tatsache, daß die Vorlage Informationen aus Θ' zu den *architecti* ungeschickt einarbeitet – Θ fehlt vollständig in der frontinischen Fassung. Hier steht die Passage zur Ausrichtung von Sakralbauten (nur in Westrichtung und ohne Ostung wie bei Hyginus) erkennbar als unmotivierte Nebeninformation, die den eigentlichen Erzählstrang unterbricht.
Auch B-B' laufen weitgehend parallel. B' bewahrt über seine Lesart *duodecimanus* jedoch die originale Herkunft der Konstruktionsmethode, enthält daneben aber auch Reste einer jüngeren Erklärungsschicht, die in der Lesart der palatinischen Tradition *duocimanus* und der nur dann sinnvollen Erklärung *ideo quod terram in duas partes dividat* durchscheint. In Abschnitt Γ schließt sich dann die längere Glosse mit ihren falschen Etymologien und Kunstwörtern an. Hier hat der frontinische Text mit *Kardo nominatur, quod directum a cardine caeli est nam sine dubium caelum vertitur in septentrionali orbe* vielleicht eine zum hyginischen *Duodecimanum postea decimanum appellaverunt* korrespondierende Herkunftserklärung bewahrt, demgegenüber mit *a mundi kardine* in B' dann ein verkürzter Rest stehengeblieben wäre.
Etwas verschachtelter stellt sich die Tradition für den Abschnitt Δ dar; in der hyginischen Fassung fehlt er komplett. In der frontinischen Fassung steht er recht unmotiviert, da er die Idee einer idealen Limitationstechnik nach der *hora sexta* voraussetzt. An der tradierten Textstelle schiebt sich Δ zwischen die Benennung der Hauptachsen *decimanus maximus* und *kardo maximus* und die Bezeichnung der restlichen Vertikal- und Horizontallinien, *limites prorsi* und *transversi*. Auch Δ kennt das geographische Beispiel des *ager Campanus*, das in der hyginischen Fassung wortgleich unter K' abgehandelt wird: K' ist in der Frontin-Fassung wahrscheinlich in Δ und K zerissen worden: Δ enthält aus K' die Beschreibung derjenigen, die die *origo caelestis* des *duodecimanus* nicht kennen (*ignorantes*) und andere Limitationssyste-

me nutzen, z. B. die Breite oder Länge der Felder. K dagegen enthält Beschreibungen zur Ausrichtung nach dem täglichen Sonnenauf- und -untergang oder zur Vermeidung eines mit der Nachbargemeinde kollidierenden Liniensystems. Sowohl Δ als auch K gehen dabei nicht mehr dezidiert auf die Thematik ein, sondern behandeln sie nur oberflächlich.

Zwei Beobachtungen zu den frontinischen Textstücken sprechen auch hier dafür, daß der Hygintext auf einer besseren Vorlage beruht. In Δ ist die vollständige Drehung von *decimanus maximus* und *kardo maximus* nach der Feldlänge *de facto* eine unnötige Verdoppelung der Informationen, die K bietet; nach der Mitteilung, auf dem *ager Campanus* würden die Hauptlinien ihrer genau entgegengesetzten Himmelsrichtung zugewiesen, folgt als merkwürdiger Satz *Ab his duobus omnes agri partes nominantur*: Er wirkt nicht nur vollständig deplaziert, sondern ist es auch, weil er an dieser Stelle nicht gestanden haben kann. Leicht abgewandelt wird er im hyginischen B'-Teil als Erklärung für den *duocimanus* der palatinischen Redaktion überliefert[345]. Dort heißt es *Hunc appellaverunt duocimanum ideo quod terram in duas partes dividat et ab eo omnis ager nominetur*[346]. Nun orientierte sich die von Hyginus beschriebene Versteinung, auf die hier angespielt wird, nicht allein an ihrer Position links oder rechts der *decimani*, sondern ebenso an ihrer Position z. B. dies- oder jenseits der *kardines*. Eine Positionsbestimmung nach dem *decimanus* allein, wie *ab eo* es nahelegt, verbietet sich als unsystematisch und widerspricht auch den in den Texten dargestellten historischen Gegebenheiten; wahrscheinlich enthält der frontinische Text echtes Material – nur leider an der falschen Stelle. Der Satz kann den Abschluß des Abschnitts B' gebildet haben: *Alterum … kardinem nominaverunt a mundi kardine. Duodecimanum postea decimanum appellaverunt; ab his duobus omnes agri partes nominantur.*

Die zweite Beobachtung bezieht sich auf den frontinischen K-Teil, der die für die Argumentation Hygins wichtige Konstruktion nach dem wahren Mittag (*hora sexta*) so verkürzt, daß die *ignorantes mundi rationem*, die nach dem täglichen Sonnenlauf konstruieren, gar nicht

[345] Im B-Teil der »frontinischen« Fassung fehlt er.

[346] In meiner Edition habe ich die Lesart *duocimanus* abgelehnt und deswegen den *ideo*-Teil athetiert.

mehr auftreten[347], sondern unter den vielen Möglichkeiten und Varianten der Vermessung subsumiert werden (*multi ... variaverunt hanc rationem*). Auch in K findet sich am Ende ein Satz, der wohl nicht an diese Stelle gehört: *Et sic per totum orbem terrarum est unaquaeque limitum constitutio ordinata, ubi proxima {sibi} plagarum caeli conversio fuit*. Der Satz ist ein *résumé*, wirkt aber zum Vorhergehenden eigentümlich gebrochen. Die *conversio* weg von benachbarten Grenzlinien, die einen Parallelverlauf von *limites* vermeiden will, wird ohne Legitimation auf eine *plagarum caeli conversio* übertragen, die der astronomischen Konstruktionsmethode Hygins komplett zuwiderläuft. Bemerkenswert ist in diesem Zusammenhang auch, daß der Text hier (und noch einmal in I) *expressis verbis* mit *limitum constitutio* das Thema des LIBER GROMATICVS aufgreift[348].

Weitgehend übereinstimmend sind beide Fassungen in den Abschnitten E-E' mit ihrer Thematik der *reliqui limites* und in Z-Z' mit der Diskussion der *transversi* und *prorsi*; wie schon Δ bringt auch E Ortsbeispiele als geographische Ergänzung, die in der hyginischen Textfassung fehlen[349]. Ob die Passage tatsächlich Überreste des eigentlichen Hygintexts bewahrt, der ja vereinzelt auch mit geographischen Beispielen arbeitet, kann nicht entgültig entschieden werden. Genauso gut kann er auch aus dem folgenden Abschnitt Z an seine jetzige Stelle geraten sein, denn auch Z und Z' stimmen sowohl in den ›etymologischen‹ Erklärungsversuchen als auch in den Regionalbezeichnungen der *limites* als *maritimi* und *montani* weitgehend überein. Ohne weitere Prüfung (wozu auch weitere Mss.-Funde gehören) kann aber nicht entschieden werden, ob die frontinische oder die hyginische Textfassung den besseren Text bietet. Die frontinische Fassung führt jedoch neben rein

---

[347] Die *ignorantes* finden sich in Δ, dort jedoch der Schilderung nach als Menschen, die von der Namensherkunft von *decimanus* und *kardo* keine Ahnung haben.

[348] Statt *unaquaeque limitum constitutio* muß wahrscheinlich *una limitum constitutio* gelesen werden.

[349] Die Konfusion eines gallischen *ager Uritanus*, die Guillaumin 2005a, 159 zur Änderung von *Gallia* zu *Calabria* angeregt hat, läßt sich weniger umständlich durch Interpunktionsänderung heilen: *in agro Uritano, in Gallia item in quibusdam locis* – mit Komma vor statt hinter in *Gallia*. Der *ager Uritanus* begegnet nur noch in einer Aufzählung der LIBRI COLONIARVM (lib. coll. II 262,11. Vgl. aber auch Sic. Flacc. *grom.* 117,16–17 *postea vero cum agri dividerentur et assignarentur, decimani quidem vocabulum permansit...*

dem Geländeprofil geschuldeten Begriffen mit *dissimilibus vocabulis a caeli regione* wohl auch noch regionalsprachliche Unterschiede der jeweiligen Bewohner an, vergleichbar den Bezeichnungen »Knick« oder »Öwer« für Wallhecken. Dazu würde nicht nur das Ende von E *haec vocabula in lege...* passen, sondern auch, daß die Fassung, die dem Text Hygins zugrundeliegt, eine zusammenfassende Formulierung über die Bezeichnung der *limites* anschließt, die der Frontinfassung fehlt.

Während der folgende H'-Teil der Hyginfassung nun logisch die Bezeichnungen der einzelnen Grenzlinien in ihrem System nach *linearii* und *actuarii* fortsetzt, ebenso den *quintarius* erläutert und auch sonst thematisch bei den *limites* bleibt, ist der Text, wie er im Ps.-Frontinus überliefert wird, eine Sammlung von aneinandergeklebten Textfragmenten[350]. Ich unterscheide in H: 1) eine Beschreibung der geometrisch entwickelten Konstruktion unterschiedlicher Flächeninhalte (Feldermaße); 2) ein kurzes Fragment, das wahrscheinlich einmal den *duodecimanus* erklären sollte (*sicut diei* XII *horas*, XII *menses anni*). Woher der H-Text der frontinischen Fassung stammt, muß unbeantwortet bleiben. Er gehört, soviel läßt sich feststellen, nicht an die Position zwischen Z und I, die den Ablauf gedanklich unterbricht. Vielleicht überliefert er Reste vom Ende des LIBER in der Nähe von *lim. grom.* 174, 50, 4 *Primum agrum limitibus includemus*, wohin die Entwicklung eines Rechtecks durch seitliche Verdoppelung eines Quadrats[351] gut passen würde[352]. Doch kann das nur Spekulation bleiben.

Einige Anhaltspunkte sprechen für späte Einfügung (Ende 3. bis hinauf zum Ende des 4. Jhs.): Das hier verwendete griechische Flächenmaß πλέθρον ist außer an dieser Stelle für die *SGL* nicht belegt (Belege aus der Kaiserzeit bei Plut. *Cam.* 39, 5 [ed. Gärtner 2000] und Ael. *VH* 3, 1 [ed. Dilts 1974]) und fehlt auch sonst in der erhaltenen lateinischen Literatur. Inschriftlich nachweisbar ist es beispielsweise auf einer auf das 1./2. Jh. n. Chr. datier-

---

[350] Im Gegensatz zu Lachmann 1843, 361 bin ich nicht der Überzeugung, daß in H eine etymologische Herleitung von *fundus* gestanden hat; dafür bietet der Text keinen Hinweis.

[351] Einen kunst- und baugeschichtlichen Aspekt dieser Verdoppelungen beleuchtet Bonet 2015. Zur Verdoppelung der Landmaße insgesamt vgl. Kidson 1990, bes. 77–78.

[352] Ein Indiz für diese Vermutung wäre die doppelte Abschrift in *P* fol. 149rv, in der nach dem Text von E' mit *omnem mensurae huius quadraturam* der fehlerhaft geschriebene Text aus *lim. grom.* 177, 54, 1 folgt, vgl. Kaiser 2013, 284 u. nn. 77–78.

baren Grabstele aus Philippoi für P. Opimius Felix[353]. – Die Gegenüberstellung unterschiedlicher Bezeichnungen für *iugera* in H erinnert an Hyginus 1 (84, 27–86, 18 Th), der für lateinisches *iugerum* den Begriff mit seinen lateinisch umschriebenen Äquivalenten fast aller auf dem westlichen Reichsgebiet gesprochenen Sprachen auflistet; auch sonst kann die Stelle als metrologischer Exkurs gelten[354]. Es fehlt bei Hyginus 1 aber das πλέϑρον, das nach einer späten syrischen Übersetzung (ca. 501 n. Chr.) einer das römische Recht behandelnden griechischen Vorlage 100 Quadrat-*perticae* umfaßt hat. Der Darstellung des syrischen Texts vergleichbar ist der erste identifizierbare Aspekt des Abschnitts H, da auch hier Feldermaße zu Quadratmaßen (vgl. *ager quadratus*) »umgerechnet« werden. Nach Mommsen 1869, 432 stellte der syrische Text die beiden Maße nicht einfach nebeneinander, sondern paßte sie den regional geltenden Verhältnissen an. Das läßt sich auch für die gromatischen Texte feststellen. Hypothetisch ließe sich schlußfolgern, daß die Disparitäten in der Überlieferung der *SGL* als Rettungshandschrift auch insgesamt auf die Zeit der Reichsteilung gefallen sind, in der ein Verwaltungsapparat aufgespalten werden und damit auch Katasterverwaltung und metrologische Kataloge den Rechtsnormen der Provinzen angepaßt werden mußte[355].

Da im Frontintext Θ fehlt und K mit Δ zusammen den K'-Teil der hyginischen Textfassung abbildet, bleibt nur noch ein Vergleich von I mit Λ' (Λ fehlt) übrig: Wie etwas weiter oben (136) gesagt findet sich auch hier eine Anspielung auf das Thema (und den *titulus*) des Feldmesserbuchs durch die erneute Verwendung des Worts *constitutio*. Thulin hat den

[353] So brieflich der Haupt-Bearbeiter der Inschriften von Philippi, Peter Pilhofer, dem an dieser Stelle herzlich gedankt sei. – Zur Grabstele vgl. CIL III 656 = EDH HD-Nr: HD046421 = EDCS-ID: EDCS-23800471; die Grabstele aus Philippoi/Philippi (Provinz Macedonia) wird heute im Louvre (Katalog-Nr. Ma 1613) aufbewahrt; die Inschrift ist einsehbar unter dem Permalink https://collections.louvre.fr/en/ark:/53355/cl010275682.

[354] An Provinzen werden genannt: Dalmatia, (Gallia) Narbonensis, Spania, die Cyrenaika, Germania (inferior). Mit Dalmatia nennt Hyginus 1 die jüngste und mit der Reichsteilung von 395 Chr. an der Ostgrenze Westroms liegende Provinz.

[355] Zum syrischen Text vgl. Land 1862. Ausführungen zum πλέϑρον finden sich vor allem bei Didymos und Heron (Mommsen 1869, 432, n. 1): Heron (ed. Hultsch 1864) 140, 18: Τὸ πλέθρον ἔχει ἀκένας ι', πήχεις ξς' ω", πόδας Φιλεταιρείους μέν ρ', 'Ιταλικοὺς δὲ ρκ'.; allerdings setzt das eine Rezeption der Schrift vor allem im griechischsprachigen Reichsgebiet oder eine Vermittlung dieser Werke über heute verlorene lateinische Übersetzungen voraus.

Text von I in seinem Quellenapparat nicht mit *lim. grom.* 159, 26, 10 verglichen, sondern mit einem, wenn nicht dem zentralen Satz des LIBER GROMATICVS in *lim. grom.* 151, 17, 9–10 *Haec est constituendorum limitum ratio pulcherrima*[356]. – Beide Vergleiche haben ihre Berechtigung, doch würde ich wegen des Referats über die Konstruktion der Mittagslinie zur *hora sexta*, die erst mit *lim. grom.* 159, 26 wieder in den Blick genommen wird, einen engeren Bezug auf den auch fast wortgleich beginnenden Paragraphen annehmen. Der Abschnitt I hat in der Vorlage vermutlich hinter K gestanden, da er die Schlußfolgerung aller Ausführungen in sich vereint. Auch I zeigt, daß die Kernaussage des Texts, wie er noch im Hyginus greifbar ist, nicht mehr deutlich vorliegt. Die »beste und auch methodische Festlegung von Grenzlinien«ist eben nicht die Ausrichtung von *decimanus maximus* und *kardo maximus* nach einer bloßen West-Ost und Süd-Nord-Richtung, sondern nach der Methode, die West-Ost-Linie und rechtwinklig dazu die Süd-Nord-Linie des wahren Mittag zu konstruieren.

Durch die Abhängigkeit beider Textvarianten kann erstmals sinnvoll begründet werden, warum die etymologischen Erklärungen wortgleich in beiden Texten auftauchen. Ebenso gibt die frontinische Fassung Hinweise auf mögliche Textergänzungen, die vielleicht echtes Material bewahrt haben, so in Γ oder Δ[357]. Insgesamt macht der Text, wie er im LIBER GROMATICVS Hygins überliefert wird, einen zusammenhängenden, logisch aufgebauten, mithin ›besseren‹ Eindruck, doch die Frage nach der Abhängigkeit beider Texte voneinander rührt an ein Problem, das Plutarch in seinen *quaestiones convivales* (*Moralia* 2, 235d) mit πότερον ἡ ὄρνις πρότερον ἢ τὸ ᾠὸν ἐγένετο treffend umschrieben hat.

1.8.5. Das Fragment 4

Aus den vorangegangenen Abschnitten ist deutlich geworden, daß die frr. 1, 2 und 3 und ebenso das Stück DE LIMITIBVS bisher fälschlicherweise Iulius Frontinus zugeordnet wurden; eine Zuweisung von fr. 1 macht die davorstehende nummerierte Liste der behandelten *controversiae*, die auch durch den späteren Agenustext gestützt wird, ungültig,

[356] Vgl. dazu den Abschnitt 2.5 Lindermann 2022, 63–65.
[357] Auf die ›Rekonstruktion‹ eines Urtexts habe ich verzichtet.

und der Inhalt des kleinen Stücks fr. 2 kann thematisch nicht mit den Rechtsstreitigkeiten in Zusammenhang gebracht werden. Der Text CVLTELLANDI RATIO QVAE SIT (fr. 3 α und β) besteht aus zwei relativ autonomen Teilen, die mit einiger Wahrscheinlichkeit in dieser Reihenfolge, kaum jedoch unmittelbar, zusammengestanden haben, jedoch gar nicht hinter dem nun zu besprechenden fr. 4[358]. Gerade die Identifizierung von DE LIMITIBVS macht die veränderte Anordnung der Texte, wie sie seit Lachmann und (noch stärker) seit Thulin in den Editionen vorgenommen wurde, hinfällig, da die überlieferte Reihenfolge der Texte teilweise nur geändert wurde, um logische Zusammenhänge zwischen an sich inkohärenten Teilen zu konstruieren. Dies gilt auch für fr. 4.

Inhalt: § 1 führt ohne Umschweife in die Problematik der Landmessung ein[359] Wirklich wichtig ist vor allem die Erfahrung des Landmessers, da er mit einer unregelmäßigen Beschaffenheit der Felder umzugehen hat, die sich sowohl in einer oft gekrümmten Außenlinie, als auch in einer unterschiedlichen Ausdehnung und ungleichmäßiger Winkel widerspiegelt; beides verhindert vollständige Parzellen bzw. deren nach Normmaßen (*iugera*) unterteilte Gliederung. Angesprochen wird die Übertragung der Messung in eine Flurkarte oder einen Feldriss und die Berechnung nach der »Methode der rechten Winkel« (*ratio rectorum angulorum*). § 2 Mit *haec ubique una ratione fieri multiplex locorum natura non patitur* zeigt der Autor, wie bewußt ihm ist, mit realen Gegebenheiten zu tun zu haben, denen die Theorie jeweils angepaßt werden muß[360]. Recht schnell geht die Schilderung von den Anforderungen zu einer regelrechten Visieranleitung mit *groma* und Fluchtstäben (*meta* oder *moeta*) über. § 3 führt die Visier- bzw. Vermessungsanleitung mithilfe Fluchtstäben (und deren notwendiger Anzahl) weiter und beschreibt

[358] Ein Indiz dafür könnten auch die Zeilenschlüsse »······« sein, die in beiden Textteilen in *A* vorkommen; siehe dazu auch 157.

[359] Der Charakterisierung dieses Texts durch Meißner 1999, 255–257, der »praktische Nutzen dieser Literatur entfaltet sich ... in der korrekten Einschätzung ihrer Resultate vor Gericht, in Verwaltung und Kriegswesen«, muß entschieden widersprochen werden; Meissner weitet in seiner Deutungsmonotonie diese Einschätzung auch auf Balbus und den LIBER GROMATICVS Hygins aus und behandelt die Vermessunsliteratur auch sonst eher beiläufig.

[360] Dadurch unterscheidet sich dieser Autor von Hyginus, dem es um die astronomisch korrekte Bestimmung von West-Ost- und Süd-Nord-Linie geht: Hyginus muß die Anpassung der Methode an natürliche Gegebenheiten (Sichtbarkeit der Sonne, Messung nach Tagesaufgang und -untergang) natürlich kritisieren.

die ersten Schritte der Triangulation durch Konstruktion von Markierungsgeraden und Parallellinie. § 4 betont noch einmal die Anpassung der Methode bei Hindernissen, die ein regelrechtes Visieren verhindern. § 5 betrachtet als gesonderte Schwierigkeit die Vermessung eines Tals, »das die Begutachtungsmöglichkeiten« des Landmessers übersteigt[361]. Hier kommen nicht nur *groma* und Fluchtstäbe, sondern auch eine Fluchtschnur (*linea*) zum Einsatz, um eine Basislinie konstruieren zu können, von deren Punkten aus man weitere Winkelmessungen durchführen kann. Die Wichtigkeit dieser Basislinie für eine Messung an den Fluchtstäben wird betont. Das Messen ohne Schnur wird nur dann gestattet, wenn das Tal eng genug ist; auch hier wird aber die Anzahl der Fluchtstäbe (mindestens drei) vorgegeben.

Lachmann stellte in seiner Ausgabe das große Stück ohne Titel hinter das Ende der hyginischen Nebenüberlieferung *...est unaquaque limitum constitutio, ubi proxima* und nahm dann eine Lücke zum Beginn des folgenden *Principium artis mensurae in agentis positum est...* an[362]. Nach Thulin, dem die späteren Editoren gefolgt sind, beginnt der Text von fr. 4 nach DE LIMITIBVS und fr. 2, aber vor den frr. 3α und β. Thulin ändert mit seiner Annahme einer Blattverwirrung nicht nur die überlieferte Textabfolge, sondern verschiebt damit auch die angebliche Lücke (die aber durch die Überlieferung des Londinensis nicht mehr existiert) zwischen Hygins Text und das fr. 2. Für Thulin ist der bei ihm auf 15, 5–18, 11 stehende Text ein eigenständiger Traktat Frontins, dem er wie schon mit DE LIMITIBVS »der Deutlichkeit wegen« als konjiziertes Etikett den Titel DE ARTE MENSORIA gibt; er nimmt damit die Idee mehrerer Werke (*libri*) Frontins wieder auf, die ja schon Lachmann mit seinem konstruierten *liber secundus* als einem zweiten, größeren Werk Frontins aufgebracht hatte[363]. Auch wenn fr. 4 nicht aus einem verlorenen Buch Frontins stammt, ist das Bedürfnis, den Text mit einem Titel zu versehen, verständlich. In der Teubner-Edition versucht Thulin deswegen, durch den Einschub von fr. 2, durch die darin vorgenommene Konjektur *cultellatum* (15, 4) und durch das Hinzufügen des kurzen fr. 3 (*cultellandi ratio...*) hinter die ARS MENSORIA, in der auf

[361] Es wird nicht ersichtlich, was mit *exsuperare* genau gemeint ist.

[362] Vgl. Lachmann, Bluhme und Rudorff 1848–1852, 31, 10–12.

[363] Vgl. den Apparat 15 zu l. 5 Thulin 1913a: »*Titulum perspicuitatis causa addidi; cf. Agenn. Urb. 25, 6 et 9.*«

diese Technik einmal verwiesen wird, einen logischen Zusammenhang herzustellen.

Fr. 4 wirkt tatsächlich wie der Anfang eines neuen Kapitels oder eines Buchanfangs. Das Stück unterscheidet sich schon stilistisch und von der Wortwahl her so stark von den beiden, Iulius Frontinus zuzuweisenden Texten, daß man sich fragen kann, warum an der Verfasserschaft Frontins, die ja nur durch die Subskription behauptet wird, nicht schon früher gezweifelt wurde[364]: Im Gegensatz zum fast vollständig in unpersönlichen oder passiven Ausdrücken schreibenden Frontinus ist die Sprache des Autors von fr. 4 vor allem durch aktiven Verbalgebrauch gekennzeichnet – am auffälligsten wohl darin, daß er in der 1. Pers. pl. schreibt und mit diesem Gebrauch dem LIBER GROMATICVS Hygins ähnelt[365]. Auch ohne Anerkennung der vorgeschlagenen Emendation ΠΡΟΚΕΝΤΗΜΑΤΟΣ ist seine Sprache die des Fachmanns für Leute seines *métier*: Er kennt und verwendet die Methode der Vermessung nach rechten Winkeln (*ratio rectorum angulorum*), nach *lineae rationabiles* und nach *lineae rectae* (§ 1), wo immer das Gelände diese Methode zu-

[364] Hinrichs 1992 untersuchte in seinem Artikel schon dem Titel nach einen »Frontintext«; er ist also nur inhaltlich, dort allerdings mit großen Einschränkungen zu gebrauchen (vgl. auch Campbell 2000, 327–328 n. 33): Hinrichs' Untersuchung, die schon auf der Wolfenbüttler Tagung berechtigten Widerspruch erfahren hat, zeichnet sich durch eine stellenweise fragwürdige Behandlung des Themas aus: Dazu gehört die Bewertung von Lachmanns editorischem Vorgehen »lediglich als Philologe und Worterklärer« (348, zu den richtigen Vorwürfen gegen Lachmann vgl. z. B. Bouma 1993, 12–13). Die Überlegenheit der Schrijverschen Edition wird von Hinrichs auf Schrijvers »etwas gewagtere Verbesserungen« zurückgeführt – diese Behauptung angesichts der seit 1969 festgestellten Identität des Nansianus mit dem Scriverianus und der Tatsache, daß der Frontintext der Scriveriana vollständig auf *S* beruht (Folkerts 1969, 56) darf wohl ebenfalls als gewagt bezeichnet werden. Auch die kodikologischen Vermutungen wie die eines diktierten Arcerianus (350) müssen mit Vorsicht gelesen werden. – Hinrichs' Vorschlag, im ersten Satz des Texts zu *in agentis* (statt *agendis* der Mss.) *positum est* zu ändern, geht auf die (von Hinrichs nicht genannte) Goesiana (Amsterdam 1674) zurück. Der Artikel selbst ist eine erweiterte Fassung von Hinrichs 1974, 99–112.

[365] § 16 *ex veteribus instrumentis cognoscimus* ist die einzige Stelle, an der Frontinus 1. Pers. pl. verwendet (akzeptiert man meine Athetesen in § 4 *appellamus*; § 14 *tractemus*); hier hat das Prädikat jedoch eher die Funktion eines unpersönlichen »man«. Wenn Schindel 1992, 380 für Frontin feststellen will, »die häufig gebrauchte 1. Person Plural Indikativ bezeichnet das professionelle Handeln im Kreis der Fachleute«, so muß er dafür in n. 29 vor allem den Text des fr. 4 heranziehen.

läßt[366]. Nachweisbar ist neben unsicherem PROKENTEMA eine latinisierte, griechisch beeinflußte Fachterminologie wie *podismus* (ποδισμός), *tetrans*, *parallelon* (παράλληλον) und *petra* (πέτρα) statt *lapis*[367]. Darin unterscheidet sich der Verfasser vom völlig »ungriechischen« Vokabular Frontins. Auch sonst zeichnet sich der Abschnitt durch eine professionelle Verwendung der Fachsprache aus: Dies sind nicht so sehr die gängigen, auch bei Frontinus festzustellenden Oberbegriffe wie *modus* oder *extremitas*, sondern die zahllosen technischen Verbalausdrücke. Teilweise beziehen sie sich auf das Visiergerät (*ferramentum*)[368], teilweise auf die Methode (§ 1 *ratione subducere*, *areas adaerare*; § 3 *rigorem mittere*) und dann auch auf die neben dem Visiergerät notwendigen Hilfsinstrumente wie Fluchtschnur (*linea*)[369] und Fluchtstäbe (*metae*, *signa*): § 2 *dictare moetas*; § 3 *signa ponere*, *moetas collocare*; § 5 *ad perpendiculum cultellare*, *rigorem linea extendere*.

Wortwahl und Thematik erinnern stark an einen anderen, ebenfalls nur schwer greifbaren Autor: Marcus Iunius Nipsus[370]. Wenig ist über diesen Verfasser bekannt. Unter seinem Namen sind die FLVMINIS VARATIO,

---

[366] Vgl. dazu den Abschnitt 2.1.3, 190 von Knobloch. Zur Unterscheidung der Technizität des Vokabulars bei den Autoren der *SGL* vgl. Danièle Conso 2006a, besonders 18–22.

[367] § 1 *podismis suis adaeramus*; § 2 *tetrantis locum perpendiculo ostendat*; § 3 *parallelon primi rigoris*; § 4 *petrae aut montes et his similia*. – Auf § 1 *anguli dissimiles* als möglicher Übersetzung aus griech. ἀνόμοιοι γωνίαι weist Guillaumin 2005a, 230–231 n. 105 hin. In den *SGL* ist *lapis* als *terminus technicus* ungleich häufiger als *petra*; vgl. das Glossar in Chouquer und Favory 2001, zu *lapis* 435–436 (21 Einträge), zu *petra* 450 (3 Einträge). Nach den Attributen *p. nativa signata*, *p. notata*, *p. signata* handelte es sich bei den *petrae* im Gegensatz zu den *lapides* um natürliche, natürlich belassene und wohl größere Felssteine.

[368] Vgl. § 2 *ferramentum perpendere, transponere*; *ferramento reprehendere*. Überhaupt ist dieser Abschnitt derjenige, durch den man heute präzise über den Gebrauch der *groma* informiert wird.

[369] Daß Fluchtschnur und die in den *SGL* beschriebenen Methoden auch im Mittelalter auch praktisch rezipiert worden sind, haben anhand Hygins LIBER GROMATICVS (161–162, 28) jüngst Linscheid-Burdich und Binding 2021 für Cluny nachgewiesen; zum Einfluß der *SGL* auf mittelalterliche Stadtanlagen s. (mit kleinen Schwächen in der Behandlung der antiken Quellen) Gessner 2020.

[370] In den *SGL* wird (zufällig) nur sein *liber secundus* überliefert; bei der Vermengung von Frontin und Nipsus mag neben den zwei Büchern des Agenus hier eine weitere Ursache liegen, daß Frontinus in manchen Inskriptionen ein zweites Buch zugewiesen wurde.

die LIMITIS REPOSITIO und der PODISMVS überliefert[371]. Allerdings ähneln die unter dem Namen dieses Autors edierten Texte demjenigen von Fragment 4 so stark, daß es eine lohnende Aufgabe ist, mit einer Detailuntersuchung diese Vermutung zu widerlegen oder zu bestätigen[372]. Gegen Nipsus spricht, daß er in den ihm zugewiesenen erhaltenen Texten selten die 1. Person pl. verwendet, sondern den Benutzer seiner Anweisungen direkt in der 2. Pers. sg. anspricht (48, 35–39 ed. Bouma = II 11–12 [226] Gui): *Fixo ferramento convertes umbilicum soli supra punctum lapidis et sic perpendes ferramentum. Perpenso ferramento ab umbilico soli emittes perpendiculum ita ut in puncto lapidis cadat et con|prehendes| quattuor signa ea quae posuisti in limitem. Aliisque corniculis tenebis alium limitem*[373]. Doch andererseits gibt es auch bei Nipsus durchaus Sätze allgemeiner Natur, die er dann in der 1. Pers. pl. konstruiert; es scheint eher so zu sein, daß die 1. Pers. pl. der Einleitung in das Thema vorbehalten bleibt und nur die Anweisung an den Schüler in der Du-Form gehalten ist[374] – Allerdings steht der eben zitierte Satz in den Mss. *FE*, wie das Zeichen ›|‹ anzeigt, in einer schon oben (Abschnitt 1.6) beschriebenen Textfuge, deren Text z. B. in *F* von fol. 21r auf fol. 19v zurückspringt und dazwischen Text aus den *controversiae* Frontins und aus fr. 3α überliefert, so daß sicher ist, daß zumindest in den *codices mixti* die vermischte Überlieferung von Frontintext (und Frontinischem) einerseits und der VARATIO des Nipsus andererseits bestanden hat[375]. Das ist nicht nur an den merkwürdigen Textsprüngen einzelner Blätter erkennbar, sondern auch daran, daß unmittelbar nach dem Text von fr. 4 in der Überlieferung

[371] Zur Echtheitsfrage vgl. Bouma 1993, 15–17 und Guillaumin 2021, 179–180; der Vorsicht, mit der Bouma den Verfasser einordnet, ist unbedingt der Vorzug zu geben.

[372] Im Rahmen einer Frontinedition ist eine komplette Analyse des Texts jedoch nicht zu leisten.

[373] Vgl. zum *perpendere* Roth Congès 2006, bes. 307–314.

[374] Vgl. 49, 51 Bouma: *Varationem in agris divisis sic reponimus.*

[375] Thematische Ähnlichkeit stellt auch Moyon 2009, 77 fest: »Il est principalement lié à deux missions de l'arpenteur romain: la première est le mesurage des terres de formes irrégulières, et la seconde est la division de la terre par centuriation. C'est probablement à partir des seuls traités gromatiques de Frontin et de Marcus Junius Nipsus que nous avons pu décrire la manière de mesurer la superficie des terres dont les limites sont de courbes irrégulières.«.

von *FES* mit der Inskription *Incipit Marci Iunii Nypsi liber secundus feliciter* der Text der VARATIO beginnt. Aber auch die Thematik entspräche derjenigen bei Nipsus: Vorrangig scheint der Text eine allgemeine Vermessungproblematik zu beschreiben, doch es gibt an drei Stellen Berührungspunkte zur Übermessung (*varatio*) einer schwer oder gar nicht zu überwindenden Breite. *Expressis verbis* behandelt wird diese Schwierigkeit am Anfang von § 2[376], an zweiter Stelle am Beispiel eines großen Tals in § 5 und am Ende desselben Paragraphen an dritter Stelle anhand eines überschaubaren Tals (*vallis, quae conspectum agentis exsuperet* und *conpressiorem autem vallem, quam et ultra perspici poterit...*). Es geht in dem kurzen Text also vorrangig nicht um eine »Einweisung« in den richtigen Gebrauch des Visiergeräts, sondern um seine Anwendung in einem speziellen, nicht-trivialen Problem: Die Vermessung von Flächeninhalten bei Schrägstrecken und bei nicht oder nicht direkt erreichbaren Geländearealen. Hier kann nun wieder auf die Bezüge des Texts zur griechischen Fachliteratur verwiesen werden[377]: Schon Guillaumin hat den Satz (§ 1 *ex quibus proximam quamque extremitatem per omnes angulos facta normatione complectimur et cohaerentem mensuralibus statutis* PROKENTEMATOC *spatio similem futurae tradimus formae* mit einer Stelle aus Herons ΠΕΡΙ ΔΙΟΠΤΡΑΣ verglichen: ἅμα δὴ διοπτεύοντες γράφομεν ἐν χάρτῃ ἢ δέλτῳ τό τε σχῆμα τοῦ διοπτρισμοῦ, τουτέστιν τὰς κλάσεις τῶν εὐθειῶν, καὶ ἔτι τὰ μεγέθη ἑκάστης αὐτῶν ἐπιγράφομεν[378]. Diese Bezugnahmen auf die griechische Fachliteratur und auch die Parallelen in den lateinischen Ausdrücken kann nun sehr wohl für Nipsus als Verfasser sprechen[379]. Es mag sein, daß sich mit fr. 4 ein Rest eines sonst

[376] *Haec ubique una ratione fieri multiplex locorum natura non patitur: oppositis ex alia parte montibus, ex alia flumine aut ripis aut quadam ingenti loci voragine, compluribus confragosorum locorum inaequalitatibus, saepe et culturis.*

[377] Vgl. Hinrichs 1974, 107–108.

[378] Heron (ed. Schöne 1903), 216, 9–12 und Guillaumin 2005a, 232 n. 115. Knobloch (190) weist ebenfalls auf die Möglichkeit hin, daß der Verfasser des fr. 4 Heron kannte; auch eine Vermittlung über lateinische Übersetzungen kann nicht ausgeschlossen werden. Ob die von Guillaumin zitierte Stelle aus ΠΕΡΙ ΔΙΟΠΤΡΑΣ neben inhaltlichen Parallelen auch wörtliche Ähnlichkeiten aufweist, die als Hinweis auf eine Übersetzung gedeutet werden können, kann nicht entschieden werden.

[379] Von lateinischen Ausdrücken sind ähnlich: *mensuram agere*; *ferramentum perpendere*; *ferramentum transferre*; *metas dictare*; *signa ponere*.

verlorenen Werkanfangs erhalten hat – daß der Text den Eindruck macht, hier würde ein neues Kapitel oder ein Buch begonnen, wurde bereits oben gesagt. Ebenfalls nicht ausschließen läßt sich, ob fr. 4 mit den frr. 3αβ zusammenhängt: Unmittelbar zusammengestanden haben sie, wie das die älteren Editionen vorschlagen, wahrscheinlich nicht. Thematisch behandeln sie unterschiedliche Aspekte eines Problems: die Horizontalmessung[380]. Sicher ausschließen kann man jedoch (ebenfalls nach dem Erhaltenen und damit auch hier mit der gebotenen Vorsicht) Iulius Frontinus, da sich fr. 4, abgesehen von den Gräzismen, auch sprachlich deutlich von dem unterscheidet, was ihm in dieser Ausgabe zugewiesen werden kann. Stilistische Nähe zeigt der Verfasser von fr. 4 eher zu Hyginus' LIBER GROMATICVS. Auf welche Zeit der Text zu datieren ist, hängt davon ab, ob man die von Guillaumin vorgeschlagene Erklärung von in *A* überliefertem *procentemato* als latinisierte Form von προκέντημα akzeptiert[381]. Die Erstbelege für dieses Wort, Sextus Empiricus' *adversus mathematicos* 7,107 (im Plural) und Nikomachos von Gerasas *arithmetica* 1,4[382], weisen auf das 2. Jh. n. Chr., was weitgehend der Datierung entspricht, die für Nipsus vorgeschlagen wurde[383].

1.8.6. Unterschiede zur ed. Thulin (Teubner 1913)

Aufgeführt werden an dieser Stelle nur Unterschiede, die zu einer anderen Textkonstitution führen; wie schon in der Edition von Hygins LIBER GROMATICVS habe ich mich, wo immer dies möglich war, an die Lesart des ältesten Zeugen (hier Ms. *A* der Arceriani) gehalten. Neben *A* halte

[380] Vgl. Chouquer und Favory 2001, 81–85 u. 90–91.

[381] Peterson 2006, 158: »The reading of *procentemate*, as a latinised Greek technical term relating to a plan traced out by points, involves less modification of the text and leads to a completely different conception of the process«.

[382] S.E. *M.* 7,107 (ed. Mutschmann 1914): τοῦ δὲ τὸ διπλάσιον αἰτήσαντος οἱ μὲν ἔδοσαν, ὁ δ' εἰς τὰς ἀρχὰς καὶ τὰ προκεντήματα δαπανήσας τὸ δοθὲν ἑαυτὸν ἀνεῖλεν; Nicom. *Ar.* 1,4 (ed. Hoche 1866) ὁ τῶν ὅλων δημιουργὸς ὡς πρὸς προκέντημά τι καὶ ἀρχέτυπον παράδειγμα τὰ ἐκ τῆς ὕλης ἀποτελέσματα κοσμεῖ...

[383] Vgl. Bouma 1993, 17; Bendz in LAW 1449 s.v. Iunius 7; Brodersen in DNP s.v. Iunius III 5. Doch auch ohne die Berücksichtigung von προκέντημα befindet man sich mit Heron im späten 1. Jh. und am Anfang des 2. Jhs., wenn man eine gewisse Rezeptionsdauer annimmt.

ich den Londinensis *S* für besonders wertvoll für das Textverständnis. Gerade im Zusammenspiel mit dem Arcerianus macht *S* einige Passagen verständlich, da er den Text oft vollständiger erhalten hat. Dagegen sind die Mss. der zweiten Klasse (*PpG*) und die Vertreter der Mischklasse neben *S*, der Laurentianus und der Amplonianus (*FE*), von geringerem Wert. Nicht aufgeführt sind reine Interpunktionsänderungen, sofern sie nicht ausschlaggebend für die Ablehnung einer früheren Konjektur gewesen sind. Versehen Thulins und Lachmanns werden im Text vermerkt. Auch die geänderte Schreibung mancher Begriffe und die durchgängige Unterscheidung von v und u im Lateinischen wird hier nicht gesondert aufgeführt. Ansonsten gilt das zu Hygin Gesagte *mutatis mutandis* auch hier[384].

(DE AGRORVM QVALITATE) – **1**, 7–8 *unam, qua ... alteram, quae* : *unam, quae ... alteram, quae* nach *A que* = e statt ae; 11 *est delimitatum* : *est, delimitatum* – dem Hauptsatz fehlt sonst das Objekt; 12 *per latitudinem* : *in latitudinem* – die Präposition *in* ist die übliche und der Schreiber ist wohl mit folgendem *per* durcheinandergekommen; 16 *qua in* : *quo in* mit *S*, das die Bewirtschaftung richtig auf den *mos antiquus* bezieht.

2, 6 *limitati* : *limitum* mit den Mss.; 11 *ante a* : *antea a* – Berichtigung einer versehentlich »verbesserten« Dittographie; 12–13 *nam — appellatur* : gelöschte Glosse (s. Lindermann 2013); 13–14 *interventu litium* : *i. limitum* – mit Mss. *ES*[385]; ; 14 *quibus finit* : *quibus finitur* – das notwendige Passiv schreiben *ES*.

Zur Athetese des § 4 insgesamt siehe Abschnitt 1.8.1, 109: 17 *nomen accepit* [*subsicivum*] : die Athetese Lachmanns ist unnötig; 19 *centuria expleri non potuit* : *centuriam explere non potuit* – nach der bei Agenus 41, 1–3 Th stehenden Konstruktion im Aktiv sind handelndes Subjekt *unum* (sc. *genus*), *quod* und Objekt *centuria* verwechselt worden, wie man auch an der parallelen Folgekonstruktion *quod ... intervenit* sieht; 21–22 *quidquid enim inter* IIII *limites minus quam* : *quidquid enim minus quam inter* IIII *limites* – nur

---

[384] Vgl. Lindermann 2022, 107. Im Fettdruck habe ich die Seitenzahlen, dahinter in normaler Drucktype die Zeilenzahlen der Teubneredition Thulins aufgeführt.

[385] Vgl. auch Agen. *grom.* 39, 21 Th *non sive interventu mensurarum*, Agen. *grom.* 45, 1–2 Th *etiam si multis locis mensurarum exigat interventum* und COMM. 60, 3–6 Th *qualiscumque enim rigor intervenit constituentibus limites, rarioribus locis terminos posuerunt. Et servari iubetur rigor, si interventus fuerit de triginta pedum latitudine.*

durch die Umstellung wird die komparative Konstruktion richtig; 22 *intra clusum est fuerit adsignatum* : *intraclusum et fuerit adsignatum* – entweder, *quidquid* ist Nebensatz zu *adsignatum fuerit*, was *est* unmöglich macht, oder *fuerit adsignatum* ist Hauptsatz zu *quidquid* ... *est*, was dann das folgende *in hac remanet* asyndetisch anschließt.

3, 6 *Est et ager* : *Ager est* mit *S*: Die durchlaufende Anapher von *ager* spricht für seine Lesart; 8 *ipsius coloniae* : *ipsi coloniae* mit Ms. *S*, das damit die absteigende Reihe *res publica*, *colonia*, *urbs*, *locus sacer* bewahrt; 13 *est et qui inter* : *est*, *qui extra* – Thulins Konjekturen sind unnötig: *extra* schreibt nicht nur *S*, sondern ähnlich ist die Formulierung auch Agen. 47, 18–19 *extra clusa, quod extra limitum ordinationem sint*... Wahrscheinlich ist der Schreiber automatisch in die korrelierenden Begriffspaare *extra–intra* geraten.

(DE CONTROVERSIIS MATERIAE) – **4**, 5–6 *proprie sunt nominandae* : *propriae s. n.* – bei *nominare* ist das Attribut nötig und kein Adverb, wenn die Editoren hier nicht einfach die Schreibung *-e* = *-æ* (oft in *A*) übersehen; 6 *ut potui ergo conprehendere* : gelöschte Glosse. Die Junktur ist nur hier belegt und wäre auch die einzige Stelle, an der der Autor in der 1. pers. sg. spricht: Das COMMENTVM 58, 21–23 zitiert diese sonst markante Stelle nicht; 13 *pluresve* : *vel plures* – mit Ms. *S* gestützt durch die Lesart *plures* in *A*; 15–18 *de horum positione — faciunt controversias* – hier bietet insgesamt *S* den besseren Text, wodurch Konjekturen wie *positione* überflüssig gemacht werden; 21 *inter duos pluresve terminos ordinatos* : *i.d.p. de terminis ordinatis* – wie in der ersten *controversia* klagen »zwei oder mehr« Anrainer um etwas: Das *de* kann bei *-vede* einer Haplographie zum Opfer gefallen sein. Das *sive quae alia signa* (sc. *sunt*) ist in Parenthese dazugestellt.

5, 5 *latitudine* : *latitudinis* – mit *genitivus qualitatis*; 6 *per flexus* : *pertinet ad flexus* – ich übernehme van der Goes' Emendation; 8–9 *aut locorum naturam* : *aut locorum natura* – der überlieferte Ablativ kann bei Annahme eines Konstruktionswechsels *per*+acc. und *Ablativus instrumentalis* gehalten werden; 9 *agitur quam* : *quam alii* – ein *agitur* steht unlogisch, da der Sachverhalt bereits mit *et de quinque pedum agitur* abgehandelt wurde; 13–14 *exercetur* : *exercitur* – ich folge Ms. *A* (vgl. die Reihe *proponitur* ... *exercitur*).

6, 1 [*re*]*promissioni* : die Athetese ist unnötig, es handelt sich um einen juristischen *t.t.*; 3 *quom* : die Konjektur ist nach Interpunktionsänderung überflüssig; 6 *propterea proprietas* ... *disput*[*i*]*atur* : *quae* *proprietas ... discutitur* mit *S*; der relativische Anschluß macht auch die Emendation des Prädikats überflüssig; 8 *propter quod ea* : *propterea quod* – die Aussage soll nicht das *conpascuum* erläutern, sondern sie zählt Regionalbezeichnungen der *communia* auf; 10 *pro indiviso* : die Änderung ist wegen *pro indivisa* (sc. *parte*) unnötig; 16 *haec autem* : *haec fundi ratio* – *S* heilt den Text.

Thulin gibt hier mit »*figura excisa*« nur an, daß eine Illustration im Text fehlt, ohne sie mitzuzählen, obwohl Reste davon noch in *A* fol. 21r zu sehen sind: Ich zähle deswegen die Illustration als »*fig. 19 excisa*« mit und nehme an, daß auch auf der *verso*-Seite nach der *controversia* DE IVRE TERRITORII eine Illustration einem Vignettensammler zum Opfer gefallen ist, der aber nicht mit Gerard Mortaigne identisch sein kann, weil schon die Apographa *JV*, die den Zustand der Arceriani vor den Verstümmelungen Mortaignes bewahren, die Abbildungen nicht haben. Gleichwohl wird auch dieser Sammler die von Carder für Mortaigne beschriebene Methode angewendet haben, immer zwei *recto/verso* stehende Illustrationen auszuschneiden (vgl. Carder 1976, 10 =Zitat auf 84, n. 222). In der Mischklasse wäre die von mir angenommene fig. 20 genau auf der Bruchstelle zwischen DE ALLVVIONE und DE SVBSICIVIS: Tatsächlich ist in Ms. *F* nach der *controversia* DE SVBSICIVIS nach der Beschreibung bei Toneatto auf fol. 18r eine Figur nachweisbar, die in den Reprographien Thulins fehlt[386]. Auch die zweite Figur läßt sich anhand der Mischklasse nachweisen: Diesmal fehlt sie in den Mss. *F* und *S*, ist aber als Element im Amplonianus fol. 79v (s.d.) zu finden. Allen Handschriften der Mischklasse sind folgende Abbildungen gemeinsam: (A) Die Abbildung eines mittig mit SVBDIBAL beschrifteten Rechtecks (in den Mss. *FE* finden sich in dem Band sieben Kreise) mit links angeschlossenem Dreieck (Berg?) nach oder neben ...*in monte metelli* (§ 16 =*F* fol. 18v, *E* fol. 79v, *S* fol. 32v); (B) der *fundus Septinianus* (in *A* fol. 22r statt (A) hinter *in monte mutila*) =*F* fol. 18v, *E* fol. 79v, *S* fol. 32v; (C) ein merkwürdig von Doppellinien durch-

[386]Vgl. Toneatto 1994–1995, I 173, Nr. 18. Die Illustration hat sich wahrscheinlich in den Mss. *FE* (nicht aber in Ms. *S*) überliefert und steht dort zwischen dem Ende von § 3 ...*nullum* (*ius*) *subsicivorum intervenit* und dem Anfang von § 15 *de subsicivis controversia est*... Wie die Zeichnung ausgesehen hat, zeigt der dieser Ausgabe beigegebene Amplonianus *E*, fol. 79r (Zeichnung am unteren rechten Rand neben der Illustration zum *arcifinius*).

zogenes rechteckiges Schema mit zwei floralen Elementen (Bäume?), die vielleicht mit der fig. 23 (=*A* fol. 22v) übereinstimmen und hinter ...*haec sunt iuris subsicivorum* (§ 17) stehen: *F* fol. 19r, *E* fol. 79v, *S* fol. 33r; (D) ein weiteres, rechts und links in 2 × 6 Zellen mit in einer Mittelraute stehendem Text SVBDIBAL|SVBDIBAL hinter ...*finibus augustinorum* (Ende § 17) bzw. vor *de locis sacris et religiosis* =*F* fol. 19r, *E* fol. 79v, *S* fol. 33r. Hier fehlt in *A* ein Blatt; auf demselben *folium* findet man zwar mit fig. 24 eine zweite Zeichung zu den *loca extraclusa* des letzten Abschnitts von § 17, die mit RELICTUS ET NON ADSIGNATUS beschriftet ist, doch die entsprechende Abbildung findet sich auch in den Mss. *FES*. Es fehlte also sicher schon eine Zeichnung in *A*. Das Vorhandensein einer zweiten Zeichnung beweist, zusammen mit dem Londinensis fol. 32v, der Amplonianus fol. 79v (Abb. 1.1).

Abb. 1.1. UB Erfurt, Dep. Erf., CA 4° 362, fol. 79v (Ausschnitt).

Diese Zeichnung fehlt in Ms. *F*; möglicherweise sollte sie auf dem freien Platz unter der ersten, in den Editionen ebenfalls fehlenden Zeichnung fol. 18r stehen. Von der Zeichnung des Amplonianus, die neben dem Text der *controversia* DE LOCIS PVBLICIS § 16 steht, bewahrt *S* auf fol. 32v zwischen DE SVBSICIVIS und DE LOCIS PVBLICIS nur den linken Teil mit den beiden mehrfach unterteilten Flächen, die links und rechts eine ausgesparte Fläche mit einem Voll- und einem Halbkreis (unten u. oben) umrahmen. Das unregelmäßige Stück rechts davon überliefert der Amplonianus als einziges Ms. Da in den Mss. zwischen § 3 und § 15 für die Mss. *FE* und zwischen § 13 und § 15 für Ms. *S* genau die Abschnitte des Arcerianus *A* mit den fehlenden figg. 19 (als Rest nachweisbar) und 20 betroffen sind, haben sich mit den zwei in

FES sonst nicht zuweisbaren Zeichnungen die Illustrationen zu DE ALLVVIONE und DE IVRE TERRITORII erhalten.

7, 1 *de his quae* : *denique* – Lachmanns Konjektur ist unnötig; 2 *pertinent* : *pertinens* steht ἀπὸ κοινοῦ zu *ad urbem* und auf das locker angeschlossene *quod intra*; 2–5 [*sive quod intra — poterit amovere*] : Thulins Athetese ist zu groß: Der Text kann bis *non oportebit* gehalten werden; ich athetiere nur die Glosse mit der Definition *Eum dico locum — poterit amovere*; 6–8 *urbani soli, alteram agrestis, quod in tutelam rei fuerit adsignatum urbanae*; [*urbani quod operibus publicis datum fuerit aut destinatum*] : *urbani soli, quod in tutelam rei fuerit adsignatum urbanae, alteram agrestis, quod operibus publicis datum fuerit aut destinatum* – die Athetese *urbani quod* ist unnötig, wenn man erkennt, daß die Kola *unam urbani* und *alteram agrestis* jeweils parallel mit einem Relativsatz konstruiert sind und der Relativsatz *quod in tutelam* nur an die falsche Stelle geschrieben worden ist; 9 *habita oratione divus Augustus* : *habita ratione divi Augusti* – van der Goes' Konjektur ist wegen des in *P* überlieferten *divus Augustus* auch verständlich, doch *habita ratione* ist a) im Gegensatz zu *orationem habere* eine geläufige Junktur vor allem in den Iustinianischen Digesten[387] und b) hat der Palatinus wohl eine in Ms. *A* noch überlieferte Kurzform ꝺꝺGG für zwei *divi Augusti* (Plural) seiner Vorlage falsch ausgeschrieben; 10 *tractaverit* : *tractaverint* – die Emendation wird wegen Kongruenz zum Subjekt *divi Augusti* notwendig; 11 *quarum ex voluntate* : *quare ex voluntate* – man erwartet einen Kausalsatz und keinen Relativsatz; 14 *quandam* : *quamdam* mit *A*.

7, 15–8, 1 [*quod si ad haec revertamur — ius relatum*] : ich folge Lachmann, der nur *quod si ad haec revertamur* athetiert, und lasse mit *hoc* (sc. *Picenum oppidum*) ein neues Kolon beginnen: Die Athetese Thulins geht zu weit; 2 [*quidquid–constitutum est*] : auch hier habe ich den Text bis ...*territorii iuris appellant* gehalten und nur die etymologische Erklärung *sed si rationem — constitutum est* ausgeschlossen. Nach *constitutum est* nehme ich an, daß eine Illustration fig. 20 folgte[388]; 13 *ea loca quae* : *ea quae – loca* schreiben nur die *codices mixti*, ob-

---

[387] *Dig.* 5, 3, 58 pr. (*Scaevola 3 digestorum*); 10, 2, 51 pr. (*Iulianus 8 digestorum*); 21, 2, 74, 1 (*Hermogenianus 2 epitomarum*); 24, 3, 7, 1 (*Ulpianus 31 ad Sabinum*).

[388] Vgl. dazu in diesem Abschnitt die Anmerkungen zu 6, 16, 149.

wohl das Substantiv aus dem Kontext erklärlich ist; 14 *vendita fuerint* ⟨*um*⟩*quam aliquis* : *vendita sunt aliquis* – mit *S*, der auch Lachmanns Konjektur überflüssig macht; 16–17 *quem vis aquae interposita insula* exclusae *proximi possessoris finibus reliquerit* : *quem v.a. i.i.* ⟨*reliquerit*⟩ *et divisit proximi possessoris fin*⟨es⟩ – alle Editoren haben erkannt, daß der überlieferte Text der Stelle emendiert werden muß; mit Agen. 42,19–22 kann die Aussage rekonstruiert werden: *quem* (sc. *alveum*) *reliquerit* = *relicto alveo*, *divisit fines* = *fundum medium inrumpit* und *interposita insula* = *et facit insulam*. Das *reliquerit* wird, wie *et divisit* deutlich zeigt, an der falschen Stelle gestanden haben, ebenso ist *finibus* wohl Verschreibung aus *fines* gewesen[389].

9,5 *arbitrio conditoris* [*relicta*] : *in arbitrium c. relicta* – mit van der Goes folge ich *A* und halte auch die Athetese von *relicta* für unnötig, wenn man zwei voneinander unabhängige Sätze annimmt; 9 *linea aut mensuralis est aut aliqua observatione aut* : *linea* {*aut*} *mensuralis est, quae aut aliqua observatione aut* – mit *S* nehme ich den Relativsatz *quae aut ... aut* an, der in der Überlieferung nur noch durch das falsch stehende *aut* erkennbar geblieben ist. Es kann auch sein, daß am Satzanfang *finitima autem linea aut mensuralis...* der Schreiber das *autem* irrtümlich ein zweites Mal geschrieben hat; 14–15 *nisi si de locorum eorum modo* : *si de locorum modo* – der verneinte doppelte Konditionalsatz ist sinnlos und steht nur in *p* (ebenso wie das unnötige *eorum*); 15 *ut lucorum* : *ut locorum* – die Konjektur von van der Goes ist willkürlich und entspringt wohl dem, was das Bild eines Tempels auf einem Berg evoziert, der dann natürlich von einem heiligen Hain umgeben sein mußte; doch sowohl davor als auch danach wird einfach von *loci publici* oder *loci religiosi* gesprochen; 18 *modus est restituendus* : *modus finis est r.* – *finis* als Genitivattribut zu *modus*, um die Fläche des Grenzstreifens zu bezeichnen, ist von allen Mss. nicht verstanden worden oder *finis* wurde nicht überliefert. Sicherlich hängt das (in *FES*) auch damit zusammen, daß die Aussagen *secundum instrumentum restituendus* und *secundum cautiones* (oder *-is* als Acc. pl.) *restituendus* miteinander vermischt wurden; 21 *controversia est,*

[389] Ich folge damit einem Ratschlag von Widu-Wolfgang Ehlers; eine andere Frage in diesem Zusammenhang ist, warum die Agenusstelle innerhalb der *controversia* DE ALLVVIONE steht.

in qua si... : controversia est, ⟨quae⟩, si – mit überliefertem *in qua si* muß ein unpersönlicher Relativsatz *in qua ... pertinebit* angenommen werden. Wahrscheinlich ist, daß, wie auch sonst, ein von *controversia* abhängiger Relativsatz geschrieben werden muß.
10, 1 *in alterius* : *alterius* mit *p*; 3–4 [*et controversia tollitur*] – nur die *codices mixti* schreiben diese offensichtliche Glosse, nicht aber Ms. *p*. Eine Athetese im Text ist also unnötig; 9 cl*ivia* : *declivia* mit *S*; 10 *in usu agrorum eorum locorum – in usu agrorum eorum loc*a – falsch aufgelöste Abbreviatur für -*orum*? Die Stelle beschreibt zwei Beispiele der Kontroverse DE ITINERIBVS auf Landstücken (*loca*); 11 *possessor* [*est*] schreibt Ms. *p*, nicht aber *S*, das die Athetese Lachmanns bestätigt.
Unechtes: 10, 18 *movent* : *molientur* – der Londinensis *S* bewahrt (gestützt durch *pFE*, in denen die Passivabbreviatur der Vorlage entweder vergessen oder falsch aufgelöst wurde) den richtigen Text: der Gudianus *G* (und wohl auch die Herausgeber, die ihm folgen) verwechselt, wie schon der Schreiber des Arcerianus *A*, *molior* = »in Bewegung setzen, verursachen« mit *mollio* = »besänftigen«, was wohl zur Konjektur im Gudianus geführt hat.
(DE LIMITIBVS) – **10**, 21–22 *a*[*d*] *disciplina*[*m*] E*trusca*[*m*] : *ad disciplinam ⟨a⟩ruspicum noscitur pertinere* – diese Emendation hinsichtlich des etruskischen Ursprungs der Landmesskunst erfordert weniger Texteingriff als diejenige Schrijvers und wird vor allem durch den Anschluß *quod aruspices...* gestützt; die Ergänzung von *S* macht die Präposition *ad* verständlich und die Korrektur überflüssig.
11, 2–3 *quae a meridiano terra⟨e⟩* : a*d meridian*um terrae – mit Lachmann; der Genitiv *terrae* wird durch *S* bestätigt. Die Konstruktion mit *a*/*ab* und Ablativ geht wohl auf eine unrichtig gelesene oder falsch geschriebene Ligatur zurück; 3 ⟨*ab oriente ad*⟩ *occasum* : *orientem et occasum* mit *S*, der die erklärende Apposition zu *dextra* und *sinistra* bewahrt; 3–4 *sol et luna spectarent* : *sol et luna occidere et oriri spectentur* – mit *S*; 4 *quidam* †*carpiunt* : {*quidam garriunt*} – das überlieferte *garrire*, üblich in der alten Komödie, aber auch bei Cicero und später häufiger in der Nachklassik, scheint einfach eine despektierliche Glosse; 5–7 alle von Lachmann und Thulin vorgenommenen Emendationen sind durch *S* bestätigt worden; 7–8 *ultra antica citra postica* : *ultra antica⟨m⟩ citra postica⟨m⟩* schreibe ich mit Hygin. *lim. grom.* 141, 1, 14–15; 10 *duo limites* : *duos limites* – ich habe mich

für die Lesart von *S* und damit für die regelrechte Form (vgl. Hygin. *lim. grom.* 141, 2, 18) entschieden.
11, 15–**12**, 2 zur Athetese der Glosse und zu den anderen Änderungen vgl. Lindermann 2013, 129–132; 1 di*pondium* : *dipundium* mit Hygin. *lim. grom.* 142, 3, 4; 3–4 [*nam sine dubio — orbe*] : eine Athetese ist überflüssig, da der Text die Ausrichtung des *kardo* präzisiert. Auch die Änderung *sine dubium* ist unnötig (vgl. *app.crit. ad l.* und Neue und Wagener 1902, 929); 6 *qui qua* : et *qua* mit Hygin. *lim. grom.* 144, 6, 15; 7 *quidam non ortum* : *itaque non ortum* – die Editoren passen den Text hier Hyginus an, doch scheint mir das *itaque* der Mss. hier in der logischen Abfolge *itaque – sed – ut* sinnvoll; 8 *adversi* : con*versi* – ich folge Guillaumin, der hier eine von Thulin nur im Apparat geäußerte Konjektur übernimmt; 14 qui *dirigebant* : *dirigebant⟨ur⟩* – zum Passiv vgl. LIB. COL. 1 217, 17–18 La *ante limites contra orientalem recturam dirigebantur* und in DE LIMITIBVS § 7 *decimani ab oriente in occidentem diriguntur.*
13, 2–7 zur Athetese vgl. Lindermann 2013, 133–134; 9 *in alio loco* : die gesamte, aus dem Folgenden entstandene Glosse *in alio loco sic in alio aliter* bewahrt *S*: Die Junktur ist erst spät belegt bei Servius, *Aen.* 1, 16 (ed. Thilo 1881) und sonst nur in den DIGESTA Iustinians; 9–10 *sicut in Umbria circa Fanum Fortunae* : *sicut in Tuscia, Umbria, circa Fanum Fortunae* mit *S*, das mehr als ein Lokalbeispiel überliefert; 14 [*figuram similem*] : *figurae quadratae similem* – mit *S*. Frühere Editoren halten die Stelle wohl für die Anweisung an einen Miniator, doch auch im Text kann eine entsprechende Beschreibung (durchaus zusätzlich zu einer Zeichnung) erfolgt sein; 15 *in utraque parte* : die Angabe ist bei einem Quadrat unnötig und wohl nachträglich eingefügt bzw. aus der gleichlautenden Formulierung entstanden; 16–17 *nostri centen*um *et vicen*um : *nostri centenos et vicenos* – gedanklich ist *pedes* hinzuzudenken; 17 *in utraque parte* : *in utra⟨m⟩ parte⟨m⟩* : mit Hygin. *lim. grom.* 144, 6, 10 emendiere ich den leicht zu verschreibenden Akkusativ; 18 *sicut diei — anni* : die Beispiele gehören noch zur Diskussion des *duodecimanus* und sind hier falsch eingefügt; 19 *actibus conclusum* : *actibus concinnum* – die Emendation ist naheliegend wegen *connicium* in *A*; 19–20 *primum appellatum* : die Wörter haben sich hier wahrscheinlich aus dem wenig späteren Satz *in hunc modum quidam primum appellatum dicunt* eingeschlichen.

14, 6–7 *ut Cremonae — ducenum* : *ut apud Cremonam — ducenta iugera* – ich folge hier und im Anschluß mit *triumvirales agri* dem Text von *S*; 11 *rationalis* : *rationabilis* mit *S*; 14–15 *variarunt*: Das bei Thulin gedruckte *variarunt* ist eine ungenügend gekennzeichnete (wiewohl richtige) Emendation Lachmanns aus in *A* stehendem *variarum*[390]; 15 *sic uti⟨que⟩* : *sic{uti}* – das korrespondierende *ut* folgt nach *effectum est*; 20–21 *limitum constitutio, ubi proxima…* : *limitum constitutio ordinata, ubi proxima {sibi} plagarum caeli conversio fuit* – bis auf das *sibi*, das ich athetiere, folge ich hier *S*. Der Londinensis beseitigt auch die von Lachmann nach *proxima* festgestellte *lacuna*: die Mss. *AE* überliefern den Text nicht. Dadurch wird auch der Argumentation für einen Anschluß von fr. 2 an dieser Stelle der Boden entzogen.
15, 3–4 [*sive solidum sive* cult*ellatum* fuerit] : *sive solidum sive tutelatum {fuerit}* – im Gegensatz zu Lachmann und Thulin, die die Stelle insgesamt für unecht halten, interpretiere ich *solidum* und *tutelatum* als zwei rechtliche Kategorien, die das *quidquid adplicitum est* näher definieren. Gegenüber Turnèbes Konjektur *cultellatum*, die vor allem durch die folgenden Stücke beeinflußt worden zu sein scheint, vergleiche man COMM. 65, 10–11 Th *hoc genus agri tutelatum dicitur*[391]. 6 *artis mensoriae in agendi[s]* : *artis mensurae in agentis* – *mensurae* ist aus A^{ac} (*mensure*) leicht abzuleiten; *agentis* ist eine kluge Emendation von van der Goes nach § 5 *quae conspectum agentis exsuperet*; 7 *locorum aut modi veritas* : *locorum modus aut veritas* mit *S*; *rationa[bi]libus* – die Athetese ist unnötig; 13 u. 15 *enuntiationem … enuntietur* : *renuntiationem … renuntietur* – ich übernehme die Emendation Guillaumins[392]; 14 *intra clusi* : *intraclusus* mit leichter Korrektur von in *S* stehendem *intraclusis*. Vgl. auch wenig später *modum autem intra lineas clusum*; 17 *extremitatium obliquitatem* : *extremitatem – obliquitatem* schreibt nur *A*, so daß die Korrektur *-ium*

[390] Ich danke Widu-Wolfgang Ehlers für diesen Hinweis.

[391] Außerdem ist *tutelatum* vor dem Hintergrund der überlieferten Lesarten *utilatum* (*A*), *titulatum* (G^{pc} *FES*) oder *tutilatum* (*p*) der kleinere Eingriff.

[392] Vgl. zur *enumeratio Epist. prox. tabul.* 13 (= CIL VI 10233) *secundum renuntiationem mensoris*, *Dig.* 11, 6, 1 *pr.* (*Ulpianus 24 ad edictum*) und insg. Palazzolo in ThlL XI 2 1113–1114 s.v., bes. 1113, 24–28 und zu *enuntiare* Hyg. *grom.* 85, 4–5 Th *ego autem quotiens egeram mensuram, ita renuntiabam iugera tot versus tot…* – Nach den Digestenbelegen muß das Ergebnis einer *renuntiatio* rechtlich belastbar gewesen sein.

unnötig ist (Interlinearvariante?); 18 *cohercitam* : *cohaerentem* – Bezugswort ist immer noch *agrum*, weswegen auch die Hinzufügung von *lineis* (Thulin) oder die Änderung von *statutis* in *moetis* (Lachmann) eine Zeile später unnötig ist; 19 *praecenturiato* : PROCENTEMATOC – Guillaumins kluge Emendation *procentemate* weist in die richtige Richtung: Der Schreiber von *A* verschrieb jedoch nicht *-mato spatio* aus *procentemate* (= προκεντήματι) *spatio*, sondern korrigierte die Dittographie *-matos spatio* der griechischen Genitivendung zu einem Dativ. Das Wort bezeichnet nach dem LSJ s.v. προκεντέω (1486a) »thing pricked od traced out beforehand, design, pattern« einen Fachterminus für den Feldriss, also die vor Ort verwendete Messkladde, die später in die eigentliche Katasterurkunde übertragen wurde; *simili* : *similem* – auch hier ist *agrum* weiter hinzuzudenkendes Bezugswort. **16**, 1 *areas* wird bestätigt durch *S* (von Thulin fälschlich als Konjektur Schrijvers gelesen); 7 *alia* : *ex alia* mit *S*; 7–8 *quadam iacentis soli voragine* : *quadam ingenti loci voragine* – mit den leicht zu korrigierenden Mss. *ES*. In der Redaktion dürfte die Häufigkeit der Attribute im Plural zur falschen Endung geführt haben; 8 *cum pluribus* : *compluribus* (*ES*): wahrscheinlich ist das Präfix *con-* mit der Konjunktion *cum* verwechselt worden; 8–9 *iniquitatibus* : *inaequalitatibus* – mit *A*, der das von den Editoren geschriebene *iniquitatibus* selbst verbessert hat (ein entsprechender Hinweis fehlt im Apparat Thulins); 9 *culturis* ist keine Emendation Schrijvers, sondern Lesart von *S*; 10 *copiam* wird durch *S* bestätigt; 10–11 minima *quaeque pars* : ⟨*una*⟩*quaeque pars* – Thulin weist weder Keuchens Konjektur *minima*, noch Schrijvers Vorschlag *unaquaeque* im Apparat aus. Keuchen ermittelt das Wort aus dem in den Mss. vorangehenden *debet nominatim* oder *debet enim numina*, ohne zu berücksichtigen, daß an dieser Stelle kein ganzes Wort, sondern nur eine Silbe ausgefallen sein kann; 11 *esse mensoris* : *mensoris esse* – *A* schreibt *mensuris* (nicht im Apparat Thulins): Ich wähle die Reihenfolge von *S* und korrigiere nur sein *est* wegen des notwendig nach *debet* folgenden Infinitivs; 15 *diligentiam qua*[*e*] : *diligentiam quae* mit *S*; *incessus* : *incessae*, da eine Korrektur gar nicht notwendig ist; 16 *aequ*[*e*]*et* : *aequet, et* mit *S*; 17 *primo ut*⟨*i*⟩ : *prima meta* schreibe ich nach dem in *S* stehenden *primo mutato* und dem kurz darauf folgenden *transposito interim extrema meta ferramento*, obwohl sich aus *S* ein Ablativus absolutus *f. primum mutato* »= nach erstmaliger Versetzung des Messinstruments« und mit substantiviertem *perpenso* ebenso ergäbe. Wahrscheinlich hat die Vorlage zwischen *meta* und *momenta* eine Mischform (*motetato*?) gehabt; 18 oculo : *cuius* – eine Korrektur ist unnötig, ebenso wie der Akkusativ in 19–20 *proxima*m und *sola*m, solange man das Kolon elliptisch nach *sola* mit zu denkendem *fit* o.ä. enden läßt und mit *A* einen dann beginnenden Konditionalsatz annimmt; 20 *sola*m intue*atur* : *si metiatur* – *metiatur* überliefert *S*. Auch Schrijver beginnt mit *si* ein neues Kolon.

17, 2 *perpendiculus ostendat* : *perpendiculo ostendat*······ – von Thulin ist im Apparat nicht vermerkt, daß *A perpendiculos* schreibt, dies aber von einer zweiten Hand zu *perpendiculo* korrigiert wird; *A* schreibt hinter *ostendat* außerdem sechs Punkte auf die Mittellinie. Es wird nicht deutlich, ob damit der Abbruch eines Abschnitts markiert wird (§ 3 wäre dann der Beginn eines neuen Textstücks, dessen Zusammenhang zum Vorangehenden nicht mehr ohne weiteres behauptet werden könnte) oder einfach das Satzende markieren soll. Es gibt zwei Stellen in den hier edierten Texten, an denen *A* am Ende eines Abschnitts jeweils »······« schreibt, nämlich an dieser Stelle (fol. 26v) und fol. 23v am Ende von fr. 3α. Während auf fol. 23v der Satz vollständig ist, wird am Ende von § 2 der Satz erst vollständig, wenn man wie die Mss. *FES perpendiculus* schreibt. Dieser Lesart folgen die bisherigen Editionen. Es ist aber ebenfalls nicht klar, ob der Satz überhaupt vollständig ist, denn ihm fehlt das Subjekt. Daß *perpendiculos* nicht richtig sein kann, ist auch demjenigen, der *A* korrigiert hat, aufgefallen, denn das Objekt ist mit *tetrantis locum* bereits ausgedrückt. Der Korrektor hat auch nur das *-s* des Acc. pl. gestrichen und nicht das *-os* in *-us* verändert, was bedeutet, daß für ihn das Subjekt ein anderes gewesen sein muß. Dies führt in *FES* dann zur naheliegenden Korrektur. Ich verzichte gegenüber den Editionen darauf, die Uneindeutigkeit der Stelle aufzulösen; 3 *cuiuscumque* : *cum cuiusque* – nur diese Korrektur einer verständlichen Verschreibung konstruiert den notwendigen temporalen Nebensatz; 6–7 pro*ximo* : *maximo* mit *A*; 7 *moetis conlocatis respectis* : *collocatis moetis* mit *S* (angepaßt wurde nur *meta* statt *moeta*); 10 *sed si* : *et si* mit *S*; *devitanda* : *dubitanda* – was der Autor danach aufzählt, gehört nicht zu dem, was ein Landmesser »vermeiden« muß, weswegen ich (mit den *codices mixti*) *dubitanda* (= »was problematisch ist«) schreibe. Vielleicht hat im Original auch *cavenda* gestanden = »wo man vorsichtig herangehen muß«; 12 item *aedificia* : *necnon aedificia* mit *S*; 13–14 *quacumque* – die Emendation Lachmanns bestätigt *S*; 14 *poterint* : *poterit* – Subjektswechsel: der Einschub »nach welcher Methode auch immer man das wird bewerkstelligen können« hat nicht *haec* als Subjekt; 18 *descendendum* : *dic⟨t⟩andum* – *A* ändert *dicendendum* zu *dicendum*: Da im sonstigen Kontext des Abschnitts mehrfach von *dictare* gesprochen wird, scheint mir auch hier eine unpersönliche Konstruktion des wenig später vorkommenden Ausdrucks *dictare moetas* vorzuliegen; 18 *incessum* : *incessus* (u-Deklination) mit Hinrichs 1992; 18–19 *sescontrario aequemus* : *se in contrario aeque{a}t* – nur die Korrektur von *A aeque ad* ist notwendig, wie Hinrichs richtig gesehen hat; 19 *adf[l]icta ante linea ad capitulum* : *flectente linea a capitulo* – auch hier folge ich Hinrichs 1992, 358; *a capitulo* wird durch A^{pc} (*acapitulum*) wahrscheinlich gemacht; 20–21 tum ad *permensum* : *nam et perpensum* – es gibt keinen Grund, an der Überlieferung zu zweifeln; *lineam quam in cult⟨r⟩um* : *linea certum est, in qua cult⟨ellat⟩um* – *linea* schreibt *A*, der Ablativ scheint schnell als Nominativ mißverstanden worden zu sein; er bildet aber das Bezugswort zum Relativsatz *in qua* (*S*), dem Campbell und Guillaumin ebenso folgen, wie der Emendation von Hinrichs 1992, 358, *cultellatum locum*, die durch den Kontext sehr wahrscheinlich gemacht wird.

18, 1–2 ⟨cum⟩ – an dieser Stelle hat das an sich notwendige *cum* nicht gestanden: *S* überliefert die richtige Position *et cum festinantes*; 4 *dispendi* : *distensio* mit *S*; 4–5 *quam si iacentia ⟨se⟩quam⟨ur⟩* : *quam si iacentia fuerint* – die Stelle drückt einen Irrealis aus. Einzig *S* überliefert eine Verbform, schreibt aber hinter *fuerint* ebenfalls *quovis* (eine Variante von *quam* bzw. *quamvis* von *A* und *FE*). Dieses letzte Wort scheint versehentlich aus dem vorangegangenen *quamvis exigua* an diese Stelle geraten; 6 *et ultra quam* : *quam et ultra* – ein Relativsatz ist zwingend erforderlich wegen der parallelen Konstruktion am Anfang von § 5 *si fuerit vallis, quae conspectum agentis exsuperet*; 7 lic⟨*et*⟩ *transire* : *sic transire* – die Korrektur ist nicht notwendig, da alle Infinitive von *oporteat* abhängig gedacht werden müssen; 10 *perpenso coeptum* : *perpen⟨dicu⟩lo* – wie schon bei der Emendation von *dictare* macht auch hier der Kontext die Änderung nachvollziehbar. 12–13 *cum propensi* : *cur ea, quae per emensum*: Daß in *S* überliefertes *cur ea* richtig gewesen ist, bestätigt auch *A* mit *curae*. Da *quae* von

allen Zeugen bis auf *FES* ausgelassen wurde, war es verständlich, *per emensum* wegen *per* (Ligatur) zu *propens* zu verlesen; 13 *consummamus* : *consummavimus* – sowohl der Ausdruck *consummare* als auch das Zeitverhältnis verlangen ein resultatives Perfekt; *ut illam* : *ad illam* – mit *S*: Ein *ut*-Satz ist sinnlos; parallel dazu läßt sich folgendes *ad planitiam redigere* hinzuziehen. 14 *planam* : *plana{m}* – *S* überliefert als einziges Ms. das auf *ea quae* bezogene neutr. pl. Gerade die Anzahl der sinnvollen Änderungen gegenüber der sonstigen Überlieferung macht die Lesart von *S* wahrscheinlich; 15–16 [*cultellamus — aequalitatem*] : warum Lachmann diese erklärende Zusammenfassung des davor eher fachsprachlich Gesagten athetiert (und ihm Thulin darin folgt), ist nicht erklärbar. Ebensowenig ist die Konjektur Thulins *planitiae* als Genitivattribut auf *aequalitatem* verständlich, wenn man meiner Konjektur folgt, die eine Wiederholung ⟨*in*⟩*aequalitatem* voraussetzt. Diese Wiederholung wird durch folgendes *illa soli inaequalitas* wahrscheinlich gemacht; 17 *hanc nobis ipsa* : *hanc nobis rationem ipsa* – *A* hat *rationem* getilgt: Das Wort hat auch in der palatinischen Redaktion gestanden und ist wohl dem Übereifer eines unverständigen Korrektors zum Opfer gefallen; *monstravit* : *monstrabit* – die Arceriani schreiben oft B statt V, was den Herausgeber jedes Mal vor die Wahl stellt, zwischen Perfekt und Futur I wählen zu dürfen: Ich habe mich in diesem Fall für phraseologisches Futur entschieden (= »diese Methode kann uns die Natur der Pflanzensamen selbst zeigen«); *non enim* : *omnis enim* – Thulin hat den Satz bis …*nascatur* nicht als Satzfrage gesehen und muß deswegen die Konstruktion *non* … *nisi* annehmen.
19, 1 *re*⟨*cte*⟩ *colligi* : *recolligi* auch hier ist eine Konjektur unnötig, wenn man *recolligere* als Rechenoperation der Zusammenfassung mehrerer Zwischensummen begreift; 2 *ex*[*t*]*istit* : *exit* – ich folge hier der Korrektur des *A*-Schreibers, der zu *exit* expungiert hat; 5 *nasc*er*entur* : *nascantur* – Lachmanns Konjektur ist unnötig; 6–7 *cum non idem, hoc est totidem arborum ordines capiat, quod* : *cum non* ⟨*tot*⟩{*idem, hoc est totidem*} *arborum ordines capiat, quot* – die Glosse ist typischerweise an einleitendem *hoc est* erkennbar: Die lange Apposition zu *idem* ist sinnlos, was mich dazu veranlaßt, ein korrelierendes *tot* — *quot* anzunehmen; 7 *ei*[*us*] – die Athetese ist unnötig: *Eius* bezieht sich auf *mons*, so daß der Gegensatz zwischen Berg und Feld (oder Schräge und Ebene) ausgedrückt wird.

1.9. Cultellatio – ein humanistischer Neologismus

Der bisher Frontin zugeordnete Text des fr. 3α-β CVLTELLANDI RATIO QVAE SIT referiert eine Methode der horizontalen Vermessung (Staffelmessung) von schiefen Ebenen[393]

> [α] Saepe quaeritur, cur ea, quae per emensum soli spatium consummavimus, ad illam clivorum inaequalitatem plana esse cogamus, dum mensurae lateribus inservimus. (fig.) Cultellamus ergo agrum eminentiorem et ad planitiam redigimus inaequalitatem. Hanc nobis rationem ipsa seminum natura monstrabit. Omnis enim illa soli inaequalitas recolligi poterit, nisi quod e terra quidquid nascitur in aere rectum exit et illam terrae obliquitatem crescendo adterit nec maiorem numerum occupat quam si ex plano nascatur ······ [β] Quod si monti ordinata semina nascantur omnia, secundum loci naturam metiremur: Cum non tot arborum ordines capiat, quot pares eius in campo limites, recte cultellabitur.

Die Forschungsliteratur verwendet in bezug auf die oben zitierte Passage häufig den Begriff der *cultellatio*: Er suggeriert, daß neben *cultellare* auch die *cultellatio* in der Antike als Fachterminus verwendet wurde. Ein solcher Gebrauch ist unrichtig: Das Wort *cultellatio* hat in der Antike schlicht nicht existiert und auch in den mittelalterlichen Quellen läßt es sich nicht belegen. Die Ehre, die *cultellatio* zum ersten Mal, wenn auch unwissentlich, als Kunstwort definiert zu haben, gebührt dem Stuttgarter Vermessungskommissar Eugen Steiff, der in Band 26 der Zeitschrift für Vermessungswesen (1897) zu einem Lehrbuch von 1578, der »Bewerten Feldmessung«, auf die später zurückzukommen ist, mehr beiläufig erwähnt: »Noch manches Bemerkenswerthe könnten wir aus diesem Büchlein ausziehen, insbesondere auch für solche, welche sich gerne mit Verdeutschungen von Kunstwörtern etc. befassen«[394]. Auch Steiff ging jedoch weiter davon aus, daß das Wort aus Frontin und den Agrimensorentexten entlehnt wäre. Daß er (um das Ergebnis dieses

---

[393] Der Text von 253 (Übersetzung s. 283) wird hier ohne textkritische Zeichen abgedruckt.

[394] Steiff 1897, 140.

Abschnitts vorwegzunehmen) mit der Bewerten Feldmessung von 1578 nicht nur den Schöpfer dieses Neologismus, sondern auch den Erstbeleg des Worts vor sich hatte, ist ihm nicht aufgefallen.

1.9.1. Vorgeschichte

Die Feststellung, daß es das Wort *cultellatio* in der Antike nicht gegeben hat, ist einerseits trivial und andererseits durchaus überraschend, wäre doch die Bildeabfolge eines Substantivs auf *-tio* nichts Außergewöhnliches: Aus *culter* < *ker-tro- = Mittel zum Schneiden[395] und der Verkleinerungsform *cultellus* und dem Verb *cultellare* hätte *cultellatio* jederzeit gebildet werden können. Die damit verbundenen Wortaspekte sollen deshalb im Folgenden kurz betrachtet werden.

Gewöhnlich wird der *culter* als Taschenklappmesser beschrieben[396]. Es muß sich dabei jedoch um ein Messer mit recht breiter Klinge, mit gebogenem Klingenrücken und gerader Fase gehandelt haben, wodurch es Ähnlichkeit mit der Rückenflosse des Delphins bekommt. Diese Flosse setzt der Delphin nach Plinius zum Töten von Krokodilen ein, indem er unter sie schwimmt und ihnen damit den ungepanzerten Bauch aufschlitzt[397]. Daß der *culter* tatsächlich ein Klappmesser gewesen ist, möchte ich wegen dieser Schilderung eines Tiers mit feststehender Finne bezweifeln[398]. An seinen sonstigen Belegstellen deutet die Verwendung ebenfalls auf ein Gebrauchsmesser mit feststehender Klinge hin, das als Winzer-, Jagd-, Küchen- und Schlachtmesser seit Plautus[399] belegt ist. Auch die Darstellung auf dem Grabstein eines *cultrarius* zeigt kein Klappmesser, sondern ein rituelles Werkzeug

---

[395] Die gleiche Wurzel hat caro = (abgeschnittenes) Fleisch; ich verdanke diese etymologischen Hinweise auf die Bildeabfolge Michael Meier-Brügger.

[396] So Rudorff in den *Gromatici veteres*, Lachmann, Bluhme und Rudorff 1848–1852, Bd. 2, 340.

[397] Plin. *nat.* 8, 91 (ed. Jan/Mayhoff 1967) ...*ad hunc usum* (sc. *ad crocodilos necandos*) *cultellata inest spina* – das von Plinius geschilderte Verhalten ist natürlich ins Reich der Fabel zu verweisen.

[398] Ebenso schon, aus anderen Gründen, Hinrichs 1974, 105 n. 36. – Eher läßt sich beim *cultellus* an ein Taschenklappmesser denken.

[399] Plaut. *Merc.* 309–310 (ed. W. M. Lindsay 1904–1905) *cape cultrum* [*ac*] *seca digitum vel aurem.* Aus *culter* und *cultrum* abgeleitet wird franz. »coutre«.

mit kurzer, feststehender Klinge: Q(VINTI) TIBVRTI Q(VINTI) L(IBERTI) | MENOLAVI | CVLTRARI OSSA | H{E}IC SITA SVNT[400].

Das Wort wird auch für das rückenflossenähnliche Sech gebraucht, das den Boden vor der eigentlichen Pflugschar aufreißt[401], und als Bezeichnungen der Scherenblätter antiker Bügelscheren (*cultri tonsorii*)[402]. Gerade das Sech oder Pflugeisen[403], das vorzugsweise im Norddeutschen »das Kolter« genannt wird und damit auch etymologisch seine Herkunft aus *culter* beweist[404], hat als Element der Heraldik überlebt[405] (Abb. 1.2).

Abb. 1.2. Wappen der Gemeinden Malsch (Baden-Württemberg) li. und Mildstedt (Schleswig-Holstein) re. mit Pflugsech bzw. Kolter.

In technischem Zusammenhang und damit ebenfalls relevant für die antike terminologische Vorgeschichte ist eine Passage aus dem zehnten Buch DE ARCHITECTVRA des Marcus Vitruvius Pollio (1. Jh. v. Chr.), in der er die vertikale Achsaufhängung eines durch das Schaufelrad

[400] Vgl. CIL I² 1604 (Latium/Campania, Capua) und Harvey 2015, 49–50 Nr. 22. Vor diesem Hintergrund ist auch Lucretias Wahl eines als *culter* bezeichneten Messers zum Selbstmord Liv. 1, 58, 11 (ed. Ogilvie 1974) wohl als bewußtes Opfer für das römische Volk zu interpretieren.

[401] Colum. 4, 25, 2 (ed. Richter 1981–1983); Plin. *nat.* 18, 171 (ed. Jan/Mayhoff 1967).

[402] Petron. 108, 11 (ed. K. Müller 1995).

[403] Plin. *nat.* 18, 171 *Vomerum plura genera: culter vocatur inflexus praedensam, priusquam proscindatur, terram secans futurisque sulcis vestigia praescribens incisuris, quas resupinus in arando mordeat vomer.*

[404] Über franz. *coutre*: vgl. KOLTER, m., Deutsches Wörterbuch von Jacob Grimm und Wilhelm Grimm, digitalisierte Fassung im Wörterbuchnetz des Trier Center for Digital Humanities, Version 01/23, https://www.woerterbuchnetz.de/DWB?lemid=K10359, abgerufen am 28.06.2023.

[405] https://www.heraldik-wiki.de/wiki/Pflugeisen_(Heraldik) (Stand März 2021). Dieser Seite sind auch die Abbildungen entnommen.

angetriebenen Mahlwerks mit dem Ausdruck *ad perpendiculum collocatum in cultrum* beschreibt (10, 5, 2 [ed. Krohn 1912]): *Eadem ratione etiam versantur hydraletae, in quibus eadem sunt omnia, praeterquam quod in uno capite axis tympanum dentatum est inclusum. Id autem ad perpendiculum conlocatur in cultrum versatur cum rota pariter*[406].

Das Ursprungswort *culter* wird an beiden zitierten Stellen in einer die ursprüngliche Bedeutung verdeckenden Junktur und eindeutig in einem fachsprachlichen Kontext verwendet[407]. Für das Verb *cultellare* gilt (auf Grundlage des Erhaltenen), daß es überhaupt nur rein fachsprachlich konnotiert war[408]. Sinn und Zweck des *cultellare* gehen aus der oben zitierten Textstelle hervor. In unebenem Gelände – das fr. 3 spricht von einem Tal und implizit von Hügeln – wären »die Längen verkürzt und das Centuriationssystem selber verzerrt worden, wenn man die *limites* einfach weitergezogen und sie gemessen hätte.«[409]. Für Hinrichs erhält das Verfahren deswegen seinen Namen, weil die Reduktion auf die Ebene und damit die Staffelmessung »in einem stetigen Zerschneiden der Strecke besteht.« Hinrichs' Erklärung dürfte das Richtige treffen; da man nach dem oben vorgestellten Wortmaterial annehmen kann, daß der *culter* das gewöhnliche Gebrauchsmesser (vielleicht auch unter Geometern?) gewesen ist, wäre er sozusagen Namensgeber des Verbs *cultellare*. Es bedeutet letzten Endes »zer-

---

406 Übersetzung Baatz 1995, 5: »Auf die gleiche Art (*sc.* wie die Schöpfräder) werden auch die Wassermühlen angetrieben. Bei ihnen ist sonst alles gleich, nur ist an einem Ende der Welle ein Zahnrad eingefügt. Dieses ist *senkrecht auf die Kante gestellt* und dreht sich gleichsinnig mit dem Wasserrad.« – Derselbe Ausdruck *in cultro locatum* = auf die Kante gestellt findet sich bei Vitruv noch 10, 9, 2 und 10, 9, 6.

407 Schon die Übersetzung scheint einigen Lexika alles andere als leicht zu fallen. Das ausführliche lat.-deutsche Handwörterbuch von Georges müht sich mit den für diese Passage wenig erhellenden Ausdrücken *auf die hohe Kante/auf die schmale Seite legen*. Das OLD gewährt der Junktur sogar einen eigenen Abschnitt im Lemma *culter* (s.v., 511 coll. 2–3): »*in cultrum collocare* – to set on edge, place perpendiculary«. Im technischen Bereich findet man *to set up on edge*, hochkant stellen und *to set on edge*, aufkanten. – Gerade die OLD Übertragung verdeutlicht, daß man mit dem Begriff eigentlich nichts anfangen kann: Die Übertragung wird nur aus *ad perpendiculum conlocare* gezogen.

408 Vgl. ThlL IV s.v. *cultello*, Sp. 1315, 28–52.

409 Hinrichs 1974, 105.

schneiden« – und der Vorgang selbst besteht im Zerschneiden der zu messenden Fläche in Einzelabschnitte[410]. Schon die begriffliche Parallele zu dt. ›Abschnitt‹ oder engl. ›segment/section‹ (lat. *secare*) deutet in diese Richtung. Feststellen läßt sich, daß das Verb *cultellare* in der Antike ausschließlich mit der Staffelmessung schiefer Ebenen assoziiert war. Dazu tritt der Ausdruck *in cultrum locare* = »senkrecht stellen« als Ausdruck der nach dem Lot abgeteilten und in waagrechte Abschnitte geteilten Meßstrecke. Diese beiden Umstände – eine vorhandene Verbform und ihr Bezug zu einer eng umrissenen vermessungstechnischen Tätigkeit – werden zum Neologismus der *cultellatio* geführt haben.

1.9.2. Entwicklung zum »Fachterminus«

In der Sekundärliteratur zu den römischen Landmessern ist von *cultellatio* so oft so die Rede, daß der angeblich antike Hintergrund des Worts eine sich selbst bestätigende Annahme ist[411]: Moritz Cantor schreibt in einer historischen Einordnung der *agrimensores* in die Landmesskunst allgemein[412] Im unmittelbaren Anschluß vergleicht Cantor diese Darstellung mit einer Darstellung Lionardo Pisanos (1170-1240) in seiner *pars quinta in dimensione camporum qui in montibus iacent*, der dort zwei ähnliche Methoden beschreibt[413]. Die hier wiedergegebene Passage führt dann bei dem schon eingangs erwähnten Eugen Steiff (Steiff 1897, 140, n.) zur Bemerkung: »Z. B. wird das nach Moritz

[410] Vgl. dazu in dieser Ausgabe Knobloch, Abschnitt 2.1.2, 188 und Sieber-Lehmann 2011, 155: »Mit der sogenannten *cultellatio*, welche schrittweise kleinere Distanzen (ca. 3 m) zwischen einzelnen Pfosten (*perticae*) mit Hilfe des Satzes von Pythagoras berechnete und nachher addierte, erreichten die Feldmesser eine große Genauigkeit«.

[411] Der ThlL, der den Bereich des »klassischen« Lateins, teilweise bis hinauf ins 7. Jahrhundert abdeckt, kennt das Wort überhaupt nicht.

[412] Cantor 1875, 179–180: »Bei Frontinus leitet die Stelle die uns kaum fragmentarisch erhaltene Schilderung einer besonderen feldmesserischen Thätigkeit, der *cultellatio*, ein, von der wir mit anderen Fachgenossen annehmen, sie bedeute die Messung der Entfernung der Fusspunkte erhöhter Sehobjecte. Bei Leonardo wird ein demselben Zwecke dienendes Verfahren im Anschluss an die genannte Stelle sogar in zwei Methoden gelehrt. Von der ersten Methode sagt Leonardo, dass weise Feldmesser sich ihrer bedienen.«

[413] Vgl. Pisanos *La practica geometria* von Boncompagni Ludovisi 1857–1862, 107–110, (Bd. 2).

Cantor bei Frontinus und Leonardo v. Pisa vorkommende Wort *cultellatio agrorum* als bei den ›Wahlen‹ vorkommend erwähnt, ›das ist ein (*sic*) Beschneidung oder Behoblung der Ecker‹.« – Alle Aussagen Steiffs sind unrichtig: Weder erwähnt Cantor etwas von Wahlen, noch kommt die *cultellatio* bei Frontin oder Fibonacci vor – noch hat Cantor überhaupt irgendetwas davon behauptet. Doch bereits vor Cantor findet sich das Wort in der ersten kritischen Edition der Gromatiker Lachmanns 1848–1852 als antiker *terminus technicus*[414]. Von dort aus sickert es in die modernen Untersuchungen ein, so in die von Hinrichs, der den *terminus* als Kennzeichen einer durch die Landmesser geprägten Begrifflichkeit interpretiert[415]: »Sie drücken sich in der ganz eigenen Fachsprache aus. Das zeigen Worte wie *decimanus*, *cardo*, *rigor*, ... *assignatio*, *subsicivum* , *trifinium*, *cultellatio* usw.«[416], und auch in jüngeren Untersuchungen hat sich das Wort bereits als antiker Fachbegriff selbständig gemacht[417]. In der wissenschaftlichen Literatur ist *cultellatio* selbst dann häufig *terminus technicus*, wenn die Autoren zu wissen scheinen, daß der Text nicht von *cultellatio*, sondern von *cultellandi ratio* oder von *cultellare* handelt. So sprechen moderne französische Editionen einerseits richtig von *cultellare*, dann wieder von *cultellatio* oder romanisiert, von der »méthode de la cultellation«. Hier mag in der romanischen und angelsächsischen Sprachtradition das Hauptproblem dafür liegen, daß Formulierungen wie »method known as cultellatio«, »*cultellatio* – menzionata dai gromatici« oder »eine als *cultellatio* bekannte Methode« einen Begriff transportieren, dem die Patina antiken Lateins anzuhaften scheint. Denn im Gegensatz zum Deutschen kennen

---

[414] Lachmann, Bluhme und Rudorff 1848–1852, Bd. 2, 111.

[415] Hinrichs 1974, 111 u. n. 59.

[416] In kritischer Reaktion auf Hinrichs, jedoch ebenfalls in der Annahme, daß *cultellatio* ein antiker Begriff ist, Moscatelli 1979, 75–87.

[417] So bei Riggsby 2006, 34: »one method called *cultellatio*, is a device for measuring over slopes«. Ebenso untersucht er (42–43) diese Methode mit der zweiten Abbildung fol. 23v des Arcerianus *A*. Daß Riggsby den Begriff als lateinisches Fremdwort begreift, wird durch die Kursivierung deutlich – in der Folge reiht sich bei ihm die *cultellatio* in eine Reihe anderer, tatsächlich lateinischer Worte wie *qualitas*, *ager arcifinius* und *forma* ein; dieselbe Annahme einer genuin antiken Begrifflichkeit findet sich im lesenwerten Artikel von Sieber-Lehmann 2011, 155: Sieber-Lehmann beleuchtet vor dem Kontext der mittelalterlichen Grenzziehung auch die Vorgeschichte der Luftlinie (*rigor caeli*) und ihrer Beziehung zu Grenzversteinung.

das Englische und Französische die *cultellation*, das Italienische die *cultellazione* und das Spanische die *cultelacion* – auch dies jedoch erst ungefähr seit dem 18. Jahrhundert[418]. Immer wird darunter das Nivellement oder die Staffelung einer Schrägstrecke verstanden[419]. Wort und Begrifflichkeit der *cultellatio* sind wohl erstmals mit der kritischen Berliner Ausgabe 1848 durch Lachmann, dann aber schnell auch im deutschen Sprachraum allgemeiner geworden, begünstigt auch durch den mathematischen Gehalt, den es transportiert, und dem Bedürfnis entsprechend, hier einen ähnlichen prägnanten Ausdruck gefunden zu haben, wie er für vergleichbare Begrifflichkeiten schon vorhanden war: *centuriatio* für die Einteilung der Koloniefläche in Parzellen, *scamnatio/strigatio* für die Flurbegrenzung nach der Form der Parzellen, und *conternatio* für die Auslosung der Äcker auf je drei Kolonisten. Der Begriff der *cultellatio* ist wahrscheinlich auch deswegen so wirkmächtig in der Forschungsliteratur, weil er ein univoker Begriff ist. Die mit *cultellatio* erreichte Eindeutigkeit, ihr Schlagwortcharakter, ist für eine Wissenschaftssprache ideal. Doch die Existenz des Wortes in den romanischen Sprachen und im Englischen, verdeutlicht, daß Wort und damit Begriff viel früher auftraten.

1.9.3. cultellatio: antiker Begriff der Moderne

Die von Cantor und anderen aufgezeigte Parallele mit ähnlichen Horizontalmessungen schiefer Ebenen bei Lionardo Pisano läßt vermuten, daß *cultellatio*, wenn schon keinen klassischen oder spätantiken Begriff, dann wenigstens ein mittelalterliches Wort bezeichnen könnte. Doch auch in der Mediävistik läßt sich *cultellatio* weder in den regionalen Wörterbüchern noch in den übergeordneten Standardwerken belegen[420]. Tatsächlich ist durch das Wortmaterial dieser Lexika sogar

---

[418] So Wolfgang Schweickard brieflich.

[419] »Chaînage opéré sur un terrain très en pente à l'aide d'une fiche plombèe qu'on laisse tomber de l'extrémité de la chaîne tendue horizontalement« (Larousse), »cultellazione – misura delle altezze e delle distanze, presa con istromenti appropriati, non in una sola, ma in diverse operazioni« (Tommaseo-Bellini).

[420] Überprüft habe ich das Lexicon aetatis medii aevi Bohemorum, das Lexicon medii aevi Hungariae, das Dictionary of Medieval Latin sources from British sources, das *Glossarium mediae et infimae latinitatis* von Du Cange, das *Lexicon Latinitatis Nederlandicae Medii Aevi*, das *Mediae Latinitatis Lexicon minus*, das Mittellatei-

festzustellen, daß der aus *culter/cultellus* und *cultellare* abgeleitete Wortgebrauch noch weiter verengt wird. *Cultellatus* – in den gromatischen Texten als *cultellatus ager* auf das gestaffelte Feld bezogen – findet sich jetzt nur noch in den *vestes cultellatae*, der »geschlitzten (wörtlich eigentlich eingeschnittenen) Tracht« der Ärmel und Hosen. Dieses »zerhauene Zeug« hat keinerlei Bezug mehr zum mathematisch-geometrischen Wortfeld, es scheint diese Sphäre komplett verlassen zu haben, so bei Caesarius von Heisterbach (ca. 1180–ca. 1240), wo es mit »schneidern« gleichgesetzt werden kann[421]. Aufgrund des völligen Fehlens dieses Begriffs in Antike, Spätantike, Mittelalter und (übrigens auch) im frühen Rinascimento ist der Begriff also jünger.

Wegen des mathematischen Bezugs von *cultellare* auf die Staffelung, und damit auf die Diagonalberechnung von Rechtecken, lohnt eine Untersuchung der im Westteil des Römischen Reichs erhaltenen und rezipierten mathematischen lateinischen Fachliteratur. Die erhaltene Textmenge ist überschaubar und eben deshalb in ihrer Überlieferungsgeschichte kompliziert: Neben den Agrimensorenschriften standen dem Mittelalter an mathematischer Literatur nur zwei, Boethius zugeordnete Geometrien mit ihren Euklidexzerpten und eine möglicherweise verlorene Euklidübersetzung durch Boethius zur Verfügung, die Cassiodorus 507 n. Chr. erwähnt. Die Suche nach dem Begriff der *cultellatio* gerät deswegen unvermutet in die nicht weniger komplizierte Überlieferungsgeschichte der *Elementa* Euklids[422]. Eine wichtige Zeitmarke der Wortuntersuchung ist deswegen das Jahr 1120, in dem die *Elementa* auch im Abendland durch die lateinische Übersetzung des Werks aus dem Arabischen durch Adelard von Bath (?1070/80–?1142/52) wieder greifbar waren; ab 1482 existiert dann, mit dem lateinischen Erstdruck durch Erhard Ratdolt (1447–1528) in Venedig, eine moderne Ausgabe[423]. Erst ab diesem Zeitpunkt – und der rund 50 bis 60 Jahre später anlaufenden Übersetzung des Werks in die europäischen Volkssprachen

nische Wörterbuch und das *Abundantissimum Cornu Copiae Linguae Latinae Et Germanicae Selectum*, Leipzig 1774 von Adam Friedrich Kirsch (gest. 1716).

421 Caesar. Heisterb. *Mir. dist.* 4, 15 *vestimenta sua inciderent, stringerent et cultellarent.*

422 Den griechischen sowie den syrisch-aramäischen und arabischen Überlieferungszweig kann man wegen des lateinischen Worts unberücksichtigt lassen kann.

423 Zu Ratdolts Euklidausgabe vgl. Wardhaugh 2021, 65–74.

(1542 durch Niccolò Tartaglia [1499–1557] ins Italienische, 1558 durch Johann Scheubel [1494–1570] ins Deutsche, 1564–1566 durch Pierre Forcadel de Béziers [?1500–1572/3] ins Französische, 1570 durch Henry Billingsley [1538–1606] ins Englische und 1576 ins Spanische durch Rodrigo de Zamorano [1542–1623]) kann *cultellatio* als Wort und als mathematischer lateinischer Fachbegriff entstanden sein: Die fehlenden Belege gerade im Mittelalter lassen diesen Schluß mit Sicherheit zu. Die einzige Entscheidung bei dieser Untersuchung ist nur, ob man von 1482 aufwärts oder von der Edition Lachmanns abwärts die Begriffsgenese verfolgt. Da, wie man gesehen hat, dieser zweite Weg auch die Möglichkeit bietet, die Abhängigkeiten der Jüngeren von den Älteren nachzuverfolgen, habe ich mich für diesen zweiten Weg entschieden.

Ein erster Hinweis auf *cultellatio* findet sich in einer englischen Ausgabe der *Elementa* Euklids von 1818 durch J. D. Craig[424], dessen Text eine *mélange* aus der französischen, durch Claude François Milliet Dechales (1621–1678) besorgten Ausgabe Lyon 1672 und zwei Übersetzungen bzw. Bearbeitungen dieser französischen *Elementa*-Ausgabe Dechales' ist – 1767 durch den schottischen Mathematiker Robert Simson (1687–1768) und 1795 durch John Playfair, ebenfalls Schotte und Mathematikprofessor in Edinburgh: In der *propositio* 33 des ersten Buchs der *Elementa* steht in der Ausgabe Craigs der Satz: »This way of measuring is called cultellation.«. Nach den bisherigen Rückschlägen, der *cultellatio* habhaft zu werden, überrascht es nicht, daß auch dieser Satz weder bei Simson noch bei Playfair zu finden ist. Wohl aber steht er in einer von Gillyflower, Freeman und Williams gestalteten englischen Übersetzung der Dechales'schen Euklidausgabe aus dem Jahr 1685[425], wo sich der Begriff *cultellatio* jedoch nur in der Oxforder Edition findet. Die Lyoner Ausgabe der »*huit livres des éléments d'Euclide*« von Dechales selbst enthält weder das neulateinische noch das romanisierte Wort. Der Text der *propositio* 33 behandelt die geometrischen Gesetzmäßigkeiten des Parallelogramms. Dechales kommentiert diese Gesetzmäßigkeiten in der Lyoner Edition auf den Seiten 67–71 und ebenso verfährt die englische Übersetzung (69–70). Gillyflower,

[424] Craig 1818, 82–84.
[425] Gillyflower et al. (1685), 69–70.

Freeman und Williams erweitern jedoch den Text um einen Abschnitt zur praktischen Anwendung:

> (*The Use*) This Proposition is reduc'd to practice for the measuring the perpendicular hights: AG of the Mountains and also their horizontal lines CG which are hid by their bulk. Take a large square ADB and place it so at the point A, that the side DB may fall perpendicularly; then measure the sides AD and DB. This done do the same again at the point B, and measure BE and EC: the sides parallel to the horizon AD BE, added together give the horizontal line CG; and the perpendicular sides DB and EC, give the perpendicular hight AG. This way of measuring is called *Cultellation* (Measuring by piece meal)

Der Begriff der *cultellatio* findet sich zwar nicht in der *Elementa*-Übersetzung Dechales', doch steht er, mit der von Gillyflower erwähnten praktischen Anwendung, in seinem *Tractatus quintus* der *Geometria practica* des *Cursus siue mundus mathematicus* aus dem Jahr 1674, und dort in der *propositio* 21, in der es um die Messung von unter Bergen verborgen liegenden (also unbekannten) Horizontallinien geht (Abb. 1.3). Am Ende des Abschnitts steht der von Gillyflower in die *Elementa*-Übersetzung geschobene Satz *vocatur autem huiusmodi praxis cultellatio*: eindeutig die lateinische Vorlage von »This way of measuring is called cultellation.«
Gleich im Anschluß nennt Dechales neben der reinen Nivellierung bzw. der Ermittlung der Niveaulinie eine weitere Möglichkeit dieser Methode, die Höhenmessung nahestehender Gebäude: *Ex hac praxi facile poteris turrium non procul distantium altitudinem metiri.* Und es wird (dies ein weiterer, interessanter Punkt) von Dechales der Aspekt erörtert, daß diese Methode ebenfalls gebraucht wird, um Fragen nach der Grundstücksbewertung zu beantworten, denn beim Felderverkauf komme es mehr auf den Ertragsnutzen als auf die Größe an (*non quantitas sed utilitas*) und dieser Nutzen sei bei Aussaat wie bei Gebäuden auf beiden Strecken (der horizontalen wie der Schrägstrecke) gleich hoch. Der Gedanke des Ertragsnutzens beim Nivellement ist implizit auch in fr. 3, im Abschnitt zum *cultellare*, enthalten, wenn das »Wesen der Pflanzensamen in der Ebene wie in der Schräge keine größere

330 Geometriæ practicæ

eorum quæ ſemidifferentia ſi addatur ſemiſummæ, efficit angulum maiorem, ſi detrahatur angulum minorem efficit, cognitis angulis fiat vt ſinus anguli ABC ad ſinum anguli ACB, ita AC ad AB. atque ita cognoſcetur AB.

Qui nolet vti Trigonometriâ, circinô & regula idem præſtabit. licèt non ita exactè. ſi enim ſupra quamcumque lineam EF in charta ſeparata ductam, & tot continentem partes æquales, quot ſunt pedes in DC, faciat angulum GFE angulo ACD æqualem, & ita de reliquis habebit lineam GH tot continentem partes æquales; quot ſunt pedes in KG.

PROPOSITIO XXI.

Problema.

Lineas horizontales ſub montibus latentes metiri.

Sit mons AB; propoſitumque ſit lineam horizontalem CB, latentem ſub monte, metiri. ſit regula AD notæ longitudinis quæ ſub extremum habeat angulum rectum, hæc ope penduli DE fiat horizonti parallela. noteturque punctum E, in quo pendulum montem attingit, in quo eadem regula ope perpendiculi fiat horizonti parallela; demiſſoque perpendiculô FG notetur punctum G, & ita deinceps, ſi omnia ritè procedant; numerus applicationum regulæ, exhibebit, longitudinem lineæ CB, ſub montis dorſo latentis: perpendicula autem DE, FG: HB æquantur altitudini AC. vocatur autem huiuſmodi praxis cultellatio.

Ex hac praxi facilè poteris turrium non procul diſſitarum altitudinem metiri. vt ſi eſſet turris KB, tamdiu cultellationibus vtendum eſſet donec regulâ horizontaliter poſita, ad turris faſtigium directe collineares. tunc enim eius altitudo eſſet æqualis, omnibus perpendiculis ſimul ſumptis, ex E in B adhibitis.

Faciliùs tamen tam perpendiculares quàm horizontales lineas ſub montibus latentes metiemur, ſi metiamur lineam rectam ſupra montis dorſum extenſam, quam quidem aliquando difficile eſt metiri propter voragines, & hiatus, aut ſoli inæqualitatem longius à linea recta aberrantem, ſed cum id commode fieri poteſt identidem ſuſtentacula adhibenda eſſent, & viſu collineandum: vt animadvertas quam eorum partem linea recta attingat.

Hæ tamen praxes in altioribus montibus tædij plenæ ſunt, & laboris: ideoque potius ad ſuperiores praxes recurrendum eſt, nam ſi per duplicem ſtationem cognoſcatur altitudo AB, cognito angulo C. facilè cognoſcetur linea BC, item ſi ſit opus cognoſcetur linea AC.

Occaſione iſtarum cultellationum movetur à nonnullis quæſtio non contemnenda, nempe vtrum in venditione agrorum declivium, & ad horizontem inclinatorum, debeamus ſuperficiei illius declivis, & inclinatæ rationem habere, an verò eam ad horizontalem revocare. nam cum in agrorum venditionibus, non quantitas, ſed vtilitas ſpectari debeat; nec maior vtilitas hauriatur ex tota ſuperficie AC, in ordine ad fruges, & ad conſtruendas ædes, quam ex ſubiecta BC. ad eam revocanda videtur.

Et primo quidem certum eſt in ædificiis quæ perpendiculariter aſſurgant. non plura conſiſtere in linea AC, quàm in lineâ BC. Sit enim turris BD, alia quidem illi æqualis ſupra lineam FG, efformari poterit, ita vt parietes parietibus reſpondeant. & ita de reliquis. de frugibus & arboribus idem iudicium ferendum eſt, quæ etiam perpendiculariter eriguntur. vt verum tamen fatear, id poſſunt habere commodi ſuperficies inclinatæ, vt ædificia in iis conſtructa non ſibi officiant, ad lumen excipiendum; de arboribus & frugibus non eſt diſſimilis ratio, cum enim arbores, non ſint cylindri æqualis vbique craſſitiei; ſed in medio extendant, longiùs ramos, donec in acumen ferè deſinant. in ſuperficie inclinata arbores poterunt plures conſeri, eo quod arborum inferiorum rami, ſub ſuperiorum ramis deliteſcant. ſuperioribus ſupra aliarum apicem ſeſe longè lateque diffundentibus. idem dico de radicibus; radices enim aliquarum ſub radicibus ſuperiorum collocabuntur, & terram exſugent.

Eadem quæſtio movetur de amphitheatris; an nempe plures conſiſtant in amphitheatri gradibus, quàm in ſubiecto horizontali plano.

Si enim homines eſſent perfecti cylindri, haud dubiè, plures non conſiſterent, aut ſederent in amphitheatro, quia tamen ſi ſedent vt plurimum genua protendunt, fieri poterit, vt genua ſuperiorum non nihil ſupra inferiorum capita protendantur. Quod multò magis verum eſt ſi eſſet ſchola, in qua pulpita collocanda eſſent, plura haud dubiè in amphitheatro ſtatuentur; eo quod ſuperiora ſupra inferiorum capita ſaltem ex parte, protendantur.

Quo ad vſum igitur agrorum, cum duo ſpectentur. & agrimenſor eorum rationem habeat, nempe capacitatis agri, & bonitatis eius, & quod declive eſt cæteris paribus deterius cenſeatur; reſtat ſola capacitas metienda, ſine vllâ reductione ad planum horizontale.

PROPO

Abb. 1.3. Dechales, *Geometria practica*, Lyon 1674, 330

Anzahl besetzt.« Es ging also beim Vorgang der Nivellierung immer auch um die Vermeidung von Übervorteilung oder Benachteiligung von Eigentümern von Grundstücken in oder mit Hanglage und damit um Rechtsfrieden und um die Verhinderung von Rechtsstreitigkeiten (*controversiae*)[426]. Mit dem *cursus mathematicus* Dechales' läßt sich also das Datum wieder ein wenig nach hinten verschieben, nämlich auf 1674. Das bedeutet allerdings, daß der Begriff eher im Bereich der im weitesten Sinn gromatischen Literatur zu suchen ist, also auch in frühneuzeitlichen Geometerbüchern.
Ein weiterer, noch älterer Beleg für *cultellatio* findet sich in den *Gromatica libri tres* des Johann Lauremberg (1590 Rostock–1658 Sorø), der Anfang des 17. Jahrhunderts in Paris und Reims Medizin studierte, in seiner Heimatstadt Rostock Professor für Poesie und dann in Dänemark Professor für Mathematik war[427]. Als Geometer führte er im Rostocker Großen Atlas[428] die Kartenzeichnung für Mecklenburg aus. Im 1. Buch und im dort im 3. Kapitel seiner *Gromatica* (*Agrorum conditiones, variaque genera*) von 1640 stellt er verschiedene Fallstudien und Methoden vor (Abb. 1.4):

> Cultellatio sit, cum mente decisis & adaequatis tumoribus, clivorum inaequalitatem planam esse cogitamus. Atque hanc aequalitatem nobis ratione seminum Natura ipsa monstravit. Si quidem e terra quidquid nascitur in erectum exit & illam soli inaequalitatem crescendo atterit nec majus occupat spatium quam si e plano nasceretur. Neque seminum tantum, sed & aedificorum exemplo haec cultellandi ratio manifesta sit.

Die Übereinstimmungen zum eingangs zitierten Text der frr. 3α und β sind unverkennbar; Lauremberg wechselt zwischen wörtlichem Zitat und Paraphrase[429]. Neben der erneuten Bestätigung, daß es sich bei

---

[426] Diese betrafen unter anderem strittige Grundstücksgrößen und damit den *modus agri*; vgl. zu *controversiae de modo* schon Frontinus § 10; Hyg. *grom.* 94,16–96,10 Th.

[427] Lauremberg 1640.

[428] »Groß« ist in diesem Fall wörtlich zu verstehen: Der Atlas ist 1,67 m hoch und aufgeklappt etwas über 2 m breit.

[429] Vielleicht ist die Quelle Laurembergs das Rostocker Ms. philol. 18 (= IV 111,4) gewesen (R), eine Gromatikerhandschrift aus dem 13. Jh.? Vgl. zum Ms. Toneatto 1994–1995, I 502–511.

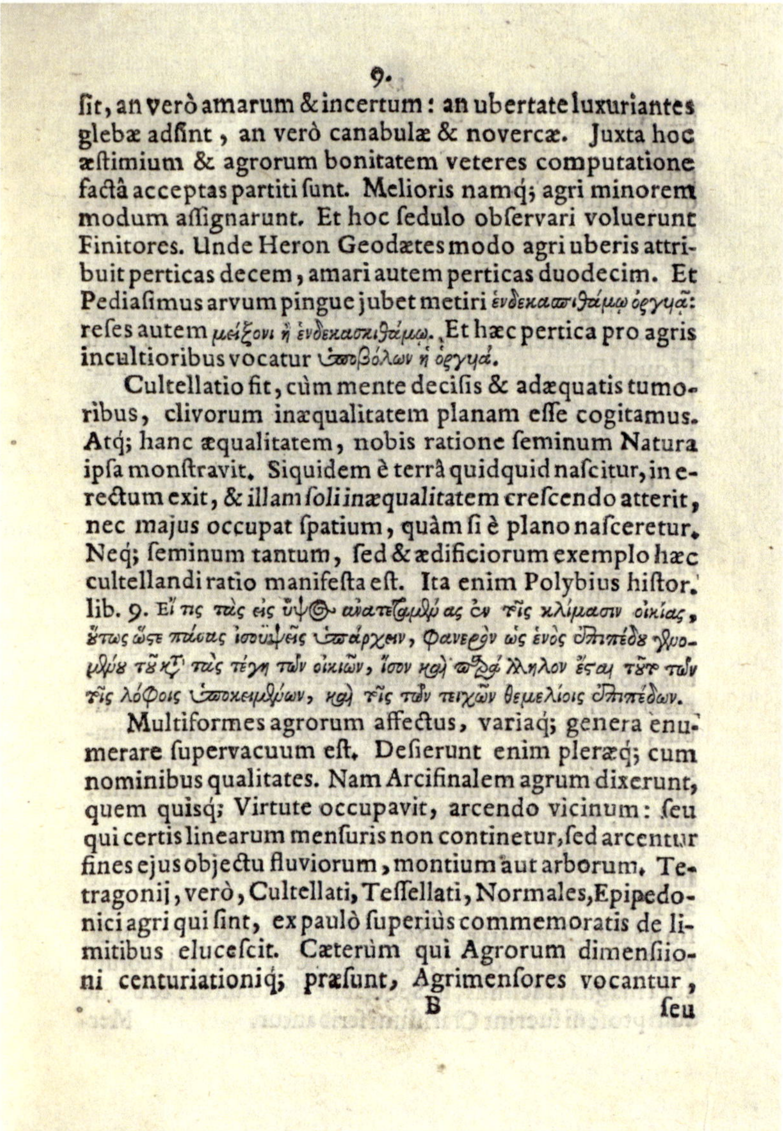

9.

ſit, an verò amarum & incertum: an ubertate luxuriantes glebæ adſint, an verò canabulæ & novercæ. Juxta hoc æſtimium & agrorum bonitatem veteres computatione factâ acceptas partiti ſunt. Melioris namq; agri minorem modum aſſignarunt. Et hoc ſedulo obſervari voluerunt Finitores. Unde Heron Geodætes modo agri uberis attribuit perticas decem, amari autem perticas duodecim. Et Pediaſimus arvum pingue jubet metiri ἐνδεκασπιθάμῳ ὀργυᾷ: reſes autem μείζονι ἢ ἐνδεκασπιθάμῳ. Et hæc pertica pro agris incultioribus vocatur ὑποβόλων ἢ ὀργυά.

Cultellatio fit, cùm mente deciſis & adæquatis tumoribus, clivorum inæqualitatem planam eſſe cogitamus. Atq; hanc æqualitatem, nobis ratione ſeminum Natura ipſa monſtravit. Siquidem è terrâ quidquid naſcitur, in erectum exit, & illam *ſoli inæqualitatem* creſcendo atterit, nec majus occupat ſpatium, quàm ſi è plano naſceretur. Neq; ſeminum tantum, ſed & ædificiorum exemplo hæc cultellandi ratio manifeſta eſt. Ita enim Polybius hiſtor. lib. 9. Εἴ τις τὰς εἰς ὕψος ἀνατεταμένας ἐν τοῖς κλίμασιν οἰκίας, οὕτως ὥστε πάσας ἰσοϋψεῖς ὑπάρχειν, φανερὸν ὡς ἑνὸς ἐπιπέδου γινομένου τοῦ κατὰ τὰς τέγη τῶν οἰκιῶν, ἴσον καὶ παράλληλον ἔσται τοῦτο τῶν τοῖς λόφοις ὑποκειμένων, καὶ τοῖς τῶν τειχῶν θεμελίοις ἐπιπέδων.

Multiformes agrorum affectus, variaq; genera enumerare ſupervacuum eſt. Deſierunt enim pleræq; cum nominibus qualitates. Nam Arcifinalem agrum dixerunt, quem quiſq; Virtute occupavit, arcendo vicinum: ſeu qui certis linearum menſuris non continetur, ſed arcentur fines ejus objectu fluviorum, montium aut arborum. Tetragonij, verò, Cultellati, Teſſellati, Normales, Epipedonici agri qui ſint, ex paulò ſuperiùs commemoratis de limitibus eluceſcit. Cæterùm qui Agrorum dimenſioni centuriationiq; præſunt, Agrimenſores vocantur,

B ſeu

Abb. 1.4. Lauremberg, *Gromatica* 1640, I17, 9

der *cultellatio* um eine Staffelung bzw. um Nivellement gehandelt haben muß bzw. *cultellatio* so verstanden wurde, ist Laurembergs Nachsatz beachtenswert, man könne das nicht nur an den Pflanzensamen, sondern auch an Gebäuden deutlich machen; diese Möglichkeit neben dem eigentlichen Einsatz der Methode beschreibt auch Dechales. Fragen der Grundstücksbewertung in zu staffelndem Gelände sind es auch, mit denen sich fast zeitgleich der Jesuit, Mathematiker und Astronom Mario Bettinus (1582-1657) in seinen in Bologna 1642 erschienenen *Apiaria universae philosophiae mathematicae* in der *propositio* 1 beschäftigt, in der es ebenfalls um das Problem von unter Bergen verborgenen Horizontalstrecken wegen Feldverkäufen geht[430]. Er beruft sich dabei ausdrücklich auf Buch 1 der *Elementa* – also wohl auf *propositio* 33. Dem rein geometrischen Problem fügt Bettinus eine belehrende Erklärung (*ad eruditionem antiquam*) zum antiken Hintergrund an: *Hanc operationem antiqui cultellationem appellarunt. Iulius Frontinus vir Consularis libro de re agraria cultellamus agrum eminentiorem & ad planitiam redigimus*[431]. Ebenfalls bei Bettinus findet man als weitere Aspekte der *cultellatio* auch die Gebäudehöhenberechnung und die Höhenberechnung von Bergen. Das zeigt, daß mindestens 1640/1642 *cultellatio* als Begriff so einflußreich gewesen ist, daß er in Nord- und Südeuropa gleichermaßen gängig war und er – neben der ursprünglichen Anwendung im [Ps.]Frontin – den modernen Ansprüchen bzw. Einsatzmöglichkeiten angepaßt wurde.

Bettinus kann jedoch weder für die Zuschreibung des Begriffs an die Antike noch als *primus inventor* des Neologismus verantwortlich gemacht werden. Noch weitere 30 Jahre zurück stößt man auf das 1611 in Frankfurt am Main herausgegebene *Elementale mathematicum* von Johann Heinrich Alsted (1588–1638)[432]. In diesem Rudolph II. gewidmeten Werk schreibt Alsted im dritten, der Geodäsie gewidmeten Abschnitt über horizontale und schiefe Ebenen (*de planitie et monti-*

---

[430] Bettini 1642.

[431] Aus Bettinus' Angabe wird deutlich, daß er wahrscheinlich die Ausgabe Antwerpen 1607 DE RE MILITARI von Pieter Schrijver benutzt hat (Schrijver 1607), bei dem ebenfalls der Titel DE RE AGRARIA ebenso wie die falsche Zuschreibung des Texts auf Sextus Iulius Frontinus – durch die Hinzusetzung V.C. = *vir consularis* zu finden ist.

[432] Alsted 1611.

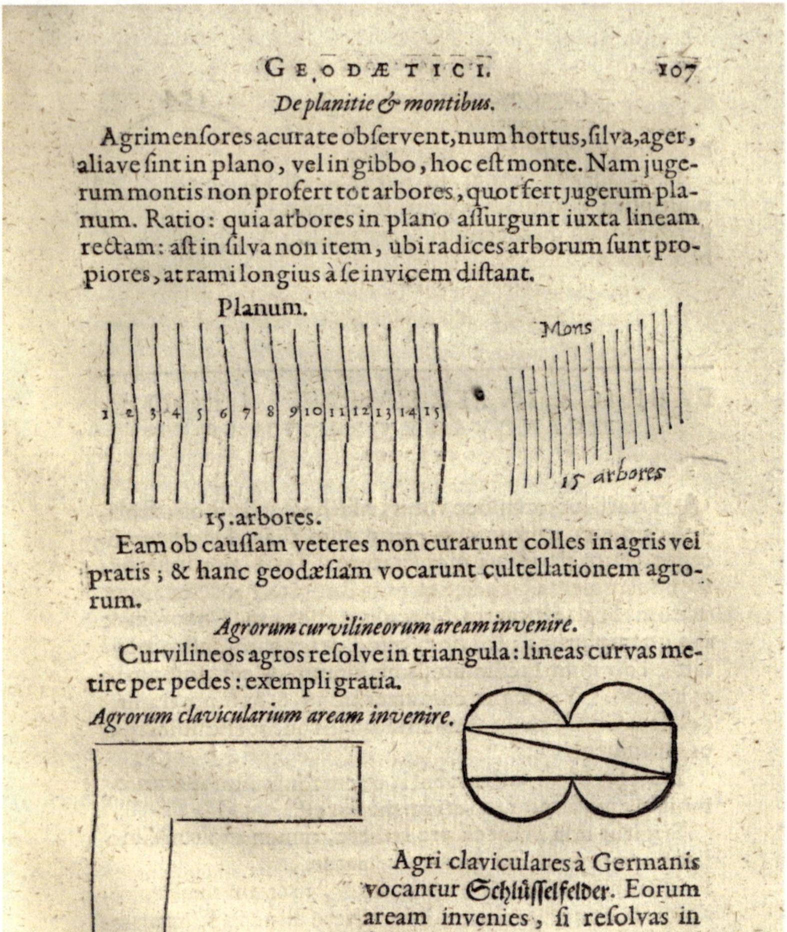

GEODÆTICI. 107

De planitie & montibus.

Agrimenſores acurate obſervent, num hortus, ſilva, ager, aliave ſint in plano, vel in gibbo, hoc eſt monte. Nam jugerum montis non profert tot arbores, quot fert jugerum planum. Ratio: quia arbores in plano aſſurgunt iuxta lineam rectam: aſt in ſilva non item, ubi radices arborum ſunt propiores, at rami longius à ſe invicem diſtant.

Eam ob cauſſam veteres non curarunt colles in agris vel pratis; & hanc geodæſiam vocarunt cultellationem agrorum.

Agrorum curvilineorum aream invenire.

Curvilineos agros reſolve in triangula: lineas curvas metire per pedes: exempli gratia.

Agrorum clavicularium aream invenire.

Agri claviculares à Germanis vocantur Schlüſſelfelder. Eorum aream invenies, ſi reſolvas in duo quadrata. ut

O 2 Cir-

Abb. 1.5. Alstedt, *Elementale mathematicum* 1611, *De planitie et montibus* 107

bus), daß die Landmesser sehr genau darauf achten sollen, ob ein Feld auf der Ebene oder schräg gelagert wäre – da die Ebene (theoretisch betrachtet) mehr Bäume auf einer geraden Strecke haben könne als ein Berg. Allerdings würde *realiter* in einem Forst dieser Unterschied aufgehoben sein, weswegen die Antike Erhebungen auf Feldern und Wiesen nicht berücksichtigt hätten – dieses Vermessungsverfahren hätte man *cultellatio agrorum* genannt (Abb. 1.5):

> Agrimensores accurate observent, num hortus, silva, ager, aliave sint in plano, vel in gibbo, hoc est in monte. Nam iugerum montis non profert tot arbores, quot fert iugerum planum. Ratio: quia arbores in plano assurgunt iuxta lineam rectam : ast in silva non item, ubi radices arborum sunt propiores, at rami longius a se invicem distant. Eam ob causam veteres non curarunt colles in agris vel pratis ; & hanc geodaesiam vocarunt *cultellationem* agrorum.

Die Stelle ist der einzige Wortbeleg im *Elementale mathematicum*. Mit Alsted, einem Universalgelehrten, jedoch keinem ausgewiesenen Mathematiker oder Geodäten gerät man in unmittelbare Nähe zur beginnenden neuzeitlichen Rezeption der Agrimensorenschriften und ihrer ersten Ausgaben, zum Beispiel der *editio princeps* von Adrien de Turnèbe (1554) oder der von Nicolas Rigault (1614)[433] und ebenso in die Nähe zu Besitzern gromatischer Handschriften wie Frans Nans (gest. 1596) oder Scaliger (1609). Alsteds *Elementale mathematicum* ist aber auch deswegen für eine Untersuchung der Begriffsgeschichte des Worts *cultellatio* wichtig, weil er dem Werk am Ende seiner *praefatio* eine Liste derjenigen Autoren beigegeben hat, die er für dieses Werk benutzte[434].

[433] Turnèbe und Galland 1554; Rigault 1614.

[434] Abraham Rochenbach (= Rockenbach, klassischer Philologe u. Jurist: 1536–1611), Abraham Scultetus (Theologe: 1566–1624), Adolphus Scribonius (= Wilhelm Adolph Schreiber, Mediziner u. Philosoph: ca. 1550–1600), Adrianus Romanus (= Adriaan van Roomen, Mathematiker und Arzt : 1561–1615), Christophorus Clavius (Mathematiker : 1538–1612), Euklid, Franciscus Vieta (= François Viète, Jurist u. Mathematiker : 1540–1603), Georgius Henischius (= Georg Henisch, Arzt, Pädagoge, Lexikograph : 1549–1618), Georgius Rhavus (= Georg Rhau, Thomaskantor : 1488–1548), Hieronymus Cardanus (= Gerolamo Cardano, Arzt, Humanist u. Mathematiker : 1501–1576), Joannes de Sacro Busto (= John of

Bei Alsted ist die Beweisführung des fr. 3, der *nullus maior numerus seminum in plano*, in sein Gegenteil verkehrt worden. Offenbar handelt es sich um einen beliebten mathematischen Verblüffungseffekt im Bereich der Geodäsie. Diesen Verblüffungseffekt nutzt auch ein weiteres, frühes Werk, die *Geometria. Kunst des Feldmessens* des Mathematikers Matthias Nefe, das 1591 in Görlitz herausgegeben wurde[435]. Unter Abschnitt 69 des Buchs »Ein gar nötiger Unterricht von der Ebne und Bergen / sampt einer lustigen Proba mit Figuren /etc.« schreibt Nefe foll. 92–95:

> (fol. 92) Auch muß ich dir / günstiger lieber Leser und Feldmesser / allhie eine anmeldung thun (ob du es vielleicht nicht wargenommen hettest) das ein grosser unterscheydt und ungleicheit sey / zwischen den Flächen die an den Hügeln und Bergen / und denen die auff der Ebene gelegen / Denn ein Morgen Waldes an einem Hügel oder Berge / treget nicht so viele Beume oder Holz / als ein Morgen auff der Ebene / ... (fol. 95) Es haben solches die Wahlen oder Welschen vor alten Zeiten wol gewußt und wargenommen / Und derhalben wo ein Hügel oder Bühel in ebenem Felde gelegen / dieselbige erhabene Fleche umb und umb / wie groß sie auch gewesen / nicht anders und nicht

---

Holybush, Mathematiker u. Astronom : 1195–1256), Joannes Nicolaus Stupanus (= Johann Nikolaus Stuppa, Physiker u. Übersetzer : 1542–1621), Julius Caesar Scaliger (= Giulio Cesare della Scala 1484–1558) u. sein Sohn Joseph Justus Scaliger (1540–1609), Joannes Spangenbergius (= J. Spangenberg, Theologe 1484–1550), Joannes Galliculus (= Johannes Hähnel, Musiktheoretiker u. Komponist : ca. 1490–1520), Joannes Garcaeus (= Johann Gartz, wahrscheinlich d.J., Theologe u. Astrologe : 1530–1574), Joannes Jacobus Christmannus (= Johann Jakob Christmann, Orientalist u. Astronom : 1554–1613), Lazarus Schonerus (= Lazarus Schöner, Mathematiker : ca. 1543–1607), Leonardus Zublerus (= Leonard Zubler, Mathematiker : 16. Jh.), Ludolphus à Collen (= Ludolph van Ceulen, Mathematiker : 1540–1610), Petrus Bertius (= Pieter de Bert, Geograph, Theologe u. Philosoph : 1565–1629), Petrus Ramus (= Pierre de la Ramée, Humanist u. Philosoph : 1515–1572), Petrus Ryffius (= Peter Ryff, Mathematiker u. Physiker : 1552–1629), Phillippus Melanchthon (=Philipp Schwarzerdt : 1497–1560), Ptolemaeus, Rudolf Goclenius d.Ä. u. d.J. (= Rudolph Gockel d.Ä., Theologe u. Philosoph : 1547–1628 u. d.J. Mathematiker u. Astrologe : 1572–1621), Regiomontanus (= Johannes Müller, Mathematiker u. Astronom : 1436–1476) und Santbech (Daniel Santbech, Mathematiker u. Astronom : 16. Jh.)

[435] Nefe 1591.

> grösser im messen geschetzt und geacht / als den Begriff und Platz seines ebenen fusses und grundes darauf er gestanden / Und ist solch messen und vergleichung genennet worden in ihrer Sprache *Cultellatio Agrorum* / das ist eine beschneydung und behöbelung der Acker.

Erneut wird mehreres deutlich: Alsteds *Nam iugerum montis non profert tot arbores, quot fert iugerum planum* hat wieder seine genaue Entsprechung in Nefes *Denn ein Morgen Waldes an einem Hügel oder Berge treget nicht so viele Beume oder Holz als ein Morgen auff der Ebene*. Es wird ebenfalls klar, daß Cantors angebliche Aussage, die »*cultellatio agrorum* komme bei den Wahlen vor«, altertümlicher Nebenausdruck für »Welsche«, also Römer oder romanisierte, lateinisch sprechende Gallier ist. Doch auch Nefes »Kunst des Feldmessens« bedient sich reichlich (und wörtlich) an der *Feldmässung* eines »Johann Gutmann«, die in drei recht schnell hintereinander folgenden Ausgaben in den Jahren 1574, 1578 und 1588[436] in Heidelberg herauskam. Eine weitere Ausgabe erfolgte 1628 zu Straßburg[437], was eine offenbar größere Nachfrage vermuten läßt[438]. Nach der Ausgabe von 1574 wäre Gutmann ein protestantischer Pfarrer in »Langeforch« gewesen und hätte dieses Buch für seinen Bruder Heinrich, den Stadtschreiber von Breitenau geschrieben. Doch der Ort Langeforch hat in der Umgebung von Heidelberg gar nicht existiert[439] und in späteren Ausgaben taucht der Name »Gutmann« im Titel auch nicht mehr auf; das Buch firmiert jetzt nur noch unter dem Titel »Bewerte Feldmessung« eines »Pfarherrn zu Langeforch« (oder -feld). Man vermutet hinter Gutmann, der sonst historisch nicht greifbar ist, den Humanisten, Mathematiker und Reformator Herrmann Wilken (oder Witekind, 1522–1603), dessen vor den Hauptteil gestelltes Gedicht mit dem Titel »Herman Witekind wün-

[436] »Gutmann« Feldmässung 1574]; Anon. [=Wilken] Bewerte Feldmessung 1578]; Anon. [= Wilken] Bewerte Feldmessung 1588.

[437] Anon. [= Wilken] Bewerte Feldmessung 1628].

[438] Alle Ausgaben sind in hervorragenden Digitalisaten verfügbar: Die Ausgaben von 1574, 1588 und 1628 werden durch das Münchener Digitalisierungszentrum MDZ und die Ausgabe Heidelberg 1578 im Besitz der Staatsbibliothek zu Berlin zur Verfügung gestellt; die Ausgabe 1578 schreibt rubriziertes M.D.LXXVII auf dem Titelblatt, jedoch ebenso, daß das Buch »erst im Jahr 1578 außgegeben«.

[439] So schon Steiff 1897, 140 und auch Gryczan 1999, 89.

schet dem Ackermann heil« ab der Ausgabe von 1578 auch deutlich auf Wilken als Autor hinweist. Zum besseren Vergleich mit dem Abschnitt bei Nefe ist Wilkens Text der Ausgaben von 1578 und 1588 (nur in ihr ist die hier in Abb. 1.6 dargestellte Figur abgedruckt!) nebeneinander gestellt:

Ausgabe 1578, 37r–39r:
Auch muß ich hie dessen anregung thun (ob du es vielleicht nicht wargenommen hettest), daß ein groß unterscheid und ungleicheit sey zwischen den flechen die an den seiten (37v) halden der berge / und denen so auff der ebene gelegen. Ein Morgen Waldes an einer halden / tregt nicht so viel beume / als ein Morgen auff der ebene : ob sie schon so wol auff dieser als auff jener so nahe und dicht beysammen stehen als möglich. Welches eim unerfahren frembde und seltsam dünckt. ist aber war. ... (38v) Es haben solchs die Wahlen zwar in alten zeiten wol gewußt und wargenommen : und derhalben wo ein hügel oder bühel in ebenem Felde gelegen / desselbigen erhabene fleche umb und umb / wie groß sie auch gewesen / nicht anders und nicht grösser im messen geschetzt oder geacht / als den begriff und platz seines ebenen fusses und grundes darauff er gestanden. Und ist solches (39r) messen und vergleichung genennet worden in jrer sprache *Cultellatio agrorum* , das ist / ein beschneidung oder behoblung der ecker.

Ausgabe 1588, 79–82:
Auch muß ich hie dessen anregung thun (ob du es vielleicht nicht wargenommen hettest), daß ein groß unterscheid und ungleicheit sey zwischen den flechen die an den seiten halden der berge / und denen so auff der ebene gelegen. Ein Morgen Waldes an einer halden / tregt nicht so viel beume / als ein Morgen auff der ebene : ... (80) Es haben solchs die Wahlen (81) zwar in alten zeiten wol gewußt und wargenommen : und derhalben gesagt / es sey mehr bodens auff und an den hügeln / wie auch in den thälern / denn Himels darüber : und derwegen wo ein hügel oder bühel in ebenem Felde gelegen/ desselbigen erhabene fleche umb und umb / wie groß sie auch gewesen / nicht anders und nicht grösser im messen geschetzt oder geacht / als den begriff und platz seines ebenen fusses und grundes darauff er gestanden. Haben im Messen solcher halden von unden uff an bergen und hügelen die rute nicht gar auf die erde gelegt / sondern das unter ende erhaben / biß es uber dem höhern ende der vorgemessenen ruten gestanden gerad nach dem senckel / wie

diese figur anbildet. Und ist solches messen und (82) vergleichung genennet worden in jrer sprache *Cultellatio agrorum* , das ist / ein beschneidung oder behoblung der ecker / als womit die unebene und ungleichheit der böden aufgehaben und weggethan würde.

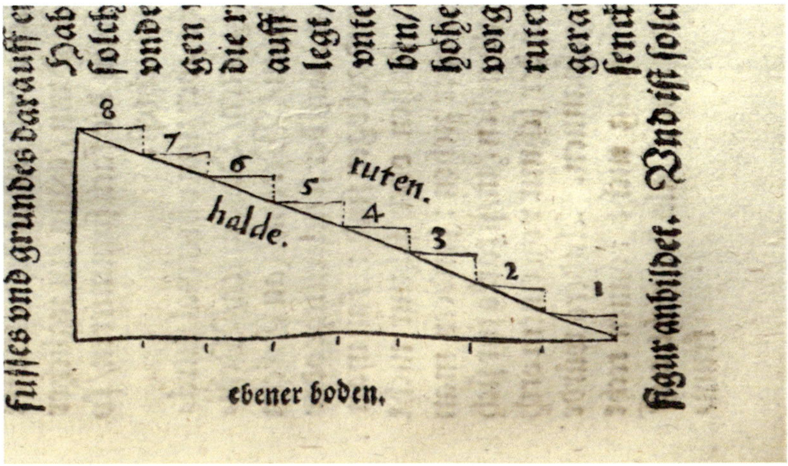

Abb. 1.6. Wilken (Gutmann), *Feldmessung* 1588, 81 (Ausschnitt)

Matthias Nefe hat, wie ein Vergleich der oben stehenden Texte mit seiner Ausgabe zeigt, die Schilderung beinahe wörtlich in sein Geodätenbuch übernommen. Aufgrund der Zeitdaten ist klar, wer hier wen benutzt hat. Das gilt nicht in gleichem Maß für die Abhängigkeit Alsteds von Nefe: Alsted kann von diesem die Schilderung und auch den Begriff der *cultellatio* übernommen haben, doch da Alsted, zwar erst 1620, Wilkens *arithmeticae practicae compendium* herausgegeben hatte[440], und man deswegen auch eine frühere unmittelbare Beeinflussung nicht ausschließen kann, läßt sich nur indirekt schlußfolgern, daß Alsted über Nefe mit dem Begriff bekannt wurde[441]. Die Heidelberger Ausgabe von 1574 hatte Wilken noch unter dem Namen »Johannes Gutmann«

[440] Christmann 1924, 79.

[441] Alsted behandelt nach der *cultellatio* die *agri claviculares*, die »von den Deutschen

bei seinem Lieblingsdrucker Matthäus Harnisch (ca. 1553–1596) veröffentlicht – die Übereinstimmungen in allen drei Ausgaben lassen keinen anderen Schluß zu; diese erste Ausgabe hat den oben stehenden Text nicht; sie ist auch insgesamt sparsamer angelegt. Tatsächlich ist die »Feldmessung« in den vier Jahren bis zur zweiten Auflage, in der sie den Untertitel »Jetzt gemehrt und gebessert« erhält, stark erweitert worden. Die wichtigste Veränderung betrifft die schon in der Ausgabe 1578 aufgenommenen Textstücke, angeblich (jedoch falsch) aus den Pandekten 11, 50 *Mensoris agrorum artem veteres in liberalibus censebant...* (fol. 62v)[442] und, weitaus bedeutsamer, zwei Textstücke, die direkt aus den Agrimensorenschriften entnommen worden sind, so ein Text (*Ex Iulio Frontino*): *Impp. Theodosius et Valentianus A. A: Florentino P. P. O. Ope atque auxilio nostro...* (foll. 62v–63v), dessen von Wilken übersetzter Auszug in der Berliner Ausgabe Lachmanns unter die Kaiserbefehle gestellt wurde[443], und fol. 63v ein Stück aus dem Agenus Urbicus, und damit aus einem Zentraltext der *gromatici Latini*[444]. Der lateinische Text Wilkens folgt, wie man aus den übereinstimmenden Lesarten sehen kann, der zweiten Handschriftenklasse, was nicht weiter erstaunt, beruhen doch die ersten Ausgaben der Gromatiker auf der Lesart des Palatinus Vat. lat. 1564 (*P*) und noch stärker auf der des Gudianus *G*. Auch in der Ausgabe 1588 sind diese Stücke (135–138) wieder aufgenommen, diesmal noch erweitert um ein kurzes

---

Schlüsselfelder genannt werden«; Alsted 1611, 107 und Abb. 1.5: *Agri claviculares Germanis vocantur* **Schlüſſelfelder**. *Eorum aream invenies, si resolvas in duo quadrata...* –Auch bei Nefe folgt fast im Anschluß die Anleitung zum Messen von »Schlüsselfeldern«. Sowohl Wilken als auch Nefe fehlen in Alsteds beeindruckender Quellenliste.

[442] *Ex Pandect. lib. 11 & 50: Mensoris agrorum artem veteres in liberalibus censebant : credebantque operam eius beneficij loco praeberi : & quod datur, ei ad remunerationem dari, & inde honorarium appelari.* Das ist: Die alten haben des Feldmessers kunst under die freyen künste gerechnet : und seinen dienst für eine wolthat gehalten : und was man jm gibt/das sey wie eine widergabe / werde derhalben eine verehrung genennt. – In der Ausgabe 1574 auf der Rückseite des Titelblatts steht diese Stelle noch ohne Übersetzung; die Angabe Pandect. 11, 50 ist wohl eine schlichte Erfindung Wilkens, der hier Text aus Dig. 11, 6, 1 *pr.* (*Ulpianus 24 ad edictum*) mit eigenen Zutaten »anreichert«.

[443] Lachmann, Bluhme und Rudorff 1848–1852, 273, l. 10–19.

[444] Agen. *grom.* 50, 9–14. Der Text handelt von der moralischen Integrität des Landmessers.

Stück aus *de officiis* von Cicero, des »Bürgermeisters zu Rom«. Im Falle Wilkens ließe sich wegen Heidelberg, das den Katholiken in dieser Zeit der Reformation als Brutstätte und Hochburg der lutherischen Ketzer und ihrer Literatur galt, vermuten, er habe tatsächlich *P* selbst benutzen können. Das ist auch wegen der Reihenfolge der entnommenen Zitate naheliegend, die derjenigen im Palatinus entsprechen, oder vielmehr entsprechen würden, wenn nicht gerade in dieser Handschrift am Anfang sehr viel Text verloren gegangen wäre. Dieser Text ist jetzt nur noch über den Gudianus *G* und einen Basler Druck von 1528 nach dem codex Fuldensis (jetzt Basel, Universitätbibliothek, N I 6:69)[445] durch Johannes Sichard (1499–1552) greifbar – darunter leider eben auch der Text zur sogenannten *cultellatio*. Der Palatinus selbst befand sich jedoch um 1564 in Köln, wohin Metellus Sequanus (=Jean Matal 1517–1597) ihn mitgenommen hatte[446]. Ob die Handschrift für die »Bewerte Feldmessung« im Jahr 1578 wieder greifbar war, kann nicht entschieden werden, da wir nicht wissen, wann der Blattverlust von *P* einsetzte. Die Zeitspanne von 14 Jahren bis zum Druck der ersten Ausgabe erscheint dafür doch recht knapp. Gleichzeitig lagen mit der Basler Ausgabe Sichards 1528[447] nach dem dann bald makulierten Fuldensis und der Pariser Ausgabe 1554 durch Turnèbe und Galland nach dem belgischen Gudianus[448] leichter greifbare Drucke vor[449]. Festhalten läßt sich aber sowohl für die Handschriften als auch für die daraus gewonnenen Drucke, daß sie nie von einer *cultellatio*, sondern immer von einer *cultellandi ratio* sprechen. Das kann man umso sicherer behaupten, weil der Abschnitt über die Staffelmessung in den Handschriften rubriziert und als *titulus* vom Rest abgesetzt war[450]. Die Drucke machen den Text unterschiedlich kenntlich: Die Basler

[445] Der Fuldensis endete als Makulatur: https://www.ecodices.ch/de/list/one/ubb/N-I-0006-69; vgl. Steinmann 1992.

[446] Thulin 1911a, 42.

[447] Sichard 1528.

[448] Thulin 1911a, 42.

[449] Es ist bedauerlich, daß man im Falle des Fuldensis nicht mehr sagen kann, ob er *P* als Haupthandschrift der zweiten Klasse ersetzt hätte. Sein Entstehungsort Fulda, ein mathematisch-geometrisches Zentrum der karolingischen Renaissance neben dem Kloster Corbie, hätten ihn in jedem Fall wertvoll gemacht. Zur Bedeutung Corbies für die Mathematik vgl. Folkerts 2014, 144.

[450] Alle gromatischen Mss., die dank Toneatto 1994–1995 in detaillierten Beschreibun-

Ausgabe setzt den Titel (173) gar nicht ab, sondern übernimmt ihn als Satzanfang, und auch Turnèbe schreibt nur das Wort *cultellandi* in Versalien.

1.9.4. Schlußfolgerungen

Die frühere, 1574 zu Heidelberg bei Matthäus Harnisch[451] gedruckte Ausgabe der »*Bewerten Feldmessung vnd theilung*« von Hermann Wilken und die zweite, verbesserte Auflage von 1578 lassen folgende Feststellungen zu: Erst die Ausgaben ab 1578 kennen die Staffelmessung unter der Bezeichnung *cultellatio*. Ebenfalls erst in den Ausgaben nach 1574 finden sich nach Wilkens Gedicht, dem Hauptteil und vor dem Gedicht »Vom Bawrenstand« einige allgemeine antike und spätantike Zitate, die eher auf ein Lob des Landmesserstands abzielen[452], darunter zum ersten Mal Texte aus den *gromatici Latini* in der Lesart der palatinischen Redaktion bzw. der nach dieser Redaktion ab 1528 und 1554 greifbaren Drucke. Diese Drucke der Landmesserschriften standen also beiden Ausgaben zur Verfügung, der Palatinus *P* als Haupthandschrift bis 1564 vielleicht ebenfalls. Wilken als »Pfarherr zu Langeforch« spricht in beiden Vorreden an seinen Bruder von seinem Grund, das Buch verfaßt zu haben[453]:

> Da zeigtest du mir ein gedrucktes Büchlein (Zusatz Ausgabe 1578: etwa vor vierzig jaren gemacht) / darinn von Feldmässen gelehret wird / ohn zweiffel guter meinung / von dem gemeinen nutz damit zu dienen. Welches Büchlein ich mir mit hierher gehn Langeforch nam / auff daß ichs mit weile und müsse durchsehe / erforschete auß was grundt es gemacht / ob sich darauff zuverlassen were oder nicht. So habe ich nun mit fleissigem auffmercken unnd nachdencken / nicht geringe feile unnd mängel darinne gefunden : Also / daß ich nicht glaube daß es anfänglich von seinem Meister so gemacht / und erstlich an tag geben sey

gen vorliegen, schreiben in fr. 3 nirgends *cultellatio*. Verschreibung und dadurch Übernahme ins Humanistenlatein scheidet also aus.

[451] Bei Harnisch hatte Wilken 1574 sein Werk *de sphaera mundi* herausgegeben.

[452] Allein das angebliche »Pandektenzitat« 11, 50 findet sich auf der Titel-Rückseite.

[453] Ich verzichte auf die vollständige Gegenüberstellung der Varianten.

: Sondern nachmals entweder durch unfleiß / oder durch neid verfälschet sey worden.

Das »vor etwa vierzig jaren gemacht« Büchlein deutet vermutlich auf Jacob Köbel (1462–1533), einen weiteren Mathematiker und Astronomen, der durch seine persönliche Bekanntschaft mit Johannes Reuchlin (1455–1522), dessen Großneffe Melanchthon wiederum Lehrer von Herrmann Wilken war, ebenfalls in geistige Nähe zum Humanistenkreis der Reformationszeit gerät; Köbels *Von urspruong der Teilung Mass und Messung dess Ertrichs, der Ecker, Wyngarten, Krautgarten, und anderer Velder* (Oppenheim 1522) oder seine *Geometrey*, postum 1535 in Frankfurt am Main erschienen, könnten – bei großzügiger Auslegung des »etwa vor« – gemeint sein[454]. In keinem dieser Werke ist jedoch von einer *cultellatio* die Rede. Da man über das Jahr 1578 nicht weiter zurückgehen kann, hat man mit der »Bewerten Feldmessung« höchstwahrscheinlich den Erstbeleg für dieses Wort gefunden und ebenso mit Hermann Wilken seinen Erfinder. Daß diese Erfindung in eine Zeit fällt, in der man durch erste Drucke wieder mit den lateinischen Agrimensorentexten in Berührung kam, kann nicht weiter verwundern: Ein Hinweis auf die Entstehungszeit des Begriffs gerade in dieser Zeit mag auch darin gesehen werden, daß ein bis dahin auf die Schneiderei verengtes Wort nun in seine eigentliche Bedeutungssphäre zurückversetzt und damit die natürliche Bildeabfolge wiederbelebt wurde. Erstaunlicher mag es jedoch scheinen, daß das Wort aus den Stürmen der Reformationszeit heraus im Englischen, Französischen, Italienischen und Spanischen schnell aufgenommen wurde, jedoch erst spät in seinem Ursprungsland. Der Begriff der *cultellatio* gerät vor diesem Hintergrund in den sehr lebendigen Diskurs der frühen Neuzeit und den von den Humanisten entdeckten und adaptierten antiken Autoren. Interessant an der *cultellatio* ist, wie schnell der Begriff als antiker *terminus* markiert und einem bestimmten antiken Autor zugewiesen wurde und sich als solcher in der Wissenschaftssprache etablierte. Von diesem produktiven Irrtum hat sich die *cultellatio* nicht mehr trennen können: Bis heute ist sie, ein Begriff der Neuzeit, mit der Patina der Antike überzogen, und so ist es eine lohnende philologische Aufgabe,

[454] Zu Köbel vgl. Folkerts, Knobloch, Reich ²2001; zu Köbels praktischer Geometrie 130–132 und zum Rechenbuch 361.

manchen antik erscheinenden Wortsockel auf seine Bauzeitlichkeit zu überprüfen. Begriffe und ihre Geschichte sind, so trivial diese Feststellung auch ist, immer an die Überlieferungsgeschichte der Texte gebunden.

1.10. Zur Übersetzung

Wie für Hyginus mit dem Feldmesserbuch 2018 liegt nun mit dieser Ausgabe zu Frontins Werken und dem, was Frontin bisher zugeschrieben wurde, die erste komplette Übersetzung dieser Texte in deutscher Sprache vor. Vieles von dem, was zur Übersetzung Hygins gesagt wurde, ließe sich hier wiederholen[455]: Das Latein der *SGL* wollte nicht gefallen, sondern informieren. Wie alle Fachbücher richtete sich das, was von Frontin erhalten ist – ebenso wie das, was in dieser Edition als nicht oder nicht eindeutig zuweisbares Fremdmaterial abgedruckt wird – an keinen großen Leserkreis, sondern an Landmesser, die über Aspekte ihrer Tätigkeit informiert werden wollten. Inwieweit gerade die Texte Frontins dabei zu »unterrichten« beabsichtigten, kann aufgrund des dürftigen Erhaltungszustands nicht mehr festgestellt werden. Sowohl für die hyginische Nebenüberlieferung (II), als auch für das vielleicht aus Nipsus stammende Textstück (III) läßt sich dagegen feststellen, daß sie einer Fachliteratur angehörten, deren Autoren Ausbildungskenntnisse weitergeben.
Für diese Ausgabe stand das seit nun 16 Jahren eingespielte Übersetzerteam, eine Rechtshistorikerin, ein Wissenschaftshistoriker und ein klassischer Philologe, erneut vor der Aufgabe, zwischen Verständlichkeit und philologischer Genauigkeit abzuwägen und schließlich mit der (hoffentlich) richtigen Entscheidung den Mittelweg zwischen beiden Anforderungen zu wählen. Ob dies an jeder Stelle gelungen ist, bleibt dem Urteil eines jeden Lesers überlassen. Die Übersetzer jedenfalls sind sich bewußt, den Text damit nicht in eine letztgültige Form gegossen zu haben. Obwohl gerade Frontin keinerlei Ehrgeiz in seinen Stil gelegt zu haben scheint, wurde wie schon in der Hyginübersetzung nicht jeder Sinnbezug, den die sogenannten »kleinen Wörter« im Lateinischen ausdrücken sollen, im Deutschen nachgeahmt. Eben-

[455] Vgl. Feldmesserbuch 2018, 49–50.

falls gleich oder ähnlich wurde die Übersetzung der Fachterminologie gehandhabt: Hier sei nur auf die auch für Frontin geltende Passage aus dem Feldmesserbuch 2018 (50) verwiesen: »Fachbegriffe, die keine genaue Entsprechung im Deutschen haben oder solche, in denen der deutsche Begriff die Bedeutung nur umständlich vermitteln konnte, wurden lateinisch belassen und in *Kursive* gesetzt.« Überhaupt sollte gegenüber der Hyginus-Übersetzung, als deren Fortsetzung sich die Frontinausgabe versteht, eine gewisse Kontinuität gewahrt bleiben; sie wurde nur dort aufgegeben, wo der bisherige Ausdruck durch die Forschungen an lateinischen Fachausdrücken seit 2018 präzisiert werden konnte oder korrigiert werden mußte, oder wo der Kontext dieselbe Übersetzung nicht zugelassen hätte. Auf diese Nuancenvielfalt gehen die Erläuterungen ein. Zusätzlich verbinden sparsame Fußnotenverweise im deutschen Text konnotationsreiche Begriffe mit den entsprechenden Seiten im Kommentarteil (siehe dazu auch die Hinweise zur Übersetzung, 265). Der Glossar- und Indexteil möchte dem interessierten Benutzer weitere Informationen zugänglich machen.

2. Wissenschaftsgeschichtliche Erläuterungen
(*Eberhard Knobloch*)

2.1. Drei Vermessungsmethoden

Frontinus bzw. die erhaltenen, ihm bisher zugeschriebenen Textfragmente, darunter ein bisher unidentifiziertes Stück aus dem Feldmesserbuch Hygins[1], erwähnen drei Vermessungsmethoden (*rationes*), das Ziehen der *decimani* und *kardines*, die horizontale Staffelmessung (*cultellandi ratio*) und die Methode der rechten Winkel (*rectorum angulorum ratio*). Näher erläutert werden nur die letzten beiden Methoden. Die Betonung liegt auf der Praxis, hervorgehoben wird die Erfahrung (III § 1 *experimentum*) des Vermessers. Eine Vermessung ausführen heißt *mensuram agere* (Frontin. § 2), die Ausführung der Vermessung *actus mensurae* ([Frontin.] § 4). Um eine Flächengröße (§ 2 *modus*) festlegen und berechnen zu können, bedurfte es Grenzlinien (§ 1 *limites*; II § 1), die mit Hilfe des Vermessungsinstrumentes, der *groma*, ermittelt wurden.

2.1.1. Das Ziehen der decimani und kardines

In dem aus dem Feldmesserbuch stammenden Stück[2] sagt Hyginus, das mit Grenzlinien versehene Feld werde mittels *decimani* und *kardines* erfasst (II § 2), wie es die auch von Stückelberger[3] reproduzierte Abbildung 2.1 zeigt. Auf ihr sind die beiden Hauptlinien, der *decimanus maximus* von Ost nach West und der *kardo maximus* von Süd nach Nord, deutlich hervorgehoben, mit denen das Ziehen dieser Grenzlinien beginnt, wie es im Abschnitt II im Anschluss an Hyginus heißt (II § 2). Diese methodische Festlegung von Feldern wird als beste bezeichnet (II § 7). Viele hätten diese Methode abgewandelt, da sie dem

[1] Vgl. dazu Lindermann 2022, 87–106 und erneut in diesem Band 122–139.
[2] Hyg. *lim. grom.* 141, 1–144, 6 und 159–160, 26.
[3] Stückelberger 1994, 113.

Abb. 2.1. Guelf. 36.23 Aug. 2° (*A*), fol. 17r: *ager centuriatus* mit D.M. und K.M. = Frontin. § 1 (fig. 2)

beweglichen Sonnenauf- und -untergang gefolgt seien, um die Ost-Westrichtung zu bestimmen. Hyginus hatte davor gewarnt[4]. Aber während er zwei Verfahren erklärt hatte, wie mit Hilfe der Gnomonik die beiden Himmelsrichtungen ermittelt werden können, gibt es hier keine derartige Erläuterungen, auch wenn der kosmologische Zusammenhang zwischen der Benennung *kardo*, das heißt Weltachse, Pol, und der Erfahrung erwähnt wird, dass sich der Himmel um den (nördlich stehenden) Polarstern zu drehen scheint.

2.1.2. Die horizontale Staffelmessung: cultellandi ratio

Unter den Frontinus bisher zugeschriebenen Fragmenten und Exzerpten können die Fragmente Abschnitt I, frr. 3α und 3β sowie III § 5 ein besonderes Interesse beanspruchen, da sie von einer Vermessungsmethode handeln, die von Hyginus nur beiläufig[5] erwähnt wird: die *cultellandi ratio* oder horizontale Staffelmessung, die insbesondere von Chouquer und Favory ausführlich erörtert wird[6]. Es geht um die Aufgabe, die Größe der Nutzfläche eines unebenen, gegebenenfalls bergigen

[4] Feldmesserbuch 2018, 64 und dort n. 12 mit Verweis auf Hyg. *lim. grom.* 153–154, 20.
[5] Hyg. *lim. grom.* 163, 30.
[6] Vgl. Chouquer und Favory 2001, 81–83 (dort v.a. die Abbildungen 64, 65, 66). Zur Wortgeschichte des Begriffs »*cultellatio*« seit der Renaissance vgl. in vorliegenden Band Lindermann 160–184.

Gebietes zu berechnen. Die Natur zeige, wie Pseudo-Frontinus sagt, die Methode, die Aufgabe zu lösen. Abbildung 2.2 veranschaulicht, dass die auf Bergabhängen senkrecht nach oben wachsenden Getreideähren nur soviel Platz zur Verfügung haben, wie viel die Projektion der Abhänge auf die Ebene ergibt.

Abb. 2.2. Guelf. 36.23 Aug. 2° (*A*), fol. 23v: Die *cultellandi ratio* anhand der Pflanzensamen = [Frontin.] fr. 3α (fig. 35 [33 Th])

Die *cultellandi ratio* führt deshalb die Unebenheiten auf eine Ebene zurück. Die ursprüngliche Bedeutung von *cultellare* (= »zerschneiden«) spiegelt sich im Vermessungsverfahren wieder: Die gesamte Ausdehnung der Projektionsebene wird stufenweise ermittelt, in Abschnitte zerschnitten, die der Länge der waagerecht an den Hang angelegten Messstange entsprechen. Eine Scheibe an ihrem in der Luft befindlichen Ende erleichtert die Aufgabe, dort ein Senkblei in einem genau rechten Winkel zum Boden zu führen und damit den Punkt zu bestimmen, wo die Messstange erneut angelegt wird. Pseudo-Frontinus sagt dazu, der Vermesser widme sich den Seiten des Vermessungsdreiecks: Die Hypotenuse ist die Hangschräge, die Seiten sind die senkrechte Länge der Schnur (*linea*) mit dem Senkblei und die waagerechte Länge der Messstange. Das Verfahren wird so oft wiederholt, bis die Ebene

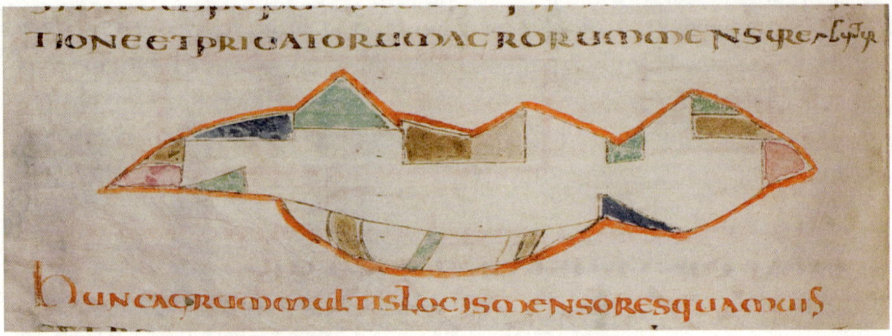

Abb. 2.3. Guelf. 36.23 Aug. 2° (*A*), fol. 17v: Die Vermessung unregelmäßiger Landstücke = Frontin. § 2 (fig. 4)

erreicht ist[7]. Die Aufsummierung der Teilstrecken ergibt die gesamte Ausdehnung der Projektionsebene. Die Teilstrecken müssen die Richtung der Markierungsgeraden, des *rigor*, haben. Das Verfahren kann mittels Fluchtstäben, *moetae*, und Rückvisieren gegebenenfalls auf der anderen Talseite fortgesetzt werden.

2.1.3. Die Methode der rechten Winkel: rectorum angulorum ratio

Das Vermessungsinstrument mit dem rechtwinkligen Achsenkreuz auf der Spitze war besonders für das Berücksichtigen rechter Winkel beim Vermessen geeignet, wie es das Ziehen der Grenzlinien erforderte. Dieser Aspekt war wichtig, wenn krümmungsreich und ungleichmäßig begrenzte Gebiete vermessen werden mussten, wie es etwa bei Frontinus gezeigt wird (Abb. 2.3). Wie in dem Fall der Vermesser zu verfahren hat, um dem Gebiet einen Flächeninhalt zuzuweisen, hat Heron (1. Jh. n. Chr.) in seiner Schrift über die Dioptra (Περὶ Διόπτρας) an Hand der folgenden Figur im Kapitel 23 »Ein gegebenes Flächenstück vermittelst der Dioptra auszumessen« erklärt[8] (Abb. 2.4). Es wird ein innerhalb des Gebietes gelegenes, möglichst großes Rechteck gewählt, von dem drei Ecken auf der Begrenzungslinie liegen. Die so

[7] Vgl. zum Verfahren in diesem Band die Abbildung 1.6, 179 aus der »Feldmessung« von Anon. [= Wilken] Bewerte Feldmessung 1588: Dort ist die Messstange gleichzeitig das Längenmaß der Rute.

[8] Heron (ed. Schöne 1903), 261, 26–267, 7.

nicht erfasste Restfläche des Gebietes wird durch Trapeze und Dreiecke ausgeschöpft.

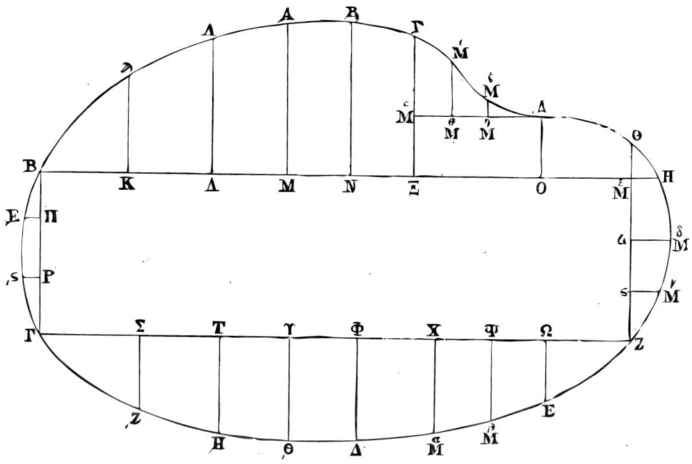

Abb. 2.4. Herons Methode, ein krummlinig begrenztes Gebiet auszumessen; aus: Heron (ed. Schöne 1903), 263 fig. 104.

Einen Polygonzug mit ausschließlich rechten Winkeln hatte Heron in Kapitel 15 verwendet, um die Aufgabe zu lösen: »Einen Berg in gerader Linie durchstechen, wenn die Mündungspunkte des Grabens an dem Berge gegeben sind« (Abb. 2.5). Dieses Verfahren hat wahrscheinlich bereits Eupalinos aus Megara um 512 v. Chr. verwendet, um einen 1036 m langen Stollen durch den Berg Kastro auf Samos zur Trinkwasserversorgung von zwei Seiten her zu treiben[9]. Auch die im Textfragment III (fr. 4) geschilderte Methode der rechten Winkel verwendet nur rechte Winkel, das heißt nur Rechtecke, indem die Begrenzungslinie durch einen Polygonzug ersetzt wird, in dem jede Ecke von einem rechten Winkel gebildet wird. Denkbar ist, dass der Autor Herons Schrift kannte. Der Polygonzug kann ganz im Innern des Gebietes liegen, dieses Gebiet umschließen oder inner- und außerhalb des Gebietes verlaufen[10]. Entscheidend ist, dass die Gesamtheit aller Rechtecke das Gebiet möglichst gut ausschöpft. Die Methode erlaubt,

[9] Schneider 1992, 158 und 186.
[10] Vgl. dazu auch die Abb. 79 in: Chouquer und Favory 2001, 300.

den zwischen den waagerechten und senkrechten Linien eingeschlossenen Flächeninhalt zu berechnen: Jeder Teil des Feldes ist so unter der Kontrolle (*potestas*) des Vermessers, wie es im Fragment 4 § 2 heißt, da auf die reichen Mittel der Vermessungskunst zurückgegriffen wird. Voraussicht und Sorgfalt des Vermessers werden angemahnt.

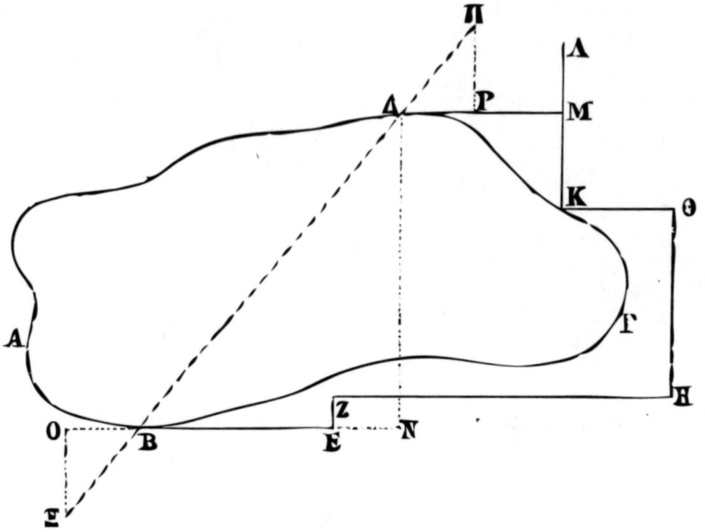

Abb. 2.5. Herons Methode, einen Berg in gerader Linie zu durchstechen; aus: Heron (ed. Schöne 1903), 238 fig. 95.

3. Rechtshistorische Erläuterungen
(*Cosima Möller*)

3.1. Einführung und Überblick

Es ist angesichts der Neukonstituierung des Textes eine bleibende und eine neue Herausforderung, die Informationen einzuordnen, die uns unter dem Namen eines Iulius Frontinus erhalten sind[†]. Die Annahme, dass es sich bei Frontinus um den Senator zu flavischer Zeit und den Autor der Werke STRATEGEMATA und von DE AQVAEDVCTV VRBIS ROMAE handelt, ist in der Literatur verbreitet[1]. Die Gegenstimmen werden durch die Neukonstituierung des Textes und die Argumentation von Lindermann verstärkt[2]. Aus der rechtshistorischen Kommentierung werden sich möglicherweise auch zur Beantwortung dieser Frage Indizien ergeben. Für die Fragestellung ist zu bedenken, welchen Grund die in der Renaissance erfolgte Zuordnung des Textes zu dem berühmten Sextus Iulius Frontinus hatte. Der Grund könnte in der Ähnlichkeit der Herangehensweise gelegen haben. Diese ließe sich in einer Kombination aus praktisch wichtiger Information und einem Anspruch auf Systematisierung herleiten. Auch der Zusammenhang der Wasserversorgung mit der Feldmesskunst – sei es bei der Anlage von Kolonien, sei es bei der Orientierung von Wasserzuleitungen und -ableitungen an den Vermessungslinien – und die Nähe zu juristischen Themen könnten eine Rolle gespielt haben[3].
In der Forschung ist die Frage umstritten, ob ein zweites Buch der Erläuterungen zur Feldmesskunst existiert hat, das von dem selben Autor Frontin stammt. Es soll nach Vermutungen von Lachmann, die Thulin zunächst aufgegriffen, dann aber revidiert hat, im Werk des

[†] Für förderliche Diskussionen zu Übersetzung und Kommentierung danke ich Okko Behrends (Göttingen) herzlich.

[1] S. zum Beispiel Schindel 1992, 375–397 und Castillo Pascual 2016.

[2] S. bereits Lindermann 2016 und jetzt in diesem Band Abschnitt 1.1, 17–32.

[3] Guillaumin 2005a, 128–129.

Agenus enthalten gewesen sein und dessen wesentlichen Teil ausgemacht haben. Diese Vermutungen sind bereits 1960 von Fuhrmann und in neuerer Zeit von Campbell abgelehnt worden. Zu diesem Streitstand hat sich nach sorgfältiger Darlegung gewichtiger Argumente auch Lindermann in diesem Band positioniert und ein zweites Buch abgelehnt[4].

In diesem Zusammenhang ist zu bedenken, dass die Überlieferung von Fachwissen der Feldmesskunst auf einen Wissensschatz zurückgegriffen hat, der zunächst mündlich überliefert worden sein wird und durch die ersten Schriften in einer abrufbaren Weise festgehalten wurde. Bezüglich der juristischen Literatur hat Liebs im Anschluss an Fuhrmann anhand verschiedener Werke plausibel machen können, dass es sich zum Teil um sogenannte »esoterische« Literatur handelte, also nach einer für die Werke des Aristoteles eingeführten Unterscheidung um solche, die nicht zur Veröffentlichung, sondern nur für einen kleinen Kreis von Lesern gedacht und unter Umständen unautorisiert publiziert war[5]. Das Bild wird angereichert durch die Klärung, dass es eine »innere Schriftlichkeit« des Rechts gegeben hat, die in geschlossenen Expertenkreisen wie dem Pontifikalkollegium, der Priesterschaft mit der Zuständigkeit für das Rechtswesen, überzeugend angenommen worden ist[6]. Man könnte zur Erweiterung der Möglichkeiten, wie die komplexe Textgestalt der Feldmesserschriften zu erklären ist, auch diesen Ansatz fruchtbar machen. So könnte es sein, dass Texte in der Überlieferungsgeschichte von späteren Autoren aufgegriffen und in einer bearbeiteten Weise herausgegeben und unter Umständen sogar neu zusammengestellt worden sind. Die Komplexität der Überlieferung wird anhand der Analysen von Lindermann zur Nebenüberlieferung des Teils DE LIMITIBVS im Text von Hyginus gromaticus und in der Abhandlung von Frontin besonders deutlich[7]. Eine Übernahme von Teilen

---

[4] Lindermann, Abschnitt 1.3, 50–67 mit ausführlicher Darstellung des Streitstandes.

[5] Fuhrmann 1956; Liebs 2008.

[6] Behrends 1995a, 204 (2004: 172 – die Angabe in Klammern bezieht sich auf die von M. Avenarius, R. Meyer-Pritzl und C. Möller 2004 herausgegebene Aufsatzsammlung von Okko Behrends, »Institut und Prinzip« in zwei Bänden; vgl. Avenarius, Meyer-Pritzl und Möller 2004). – Zustimmend und diese Erklärung zum Verständnis für den Hintergrund der Entstehungsgeschichte des pseudo-ulpianischen LIBER SINGVLARIS REGVLARVM nutzend Avenarius 2005, 94.

[7] Lindermann 2022, 87–106 und in diesem Band Abschnitt 1.8.4, 122–139.

eines früher in dem Frontin-Text enthaltenen Teils in die Schrift des Agenus wäre daher ebenfalls durchaus vorstellbar.
Der dem Autor zuzuordnende Text umfasst nach den Forschungen von Lindermann, die in diesem Band ausführlich dokumentiert sind, zwei Abschnitte: die Erläuterungen zu den Feldertypen, AGRORVM QVALITATES, und die Vorstellung und Beschreibung von CONTROVERSIAE, Streitigkeiten mit rechtlichen Folgen[8]. Diese beiden Themenfelder sollen im Folgenden rechtsgeschichtlich beleuchtet werden. Vergleichende Seitenblicke auf die Überlieferung bei Hyginus gromaticus und für die Auflistungen von *controversiae* auf diejenigen im Hyginus 1 und Agenus unterstützen das Verständnis. Aus den gewonnenen Einsichten sollen abschließend Hinweise auf den Charakter des Textes, seine zeitliche Einordnung und den Adressatenkreis gewonnen werden.

3.2. Feldertypen: agrorum qualitates

Der Autor Frontin unterscheidet drei Feldertypen[9]. In § 1 werden diese zunächst kurz aufgelistet. Es handelt sich um den Typus des unterteilten und adsignierten (zugewiesenen) Feldes, der zweite Typus ist durch die Vermessung der Außenlinie erfasst und der dritte ist als nicht vermessenes Feld bezeichnet.
Der *ager divisus et adsignatus*[10] wird zuerst vorgestellt und in zwei unterschiedliche Grundformen, die man passend als »Rechtsnaturen« verstehen kann (*condiciones duae*), untergliedert. Bei der einen ist das Feld durch Grenzlinien erfasst, nämlich unterteilt und damit geordnet. Es ist in eigenrömischer Weise limitiert. *Kardo* und *decimanus*, die Süd-Nord-Achse und die West-Ost-Achse des Limitationskreuzes, bilden die Grundstruktur für das durch Parallellinien entstehende Schachbrettmuster, in dem die Zuteilungen an die Siedler vorgenommen wurden. Die zweite Grundform ist diejenige, bei der die zunächst liegenden Markierungsgeraden (*rigores*), die geometrisch ermittelten Grenzlinien von Besitzungen (*possessiones*), für die Zuweisung genutzt werden[11].

[8] Vgl. im Kommentar Lindermanns den Abschnitt 1.2 und insbesondere den Abschnitt 1.8.
[9] S. dazu jetzt die Inhaltsangabe Lindermann, 33 u. Behrends/Peyras 2006, 208–211.
[10] Behrends/Peyras 2006, 214–215.
[11] Zur *adsignatio* quiritischen Eigentums an Boden bei vermessenem Land und zur

Geschieht dies der Länge nach, bezeichnet Frontin die Formen als *per strigas*, der Breite nach ist der technische Ausdruck *scamna*.
Im ersten Fall des nach römischer Weise vermessenen Landes handelt es sich um die Zuweisung von grundsätzlich steuerfreiem Boden, der bestmögliches Eigentum, *dominium ex iure Quiritium*, bietet. Nur in Bürgerkolonien oder latinischen Kolonien ist es möglich, derartiges quiritisches Eigentum an Land zu begründen. Der technische Ausdruck für diese Zuweisung ist *adsignatio*. Voraussetzung ist ein Gesetz, eine *lex*, die der Gründung der Kolonie die rechtliche Grundlage verschafft. Der *ager limitatus* ist ein mit dem Limitationssystem erfasstes Feld, das sich durch die Struktur mit den beiden Hauptachsen *decimanus* und *kardo* auszeichnet.
Im zweiten Fall handelt es sich um eine Nutzungszuweisung auf Provinzialland, die mit einer Steuerlast verknüpft ist. Äußerlich ist der Unterschied schon dadurch sichtbar, dass diese Grundstücke entweder der Länge nach abgemarkt sind (*per strigas*) oder der Breite nach (*per scamna*). Auch bei dieser Vermessung, die nicht der optimalen Methode entspricht, verwendet Frontin den Terminus *ager adsignatus*. Dieser Befund hat zu unterschiedlichen Annahmen in der Forschung geführt, in welcher Weise und mit welcher Konsequenz die Vermessungsmethoden der Limitation im Schachbrettmuster und der Vermessung nach Rechtecken, die entweder länger oder breiter sind als die Quadrate in den Zenturien, die rechtliche Einordnung bestimmt haben[12]. Man wird davon ausgehen können, dass diese Vermessungsmethoden in ihren Unterschieden nicht nur dargestellt, sondern auch eingesetzt wurden, dass es aber auch zu Verwechslungen oder zu einer vereinheitlichenden Handhabung gekommen ist. Ergänzend ist darauf hingewiesen worden, dass in Kolonien nicht notwendig nur eine Vermessungsmethode angewendet worden ist[13]. Vielmehr gab es für Altbesitzer Nutzungszuweisungen von Land, die auf der Vermessungsmethode *per strigas et scamna* beruhten. Eine weitere Hilfe bei der Deutung der Aussage bietet das Beispiel der in Campanien nach dem 2. Latinerkrieg (340–338 v. Chr.) gegründeten Latinerkolonie Suessa Aurunca. Die

Zuweisung von *ager vectigalis* bei einer Vermessung *per strigas et scamna* s. Griese 2019, 56–57 und Möller, Juristische Erläuterungen, Feldmesserbuch 2018, 92–96.
[12] Griese 2019, 142–145 mit weiteren Nachweisen.
[13] Chouquer und Favory 2001, 117.

mit der gröberen Vermessungsmethode geformte Struktur war ein Symbol für die Abhängigkeit von Rom[14]. Diese Methode konnte aber aus der Perspektive Frontins durchaus als »alter Brauch« (*mos antiquus*) bezeichnet werden[15].

Die zweite Grundform ist der *ager mensura comprehensus*, über den Frontin in § 2 sagt, dass nur das Äußere durch Vermessung erfasst werde. Dieser Bereich ist der Gemeinde im Ganzen zugewiesen. Der Boden ist abgabepflichtig. Er wird für seine Bewohner abgegrenzt. Wegen der Zuweisung an einzelne wird die entsprechende Eintragung in der *forma*, der Flurkarte, häufig nach dem Muster limitierten Landes vorgenommen. Die Unterscheidung zwischen Provinzialland und dem nach eigenrömischem Muster vermessenen und zugewiesenen Land wird in der Praxis offenbar nicht aufrechterhalten. Diese Thematik ist auch von Hyginus gromaticus in seinem Werk DE LIMITIBVS CONSTITVENDIS behandelt und die nicht selten anders gelebte Praxis kritisiert worden[16].

Als dritten Feldertyp erläutert Frontinus den *ager arcifinius*. In § 3 wird der Unterschied zu den beiden anderen Feldertypen dadurch deutlich, dass Naturgrenzen herangezogen werden, um Zuweisungen und Berechtigungen zu ermitteln. Eine Vermessung in dem kunstgerechten Sinn, der gerade für die beiden anderen Feldertypen beschrieben worden ist, findet nicht statt. Orientierung geben daher Flüsse, Gräben und Berge, ebenso Wasserscheiden. Die Anknüpfung an die Berücksichtigung solcher Umstände im Sinne einer *antiqua observatio*, einer alten Gepflogenheit, lässt es verständlich erscheinen, dass auch künstlich hergestellte Bauwerke als Markierungen herangezogen werden können. Dazu können die ebenfalls aufgelisteten Straßen und Grenzbäume gerechnet werden. Darüber hinaus wird auf alte Gepflogenheiten auch in dem Sinne Rücksicht genommen, dass Landstücke als Bezugspunkt dienen, die schon früher von einem Besitzer beansprucht werden konnten. Es sind verschiedene Anknüpfungspunkte erkennbar, die eine Hilfestellung bei der Identifizierung von Grundstücken und deren Grenzen bieten.

---

[14] Behrends 1992, 239 (2004: 517).

[15] Zu der daraus entspringenden Streitfrage, ob es sich bei dieser Methode um die älteste handele, s. Griese 2019, 145–146 mit weiteren Nachweisen.

[16] Hygin. *lim. grom.* 175, 51 und Möller, Juristische Erläuterungen, Feldmesserbuch 2018, 94–96.

Frontin weist darauf hin, dass später auch auf diesem nicht vermessenen Land Grenzsteine gesetzt wurden. Er beschreibt den Hintergrund dafür aus der Perspektive des Feldmessers: Für diesen waren die im Zusammenhang mit einem Rechtsstreit zur Klärung der Lage gezogenen *limites* der nächstliegende Bezugspunkt dafür, dass Grenzsteine aufgestellt wurden[17]. Der letzte Satz dient der weiteren Klärung, dass auch die hinzugefügten Grenzsteine nichts daran ändern, dass es ohne die Anwendung eines Vermessungssystems keine *subsiciva*, keine Restabschnitte, gibt.

Der Erläuterung solcher Restabschnitte gilt der Text in § 4. Sie können nur im Bereich des limitierten Ackers bestehen und zeichnen sich dadurch aus, dass sie von einer Vermessung ausgenommen sind. Zwei Arten werden unterschieden. Die *subsiciva* können innerhalb des in Zenturien aufgeteilten vermessenen Geländes entstehen, wenn es sich um ein Feld handelt, das nicht von vier *limites* eingefasst ist. Der zweite Bereich, in dem Restabschnitte vorkommen, ist zwischen dem limitierten Acker und der Außengrenze gelegen[18].

Im zweiten Teil von § 4 ist eine Erläuterung dieser Landstücke zwischen der begrenzenden Linie des Siedlungsgebietes und den Zenturien, die den Siedlern zugewiesen sind, als *ager extraclusus* ergänzt. Es könnte sich um eine Gruppe der *subsiciva* handeln, die spezifisch benannt sind. In den Schriften der Gromatiker kann *finis* auch die Bedeutung der Außengrenze einer Kolonie haben[19]. Durch diese Außengrenze wird nicht nur der vermessene und den Kolonisten zugewiesene Acker umschlossen, sondern auch der darüber hinaus dem *ager Romanus* oder der Kolonie zugehörige Bereich, in dem es keine Zuweisungen an private Siedler gibt, aber andere Zuweisungen oder einen Vorrat an Land, der in der Hand desjenigen bleibt, der die Kompetenz zur Landzuweisung innehat. In § 4 wird dieser Acker als *extraclusus* bezeichnet und als den Restabschnitten (*subsiciva*) ähnlich eingeordnet[20].

[17] Inhaltlich überzeugend wäre es, einen Anlass und eine Grundlage für Grenzsteine darin zu sehen, dass es zu Rechtsstreitigkeiten gekommen war. Im Text müsste dann *litium* anstelle von *limitum* gelesen werden.

[18] Vgl. [Frontin.] § 4 (=2,16–21 Th). Man vergleiche die Darstellung bei Hyg. *lim. grom.* 172,47 und dazu Möller, Feldmesserbuch 2018, 93–94.

[19] Vgl. [Front.] § 4 (=2,18 Th). S. Möller 2018a, 463 u. Möller 2014, 66.

[20] Vgl. [Frontin.] § 4 (=3,6–15 Th) und dazu Griese 2019, 318–319. Campbell

Lindermann hat für die Erläuterungen in § 4 als Ursprung des Textes Agenus 41,1–7 Th ausgemacht: Mit guten Gründen geht er davon aus, dass die Platzierung des Textstücks nach § 3 durch die Erwähnung des *ius subsicivorum* ausgelöst worden sei. Der Text gehöre inhaltlich zu den *controversiae*[21].

3.3. Rechtsstreitigkeiten: controversiae

3.3.1. Zur Untergliederung nach finis und locus

Es werden fünfzehn *controversiae* aufgelistet[22]. Die Rechtsstreitigkeiten werden in zwei Gruppen eingeteilt und entweder der Grenze (*finis*) oder dem Landstück (*locus*) zugeordnet.
Die Untergliederung überzeugt für die Zuordnung der ersten drei Streitigkeiten – DE POSITIONE TERMINORVM, DE RIGORE und DE FINE – zum Oberbegriff *finis*. Diese spiegeln sich im Zivilprozess in der Grenzverlaufsklage, der *actio finium regundorum*. Die Unterscheidung nach drei Aspekten ist der Gromatik geschuldet. Die Zuordnung von Streitigkeiten zum Oberbegriff *locus* überzeugt nicht für alle 12 weiteren Streitigkeiten, sondern nur hinsichtlich der folgenden fünf *controversiae – locus*, *modus*, *proprietas*, *possessio* und *alluvio*. Sie alle nehmen Bezug auf das konkrete Stück Land und gehören zum *ius privatum*[23]. Es folgen öffentlichrechtliche, also dem *ius publicum* zuzurechnende Streitigkeiten, eine weitere aus dem Bereich des religiösen Rechts und zwei dem *ius ordinarium* angehörende Streitigkeiten über die Abwehr schädigenden Regenwassers (*aqua pluvia*) und über Wegerechte (*itinera*).
Die *controversia* DE FINE mit ihren beiden Unterfällen der *controversia* DE POSITIONE TERMINORVM und DE RIGORE gilt bei den Feldmessern der Bestimmung des konkreten Grenzverlaufs. Bei der *controversia* DE LOCO geht es um den Umfang des Eigentums und damit um eine Parallele zur

---

2000, 320–321 zieht vergleichend Siculus Flaccus 127,21–128,5 Th (=131,14–21 C) heran und vermutet eine gelegentlich untechnische Verwendung der Terminologie. Die Technizität bleibt durch die Beschreibung als *similis* gewahrt.

[21] Vgl. meine Kommentierung im Abschnitt 3.3.3, 211 und Lindermann, 1.8.1, 109–115.

[22] Lindermann, 34–35; Behrends/Peyras 2006, 211–213.

[23] Behrends/Peyras 2006, 212.

vindicatio – der Klage des Eigentümers gegen den Besitzer – bzw. zum *interdictum* – dem Verfahren zum Schutz des Besitzes[24]. In diesen Verfahren sind die Feldmesser höchst selten als Ratgeber und Fachleute im Sinne der Limitationstechnik oder als Kenner der Naturgrenzen heranzuziehen. – Nach einigen Vorüberlegungen sollen die einzelnen Rechtsstreitigkeiten näher erläutert und soweit erforderlich in ihrem besonderen Bezug zur Feldmesskunst dargestellt werden.

3.3.2. Zur Rolle der Feldmesser in den Verfahren – Vorüberlegungen

Es wird schon bei der Durchmusterung der einzelnen Streitigkeiten zu bedenken sein, ob sich in dieser Liste der Einsatz von Feldmessern als Schiedsrichtern oder Schiedsgutachtern spiegelt. Schiedsrichter (*arbitri*) sind im römischen Prozessrecht als eine Gruppe von Richtern (*iudices*) anerkannt, die in spezifischen Verfahren tätig werden, insbesondere in Teilungsklagen, wo es nicht ausschließlich darum geht, die Tatsachengrundlage für eine Klage als erwiesen zu erachten und den Beklagten zu verurteilen oder im umgekehrten Fall eine Verurteilung abzulehnen und den Beklagten freizusprechen, sondern vielmehr darum, eine Regelung zu treffen[25]. Eines der wichtigsten Beispiele für eine solche Klage ist die *actio finium regundorum*, die gerade als Grenzregelungsklage dazu dient, dass der Verlauf der Grenze verbindlich festgelegt wird. Diese Festlegung kann unter Umständen auch eine Ausgleichszahlung zur Folge haben[26].

Arbiter heißt aber auch derjenige, der kraft einer Schiedsvereinbarung zwischen den streitenden Parteien als entscheidungsbefugter Schiedsrichter eingesetzt ist. Eine Vollstreckung findet in einem solchen Fall nicht über die *actio iudicati* statt, da diese ein Urteil in einem Zivilprozess voraussetzt. Das Urteil des als Schiedsrichter tätigen *arbiter* fordert aber ebenfalls Gehorsam. Sonst wird die Vertragsstrafe fällig,

---

[24] Knütel 1992, 299 und 302 unter Hinweis auf Hyg. *grom.* 93,5–7 u. 14–15 Th: *Constabit tamen rem* (sc. *controversia* DE LOCO) *magis esse iuris quam nostri operis, quoniam saepe usu capiuntur loca quae in biennio possessa fuerint* [...] *argumentum itaque prudentiae est quam professionis.*

[25] Paulus in DNP 1, Sp. 974–975 s.v. *arbiter* und HRP/Meissel, Novitskaya § 78 Rn. 22–24.

[26] Knütel 1992, 287–294 u. 303; Möller 2018a, 471–472.

die in Form einer *stipulatio*, eines einseitigen Schuldversprechens, versprochen worden ist. Aus diesem Versprechen kann bei Zuwiderhandlung gegen den Schiedsspruch die dann verfallene Summe eingeklagt werden[27]. Dies ist auch bei einem abredewidrigen Wechsel in einen Zivilprozess mit einem *iudex* der Fall. Eine *exceptio* im Prozess wird wegen der schiedsrichterlichen Abrede nicht gewährt, wie sich aus D. 4, 8, 2 (*Ulpianus 5 ad edictum*) ergibt. Grundsätzlich kann eine »Zweigleisigkeit« (Gröschler) der beiden Verfahrensoptionen angenommen werden. Allerdings folgt daraus nur nach einem Schiedsspruch die Möglichkeit, in den ordentlichen Zivilprozess zu wechseln, nicht etwa umgekehrt[28].

Das Thema des Schiedsverfahrens wird durch die Parteien und ihre Vereinbarung festgelegt[29]. Gerade bei Grenzstreitigkeiten sind solche Vereinbarungen auch urkundlich belegt[30]. Auf diese Weise könnte sich die spezifisch der Feldmesskunst entsprungene Aufzählung der *controversiae* erklären. Die Liste wäre vor diesem Hintergrund sinnvoll zusammengestellt und hätte einen rechtlichen Bezug, bliebe aber ohne Anknüpfung an das Edikt des Prätors, des römischen Gerichtsmagistrats[31]. Der Umstand, dass Feldmesser für einzelne Sachfragen als Fachgutachter oder als Schiedsgutachter herangezogen wurden, böte eine weitere Unterstützung für die Eigenheit der Liste. In dieser Funktion hatten die Feldmesser einen bestimmten Untersuchungsgegenstand, über den sie befinden sollten. Ihre Entscheidung wurde aber – im Unterschied zur Entscheidung des Schiedsrichters – von dem Richter in einem späteren Zivilprozess daraufhin überprüft, ob sie dem Maßstab eines als *vir bonus* urteilenden Mannes entsprach[32]. Hier tref-

---

[27] Buchwitz 2020, 170–171.

[28] HRP/Gröschler § 107 Rn. 22–23, mit eingehenden Ausführungen zur Frage der Bindungswirkung einer Schiedsabrede und weiterer Ausgestaltung durch vertragliche Vereinbarungen, insb. *pacta de non petendo*.

[29] Buchwitz 2020, 8 sowie Buchwitz 2021, 200–201.

[30] Buchwitz 2020 84–85, der eine Wachstafel aus Herculaneum vorstellt und auf weitere Urkunden und die Diskussion in der Sekundärliteratur verweist.

[31] Zur Rekonstruktion des im Jahr 130 n. Chr. im Auftrag von Kaiser Hadrian von dem führenden Juristen Julian abschließend redigierten Edikts, des *edictum perpetuum*, s. Lenel 1927.

[32] Buchwitz 2020, 11–12 unter Berufung auf D. 17, 2, 76 (*Proculus 5 epistularum*). Zur Überprüfung vor einer »Vollstreckung« durch Umsetzung in einem Zivilprozess

fen sich die Anforderungen mit dem bei Agenus Urbicus formulierten Anforderungsprofil des Feldmessers[33]. Fögen hat überzeugend darauf hingewiesen, dass »die Notwendigkeit der Verbindung von fachlicher Kompetenz und moralischer Integrität des Experten ... nachdrücklich in Worte gefasst« sei[34].

3.3.3. Zu den einzelnen Rechtsstreitigkeiten: §§ 6–20

De positione terminorum (§ 6)

Diese Streitigkeit wird von Frontin als erste der Rechtsstreitigkeiten[35] über die Grenze genannt. Besonders herausgehoben ist sie bei Agenus, der sie an die Spitze aller Streitigkeiten stellt. Zunächst muss die Aussagekraft der Grenzsteine geklärt werden, bevor daran weitere Schlussfolgerungen zum Verlauf der Grenze geknüpft werden können[36]. Für die Prüfung wird auf den *rigor* zwischen zwei streitenden Nachbarn Bezug genommen oder auf die eingehaltene *ratio*, wenn es bei einer Streitigkeit zwischen mehreren um einen Dreifelder- oder einen Vierfelderpunkt geht. Das methodisch im Sinne der Feldmesskunst richtige Vorgehen soll es also ermöglichen, die Lage der Grenzsteine zu klären. Orientierung bieten im Übrigen die Besitzverhältnisse der jüngsten Zeit. Frontin spricht im Folgenden den Fall an, dass es über diese Besitzverhältnisse Streit zwischen den Nachbarn geben kann. Unter diesen Umständen werde sich aus dieser Situation weiterer Rechtsstreit ergeben, der dann den *controversiae* über die Grenze oder über das Landstück zuzuweisen sei.

Buchwitz 2020, 175. Zu der Proculus-Quelle s. Lehne-Gstreinthaler 2017, 156–162 und zusammenfassend zu den Gründen für außergerichtliche Streitbeilegungen ebenda 164–166. Eine eingehende Untersuchung zum *vir bonus* und zum *arbitratus boni viri* hat Gianozzi 2021 vorgelegt. Vgl. zu ihrer Dissertation auch die Rezension von Finkenauer 2024, 567–571.

[33] Zum *vir bonus* in den Feldmesserschriften vgl. man Agen. *grom.* 50, 3–13 Th.

[34] Fögen 2014, 231–232.

[35] Dilke 1971, 105.

[36] Agen. *grom.* 29, 22–24. Zur Bedeutung dieser ersten Stelle der Streitigkeit über die Position der Grenzsteine s. Guillaumin 2002, 442–443. Der Gromatiker ziehe eine Parallele zur pythagoreischen Zahl Eins, die selbst keine Zahl ist, sondern den Ursprung aller Zahlen bildet. So verhalte es sich mit der *controversia* DE POSITIONE TERMINORUM. Beachte dazu Knobloch 2014, 108–109.

Für die Klärung der Lage der Grenzsteine ist also der Feldmesser kraft seiner fachlichen Kompetenz zuständig. Die diesbezügliche Entscheidung muss den Rechtsstreit aber keineswegs beenden. Anlass für weiteren Streit bietet gerade die Orientierung an den Besitzverhältnissen der jüngsten Zeit. Wenn sich im Übrigen aus diesen Besitzverhältnissen eine wenn auch umstrittene Orientierung ergeben soll, so kann es nicht um adsignierte Grundstücke gehen, an denen quiritisches Eigentum bestünde. Es muss sich um *ager publicus* handeln, der nicht zugewiesen ist, aber von den Anrainern in Bewirtschaftung genommen wurde. In diesem Zusammenhang wäre auch das Fehlen von Grenzsteinen plausibel.

De rigore (§ 7)

Bei einer Streitigkeit um die Markierungsgerade handelt es sich nach Frontin um eine solche, die der Art nach eine die Grenze betreffende (*condicio finitima*) ist. Hierfür sind parallel angeordnete Grenzsteine (*termini ordinati*) aussagekräftig oder andere Zeichen. Ausdrücklich wird als Gegenstand der Streitigkeit die von der LEX MAMILIA festgelegte Breite von fünf Fuß genannt[37]. Stellt man die Verbindung mit den zu Beginn des Textes unterschiedenen Feldertypen her, so tritt ein *rigor* dann auf, wenn es nicht um ein Feld geht, das nach eigenrömischem System vermessen, also mit parallel zum Achsenkreuz aus *decimanus* und *kardo* verlaufenden *limites* erfasst ist, sondern durch ungleichseitige Rechtecke *per strigas et scamna*. Doch auch hier kommt die Vorgabe der LEX MAMILIA zur Geltung.

In diesem Zusammenhang kann man sich eine schiedsgutachterliche oder schiedsrichterliche Tätigkeit von Feldmessern vorstellen, da es insbesondere auf die Vermessungstechnik und deren korrekte Anwendung im konkreten Fall ankommt. Es ist aber ebenfalls möglich, dass eine gutachterliche Expertise des Feldmessers im Rahmen einer *actio finium regundorum* im Zivilprozess angefordert wird, um den Grenzverlauf zu klären. Diese Fälle werden von Frontin in die nächste Gruppe von Streitigkeiten verwiesen.

---

[37] Möller 2018a, 463.

De fine (§ 8)

Für die *controversia* DE FINE halten die Feldmesserschriften zwei Möglichkeiten der Durchführung bereit: Die Ermittlung der Grenzsteine und Bestätigung ihrer korrekten Position oder die Feststellung der Naturgrenzen in der Interpretation der örtlichen Gewohnheit (*consuetudo regionum*). Frontin hebt die Ähnlichkeit mit der *controversia* DE RIGORE hervor und den Gegenstand, der auch hier als der Verlauf der fünf Fuß breiten Grenze beschrieben wird. Diese Streitigkeit ist nach seiner Darstellung auch möglich, wenn es um eine Grenze geht, die einen unregelmäßigen Verlauf hat, also gerade nicht der Vermessung nach dem Achsenkreuz entspricht. Dieser gekrümmte Verlauf, wie er für den *ager arcifinius* typisch ist, kann durch Kennzeichen wie Berggipfel oder Flussläufe nachvollzogen werden. Dies entspricht der dritten Gruppe der Feldertypen.

So passend eine Parallele von *controversia* DE FINE und *actio finium regundorum* dann ist, wenn man den Kontrast zur *controversia* DE LOCO betont, so wäre es doch verfehlt anzunehmen, dass die *actio finium regundorum* ausschließlich Bezug auf den Grenzstreifen gehabt hätte[38]. Es ist vielmehr notwendig, die *controversia* DE MODO, die eine Durchsetzung der zugewiesenen Flächengröße bzw. der in der LEX COLONICA festgelegten Größe zum Gegenstand hat, im Rahmen einer *actio finium regundorum* zu betreiben. Sollen an der konkreten Umsetzung der *modus*-Zuweisung Änderungen vorgenommen werden, weil sich herausstellt, dass die Grundstücksgröße die gegebene *modus*-Zusage nicht erfüllt, bedarf es auch der neuen Festsetzung des Grenzverlaufs[39]. Diese neue Festsetzung kann, wie bereits erwähnt, Ausgleichszahlungen erforderlich machen, die der obsiegende Kläger an den Beklagten zu leisten hat.

Es könnte daher sein, dass Frontin bei seiner Darstellung eine weitere Auffassung hinsichtlich einer Rechtsstreitigkeit über die Grenze

---

[38] Knütel 1992, 299 u. 301; Möller 2018a, 472.

[39] Zur Abgrenzung der *controversia* DE MODO von der *actio finium regundorum* s. Griese 2019, 111–118; Maganzani 1997, 173–174 betont die Unterschiede, indem sie auf die Grundlage der Adsignation für den *modus* hinweist, der eine Bezugnahme auf den hoheitlichen Zuweisungsakt erforderlich mache. Bei der Grenzregelungsklage seien dagegen Festlegungen von Privaten zu prüfen.

zugrunde legt. Denn im Bereich des *ager arcifinius* gibt es kein quiritisches Eigentum, wie es für die *actio finium regundorum* vorausgesetzt wird. Allerdings gibt es bereits in der vorklassischen Jurisprudenz im 2. Jh. v. Chr. eine Erstreckung dieser Klage auch auf Grundstücke, die auf der Grundlage einer anderen Rechtsform bewirtschaftet werden, so zum Beispiel im Rahmen eines Nießbrauchs (*ususfructus*) oder einer Erbpacht (*vectigal*)[40]. Ein in dieser Weise berechtigter Besitz war auch am *ager arcifinius* möglich. Dann wäre für Frontin diese Klageerweiterung maßgeblich, die sich in der Perspektive des Feldmessers dadurch zeigt, dass er mit seiner Expertise zur Klärung des Grenzverlaufs unabhängig davon herangezogen wird, ob es sich um Streitparteien handelt, denen quiritisches Eigentum zusteht oder lediglich ein Besitz- und Nutzungsrecht.

De loco (§ 9)

Bei dieser Streitigkeit geht es um das konkrete gegenständliche Landstück[41]. Es handelt sich nicht um einen Rechtsstreit im Bereich des *ager divisus et adsignatus*, sondern um solche Landstücke, die durch Naturgrenzen oder von Menschen geschaffene Einrichtungen abgeteilt sind. Frontin verdeutlicht diese Ausrichtung dadurch, dass er in diesen Fällen eine Bezugnahme auf den *modus*, die Flächengröße, ausschließt. Es handelt sich eben insbesondere um eine *controversia*, die im Bereich des *ager arcifinius* auftritt. Die Hinweise für eine Entscheidung der Streitigkeit gewinnt der Feldmesser, indem er auf die konkrete Nutzung unter Berücksichtigung der natürlichen Vorgaben für diese Nutzung blickt. So können Flüsse einen überzeugenden Hinweis auf den Zuschnitt des konkreten Landstücks geben, aber auch Grenzbäume und Gräben, die von Menschen errichtet worden sind und sich am Grenzverlauf orientieren. Ein solcher Hinweis ergibt sich auch aufgrund der Unterschiede in der Bewirtschaftung, wenn zum Beispiel die Nutzung als Ackerland zu einer Nutzung als Viehweide abgegrenzt werden kann.

---

[40] S. Möller 2018a, 457–460 und die Ausführungen zu § 10.

[41] S. dazu Behrends 1992, 269 (2004: 549-550); Griese 2019, 107–109.

De modo (§ 10)

Frontin zufolge findet eine *controversia* DE MODO nur im adsignierten Feld statt[42]. Grundlage der Rechtsstreitigkeit soll die Verteidigung alter Ansprüche sein. *Nomina* ist in der Bedeutung Ansprüche oder Forderungen insbesondere für Darlehensforderungen gebräuchlich. Im Zusammenhang mit Grundstücken wäre aber auch an die Hauptbedeutung des Wortes *nomen* = »Namen« zu denken. Um die »Verteidigung alter Namen« könnte die Klage gehen, weil der *fundus* als bewirtschaftetes Land nach der Familie benannt zu werden pflegte, die ihn bewirtschaftete[43].

Es kann vorkommen, dass ein solcher zugewiesener *modus* sich über mehrere Zenturien erstreckt, also besonders deutlich wird, dass *limes* und *fines* nicht übereinstimmen[44]. Die einzelnen Einheiten, die zugewiesen werden, ergeben insgesamt eine *universitas*. Es ist an ein Ganzes im Sinne des Ackerloses (*sors*) zu denken, das im Beispiel von Frontin auf zwei Zenturien verteilt ist, in denen in der einen Zenturie drei Teile und in der anderen Zenturie der fehlende vierte Teil dem Siedler zugewiesen werden. Frontin stellt den Unterschied von *limes* und *finis* gerade angesichts des Umstands heraus, dass die *limites* ebenso als öffentliche Wege dienen wie die *fines*. Daher ist aus der öffentlichen Nutzung kein Rückschluss darauf möglich, ob es sich um eine Grenzlinie (*limes*) im Sinne einer Vermessungslinie handelt, oder um einen *finis* im Sinne einer Grenze des Grundstückseigentums.

Die *limites* sind als Wege von der Berechnung des *modus*, der im *ager centuriatus* zugewiesen wird, ausgenommen. Die *latitudo limitum* wird also nicht als zugewiesener Acker mitgezählt[45]. Außerdem ist darauf hinzuweisen, dass die Anwendung einer *controversia* DE MODO

---

42 Griese 2019, 105–107; zur Abgrenzung von der *actio* DE MODO AGRI: 109–110.

43 Behrends 2014, 43 weist n. 163 auf die Quelle D. 18, 1, 9 *pr.* (*Ulpianus 28 ad Sabinum*) hin, in der es für die Überprüfung des Konsenses bei einem Grundstückskaufvertrag darum geht, dass ein Vertragspartner den *fundus Cornelianus* meint, während der andere den *fundus Sempronianus* im Sinn hat. Als weiterer Beleg dient n. 164 eine Weihinschrift, CIL X 4449. Campbell 2000, 323 versteht unter *nomina* »old property titles«. Vgl. Hyg. *lim. grom.* 167–168, 40 und dazu Möller, Juristische Erläuterungen im Feldmesserbuch 2018, 92–93.

44 § 10 (= 5, 16–6, 2 Th); Möller 2018a, 465–466.

45 Agen. *grom.* 49,15–16; Möller 2014, 65.

auch auf *ager quaestorius* oder auf *ager vectigalis* belegt ist[46]. Das Argumentationsmuster entspricht der vorklassischen Jurisprudenz und der Erstreckung von Klagen auf ähnliche Sachverhalte durch Analogien, *actiones utiles*[47]. Beweismittel in diesen Verfahren ist die *forma*.

Bei Grundstücksveräußerungen unter Privaten mit einer *modus*-Zusage haftet der Veräußerer mit der *actio de modo agri*[48], wenn das übereignete Grundstück einen geringeren Umfang hat. Zur Klärung einer solchen Streitfrage ist im Prozess die Expertise eines Feldmessers erforderlich.

De proprietate (§ 11)

Die Beispiele von Frontin für eine Rechtsstreitigkeit über das Eigentum betreffen Forstwälder und Weideland. Es geht um die Zugehörigkeit solcher, zum Teil von den zu Eigentum zugewiesenen Grundstücken weit entfernt gelegenen Flächen, die als Forstwald einem bestimmten Grundstück bzw. im Falle von Weideland mehreren gemeinschaftlich oder der Allgemeinheit zur Nutzung zugewiesen sind[49]. Die Verwendung des Begriffs *proprietas* für derartige Nutzungsberechtigungen kann vorklassischer Terminologie zugeordnet werden[50]. Es geht gerade nicht um Eigentum im Sinne der klassischen Jurisprudenz, für das eine exklusive Berechtigung an einem körperlich definierten Gegenstand erforderlich ist, in Bezug auf Grundstücke daher um ein exklusives Recht an einem *ager divisus et adsignatus* – auch wenn der Terminus »Eigentum« in der Übersetzung bevorzugt worden ist. In der vorklassischen Jurisprudenz ist ein Rechtsschutz solcher auf Sachen bezogener Rechte in analog zum Eigentum verstandener Weise durch eine *vindi-*

---

[46] D. 10,1,7 (*Modestinus 11 pandectarum*) und dazu Behrends 2004, 15 und Behrends 2014, 23; Möller 2018a, 457–458: *controversia* DE MODO in Gestalt einer angepassten *actio finium regundorum* (Veteranzuweisungen).

[47] S. dazu bereits bei § 8.

[48] S. dazu unter Abschnitt 3.4.3 (223).

[49] Zur Nutzung von Weideland aufgrund entsprechender Festlegungen bei der Anlage einer Kolonie s. Möller, Juristische Erläuterungen, Feldmesserbuch 2018, 96–97.

[50] Frühinsfeld 2017, 89; Griese 2019, 300–301 und im Folgenden zu weiteren, aus anderen Feldmesserschriften herangezogenen Stellen wie beispielsweise Agen. *grom.* 39,1–25 Th; COMM. 62,35–63,29 Th.

catio utilis möglich. In dieser Jurisprudenz kann man also auch eine entsprechende Berechtigung als Eigentum bezeichnen.
Nach der Einführung einer neuen Systematik und einer handgreiflichen Definition juristischer Termini durch Servius Sulpicius und seine Schüler ist für solche Rechte eine Klage erforderlich, die eine Beschreibung der Rechtsposition enthält, eine *actio confessoria*[51]. Doch kehrt die *vindicatio utilis* als ebenfalls geeigneter Rechtsbehelf in der Zeit des Prinzipats in der sabinianischen Rechtsschule zurück. Der Anknüpfungspunkt für die Feldmesser liegt vermutlich in der patrimonialstaatlichen Ausgangssituation ihrer Tätigkeit bei Gründung von Kolonien und auch bei späteren Zuweisungen von Land und Nutzungsrechten[52]. Entscheidend ist danach die Zuweisung von Berechtigungen, die von dem Ausgangspunkt aus vorgenommen wird, dass es sich um Land des römischen Staates (*ager publicus*) handelt und der Koloniegründer Berechtigungen in unterschiedlicher Skalierung vorsehen kann. Die auf diese Weise als verbindend angesehene Grundlage für Rechtspositionen spiegelt sich in der Einordnung als *proprium* und damit als einer Rechtsposition, die als *proprietas*, als »Eigenrecht«, verstanden werden kann.

De possessione (§ 12)

Frontin beschränkt sich auf die Feststellung, dass diese Streitigkeit im Interdiktenverfahren des *ius ordinarium* ausgetragen wird.
Es muss überlegt werden, warum bezüglich dieser Thematik die Fachkunde der Feldmesser nur in einer gutachterlichen Stellungnahme, nicht aber in einem schiedsgerichtlichen Verfahren eingesetzt werden konnte. Besitzschutz im Interdiktenverfahren ist mit dem Eingreifen des Prätors durch Anordnungen verbunden, die ein Gewaltverbot aussprechen – prohibitorische Interdikte –, solchen, welche die Wiedererlangung des Besitzes zum Gegenstand haben – restitutorische Interdikte – oder solchen, die eine Besitzposition erstmals herbeiführen – exhibitorische Interdikte[53]. Solche Rechtsfolgen können durch eine gutachterliche Tätigkeit des Feldmessers ebenso wenig ausgelöst

[51] Möller 2010, 301.
[52] Behrends 1992, 278–279 (2004: 560–561).
[53] S. zu den Interdikten HRP/Isola § 66.

werden wie durch eine Tätigkeit als Schiedsrichter. Es fehlt das *imperium*, die Amtsbefugnis, die für den magistratischen Befehl erforderlich ist, den der Kläger mit dem Interdiktenverfahren anstrebt[54].

De alluvione (§ 13)

Frontin nennt die Erosionswirkung der Flüsse, einen Prozess der Anschwemmung, aber auch der Verringerung des Landstücks, als Gegenstand einer Streitigkeit. In diesem Kontext kann es auch um ein verlagertes Flussbett gehen oder um eine im Fluss entstandene Insel (*insula in flumine nata*)[55].
Eine solche *controversia* kann der überwiegenden Ansicht nach nicht im Bereich des *ager divisus et adsignatus* entstehen, da hier der *modus* des Grundstücks garantiert ist[56]. Es besteht also ein Anspruch des Eigentümers darauf, den zugewiesenen *modus* ersetzt zu erhalten, wenn ein Verlust eingetreten ist. Bei *subsiciva* ist dagegen ein Zugewinn und ein Streit über eine entsprechende Berechtigung möglich. In einer Stelle aus Hyginus 1 (87,15–88,3 Th), die auch im COMMENTVM (64,8–17 Th) überliefert ist, ist die Gegenansicht erkennbar, die der Jurist Cassius Longinus im 1. Jh. n. Chr. vertreten hat. Dieser Ansicht nach musste der Eigentümer die zumutbaren Maßnahmen zum Schutz seines Grundstücks unternommen haben, damit er sich auf das *modus*-Prinzip berufen konnte. Eine Entscheidung des Kaisers Antoninus Pius, die in D. 41,1,16 (*Florentinus 6 institutionum*) überliefert ist, hat vielleicht vor diesem Hintergrund eine Klärung herbeigeführt: Im *ager limitatus* findet das *ius alluvionis* nicht statt[57]. Griese führt treffend aus, dass dem zufolge nicht die Natur bestimmt, ob und wie sich das Grundstück verändert, sondern der Gründer der Kolonie durch Festlegung des *modus*[58].
Für die anderen Grundstücke gilt, dass nach dem *ius alluvionis* eine Anschwemmung oder eine Erosion zu Gunsten oder zu Lasten dessen

54 HRP/Isola § 66, Rn. 4.
55 S. dazu ausführlich Griese 2019, 118–132; Castillo Pascual 2012–2013.
56 S. die Überlieferung bei Hyginus *grom.* 87,8–11 Th und dazu Behrends 1992, 267–268 (2004: 548–549).
57 Griese 2019, 127–131; ausführlich zu dieser Stelle und zur Pflicht, die Ufer zu befestigen Maganzani 2023, 130–133.
58 Griese 2019, 127.

erfolgt, dem das körperlich definierte Grundstück übertragen worden ist. Im Zusammenhang mit dieser *controversia* werden, wie aus dem Vorangehenden erhellt, die unterschiedlichen Arten der in den ersten Paragraphen beschriebenen Feldertypen relevant.

De iure territorii (§ 14)

Diese Rechtsstreitigkeit erläutert Frontin recht ausführlich. Um das Territorium kann sowohl gestritten werden, wenn es um einen Rechtsstreit der Stadt selbst geht. Hier hat schon Castillo Pascual richtig angemerkt, dass die Stadt insoweit als juristische Person angesehen werden muss, deren Interessen in einem Rechtsstreit durch Vertreter wahrgenommen werden[59]. Es kann außerdem um Themen gehen, die städtisches Gebiet innerhalb des *pomerium*, des umfriedeten Bezirks, betreffen. Dieses Gebiet kann im Rechtsstreit eine Rolle spielen, wenn es von privater Bautätigkeit ausgenommen worden ist. Als Gebiet, das der Hoheit (*potestas*) oder der Obhut (*tutela*) der Stadt zugewiesen worden ist, kommt städtischer Boden ebenso in Betracht wie ländlicher, wenn dieser zugunsten öffentlicher Bautätigkeit vorgesehen worden ist. Im Übrigen geht es um den Rechtsstatus von Gebieten einer Siedlung, die durch einen Statuswechsel von einem *conciliabulum*, einem Gerichts- oder Versammlungsort mit rudimentärer Selbstverwaltung, zu einem *municipium*, in dem es eine Selbstverwaltung gibt und die Einwohner römische Bürger sind, oder durch Überlagerung vorhandener Strukturen eines *municipium* durch die Anlage einer Kolonie in ihrer Zuordnung klärungsbedürftig waren[60]. Campbell weist darauf hin, dass es eine besondere Sorge von Augustus war, seine Veteranen durch Ansiedlung in Kolonien gut zu versorgen und zur Gewährleistung größtmöglicher Stabilität nur soweit nötig Land vorhandener Munizipien heranzuziehen. Nur in diesem Umfang seien die Gebiete dann auch unter der Jurisdiktion des Munizipiums verblieben.

---

[59] Castillo Pascual 2014, 155.
[60] Campbell 1996, 97.

De subsicivis (§ 15)

Die Bemerkungen in § 15 sind sehr knapp gehalten. Möglicherweise sind die Ausführungen zu den *subsiciva*, die in der Überlieferung den Abschnitt DE AGRORVM QVALITATE abschließen, aus einer anderen Überlieferung entnommen und dann an eine für geeignet gehaltene Stelle platziert worden. Sie hätten auch bei der *controversia* DE SVBSICIVIS eine passende Erläuterung geboten[61].

De locis publicis (§ 16)

Bei dieser Streitigkeit scheint es Überschneidungen zu der Streitigkeit DE IVRE TERRITORII (§ 14) zu geben. Handelte es sich bei den Grundstücken, die dem *ius territorii* unterliegen, um Sachen, die dem Gemeingebrauch gewidmet und damit unveräußerlich waren, so sind *loca publica* solche, über die das Gemeinwesen verfügen kann. Sie können verkauft oder verpachtet werden. Die Unterscheidung findet man in den Digesten beispielsweise bei Papinian[62], der einen Verkauf von einem Grundstück, das zum Fiskalvermögen gehört, für gültig erklärt, wenn in einer Verkaufsbestimmung festgehalten wird, dass alles, was sakral oder religiös oder öffentlich ist, nicht mitverkauft sein soll. Vorausgesetzt ist nur, dass das verkaufte Grundstück nicht *in usu publico*, also im öffentlichen Gebrauch, ist[63].

In einem Interdiktenverfahren, wie es zum Schutz öffentlicher Orte von jedermann in Anspruch genommen werden konnte, wäre die Expertise eines Feldmessers insofern nötig gewesen, als man den genauen Bereich der Stelle oder den in der *forma* verzeichneten Charakter des *locus* vor dem Prätor beweisen können musste[64]. Es handelt sich um das *interdictum ne quid in loco publico vel itinere fiat*, das gegen bauliche Tätigkeit, aber auch gegen jede Art von schädlicher Immission auf öffentlichem Grund oder öffentlichen Wegen gerichtet ist.

---

[61] S. dazu schon im Abschnitt 3.2, 198–199.
[62] D. 18, 1, 72, 1 (*Papinianus 10 quaestionum*).
[63] Castillo Pascual 2014, 156.
[64] Zum Anwendungsbereich s. D. 43, 8, 2, 1–4 (*Ulpianus 68 ad edictum*).

De locis relictis et extraclusis (§ 17)

Ein *locus relictus* kann aus der Perspektive der Feldmesser als ausgelassenes oder liegengelassenes Landstück bezeichnet werden. Es ist bei der Vermessung nicht berücksichtigt, also ausgelassen worden. Im rechtlichen Zusammenhang ist man an die Dereliktion erinnert, die eine Aufgabe des Eigentums bezeichnet. Bei der aufgelisteten Streitigkeit geht es um Landstücke, die nicht zugeordnet sind, die sich aber im Bereich des grundsätzlich der Vermessung unterworfenen Gebiets befinden. Die *loci extraclusi* sind in dem vermutlich aus Agenus übernommenen Teil bei der Vorstellung der unterschiedlichen Feldertypen den *subsiciva* als ähnlich gleichgestellt worden[65]. Auch hier kann die Expertise von Feldmessern erforderlich sein, um den Zuschnitt des fraglichen Gebiets oder dessen Charakter zu ermitteln.

De locis sacris et religiosis (§ 18)

Frontin nennt hier die Landstücke, die den Göttern geweiht sind, weil sie oberirdisch entsprechende Bauwerke, wie zum Beispiel Tempel aufweisen, oder Landstücke, die durch eine unter der Erde befindliche Bestimmung religiös sind, also insbesondere durch eine Grabstätte. Diese Landstücke sind nicht veräußerlich. Entsprechend kann es bei Kaufgeschäften dazu kommen, dass eine Überprüfung unter Hinzuziehung eines *agrimensor* stattfinden muss, um die Veräußerlichkeit bzw. das Gegenteil zu beweisen. Frontin weist auf das *ius ordinarium*, das ordentliche Verfahren, hin, das in diesen Fällen eine Klärung bringt. Der Feldmesser ist daher nur in diesem Rahmen als von einer Partei oder vom Richter hinzugezogener Experte im Einsatz. In diesem Zusammenhang können Bergregionen eine besondere Untersuchung erforderlich machen oder Gebäude, deren Grenzen aufgrund vorhandener Beurkundung wiederhergestellt werden müssen. Frontin erwähnt ausdrücklich die Gärten, die um Grabbauten herum angelegt sein können und die eine festgelegte Flächengröße haben[66].

---

[65] [Frontin.] § 4; s. Abschnitt 3.2, 198.

[66] Zu Bewässerungsproblemen bei solchen um Grabbauten herum angelegten Gärten s. Bannon 2023.

De aquae pluviae transitu (§ 19)

Die Erläuterung zu dieser *controversia* ist knapp. Es wird als Auslöser einer Streitigkeit die Situation beschrieben, dass Regenwasser seitlich die Grenze schneidend abläuft, ohne dass darüber Einigkeit zwischen den Grundstücksnachbarn besteht. Nur in dem Fall, dass es um die Festlegung der Grenze gehe, sei ein *agrimensor* hinzuzuziehen[67]. Vermutlich ist an den Fall gedacht, dass der Grenzverlauf zugleich als Orientierung für den Abfluss von Regenwasser genutzt wurde. Die Streitigkeit ist eine solche, für die bereits in den Zwölftafeln eine Klage vorgesehen ist[68]. Die Auslegung des Gesetzes bewegt sich in einem weiten Spektrum. Können einerseits alle schädlichen Verstärkungen des Wasserabflusses, für die keine die Landwirtschaft betreffende Begründung angegeben werden kann, zurückgewiesen und deren Beseitigung verlangt werden, so sind auf der anderen Seite nach Auffassung der klassischen Juristen nur solche Maßnahmen von der Klage erfasst, die ein von Hand errichtetes Bauwerk betreffen, das in schädlicher Weise den Wasserabfluss verändert.
Es ist dies der dritte Fall bei den Rechtsstreitigkeiten, in dem Frontin eine alleinige Zuständigkeit des *ius ordinarium* annimmt, wenn es nicht zugleich um den Grenzverlauf geht.

De itineribus (§ 20)

Im Zusammenhang mit Durchgangsrechten[69] wird die Unterscheidung zwischen Grundstücken, die zu bestem Eigentum zugewiesen, also adsigniert worden sind, und solchen Grundstücken, die zu den *agri arcifiniuss* gehören, auf denen also keine Vermessung stattgefunden hat, relevant. Frontin weist diesbezügliche Streitigkeiten im Bereich des *ager arcifinius* dem *ius ordinarium* zu. Hier gibt es keine Festlegungen,

---

[67] Zu diesem Fall der Anknüpfung der Wasserinfrastruktur an das Vermessungsnetz s. Möller 2018b, 31 unter Bezugnahme auf Willi 2014.

[68] Vgl. XII tab. 7, 8 (ed. Düll 1989 = ed. Humbert 2018, 361). S. zu dieser Streitigkeit, die dem *ius ordinarium* zugewiesen wird, und zu den unterschiedlichen Interpretationen Möller 2018b und HRP/Rainer § 62 Rn. 55–70.

[69] Zur agrimensorischen und zur juristischen Sicht auf Wege (*itinera*) s. Möller 2014, 74–77.

die aus der Feldmesskunst heraus Antworten auf die Frage bereithalten würden, wo ein solches Durchgangsrecht seinen Ort hat.

Anders verhält es sich im Bereich des limitierten, also nach eigenrömischem Muster vermessenen Landes. Dort ist die *ratio mensurae*, die Methode der Vermessungen, entscheidend. Im Einklang mit der bei Einrichtung einer Kolonie erforderlichen *lex*, der LEX COLONICA, muss auf allen *limites* ein Durchgang gewährt werden[70]. Es ist dies das überzeugende Erschließungskonzept, das eine Basis-Infrastruktur sichert. Auslöser von Streitigkeiten werden vermutlich am ehesten die Fälle gewesen sein, die Frontin im Folgenden anspricht. Wenn die *limites* keine geeigneten Wege darstellten, so musste der nächstliegende Nachbar einen Ausweichweg zur Verfügung stellen. Diese Fälle traten insbesondere im abschüssigen und zerklüfteten Gelände auf. Es wird deutlich, dass die Systemlinien in erster Linie den Systemvorgaben folgen, also Parallellinien zu *kardo* und *decimanus* sein müssen. Wenn dadurch die Funktionalität beeinträchtigt ist, ein Weg also nicht gewährleistet wird, muss eine Ausweichlösung gefunden werden, die über das Grundstück führt, das die Grenzlinie enthält. Frontin führt beispielhaft den Fall an, dass der verpflichtete Nachbar in seinem Wald keinen solchen Ersatzweg zur Verfügung stellen will, sondern seine Pflicht dazu in rücksichtsloser Weise bestreitet.

Es ist gut vorstellbar, dass die streitenden Nachbarn in einem Fall der unpassierbaren *limites* einen Feldmesser als Schiedsgutachter akzeptierten. Im zivilgerichtlichen Verfahren wäre an eine Klage zur Durchsetzung eines Wegerechts zu denken, die als *vindicatio utilis* oder als *actio confessoria* möglich wäre[71].

Zu fr. 1 de arborum fructibus

Zu ergänzen wäre hier unter Umständen die Rechtsstreitigkeit, die in der Frontin-Überlieferung als eine nicht auf den Boden bezogene

[70] Frühinsfeld 2017, 71–77.

[71] Zu dem dieser Doppelung zugrundeliegenden Wandel in der dogmatischen Verankerung der Servituten s. Möller 2010, 220 (vorklassisch) und 314–315 (klassisch). Ohne eine Zuordnung zu unterschiedlichen Konzepten, aber mit einer Wahrnehmung der unterschiedlichen Terminologie HRP/Rodríguez Martín § 61 Rn. 2.

Rechtsstreitigkeit angefügt ist[72]. Es geht um die Früchte der Bäume, die auf der Grenze stehen oder auch innerhalb des einen Grundstücks. In dem Text ist allgemein von DE ARBORVM FRVCTIBVS die Rede. Die ins Auge gefasste Rechtsstreitigkeit kennen bereits die Zwölftafeln[73]. Sie bezieht sich dort konkret auf die Eicheln als Baumfrüchte und wird als *interdictum de glande legenda* bezeichnet. Die Auslegung der *pontifices*, der in der frühen Republik für Rechtsfragen zuständigen Priester, hat diesen Rechtsbehelf auf alle Früchte von Bäumen erweitert[74]. Dies ist der Ausgangspunkt für die Ergänzung. Dem Eigentümer des Grundstücks, auf welchem der früchtetragende Baum wächst, steht das Recht zu, jeden zweiten Tag auf dem Nachbargrundstück die Früchte einzusammeln. Daran darf der Nachbar ihn nicht hindern. Andernfalls kann er das Interdikt *de glande legenda* geltend machen[75]. In diesem Zusammenhang ist eine Grenzfeststellung durch einen *agrimensor* durchaus als Auskunft eines Sachverständigen sinnvoll.

3.3.4. Zur Rolle der Feldmesser bei den Rechtsstreitigkeiten

Die *controversiae* werden aus der Perspektive der Feldmesser vorgestellt. Sie werden in ihrer Beziehung zum Grenzregime präsentiert, bei dem eine Hinzuziehung der Feldmesser als Experten zu einem Verfahren nach dem *ius ordinarium*, also nach dem Zivilrecht, das durch Klagverfahren betrieben und dessen Urteil durchgesetzt wird, erfolgt. Behrends hat in seinem grundlegenden Aufsatz „Bodenhoheit und privates Bodeneigentum im Grenzwesen Roms“ auf den wichtigen Unterschied in aller Klarheit hingewiesen[76]:

> Die genannten Beispiele stammen aus den *controversiae agrorum* der Feldmesserschriften, die auch für die Rechtsfragen eine zuverlässige Information geben. Bei ihrer Auswertung ist nur

[72] Zur textlichen Überlieferungslage s. Lindermann, Abschnitt 1.8.2, besonders 115–117.

[73] XII tab. 7,10 (ed. Düll 1989 = ed. Humbert 2018, 378).

[74] D. 43,28,1 *pr.*,1 (*Ulpianus 71 ad edictum*) sowie D. 50,16,236,1 (*Gaius 4 ad legem duodecim tabularum*).

[75] Im BGB findet man in § 911 die Regelung des sogenannten »Überfalls« in anderer Weise: Die Früchte, die auf das Nachbargrundstück hinüberfallen, gelten als Früchte des Nachbargrundstücks.

[76] Behrends 1992, 247 (2004: 526).

> folgendes zu beobachten: Obwohl der Feldmesser als gewählter Richter oder als vom erlosten Einzelrichter beigezogener Fachmann in der *actio finium regundorum* eine seiner wichtigsten Aufgaben erfüllt, sind die Ackerstreitigkeiten keineswegs dieser Klage untergeordnet. Vielmehr sind die Kategorien der *controversiae agrorum* viel allgemeiner formuliert, nämlich einfach von dem Gesichtspunkt aus, was für Streitigkeiten überhaupt im Rahmen der Nutzung des Ackerbodens entstehen können.

Die Grenzen im Sinne der *actio finium regundorum* haben in der vorklassischen Auslegung ein weites Aufgabenfeld. Sie dienen der Erhaltung des Eigentums, aber auch der grundstücksbezogenen Festlegung der natürlichen Nutzung durch Besitzer[77]. Ihre Regelung hat weiterhin einen öffentlichrechtlichen Einschlag, da ein funktionierendes Miteinander nicht nur die beiden angrenzenden Grundstücksbesitzer betrifft, sondern auch die Nutzung als Weg sichert. Das Verhältnis zu den *controversiae*, die in den Schriften der römischen Feldmesser genannt, systematisiert und beschrieben werden, scheint nicht klar abgegrenzt, sondern vielmehr der Ausbildung einer eigenen Begrifflichkeit geschuldet. Die Feldmesser sind jedenfalls die Fachleute, die herangezogen werden, um die systembestimmten Vorgaben festzustellen, Grundstückszuweisungen durch den Staat auf ihre Umsetzung in der Realität hin zu überprüfen, zum Beispiel im Hinblick auf die Einhaltung der Flächengröße (*modus*), und auch, um privatrechtlich veränderte Grenzen festzustellen oder bei Verlust von Anhaltspunkten, wie Grenzsteinen oder markanten Grenzzeichen, neu festzulegen.

Im Bereich der *actio finium regundorum* ist eine begriffliche Präzisierung in der Jurisprudenz des Servius und seiner Schüler erkennbar. Dass eine solche Klärung von Begrifflichkeiten der *ars iuris* des Servius entspricht, hat Behrends in zahlreichen Untersuchungen dargelegt[78]. Diese Methodik ist unter anderem anhand der Dogmatik der Servituten ausführlich nachgewiesen worden[79]. Im Bereich der *actio finium regun-*

[77] Behrends 2004, 36 und Möller 2018a, 458–459.
[78] S. nur Behrends 1995b, 562–563; Behrends 2008.
[79] Möller 2010, 221–315.

dorum folgt daraus eine Festlegung auf den quiritischen Eigentümer als Kläger[80].
Von diesen Unterschieden, die sich durch die Aufnahme vorklassischer Lehren in der sabinianischen Rechtsschule und die Fortführung der klassischen Jurisprudenz des Servius in der prokulianischen Rechtsschule in augusteischer Zeit fortsetzen[81], liest man bei Frontin nichts. Die *controversia* DE FINE unterscheidet sich denn auch von der Klage, mit der die Lage des Grenzstreifens ermittelt und ihre Freihaltung von Gestaltungen, die eine Nutzung als Weg stören, wie insbesondere einer Bebauung oder Bepflanzung, durchgesetzt werden soll. Sie beschreibt die agrimensorische Perspektive auf eine zu ermittelnde Lage, die im Rahmen eines Rechtsstreits entschieden werden muss.
Das gilt, weil es sich um eine Streitigkeit handelt, für die ein Feldmesser hinzugezogen wird, um die vorhandene Grenze zu ermitteln. Die nach der Feldmesskunst vorzusehenden Markierungen und die typischen Orientierungspunkte bei Abweichungen von einer rechtwinkligen Vermessung sind dafür zu interpretieren. Für eine Neufestlegung der Grenze ist dagegen eine Adjudikationsbefugnis erforderlich. In deren Konsequenz waren Ausgleichszahlungen an den dadurch benachteiligten Klagegegner zu leisten. Dieser Zuschnitt gehört ausschließlich zum *ius ordinarium*[82]. Bei der Grenzbestimmung waren die Richter auf die Unterstützung durch die Agrimensoren angewiesen, die als Fachleute ihre Expertise in den angefragten juristischen Kontext einbrachten[83]. Wenn der Geschworenenrichter ein Feldmesser war, musste kein weiterer Fachmann hinzugezogen werden[84]. Es war auch möglich, dass von einer der Parteien des Rechtsstreits ein Agrimensor beteiligt wurde[85]. Vor diesem Hintergrund hat Campbell die Feldmesser als Diener des Rechts beschrieben. Sie hätten zwar keine Befugnis zur Entscheidung

[80] Behrends 2004, 17; das quiritische Eigentum kann sich aus einer Adsignation im *ager Romanus*, auf dem Gebiet einer Kolonie römischer Bürger oder in einem Gebiet ergeben, dem das *ius Italicum* verliehen worden ist: Möller 2018a, 460.

[81] Zu den grundlegenden konzeptionellen Unterschieden in den Rechtsschulen s. Behrends 1978 (2004: 15–50).

[82] Möller 2018a, 462–463 und bereits einleitend zu diesem Abschnitt.

[83] Diese Unterstützungsfunktion der Agrimensoren hebt auch Maganzani 1997, 196–200 hervor.

[84] Behrends 1992, 194 mit n. 1 (2004: 469).

[85] D. 10,1,4,1 (*Paulus 23 ad edictum*) und dazu Möller 2014, 70.

von Rechtsstreitigkeiten gehabt, doch Richter ebenso wie Privatleute hätten guten Grund gehabt, Feldmesser als Ratgeber heranzuziehen[86].

Es ist hinzuzufügen, dass durch die Anerkennung von Schiedsverfahren, auf die sich die Parteien eines Rechtsstreits geeinigt hatten, von diesen Parteien definierte Themen Gegenstände der Entscheidung wurden, die in weiteren Rechtsstreitigkeiten eine Rolle spielen konnten, die aber keiner Klage im Edikt des Prätors entsprachen. Zu solchen Verfahren, und zwar insbesondere zu Grenzstreitigkeiten, bei denen ein *agrimensor* als Schiedsrichter (*arbiter*) eingesetzt wurde, existieren zahlreiche Belege[87]. Auch als Schiedsgutachter konnten *agrimensores* in rechtlich relevanter Weise Auskunft geben. Führt man sich diesen Hintergrund vor Augen, wird verständlich, dass es eine Rechtsstreitigkeit um die Stellung des Grenzsteins geben konnte. Es handelt sich bei deren Klärung um eine Vorklärung für eine Grenzregelungsklage.

So kann man festhalten, dass Frontin kein Rechtsbuch verfassen wollte, sondern Ratschläge für Feldmesser zur Verfügung gestellt hat. Diese konnten bei Schwierigkeiten im Zusammenhang mit Gerichtsverfahren und der Klärung von Vorfragen nützlich sein[88].

3.3.5. Ein vergleichender Blick auf die Listen bei Hyginus 1 und Agenus

Solche Kataloge von *controversiae* finden sich auch bei Hyginus 1 und bei Agenus. Bei Hyginus 1 sind es sechs Streitigkeiten, denen noch ein Hinweis auf weitere Streitigkeiten über Wege (*via*, *actus*, *iter*), Umgang (*ambitus*) und Zugang (*accessus*), Wasserleitung (*rivus*) sowie Wälle, Gräben und Quellen (*valles*, *fossae*, *fontes*) angefügt ist[89]. Diese werden dem *officium forensis*, also der Gerichtsbarkeit, zugeordnet, nicht, wie Hygin schreibt, unserem *officium*. Näher wird dieser Bereich des *officium forensis* als der des *ius civile* benannt. Er listet auf: DE ALLVVIONE ATQVE ABLVVIONE, DE FINE, DE LOCO, DE MODO, DE IVRE SVBSICI-

[86] Campbell 2000, 475.
[87] S. oben 201, n. 30.
[88] Campbell 2000, 475.
[89] Hyg. *grom.* 86,20–97,22 Th.

VORVM, DE IVRE TERRITORII. Bei diesen Streitigkeiten sind also, wenn man den Umkehrschluss vollzieht, die *agrimensores* beteiligt[90].
Die geringere Zahl der aufgelisteten Streitigkeiten setzt Castillo Pascual in einen Zusammenhang mit der veränderten politischen Situation. Zur Zeit Hygins, also zur Zeit von Kaiser Trajan, habe es keiner genauen Erfassung schon bestehender Grundstücksverhältnisse im Sinne einer Katasterrevision bedurft, da es anders als unter Vespasian nicht um eine Sanierung der Staatsfinanzen gegangen sei, sondern durch Eroberungen neue Finanzquellen zur Verfügung gestanden hätten[91].
Bei Agenus ist eine enge Anlehnung an die Einteilung und Auflistung bei Frontin festzustellen[92]. Die *controversia* um die Lage der Grenzsteine (DE POSITIONE TERMINORVM) wird als vorgelagert aus der Zweiteilung herausgenommen. Doch folgt die Erörterung der einzelnen *controversiae* der Liste bei Frontin, wenn auch die Reihenfolge etwas abgeändert ist. So schließt sich der Besprechung der *controversia* DE POSSESSIONE die Erörterung derjenigen über die *subsiciva* an, bevor die Rechtsstreitigkeiten DE ALLVVIONE und DE IVRE TERRITORII behandelt werden.
Die in den Gromatikerschriften bei Frontinus, Hyginus 1 und Agenus überlieferten Einteilungen der *controversiae agrorum* folgen einem durch diese Disziplin vorgegebenen Zweck. Eine weitere Entscheidung betrifft dann die passende Klage nach dem *ius ordinarium*[93].

3.4. Zum Charakter des Textes, seiner zeitlichen Einordnung und zum Adressatenkreis

3.4.1. Zum Charakter des Textes

Der Text weist eine typische Struktur auf, indem zunächst in knappen Definitionen eine Einführung in die Fragestellung geboten wird,

---

[90] Clavel-Lévêque, Daniele Conso und al. 2000, 86–149.

[91] Castillo Pascual 2012–2013, 164–165.

[92] Agen. *grom.* 26,11–49,25 Th; s. dazu Clavel-Lévêque, Daniele Conso und al. 2005, 48–149 und die Zusammenstellung bei Lindermann (Tabelle 1.1, 35), der die Stellen bei Frontin mit der Überlieferung bei Agenus und im COMMENTVM vergleicht.

[93] S. zum Beispiel § 11 (= 6,11–12 Th); § 18 (= 9,13–15 Th); Agen. *grom.* 39,20–22 Th und dazu mit weiteren Nachweisen Maganzani 1997, 83–85.

bevor anhand von Beispielen eine Diskussion zu den meisten, wenn auch nicht zu allen angesprochenen Themen hinzugefügt wird. Diese Hinzufügungen ergeben sich für die in diesem Band von Lindermann vertretene, editionsphilologisch wohlbegründete Ansicht, dass es kein zweites Buch von Frontin gegeben hat, das uns im Text des Agenus überliefert ist, nur in sehr geringem Umfang. Eine solche Struktur wäre gleichwohl plausibel im Sinne einer durch die Philosophie der skeptischen Akademie gepflegten Lehrstruktur gewesen. Auf diesen Ursprung und die sich daraus ergebende Parallele zu der in der Zeit des Prinzipats beliebten, aber bereits von Cicero in seiner Schrift TOPICA eingesetzten Art der Unterrichtung hat Behrends aufmerksam gemacht[94]. Die Struktur ließe den Schluß zu, dass mit der Schrift eine Unterrichtung geplant war, die durch die Einführung zentraler Begriffe Kenntnisse vermittelte, diese durch Strukturierung fasslich machte und durch Exemplifikationen nicht nur Anschaulichkeit erstrebte, sondern die Leserschaft auch auf berufliche Anforderungen vorbereitete. Der unter dem Namen Frontin in dieser Edition festgestellte Text beschränkt sich dagegen auf ein Minimum an Unterrichtung. In der auf die zwei Textabschnitte zu den Feldertypen und zu den Rechtsstreitigkeiten reduzierten Form könnte der Text eine Epitome oder ein Kompendium für den kundigen Feldmesser gewesen sein.

Ein besonderes Interesse galt den Rechtsstreitigkeiten. Möglicherweise lassen sich Anhaltspunkte dafür finden, dass Feldmesser häufiger in Verfahren des Zivilprozesses als Fachleute herangezogen wurden, oder auch dafür, dass zwischen Privaten Vereinbarungen über einen Streitentscheid, ein *compromissum*, durch einen Schiedsrichter getroffen wurden. Deren Durchsetzbarkeit war von mit der Vereinbarung verknüpften Strafstipulationen abhängig[95].

Insbesondere die rechtliche Relevanz spiegelt sich in der Themenwahl. Die Kenntnis der verschiedenen Feldertypen ist Voraussetzung für den korrekten Einsatz der Vermessungsmethode. Diese Kenntnis ist auch erforderlich, um bei Rechtsstreitigkeiten die agrimensorische Lage korrekt zu beurteilen. Für die Bestimmung einer Grenze ist es erforderlich, die anzuwendende Art der Vermessung und die Grundlage

[94] Behrends/Peyras 2006, 202–204.
[95] Buchwitz 2020, 8–18.

einer Zuweisung zu kennen. Treffend hat Dilke dazu ausgeführt[96]: »Of the many spheres of Roman law, the surveyor had to be familiar with only two in great detail. One was the body of law governing the classification of land, the other was that concerning boundaries and boundery disputes.«

3.4.2. Indizien für eine zeitliche Einordnung

Für die zeitliche Einordnung ergibt sich wenig daraus, dass Beispiele aus Italien und aus Spanien herangezogen werden oder dass es um Koloniegründungen in den Provinzen und um die Bodenqualitäten dort geht; auch die intensive Erörterung bestimmter *controversiae*, insbesondere der *controversia* DE IVRE TERRITORII, läßt keine chronologischen Rückschlüsse zu. Lindermann weist auf die räumliche Zuordnung zum Sabinergebiet und darauf hin, dass der Autor Zugang zu Archiven hatte. Die Erwähnung der *divi Augusti* (§ 14) fixiert immerhin als *terminus post quem* das Ende der Regentschaft von Kaiser Tiberius 37 n. Chr[97].

Der Vergleich zur Schrift von Hygin, der nicht fünfzehn, sondern nur sechs *controversiae* auflistet, und der Umstand, dass in dieser Schrift eine Katasterrevision keine Beachtung findet, hat eine Zuweisung von Hygins Schrift zur Regierungszeit von Kaiser Trajan, also um 100 n. Chr., plausibel gemacht[98]. Die ausführliche Liste Frontins passt dagegen zur flavischen Zeit und zur Neuorientierung unter Kaiser Vespasian.

Die Verwendung technischer Begriffe wie *proprietas* – Eigentum in einer sehr weit verstandenen Weise, nämlich als Zuordnung von Nutzungsrechten auch an einer Weide oder einem Forstwald –, lässt einen Zusammenhang mit einem bei den römischen Juristen in der vorklassischen Phase des zweiten und frühen ersten Jhs. v. Chr. geprägten Verständnis erkennen, das in der Kaiserzeit von der sabinianischen Rechts-

[96] Dilke 1971, 63.

[97] S. Lindermann, 26–27.

[98] Castillo Pascual 2012–2013, 164–165; Clavel-Lévêque, Daniele Conso und al. 2000, zusammenfassend XXI–XXII.

schule fortgeführt wurde[99]. Nicht nur das körperlich definierte Eigentum konnte als *proprietas* bezeichnet werden, wie es im 1. Jh. v. Chr. bei Servius und den klassischen Juristen der Fall war, sondern auch eine Berechtigung, die nur Teilbefugnisse erfasste.
Eine Datierung der Schrift in die zweite Hälfte des 1. Jhs. n. Chr. würde auch im Einklang mit der beobachteten schiedsrichterlichen Tätigkeit von Feldmessern stehen, ohne damit ein konkretes Datum vorzugeben[100]. Eine Anerkennung der Möglichkeit, eine schiedsrichterliche Entscheidung durch einen *agrimensor* herbeizuführen, kann man bereits für das 1. Jh. v. Chr. nachweisen. Im 1. Jh. n. Chr. sind uns mehrere Texte in den Digesten überliefert, die eine unter den Juristen erreichte begriffliche Klarheit, aber auch Meinungsverschiedenheiten über die Verbindlichkeit schiedsrichterlicher bzw. schiedsgutachterlicher Entscheidungen enthalten[101].
Ein bis zur Spätantike anhaltendes Interesse daran, eine grundstücksbezogene Rechtsstreitigkeit im Schiedsverfahren zu klären, ist zum Beispiel in einer Konstitution Kaiser Justinians (C. 2, 55, 5 pr.) aus dem Jahr 530 belegt. Die vollständige Bindungswirkung des Schiedsspruchs auch ohne wechselseitige Strafstipulationen hält Gröschler für spätantik[102]. Die zitierte Literatur spricht sich – meines Erachtens überzeugend – für eine frühere, nämlich klassische Einordnung aus. Auch nach der seit Augustus stetigen Erweiterung des Bereichs kaiserlicher Gerichtsbarkeit spielte die privat vereinbarte Schiedsgerichtsbarkeit jedenfalls weiterhin eine Rolle[103]. Möglicherweise könnte man die pauschale Zuweisung mancher Streitigkeiten zum *ius ordinarium* ohne die Benennung einer spezifischen Klage damit in Zusammenhang bringen, dass bis zu Julians Endredaktion des Edikts im Jahr 130 n. Chr. jährlich Veränderungen durch den Prätor vorgenommen werden konnten. Einer Unsicherheit bei der Bezugnahme auf eine konkrete Klage hätte

---

[99] S. zum Zusammenhang von Frontins Schrift mit der vorklassischen Lehre und mit der dezemviralen Tradition: Behrends/Peyras 2006, 216–217.

[100] Lindermann, 32 hält eine eindeutige zeitliche Verortung nicht für möglich und spricht sich für einen Zeitraum vom Ende des 1. Jhs. n. Chr. bis zum Anfang des 3. Jhs. n. Chr. aus.

[101] Buchwitz 2020, 8–18.

[102] HRP/Gröschler § 107 Rn. 24.

[103] HRP/Atzeri § 4, Rn. 58 und Rn. 73 unter Hinweis auf neuere Literatur, insb. zur Rechtspraxis in Ägypten, die durch Papyri bezeugt ist.

Frontin weder sich noch seine Leser aussetzen wollen. Träfe man damit etwas Richtiges, wäre ein *terminus ante quem* gefunden.

3.4.3. Zum Adressatenkreis

Der Frontin-Text, wie er in diesem Band nach einem gründlichen Vergleich der Handschriften für richtig gehalten wird, enthält weder konkrete Anweisungen zur Durchführung der Vermessung noch nähere Erläuterungen zu den Rechtsstreitigkeiten. Für die Rechtsstreitigkeiten lässt sich immerhin festhalten, dass eine Kenntnis davon vermittelt wird, wann ein Verfahren ausschließlich im Bereich des *ius ordinarium* lag und daher nach den Vorgaben der Rechtsordnung in einem ordentlichen Verfahren vor Gericht, das heißt zunächst vor dem Prätor und in einem zweiten Schritt vor dem Richter, ausgetragen werden musste. Insofern erinnert der Text an eine in der römischen Fachschriftstellerei seit dem 2. Jh. v. Chr. bezeugte Tradition. Denn schon Cato hat in seinem Werk über die Landwirtschaft (DE AGRI CVLTVRA) Musterformulare für Kauf- und Pachtverträge und damit Rechtskenntnisse vermittelt, die für den klugen Eigentümer eines Landguts nützlich waren[104]. Bei Vitruv findet man in seinem Werk DE ARCHITECTVRA Ausführungen zum Anforderungsprofil des Architekten, der auch über Rechtskenntnisse verfügen müsse, damit er bei der Konzeption des Bauwerks die Rechte anderer berücksichtige und bei der Abfassung der Bauverträge die Interessen der Beteiligten angemessen beachte. Vitruv zufolge dienen diese Kenntnisse ausdrücklich dazu, spätere Streitigkeiten zu vermeiden[105].

Es kommt hinzu, dass es hinsichtlich der Angabe der Grundstücksgröße eine Haftung der Feldmesser gab, die im Edikt des Prätors mit einer eigenen Klage vertreten war. Es handelt sich um die *actio »si mensor falsum modum dixerit«*, die im sechsten Titel des 11. Buches der

[104] Cato *agr.* 144–150 (ed. Mazzarino 1982): Es geht um Vertragsgestaltung im Zusammenhang mit der Bewirtschaftung von Olivenhainen, um Kaufverträge über Trauben am Stock und in Fässern sowie um Verträge für die Nutzung der Winterweide und um Schafe als Nutztiere.

[105] Vitr. 1,1,10 (ed. Krohn 1912) und dazu für die besonders erwähnten Rechte an Gebäuden, den städtischen Dienstbarkeiten und einem Umgang (*ambitus*) Möller 2010, 127–128.

Digesten des oströmischen Kaisers Justinian mit Quellen aus den Kommentaren zum Edikt der spätklassischen Juristen Ulpian und Paulus erörtert wird. Die als Anfang des Titels gewählte Stelle bietet wertvolle Informationen auch für die Überlegungen zum Adressatenkreis des hier kommentierten Feldmessertextes von Frontin[106]:

> D. 11, 6, 1 *pr*. VLPIANVS LIBRO VICENSIMO QVARTO AD EDICTVM: Adversus mensorem agrorum praetor in factum actionem proposuit. a quo falli nos non oportet: nam interest nostra, ne fallamur in modi renuntiatione, si forte vel de finibus contentio sit vel emptor scire velit vel venditor, cuius modi ager veneat. ideo autem hanc actionem proposuit, quia non crediderunt veteres inter talem personam locationem et conductionem esse, sed magis operam beneficii loco praeberi et id quod datur ei, ad remunerandum dari et inde honorarium appellari: si autem ex locato conducto fuerit actum, dicendum erit nec tenere intentionem.

> Der Prätor hat gegen den Feldmesser eine auf den Sachverhalt abgestellte Klage vorgesehen. Von jemandem wie ihm dürfen wir nicht getäuscht werden. Denn wir haben ein Interesse daran, bei der Bekanntgabe der Grundstücksgröße nicht getäuscht zu werden, etwa wenn Streit über die Grenzen besteht oder der Käufer oder Verkäufer wissen will, mit welcher Größe das Grundstück zum Verkauf ansteht. Der Prätor hat diese Klage aber deshalb vorgesehen, weil die alten Juristen der Meinung waren, mit einem Fachmann wie dem Feldmesser werde kein Werkvertrag geschlossen[107]; vielmehr werde die Tätigkeit des Feldmessers als Freundschaftsdienst erbracht und das, was ihm gegeben wird, werde als Anerkennung gegeben und sei daher als Ehrengabe, Honorar, zu bezeichnen. Wenn aber die Klage aus

---

[106] Übersetzung aus Behrends, Knütel und al. (1999); lateinischer Text nach CICiv I 154.

[107] Die in der Übersetzung gewählte Präzisierung »Werkvertrag« überzeugt nicht: Will man nicht *locatio conductio* stehen lassen, so ist ein Lohnarbeitsvertrag als der Erbringung einer Tätigkeit besser angemessen einzufügen. Damit ist die Ablehnung der *veteres* noch stimmiger erfasst, da es sich diesen Juristen nach bei einem Arbeitsvertrag um einen Vertrag mit statusverändernder Wirkung im Sinne der Begründung einer Weisungsunterworfenheit handelte. Das passt auf Fachleute nicht.

Werkvertrag erhoben wird, muss man sagen, dass der Klaggrund nicht gegeben ist.

Im Zusammenhang dieser Untersuchung ist es von Bedeutung, dass der Feldmesser für eine fehlerhafte Angabe der Grundstücksgröße (*modus*) haftet, wenn er mit der falschen Angabe eine Täuschung verbunden hat. Im folgenden Text weist Ulpian darauf hin, dass nur *dolus* (Arglist) berücksichtigt werde, Unkenntnis im Sinne einer *imperitia* (fehlende Sachkunde) führe nicht zu einer Haftung. Allerdings werde grobe Fahrlässigkeit der Arglist gleichgestellt. Typische Fälle für eine solche Haftung ergeben sich dann, wenn ein Grenzstreit besteht (*contentio de finibus*) oder wenn ein Grundstückskauf geplant ist und Käufer oder Verkäufer wissen wollen, welche Größe das Grundstück hat. Schließlich spielt bei einer Verkaufssituation eine weitere spezielle Haftung eine Rolle, nämlich das Einstehen-Müssen des Verkäufers für die Grundstücksgröße, die er beim Verkauf des Grundstücks angegeben hat. Diese *actio de modo agri* ist bereits in den Zwölftafeln vorgesehen gewesen[108]. Die Verantwortung für eine solche Größenangabe und damit eine mögliche Haftung trifft allerdings nur den Verkäufer.

Die Rolle des Feldmessers und damit die des Adressaten der Abhandlung von Frontin versteht man mit einem Blick auf die mögliche vertragliche Einordnung der von einem *agrimensor* erbrachten Tätigkeit, wie sie der Ulpian-Quelle entnommen werden kann, besser. Es kann sich um einen Vertrag handeln, der im römischen Recht als *locatio conductio* bezeichnet wird und stets ein Zur-Verfügung-Stellen und ein nützliches Entgegennehmen erfasst. Dabei kann es um Miete und Pacht gehen, aber auch um einen Lohnarbeitsvertrag oder einen Werkvertrag. Ulpian begründet die Einführung einer Klage im Edikt damit, dass die alten Juristen (*veteres*) eine solche Klage nicht vorgesehen hätten, weil es sich nicht um eine *locatio conductio* gehandelt habe und daher die aus diesem Vertrag zustehende Klage keine Option gewesen sei. Eine *locatio conductio* aber sei kein passender Vertrag gewesen, weil es sich um einen Freundschaftsdienst (*beneficium*) gehandelt habe. Der passende Vertragstyp, den Ulpian nicht nennt, war in einem solchen

[108] XII tab. 6, 2 (ed. Düll 1989 = ed. Humbert 2018, 257) und dazu Behrends 1992, 268 (2004: 548–549).

Fall ein Auftrag (*mandatum*)[109]. Die Erwähnung der *veteres*, der alten Juristen, enthält für die Ermittlung des Vertragstyps einen wichtigen Hinweis. Es ist vermutlich eine Bezugnahme auf die vorklassischen Juristen und auf deren Beeinflussung durch die stoische Philosophie[110]. Die Festlegung auf ein *beneficium* beruht auf der Einschätzung, dass nur unentgeltlich erbrachte Tätigkeiten ehrenvoll sind. In der Zeit der mittleren Republik und damit der vorklassischen Jurisprudenz ist der Auftrag daher der passende rechtliche Rahmen für die Erbringung von Leistungen, für die nach den Ehrvorstellungen der oberen Schicht kein Entgelt genommen wird. Das bezieht sich insbesondere auf *artes liberales*, freie Künste, die in einer nicht an Weisungen gebundenen Art, sondern aufgrund von Fachkunde ausgeübt werden, kann aber auch darüber hinausgehen, wenn man an die Interessenwahrnehmung für einen abwesenden Freund denkt. Doch schließt eine solche unentgeltliche Tätigkeit eine Haftung keineswegs aus. Im Gegenteil waren die Anforderungen an eine sorgfältige Ausführung des Auftrags hochgespannt, eine Haftung für Vorsatz (*dolus*) und Fahrlässigkeit (*culpa*) vorgesehen[111].

Die Einführung einer neuen Klage als einer auf den Sachverhalt abgestellten Klage (*actio in factum*) zeigt erstens einen Regelungsbedarf an und zweitens ein spezifisches Mittel auf, diesen Bedarf zu befriedigen. Die Annahme, dass die neue Ausrichtung der Jurisprudenz durch Servius Sulpicius dieser Neuerung zugrunde liegt, führt zu einer plausiblen Erklärung. Die Aufnahme von der Struktur nach auf die prätorische Amtsbefugnis und nicht das Zivilrecht gestützten Klagen ins Edikt findet in dieser Zeit des 1. Jhs. v. Chr. statt. Im Fall der Feldmesser weist sie auf eine Lücke hin, die aus der neuen dogmatischen Konzeption des Auftrags entsteht. Im Sinne der notwendigen Anerkennung eines solchen Vertragsverhältnisses als einer arbeitsteiligen Struktur von Freundschaftsdiensten entfallen solche Tätigkeiten, die eine besondere Sachkunde voraussetzen oder notwendig von einem Dritten wahrgenommen werden müssen. Die besondere Sachkunde des

---

109 S. zu der Überlieferung eingehend Behrends 2002, 21, insb. 23–27 (2004: 771, insb. 773–778) sowie Behrends 1999, 127–130 (2004: 735–738) – dort auch zum Haftungsmaßstab nach dem Edikt in § 1.

110 Behrends 2002, 24–25 (2004: 774) sowie Behrends 1999, 127–128 (2004: 735).

111 Schubert 2014, 78–100.

Feldmessers wird also nicht mehr im Rahmen des *mandatum* erfasst. Nach wie vor ist aber ein unentgeltliches Tätigwerden verbreitet. So entfällt auch eine Haftung nach der notwendig entgeltlichen *locatio conductio*. Der Prätor muss arglistigen Täuschungen von Feldmessern bei der Bekanntgabe des *modus* daher mit einer neu konzipierten, auf den typisierten Sachverhalt abgestellten Klage entgegentreten. Damit ist die Haftung in Fällen von Fahrlässigkeit nicht mehr gegeben. Der spätklassische Jurist Ulpian hält in seiner Kommentierung fest, dass auch im Falle einer *locatio conductio*, also einer entgeltlichen Tätigkeit des Feldmessers, nicht wegen jeder Fahrlässigkeit gehaftet werden müsse (D. 11, 6, 1, 1). Das Auftreten entsprechender Vertragsgestaltungen sei dem Prätor durchaus bekannt. Das Edikt stellt sicher, dass der Feldmesser jedenfalls bei Täuschungen oder grob fahrlässigen Falschangaben haftet.

Es steht also bei der Tätigkeit des Feldmessers eine Haftung im Raum. Je nach der Juristenansicht, die bei der Haftungsklage herangezogen wird, kann auch eine fahrlässige Falschangabe eine solche Haftung auslösen. Es ist daher schon aus diesem Grund für den Feldmesser wichtig, über mögliche rechtliche Konsequenzen aufgeklärt zu werden. Eine solche Aufklärung leistet Frontin nicht. Aber er führt vor Augen, in welchen Fällen, die eine rechtliche Relevanz haben, der Feldmesser hinzugezogen werden kann.

Auch aus dieser Perspektive werden Anforderungen an den Feldmesser und seine Kunst deutlich. Gerade bei Rechtsstreitigkeiten, die durch sorgfältige Beachtung der Feldmesskunst möglichst vermieden oder durch entsprechende Fachkunde überzeugend entschieden werden sollen, muss sich der Feldmesser, wie es bei Agenus heißt, als *vir bonus* erweisen[112]. Dieses Anforderungsprofil ist abstrakt zeitlos und hilft daher nicht bei der Suche nach einer Datierung der Schrift. In der sorgfältigen Auflistung der *controversiae* kann man allerdings ein Streben nach Rechtssicherheit und Rechtsklarheit erkennen. Dem Feldmesser wird auf der Grundlage seiner Expertise ein klar vom *ius ordinarium* abgegrenzter, gleichwohl in rechtliche Themen hineinwirkender Bereich zugewiesen. Seit Augustus ist dieses Bestreben ein Teil der Staatsdoktrin.

---

[112] S. dazu 202 am Ende von Abschnitt 3.3.2.

Teil II.

Iuli Frontini Opera Quæ Exstant Fragmenta Excerptaque Frontino Subdita

TESTIMONIA ANTIQVA

COMM. *grom.* p. 52,3–5 Th: «Agrorum qualitates tres esse» Iulius Frontinus ostendit dicens «unam agri diuisi et assignati.»

COMM. *grom.* p. 52,10–12 Th: Atquin hoc ita intellegere omnino mihi videtur absurdum, eo quod subiungit continuo idem Frontinus «altera mensura per extremitatem conprehensi».

COMM. *grom.* p. 59,6–11 Th: Solent enim hae[c] controversiae de conportionalibus nasci terminibus, nam si de eorum latere linea quasi ex artificis manu composita videatur exire atque in unius termini angulum inpingere, qui in limite est positus, in istis, ut ait Frontinus, velud instantium argumentorum oportunitas controuersialis aptatur.

[BOETH.] *grom.* 403, 32 La: ...Iuli Frontini...

[BOETH.] *grom.* 415, 7–12 La: Quamvis etiam in superioris libri principio quid sit mensura generaliter designaremus, libet tamen specialiter huius artis speculatoribus satis faciendo secundum Iulium Frontinum, geometricae artis inspectorem providissimum, quid sit mensura definire. Mensura quippe est complurium et inter se aequalium intervallorum longitudo finita.

PRAEFATIO

In Ivlio Frontino recensendo saepius mihi revocavi studia, quae in Hyginum adhibueram; si quis haec cum illis comparare velit, forsan sibi animo effingat quempiam fabrum, qui aut ruinas templi unius aut totius urbis reliquias exaedificare debeat. Nihil enim in Frontino integrum permansit, perpauca ad integrum restitui possunt. Frontini scripta quae exstant, si velis nominatim describere, certa adscribenda sunt de agrorvm qvalitate et de controversiis materiae. Quod in prioribus editionibus viri docti Frontino adscripserunt, a me in hac editione argumentationibus atque demonstrationibus non levioribus ut spero refutandum esse putavi[1]. De quibus, quae Frontinus temporibus, possessoribus, editoribus patiebatur, pauca in commentariis huius libri disserui. Quem partim cum Ageno partim cum commento Ageni nomine false inscripto partim cum Hygino, Balbo, Nypso permixtum atque glossis adiectis confusum fuisse nemo non intellegit. Ita fuit, ut non Frontini, sed contaminatum textum in codicibus invenias[2]. De auctore quoque inter doctos certatum est: Libris strategematon, item de aqvaedvctv vrbis romae, quod utrumque Sex. Iulius Frontinus v.c. conscripserat, in saeculo xv repertis et huius nominis similitudine cum Frontino mensore animis adductis senatorem in aetate Traiani Caesaris scribentem de agri mensura librorum quoque auctorem fuisse pro certo habetur. Et mihi illa, quae in editione Teubneriana anno 1913 a Thulino Suecico curata sub nomine Iuli Frontini expressa inveni, a consule scripta esse persuasissimum fuit. Quam rem, ne ita se habeat, primum suspicatus sum, cum in Hygino edendo Frontini de limitibvs scrutari inciperem. Mihi quidem, si quis fabrum supra scriptum commemorare velit, lapidem illum non Frontini sed Hygini aedibus dandum visum est; quo quidem pacto aedificium Hygini firmum et stabile fieri potuit, Frontini vero omnia labare inceperunt. His cognitis editionum recentiorum

[1] Lindermann 107–159.

[2] De quibus pro certiore testimonio falsarium illum secundae Geometriae Boethii habemus: Lindermann 26, n. 34.

fundamenta examinavi et trabes earum materiasque, quibus instructa fuerant, inspexi.
Prima editio critica a Carolo Lachmanno ope Frederici Bluhmii et Adolphi Rudorffi annis 1848–1853 Berolini edita est. In hac editione Iulius Frontinus mensor cum Sex. Iulio Frontino consule in unum auctorem confusus est, cuius erroris auctor mihi Petrus Scriverius accusandus esse videtur, qui in Vegetii editione, Lugduno Batavorum anno 1607 impressa, non solum Vegetii, sed etiam Sexti Iuli Frontini opera recensuit, in quibus haec quoque de arte mensoria conscripta numeraverat[3]. Lachmanni quidem editio in universum gromaticorum scriptis multum parum quidem Frontino profuit, eo quod Lachmannus codicibus secundae classis, Palatino latino 1564, et praecipue Guelferbytano apographo, Gudiano latino 105, usus eisque maxime confisus est: In Ageni libellis a Palatinis codicibus servatis inscriptionem *EX FRONTINI SECVNDO* invenit et hac inscriptione deductus in Ageno secundum librum Frontini obrutum esse credidit. Ita fuit, ut Lachmannus Ageno nihil nisi pauca atque vilia, Frontino meliora et gravia reliquit. Argumenta recensionemque Lachmanni neque Mommsen quidem quadraginta ferme annos post[4] neque Carolus Thulin in editione Teubneri aedibus anno 1913 impressa neque probare neque sequi voluerunt. Valuit tamen Lachmanni recensio etiam in editione Thulini, qui falsas quidem divinationes Lachmanni exclusit, quibus textum secundi libri Frontini ex Ageno sumptum effinxerat, sed cautius tamen «ex optimo quodam fonte»[5] servavit, quae Frontiniana Lachmannus ab Ageno distinxit. Valuit quoque eo, quod Thulinus non omnia, quae sibi proposuerat, exsequi poterat. Instituti omnium scriptorum gromaticorum edendi mors doctissimi viri finem immaturum fecit. Thulini editione nixus Frontinum Jean-Yves Guillaumin anno 2005 Lutetiae edidit, qui Thulinum plurimis locis secutus est, pauca emendavit[6]. Per centum ergo annos editiones Lachmanni Thulini in usu fuerunt et editores recentiores ut fieri solet alii aliis locis aut emendaverunt aut in lectiones codicum pensando se distinxerunt. Post Teubnerianam

[3]Lindermann 18, 50, 127.
[4]Mommsen 1895, 279.
[5]Thulin 1913a, 20.
[6]Guillaumin 2005a; Francogallicam editionem ope unionis Europeae a M. Clavel-Lévêque et aliis paulo prius anno 1998 curatam hic et in apparatu critico quasi geminam Guillaumini editionis omitto.

nulla editio critica praeter illam a Guillaumin curatam confecta est; anno 2000 Brian Campbell omnia scripta gromaticorum Latinorum recensiones Lachmanni aut Thulini secutus nullo quidem apparatu critico instructa edidit et in Anglicam linguam transversit, paucis locis emendavit et commentariis uberrimis supplevit[7]. Neque Campbell vero neque Guillaumin et dispositionem et ordinem textus Frontini a Thulino vel Lachmanno institutum quasi praescripta legum attingere ausi sunt neque alteruter aliquo modo de hac dispositione dubitavit. Mirum quidem id fieri mihi videtur, quoniam Campbell et Guillaumin codice Nansiano vel Scriveriano (Londinensis BL Additional 47679) usi sunt, quem Folkerts anno 1969 invenerat et accuratissime diligentissimeque descripserat[8]. Cum Folkerts hunc codicem in futuris editionibus semper adhibendum esse recte scripsisset, auctoritatem excellentem huius codicis neque Campbell neque Guillaumin ex omni parte cognoverunt[9].

Codicibus in commentariis meis paululum descriptis hoc loco, ut puto, summatim atque parum diligenter describere liceat. Nonnulla in editione Hygini libri gromatici DE LIMITIBVS CONSTITVENDIS anno 2022 a Lindermanno curata, permulta et copiose explicata apud Folkerts, Toneattonem, Thulinum invenias[10]. Codices a me in hac editione inspecti in tres classes distinguendi sunt, quos in CONSPECTV NOTARVM enumeravi. Omnes codices ope internexus grate inspicere potui, quoniam quasi omnes a bibliothecis, in quibus servati sunt, in imaginibus arte photographica confectis digitalizati et prompti expositique praebiti sunt. Londinensis codicis photogrammata mihi comiter atque collegialiter praebuit Menso Folkerts Monacensis, cui gratiam magnam habeo.

Guelferbitanus 36.23 (=*Arcerianus*), membran., litteris uncialibus exaratus, multis locis rusticis permixtus (s. V *ex.*–VI *in.*) Frontinum et Frontini incerta vel subdita foll. 16vb–27v solum pars recentior codicum (=*A*) servavit. Frontini DE AGRORVM QVALITATE foll. 17r–19r et DE CONTROVERSIIS foll. 19r–23v continet. Foll. 23rv textum fragmento- A

[7] Campbell 2000.

[8] Folkerts 1969; iam Scriverius hunc codicem adhibuerat, quod mirabile dictu neque Lachmann neque Thulin cognoverunt.

[9] Guillaumin scribam huius codicis quasi sagacem sed cogitationibus rerum incensum pictorem et eius emendationes contempsit: Lindermann 129, n. 332.

[10] Folkerts 1969; Toneatto 1994–1995; Thulin 1911a; Feldmesserbuch 2018; Lindermann 2022.

rum 1–3αβ praebet, Hygini DE LIMITIBVS CONSTIVENDIS foll. 24r–25v. De origine codicum Arcerianorum (veteriorem partem *B* cum hoc codice eodem et loco et fere eodem tempore exaratam esse constat) adhuc disputatur: alii Ravennae alii Romae codices conscriptos esse contendunt. Toneatto quoque in primo volumine de codicibus artis mensoriae codicem vel Italiae septentrionali vel Romae se adsignaturum confisus non est[11]. Codex Guelferbitanus mirandum in modum illustratus est, quas picturas manus impiae hic ibique exciserunt codicem mutilaverunt; inter quas manum unam quidem cognovimus Gerardi Montani (Gerard Mortaigne), qui quondam codicem possiderat et scelus foedum comptis versibus confessus est[12]. Sin etiam in hoc, quod optaverat, omnes litterati consentiant aut istum vel manus omnino non habuisse vel illas hoc scelere facto ei putrevisse desiderent, textum dis gratia non multum laesit. Accedit praeterea, quod dua apographa Arceriani in aevo litterarum artiumque renatarum exarata damnum nostrum
J levarunt. Hi sunt codices chartacei: codex **Jenensis Prov. f. 156** e bibliotheca universitatis civitatisque Thuringensis (s. XVI *in.*), qui fidem maximam habet, et apographon Basilii Zanchi cum notis Angeli Colotii,
V **Vaticanus latinus 3132** (= *codex Zanchi*) e bibliotheca Apostolica Vaticana (s. XVI *in.*), quos codices eis locis inspexi, quo textus Arceriani mutilatus erat (Ms. *J* fol. 70v et Ms. *V* fol. 110v). Arceriani codices a bibliotheca Guelferbitana optimis imaginibus digitalizatis praebentur, item Jenensis, mediocriter quidem a Vaticana codex quoque Zanchi[13].
P **Palatinus latinus 1564** (= *Palatinus*, *Heidelbergensis*) bibliothecae Apostolicae Vaticanae, membran., minusculis carolinis, titulis uncialibus et rubricatis exaratus. Hic Palatinus vel Heidelbergensis, s. IX *in.* conscriptus Frontini DE AGRORVM QVALITATE foliis 11r–12r, DE CONTROVERSIIS foliis 12r–13v, sed non omnino servavit: controversiam DE LOCIS PVBLICIS describens in § 16 post verba «aliquis possidebit ut alveum» desinit.
p Textum duo codices membran. suppleverunt **Bruxellenis 10.615-729**

[11] Toneatto 1994–1995, I 153.

[12] Fol. 156v: Te mea rusticitas laceravit et improbus error / namque Polonum te, sed male, credideram. / Iam perge ad doctos, melius tractandus ab illis. / Te eheu vellem nostras non tetigisse manus.

[13] Guelferbitanos codices hoc loco, Jenensem in pagina bibliothecae Thuringensis, Zanchi codicem in spatio interretiali bibliothecae Apostolicae Vaticanae invenias.

(= *Cusanus*) membran. (s. XII^{2}) in bibliotheca Regia Belgica servatus et **Guelferbitanus 105** (= *Gudianus*) membran. (s. IX). Picturas, quibus G Palatinus aliis locis excellit, nullas in Frontini parte habet, quoniam forsan cum Ageni et COMMENTI tractatibus in librum, quem DIAZOGRAPHVM nuncupatur, confluxerunt. Gudianum descriptum vixdum respexi; in loco Bruxellensis tantummodo adhibui, quo litterae in membrano a livoribus inquinatae sunt: Frontinum et Frontini subdita Cusanus foll. 36vb–37rb (Gudianus foll. 7v–8v) praebet, quorum magni momenti est folium 37r, quod textum § 16 usque ad finem fragmenti 3α tradidit[14]. Stemma Palatinum (e π vel π' fluctum secundum Toneattonem[15]) hic exprimendum est:

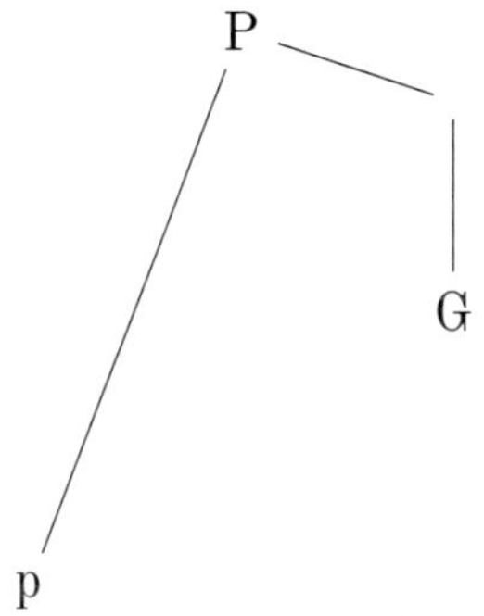

Fridericus Augustus Wolffius olim scripserat[16] «Novitas enim codicum non maius vitium est quam hominum adolescentia: etiam hic non semper aetas sapientiam affert», quam sententiam de codicibus mixtis et inter hos praecipue de Londinensi *S* aliquantulum scribere ingrediens adhibere velim nisi Pasquali doctissimi nummum signatum pendeam: «recentiores, non deteriores»[17]. Inter codices huius classis mi quidem codicem recentissimum Londinensem maximam fidem habendum esse pro certo affirmo, qua de causa primum nominare volo.

[14] Codices secundae quoque classis ope artis photographicae digitalizatos invenies Palatinum (P) https://doi.org/10.11588/diglit.9860, Cusanum (p) https://uurl.kbr.be/1785141 et Gudianum (G) http://diglib.hab.de/mss/105-gud-lat/start.htm.

[15] Toneatto 1994–1995, I 17.

[16] Wolff 1795, 3.

[17] Pasquali 1952, tit. cap. IV.

S **Londinensis Addit. 47679** (=*Nansianus* vel *Scriverianus*), bibliothecae Britanicae, membran., litteris saeculi XII, in titulis litteris capitalibus uncialibusque permixtis exaratus schematibus simplicibus illustratus. De quo codice Folkerts et Toneatto permulta disseruerunt, pauca ipse contuli[18]. Textum integriorem quam *FE* et ordinem fragmentorum, quae in Mss. *FE* confusa sunt, servat foliis 32r–38r, 47rv et 49rv[19]. Sicut in ceteris codicibus et in Londinensi vel rimas vel saltus invenias, de qua observatione perpauca disserui[20]. Londinensis solus codicum huius classis fragmenti initium DE AGRORVM QVALITATE fol. 47r § 1 fere usque ad finem § 2 *ager per strigas ... mensurae aguntur* servat. Una oratione omissa in § 3 folio 32r inscriptione *MENSVRAE RATIONABILIVM AGRORVM* sicut Mss. *FE* incipit. Ceteris codicibus classis post hunc paragraphum desinentibus folio 49r maiorem partem § 4 servavit et folio 49v DE CONTROVERSIIS textum praebet ad finem § 6. Paragraphis 7–10 omissis iterum folio 49v fragmentum controversiae DE PROPRIETATE (§ 11) controversiarumque DE POSSESSIONE et DE ALLVVIONE ordine quidem confusa scribit. Cum *FE* in loco § 15 DE SVBSICIVIS confluit et foll. 32v–fol. 33v usque ad finem textum controversiarum, foll. 34rv fragmenta 1–3β *...recte cultellabitur* et iterum fragmentum ex Hygino gromatico sumptum foll. 34v–37r scribit. Item servavit fragmentum forsan e Nipso auctore cum Frontino commixtum foll. 37v–38r.

F **Laurentianus Plut. XXIX.32**, bibliothecae Mediceae-Laurentianae, Florentiae, membran., minusculis litteris exaratus (s. VIII *ex*–IX *in.*). Textum servavit foll. 17v–19v. 21r–22v, 26r–27v. Fragmenta Frontini cum Nipso et Frontino subditis permixta et schematibus illustrata sunt[21]. Fol. 17v textum § 3 inscriptione *INCIPIT MENSVRA RATIONABILIVM AGRORVM* incipit, post quod statim desinit, postremo fol. 18r (§ 15) pergit usque ad finem controversiarum (fol. 26v) et fragmentum 3α. Saliendo fragmentum 3β folio 21r incipit, ab hoc folio ad fol. 22v (§ 4) textum e Hygino gromatico servavit. Hic sicut rana iterum saltum facit et finem huius paragraphi fol. 27v tradidit, tandem desinit (foliis 24rv § 2 *...rectorum angulorum* ad § 5 *...perducere*

[18] Folkerts 1969; Toneatto 1994–1995, 465–490; Feldmesserbuch 2018, 25–26; Lindermann 2022, 79–86.

[19] Conspectum textus a codicibus mixtis servati p. 89 in tabula 1.2 invenias.

[20] Lindermann 88–100.

[21] Toneatto 1994–1995, 173–176.

debemus et subscriptione *JVLI FRONTINI SICVLI EXPLICIT LIBER PRIMVS* explicit. Laurentianus quoque insignite digitalizatus invenitur[22].

Amplonianus 4°362 in universitatis Erfordensis bibliotheca, Erfordiae servatur, membran. (s. XI–XII), minusculis litteris exaratus. Textus foll. 79r–81r, 82r, 83r–84v et 88r continetur. Laurentiano similiter primum Frontini § 3 DE AGRORVM QVALITATE inscriptione *INCIPIT MENSVRA RATIONABILIVM AGRORVM* incipit, tunc desinit. In ceteris quoque rebus huius codicis similia observare possis ita, ut me eum accurate diligenterque describere recedam. Integriorem textum quam Laurentianus servat et foll. 83v–84v non solum § 5–§ 8 et ex incerto fragmento (forsan e Nipso sumptum) § 1–§ 2 servavit, quo loco Laurentianus quoque textum continet. Sicut Laurentianus etiam Amplonianus schematibus illustratus est, quae gratia et comitate Andreae Langner et bibliothecae Erfordensis non solum in interreti[23] vero hoc in libro quoque inspicere possis (IV, 298). Stemma codicum mixtorum secundum Toneattonem hic expressi, cum de singulis Graecis litteris (imprimis σ) hoc stemmate adhibitis et de quibusquam filiationum (θ-η) adhuc dubitarem[24]: E

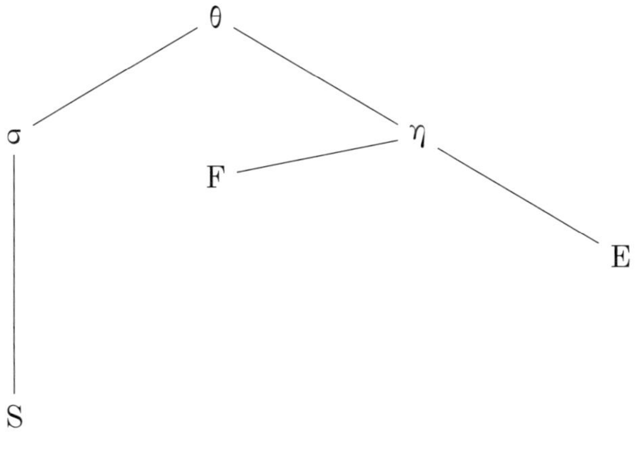

Rivipullensis 106 in archivis regni Aragoniae, Barcinoni, servatur, membran., (s. ix^{2}), quem codicem ad constitutionem textus non adhibui; «Gisemundi Z

[22]https://tecabml.contentdm.oclc.org/digital/collection/plutei/id/720362/rec/1.
[23]https://nbn-resolving.org/urn:nbn:de:urmel-ufb-150711
[24]Toneatto 1994–1995, 17.

ars gromatica», quae folio 81r partem Hygini libri gromatici continet, solum collationis disquisitionis causa in conspectu apparatuque recepi. De quo codice perpauca scripsi[25].

Apparatum criticum perspicuum, ut spero, imprimo. Κοσκυλμάτια vel quisquilia orthographica non recepi. Rationem a Folkerts monitam, Londinensem codicem in futuris editionibus omnibus locis adhibendum esse, non neglexi, sed omnibus quoad fieri potuit locis auxilio et Londinensis et Arceriani codicis lectiones maximae fidei iudicavi. In qua editione, quo anno, quas erraneas lectiones a quibus viris doctis emendatas esse, in apparatu perspicue atque plane velim indicavi. Toneattonem secutus stemma codicum omnium conficere ausus non sum, quod, ut tandem ad fabrum revertar, haec omnia in tanta disparilitate vel desperatione versantur.

In recensione Frontini conficienda praeter alios Widu-Wolfgang Ehlers et Eberhard Knobloch Berolinensibus, qui mi patienter, diligentissime atque sapientissime semper suaserunt et consuluerunt, gratias permultas habeo et libentissimo animo refero.

J-O.L.

a.d. VI Id. Oct. MMDCCLXXVII a.u.c.

[25] Lindermann 130. Vid. etiam Toneatto 1994–1995, III 999–1007.

CONSPECTVS NOTARVM

PRIMA CLASSIS

A Wolfenbüttel, Herzog-August-Bibliothek, Guelf. 36.23 Aug. 2°, s. v *ex.*–vi *in.* [*Arcerianus*]. Foll. 16vb–27^{v}.

J Jena, Thüringer Universitäts- und Landesbibliothek, Prov. f. 156, s. XVI, 1. q., foll. 74^{r}–82^{r} [*Apographon Jenense quod figuris etiam figuras ex A excisas servavit.*]

V Vaticano (C.d.), Biblioteca Apostolica Vaticana, Vat. lat. 3132, s. XVI[1], foll. 16^{r}–27^{r} [*Apographon Basilii Zanchi cum notis Angeli Colotii figuras Arceriani A servavit.*]

SECVNDA CLASSIS

P Vaticano (C.d.), Biblioteca Apostolica Vaticana, Pal. lat. 1564, s. ix 2/10 – 3/10. Foll. 11^{r}–13^{v}.

p Bruxelles, Bibliothèque Royal de Belgique, 10.615-729 [*Cusanus*], s. xii[2] Foll. 36vb–37rb.

(*G apographon apographi codicis P: Wolfenbüttel, Herzog-August-Bibliothek, Guelf. 105 Gud. lat. 2°, s. ix [Gudianus]. Foll. 7^{v}–8^{v}.*)

CODICES MIXTI

F Firenze, Biblioteca Medicea-Laurenziana, Plut. XXIX.32 (s. viii *ex.*–ix *in.* [a. 800 ca.]; secundum Bischoff ix s. in prima e tribus parte), [*Laurentianus*] Foll. 17^{v}–19^{v} *et* 21^{r}–22^{v}, 24^{rv}, 26^{r}–27^{v}.

E Erfurt, Universitätsbibliothek, Dep. Erf., CA 4° 362, s. xi–xii. [*Amplonianus*] Foll. 79^{r}–81^{r} *et* 82^{r} *et* 83^{r}–84^{v} *et* 88^{r}.

S London, British Library, Addit. 47679, s. xii. [*Scriverianus, Nansianus, Londinensis*] Foll. 32^{r}–38^{r} *et* 47^{rv}+49^{rv}.

MS FRAGMENTI II CAVSA INSPECTVM AD CONSTITVTIONEM NON COLLATVM

Z Barcelona, Archivo de la Corona de Aragón, Rip. 106, s. ix[2]. Fol. 81^{r}.

* * *

DE NOMINIBVS IN APPARATV LAVDATIS

Camp. = The writings of the Roman land surveyors. Introduction, text, translation and commentary. Brian Campbell, Society for the promotion of Roman studies, Journal of Roman studies monograph 9, London 2000.
Goes. = Rei agrariae. Auctores legesque variae. Quaedam nunc primum, caetera emendatiora prodeunt cura Wilelmi Goessii cuius accedunt Indices, Antiquitates agrariae & Notae; una cum Nicolai Rigaltii notis & observationibus nec non glossario ejusdem, Amstelredami apud Joannem Janssonium à Waesberge 1674.
Gui. = Les arpenteurs romains, tome I: Hygin le Gromatique. Frontin. Texte établi et traduit par Jean-Yves Guillaumin, Les Belles Lettres, collection «C.U.F. Série romaine», Paris 2005.
Keuchen. = Sexti Julii Frontini, Quæ extat, Robertus Keuchenius, S.F. jctus Post Modium, Stewecium. Scriverium Notis & emendationibus illustravit, Amstelodami, Ex Officina Joannis à Waesberge Anno MDCLXI.
La. = Gromatici veteres ex recensione Caroli Lachmanni. Diagrammata edidit Adolfvs Rvdorffivs, Bd. 1, Berlin 1848; Die Schriften der römischen Feldmesser. Herausgegeben und erläutert von Friedrich Blume, Karl Lachmann und Adolf Rudorff, Bd. 2 (Erläuterungen und Indices), Berlin 1852.
Mo. = Zum römischen Bodenrecht, *Hermes* 27 (1892); Die Interpolationen des gromatischen Corpus, *Bonner Jahrbücher* 96–97 (1895) (Gesammelte Schriften Bd. 7, 464–482, Berlin 1909).
Rig. = Auctores finium regundorum. Nicolai Rigaltii observationes et notae, item glossae agrimensoriae, apud Ioannem Libertum. via D. Ioan. Later. e regione auditorii Regij, Paris 1614.
Scriv. = V. Inl. Fl. Vegetii Renati comitis aliorvmqve aliqvot veterum De re militari libri. Accedunt Frontini Strategematibus eiusdem auctoris alia opuscula. Omnia emendatiùs, quaedam nunc primùm edita à Petro Scriverio. Cum Commentariis aut Notis God. Stewechii & Fr. Modii. Ex Officina Plantiniana Raphelengij MDCVII.
Sich. = Codices Theodosiani Libri XVI: Quibus Svnt Ipsorvm Principvm Avctoritate Adiectae Novellae. Theodosij. Valentiniani. Martiani. Maiorani. Seueri. Caji Institutionum lib. II. Iulij Pauli Receptarum sententiarum lib. V. Gregoriani Codicis lib. V. Hermogeniani lib. I. Papiniani Tit. I. Hiis [sic] nos adiecimvs ex vetustissimis Bibliothecis, eo quod ad ius civile pertinerent & alterius etiam responsa passim in Pandectis legerentur, L. Volusij Metiani lib. de Asse, Iulij Frontini lib. de Controversijs limitum, cum Aggeni Vribici Commentarijs. Excudebat Basilæ Henricvs Petrvs, Mense Martio Anno MDXXVIII.
Th. = Corpus agrimensorum Romanorum recensuit Carolus Thulin. Opuscula agrimensorum veterum I, Leipzig 1913 (Stuttgart 1971).

Turneb. = De agrorum conditionibus, & constitutionibus limitum, Siculi Flacci lib. I. Iulii Frontini lib. I. Aggeni Urbici lib. II. Hygeni Gromatici lib. II. Variorum auctorum ordines finitionum. De jugeribus metiundis. Finium regundorum. Lex mamilia. Coloniarum pop. Romani descriptio. Terminorum inscriptiones & formae. De generibus lineamentorum. De mensuris & ponderibus. Omnia figuris illustrata. Apud Adr. Turnebum typoraphum regium, Paris 1594 (editio princeps).

* * *

Abbreviatione edd. *semper* editores *recentioris temporis a Lachmann editione,* edd. vett. *semper* editores veteres (= *Turnebus, Scriverius, Rigaltius, Keuchenius, Goesius*) *designavi. Uncis angularibus* ⟨ ⟩ *aut litteras aut voces Hygini addendas, uncis ungulatis* { } *delendas, uncis quadris geminatis* ⟦ ⟧ *a scriba in codice ipso iam erasas, uncis circularibus* ( ) *abbreviationes in Hygino explicandas expressi. In apparatu critico abbreviationibus usus sum, quibus hoc in loco uti solitum est: add.* = addidit/addiderunt; *corr.* = correxit/correxerunt; *ci.* = coniecit/coniecerunt; *del.* = delevit/deleverunt; *em.* = emendavit/emendaverunt; *eras.* = erasit/eraserunt; *fort.* = fortasse; *it.* = iteravit; *om.* = omisit/omiserunt; *prob.* = probante/probantibus; *secl.* = seclusit/secluserunt; *suppl.* = supplevit/suppleverunt; *sscr.* = suprascripsit. *Obelis* † *voces vel orationes corruptas denotavi.*

* * *

IVLI FRONTINI A 16v P 11r

(DE AGRORVM QVALITATE) | A 17r

[1] Agrorum qualitates sunt tres. Una agri divisi et adsignati, altera mensura per extremitatem conprehensi, tertia arcifini, qui nulla mensura continetur. Ager ergo divisus adsignatus est coloniarum. Hic habet condiciones duas. Unam, qu*ae* plerumque limitibus continetur, alteram, qu*ae* per proximos possessionum rigores adsignata est, sicut in Campania Suessae A⟨u⟩runcae. Quidquid autem secundum hanc condicionem in longitudinem est, delimitatum «per strigas» appellatur; | quidquid ⟨in⟩ *la*titudinem, «per scamna». (fig. 1) Ager ergo limitatus hac similitudine decimanis et cardinibus continetur. (fig. 2) ¦ Ager per strigas et per scamna divisus et adsignatus est more antiquo in hanc similitudinem, | quo in provinciis arva publica coluntur. (fig. 3)

(P 11v) (S 47r) (A 17v)

[2] Ager est mensura conprehensus, cuius modus universus civitati est adsignatus, sicut in Lusitania Salma⟨n⟩ticensibus aut Hispania citeriore Pala⟨n⟩tinis et conpluribus provinciis tributarium solum per universitatem populis est definitum; eadem ratione et privatorum agrorum mensurae aguntur. ¦ (fig. 4) Hunc agrum multis locis mensores, quamvis extremum mensura conprehenderint, in formam in modum limitum condiderunt. (fig. 5) ||

((S)) (A 18r EF)

1–2 *Titulos operum non proprios autoris, sed ab aliquo excerplore postea additos esse cum Thulin in apparatu suo 1,1 pro certo habemus. Cf. etiam titulos in mss. EFS § 3. Titulos ideo uncis circularibus hic suisque locis inclusi.* IN̄C. IULII FRONTINI DE AGRORUM QUALITATĒ FILICITER *A* IVLI FRONTINI DE AGRORV̄ QVALITATE *P* 11r; Sextus *falso ci. Gui.* **3** diuúi A^{ac} **4** per] ea *add. A* | extremitates *P* | arcofini *A* **5** contenetur *A* **6** duas *sscr. A* | qu*ae ex* que *in A emendavi* qua *P* ut *add. Goes.* | contenetur *A* **7** que *A* qua *P* | adsignatum A^{ac} adsignata A^{pc} (*sscr. A*) *P* **8** Auruncae *em. Th.* Arrunce *A* Aruncae *P* | quicquid *P* **9** delimatum *P* **10** quicquid *P* | in *scripsi* (*cf. Hyg. grom. 54, 2–3*)] per *codd.*, *edd.* | latitudinem *recte em. Rig.* allṫitudinem *exp. A* | per^S^camna *A* | limatus P^{ac} **11** semilitudine A^{ac} dissimilitudine *Goes.* **11–18** ager — aguntur] *fragmentum textus §§ 1–2 folio 47r servavit S* **12** per *om. S* | et adsignatus est] assignatur *S* **12–13** in hac similitudine *P* **13** quo] qua *AP*, *edd.* | arva publica] arba plụ^u^blica *exp. sscr. A* agros publicos *S* | colunt *S* **14** est *om. S* | mensura conprehensus] *fort.* mensura per extremitatem c.*?* **15** Salma⟨n⟩ticensibus *Schulten* Salmaticensibus *AP* Salmaticensium *S* | aut] in *add. P quem secutus Gui.* | Spaniam̄ *A* **16** citeriorem *A* | Palantinis *ci. Scriv.* Palatinis *codd.*, *La.* | et] in *add. Th. in apparatu non indicans, corrigatus a Gui.* | tributarius solus *P* **17** definitus *PS* **20** limitum] limitati *ci. La.*, *edd.* limitatorum *Goes.*

S 32^{r} F 17^{v} E 79^{r} **[3]** Ager est arcifinius, qui nulla mensura continetur. Finitur secundum antiquam observationem fluminibus, fossis, montibus, viis, arboribus ante missis, aquarum divergiis et si qua loca ante*a* a possessore potuerunt optineri. {Nam ager arcifinius, sicut ait Varro, ab arcendis hostibus est appellatus}. Qui postea interventu limitum per ea loca, quibus finitur, terminos accipere coepit. In his agris nullum ius subsicivorum intervenit. ¦ (fig. 6)

desinit EF, (S)

1 *Titulo* MENSVRAE RATIONABILIVM AGRORVM *S* INCIPIT MENSVRA RATIONABILIVM AGRORVM *FE inierunt* | arcefinius *A* | finitur] autem *add. FES* **2** viis *om. FES* **3** divergiis A^{pc} *PS* divergies A^{ac} *F* dimergies *E* | loca] hoc est quae *add. P* coluerunt *add. FES* | antea a possessore *scripsi*] ante possessore *A* ante a possessore *P* antea possessores *FES* (ante *E*) ante a vetere p. *ci. La.* **3–4** potuit *FES* ^{PRO}ut potuit *S* **4** optineri] notari *vel* signari *ci. Mo. Hermes 27, 115 nullis argumentis* **4–5** *glossam delevi, vid. Lindermann 2013,120–121* **4** arcefinius e *sscr. A* | ait Varro *om. FES* **5** hostibus] *om. FE* extremitatibus *S* | est appellatus] et stupellanus *FE* | Qui] sic qui *S* | limitum] litium *AP*, *edd.* **6** finit *AP*, *edd.* | terminos] minus *FES ex dittographia* -tur terminus *proflueri videtur* | concepit *FE* conceperit *S* | in *om. E* | ius] genus *S om. FE* **7** *post* intervenit *nullam figuram, quam, nescio quo pacto, videre crediderunt Thulin et Guillaumin, habent FS. Textus in FES deficit et textus* DE SVBSICIVIS CONTROVERSIA *incipit.*

[4] {Subsicivum est, quod a subsecante linea nomen accepit subsicivum. Subsicivorum genera sunt duo: Unum, quod in extremis adsignatorum agrorum finibus centuria⟨m⟩ expler*e* non potuit. (fig. 7) ¦ Aliud genus est subsicivorum, S 49[r] quod in mediis adsignationibus et integris centuriis | intervenit. Quidquid P 12[r] enim ⟨minus quam⟩ inter IIII limites | {minus quam} intraclusum e{s}t fuerit A 18[v] adsignatum, in hac remanet appellatione, ideo quod is modus, qui adsignationi superest, linea cludatur et subsecetur. (fig. 8) Nam et reliquarum mensurarum actu quidquid inter normalem lineam et extremitatem interest, subsicivum appellamus. (fig. 9) Ager est similis subsicivorum condicioni extra clusus et non adsignatus, qui, si rei publicae populi Romani aut ipsi coloniae, cuius fine circumdatur, sive peregrinae urbi aut locis sacris aut religiosis, quae ad populum Romanum pertinent, datus non est, iure subsicivorum in eius, qui adsignare potuerit, remanet potestate. |(fig. 10) Ager extra clusus est, qui A 19[r] extra finitimam lineam et centurias interiacet, ideoque extra clusus, quia ultra limites finitima linea cludatur. (fig. 11)}

1–15 subsicivum — — — cludatur] *minoribus litteris seclusi verba (Ageni?) ad de controversiis partem pertinentia, quae de subsicivis aliquis glossator hoc quoque loco interpretandi causa addidit; cf. Thulin 1913, p. 41, 1–7.* **1** subsicivum[2] *del. Goes., edd.* **2** adsignatur *A sed recte B* fol. 86r **3** finium *P* | centuriam explere *scripsi*; *videas textum Agenni p. 41, 1–3 Th.* centuria expli *A* centuria expleri *P* | aliud genus *hoc loco iterum textum tradit S* | est *om. AP* **5** minus quam *suo loco reposui* | minus quam intraclusum est *del. Mo., Gui.* | minus quam *suo loco reposui* | intraclurum *A*[ac] inter- *Scriv., Rig.* | et *scripsi* est *AP* esse *S* | fuerit] si f. *ci. La.* **6** in hanc remanet appellationem *S* **6–7** ideo — superest] et superest ut *S* **6** quae his *A* | adsignationis *P* **8** actu] actus *P* et actuum *S* | normatam *S* **9** appellatur *P*, *edd. vett.* | ager est] est et ager *A* est ager *P* **10** RP̄ PR̄ *A* R.P. populi Romani *P* | ipsius *AP*, *edd.* **11** urbis *AP*, *edd.* | quae] aequam *A*[ac] quae *A*[pc] aeque *P Camp.* aut quae *ci. La. dubitanter Th.* ac quae *Gui. suadente Thulin in apparatu* **12** pertinentibus *P Camp.* **13** potestatem *P* **13–15** ager — — — cludatur] *delevit Mommsen Hermes 27, 84 n. 4.* **13** qui] et qui *ci. Th.* **14** extra] inter *ci. La.*, *edd.* intra *AP*, *sed vide etiam Agen. 47, 18–19 Th* | qui intra *A* **15** lineas finitimas limitis *S sed vide Hygin. 43,19–21* | clauditur *PS*

(DE CONTROVERSIIS MATERIAE)

[5] Controversiarum sunt duae, finis et locus. Harum alterutra contine- S 49v tur, quidquid ex agro disconvenit. Sed quoniam in his quoque partibus | singulae controversiae diversas habent condiciones, propriae sunt nominandae. {Ut potui ergo conprehendere} Genera sunt controversiarum xv: de positione terminorum, de rigore, de fine, de loco, de modo, de proprietate, de possessione, de alluvione, de iure territorii, de subsici- A 19v P 12v vis |, de locis publicis, de locis relictis et extra clusis |, de locis sacris et religiosis, de aqua pluvia arcenda, de itineribus.

[6] DE POSITIONE TERMINORVM controversia est inter duos vel plures vicinos. Inter duos, an rigore sit ceterorum sive ratione{s}, inter plures, trifinium faciat an quadrifinium. De horum opinione consistit in mensoris definitione secundum proximi temporis possessiones. Quae, si non conveniunt, diversas attiguis possessoribus faciunt controversias, et ab (S) integro alius forte de loco, alius de fine litigat. (fig. 12) ¦

[7] DE RIGORE controversia est finitimae condicionis, quotiens inter duos pluresve ⟨de⟩ termin*is* ordinat*is*, sive quae alia signa, secundum LEGEM A 20r MAMILIAM intra quinque pedes agitur. (fig. 13) |

[8] DE FINE similis est controversia {nec dubium est, quin supra de finis condicione dixerim}. Nam et eadem lege continetur et de quinque

---

1 *tituli rubricati sunt* DE CONTROVERSIIS MATERIAE *in A et* ITEM CONTROVERSIAE *in P quoque, qui* materiae *in orationem posuit. Ad iuncturam verborum cf. Quint. decl. min. 314, 1* ad praesentis materiae controversias. DE CONTROVERSIIS MATERIARVM *S* **2** controversiae *S* | harum] arum *A* condicio *add. P* **3** disconvenit] de his intervenit *P* | in *om. S* **4** diversas] proprias *add. P* | condicionis *A* | proprie *S*, *edd.* **5** *glossam delevi; vide etiam in Commento p. 58, 21–23 Th.* | comprehendere *S* | sunt *om. P* | controversiarum numero *add. P* **6–9** *P titulos controversiarum in tribus columnis conscripsit.* **6–7** de proprietate] de *om. S* propiaetate *A* **7** alluvione] et de oblivione *S in mg.* **8** de locis rel. et extracl. *verba in editione Th. non inveniuntur.* **9** relogiosis A^{ac} | de aqua pluviae arcenda *P* de aquae pluvialis ascensu *S i.ras.* **10** controversi^{A} *sscr. A* | duas A^{ac} o *sscr.* A^{pc} | vel plures] plures *A* pluresve *P* **11** in rigore *PS*, *La.*, *Gui.* | sive] suae *ci. Goes. recte ?* | ratione *ci. Mo.* rationes *A* -is *PS*, *La.* **12** faciant *La.* | opinione] opinione cum *AP* positione *ci. Mo.*, *edd.* ordinatione *ci. La.* | consistit] constitit *AP*, *edd.* **12–13** in mensoris] mensuris *A* mensori si *P*, *edd.* **13** definitione *om. AP*, *edd.* | possessionem *AP*, *edd.* | quae si *om. AP*, *edd.* **14** attigues *A* | et] sed *P* | ab] ad *A* **15** fine litigat] fine lineae litigant *S post* litigant *S scripsit 'quod mensor sub grandi cautela agendum habebit'.* **16** finitimae condicionis] finitime condiciones *A del. La.* **17** de terminis ordinatis *scripsi* per terminos *Gui. secundum Th. in apparatu suo* | quae] q.in *A* **19–20** *recte del. La.*, *edd.* **20** eadem] aedem *A* **246,20–247,1** et de quinque pedum agitur *sscr. A*

pedum agitur latitudinis; sed de fine, quidquid per⟨tinet ad⟩ flexus, quibus arcifinii agri continentur: ut per extrema arvi aut promuntoria aut summa montium aut fluminum cursus aut locorum natura, ⟨quam alii⟩ supercilium appellant. (fig. 14)

[9] DE LOCO controversia est, quidquid excedit supra scriptam latitudinem. Cuius modus a{d} petente{m} non proponitur. Haec autem controversia frequenter in arcifiniis agris variorum signorum demonstrationibus exercitur | ut fossis, fluminibus, arboribus ante missis aut P 13^{r} culturae discrimine | (fig. 15 *J*). A 20^{v}

[10] DE MODO controversia est in agro adsignato. Agitur enim de antiquorum nominum propria defensione: Ut si L. Titius dextra decimanum tertium, citra cardinem quart*u*m acceperit sortis suae partes III sive, quod huic simile, quartam habeat in quacumque proxima centuria. Huic enim universitati limes finem non facit, etiam si publico itineri serviat. Nam et in ceteris agris de modo fit controversia, quotiens repromissioni modus non quadrat. (fig. 16)

[11] ¦ DE PROPRIETATE controversia est plerumque ut in Campania: cul- S 49^{v} torum agrorum silvae absunt in montibus ultra quartum aut quintum forte vicinum; quae proprietas, ad quos fundos pertinere debeat, discutitur. (fig. 17 *J*) | Est et pascuorum proprietas pertinens ad fundos, sed in A 21^{r} (S) commune, propter*ea quod* «conpascua» multis locis in Italia communia

---

1 latitudine *P post rasuram, quam falso edd. sequuntur.* | fine *falso* est *add. Goes.* disconvenit *add. La.* liquet *Mo. l.c.* | pertinet ad *sagaciter ci. Goes.* per *codd.*, *edd.* **2** arcifines *A* | ut] utpote *ci. Goes.* | per] pes *A*^{ac} | arvi aut] ruiaut *A sed* a *ante* r *ponendum linea indicat.* con *P ad verbum sequentem traxit* **3** naturam *edd. secundum Vat. lat. 3132 fol. 20* **3–4** quam alii *scripsi*] ali^{I}quam *A*^{pc} quam *P*, *La.* agitur quam *ci. Th.* **5** quom quid *La.* | excidit *A* **6** a petente *em. La.* ad patentem *AP* patenter *ci. Goes.* **7** arcifinis *A* **8** exercetur *P* **9** *Figura in A excisa servata tamen est in apographis V et J.* **11** propri *A* | L.C. *A* **12** quartum *ci. Turneb. in editione 1554, quod in edd. falso Lachmanno adscribitur* quartam *codd.* | III] tres *P*, *edd.* | sive] Seius *ci. La.* **13** quod] quid *ci. Goes.* | similem *A*, *La.* | habe^{A}t *A* **14** si publico] s^{I} p̣L^{I} *A* | iteneris servit *A* **15** et in] in *P* | promissionis *P* promissioni *ci. Goes.*, *edd.* **17** de proprietate] quoque *add. A*; *ante hanc controversiam S scripsit verba ll. 1–7* Nam — condiciones *quae suis locis reposui.* | plerumque] quom *add. Th. vel* cum *post* cultorum *secundum Johannes Schmidt, qui in Eranos 11 (1911) p. 139 a Thulin citatur.* | ut^{IN}campania *A* **18** silvestria sunt *S* **19** quae] *om. A* propterea *P* | *post* pertinere *verba* debeat discutiatur *cum illustratione excisa sunt.* **19–20** discutitur] discutiatur *P (secundum JV A quoque)* disputatur *ci. La.*, *edd.* **247,20–248,1** Est — indiviso *S non habet.* **21** propterea quod *scripsi* propter quod ea *codd.*

appellantur, quibusdam provinciis «pro indivisa». (fig. 18) Nam et per hereditates aut emptiones eius generis controversiae fiunt, de quibus iure ordinario litigatur.

[12] DE POSSESSIONE controversia est, de qua ad interdictum, hoc est iure ordinario, litigatur.

[13] DE ALLVVIONE fit controversia fluminum infestatione. Haec fundi (A) S↑ ratio multas habet con¦diciones ((*fig. 19 excisa*)¦.

[14] DE IVRE TERRITORII controversia est denique ad ipsam urbem pertinens A 21^{v} sive quod intra pomerium eius urbis ¦ erit; quod a privatis operibus P 13^{v} optineri | non oportebit. {Eum dico locum, quem nec ordo nullo iure a publico poterit amovere}. Habet autem condiciones duas. Unam urbani soli, ⟨quod in tutelam rei fuerit adsignatum urbanae⟩, alteram agrestis, quod operibus publicis datum fuerit aut destinatum. Huius soli ius, quamvis habita ratione divi Augusti de statu municipiorum tractaveri⟨n⟩t, in proximas urbes pervenire dicitur, quar*e* ex voluntate conditoris maxima pars finium coloniae est adtributa, aliqua portio moenium extremae perticae adsignatione inclusa sicut in Piceno: Fertur Inter*amna*tium Prae*t*uttianorum quamdam oppidi partem Asculano-

---

1 pro indivisa *codd.* pro *del. Scriv.* pro -o *ci. Rig.*, *edd.* vero indivisa *recte ? ci. Mo. Hermes 27, 116* **1–3** Nam et — ordinario] *In S haec verba cum sequentibus controversiis confusa ante controversiam de proprietate scripta sunt.* **1** et *om. PS* **2** emptiones] opiniones *S* | quibus *A* quae *S* **3** iure ordinario litigantur *A* finiuntur iure ordinario *S* **4** litigatur de p. *S* | controversia est] fit controversia *S* | de aqua et hoc *S* **4–5** hoc — ordinario *del. La.* **5** litigatur] terminatur. Litigatur *S* **6** fit — infestatione] fit controversia fl[...] infestatione *A verba cum figura e codice recisa* fluvii fiunt controversiae huiusmodi multae *S* | haec *ci.* Schulten *et* autem *add.*, *edd. seqq.*, hae^{S}[..] *A* hinc *P*, *La.* **7** ratio *om. P*, *edd.* | habet con[...] *A* habent condiciones *P*, *La.* **8** denique] de his quae *falso ci. La.*, *edd.* **9–11** sive — amovere *falso secl. Th.* **9** sive] sicut *ci. Goes.* | quid *ci. La.* **10–11** Eum — amovere *hanc sententiam glossatoris cuiusdam seclusi cum Schmidt et Thulin.* **11** publico] populo *falso La.* **12** quod — urbanae *verba in codicibus post* alteram agrestis *scripta suo loco reposui.* | tutela *P* | fuerat *P* | urbani *A* **13** agrestis *duplex edd. vett. secundum Turnebe et La.* | quod — destinatum *falso secl. Th. cum Schmidt, qui sententiis in codicibus confusis deducti sunt.* | fuerat *P* **14** quamvis *an* quom *scribendum?* | ratione] oratione *ci. Goes.*, *edd.* | divi Augusti] divus Augustus *P*, *edd.* A⟨...⟩A⟨...⟩G⟨...⟩G⟨...⟩ *A quam abbreviaturam exscripsi* **15** tractaveri⟨n⟩t *scripsi* tractaverit *AP*, *edd.* | quar*e* *scripsi* quarum *AP*, *Th.*, *Gui.*, *Camp.* quoniam *La. suadente Rudorff* **16** adtribute *A* | aliave *ci. Goes.* | portione *La. suadente Rudorff* **17** extrima *A* | absignationis *P* **18** Interamnatium *em. Goes.*, *edd.* inter montium *AP* Interamnii *Clüver in: Italia antiqua 1624, p. 746* | Praetuttianorum *em. La.* Praecuttianorum *A* Pr(a)ecutianorum *P*, *edd. vett.* | quandam *P edd. vett.*, *edd. praeter Gui.* **248,18–249,1** asc.l.norum *A quod manus recentior minusculis interpositis correxit*

(A) rum fine circumdari; {quod si ¦ ad haec revertamur} hoc conciliabulum fuisse fertur et postea in municipii ius relatum. Nam non omnia antiqua municipia habent suum privilegium. Quidquid enim ad coloniae municipiive privilegium pertinet, territorii iuris appellant. {Sed si rationem appellationis huius tractemus: Territorium est, quidquid hostis terrendi causa constitutum est}. ⟨*fig. 20*⟩

[15] |¦ DE SVBSICIVIS controversia est, quotiens aliqua pars centuriae sive tota non est adsignata et possidetur; aut quidquid de extremitate perticae possessor proximus aliusve detinebit, ad subsicivorum controversiam | pertinebit. |. (fig. 21)

A 22^{r} F 18^{r} E 79^{r} S 32^{v} — E 79^{v} F 18^{v}

[16] DE LOCIS PVBLICIS sive populi Romani sive coloniarum municipiorumve controversia est, quotiens ea, quae neque adsignata neque vendita sunt, aliquis possidebit, ut alveum ¦ fluminis veterem populi Romani, quem vis aquae interposita insula ⟨reliquerit⟩ et divisit proximi possessoris fin⟨es⟩ {reliquerit}; aut silvas, quas ad populum Romanum multis locis pertinere ex veteribus instrumentis cognoscimus, ut ex proximo in Sabinis in monte Mutela. (fig. 22) |

desinit P, p 37ra G 7^{v} — A 22^{v}

Nam et coloniarum aut municipiorum similis est condicio, quotiens loca, quae rei publicae data adsignata sunt, ab aliis obtinebuntur, ut subsiciva concessa. (fig. 23) |

F 19^{r} S 33^{r}

[17] DE LOCIS RELICTIS ET EXTRACLVSIS controversia est in agris adsig-

---

1 finem *A* **1–2** quod — relatum *secl. Goes., Th., Gui.* **1** quod — revertamur *recte secl. La.* **1–6** ad — constitutum est *verbis in A cum infima parte recisis fragmenta solum servat:* dhaec ... concilia ... et postea in muni ... antiqua mun ... quoddam ... li **2** non *falso secl. La.* **3–6** quidquid — constitutum est *falso secl. Th., edd.* **3–4** quidquid — appellant *secl. Schulten secundum Th. (non inveni)* **3** quidquid] quoddam *A* **4–6** sed — constitutum est *recte secl. La.* **6** *figuram 20 hoc loco pictam esse pro certo habemus secundum observationes Carder; cf. 84, n. 222 et adnotationes ad 6, 16 Thulini editionis p. 149.* **8** sive *om. FES* **8–10** aut — pertinebit] *secl. La.* **8** aut *an* nam et *Th. scribendum esse dubitavit in app.* | quidquid] quum quid *ci. Goes.* **9** quod ad *Goes.* **12** ea loca quae *FES, edd.* | vendita] vendita quas *FE* **13** sunt] fuerint quam *AP om. FE* fuerint umquam *ci. La., edd.* | possiderit *AP, edd.* | aluv *E, post* alveum *deficit P, textum p et G servaverunt* | in *add. A* vetere *p* veteres *S* **14** quam vim aq· *A* ᴬquis *p* quam *G* | interposita] interiecta *E* | reliquerit *hoc loco posui, suo loco delevi* | et divisit *scripsi testibus AS* et divisi *A* et divisis *ci. Gui.* divisi *p* divisit *S* (*qui om.* et) elisa *La.* exclusae *ci. Th.* **14–15** possessores *A p* **15** fines *scripsi suadente Ehlers; cf. Agen. 42, 19–22*] finibus *codd.* | reliquerit *hoc loco delevi* reliquerint *p* | aut] ut *FES* | silvae quas *A p* silvas aequas *FE* | P RM *A* pplm r *S* **17** montem *E* | mutila *A* utelli *E* mutelli *F* metelli *S* **18** aut] et *FES* **19** adsignata sunt] adsignata fuerint *AE* adsignata fuerant *p* adsignataque fuerint *F* **249,21–250,1** assignatus *F*

natis. Relicta autem loca sunt, quae sive locorum iniquitate sive in arbitrium conditoris relicta. Limites non acceperunt. Haec sunt iuris subsicivorum. (fig. 24)

Extraclusa loca sunt aeque iuris subsicivorum, quae ultra limites et ⟨in⟩tra finitimam lineam erint. Finitima autem linea {aut} mensuralis est, quae aut aliqua observatione aut terminorum ordine servatur: Multis enim locis adsignationi agrorum inmanitas superfuit, sicut in
(A) Lusitania finibus Augustinorum. ¦

G 8^{r} **[18]** DE LOCIS SACRIS ET RELIGIOSIS | controversiae plurimae nascuntur,
F 19^{v} quae iure ordinario finiuntur, | si de locorum modo agitur, ut locorum publicorum in montibus aut aedium, quibus secundum instrumentum
E 80^{r} fines restitu|untur. Similiter locorum religiosorum, quibus secundum
F 19^{v}/26^{r} cautiones modus finis est restituendus.¦ Habent enim et mausolea iuris
E 80^{r}/83^{r} sui hortorum modos circumiacentes aut praescriptum agri finem. |

S 33^{v} **[19]** DE AQVAE PLVVIAE TRANSITV controversia est, ⟨quae⟩, si collectus pluvialis aquae transversum secans finem alterius fundum influit et
F 26^{v} disconvenit, ad ius ordinarium pertinebit: | quod si per ordinationem finis ipsius agitur, exigit mensoris interventum.

[20] DE ITINERIBVS controversia est, quae in arcifiniis agris iure ordinario finitur, in assignatis mensurarum ratione. Omnes enim limites secundum legem colonicam itineri publico servire debent; sed multi

---

1 aut^{EM} *p* | sive^{1}] vel *S* | iniquitates *p* *G*^{ac} **1–2** in arbitrium *sic et Goes.* arbitrio *p FES, edd.* **2** relicta *del. La., edd.* **4** aeque] quae *FE om. S* **5** intra *ci. Goes., edd.* ultra *codd.* | erunt *GFES* | aut^{2} *delevi quia ex* autem *an* aut *falso posito profluxit* **6** est quae] *FS Goes.* est *Ap, edd.* | aut^{3}] aut aliqua *F* aut aliquo *ES* **7** adsignationes *FE*-tio *S* | immunitas *p* et immanitas *F* et immunitas *ES* | sup.fuit *A post* Augustinorum *posuit E* | sicut in] et *aut* etin*?* *A* sicut et *FS* sicuti *p* **8** Lusitaniae *FES* | finibus terminorum *add. S* | *post* Augustinorum *folium unum deest in A* **9–10** nascuntur quae *om. p* **10** si] nisi si *p, edd.* | locorum] eorum *add. p, edd.* | modum *F* modis *S* | locorum] lucorum *ci. Goes., edd.* **12** fines restituuntur] finis (suus *add. S*) restituendus (constituendus *E*) est *FS* (*verbis proximae sententiae confusis*) **13** cautionis modus *FE* (-is modum *S*) | finis *om. pFE, edd.* suus *falso legit Gui.* | restituendis *F* | habent *coniecturam Goesii S testatur* habeant *p* habeat *FE* | moesilea *p, La., Th.* misolea *FE* **14** sui *om. FES* | modum *FE* modo *S* | et circumiacentes *S* | praescriptum] rescripta *FE* rescriptos *S* | fines *S* **15** AQUAE et *add. S* | transitum *p* ductu *E* | quae *scripsi* in qua *codd., edd.* | collectus] contumelia *ES* **16** aquae] quae *p* quae si *FE* | finem] finem *add. Goes.* | in alterius *FES* | fundum] flumen *p* **18** interventum] et controuersia tollitur *add. FES, La. Thulin seclusit* **19** arcifinis *p* **19–20** finitur iure ordinario *FES* **20** in^{2} *om. S* | rationem *FE*

exigente ratione per declivia et confragosa loca eunt, qua iter fieri non potest. Et sunt in usu agrorum eorum loc*a*, ubi proximus possessor, cuius forte ¦ silva limitem detinet, transitum inverecunde denegat, cum itineri limitem aut locum limitis debeat. (fig. 25) A 23r

1 *recte ci. Goes.* (*teste S*) exigenti ratione *p* exigent rationem *FE* exingenti -e *Turneb.* | declivia] divia *p* F^{ac} (devia F^{pc} *E*) cliva *Goes.* clivia *La.*, *Th.*, *Camp.* | loca *om. p* **2** usu agrorum] agrorum usu *E* usu aliquorum *La.* | eorum] et *add. S* | loca *scripsi* locorum *codd.* | ubi] qui *ci. La.* nec *Mo. Hermes 27, 117* | possessor] est *add. p*, *La.* **3** inverecunde *magis e* ἀδιάτρεπτος *quam e* ἀδιατρεψία *notio profluxit* **4** cum (utique *add. S*) itineri limis aut limis loco itineri *FE* (itineri² *om. E* itiner *S*) | limitis] limiti *p* | debeatur *FES*; *hoc loco fragmenta incertae originis seclusi, de quibus in commentariis meis perpauca tractavi.*

FRAGMENTA EXCERPTAQVE FRONTINO SVBDITA

I. INCERTA FRAGMENTA EX IVLIO FRONTINO EXCLVSA

A 23^{r} p 37rb
G 8^{r} F 26^{v}
E 83^{r} (E^{2} 88r)
S 34^{r}

fr. 1

Est et controversiae genus, quod ad solum non pertinet: DE ARBORVM FRVCTIBVS; earum, quae in fine sunt sive intra, nec ullam ad radicem
F 27^{r} habent controversiam. Quotiens | inclinatae in alterutram partem fruc-
E 83^{v} tum | iactaverunt, inter adfines molientur disputationem. (fig. 26).

fr. 2

Sunt et aliae limitum condiciones, quae ad solum non pertinent, {hoc est ad artem nostram}. Solum autem, quodcumque coloniae est adsignatum in universum, pertica appellatur; quidquid huic universitati adplicitum
A 23^{v} G 8^{v} est ex alterius civitatis fine | sive solidum sive tut*e*latum | {fuerit}, praefectura appellatur. (fig. 34)

---

2 earum *om. FES* | in finem *F E*^{2} intra finem *S* | intra] infra *FS* **3** inclinata *FES* | in alterutram partem] in alterius *FE* in alterius terram *S* **4** mollien *A* molient *pF* moliemur *E* movent *G*^{pc}, *edd.* **5** *hoc fragmentum Frontini esse G. Zeiss quoque in Zeitschr. f.d. Altertumswiss. 1840, p. 883–884 dubitavit.* | limitum] litium *ci.* Zeiss *l. c.* p. 884 *recte mihi videtur.* | condiciones] conditiones *ES Zeiss l. c.* **5–6** hoc est — nostram *secl. La.* **7** in] id *p*, *edd.* | quidquid enim *add. p* **8** est] fuerit *FES* | sive — fuerit *secl. La., Th., Camp.* | tutelatum *scripsi* utilatum *A* tutilatum *p* titulatum *FES* mutilatum *ci. Zeiss l. c.* p. 884 cultellatum *ci. Turneb., edd. ad verbum cf. comm. 65, 10–11 «hoc genus agri tutelatum dicitur».* | fuerit *seclusi*

fr. 3

CVLTELLANDI RATIO QVAE SIT

[α] Saepe quaeritur, cur ea, quae per emensum soli spatium consummavimus, ad illam clivorum inaequalitatem plan*a* esse cogamus, | dum mensurae lateribus inservimus. (fig. 35) Cultellamus ergo agrum eminentiorem et ad planitiam redigimus ⟨in⟩aequalitatem. Hanc nobis rationem ipsa seminum natura monstrabit. Omnis enim illa soli inaequalitas recolligi poterit, nisi quod e terra quidquid nascitur in aere rectum exit et illam terrae obliquitatem crescendo adterit nec maiorem ¦ numerum occupat quam si ex plano nascatur? ······ | F 27v S 34v F 21r E 80v (ApG)

[β] Quod si monti ordinata semina nascantur omnia, secundum loci naturam me*t*i*re*m*u*r: Cum non ⟨tot⟩{idem, hoc est totidem} arborum ordines capiat, quot pares eius in campo limites, recte cultellabitur.

---

1 *titulus verbis primae orationis confusus esse videtur.* **2** cur ea] curae *A* cuius *p* hoc est cur ea *S* cum *ci. Sich. 1528, p. 173, edd. seqq.* | quae *om. Ap* | per emensum] premens *A* premensi *p* praemensum *FE* (per [IN]mensum *F*pc) propensum *ci. Schulten* **2–3** consummamus *ApFE* **3** ad] ut *AFE* et *p* | plana *scripsi* planam *Ap* plenam *FE* plenaria *S* **3–4** dum — inservimus *om. FES* **4** inservemus *A* **4–5** cultellamus — *in*aequalitatem *secl. La., edd.* **4** cultellamur *FE* **5** planitiae *ci. Th.* | inaequalitatem *scripsi* aequalitatem *codd.* **5–6** hanc nobis ~~RATIONEM~~ *corr. A¹* hanc nobis ratione *p* (*etiam Sich.*) haec nobis *FE* hoc nobis *S* **6** monstravit *pF edd.* | omnis] non *ci. Th.* **7** colligi *FES* quare colligi *ci. La.* recte colligi *ci. Th.* re colligi *Camp., Gui.* | non poterit *FES* | quod de *pFE* quia de *S* **7–8** erectum *Sich. 1528, p. 173* **8** extistit *exp. A*pc | adteret *A* ad terrae *p* | *post* maiorem *sequitur ex excerpto Hygini libri gromatici nomine Frontini servato verba «limis occulis item limum cinctum...»* in *FE* **9** si] sisi *A* nisi *FE* | *post* nascatur *A scripsit «·····» et folium deest; hoc loco desinit Cusanus, Gudianus et etiam Fuldensis a Sichard servatus.* **10–12** quod — cultellabitur *nescio an haec verba quasi glossam secludenda an loco incerto in tractatu de cultellandi ratione assignanda esse debeant.* **10** ordinato *FE* | nascerentur *ci. La.* **11** metiremur *em. La.*] hererentur *F* mererentur *E* inserentur *S* | non] mons *ci. La., Gui.* | tot idem hoc est idem *seclusi et litteras confusas suis locis reposui.* idem hoc est *secl. La., Gui.* **12** quot] quod *FE* | pares *codd.* pars *ci. La., Gui.* | eius] ei *corr. Camp.* | limites] lineis *ci. La., Gui.* | rectae *F*

II. EX HYGINI DE LIMITIBVS CONSTITVENDIS LIBRO GROMATICO EXCERPTA

{DE LIMITIBVS}

E 80v F 21v S 34v Z 81r E 81r Z 81v **[1]** ¦|| Limitum prima origo, sicut Varro descripsit, ad disciplinam ⟨a⟩rus*p*ic*u*m noscitur pertinere. Quod aruspices orbem | terrarum in duas partes diviserunt, dextram appellaverunt, ⟨quae⟩ septentrioni subiacere⟨t⟩ , sinistram, quae a*d* meridian*um* terrae esse⟨t⟩, orientem et S 35r occasum, quod eo sol et luna occidere et oriri | spectentur, sicut {quidam garriunt} architecti delubra in occidentem recte spectare scripserunt. Aruspices altera linea a septentrione ad meridianum diviserunt terram, et a me{ri}dia{no} ultra antica⟨m⟩, citra postica⟨m⟩ nominaverunt.

[2] Ab hoc fundamento maiores nostri in agrorum mensura videntur constituisse rationem. Primum duos limites duxerunt: Unum ab orien-

1 *titulum seclusi, quem ci. Th. Sexti Iulii Frontini v.c. DE LIMITIBVS Scriv. FRAGMENTVM AGRARIVM DE LIMITIBVS Rig. p. 335 eodem titulo Goes. p. 215 Lachmann hanc partem secundo cuidam libro secundo Frontini tribuit et cum EX LIBRO FRONTINI SECVNDO inscripsit.* **2** Limitum] vero *add. Z , qui textum libri secundi Gisemundi DE ORBEM OMNI TERRE IN QVATTVOR PARTIBVS DIVSVM inscripsit.* **2–3** ad disciplinam aruspicum *scripsi*] a disciplina Etrusca *em. La., edd.* ad disciplinam Etruscam *Scriv.* ad disciplinam rusticam *FESZ* ad disciplinam aruspicam *Goes. qui forte maluit scribere* aruspicum **3** noscitur pertinere *om. FEZ scripserunt Scriverius Rigaltius et S, quod admirate dictu neque Lachmann neque Thulin (neque Guillaumin quoque) in apparatibus suis designaverant.* | aruspices] haruspices *Gui.* maiores nostri id est nicodorus didimus teudotus et poclitus tempore iulii cesaris et marco antonino consulibus missi *Z* | orbem] *ab hoc loco Erfurtensis folium 81rv dextra parte recisum.* **4** in duabus partibus ab oriente in occidente *Z* | appellaverunt] dixerunt *edd. vett.* | quae *em. La. secundum Hyg. § 1 quae septentrioni subiacebat* | septentrionis *EZ* **5** subiacere *codd. em. La.* | sinistram quae] sinistramque *S* | ad meridianum *em. La.*, a meridiano *ESZ*, *edd. vett.*, *Th.* | terra *F* | esse *FSZ* | orientem et] *om. FZ* ab oriente ad *ci. La.*, *Th.* ab oriente *Gui.* **6** in occasum *Z* secuti *add. Goes.* | quod eo — spectentur] qua parte sol et luna per zonas suas discurrere videntur *Z* | occidere et oriri *om. FEZ*, *edd.* | spectentur] expectari et *FE* spectentur et *Rig.*, *Goes.* **6–7** quidam garriunt *glossam delevi* **7** garriunt] carpiunt *F crucem posuerunt Thulin, Camp.* cupiunt *Goes.* antiqui *ci. La. i.app. Gui. i.t.* | architectum *F* | occidente *FE* | rectae *F* | expectare *FE* **8** aruspices] maiores nostri *Z cf. infra l. 10.* | alteram lineam *FZ* (lineam *E*) | ad septentrionem a meridiano *La.* **9** et *ci. Th.*, *Camp. sed in omnibus mss. verbum inveniri potest.* | a media *em. La.*, *edd. ex Hygini textu § 1; secl. Goes.* | anticam *scripsi secundum Hyginum § 1* antica *codd.*, *edd.* | posticam *scripsi* posịtaca a *exp. Z* postica *edd.* | *Post* nominaverunt *ms. Z textum verbis l. 7* kardo nominatur... *demum perscripsit.* **10** fundamenta *E* **11** primo *E La.* | duo *E*, *edd. de forma «duo» cf. Neue-Wagener 2, 279–283.*

te in occasum, quem vocaverunt deci|manum, alterum a meridiano ad F 22^{r} septentrionem, quem cardinem appellaverunt. Decimanus autem ¦ divi- A 24^{r} debat agrum dextra et sinistra, cardo citra et ultra. {Quare decumanus a decem potius quam a duobus vocatur, cum omnis ager eo fine in duas dividatur partes? Ut duopondium et duoviginti, quod dicebant antiqui, nunc dicitur dip*u*ndium et xx, sic eti*am* duodecumanus decumanus est factus.} (fig. 27) Kardo nominatur, quod directum a cardine caeli est, nam sine dubium caelum vertitur in septentrionali orbe.

[3] Postea hoc ignorantes nonnulli aliud secuti sunt, ut quidam agri magnitudinem, *et*, qua longior erat, fecerunt decumanum; itaque non ortum spectant, sed ita *con*versi sunt, ut sint contra septentrionem ut in agro Campano |, qui est circa Capuam, ubi est kardo in oriente⟨m⟩ et S 35^{v} decumanus in meridianum. (fig. 28) | A 24^{v}

[4] Ab his duobus omnes agri partes nominantur. Reliqui limites fiebant angustiores et inter se distabant paribus intervallis; qui spectabant in orientem, dicebant prors*o*s, qui dirigebant⟨ur⟩ in meridianum, dice-

---

1 meridiano] alterum *add. F* **1–2** a septentrione *F* (...|ne *E*) **2** cardinem appellaverunt] vocaverunt cardinem *E La.* **2–3** decimanus — ultra *orationem illam F etiam in margine habet.* | dividet *F* dividit *S*, *edd. vett.* **3** dextram et sinistram *A* **3–7** quare — factus *glossam delevi* **3** decimanus *E*, *Th.*, *edd. seqq.* decemanus *F* non *add. Goes.* **4** vocatur *om. AFE*, *edd.* **5** dividitur *E* | ut] et *A* et ut *S*, *edd. vett.* | et duoviginti *secl. Th.*, *edd. seqq.* | quod] quid A^{ac} **6** dipundium *scripsi cum Hygino § 3* duopondium *AF* dipondium *S*, *edd.* | et xx *secl. Th.*, *edd. seqq.* | xx] duoviginti *F* deviginti *S Scriv.*, *Rig.* duiginti *Goes.* viginti *edd.* | etiam *em. La.*] et in *A* et *FS*, *edd. vett.* | duodecimanus *F La.* duocimanus *ci. Goes.*, *edd. seqq.* **6–7** factus est decimanus *edd. vett.* **6** decimanus *Th.*, *edd. seqq.* **7** *post* factus *A novissimam orationem, ut in Hygino traditur, iteravit:* sicut dipondium et^{XX} (*eras.*) quod dicebant antiqui duoviginti nunc dicimus viginti similiter duodecimanus decimanus eST factus. | directus *A*, *edd.* directim *ci. Scriv.*, *edd. vett.* | a *om. Z* **8** nam – orbe *secl. Th.*, *edd. seqq.* | dubio *FESZ*, *edd.*, *sed cf. Neue-Wagener 2, 929.* | vertetur *A* vertat *Z* | septentrionalem *S* | orbe] urbe A^{ac} orbem *S* **9** ignorantes] maiores nostri *add. FES*, *edd. vett. praeter Goes.* | ita sequuti *F* ita secuti sunt *S* | quidam] quidem *Goes.* **10** et qua *scripsi secundum Hygino § 6* qui qua *A*, *edd.* quia *FES* | ^{ER}at A^{pc} | fecerint *S*, *edd. vett.* | decimanum *FE Gui.* | itaque] ita ut *Goes.* et quidam *La.* quidam *Th.*, *edd. seqq.*, *qui Hygini verbis usi sunt* **10–11** non ortum] nostrum *F* nostram quidem plagam *S*, *edd. vett.* notam quidem plagam *Goes.* **11** expectant *AF* spectent *Goes.* | conversi *em. Gui.*, *Thulin dubitanter i.app.* decumani versi *Goes.* adversi *codd.* | septentrionem] sanam rationem *ci. La.* **12** orientem *em. La.* oriente *AFS* **13** meridiano *FS* **14–15** fiebant *om. A* **15** partibus *A* a paribus *F* (*recte em. La.*) | expectabant *FE* **16** oriente *FE Thulin litteram* M *uncis angularibus, nescio cur, coniecit.* | dicebant[1]] dicebantur *S* | prorsos *ci. La.* prorsus *AFE* versus *S* vorsos *ci. Scriv.*, *edd. vett.* | dirigebantur *scripsi* dirigebant *edd.* dieebant *A* **255,16–256,1** dicebant[2]] dicebantur *S*

F 22^{v} bant transversos. | Haec vocabula in lege, quae est in agro Uritano, in Gallia item in quibusdam locis adhuc permanere dicuntur. (fig. 29) {Limites autem appellati sunt transvers*i* a limo, id est antiquo verbo, a F 27^{v} E 83^{v} quo dicunt poetae ¦ limis oculis; item limum cinctum, quod purpuram transversam habeat; aut limina ostiorum. Alii et prorsos et tranversos dicunt limites a liminibus, quod per eos in agros et foras eatur.} Hi ab incolis variis ac dissimilibus vocabulis a caeli regione aut a loci natura sunt cognominati {in alio loco}, sicut in Tuscia, Umbria, circa Fanum Fortunae: qui ad mare spectant, maritimos appellant alibi, qui A 25^{r} ad montes montanos. | (fig. 30)

(F *desinit*) **[5]** Primum agri modum fecerunt quattuor limitibus clausum, figurae quadratae similem, plerumque centum pedum {in utraque parte} – quod Graeci PLETHRON appellant, Osci et Umbri vorsum – nostri centenos et vicenos in utra⟨m⟩que parte⟨m⟩, cuius ex IIII unum latus {sicut diei S 37^{r} XII horas, XII menses anni}, ¦ XII decempedas esse voluerunt; ex actibus

1 transvorsus *S* (transvorsos *Scriv.*, *edd. vett.*) et transversus *FE* | Haec] e *A* | in le^{GE}queq est *A* | ^{U}ritano *A*^{pc} **2** in Gallia] in Calabria *Gui.* in Galliis *FS*, *edd. vett.* | item] autem *F* et *S* **3–6** limites — eatur *glossam seclusi* **3** autem *om. S*, *edd. vett.* | appellati transversi sunt *ci. La.*, *edd. seqq.* appellati -os *A* -i -us *F* appellati *E* (reliqua recisa) appellati sunt tranversus *S* | id est *secl. La.*, *edd. seqq.* | verbo] transgressa *add. A* transversi *secl. La.*, *qui hoc loco verbum Hygini restituit* **3–4** a quo] quod *FES* **4** dicent *A* | poetae] patae *A hoc loco in mss. FE desinit et indicatis locis continuatur.* | limos oculos *A*, *edd. vett.*, *La.* – *cf. Plaut. Mil. 1217* LINDSAY *et Serv. Aen. 12, 120 sqq.*, *quo loco quidem Terentio verbum adscribitur.* **5** aut] et *ci. Th.*, *edd. seqq.* item *ex Hygino § 3 ci. Scriv.*, *edd. vett.*, *La.* ut *AFE* | prorsus *AFE* versos *S*, *edd. vett.* **5–6** transversus *FE* transversos *edd. vett.* **6** limitibus *FE* limitatibus *A recte ci. Scriv.*, *edd. seqq. cum Hygino* | per ea *S*, *edd. vett.* | in agros] intro *add. A*, *Goes.*, *edd.* **7** ab inculis *A* auincolis *F* | aut *FES* **8** cognominati] cognita et nominata *FE* cogniti et nominati *S* | in alio loco *seclusi glossam, quae in S servata* in alio loco sic in alio aliter *S*, *edd. vett.* **8–9** in Umbria *A*, *edd.* in Tusica et Umbria et circa Fanum Fortunae *S*, *edd. vett.* **9** qui a mare expectant *F* | alibi] alii *FE* et *S*, *edd. vett.* **10** ad montes *S Gui.* ad monte *A* ad montem *corr. La.*, *Th.* **11** modulum *S*, *edd. vett.* **11–12** figurae quadratae similem *S* figuram similem *AE secl. La.*, *Th.*, *Camp. notam pro miniatore coniecit Guillaumin, sed textum an delendum an servandum esse non indicavit.* **12** centenum *ci. La.*, *edd. seqq.* | in utraque parte *hoc loco iterationem A delevi.* **13** plet^{H}ron *A*^{pc} plectron *ES* πλινθίον *ci. Goes.* | Osci] Tusci *ES* | ^{BOR}sum *A*^{pc} **13–14** cente^{NOS} et vicenos *A*^{pc} vicenos et centenos *E* centenum et vicenum *ci. La.*, *edd. seqq.* pedes *add. edd. vett.* **14** in utramque partem *scripsi cum Hygino § 6* in utraque parte *codd.*, *edd.* | unum] unumquodque *ci. Goes.* **14–15** sicut — anni *glossam seclusi* **15** menses — voluerunt *om. E* | *post* anni *pagina vacua est in S* | exactum *ES*, *edd. vett.* iv actibus *ci. Th.*, *Camp.*

conc*inn*um locum {primum appellatum} dictum fun|dum. (fig. 31) Hi E 84r duo fundi iuncti iugerum definiunt; deinde haec duo iugera iuncta in unum quadratum agrum efficiunt, quod sint in omnes partes actus bini. In hunc modum quidam primum appellatum dicunt sortem et centies ductum centuriam. Sunt qui centuriam maiorem modum appellant, ut apud Cremonam, ubi in centuria decem et ducenta | iugera; sunt qui A 25v minorem, ut in Italia triumvirales agri iugerum quinquagenum.

[6] Nam et omnes in subsicivis extremae centuriae, quae non sunt quadratae, in eadem permanent appellatione.

[7] Optima{e} ergo ac rationabilis agrorum constitutio est, cuius decimani ab oriente in occidentem diriguntur, kardines a meridiano in septentrionem. (fig. 32)

[8] Multi, mobilem solis ortum et occasum secuti, variaru*nt* hanc rationem. Sic{uti} effectum est, ut decimani spectarent, ex qua parte sol eo tempore, quo mensura acta est, oriebatur. Et multi, ne proximae coloniae limitibus ordinatos limites mitterent, exacta conversione di*s*creverunt. Et sic per totum orbem terrarum est unaquaeque limitum constitutio ordinata, ubi proxima {sibi} plagarum caeli conversio fuit. (fig. 33)

1 concinnum *scripsi* conclusum *ci. Th., edd. seqq.* conicio *ci. La.* connicium *A* concivium *ES, edd. vett.* | locorum *A* acnuam *ci. La.* | *seclusi verba falso loco addita: cf. infra l. 4. Hoc loco lacunam constituit La.* | deinde dictum *S* dicunt *ci. Th., edd. seqq.* | hi] si *E* **2** diffiniunt *E* | haec] hi *E om. S* **3** efficiunt] ef *E* | partes *om. ES* **4** *post* modum *Thulin figuram 30 posuit, quae autem post verba* in septentrionem *fol. 25v invenitur in A* | primum *om. ES* | centiis *E* **5** centuria *A* centurias *E* **6** apud — iugera] ut Cremonae decem et ducentam *AE* (denum et ducenum *ci. La., edd. seqq.*) **7** triumvirales] triumvirale *A* triumviralem *corr. La., edd. seqq.* | agri *om. AE* **8–9** nam — appellatione: *Falso loco mihi quidem haec oratio inclusa videtur; cf. similem p. 245, l. 6* in hac remanet appellatione *quo quidem loco eam transponere velim.* **10** optima *em. La.* optimae *codd.* | ac *om. ES* | rationalis *A, edd.* | constitutioṇ *exp. A*[pc] **13** mobiles *E* | secuti] sicut *A* | variarunt *em. La., Th.*] variarum *A* variaverunt *ES, edd. vett. Gui.* | hanc *om. Goes.* **14** sic *scripsi*] sicuti *codd.* sic utique *corr. La., edd. seqq.* | exspectarent *AE* |] eam partem ex qua *S* **15** oriebatur eo tempore *etc. S* **15–16** proximarum coloniarum *ES* **16** immitterent *ci. Goes.* | exacta conversatione *ES*; *an* relicta caeli ratione *cum Hygino § 6?* **17** discreverunt *em. La.* dicreverunt *A* descripserunt *ES, edd. vett.* | sic] sit *A* | totam *A* **18** ordinata *om. AE* **18–19** sibi — fuit *om. AE, edd., qui post* proxima *lacunam statuerunt* **18** {sibi} *S seclusi*

III. ITEM INCERTVM (*EXCERPTVM NIPSI?*)

fr. 4

A 26^{r} **[1]** Principium artis mensurae in agen*t*is positum est | experimento. Exprimi enim locorum modus aut veritas sine rationabilibus lineis non potest, quoniam omnium agrorum extremitas flexuosa et inaequali clu-
S 37^{v} ditur finitione. Quae propter angulorum | dissimilium multitudinem numeris suis manentibus et cohiberi potest et extendi; nam sola mobile habent spatium et incertam iugerum ⟨r⟩enuntiationem. Sed ut omnibus extremitatibus species sua constet et intraclus*u*s modus ⟨r⟩enuntietur, agrum, quousque loci positio permittit, rectis lineis dimetiemur. Ex quibus proximam quamque extremitatem per omnes angulos facta normatione complectimur et cohaerentem mensuralibus statutis certo PROKENTEMATO⟨S⟩ spatio similem futurae tradimus formae. Modum autem intra lineas clusum rectorum angulorum ratione subducimus.
E 84^{v} Subiectas | deinde extremitatium partes, areas tangentium nostrarum postulationum, podismis suis adaeramus et adscriptis spatio suo finibus ipsam loci reddimus veritatem.

1 *titulum DE ARTE MENSORIA add. Th. edd. seqq.* artis *sscr.* mensur^{I}e A^{pc} *Rig.* mensoriae *ci. Scriv. edd. seqq.* | agentis *em. Goes., quem Hinrichs 1992, p. 350 tacite secutus; cf. infra p. 260,14* agendi *ci. La. edd. seqq.* agendis *AES, edd. vett.* | dispositum *ES* | experimentum *E*-tis *S, edd. vett.* **2** modus aut veritas] modum aut veritate *E* aut modi veritas *A, edd.* | rationalibus *ci. Goes., Th.* rationabiles *A* **3** potes *A* | inaequali *recte em. Th.* inaequalis *AE* **3–4** clauditur *ES, edd. vett.* **5** cohibere *E* | sol^{UM} A^{pc} (*a Thulin falso legitur* soli immobilem, *tacite correxit Gui.*) soli *E Camp.* **6** et incerta iugera rerum *E* et incertam iugera rerum *S, edd. vett.* etsi certam *ci. Goes.* | renuntiationem *recte Gui.* enuntiationem *codd. La., Th.* | ut] et *E* **7** specie *ES* | constet et intraclusus *scripsi* constet et intraclusi *A, edd.* constet intraclusus *E* intraclusis constet *S* **7–8** renuntietur *recte Gui.* enuntietur *A La., Th.* enuntiatur *E* enuntiaturae *S, edd. vett.* **8** permittet *A, edd.* | dimietiet^{M}ur A^{pc} **9** extremitatem] obliquitatem *add. A* extremitatium obliquitatem *ci. La., edd. seqq.* **9–10** factam normationem *E* **10** compeltimur *A* | cohaerentem] cohercitam *La., Th.* | statuis *S, edd. vett.* moetis *ci. La.* lineis *add. Th., Gui.* **11** prokentematos *scripsi pro* προκεντηματος *Guillaumin gratia*] procentemato *A* proextimato *E* aestimato *S, edd. vett.* praecenturiato *La., Th., Camp.* procentesimato *Hinrichs 1992, p. 351–352* procentemate *pro* προκεντήματι *Gui.* | simile *AE* simili *ci. La., Th., Gui.* | *Post* tradimus *A lineam rubricatam iniit* Formae modum... **12** intra] rectas *add. Goes.* | rationem *A* **13** deinde] in *add. ES* | parte *S, edd. vett.* | areas tangentium] adrectam^{N}gentium A^{pc} are tangentibus *E* areas tangentibus *S, edd. vett.* ad recta tangentium *ci. Camp.* **14** suis adaeramus] suis lateribus adhaerere facimus *S, edd. vett.* suis adheramus *E* | spatiis suis *ES* **15** veritatem] rationem *ES, edd. vett.*

[2] Haec ubique una ratione fieri multiplex locorum natura non patitur: oppositis ex alia parte montibus, ex alia flumine aut ripis aut quadam ingenti{bus} | loci voragine, compluribus confragosorum locorum inaequalitatibus, saepe et culturis. Propter quae maxime ad artis copiam est recurrendum. Debet enim ⟨una⟩quaeque pars agri in potestate mensoris esse et habit{ur}a ¦ rectorum angulorum ratione ¦ sua postulatione constringi. Itaque maxime providere debemus, quo usu ferramenti, quidquid occurrerit, transeamus, adhibere deinde metiendi diligentiam, quae potius actus incessae *li*mitationis effectum laterum longitudine aequet, et ferramento prim*a* m*e*t*a* omnia *momen*ta perpenso dirigere; cuius ex omnibus corniculis ex*t*ensa ponderibus et inter se conparata fila seu nervias ita perspicere, donec proxima consumpto alterius visu sola. Si metiatur, tunc dictare moetas et easdem transposito interim extrema meta ferramento reprehendere eodem momento, quo tenebatur,

A 26^{v} F 24^{r} E 82^{r}

1 ratio *E* | locorum natura] natura *om. E* positio locorum *S* locorum positio *edd. vett.* **2** ex alia] alia *AE*, *edd.* | fluminibus *ES*, *edd. vett.* **3** ingenti loci *scripsi*] iacentis soli *A*, *edd.* ingentibus loci *E* cingentibus loci *S* | voraginem *S* | cum pluribus *edd.* **3–4** in/^{AE}qui^{ALI}tatibus *A*^{pc} iniquitatibus *ES*, *edd.* **4** et] etiam *S*, *edd. vett.* | culturas *A* cultores *E* | copia *AE* **5** debet enim] debet enim numina *A* debet nominatim *E* et debet nominatim *S*, *edd. vett.* | unaquaeque *em. Scriv.* minima *ci. Keuchen. 1661, p. 404*, *edd.* quae pars *ES*, *Goes.* **5–6** in potestate esse mensuris *A* in potestatem mensoris est *S* **6** habita *em. Scriv.* habitura *AE* abitura *S*, *Rig.*, *Goes.*; *hic mutilatum textum iterum habent FE* | sua postulatione *om. FES* **7** quo usu] quod sub *FE* quo sub *S* | ferramentis *S* **8–9** *cf. Hyg. § 52 «adhibenda est mensuris diligentia»* **8** a^{D}ibere *A*^{pc} | metiundi (u *i.ras. A*^{pc}) *AE* **8–9** diligentiamque *E* diligentiam qua *ci. La.*, *edd. seqq.* **9** potius actus] propius actu *Keuchen. 1661, p. 312* | incessus limitationis *ci. La.*, *edd. seqq.* incessae imilitationis *A* incensiti imitationis *E* in censiti imitationis *F* in censitae imitationis *S*, *edd. vett.* inaccessae imitationis *Keuchen. 1661, p. 312* | laterum longitudines *A* lateris longitudinem *FE* lateris longitudine *S*, *edd. vett.* **10** aeque et *A qui post* longitudines *sententiam clusit.* aeque{e}et *corr. La.* | ferramentum *F* | prima meta *scripsi* cf. *transposito extrema meta ferramento*] primo ut et *A* primum ut et *F* primo mutato *S*, *edd. vett.* primo uti et *corr. La.*, *edd. seqq.* | momenta *em. La.* indomito *F* indomita *AS*, *edd. vett.* **11** et cuius *S*, *edd. vett.* oculo *ci. La.*, *edd. seqq.* | extensa *em. La.* expensa *codd.* | et inter] et *om. FE* | conparia *E* compara *F* **12** filax^{S}eu nervia sita *A* fila tenuere vitas (vias *S*) ita *ES* (seu nervias *corr. Scriv.*) filaxenuere vitas ita *F* | donec] dum haec *FES*, *edd. vett.* | proximam *ci. La.*, *edd. seqq.* | consumptio alterius visum *FE* (visu *om. S*, *edd. vett.*) **13** sola si *A* sola *codd.* solam *ci. La.*, *edd. seqq.*; *post* visu *incipit* Sola si mentiatur *Scriv.* | metiatur] intueatur *ci. La.*, *edd. seqq.* mentiatur *FE* | motetas (*primum* T *exp.*) e^{TE}asdem *A*^{pc} | intėṅterim *exp. A*^{pc} inter *FES* **14** metae *S* | reprehendere et *add. S*, *edd. vett.*

et coeptum rigorem ad interversuram aut ad finem perducere. Omnibus autem interversuris tetrantis locum perpendiculo ostendat······

[3] *Cum* cuiusque loci mensura agenda fuerit, eum circumire ante omnia oportet; | A 27r et ad omnes angulos signa ponere, quae normaliter ex rigore cogantur. Posito deinde et perpenso ferramento rigorem secundum maximo lateri dictare | F 24v et collocatis moetis in alteram partem rigorem mittere, qui, cum ad extremum pervenerit, parallelon primi rigoris excipiat.

[4] Et si in rigore dictando quaedam dubitanda incurrunt, valles, loca confragosa, arbores, quas propter moram aut fructum succidere non oportet, necnon aedificia, | S 38r maceriae, petrae aut montes et his similia, haec, quacumque ratione optime fieri poterit, mensuram accipere debebunt.

[5] Si fuerit ergo vallis, quae conspectum agentis exsuperet, per ipsam metis ad ferramentum adpositis erit dic⟨t⟩*a*ndum. Cuius rigoris incessu*s*, ut se in contrario aeque{a}*t*, flect*e*nte linea a capitul*o* perticae aequaliter ad per| E 82v pendiculum cultellare debemus. Nam et perpensum

1 a coepto rigore *S* (*edd. vett.*) *corr. Scriv.* | aut ad] ad *om. FES*, *edd. vett.* **2** perpendiculo~~s~~ *A*pc perpendiculus *FES*, *edd.* | ostendat ······ *A Incertum utrum «······» in A finem sententiae an initium capitis novi ostendat, de quo in commentario p. 157 disserui.* **3** cum cuiusque *scripsi* cuiuscumque *AFE*, *edd.* et cuiuscumque *S* | eum] cum *FE* **4** et ut ad *FE* | angulos] agnos *A* **5** cogantur] aguntur *FE* agantur *S* | secundum] ob secundum *FE* obsequendum *S*, *edd. vett.* **6** maximum latus *ci. Gui.* proximo lateri *ci. La.* (*Th.*, *Camp.*) a maximo latere *ci. Hinrichs 1992, p. 355 et n. 9.* | MAETAS et conlocatis respectis *A*pc et conlocatis ereptis *FE* et moetis conlocatis respectis *edd.* | in *om. FE* **7** ad *om. E* | pararilon *FE* **8** excipiat] exeat *FES* **9** et si *S*, *edd. vett.*] sed si *A*, *edd.* et seu *FE* | dubitanda *S*, *edd. vett.* devitanda *A*, *edd.* dubitando *FE* – *an* cavenda *scribendum?* | incurrunt] hoc est *add. S* | vallis *E* **10** mora *FES* **10–11** fructus succidi non possunt *FES*, *edd. vett.* **11** necnon] nam *AFE* item *ci. La.*, *edd. seqq.* (necnon *edd. vett.*) **12** et haec *S* | quacumque *S* (*recte em. La.*) quicumque *A* quaecumque *FE* | fieri poterit] poterint *A*, *edd.* poterit *FE* **14** si fiunt ergo valles *A* | in conspectu *FE* | exsuperet] exoperet *A* **15** metis *codd.* moetis *Th.*, *Camp. nescio cur* | dictandum *scripsi* dicen~~den~~dum *A*pc discendendum *E* descendendum *FS*, *edd.* **16** incessus *em. Hinrichs 1992 p. 358, quem in sequentibus lectionibus sequor* incensum *A* incessum *FES*, *edd.* | sis in contratio *A* a se in contrario *S*, *edd. vett.* sescontrario *La.*, *edd.* | aequet *em. Hinrichs l. c.* aeque ad *A* aequemus *FES*, *edd.* | flectente *em. Hinrichs l. c.* flectante *A* afflicta ante *FES* affixa ante *ci. Goes.* adficta *ci. La.*, *edd.* | a capitulo *scripsi* a~~d~~capItulum *A* capitulum (ad *om.*) *FES*, *edd. vett.* ad capitulum *edd.* **17** ad] et *FES* | nam et] nam ad *ci. Goes.* tum ad *ci. La.*, *edd.* et *Hinrichs 358 l. c. Hic F in mg. habet* [perpe]*ndiculum*|[...]*nateas*|*laci*NI*osa*|*vara*|[uni]*versitate* | perpensum *codd. Gui.* permensum *ci. La.*, *Th.*, *Camp.*

rigorem extendere linea certum est, in qua cult⟨ellat⟩um locum perpendiculus adsigna{n}t. Nam quotiens sine linea cultellamus, conspectum metarum excedimus. Et cum festinantes ex eo loco iterum rigorem conspicimus, tunc in illa perticarum | quamvis exigua conversione non A 27v
minus fit distensio quam si iacentia fuerint. Conpressiorem autem vallem, *quam et ultra* perspici poterit, evadendae difficultatis causa sic transire in ulteriorem partem, dictare moetas ne minus tres, quibus reprehensis, transposito ferramento respicere priores oporteat, et perpen⟨dicu⟩l*o* rigorem, quousque res exegerit, perducere.

---

1 lineam *FES* | certum est *om.* *AFE* | in qua *S* (*Camp.*, *Gui.* *seqq.*)] in quam *A*, *Hinrichs* quam in *corr.* *La.*, *Th.* | cultellatum locum *Hinrichs 358 l. c.*, *Camp.*, *Gui.* *seqq.* cultum locum *AFE* cultus locorum *S* cultrum locatam *ci.* *La.*, *Th.* **1–2** perpendiculus adsignat *corr.* *La.* perpendiculus adsignant *A* perpendiculus adsignatus *FE* perpendiculo adsignatur *S* **2** cultellamus s.l. *FES* | conspectum] cum conspectum *add.* *La.*, *edd.* **3** metarum] m~~ot~~etarum A^{pc} iterum saepe *FES* | excidimus *A* | cum *om.* *AFE* **5** distendi *AFE* dispendi *ci.* *La.*, *edd. seqq.* | quam si iacentia fuerint *scripsi* quam si iacentia quam *A* quod si iacentia quamvis *FE* quod si iacentia fuerint quovis *S*, *edd. vett.* quam si iacentia sequamur *ci.* *La.*, *Th.*, *Gui.* quam si iacent. Aliquam... *ci.* *Hinrichs 359 l. c.*, *sequente Camp.* | conpressiore autem *FE* compressiore loco ante *S*, *edd. vett.* **6** quam et ultra *transposui* et ultra quam *codd.*, *edd.* | prespici *A* prospici *ci.* *La.*, *edd.* | potuerit *FES*, *edd. vett.* **7** sic] licet *ci.* *La.*, *edd.* | in] ut *FE* | dictare minus moetas tres *FE* et dictare non minus m. tres *S*, *edd. vett.* **8** respicere] recipere *FES* | prioris *A* **9** pependiculo *scripsi* pensis caelium rigorem *A* perpenso caeli rigore *FE* (*sic etiam Hinrichs 1992, pp. 359 n. 12 et 372*) perpenso coeptum rigore *ci.* *La.*, *edd.* | quousque] quatenus *FES edd. vett.* | exigerit *AFE* | perducere debemus *add.* *FES*, *edd. vett.* *Hic* IULII FRONTONIS LIB EXP FELICITER INC. LIB. AUGUSTI CAESARIS ET NERONIS *A* IULI FRONTINI SICULI EXPLICIT LIBER PRIMUS (EXPLICIT FELICITER *S*) INCIPIT MARCI IUNII NYPSI LIBER SECUNDUS FELICITER (DE FLUMINIS VARATIONE *ES*) *FES*

Teil III.

Appendix: Lateinisch-deutscher Text

Hinweise zur lateinisch-deutschen Übersetzung

In der lateinisch-deutschen Übersetzung werden folgende textkritische Zeichen verwendet; die Benutzung des in dieser Ausgabe gebotenen lateinischen Texts mit seinem kritischen Apparat kann und soll dadurch nicht ersetzt werden:

- { } machen Löschungen (Athetesen) des Editors im überlieferten Text und in der Übersetzung kenntlich. In der Übersetzung sind diese Athetesen zusätzlich durch kleinere Drucktype gekennzeichnet.
- ⟨ ⟩ zeigen Verbesserungen (Emendationen); sie werden nur im lateinischen Text angewendet. Ebenso weisen kursiv gestellte Buchstaben editorische Eingriffe aus.
- ( ) machen im lateinischen Text Ergänzungen abgekürzter Wörter kenntlich.

Der Übersetzung sind diesmal nicht, wie noch beim Feldmesserbuch 2018, begleitende Abbildungen beigegeben. Als Beispiel, wie sich der hier edierte Text in einer Handschrift der *codices mixti* erhalten hat, sind im Anschluß an die lateinisch-deutsche Übersetzung in Teil IV die entsprechenden Blätter des Amplonianus 4° 362 (*E*) der Historischen Bibliothek Erfurt/Gotha abgedruckt. Da sowohl Frontin als auch die bisher Frontin zugeschriebenen Texte Illustrationen enthalten haben, wurden an den entsprechenden Stellen im Text die Hinweise darauf (»fig. NUMMER«) mit den Nummerierungen der Teubneredition Thulins (1913) bis fig. 18 belassen. Die unwiderbringlich verlorene Illustration 19 (und die wahrscheinlich auf der *verso*-Seite vorhandene Illustration 20) hat Thulin nicht mitgezählt, obwohl sie ja vorhanden gewesen sind; deswegen muß mit fig. 22 in der vorliegenden Edition −2 gezählt werden, um die entsprechende Abbildung bei Thulin zu ermitteln. Im ebook und im Open Access Document sind diese Verweise mit dem entsprechenden Permalink auf die Folia des Arcerianus *A* der Herzog August Bibliothek Wolfenbüttel oder, in Fällen des Blattverlusts, auf die URN des Jenensis *J* der Thüringer Universitäts- und Landesbibliothek Jena versehen und damit ›anklickbar‹ gemacht worden. Der Herausgeber hat darauf verzichtet, die Paginierung der Thulin-Edition als Randnummer abzudrucken: Zu unterschiedlich ist die Reihenfolge der lateinischen Textkonstitution und zu groß wäre deswegen die Verwirrung beim Leser. Bei einigen Wörtern hat sich das Übersetzerteam wieder entschlossen, den lateinischen Fachterminus zu belassen; eine knappe Erklärung findet der Leser entweder im dieser Ausgabe angefügten Glossar zu den wichtigsten agrimensorischen Begriffen (314) oder mithilfe des Index in den Erläuterungen. Einige Ausdrücke werden zwar übersetzt, sind aber in ihrer lateinischen Begrifflichkeit konnotationsreicher: Dies betrifft hauptsächlich die rechtshistorischen Fachtermini. Hier wird mit Fußnoten beim ersten und zweiten Auftreten des Begriffs auf den Kommentarteil von Cosima Möller (ab 193) verwiesen. Ebenso sparsam lösen Fußnoten im Text vorkommende antike Ortsnamen in ihre modernen Bezeichnungen auf oder erläutern knapp den jeweiligen historischen Hintergrund.

IULIUS FRONTINUS

(AGRORVM QVALITATES)

[1] Agrorum qualitates sunt tres. Una agri divisi et adsignati, altera mensura per extremitatem conprehensi, tertia arcifini, qui nulla mensura continetur. Ager ergo divisus adsignatus est coloniarum. Hic habet condiciones duas. Unam, qu*ae* plerumque limitibus continetur, alteram, qu*ae* per proximos possessionum rigores adsignata est, sicut in Campania Suessae A⟨u⟩runcae. Quidquid autem secundum hanc condicionem in longitudinem est delimitatum, «per strigas» appellatur; quidquid ⟨in⟩ *la*titudinem, «per scamna». (fig. 1) Ager ergo limitatus hac similitudine decimanis et cardinibus continetur. (fig. 2) Ager per strigas et per scamna divisus et adsignatus est more antiquo in hanc similitudinem, quo in provinciis arva publica coluntur. (fig. 3)

[2] Ager est mensura conprehensus, cuius modus universus civitati est adsignatus, sicut in Lusitania Salma⟨n⟩ticensibus aut Hispania citeriore Pala⟨n⟩tinis et conpluribus provinciis tributarium solum per universitatem populis est definitum. Eadem ratione et privatorum agrorum mensurae aguntur. (fig. 4) Hunc agrum multis locis mensores, quamvis extremum mensura conprehenderint, in formam in modum limitum condiderunt. (fig. 5)

[3] Ager est arcifinius, qui nulla mensura continetur. Finitur secundum antiquam observationem fluminibus, fossis, montibus, viis, arboribus ante missis, aquarum divergiis et si qua loca ante*a* a possessore potuerunt optineri. {Nam ager arcifinius, sicut ait Varro, ab arcendis

IULIUS FRONTINUS

(FELDERTYPEN)

[1] Feldertypen gibt es drei: Der erste ist der des unterteilten und zugewiesenen[1], der zweite der eines durch die Vermessung entlang der Außenlinie umfaßten Felds, der dritte derjenige des *ager arcifinius*, der nicht vermessen wird. Das unterteilte, zugewiesene Feld gehört also zu den Kolonien. Es hat zwei Rechtsnaturen: Eine, die meist durch Grenzlinien erfaßt wird, die andere, die durch die zunächstliegenden Markierungsgeraden von Besitzungen zugewiesen wird, so wie in der Campania in Suessa Aurunca[2]. Was nach dieser Rechtsnatur der Länge nach abgemarkt worden ist, nennt man *per strigas*; was der Breite nach, *per scamna*. (fig. 1) Das mit Grenzlinien versehene Feld wird wie in dieser Abbildung mittels *decimani* und *kardines* erfaßt. (fig. 2) Das Feld ist nach altem Brauch *per strigas* und *per scamna* unterteilt und zugewiesen nach dieser Abbildung, wie man in den Provinzen staatliche Landflächen bewirtschaftet. (fig. 3)

[2] Ein Feld ist durch Vermessung erfaßt, dessen gesamte Flächengröße einer Gemeinde zugeteilt worden ist, wie man zum Beispiel in der Lusitania für die Einwohner von Salmantica oder in der *Hispania citerior* für die Einwohner von Palantia[3] und überhaupt in vielen Provinzen abgabepflichtigen Grund und Boden in der Gesamtheit für seine Bewohner abgegrenzt hat. Nach derselben Methode nimmt man Vermessungen von privaten Feldern vor. (fig. 4) Dieses Feld haben die Feldmesser an vielen Stellen nach Art eines mit Grenzlinien versehenen Feldes in die Flurkarte (*forma*) eingetragen, obwohl sie nur das Äußere (*extremum*) durch Vermessung umfaßt haben. (fig. 5)

[3] Den *ager arcifinius* erfaßt man ohne Vermessung; begrenzt wird er nach alter Gepflogenheit durch Flüsse, Gräben, Berge, Straßen, Grenzbäume, Flußscheiden, und wenn Landstücke früher von einem Besitzer beansprucht werden konnten. {Denn der *ager arcifinius* ist, so wie

[1] Zum juristischen Aspekt der *adsignatio* s. 195–197.
[2] Heute Sessa Aurunca, Provinz Caserta (Region Campania).
[3] Heute Salamanca und Palencia, Comunidad autónoma Castilla y León. Die Provinz *Hispania citerior* mit Tarragona als Hauptstadt wurde 197 v. Chr. gegründet.

hostibus est appellatus}. Qui postea interventu limitum per ea loca, quibus finitur, terminos accipere coepit. In his agris nullum ius subsicivorum intervenit. (fig. 6)

[4] {Subsicivum est, quod a subsecante linea nomen accepit subsicivum. Subsicivorum genera sunt duo: Unum, quod in extremis adsignatorum agrorum finibus centuria⟨m⟩ explere non potuit. (fig. 7). Aliud genus est subsicivorum, quod in mediis adsignationibus et integris centuriis intervenit. Quidquid enim ⟨minus quam⟩ inter IIII limites {minus quam} intraclusum e{s}t fuerit adsignatum, in hac remanet appellatione, ideo quod is modus, qui adsignationi superest, linea cludatur et subsecetur. (fig. 8) Nam et reliquarum mensurarum actu quidquid inter normalem lineam et extremitatem interest, subsicivum appellamus. (fig. 9) Ager est similis subsicivorum condicioni extra clusus et non adsignatus, qui, si rei publicae populi Romani aut ipsi coloniae, cuius fine circumdatur, sive peregrinae urbi aut locis sacris aut religiosis, quae ad populum Romanum pertinent, datus non est, iure subsicivorum in eius, qui adsignare potuerit, remanet potestate. | (fig. 10) Ager extra clusus est, qui extra finitimam lineam et centurias interiacet, ideoque extra clusus, quia ultra limites finitima linea cludatur. (fig. 11)}

(DE CONTROVERSIIS MATERIAE)

[5] Controversiarum sunt duae, finis et locus. Harum alterutra continetur, quidquid ex agro disconvenit. Sed quoniam in his quoque partibus singulae controversiae diversas habent condiciones, propriae sunt nominandae. {Ut potui ergo conprehendere} Genera sunt controversiarum XV: de positione terminorum, de rigore, de fine, de loco, de modo, de proprietate, de possessione, de alluvione, de iure territorii, de subsicivis, de locis publicis, de locis relictis et extra clusis, de locis sacris et religiosis, de aqua pluvia arcenda, de itineribus.

Varro sagt, nach der Abwehr von Landesfeinden benannt.}. Später bekam er, durch das Auftreten von Grenzlinien entlang derjenigen Landstücke, durch die er begrenzt wird, nach und nach Grenzsteine. Auf diesen Feldern findet kein *ius subsicivorum* Anwendung. (fig. 6)

[4] {Das *subsicivum* hat seinen Namen *subsicivum* von der beschneidenden Linie erhalten. Es gibt zwei Arten *subsiciva*: Die eine konnte an den Außengrenzen zugewiesener Felder eine *centuria* nicht ausfüllen. (fig. 7) Die andere Art von *subsiciva* tritt mitten in den Zuweisungen und bei unversehrten *centuriae* auf. Was nämlich zwischen weniger als 4 Grenzlinien eingeschlossen und zugewiesen wurde, läuft weiter unter dieser Bezeichnung deswegen, weil die Flächengröße, die der Zuweisung zusätzlich zur Verfügung steht, durch eine Linie abgeschlossen und beschnitten wird. (fig. 8) Ebenso bezeichnen wir das, was sich bei der Ausführung der restlichen Vermessungen zwischen einer rechtwinklig ausgezogenen Fluchtschnur und der Außenlinie befindet, als *subsicivum*. (fig. 9) Ein Feld ist, ähnlich der Rechtsnatur von *subsiciva*, ausgeschlossen und nicht zugewiesen, das, wenn man es dem Gemeinwesen des römischen Volks oder der Kolonie, von deren Grenze es umgeben ist, oder einer nicht-römischen Stadt oder sakralen oder geweihten Landstücken im Besitz des römischen Volks nicht zugesprochen hat, nach dem *ius subsicivorum* unter der Gewalt des für die Zuweisung Befugten verbleibt. (fig. 10) Ein ausgeschlossenes Feld liegt im Bereich außerhalb von begrenzender Linie und den *centuriae* und ist deshalb ausgeschlossen, weil es jenseits der Grenzlinien durch die begrenzende Linie abgeschlossen wird. (fig. 11)}

(RECHTSSTREITIGKEITEN ZUM THEMA)

[5] Es gibt zwei Gegenstände von Rechtsstreitigkeiten: Grenze und Landstück. In einem der beiden Punkte kommt es auf dem Feld zu Uneinigkeit. Weil jedoch auch unter diesen Aspekten die einzelnen Rechtsstreitigkeiten unterschiedliche Rechtsnaturen besitzen, muß man sie als eigenständige Rechtsstreitigkeiten benennen. {Nach meinem Verständnis} Es gibt 15 Arten von Rechtsstreitigkeiten: Um die Lage der Grenzsteine, um die Markierungsgerade, um die Grenze, um das Landstück, um die Flächengröße, um das Eigentum[4], um den Besitz, um

[4] Zum juristischen Aspekt der *proprietas* s. 207–208 und 221.

[**6**] DE POSITIONE TERMINORVM controversia est inter duos vel plures vicinos. Inter duos, an rigore sit ceterorum, sive ratione{s}, inter plures, trifinium faciat an quadrifinium. De horum opinione consistit in mensoris definitione secundum proximi temporis possessiones. Quae, si non conveniunt, diversas attiguis possessoribus faciunt controversias, et ab integro alius forte de loco, alius de fine litigat. (fig. 12).

[**7**] DE RIGORE controversia est finitimae condicionis, quotiens inter duos pluresve ⟨de⟩ termin*i*s ordinat*i*s, sive quae alia signa, secundum LEGEM MAMILIAM intra quinque pedes agitur. (fig. 13).

[**8**] DE FINE similis est controversia {nec dubium est, quin supra de finis condicione dixerim}. Nam et eadem lege continetur et de quinque pedum agitur latitudinis; sed de fine, quidquid per⟨tinet ad⟩ flexus, quibus arcifinii agri continentur: ut per extrema arvi aut promuntoria aut summa montium aut fluminum cursus aut locorum natura, ⟨quam alii⟩ supercilium appellant. (fig. 14)

[**9**] DE LOCO controversia est, quidquid excedit supra scriptam latitudinem. Cuius modus a{d} p*e*tente{m} non proponitur. Haec autem controversia frequenter in arcifiniis agris variorum signorum demonstrationibus exercitur, ut fossis, fluminibus, arboribus ante missis aut culturae discrimine. (fig. 15 *J*)

[**10**] DE MODO controversia est in agro adsignato. Agitur enim de anti-

die Anschwemmung, um das *ius territorii*, um die *subsiciva*, um die *loca publica*, um liegengelassene und ausgeschlossene Landstücke, um sakrale und geweihte Landstücke, um Regenwasserabwehr, um Durchgangsrechte.

[6] Um die Lage der Grenzsteine gibt es eine Rechtsstreitigkeit zwischen zwei oder mehreren Nachbarn. Zwischen zweien, ob sie sich auf der Markierungsgeraden der anderen befindet oder methodisch zwischen mehreren, ob sie einen Drei- oder Vierfelderpunkt ergibt. Über deren Ansicht entscheidet die Abgrenzung des Feldmessers nach den Besitzverhältnissen der jüngsten Zeit. Wenn sie nicht (*sc.* mit den bisherigen Nutzungen) übereinstimmen, führen sie zu unterschiedlichen Rechtsstreitigkeiten unter den Grenznachbarn, und erneut führt der eine vielleicht seinen Prozeß um das Landstück, der andere um die Grenze. (fig. 12)

[7] Eine Rechtsstreitigkeit um eine Markierungsgerade gehört einer die Grenze betreffenden Rechtsnatur an, sooft zwischen zweien oder mehreren um parallel angeordnete *termini*, oder wenn es irgendwelche anderen Markierungen gibt, nach der LEX MAMILIA »innerhalb von fünf Fuß« geklagt wird. (fig. 13)

[8] Um die Grenze gibt es eine ähnliche Rechtsstreitigkeit. {Und es besteht kein Zweifel, daß ich oben über die Rechtsnatur der Grenze gesprochen habe.} Sie ist durch dasselbe Gesetz erfaßt, und man klagt um die Breite »von fünf Fuß«; um die Grenze aber, was immer sich auf gekrümmte Verläufe, durch die *agri arcifiniuss* umfaßt sind, bezieht: Zum Beispiel durch Ackerenden oder Ausläufer oder Berggipfel oder Flußläufe oder durch eine Geländebeschaffenheit, die andere als Anhöhe bezeichnen. (fig. 14)

[9] Um das Landstück gibt es eine Rechtsstreitigkeit, was über die oben beschriebene Breite hinausgeht. Dessen Flächengröße wird vom Kläger nicht vorgebracht. Diese Rechtsstreitigkeit wird nun häufig auf *agri arcifiniuss* durch Beweise unterschiedlicher Markierungen geltend gemacht, zum Beispiel durch Gräben, Flüsse, Grenzbäume oder durch den Unterschied in der Bewirtschaftung. (fig. 15 *J*)

[10] Um die Flächengröße gibt es eine Rechtsstreitigkeit auf einem

quorum nominum propria defensione: Ut si L. Titius dextra decimanum tertium, citra cardinem quart*u*m acceperit sortis suae partes III sive, quod huic simile, quartam habeat in quacumque proxima centuria. Huic enim universitati limes finem non facit, etiam si publico itineri serviat. Nam et in ceteris agris de modo fit controversia, quotiens repromissioni modus non quadrat. (fig. 16)

[**11**] DE PROPRIETATE controversia est plerumque ut in Campania: cultorum agrorum silvae absunt in montibus ultra quartum aut quintum forte vicinum; quae proprietas, ad quos fundos pertinere debeat, discutitur. (fig. 17 *J*). Est et pascuorum proprietas pertinens ad fundos, sed in commune, propter*ea quod* «conpascua» multis locis in Italia communia appellantur, quibusdam provinciis «pro indivisa». (fig. 18) Nam et per hereditates aut emptiones eius generis controversiae fiunt, de quibus iure ordinario litigatur.

[**12**] DE POSSESSIONE fit controversia, de qua ad interdictum, hoc est iure ordinario, litigatur.
[**13**] DE ALLVVIONE fit controversia fluminum infestatione. Haec fundi ratio multas habet condiciones. (*fig. 19 excisa*)

[**14**] DE IVRE TERRITORII controversia est denique ad ipsam urbem pertinens sive quod intra pomerium eius urbis erit; quod a privatis operibus optineri non oportebit. {Eum dico locum, quem nec ordo nullo iure a publico poterit amovere.} Habet autem condiciones duas. Unam urbani soli, ⟨quod in tutelam rei fuerit adsignatum urbanae⟩, alteram agrestis, quod operibus publicis datum fuerit aut destinatum. Huius soli ius,

zugewiesenen Feld. Man klagt nämlich um die eigene Verteidigung alter Ansprüche. Wenn zum Beispiel L. Titius rechts am dritten *decimanus*, diesseits des vierten *kardo*, drei Teile seines Ackerloses erhalten hat, oder, was ein vergleichbares Beispiel ist, in einer beliebigen angrenzenden *centuria* ein Viertellos. Denn für dieses Ganze bildet eine Grenzlinie keine Grenze, selbst wenn sie einem öffentlichen Durchgangsrecht dient. Ebenso wird es bei den übrigen Feldern zu einer Rechtsstreitigkeit um die Flächengröße kommen, sooft gegenüber der *repromissio*[5] die Flächengröße kein Ganzes ergibt. (fig. 16)

[**11**] Um das Eigentum[6] gibt es eine Rechtsstreitigkeit meist so wie in der Campania: die Forstwälder bewirtschafteter Felder liegen weit weg in den Bergen jenseits des vierten oder vielleicht des fünften Nachbarn. Zu welchen Grundstücken dieses Eigentum gehören müßte, ist durcheinandergeraten. (fig. 17 *J*) Es gibt auch ein Eigentum an Weideland, das zu Grundstücken gehört, dann aber gemeinschaftlich, weswegen man diese gemeinschaftlichen Weideflächen an vielen Orten in Italien »Almende« nennt, in manchen Provinzen »als ungeteilter Teil« (fig. 18). Ebenso entstehen durch Erbschaften oder Kaufverträge derartige Rechtsstreitigkeiten, deretwegen man auf dem Wege eines ordentlichen Verfahrens streitet.

[**12**] Um den Besitz gibt es eine Rechtstreitigkeit, um den man nach dem Interdikt, also nach einem ordentlichen Verfahren, streitet.

[**13**] Um Anschwemmung von einem Fluß entsteht eine Rechtsstreitigkeit durch die Erosionswirkung der Flüsse. Diese Grundstücksthematik hat viele Rechtnaturen. (*fig. 19 fehlt*)

[**14**] Um das *ius territorii* geht schließlich eine auf eine Stadt selbst bezugnehmende Rechtsstreitigkeit, oder um das, was innerhalb des Stadtbezirks (*pomerium*) einer Stadt liegt, was durch private Bautätigkeiten nicht in Anspruch genommen werden darf. {Ich meine einen Platz, den kein Recht aus dem öffentlichen Bereich entfernen kann.} Sie hat zwei Rechtsnaturen: Die erste die des städtischen Bodens, insoweit er der

[5] Gemeint ist ein Versprechen durch *stipulatio*: War die Flächengröße formalgeschäftlich zugesichert, mußte sie dieser Zusicherung auch entsprechen.

[6] Zum juristischen Aspekt der *proprietas* s. n. 4.

quamvis habita ratione divi Augusti de statu municipiorum tractaveri*nt*, in proximas urbes pervenire dicitur, quar*e* ex voluntate conditoris maxima pars finium coloniae est adtributa, aliqua portio moenium extremae perticae adsignatione inclusa sicut in Piceno: Fertur Inter*am*n*a*tium Prae*t*uttianorum quamdam oppidi partem Asculanorum fine circumdari; {quod si ad haec revertamur} hoc conciliabulum fuisse fertur et postea in municipii ius relatum. Nam non omnia antiqua municipia habent suum privilegium. Quidquid enim ad coloniae municipiive privilegium pertinet, territorii iuris appellant. {Sed si rationem appellationis huius tractemus: Territorium est, quidquid hostis terrendi causa constitutum est.} ⟨*fig. 20*⟩

[15] DE SVBSICIVIS controversia est, quotiens aliqua pars centuriae sive tota non est adsignata et possidetur; aut quidquid de extremitate perticae possessor proximus aliusve detinebit, ad subsicivorum controversiam pertinebit. | (fig. 21)

[16] DE LOCIS PVBLICIS sive populi Romani sive coloniarum municipiorumve controversia est, quotiens ea, quae neque adsignata neque vendita sunt, aliquis possidebit, ut alveum fluminis veterem populi Romani, quem vis aquae interposita insula ⟨reliquerit⟩ et divisit proximi possessoris fin⟨es⟩ {reliquerit}; aut silvas, quas ad populum Romanum multis locis pertinere ex veteribus instrumentis cognoscimus, ut ex proximo in Sabinis in monte Mutela. (fig. 22) Nam et coloniarum aut municipiorum similis est condicio, quotiens loca, quae rei publicae data adsignata sunt,

Obhut städtischer Zuständigkeit zugewiesen wurde, die zweite die des ländlichen Bodens, insoweit er für öffentliche Bebauung vorgesehen wurde. Obwohl die Kaiser in ihrer Beurteilung das Recht an diesem Boden nach dem Recht von Munizipialstädten behandelt haben, soll es in die zunächstliegenden Städte (*urbes*) gelangt sein, weshalb nach dem Willen des Gründers der größte Gebietsteil der Kolonie zugewiesen wurde, ein Mauerabschnitt durch Zuweisung an das zuäußerst liegende Kolonieland (*pertica*) eingeschlossen ist wie in Picenum: Ein Teil der städtischen Siedlung der Einwohner von Interamna Praetuttiana[7] ist wohl vom Gebiet der Einwohner von Asculum[8] umgeben. {Wenn wir dazu zurückkommen} Es ist wohl ein Gerichtsort gewesen und später in Munizipialrecht überführt worden. Denn nicht alle alten Munizipialstädte besitzen ein besonderes Rechtsprivileg. Was immer nämlich auf ein Rechtsprivileg einer Kolonie oder einer Munizipialstadt bezug nimmt, nennt man *ius territorii*. {Aber wenn wir die Herleitung dieser Benennung behandeln wollen: ein »*territorium*« ist das, was man zum Erschrecken (*terrere*) der Landesfeinde eingerichtet hat.} ⟨*fig. 20*⟩

[**15**] Eine Rechtsstreitigkeit über *subsiciva* gibt es, sooft eine *centuria* teilweise oder ganz nicht zugewiesen wurde und besessen wird; oder was auch immer von der Außenlinie des Kolonielands (*pertica*) der Besitzer, der am nächsten liegt, oder ein anderer innehaben wird, wird zu einer Rechtsstreitigkeit um *subsiciva* gehören. (fig. 21)

[**16**] Um *loca publica*, sei es um solche des römischen Volks oder um solche von Kolonien oder Munizipialstädten, geht eine Rechtsstreitigkeit, sooft jemand das besitzen wird, was weder zugewiesen noch verkauft wurde, zum Beipiel ein altes Flußbett des römischen Volkes, das die Kraft des Wassers nach dazwischen gebildeter Insel liegengelassen und das Grundstück des nächstliegenden Besitzers zerteilt hat; oder Forstwälder, die, wie wir aus alten Beurkundungen (*instrumentum*) ersehen, vielerorts dem römischen Volk gehören, zum Beispiel, in nächster Nähe,

---

[7] Heute Teramo, Hauptstadt der Provinz Teramo, in der Region Abruzzo.

[8] Heute Ascoli Piceno in der gleichnamigen Provinz, Region Marche. Die antike Region *Picenum* erstreckte sich zwischen den Flüssen Esino im Norden und dem Saline im Süden, östlich entlang der Adria und im Westen begrenzt durch den Apennin.

ab aliis obtinebuntur, ut subsiciva concessa. (fig. 23)

[17] DE LOCIS RELICTIS ET EXTRACLVSIS controversia est in agris adsignatis. Relicta autem loca sunt, quae sive locorum iniquitate sive in arbitrium conditoris relicta. Limites non acceperunt. Haec sunt iuris subsicivorum. (fig. 24) Extraclusa loca sunt aeque iuris subsicivorum, quae ultra limites et ⟨in⟩tra finitimam lineam erint. Finitima autem linea {aut} mensuralis est, quae aut aliqua observatione aut terminorum ordine servatur: Multis enim locis adsignationi agrorum inmanitas superfuit, sicut in Lusitania finibus Augustinorum.

[18] DE LOCIS SACRIS ET RELIGIOSIS | controversiae plurimae nascuntur, quae iure ordinario finiuntur, si de locorum modo agitur, ut locorum publicorum in montibus aut aedium, quibus secundum instrumentum fines restituuntur. Similiter locorum religiosorum, quibus secundum cautiones modus finis est restituendus. Habent enim et mausolea iuris sui hortorum modos circumiacentes aut praescriptum agri finem.

[19] DE AQVAE PLVVIAE TRANSITV controversia est, ⟨quae⟩, si collectus pluvialis aquae transversum secans finem alterius fundum influit et disconvenit, ad ius ordinarium pertinebit: quod si per ordinationem finis ipsius agitur, exigit mensoris interventum.

im Sabinerland am *mons Mutela*[9]. (fig. 22) Denn die Rechtsnatur für Kolonien und Munizipialstädte ist ähnlich, sooft Landstücke, die dem Gemeinwesen übereignet und zugewiesen wurden, in der Gewalt von anderen bleiben werden – so wie gewährte *subsiciva*. (fig. 23)

[**17**] Um liegengelassene und ausgeschlossene Landstücke geht eine Rechtsstreitigkeit auf zugewiesenen Feldern. Liegengelassen nun sind Landstücke, die wegen ihrer Unebenheit oder nach Beurteilung des Gründers liegengelassen wurden. Grenzlinien haben sie nicht. Sie fallen unter das Recht der *subsiciva*. (fig. 24) Ausgeschlossene Landstücke fallen gleichermaßen unter das Recht der *subsiciva*; sie werden jenseits der Grenzlinien und innerhalb der angrenzenden Linie liegen. Eine angrenzende Linie nun, die entweder durch eine Gepflogenheit oder durch die Reihung der Grenzsteine bewahrt wird, ist messtechnisch erfaßbar: Vielerorts überstieg nämlich die schiere Ausdehnung der Felder die Zuweisung, zum Beispiel in der Lusitania im Gebiet der Einwohner von Emerita Augusta[10].

[**18**] Um sakrale und geweihte Landstücke enstehen sehr viele Rechtsstreitigkeiten, die über den Weg eines ordentlichen Verfahrens zu einem Ende gebracht werden, wenn über die Flächengröße von Landstücken geklagt wird, zum Beispiel von öffentlichen Landstücken in Bergregionen oder von Gebäuden, für die die Grenzen gemäß Beurkundung wiederhergestellt werden. Ähnlich von geweihten Landstücken, denen man gemäß Strafversprechen die Flächengröße der Grenze wiederherzustellen hat. Auch Grabbauten besitzen nämlich um sie herum liegende Gärten mit rechtlich festgestellter Flächegröße oder eine vorgeschriebene Feldgrenze.

[**19**] Um den Durchfluß von Regenwasser gibt es eine Rechtsstreitigkeit, die, wenn die Ansammlung von Regenwasser, seitlich die Grenze schneidend, auf das Grundstück eines anderen fließt und man nicht einer Meinung kommen kann, zu einem ordentlichen Verfahren gehört:

---

[9] Der heutige Monte Genarro (oder Monte Zappi) ist mit seinen 1276 m nordöstlich von Rom aus zu sehen.

[10] Das heutige Mérida (Comunidad autónoma Extremadura). Die römische Provinz *Lusitania* lag auf dem Gebiet des heutigen Portugal bis zum Douro und größerer Teile Westspaniens (Extremadura und die Provinz Salamanca).

[**20**] DE ITINERIBVS controversia est, quae in arcifiniis agris iure ordinario finitur, in assignatis mensurarum ratione. Omnes enim limites secundum legem colonicam itineri publico servire debent; sed multi exigente ratione per declivia et confragosa loca eunt, qua iter fieri non potest. Et sunt in usu agrorum eorum loc*a*, ubi proximus possessor, cuius forte silva limitem detinet, transitum inverecunde denegat, cum itineri limitem aut locum limitis debeat. (fig. 25)

Wenn wegen der Festlegung der Grenze selbst geklagt wird, macht es die Hinzuziehung eines Feldmessers erforderlich.

[20] Um Durchgangsrechte gibt es eine Rechtsstreitigkeit, die man auf *agri arcifinii* nach einem ordentlichen Verfahren zu einem Ende bringt, auf zugewiesenen Feldern durch die Methode von Vermessungen. Alle Grenzlinien nämlich müssen nach der LEX COLONICA öffentlichem Durchgangsrecht dienen; aber viele verlaufen, weil die Methode es erfordert, durch abschüssige und zerklüftete Gegenden, wo ein Durchgang nicht zustandekommen kann. Auch gibt es Landstücke im Gebrauch dieser Felder, wo der zunächst liegende Besitzer, dessen Wald vielleicht die Grenzlinie enthält, ein Durchgangsrecht rücksichtslos bestreitet, obwohl er für den Durchgang die Grenzlinie oder einen Ort der Grenzlinie gewährleisten muß. (fig. 25)

FRAGMENTA EXCERPTAQVE FRONTINO SVBDITA

I. INCERTA FRAGMENTA EX IVLIO FRONTINO EXCLVSA

fr. 1

Est et controversiae genus, quod ad solum non pertinet: DE ARBORVM FRVCTIBVS; earum, quae in fine sunt sive intra, nec ullam ad radicem habent controversiam. Quotiens inclinatae in alterutram partem fructum iactaverunt, inter adfines molientur disputationem. (fig. 26)

fr. 2

Sunt et aliae limitum condiciones, quae ad solum non pertinent {hoc est ad artem nostram}. Solum autem, quodcumque coloniae est adsignatum in universum, pertica appellatur; quidquid huic universitati adplicitum est ex alterius civitatis fine sive solidum sive tut*e*latum {fuerit}, praefectura appellatur. (fig. 34)

fr. 3

Cultellandi ratio quæ sit

[α] Saepe quaeritur, cur ea, quae per emensum soli spatium consummavimus, ad illam clivorum inaequalitatem plan*a* esse cogamus, dum mensurae lateribus inservimus. (fig. 35) Cultellamus ergo agrum eminentiorem et ad planitiam redigimus ⟨in⟩aequalitatem. Hanc nobis rationem ipsa seminum natura monstrabit. Omnis enim illa soli inaequalitas recolligi poterit, nisi quod e terra quidquid nascitur in aere rectum exit et illam terrae obliquitatem crescendo adterit nec maiorem numerum occupat quam si ex plano nascatur? ······

[β] Quod si monti ordinata semina nascantur omnia, secundum loci naturam me*ti*re*m*ur: Cum non ⟨tot⟩{idem, hoc est totidem} arborum ordines capiat, quot pares eius in campo limites, recte cultellabitur.

FRAGMENTE UND TEXTE UNTER FRONTINS NAMEN

I. FRR. 1–3

fr. 1

Es gibt auch eine Gattung der Rechtsstreitigkeit, die sich nicht auf den Boden bezieht: Um die Früchte der Bäume; diejenigen, die auf der Grenze oder innerhalb stehen, haben keine Rechtsstreitigkeit, die Bezug auf die Wurzel hat. Sooft sie, zu einem der beiden Grundstücksteile hin geneigt, ihre Frucht abgeworfen haben, rufen sie unter den Grenznachbarn einen Streit hervor. (fig. 26)

fr. 2

Es gibt auch andere Rechtsnaturen von Grenzlinien, die sich nicht auf den Boden beziehen {also auf unsere Kunst}. Ein Boden aber, der einer Kolonie insgesamt zugewiesen worden ist, wird *pertica* (vermessenes Feld) genannt; was auch immer dieser Gesamtheit aus dem Gebiet eines anderen Gemeinwesens hinzugefügt worden ist, sei es unbelastet oder als *ager tutelatus*, wird *praefectura* genannt. (fig. 34)

fr. 3

Die Methode der horizontalen Staffelmessung

[α] Oft wird gefragt, warum wir das, was wir mittels der gemessenen Ausdehnung des Bodens zusammengerechnet haben, in bezug auf die Unebenheit von schiefen Ebenen eben sein lassen, während wir uns den Seiten der Messung (*sc.* der Lotstrecke und Horizontalentfernung) widmen. (fig. 35) Wir staffeln also das höher liegende Feld horizontal und führen die Unebenheit auf eine Ebene zurück. Diese Methode wird uns selbst die Natur der Pflanzensamen zeigen: Denn könnte man die gesamte Unebenheit des Bodens wiedergewinnen, wenn nicht das, was aus der Erde wächst, gerade in die Luft ragt und durch Wachsen die Schräge der Erde nivelliert, und keine größere Anzahl besetzt, als wenn es aus dem Ebenen entsteht?

[β] Diese Anzahl würden wir, wenn alle Pflanzensamen parallel zum Berg entstünden, nach der Geländebeschaffenheit vermessen: Wenn er nicht genauso viele Reihen von Bäumen faßt wie gleichermaßen Grenzlinien im Feld, wird richtig horizontal gestaffelt worden sein.

II. EX HYGINI DE LIMITIBVS CONSTITVENDIS LIBRO GROMATICO EXCERPTA

{De limitibus}

[1] Limitum prima origo, sicut Varro descripsit, ad disciplinam ⟨a⟩ruspicum noscitur pertinere. Quod aruspices orbem terrarum in duas partes diviserunt, dextram appellaverunt, ⟨quae⟩ septentrioni subiacere⟨t⟩, sinistram, quae a*d* meridian*um* terrae esse⟨t⟩, orientem et occasum, quod eo sol et luna occidere et oriri spectentur, sicut {quidam garriunt} architecti delubra in occidentem recte spectare scripserunt. Aruspices altera linea a septentrione ad meridianum diviserunt terram, et a me{ri}dia{no} ultra antica⟨m⟩, citra postica⟨m⟩ nominaverunt.

[2] Ab hoc fundamento maiores nostri in agrorum mensura videntur constituisse rationem. Primum duos limites duxerunt: Unum ab oriente in occasum, quem vocaverunt decimanum, alterum a meridiano ad septentrionem, quem cardinem appellaverunt. Decimanus autem dividebat dextram et sinistram, cardo citra et ultra. {Quare decumanus a decem potius quam a duobus vocatur, cum omnis ager eo fine in duas dividatur partes? Ut duopondium et duoviginti, quod dicebant antiqui, nunc dicitur dip*u*ndium et xx, sic etia*m* duodecumanus decumanus est factus.} (fig. 27) Kardo nominatur, quod directum a cardine caeli est, nam sine dubium caelum vertitur in septentrionali orbe.

[3] Postea hoc ignorantes nonnulli aliud secuti sunt, ut quidam agri magnitudinem, *et*, qua longior erat, fecerunt decumanum; itaque non ortum spectant, sed ita *con*versi sunt, ut sint contra septentrionem ut in agro Campano, qui est circa Capuam, ubi est kardo in oriente⟨m⟩ et decumanus in meridianum. (fig. 28)

II. AUSZÜGE AUS DEM FELDMESSERBUCH HYGINS ÜBER DIE FESTLEGUNG VON GRENZLINIEN

{Über die Grenzlinien}

[1] Der erste Ursprung von Grenzlinien, so wie es Varro beschrieben hat, gehört bekanntlich zum Lehrsystem der Opferschauer. Weil die Opferschauer den Erdkreis in zwei Teile geteilt haben, nannten sie rechts den, der in nördlicher Richtung liegt, links den, der nach Süden liegt, Osten und Westen, weil man in dieser Richtung Sonne und Mond unter- und aufgehen sieht, so wie {manche schwatzen das} die Baumeister geschrieben haben, daß die Heiligtümer in gerader Richtung nach Westen blicken. Die Opferschauer haben mit einer zweiten Linie von Norden nach Süden die Erde geteilt und den jenseits der Mitte liegenden *antica*, den diesseits gelegenen *postica* genannt.

[2] Auf dieser Grundlage scheinen unsere Vorfahren in der Feldervermessung die Methode begründet zu haben. Zuerst haben sie zwei Grenzlinien festgelegt: Die erste von Ost nach West, die sie als *decimanus* benannten, die zweite von Süd nach Nord, die sie als *kardo* bezeichneten. Der *decimanus* teilte das Feld rechts und links, der *kardo* in dies- und jenseits. {Weshalb der *decimanus* eher von zehn als von zwei benannt wird, obwohl jedes Feld durch diese Grenze in zwei Teile geteilt wird? Wie man *duopondium* und *duoviginti*, was die Alten sagten, heute als *dipundium* und *viginti* bezeichnet, so ist auch aus *duodecumanus decumanus* geworden.} (fig. 27) Als *kardo* bezeichnete man, was man nach der Himmelsachse ausrichtete, denn zweifelsohne dreht der Himmel in der nördlichen Kreisbahn.

[3] Später sind einige, die das nicht wußten, etwas anderem gefolgt; zum Beispiel manche der Größe des Felds, und sie haben dort, wo es länger war, den *decimanus* ausgeführt; und deshalb blicken sie nicht nach Osten, sondern sie wurden so gewendet, daß sie gegen Norden liegen wie auf dem *ager Campanus*, der um Capua[11] herum liegt, wo der *kardo* nach Ost liegt und der *decimanus* nach Süd. (fig. 28)

---

[11] Der *ager Campanus* wurde von Rom im 2. Punischen Krieg 211 v. Chr. von Capua als *ager publicus populi Romani* konfisziert, da die Stadt sich auf die Seite Hannibals gestellt hatte.

[4] Ab his duobus omnes agri partes nominantur. Reliqui limites fiebant angustiores et inter se distabant paribus intervallis; qui spectabant in orientem, dicebant prors*o*s, qui dirigeban⟨tur⟩ in meridianum, dicebant transversos. Haec vocabula in lege, quae est in agro Uritano, in Gallia item in quibusdam locis adhuc permanere dicuntur. (fig. 29) {Limites autem appellati sunt transvers*i* a limo, id est antiquo verbo, a quo dicunt poetae limis oculis; item limum cinctum, quod purpuram transversam habeat; aut limina ostiorum. Alii et prorsos et tranversos dicunt limites a liminibus, quod per eos in agros et foras eatur.} Hi ab incolis variis ac dissimilibus vocabulis a caeli regione aut a loci natura sunt cognominati {in alio loco}, sicut in Tuscia, Umbria, circa Fanum Fortunae: qui ad mare spectant, maritimos appellant alibi, qui ad montes montanos. (fig. 30)

[5] Primum agri modum fecerunt quattuor limitibus clausum, figurae quadratae similem, plerumque centum pedum {in utraque parte} – quod Graeci PLETHRON appellant, Tusci et Umbri vorsum – nostri centenos et vicenos in utra⟨m⟩que parte⟨m⟩, cuius ex IIII unum latus {sicut diei XII horas, XII menses anni}, XII decempedas esse voluerunt; ex actibus conc*inn*um locum {primum appellatum} dictum fundum. (fig. 31) Hi duo fundi iuncti iugerum definiunt; deinde haec duo iugera iuncta in unum quadratum agrum efficiunt, quod sint in omnes partes actus bini. In hunc modum quidam primum appellatum dicunt sortem et centies ductum centuriam. Sunt qui centuriam maiorem modum appellant, ut apud Cremonam, ubi in centuria decem et ducenta iugera; sunt qui minorem, ut in Italia triumvirales agri iugerum quinquagenum.

[4] Nach diesen zwei benannte man alle Feldteile. Die restlichen Grenzlinien wurden enger und hatten zueinander gleiche Abstände; die nach Ost blickten, nannten sie *prorsi*, die nach Süden gezogen wurden, nannten sie *transversi*. Diese Benennungen sollen in einem Gesetz, das auf dem *ager Uritanus*[12] gilt, ebenso in der *Gallia*[13] an manchen Orten bis heute überdauern. (fig. 29) {Grenzlinien sind *transversi* genannt worden nach *limus*, also einem alten Wort, mit dem die Dichter sagen *limis oculis* (»mit schielenden Augen«); ebenso den *limus cinctus*, weil er einen schrägen Purpurstreifen hat, ebenso die Türschwellen. Andere sagen, sowohl *prorsi* als auch *transversi* als Grenzlinien kämen von *limen* (Schwelle), weil man durch sie in die Äcker hinein und hinaus ginge.} Diese sind von den Einwohnern mit verschiedenen und unähnlichen Benennungen nach der Region oder nach der Geländebeschaffenheit {andernorts} benannt worden, wie in der *Tuscia*, der *Umbria*, rund um *Fanum Fortunae*[14]: die Richtung Meer blicken, nennen sie andernorts Meer-, die Richtung Berg Berg-. (fig. 30)

[5] Zuerst bildeten sie die Flächengröße eines von vier Grenzlinien umschlossenen Felds, einem Quadrat ähnlich, meist von hundert Fuß – was die Griechen *plethron*[15] nennen, die Osker und Umbrer ein *vorsum* – unsere Zeitgenossen hundert und zwanzig in jede Richtung, dessen eine Seite aus 4 sie {so wie 12 Stunden des Tags, 12 Monate des Jahrs} 12 *decempedae* sein lassen wollten. Das aus *actus* zusammengefügte Landstück {zuerst benannt} ist als *fundus* bezeichnet worden. (fig. 31) Die zwei *fundi* definieren verbunden ein *iugerum*; die dann zu einem verbundenen zwei *iugera* bilden ein quadratisches Feld, was in jede Richtung je zwei *actus* macht. In dieser Weise behaupten manche, daß es zuerst ein *sors*, Landlos, genannt wurde und mit hundert multipliziert eine *centuria*. Manche bezeichen die *centuria* als größeres Flächenmaß, wie bei Cremona[16], wo in der *centuria* zweihundert und zehn *iugera* sind;

---

[12] Die genaue Lage dieses apulischen Landstrichs ist unsicher.

[13] Wohl die Provinz *Gallia Narbonensis* im Gebiet des heutigen Südfrankreich.

[14] Das heutige Fano in der Provinz Pesaro e Urbino (Marche) an der Adria. Die beiden genannten Provinzen (heute Toskana und Umbrien) schließen westlich an.

[15] Das *plethron* (πλέθρον) war ein griechisches Acker- oder Flächenmaß.

[16] Die Stadt in der Lombardia erlebte 40 v. Chr. die Landkonfiskationen Octavians zur Ansiedlung seiner Veteranen.

[**6**] Nam et omnes in subsicivis extremae centuriae, quae non sunt quadratae, in eadem permanent appellatione.
[**7**] Optima{e} ergo ac rationabilis agrorum constitutio est, cuius decimani ab oriente in occidentem diriguntur, kardines a meridiano in septentrionem. (fig. 32)
[**8**] Multi, mobilem solis ortum et occasum secuti, variaru*nt* hanc rationem. Sic{uti} effectum est, ut decimani spectarent, ex qua parte sol eo tempore, quo mensura acta est, oriebatur. Et multi, ne proximae coloniae limitibus ordinatos limites mitterent, exacta conversione di*s*creverunt. Et sic per totum orbem terrarum est unaquaeque limitum constitutio ordinata, ubi proxima {sibi} plagarum caeli conversio fuit. (fig. 33)

manche als kleineren, wie in Italien die *agri triumvirales* von fünfzig *iugera*.

[**6**] Denn auch alle in den *subsiciva* liegenden äußersten *centuriae*, die nicht quadratisch sind, laufen unter derselben Bezeichnung.

[**7**] Die beste und methodische Festlegung von Feldern ist die, deren *decimani* von Ost nach West gezogen werden, die *kardines* von Süd nach Nord. (fig. 32)

[**8**] Viele, die dem beweglichen Sonnenauf- und -untergang gefolgt sind, haben diese Methode abgewandelt. So kam es, daß die *decimani* dahin blicken, wo die Sonne zu dem Zeitpunkt aufging, zu dem die Vermessung durchgeführt wurde. Und viele haben, um nicht die Grenzlinien parallel zu denen der nächstliegenden Kolonie laufen zu lassen, nach einer genau bestimmten Drehung abgemarkt. Und so ist jede einzelne Festlegung der Grenzlinien über den gesamten Erdkreis hin eingerichtet worden, sobald die Drehung der Himmelszonen [sc. ihr] zunächst lag. (fig. 33)

III. ITEM INCERTVM (EXCERPTVM NIPSI?)

fr. 4

[**1**] Principium artis mensurae in agen*t*is positum est experimento. Exprimi enim locorum modus aut veritas sine rationabilibus lineis non potest, quoniam omnium agrorum extremitas flexuosa et inaequali cluditur finitione. Quae propter angulorum dissimilium multitudinem numeris suis manentibus et cohiberi potest et extendi; nam sola mobile habent spatium et incertam iugerum ⟨r⟩enuntiationem. Sed ut omnibus extremitatibus species sua constet et intraclus*u*s modus ⟨r⟩enuntietur, agrum, quousque loci positio permittit, rectis lineis dimetiemur. Ex quibus proximam quamque extremitatem per omnes angulos facta normatione complectimur et cohaerentem mensuralibus statutis certo PROCENTEMATO⟨s⟩ spatio similem futurae tradimus formae. Modum autem intra lineas clusum rectorum angulorum ratione subducimus. Subiectas deinde extremitatium partes, areas tangentium nostrarum postulationum, podismis suis adaeramus et adscriptis spatio suo finibus ipsam loci reddimus veritatem.

[**2**] Haec ubique una ratione fieri multiplex locorum natura non patitur: oppositis ex alia parte montibus, ex alia flumine aut ripis aut quadam ingenti{bus} loci voragine, compluribus confragosorum locorum inaequalitatibus, saepe et culturis. Propter quae maxime ad artis copiam est recurrendum. Debet enim ⟨una⟩quaeque pars agri in potestate mensoris esse et habit{ur}a rectorum angulorum ratione sua postulatione constringi. Itaque maxime providere debemus, quo usu ferramenti, quidquid occurrerit, transeamus, adhibere deinde metiendi diligentiam, quae potius actus incessae *li*mitationis effectum laterum longitudine aequet, et ferramento prim*a* m*e*ta omnia *momen*ta perpenso dirigere; cuius ex omnibus corniculis ex*t*ensa ponderibus et inter se conparata

III. NICHT ZUWEISBAR (NIPSUS?)

fr. 4

[1] Die Grundlage der Meßkunst liegt in der Erfahrung des Ausführenden. Die Flächengröße oder die Wirklichkeit von Landstücken kann nämlich nicht ohne methodische Linien dargestellt werden, weil die Außenlinie aller Felder durch eine krümmungsreiche und ungleichmäßige Begrenzung (*finitio*) beschlossen wird, die wegen der Menge verschiedener Winkel bei ihren gleichbleibenden Anzahlen sowohl zusammengehalten als auch ausgedehnt werden kann; denn das Gelände erstreckt sich unterschiedlich weit und die Angabe der *iugera* ist ungenau. Aber damit für alle Außenlinien ihre Art feststeht und die eingeschlossene Flächengröße angegeben werden kann, werden wir ein Feld bis dorthin mit geraden Linien ausmessen, bis wohin es die Lage des Landstücks zuläßt. Von diesen Linien aus erfassen wir die zunächstliegende Außenlinie, nachdem man entlang aller Winkel das Lot gefällt hat, und übertragen das mit den Meßvorschriften übereinstimmende und um eine bestimmte Ausdehung ähnliche Feld des Feldrisses auf die zukünftige Flurkarte. Die zwischen den Fluchtschnüren eingeschlossene Flächengröße berechnen wir mit der Methode der rechten Winkel. Dann tragen wir die angrenzenden Teile der Außenlinien, die die Flächen unserer Vorgaben berühren, mit ihren Messungen in Fuß (*podismus*) in die Flurkarte ein und geben, nachdem die Grenzen mit ihrer Ausdehnung dazugeschrieben wurden, die Wirklichkeit des Landstücks wieder.

[2] Daß dies überall nach einer einzigen Methode geschieht, läßt die verschiedenartige Natur der Landstücke nicht zu: Durch von einer Seite her entgegenstehende Berge, von einer anderen durch einen Fluß oder durch Ufer oder durch einen ungeheuren Abgrund des Landstücks, durch mehrere Unebenheiten zerklüfteter Landstücke, oft auch durch landwirtschaftliche Nutzflächen. Wegen dieser Dinge muß man besonders auf die reichen Mittel der Kunst zurückgreifen. Es muß nämlich jeder einzelne Teil eines Felds unter der Kontrolle des Vermessers sein und bei Anwendung der Methode der rechten Winkel nach seiner Vorgabe erfaßt werden. Deswegen müssen wir besondere Voraussicht walten lassen, wie wir mit dem Meßinstrument alles, was uns begegnet,

fila seu nervias ita perspicere, donec proxima consumpto alterius visu sola. Si metiatur, tunc dictare moetas et easdem transposito interim extrema meta ferramento reprehendere eodem momento, quo tenebatur, et coeptum rigorem ad interversuram aut ad finem perducere. Omnibus autem interversuris tetrantis locum perpendiculo ostendat······

[3] *Cum* cuiusque loci mensura agenda fuerit, eum circumire ante omnia oportet; et ad omnes angulos signa ponere, quae normaliter ex rigore cogantur. Posito deinde et perpenso ferramento rigorem secundum maximo lateri dictare et collocatis moetis in alteram partem rigorem mittere, qui, cum ad extremum pervenerit, parallelon primi rigoris excipiat.

[4] Et si in rigore dictando quaedam dubitanda incurrunt, valles, loca confragosa, arbores, quas propter moram aut fructum succidere non oportet, necnon aedificia, maceriae, petrae aut montes et his similia, haec, quacumque ratione optime fieri poterit, mensuram accipere debebunt.

[5] Si fuerit ergo vallis, quae conspectum agentis exsuperet, per ipsam metis ad ferramentum adpositis erit dic⟨t⟩andum. Cuius rigoris incessu*s*, ut se in contrario aeque{a}*t*, flect*e*nte linea a capitul*o* perticae aequaliter ad perpendiculum cultellare debemus. Nam et perpensum rigorem extendere linea certum est, in qua cult⟨ellat⟩um locum perpendiculus adsigna{n}t. Nam quotiens sine linea cultellamus, conspectum

überwinden, zweitens sorgfältig messen, wodurch eher die Handlung der fortlaufenden Grenzziehung dem Ergebnis bezüglich der Seitenlängen gleicht, und mit dem ausgerichteten Meßinstrument am ersten Fluchtstab alle Punkte auf Linie bringen; seine von allen Hörnchen (*sc.* an den Enden der *groma*) und durch Gewichte gespannte und zueinander ins Verhältnis gesetzte Schnüre oder Saiten so visieren, bis die zunächst liegenden nach Verschwinden des zweiten als alleinige erscheinen. Wenn man mißt, dann die Fluchtstäbe ansagen und sie, nachdem man in der Zwischenzeit das Meßinstrument an den letzten Fluchtstab versetzt hat, auf denselben Punkt, auf dem es gehalten wurde, zurückvisieren, und die angefangene Markierungsgerade bis zum Winkelscheitel oder bis zum Ende hin führen. An allen Winkelscheiteln soll man mit dem Lot den Ort des Kreuzpunkts zeigen......

[3] Wenn die Vermessung irgendeines Landstücks ausgeführt werden muß, hat man es vor allem anderen rundherum abzuschreiten und in alle Winkel Markierungen zu setzen, die dann von einer Markierungsgeraden aus rechtwinklig zusammengefaßt werden; nachdem man das Meßinstrument aufgestellt und zentriert hat, die zweite Markierungsgerade für die größte Seite ansagen und nach Aufstellen der Fluchtstäbe die Markierungsgerade in den anderen Teil ziehen, die, wenn die zum Außenrand gelangt ist, die Parallele zur ersten Markierungsgeraden aufnimmt.

[4] Und wenn beim Ansagen der Markierungsgeraden Dinge begegnen, die problematisch sind, Täler, zerklüftete Landstücke, Bäume, die wegen der zeitlichen Verzögerung oder wegen Fruchtziehung nicht gefällt werden dürfen, genauso Gebäude, Trockenmauern, Felsen oder Berge und diesen ähnliche Dinge, müssen diese, nach welcher Methode auch immer das am besten wird geschehen können, ausgemessen sein.

[5] Wenn es also ein Tal gibt, das die Begutachtung des Ausführenden übersteigen sollte, wird man über es hinweg mit zum Meßinstrument gestellten Fluchtstäben ansagen müssen; das Fortschreiten seiner Markierungsgeraden müssen wir, damit sie auf der gegenüberliegenden Seite gleich ist, mit einer von der Meßlattenspitze aus laufenden Fluchtschnur gleichmäßig zum Lot hin staffeln. Ebenso ist es sicher, die

metarum excedimus. Et cum festinantes ex eo loco iterum rigorem conspicimus, tunc in illa perticarum quamvis exigua conversione non minus fit distensio quam si iacentia fuerint. Conpressiorem autem vallem, *quam et ultra* perspici poterit, evadendae difficultatis causa sic transire in ulteriorem partem, dictare moetas ne minus tres, quibus reprehensis, transposito ferramento respicere priores oporteat, et perpen⟨dicu⟩l*o* rigorem, quousque res exegerit, perducere.

ausgerichtete Markierungsgerade mit einer Fluchtschnur auszudehnen, an der das Lot das gestaffelte Landstück zuweist. Denn sooft wir ohne Fluchtschnur staffeln, gehen wir über die Begutachtung der Fluchtstäbe hinaus. Und wenn wir ohne Verzögerung von diesem Landstück aus wieder die Markierungsgerade betrachten, dann wird es in der wenn auch geringen Veränderung der Meßlatten zu einer nicht kleineren Abweichung kommen, als wenn sie gelegen hätten. Ein engeres Tal, das man darüber hinaus überblicken kann, soll man zur Umgehung der Schwierigkeit so bis zum jenseitigen Teil durchqueren, nicht weniger als drei Fluchtstäbe ansagen, nach deren Rückvisieren die früheren nach Versetzen des Meßinstruments berücksichtigen, und die Markierungsgerade mittels Lot, bis wohin die Sache es erfordert, durchziehen..

Teil IV.

UB Erfurt, Dep. Erf., CA 4° 362

Die foll. 79r–84v und fol. 88r der amplonianischen Handschrift UB Erfurt, Dep. Erf., CA 4° 362 werden hier mit freundlicher Erlaubnis der UNIVERSITÄTSBIBLIOTHEK ERFURT, ABT. SONDERSAMMLUNG, abgedruckt.
In früheren Artikeln, aber auch im Feldmesserbuch 2018 und in der kritischen Edition 2022 war mir der Fehler unterlaufen, das Ms. noch nach der bei Toneatto 1994–1995, I 360 stehenden Signatur mit »Erfurt, Wissenschaftliche Allgemeinbibliothek, Amplonianus 4° 362« zu bezeichnen. Die Wissenschaftliche Allgemeinbibliothek Erfurt wurde jedoch 1997 in STADT- UND REGIONALBIBLIOTHEK ERFURT umbenannt und der Altbestand der UB Erfurt als Depositum übergeben[17]. Ich bitte darum, mir die frühere, falsche Signaturangabe nachzusehen.
Das Ms. ist in der DIGITALEN HISTORISCHEN BIBLOTHEK ERFURT/GOTHA unter der URN: urn:nbn:de:urmel-ufb-150711 online einzusehen. Auf eine detaillierte Bildlegende verzichte ich deswegen: Mithilfe der kritischen Edition und mit den darin angezeigten Blattwechseln läßt sich nachvollziehen, wie Frontins Text in dieser Handschrift überliefert worden ist.

[17] Ich danke Andrea Langner, Abt. Sondersammlung der UB Erfurt herzlich für diese Präzisierung.

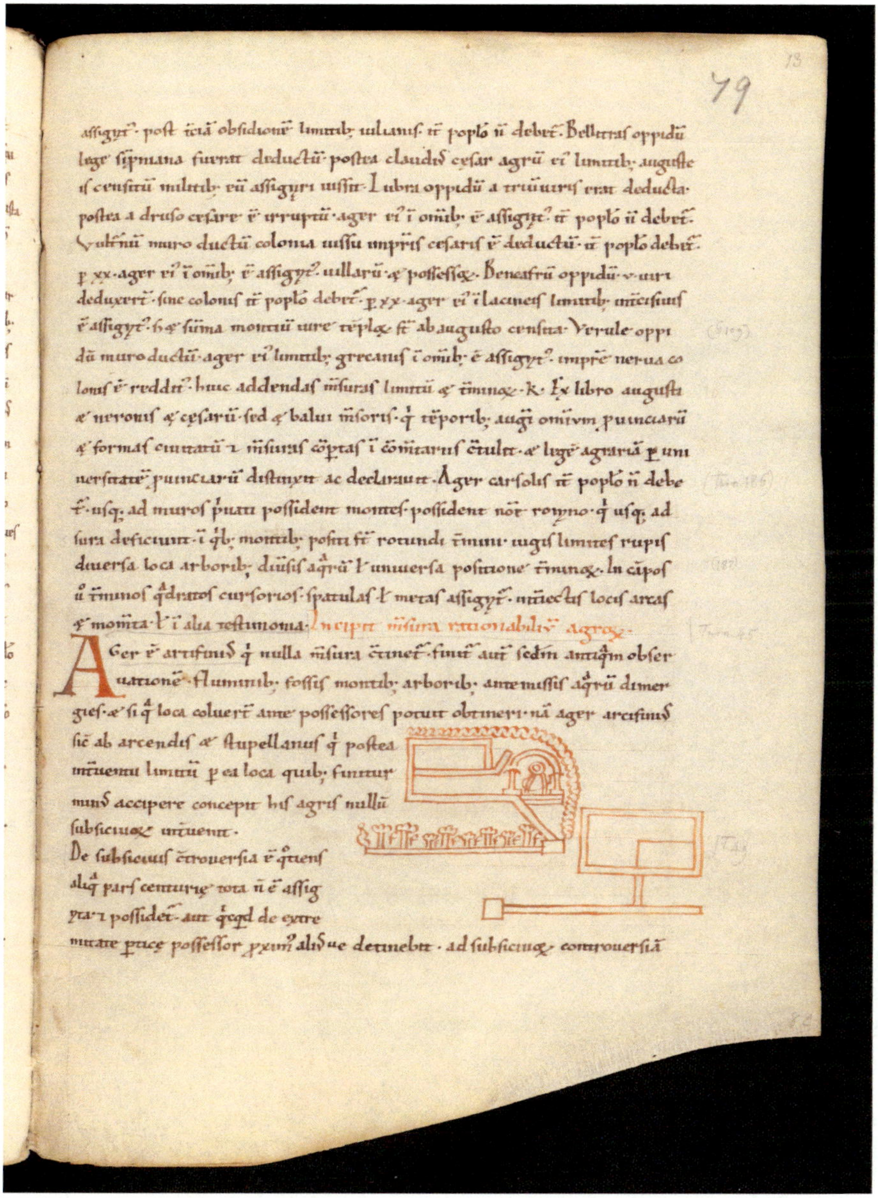

assignatus. post tertiam obsidionem limitibus iulianis. iter populo non debetur. Bellitras oppidum
lege sempronia fuerat deductum. postea claudius cesar agrum eius limitibus auguste
is censitum militibus eum assignari iussit. Lubra oppidum a triumviris erat deducta.
postea a druso cesare est inruptum. ager eius in omnibus est assignatus. iter populo non debetur.
Vulturnum muro ductum colonia iussu imperatoris cesaris est deductum. iter populo debetur
pedes xx. ager eius in omnibus est assignatus. villarum et possessionum. Beneventum oppidum. v. uiri
deduxerunt. sine colonis iter populo debetur pedes xx. ager eius in laciniis limitibus intercisivis
est assignatus. hec summa montium iure templorum sunt ab augusto censita. Verule oppi
dum muro ductum. ager eius limitibus graccanis in omnibus est assignatus. imperator nerva co
lonis est redditus. huic addendas mensuras limitum et terminorum. K. Ex libro augusti
et neronis et cesarum. sed et balbi mensoris. qui temporibus augusti omnium provinciarum
et formas civitatum et mensuras compertas in commentariis contulit. et legem agrariam per uni
versitatem provinciarum distinxit ac declaravit. Ager carsolis iter populo non debe
tur. usque ad muros privati possident. montes possident nor royno. qui usque ad
sura deficiunt. in quibus montibus positi sunt rotundi termini. iugis limites rupis
diversa loca arboribus divisis agrorum vel universa positione terminorum. In campos
vero terminos quadratos cursorios. spatulas vel metas assignatum. intrinsecus locis arcas
et monimenta vel in alia testimonia. Incipit mensura rationabilium agrorum.
Ager est arcifinius qui nulla mensura continetur. finitur autem secundum antiquam obser
vationem. fluminibus. fossis. montibus. arboribus. ante missis aquarum diver
gies. et si qua loca coluerunt ante possessores potuit obtineri. nam ager arcifinius
sic ab arcendis et stupellanus qui postea
intervenit limitum per ea loca quibus finitur
minus accipere concepit. his agris nullum
subsicivorum invenitur.
De subsicivis controversia est quotiens
aliqua pars centurie tota non est assig
nata vel possidetur. aut quicquid de extre
mitate pertice possessor proximus alius ve detinebit. ad subsicivorum controversiam

Universitätsbibliothek Erfurt, Dep. Erf., CA 4° 362, fol. 79r

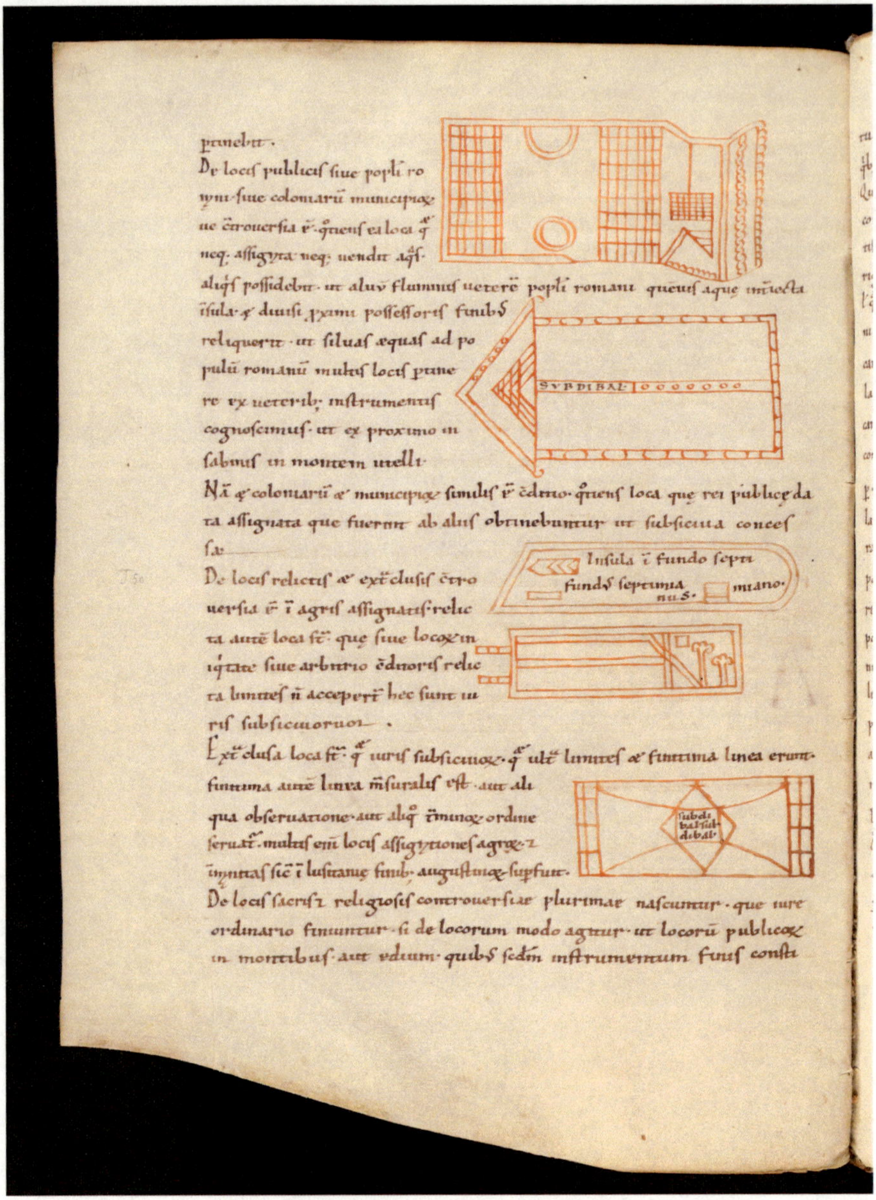

Universitätsbibliothek Erfurt, Dep. Erf., CA 4° 362, fol. 79v

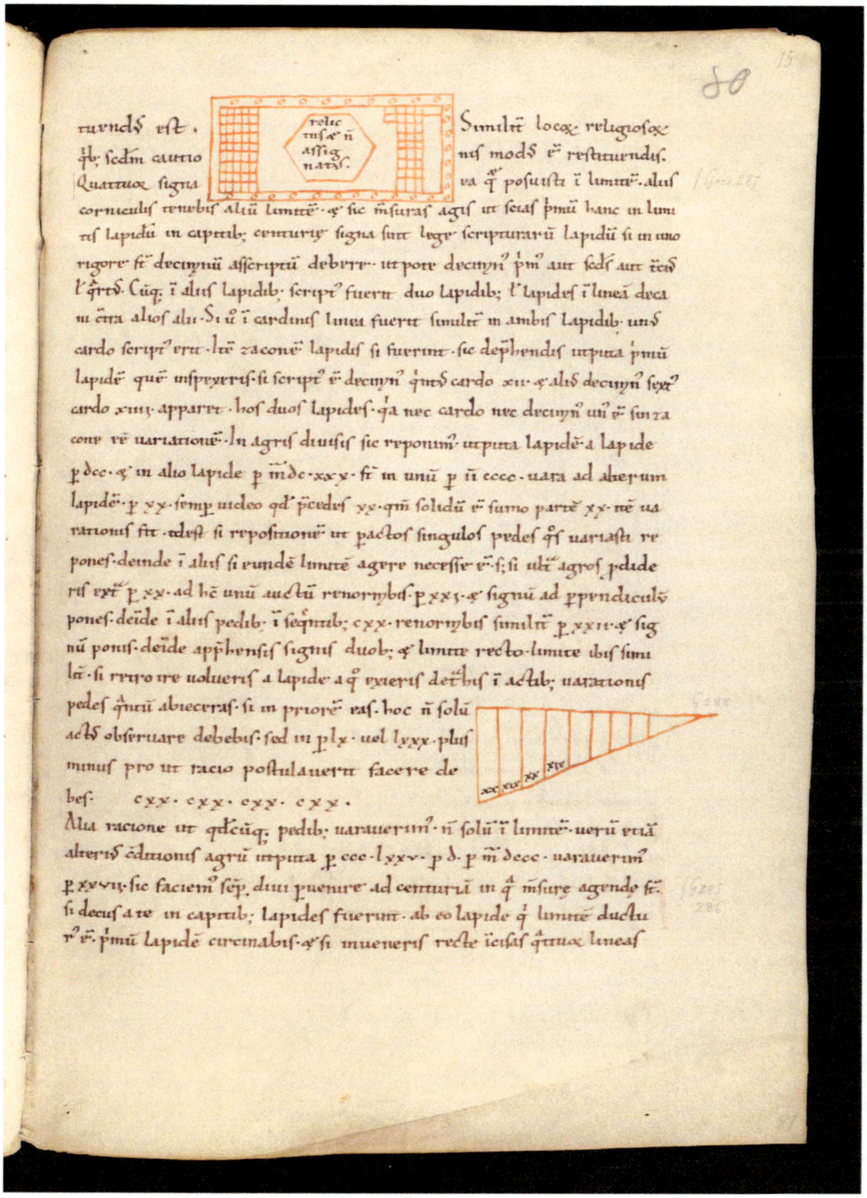

Universitätsbibliothek Erfurt, Dep. Erf., CA 4° 362, fol. 80r

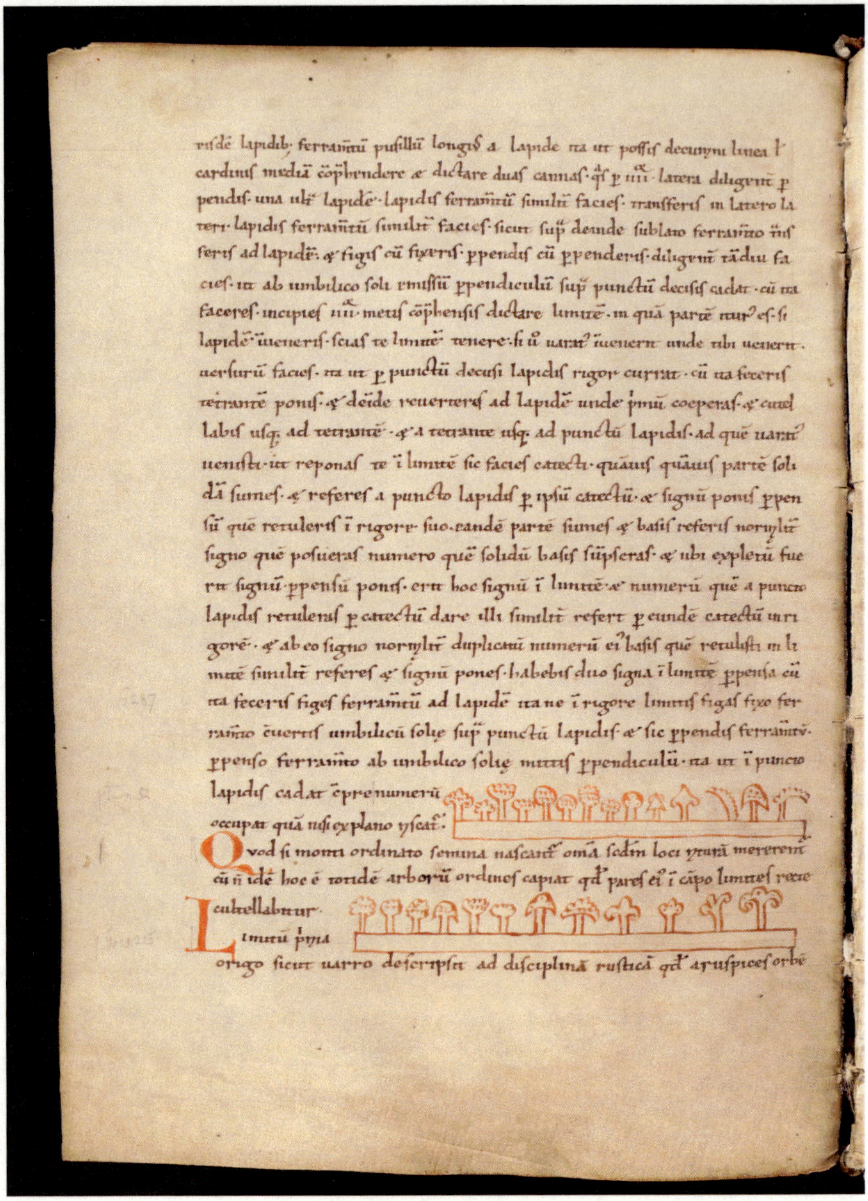

Universitätsbibliothek Erfurt, Dep. Erf., CA 4° 362, fol. 80v

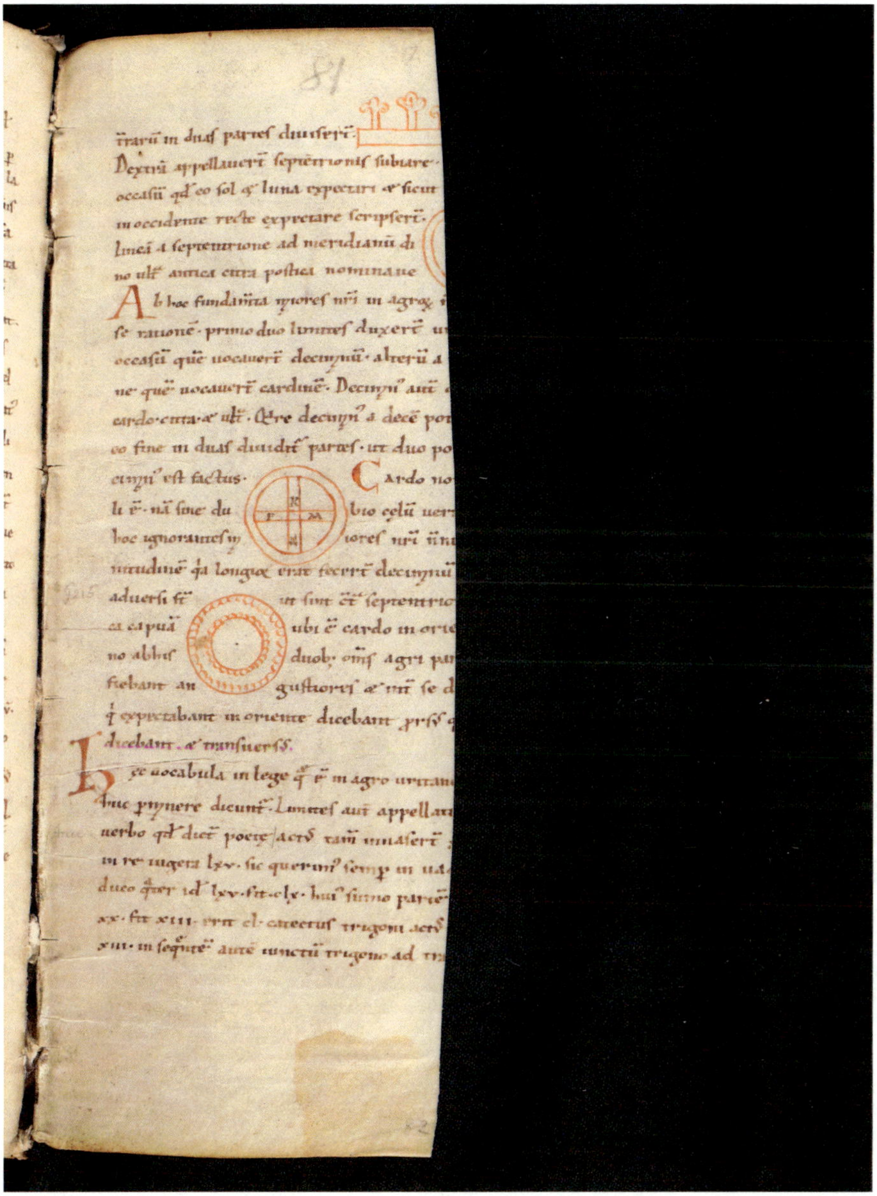

Universitätsbibliothek Erfurt, Dep. Erf., CA 4° 362, fol. 81r

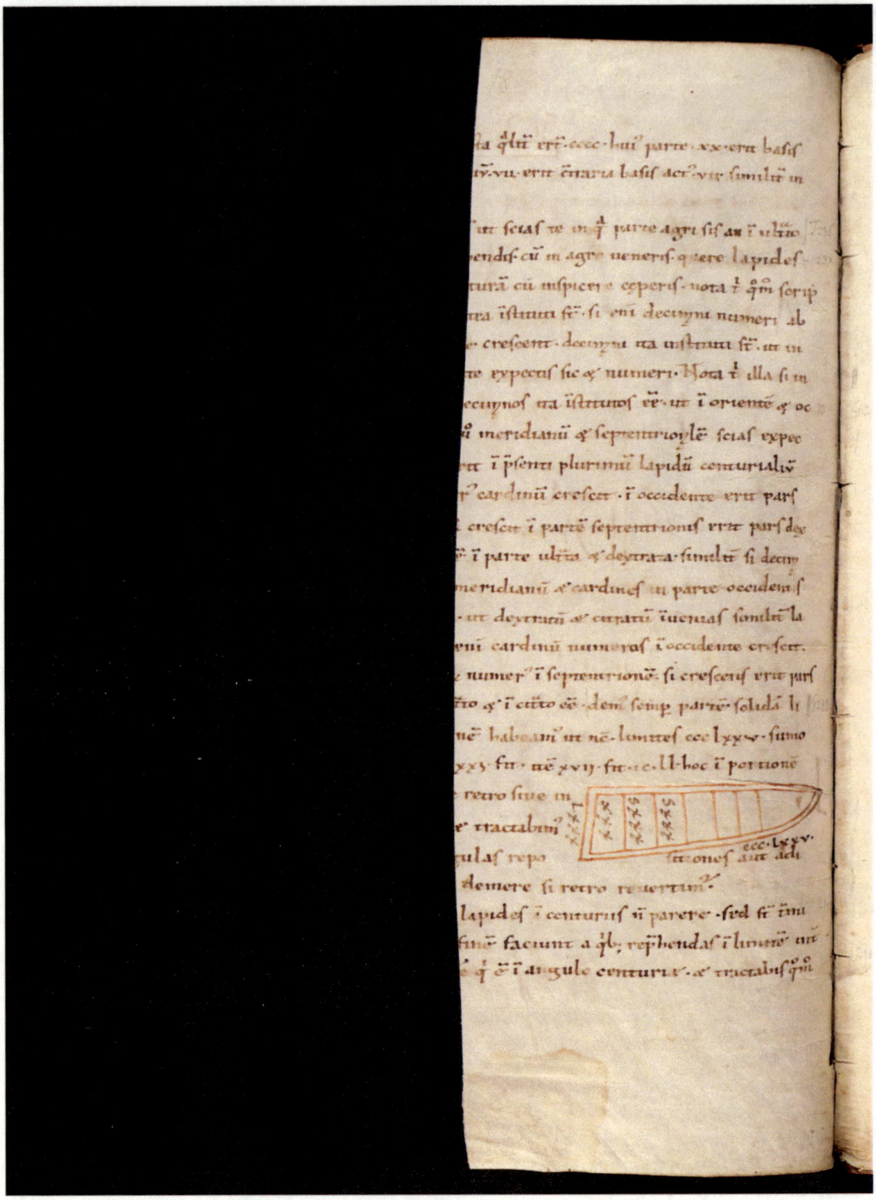

Universitätsbibliothek Erfurt, Dep. Erf., CA 4° 362, fol. 81v

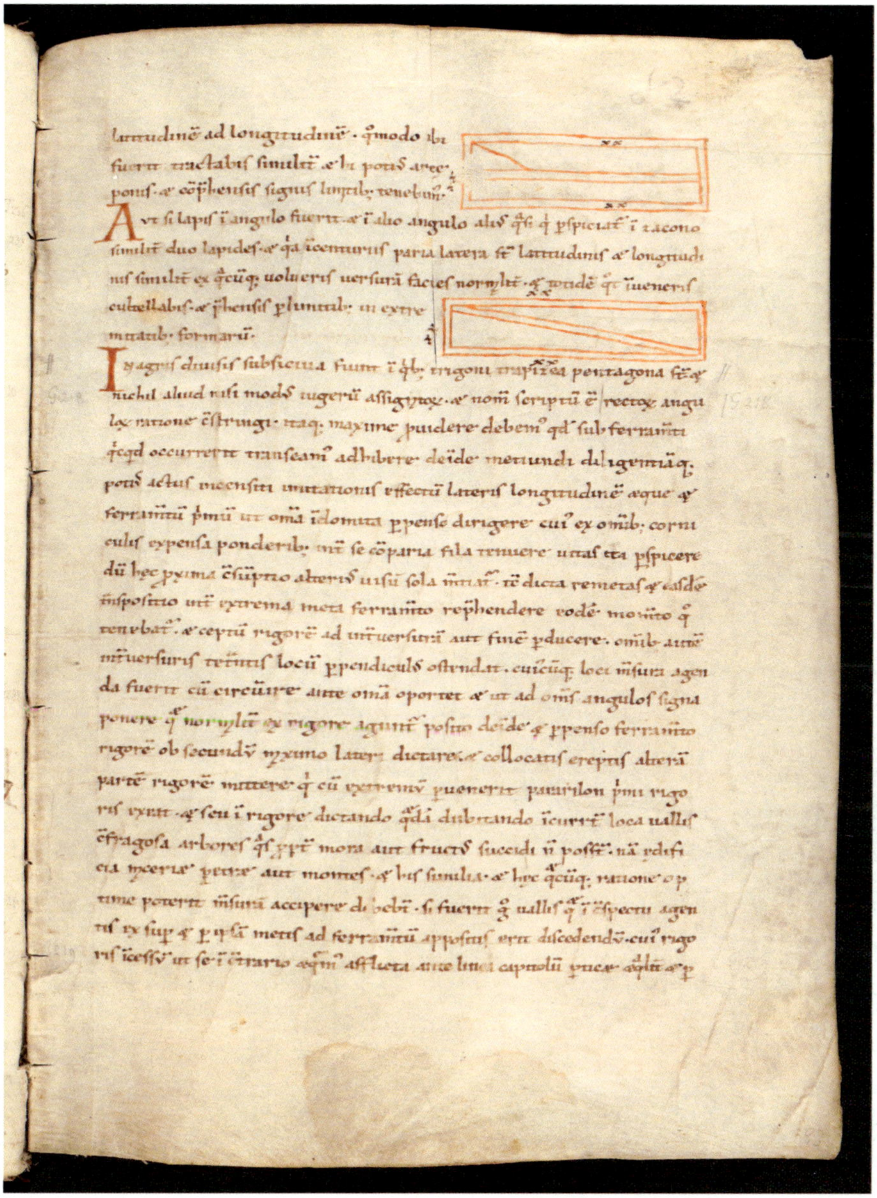

Universitätsbibliothek Erfurt, Dep. Erf., CA 4° 362, fol. 82r

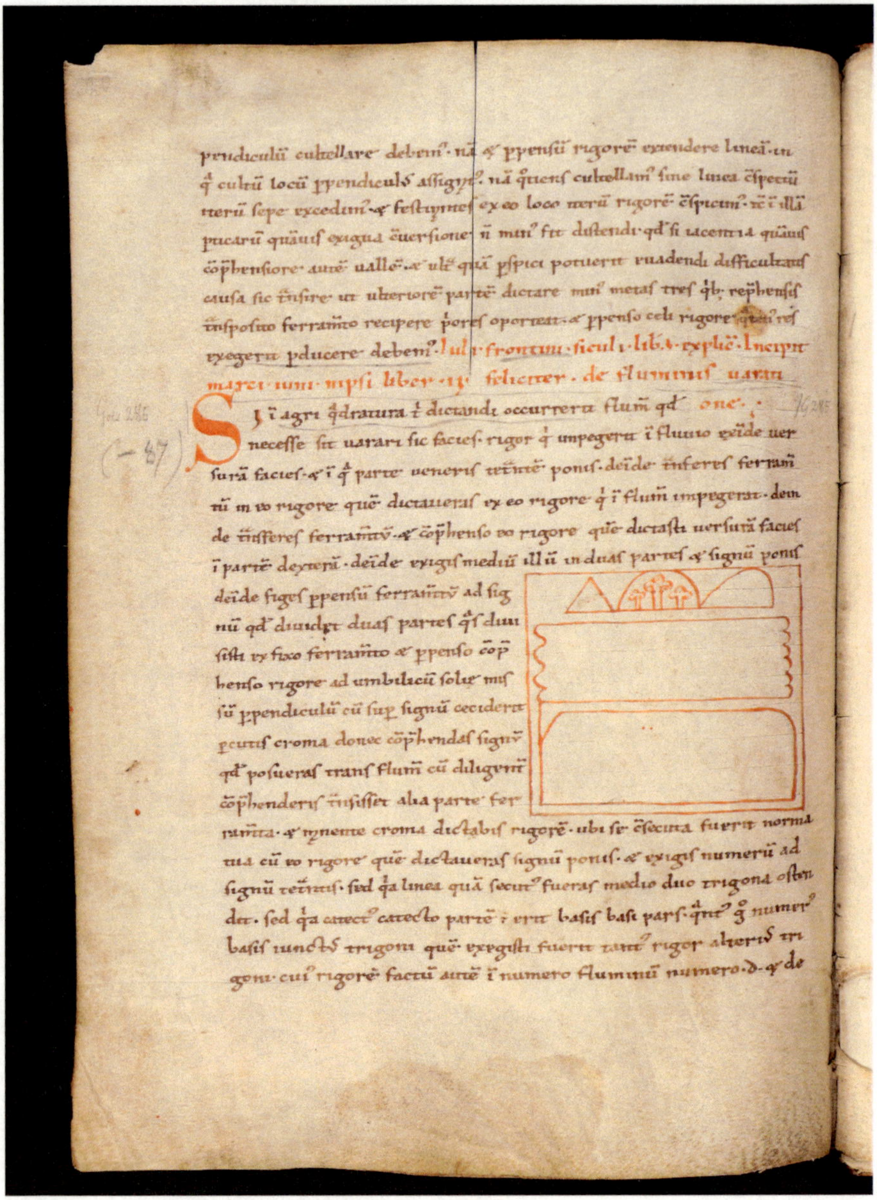

Universitätsbibliothek Erfurt, Dep. Erf., CA 4° 362, fol. 82v

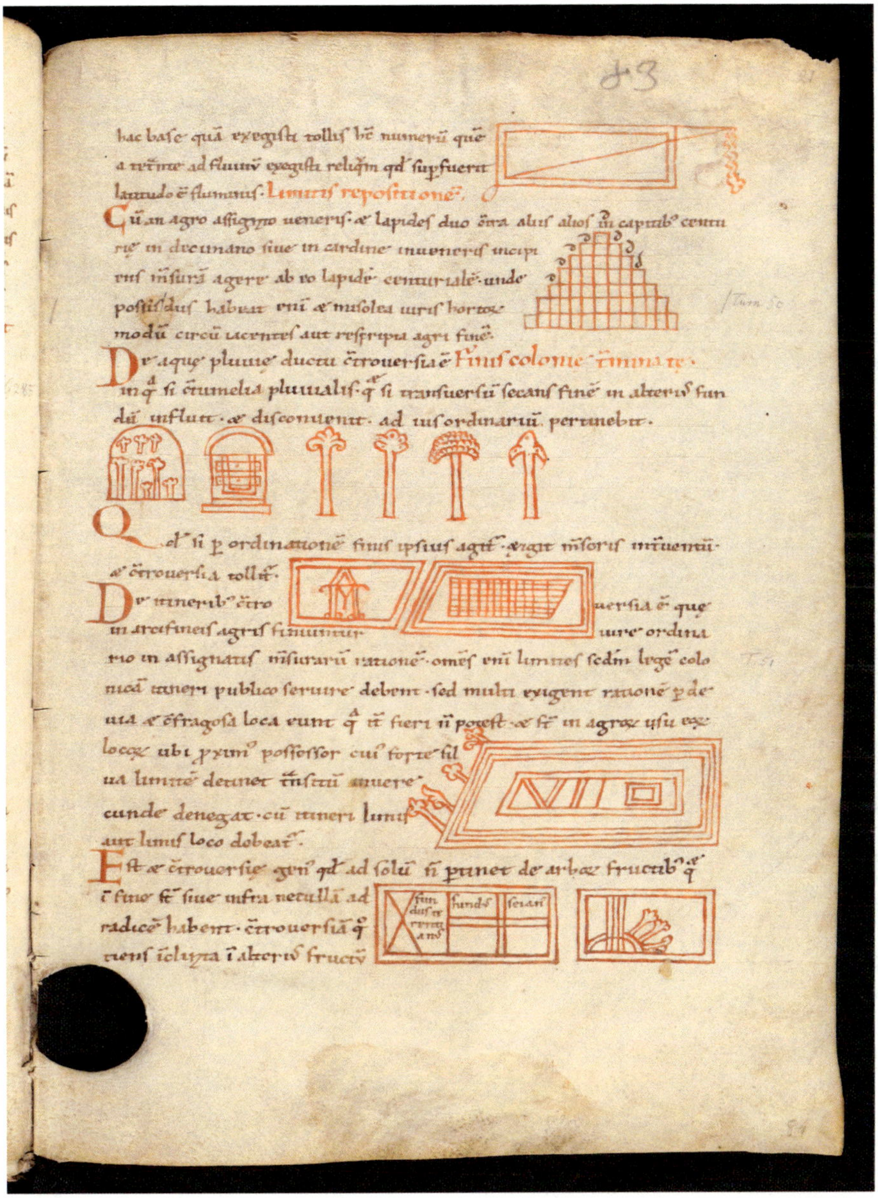

Universitätsbibliothek Erfurt, Dep. Erf., CA 4° 362, fol. 83r

Universitätsbibliothek Erfurt, Dep. Erf., CA 4° 362, fol. 83v

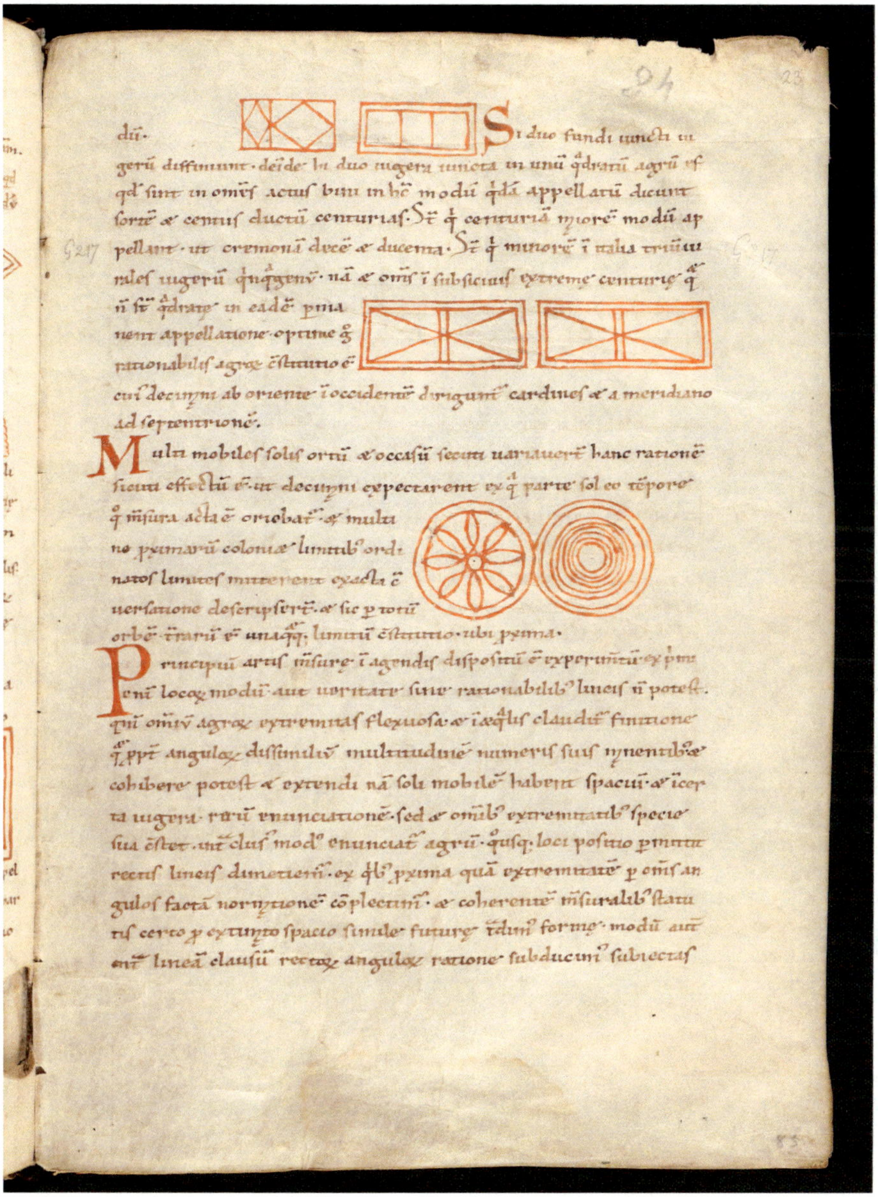

Universitätsbibliothek Erfurt, Dep. Erf., CA 4° 362, fol. 84r

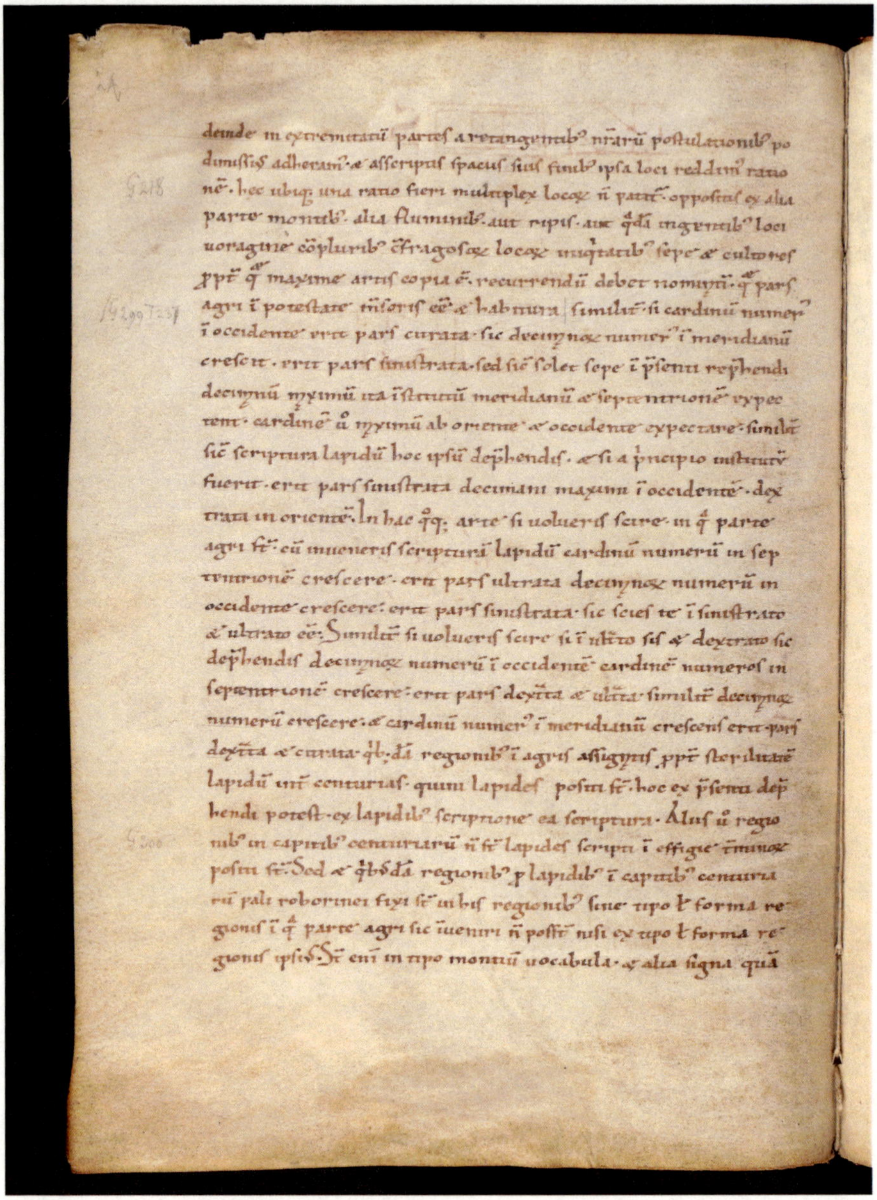

deinde in extremitatu(m) partes a(d) retangentib(us) n(ost)raru(m) postulationib(us) po
dimissis adheram(us) & asscriptis spacus suis finib(us) ipsa loci reddim(us) ratio
ne. hec ubiq(ue) una ratio fieri multiplex locor(um) n(on) patit(ur). oppositis ex alia
parte montib(us). alia fluminib(us). aut ripis. aut q(uo)da(m) ingentib(us) loci
uoragine co(m)plurib(us) (et) fragosor(um) locor(um) iniquitatib(us) sepe & cultores
p(ro)p(ter) q(uod) maxime artis copia e(st). recurrendu(m) debet nominu(m) q(ue) pars
agri i(n) potestate inferis ee & habitura similit(er) si cardinu(m) numer(us)
i(n) occidente erit pars citrata. sic decimanor(um) numer(us) i(n) meridianu(m)
crescit. erit pars sinistrata. sed sic solet sepe i(n) p(rae)senti rep(re)hendi
decimanu(m) maximu(m) ita institutu(m) meridianu(m) & septentrione(m) expec
tent. cardine(m) u(ero) maximu(m) ab oriente & occidente expectare. simili
sic scriptura lapidu(m) hoc ipsu(m) dep(re)hendis. & si a p(ri)ncipio institutu(m)
fuerit. erit pars sinistrata decimani maximi i(n) occidente(m). dex
trata in oriente(m). In hac q(uo)q(ue) arte si uolueris scire in q(ua) parte
agri sit. cu(m) inueneris scriptura(m) lapidu(m) cardinu(m) numeru(m) in sep
temtrione(m) crescere. erit pars ultrata decimanor(um) numeru(m) in
occidente crescere. erit pars sinistrata. sic scies te i(n) sinistrato
& ultrato ee. Similit(er) si uolueris scire si i(n) ultrato sis & dextrato sic
dep(re)hendis decimanor(um) numeru(m) i(n) occidente(m) cardine(m) numeros in
septentrione(m) crescere. erit pars dextra & ultra. similit(er) decimanor(um)
numeru(m) crescere & cardinu(m) numer(us) i(n) meridianu(m) crescens erit pars
dextra & citrata. q(ui)b(us)da(m) regionib(us) i(n) agris assignatis p(ro)p(ter) sterilitate(m)
lapidu(m) int(er) centurias. quum lapides positi s(un)t. hoc ex p(rae)senti dep(re)
hendi potest ex lapidib(us) scriptione ea scriptura. Alis u(ero) regio
nib(us) in capitib(us) centuriaru(m) n(on) s(un)t lapides scripti i(n) effigie t(er)minor(um)
positi s(un)t. Sed & q(ui)b(us)da(m) regionib(us) p(er) lapidib(us) i(n) capitib(us) centuria
ru(m) pali roborinei fixi s(un)t in his regionib(us) sine tipo l(ue)l forma re
gionis i(n) q(ua) parte agri sic iuenri n(on) poss(un)t nisi ex tipo l(ue)l forma re
gionis ipsius. S(un)t eni(m) in tipo montiu(m) uocabula. & alia signa qua(m)

Universitätsbibliothek Erfurt, Dep. Erf., CA 4° 362, fol. 84v

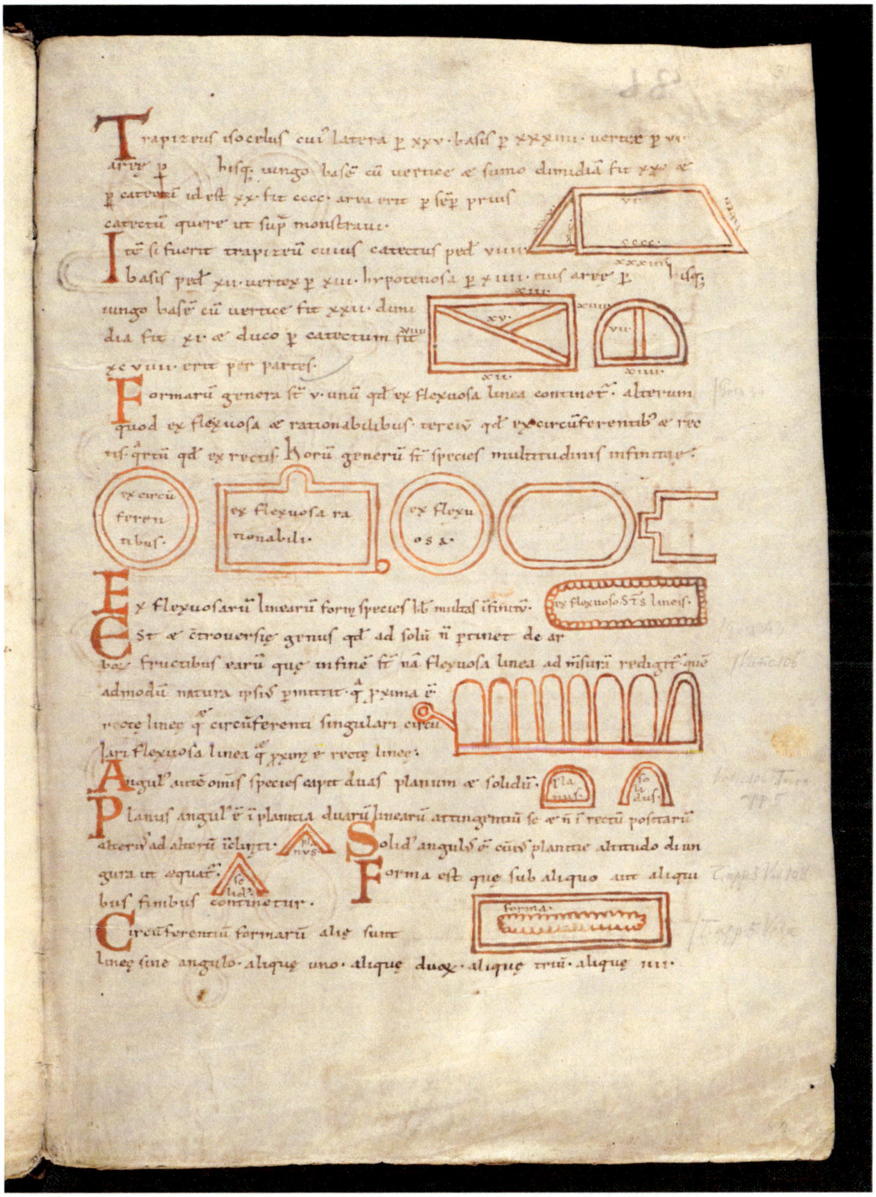

Universitätsbibliothek Erfurt, Dep. Erf., CA 4° 362, fol. 88r

Teil V.

Glossar, Indizes, Bibliographie

Glossar

actuarius Bezeichnung der nach dem ⇒ *decimanus maximus* als erste, sechste, elfte usf. gezogenen Grenzlinie in Ost-West-Richtung mit einer Breite von 12 Fuß. 125, 137

arcifinius Nicht vermessenes Land, das nach Frontinus seine Begrenzung anhand natürlicher oder kulturlandschaftlicher Bezugspunkte (Flüsse, Gräben, Berge, Wege, Grenzbäume, Flußscheiden) erhält. 33, 40, 46, 82, 97, 109–111, 115, 134, 149, 165, 197, 204, 205, 213, 269, 273

centuria Bezeichnung für die vermessene, für jeweils hundert Menschen verloste Landfläche; der Flächeninhalt der *centuria* schwankt 43, 77, 80, 86, 87, 92, 95, 111, 125, 126, 147, 271, 275, 277, 287, 289

decimanus maximus Die erste, in Ost-West-Richtung gezogene Grenzlinie. 123, 133–135, 139, 187

groma Namensgebendes Mess- und Visierinstrument der römischen Gromatiker oder Agrimensoren. Mit der *groma* war es möglich, rechte Winkel in jedem Gelände zu konstruieren; dies erlaubte die Anlage des großen Achsenkreuzes aus ⇒ *decimanus* und ⇒ *kardo maximus* ebenso wie die Konstruktion gerader Straßen und von Grenzlinien. 10, 92, 140, 141, 143, 187, 293

iugerum Römisches Flächenmaß von 240×120 Fuß. 138, 287, 289, 291

kardo maximus Die erste, in Süd-Nord-Richtung gezogene Grenzlinie 123, 133–135, 139, 187

linearius Eine Grenzlinie, die zwischen der ersten und sechsten, sechsten und elften usf. Grenzlinie in Ost-West-Richtung liegt. 125, 137

pertica Bezeichnung für das vermessene Feld; *pertica* kann in anderen Gromatikertexten auch die Messlatte der Agrimensoren bedeuten. 115, 118, 277, 283

praefectura Verwaltungsbezirk, in dem ein Präfekt die Gerichtsbarkeit innehat. 115, 116, 118, 283

prorsus Bezeichnung für jede zum ⇒ *decimanus maximus* parallel, also in Ost-West-Richtung verlaufende Grenzlinie. Die in Süd-Nord-Richtung gezogenen Grenzlinien nannte man *limites* ⇒ *transversi*. 123, 134, 136, 287

quintarius Die sechste, elfte, sechzehnte, einundzwanzigste usf. Grenzlinie in Ost-West-Richtung. 137

subsicivum Nicht zugewiesenes Landstück, das entweder innerhalb der vermessenen ⇒ *centuria* liegt oder sich zwischen dem zugewiesenen Land und der Außenlinie befindet. 32, 33, 44, 81, 85, 91, 95, 109–111, 114, 115, 147, 165, 198, 209, 211, 212, 219, 271, 273, 277, 279, 289

transversus Bezeichnung für jede zum ⇒ *kardo maximus* parallel, also in Süd-Nord-Richtung verlaufende Grenzlinie. Die in Ost-West-Richtung gezogenen Grenzlinien nannte man *limites* ⇒ *prorsi*. 123, 130, 134, 136, 287

Index librorum manuscriptorum

Das Verzeichnis enthält alle im diesem Buch genannten Mss. Neben den für diese Edition verwendeten Haupthandschriften sind auch solche Handschriften aufgeführt, die für die *SGL* allgemein von Relevanz sind, ebenso wie Handschriften, die andere antike Autoren überliefern.

Index rerum nominumque propriorum

Index selectorum verborum Latinorum

Index fontium praeter Frontinum

Für die Mehrzahl der hier aufgeführten Quellen ist an der jeweiligen Stelle die verwendete Edition angegeben. Autoren der *SGL* werden nach Thulin 1913a oder Lachmann, Bluhme und Rudorff 1848–1852 zitiert, Hyginus gromaticus nach Lindermann 2022 und Nipsus nach Bouma 1993; Rechtsquellen werden, wo nicht anders angegeben, nach dem CICiv benannt. Lateinische Autoren und Werke werden nach dem Index des ThlL, griechische nach dem LSJ zitiert. An die Handschriftenbefunde angepaßt wurden dagegen Agen. und Ps.Agen. statt Agenn. und Ps.Agenn.

CORPUS INSCRIPTIONUM LATINARUM

DIGESTA SEU PANDECTÆ IUSTINIANI

Bibliographie

Sigla

CICiv (2014). *Corpus Iuris Civilis.* Hrsg. von Theodor Mommsen, Paul Krüger, Rudolf Schöll und Wilhelm Kroll. 3 Bde. Reprographischer Nachdruck der Ausgabe Berlin/Weidmann 1872–1895: Bd. 1 *Institutiones* [Krüger] und *Digesta* [Mommsen]; Bd. 2 *Codex Iustinianus* [Krüger]; Bd. 3 *Novellae* [Schöll/Kroll]). Cambridge: Cambridge UP.

CIL (1862–). *Corpus Inscriptionum Latinarum, consilio et auctoritate Academiae Scientiarum Berolinensis et Brandenburgensis editum.* Hrsg. von Berlin-Brandenburgische Akademie der Wissenschaften. Berlin: deGruyter.

DNP (1996–2003). *Der Neue Pauly. Enzyklopädie der Antike.* Hrsg. von Hubert Cancik, Helmuth Schneider (Antike) und Manfred Landfester (Rezeptions- und Wissenschaftsgeschichte). Stuttgart/Weimar: J.B. Metzler.

HRP (2023). *Handbuch des Römischen Privatrechts.* Hrsg. von Ulrike Babusiaux, Christian Baldus, Wolfgang Ernst, Franz-Stefan Meissel, Johannes Platschek und Thomas Rüfner. 3 Bde. 2 Bde. u. Register. Tübingen: Mohr Siebeck.

KlP (1964). *Der Kleine Pauly. Lexikon der Antike. Auf der Grundlage von Pauly's Realencyclopädie der classischen Altertumswissenschaft unter Mitwirkung zahlreicher Fachgelehrter, bearbeitet und herausgegeben von Konrat Ziegler, Walther Sontheimer und Hans Gärtner.* Hrsg. von Konrat Ziegler, Walther Sontheimer und Hans Gärtner. 5 Bde. Stuttgart: Druckenmüller.

KSt (1914). *Ausführliche Grammatik der lateinischen Sprache.* Hrsg. von Raphael Kühner, Carl Stegmann und Friedrich Holzweissig. 2. Aufl. ND Darmstadt 1997. Hannover: Hahnsche Buchhandlung.

LAW (1965). *Lexikon der Alten Welt.* Hrsg. von Carl Andresen, Hartmut Erbse, Olof Gigon, Karl Schefold, Karl Friedrich Strohecker und Ernst Zinn. 1 Bd. in 3 Bde., unveränderter ND 1990. Zürich: Artemis.

LHSz (1965). *Lateinische Grammatik. Auf der Grundlage des Werkes von Friedrich Stolz und Joseph Hermann Schmalz.* Hrsg. von Johann Baptist Hofmann und Anton Szantyr. 5. Aufl. Bd. II 2.2. Handbuch der Altertumswissenschaften. München: Artemis.

LSJ (1940). *A Greek-English Lexicon. With a revised supplement. Compiled by Henry George Liddell and Robert Scott. Revised and augmented throughout by Henry Stuart Jones with the assistance of Roderick McKenzie and with the cooperation of many scholars.* Hrsg. von Henry George Liddell, Robert Scott, Henry Stuart Jones und Roderick McKenzie. (suppl. 1996). Oxford: Oxford UP.

OLD (2012). *Oxford Latin Dictionary.* Hrsg. von Peter Geoffrey und William Glare. 2. Aufl. 1 Bd. in 2 Bde. Oxford: Oxford UP.

RE (1894–1978). *Paulys Realencyclopädie der classischen Altertumswissenschaft. mit Supplementbänden und Register.* Hrsg. von Georg Wissowa, Wilhelm Kroll, Karl Mittelhaus, Konrat Ziegler und Hans Gärtner. Stuttgart.

ThlL (1900–). *Thesaurus linguae Latinae. Editus iussu et auctoritate consilii ab academiis societatibusque diversarum nationum electi.* Berlin: deGruyter.

Alte Drucke

Alsted, Johann Heinrich (1611). *Elementale Mathematicum : In Quo Mathesis Methodice Traditur Per Praecepta Brevia, Theoremata perspicua, Commentaria succincta. Continentur Autem Hoc Elemen-*

tali I. Arithmetica. II. Geometria. III. Geodaesia. IV. Astronomia. V. Geographia. VI. Musica. VII. Optica. Francofurti (= Frankfurt a.M.): Anton Humm. URL: https://mdz-nbn-resolving.de/details:bsb10525364.

Baumgarten, Siegmund Jacob (1750). *Samlung von Erleuterungsschriften und Zusätzen zur algemeinen Welthistorie.* Die Geschichte der Umbrier und Sabiner nebst einer Nachricht von den übrigen ältesten Völkern in Italien. 4 Bde. Halle: Johan Justinus Gebauer.

Bettini, Mario (1642). *Apiaria universae philosophiae mathematicae : in quibus paradoxa et nova pleraque machinamenta ad usus eximios traducta, & facillimis demonstrationibus confirmata.* Bononia (=Bologna): Io. Baptista Ferronius. URL: https://mdz-nbn-resolving.de/details:bsb11199743.

Clüver, Philipp (1624). *Philippi Cluveri Italia Antiqua: opus post omnium curas elaboratissimum; tabulis geographicis aere expressis illustratum; eijusdem Sicilia Sardiniae et Corsica; cum indice locupletissimo.* 2 Bde. zusammengebunden. Lugdunum Batavorum (Leiden): Ex officina Elseviriana. URL: https://mdz-nbn-resolving.de/details:bsb10807505.

Gillyflower Freeman, Reeve Williams (1685). *The elements of Euclid explain'd, in a new, but most easie method together with the use of every proposition through all parts of the mathematicks (Now made English and a multitude of Errors Corrected which had escap'd in the Original).* Oxford.

Goes, Willem van der (1674). *Rei agrariae Auctores legesque variae. Quaedam nunc primum, caetera emendatiora prodeunt cura Wilelmi Goessii cuius accedunt Indices, Antiquitates agrariae & Notae; una cum Nicolai Rigaltii notis & observationibus nec non glossario ejusdem.* Amsterdam: Johannes van Waesbergen. URL: https://mdz-nbn-resolving.de/details:bsb11060682.

Lauremberg, Johann (1640). *Gromatica: libri tres. I. de jugeratione II. de podismo III. de centuriatione.* Hafnia (= Kopenhagen):

Joachim Moltkenius. URL: https://mdz-nbn-resolving.de/details:bsb10053606.

Nefe, Matthias (1591). *Geometria. Kunst des Feldmessens, der rechte, wahre und probierte Grundt sampt den Handtgriffen so darzu gehörig, wie man ein jedes Feldt, Acker, Wiesen ... gerade oder ungerade, nichts außgeschlossen ... recht messen und rechnen sol [et]c.* Görlitz: Fritsch. URL: http://digital.slub-dresden.de/id279037600.

Poleni, Giovanni (1722). *Sex. Iulii Frontini De aquaeductibus urbis Romae commentarius. Antiquae fidei restitutus atque explicatus opera et studio.* Padua: Johannes Manfré. URL: https://doi.org/10.11588/diglit.3518#0003.

Rigault, Nicolas (1614). *Auctores Finium regundorum. Nicolai Rigaltii observationes et notae, item glossae agrimensoriae.* Paris: Johannes Libertus. URL: https://doi.org/10.3931/e-rara-12488.

Schrijver, Pieter (1607). *V. Inl. Fl. Vegetii Renati comitis aliorvmqve aliqvot veterum De re militari libri. Accedunt Frontini Strategematibus eiusdem auctoris alia opuscula. Omnia emendatius, quaedam nunc primum edita a Petro Scriverio. Cum Commentariis aut Notis God. Stewechii & Fr. Modii.* Leiden: Plantin. URL: https://mdz-nbn-resolving.de/details:bsb10218599.

Sichard, Johann (1528). *Codicis Theodosiani Libri XVI: Quibus Svnt Ipsorvm Principvm Avtoritate Adiectae Novellae. Theodosij. Valentiniani. Martiani. Maioriani. Seueri. Caij Institutionum lib. II. Iulij Pauli Receptarum sententiarum lib. V. Gregoriani Codicis lib. V. Hermogeniani lib. I. Papiniani Tit. I.* Basel: Henricus Petrus. URL: https://mdz-nbn-resolving.de/details:bsb00039768.

Turnèbe, Adrien de und Pierre Galland (1554). *De agrorum conditionibus & constitutionibus limitum, Siculi Flacci, lib. I. Ivlii Frontini lib. I. Aggeni Vrbici lib. II. Hygeni Gromatici lib. II. Variorvm Avctorvm Ordines finitionum. De iugeribus metiundis. Finium regundorum. Lex Mamilia. Coloniarum pop. Romani descriptio. Terminorum inscriptiones & formae. De generibus lineamentorum. De mensuris & ponderibus. Omnia figuris illustrata.* (gleichzeitig *editio princeps*). Paris: Adrien de Turnèbe. URL: https://onb.digital//result/10ADC8FF.

Wilken, Hermann (als Johann Gutmann) (1574). *Feldmässung gewiß / richtig / unnd kurz gestellt.* Heidelberg: Matthäus Harnisch. URL: https://mdz-nbn-resolving.de/details:bsb00086313.

Wilken, Hermann (anonym) (1578). *Bewerte Feldmessung und theilung : mit vorgehender verzeichnuß der mängel / so bißher darinnen gewesen; richtig / kurtz / zum brauch bequeme gesteckt.* Heidelberg. URL: http://resolver.staatsbibliothek-berlin.de/SBB0000656400000000.

— (1588). *Vom Pfarherrn zu Langefeld / an den Stattschreiber zu Breitaw. Bewerte Feldmessung und theilung : mit vorgehender verzeichnuß der mängel / so biß- her darinnen gewesen; richtig / kurtz / zum brauch bequeme gesteckt.* . Heidelberg. URL: https://mdz-nbn-resolving.de/details:bsb00032841.

— (1628). *Vom Pfarherrn zu Langeforch / an den Stattschreiber zu Brei- tenaw. Bewerte Feldmessung und theilung : mit vorgehender verzeichnuß der mängel / so bißher darinnen gewesen; richtig / kurtz / zum brauch bequeme gesteckt. Erstlich gedruckt zu Heydelberg / Im Jahr 1578. recht und gannz dem werten Ackerbaw zu gutem. Nun aber auff vieler vornehmer Leut begehren wiederumb auffs new auffgelegt und gedruckt.* Straßburg: Paul Ledertz. URL: https://mdz-nbn-resolving.de/details:bsb10081772.

Wolff, Friedrich August (1795). *Prolegomena ad Homerum. Sive de operum Homericorum prisca et genuina forma variisque mutationibus et probabili ratione emendandi.* Hrsg. von Libraria Orphanotophei. Halle.

Editionen

Bouma, Jelle (1993). *Marcus Iunius Nipsus – Fluminis Varatio. Limitis Repositio.* Introduction. Text. Translation and Commentary. Hrsg. von Michael von Albrecht. Bd. 77. Frankfurt a.M./Berlin: Peter Lang.

Bubnov, Nikolaj Michajlovič (1899). *Gerberti, postea Silvestri II papae Opera mathematica: (972–1003); accedunt aliorum opera ad Gerberti libellos aestimandos intelligendosque necessaria per septem appendices distributa / collegit.* unveränderter ND Hildesheim, Olms 1966. Berlin: Verlag Friedländer & Sohn.

Campbell, Brian (2000). »The writings of the Roman land surveyors: introduction, text, translation and commentary«. In: *The Journal of Roman Studies.* Bd. 9. London: Society for the Promotion of Roman Studies.

Clark, Albert Curtis, Hrsg. (1909). *M. Tulli Ciceronis Orationes.* Bd. 4. 5 Bde. Oxford Classical Texts. Oxford: Oxford UP.

Clavel-Lévêque, Monique, Daniele Conso und al., Hrsg. (1998). *Frontin. L'Œuvre gromatique. Corpus Agrimensorum Romanorum IV. Iulius Frontinus.* Texte traduit par O. Behrends, M. Clavel-Lévêque, D. Conso, Ph. von Cranach, A. Gonzales, J.-Y. Guillaumin, M. J. Peyna, St. Ratti. COST Action G2 »Paysages antiques et structures rurales«. France: Commission européenne.

— Hrsg. (2000). *Hygin. L'Œuvre gromatique. Corpus Agrimensorum Romanorum V. Hyginus.* Texte traduit par O. Behrends, M. Clavel-Lévêque, D. Conso, A. Gonzales, J.-Y. Guillaumin, St. Ratti. Avec le concours de L. Capogrossi Colognesi (Rome), J. Peyras (Nantes). COST Action G2 »Paysages antiques et structures rurales«. France: Commission européenne.

— Hrsg. (2005). *Agennius Urbicus. Controverses sur les terres. Corpus Agrimensorum Romanorum VI. Agennius Urbicus.* Texte traduit par O. Behrends, M. Clavel-Lévêque, D. Conso, A. Gonzales, J.-Y. Guillaumin, J. Peyras, S. Ratti. Avec la collaboration de R. Compatangelo, L. Lévêque, O. Olesti, J. W. M. Peterson, F. Reduzzi, G. Tirologos. COST Action A27 »Landmarks«. Luxembourg: Office des publications officielles des Communautés européennes.

Dilts, Mervin Robert, Hrsg. (1974). *Claudii Aeliani Varia Historia.* Bibliotheca scriptorum Graecorum et Romanorum Teubneriana. Leipzig: Teubner.

Elfassi, Jaques, Hrsg. (2009). *Isidori Hispalensis Episcopi Synonyma.* Cura et studio Jaques Elfassi. Corpus Christianorum. Series Latina 111B. Turnhout: Brepols.

Expósito, Ricard Andreu (2015). *La geometría de Gisemundo. Edición crítica bilingüe y estudio del Ars Gromatica Gisemundi.* Universitat Autònoma de Barcelona, Departament de Ciències de l'Antiguitat i de l'Edat Mitjana.

Folkerts, Menso (1970). »›Boethius‹ Geometrie II. Ein mathematisches Lehrbuch des Mittelalters.« In: *Texte und Abhandlungen zur Geschichte der exakten Wissenschaften.* Hrsg. von Joseph Ehrenfried Hofmann, Friedrich Klemm und Bernhard Sticker. 9. Wiesbaden: Felix Steiner.

Gärtner, Hans und Konrat Ziegler, Hrsg. (2000). *Plutarchus. Vitae parallelae.* Quartum recensuit Konrat Ziegler editionem quintam curavit Hans Gärtner. Bd. 1,1. 4 Bde. Bibliotheca scriptorum Graecorum et Romanorum Teubneriana. Leipzig: Teubner.

Guillaumin, Jean-Yves (1996). *Balbus. Présentation systématique de toutes les figures. Podismus et textes connexes: extraits d'Epaphrodite et de Vitruvius Rufus; La mesure des jugères. Introduction, traduction et notes par Jean-Yves Guillaumin.* Diaphora. Napoli: Jovene.

Guillaumin, Jean-Yves (2005a). *Les arpenteurs romains. Hygin le gromatique, Frontin.* Bd. 1. Collection des universités de France Série latine - Collection Budé. Paris: Les belles lettres.

— (2014). *Les arpenteurs romains. Commentaire anonyme sur Frontin.* Bd. 3. Collection des universités de France Série latine - Collection Budé. Paris: Les belles lettres.

— (2021). *Les arpenteurs romains. Agennius Urbicus. Marcus Junius Nypsus.* Bd. 4. Collection des universités de France Série latine - Collection Budé. Paris: Les belles lettres.

Helm, Rudolf, Hrsg. (1959). *Apulei Platonici Madaurensis opera quae supersunt. Vol. II Fasc. 2 Florida. Recensuit Rudolf Helm.* Academia Scientiarum Germanica Berolinensis. Bibliotheca scriptorum Graecorum et Romanorum Teubneriana edita consilioque atque auctoritate instituti graecoromanae antiquitatis studiis colendis destinati. Editio stereotypa editionis primae cum addendis. Leipzig: Teubner.

Heraeus, Carl, Hrsg. (1885). *Cornelii Taciti historiarum libri qui supersunt.* Leipzig: Teubner.

Hering, Wolfgang, Hrsg. (1987). *C. Iulii Caesaris commentarii rerum gestarum.* Bibliotheca scriptorum Graecorum et Romanorum Teubneriana. Leipzig: Teubner.

Hoche, Richard, Hrsg. (1866). *Nicomachi Geraseni Pythagorei introductionis arithmeticae libri II.* 2 Bde. Bibliotheca scriptorum Graecorum et Romanorum Teubneriana. Leipzig: Teubner.

Hultsch, Friedrich (1864). *Heronis Alexandrini geometricorum et stereometricorum reliquiae.* Accedunt Didymi Alexandrini mensurae marmorum et Anonymi variae collectiones ex Herone, Euclide, Gemino, Proclo, Anatolio aliisque. E libris scriptis edidit. Berlin: Weidmann.

Humbert, Michel (2018). »Le Loi des XII Tables. Edition et commentaire.« In: *Sources et Documents publiés par l'École française de Rome*. Bd. 7. Roma: École française de Rome.

Ireland, Robert I., Hrsg. (2012). *Iuli Frontini Strategemata*. Leipzig: Teubner.

Klingner, Friedrich, Hrsg. (1954). *Q. Horati Flacci opera*. Academia Scientiarum Germanica Berolinensis. Bibliotheca scriptorum Graecorum et Romanorum Teubneriana edita consilioque atque auctoritate instituti graecoromanae antiquitatis studiis colendis destinati. Leipzig: Teubner.

Koestermann, Erich, Hrsg. (1961). *P. Cornelii Taciti libri qui supersunt. Historiae*. Bd. II,1. Academia Scientiarum Germanica Berolinensis. Bibliotheca scriptorum Graecorum et Romanorum Teubneriana edita consilioque atque auctoritate instituti graecoromanae antiquitatis studiis colendis destinati. Leipzig: Teubner.

Krohn, Fritz, Hrsg. (1912). *Vitruvii De architectura libri decem*. Bibliotheca scriptorum Graecorum et Romanorum Teubneriana. Leipzig: Teubner.

Kunderewicz, Cezary, Hrsg. (1973). *Sex. Iulii Frontini. De aquaeductu urbis Romae*. Stuttgart und Leipzig: Teubner.

Lachmann, Karl, Friedrich Bluhme und Adolf Rudorff, Hrsg. (1848–1852). *Gromatici veteres. Die Schriften der römischen Feldmesser*. 2 Bde. Berlin: G. Reimer.

Lindermann, Jens-Olaf, Hrsg. (2022). *Hygini liber gromaticus de limitibus constituendis. Historisch-kritische Edition und Erläuterungen*. wbg Academic. Darmstadt: Wissenschaftliche Buchgesellschaft Darmstadt.

Lindsay, Wallace Martin, Hrsg. (1904–1905). *T. Macci Plauti comoediae*. Bd. 1. 2 Bde. Oxford Classical Texts. Oxford: Oxford UP.

Lindsay, Wallace-Martin und John William Pirie, Hrsg. (1930). *Glossaria Latina. Iussu Academiae Britannicae edita.* Bd. 4: *IV Placidus. Festus.* 5 Bde. Budé. Von 1926–1931 herausgegeben von Wallace-Martin Lindsay, James F. Mountford und Joshua Whatmough. Paris: Les Belles Lettres.

Mayhoff, Karl und Ludwig von Jan, Hrsg. (1967). *C. Plini Secundi naturalis historiae.* 6 Bde. Editio stereotypa editionis prioris (1906). Leipzig: Teubner.

Mazzarino, Antonio, Hrsg. (1982). *M. Porci Catonis De agri cultura. Ad fidem Florentini codicis deperditi iteratis curis edidit Antonius Mazzarino.* 2. Aufl. Akademie der Wissenschaften der DDR. Zentralinstitut für Alte Geschichte und Archäologie. Bibliotheca scriptorum Graecorum et Romanorum Teubneriana. Leipzig: Teubner.

Müller, Konrad, Hrsg. (1995). *Petronii arbitri Satyricon reliquiae.* quartum edidit Konrad Mueller. Stuttgart: Teubner.

Mutschmann, Hermann, Hrsg. (1914). *Sexti Empirici Opera. Adversus dogmaticos libros quinque (adv. mathem. vii–xi) continens.* Bd. 2. Bibliotheca scriptorum Graecorum et Romanorum Teubneriana. Leipzig: Teubner.

Ogilvie, Robert Maxwell, Hrsg. (1974). *Titi Livi Ab urbe condita Libri I–V.* Oxford Classical Texts. Oxford: Oxford UP.

Pohlenz, Max, Hrsg. (1976). *M. Tulli Ciceronis scripta quae manserunt omnia.* Fasc. 44. Tusculanae Disputationes. Editio stereotypa editionis prioris (1918). Stuttgart: Teubner.

Richter, Will, Hrsg. (1981–1983). *Lucius Iunius Moderatus Columella. Zwölf Bücher über die Landwirtschaft. Buch eines Unbekannten über Baumzüchtung. Lateinisch – deutsch.* Tusculum-Bücherei. München: Artemis.

Riese, Alexander, Hrsg. (1869–1926). *Anthologia Latina sive poesis Latinae supplementum.* Bd. I,1. 3 Bde. Bibliotheca scriptorum Graecorum et Romanorum Teubneriana. Leipzig: Teubner.

Rodgers, R.H., Hrsg. (2004). *Frontinus. De aquaeductu urbis Romae. Edited with introduction and commentary.* Bd. 42. Cambridge Classical texts and commentaries. Cambrige: Cambridge UP.

Schöne, Hermann (1903). *Heron Alexandrinus: Heronis Alexandrini opera quae supersunt omnia.* Bd. 3: *Rationes dimetiendi et commentatio dioptrica. – Heron von Alexandria, Vermessungslehre und Dioptra.* 5 Bde. Bibliotheca scriptorum Graecorum et Romanorum Teubneriana. Leipzig.

Seeck, Otto, Hrsg. (1883). *Aurelii Symmachi quae supersunt.* Bd. VI 1. Monumenta Germaniae Historica, Auctores antiquissimi. Unveränderter ND Monumenta Germaniae Historica, München 1984. Berlin: Weidmann.

Stückelberger, Alfred und Gerd Graßhoff, Hrsg. (2006). *Klaudios Ptolemaios. Handbuch der Geographie. Griechisch – Deutsch.* 2 Bde. Basel: Schwabe Verlag.

Thilo, Georg und Hermann Hagen, Hrsg. (1881–1902). *Servii Grammatici qui feruntur in Vergilii carmina commentarii.* Bd. 1. 3 Bde. Bibliotheca scriptorum Graecorum et Romanorum Teubneriana. Unveränderter ND Olms, Hildesheim 1961. Leipzig: Teubner.

Thulin, Carl Olof (1913a). *Corpus agrimensorum Romanorum. Opuscula agrimensorum veterum. Adiectae sunt 48 tabulae phototypicae.* Bd. 1. Bibliotheca scriptorum Graecorum et Romanorum Teubneriana. Leipzig.

Winterbottom, Michael, Hrsg. (1970). *M. Fabi Quintiliani Institutionis Oratoriae Libri Duodecim.* 2 Bde. Oxford Classical Texts. Oxford: Oxford UP.

Sekundärliteratur

Alexandratos, Libera (2007). »Studi sugli Agrimensori Romani: per un commento a Hyginus Maior«. Diss. Bologna: Alma Mater Studiorum Università di Bologna.

Ariño-Gil, E. und J.M. Gurt (1993). »Catastros romanos en el entorno de Augusta Emerita. Fuentes literarias y documentación arqueológica«. In: *Actas de la mesa redonda internacional: El medio rural en Lusitania romana. Formas de habitat y ocupación del Suelo.* Hrsg. von J.G. Gorges und M. Salinas de Frias. Bd. 10/1. Studia Historcia / Historia antigua. Salamanca, 173–181.

Avenarius, Martin (2005). *Der pseudo-ulpianische liber singularis regularum. Entstehung, Eigenart und Überlieferung einer hochklasischen Juristenschrift.* Göttigen: Wallstein.

Avenarius, Martin, Rudolf Meyer-Pritzl und Cosima Möller, Hrsg. (2004). *Okko Behrends. Institut und Prinzip.* Siedlungsgeschichtliche Grundlagen, philosophische Einflüsse und das Fortwirken der beiden republikanischen Konzeptionen in den kaiserzeitlichen Rechtsschulen. Göttingen: Wallstein.

Baatz, Dietmar (1995). »Die Wassermühle bei Vitruv X 5, 2.« In: *Saalburg Jahrbuch* 48, 5–18.

Bachmann, Ludwig (1861). »Ein ungedrucktes Fragment des Podismus des Marcus Junius Nipsus nebst Beschreibung der handschriftlichen Quelle.« In: *Zur Handschriftenkunde* 3, i–xvi und 1–8.

Bannon, Cynthia J. (2023). »Water rights for tombs in eleven inscriptions from Rome.« In: *Water History* 15, 13–27. URL: https://doi.org/10.1007/s12685-023-00317-2.

Barthel, Christian (1911). »Römische Limitation in der Provinz Afrika.« In: *Bonner Jahrbücher* 120, 39–126.

Behrends, Okko (1978). »Institutionelles und prinzipielles Denken im römischen Privatrecht«. In: *Zeitschrift der Savigny-Stiftung für Rechtsgeschichte. Romanistische Abteilung* 95, 187–231.

— (1992). »Bodenhoheit und privates Bodeneigentum im Grenzwesen Roms.« In: *Die römische Feldmeßkunst. Interdisziplinäre Beiträge zu ihrer Bedeutung für die Zivilisationsgeschichte Roms.* Hrsg. von Okko Behrends und Luigi Capogrossi Colognesi. Abhandlungen der Akademie der Wissenschaften in Göttingen. Philologisch-Historische Klasse. Dritte Folge. 193. Göttingen: Vandenhoeck & Ruprecht, 192–284.

— (1995a). »Gesetz und Sprache. Das römische Gesetz unter dem Einfluß der hellenistischen Philosophie.« In: *Nomos und Gesetz. Ursprünge und Wirkungen des griechischen Gesetzesdenkens. 6. Symposion der Kommission »Die Funktion des Gesetzes in Geschichte und Gegenwart«.* (Abhandlungen der Akademie der Wissenschaften zu Göttingen, Philologisch-Historische Klasse). Bd. 3. Hrsg. von Okko Behrends und Wolfgang Sellert. 209. Göttingen: Vandenhoeck & Ruprecht, 135–249.

— (1995b). »Servius.« In: *Juristen. Ein biographisches Lexikon. Von der Antike bis zum 20. Jahrhundert.* Hrsg. von Michael Stolleis. München: C. H. Beck, 562–563.

— (1999). »Die Arbeit im römischen Recht.« In: *Le travail. Recherches historiques.* Hrsg. von J. Annequin u.a., 115–162.

— (2002). »Fremdbestimmte und eigenverantwortliche Arbeit.« In: *Iurisprudentia universalis, Festschrift für Theo Mayer-Maly zum 70. Geburtstag.* Hrsg. von Martin Schermaier, Michael Rainer und Laurens Winkel, 21–50.

— (2004). »Il ›fines regere‹ tra possessori e usufruttuari in Italia e nelle province.« In: *INDEX. Quaderni camerti di studi romanistici.* 32, 13–47.

Behrends, Okko (2008). »Die geistige Mitte des römischen Rechts. Die Kulturanthropologie der skeptischen Akademie.« In: *Zeitschrift der Savigny-Stiftung für Rechtsgeschichte. Romanistische Abteilung* 125, 25–107.

— (2014). »Die Gärten in der römischen Feldordnung. Zu den siedlungsgeschichtlichen Grundlagen des römischen Bodeneigentums.« In: *In den Gefilden der römischen Feldmesser, Juristische, wissenschaftsgeschichtliche, historische und sprachliche Aspekte.* Hrsg. von Eberhard Knobloch und Cosima Möller. Bd. 13. Topoi – Berliner Studien der Alten Welt. Berlin. Boston: deGruyter, 5–48.

Behrends, Okko, Rolf Knütel und al., Hrsg. (1999). *Corpus Iuris Civilis. Text und Übersetzung, Digesten 11-20.* 3 Bde. Heidelberg: Müller.

Behrends, Okko und Jean Peyras (2006). »Les rapports entre la terminologie gromatique et celle de la jurisprudence classique, leurs points de contact et leur indépendance fondamentale: l'exemple de l'œvre de Frontin; structure, méthode, vocabulaire.« In: *Les vocabulaires techniques des arpenteurs romains. Actes du colloque international (Besançon, 19–21 septembre 2002.* Hrsg. von dem Institut des Science et Techniques de l'Antiquité. Bd. 993. Collection »ISTA«. Nach schriftlichen Vortragsnotizen und Aufzeichnungen von Okko Behrends verfaßt von Jean Peyras. Besançon, 201–217.

Bendz, Gerhard (1938). *Die Echtheitsfrage des vierten Buches der frontinischen Strategemata.* Bd. 34. Lunds Universitets Årsskrift. N. F. Inauguraldissertation, Lund). Lund und Leipzig: Gleerup (Harrassowitz).

Bertelli, Carlo (1968). »Stato degli studi sulla minlatura fra il VII e il IX secolo in Italia«. In: *Studi Medievali* 9. Hrsg. von dem Centro Italiano di Studi sull'Alto Medioevo (CISAM), 379–420.

Binding, Günther und Susanne Linscheid-Burdich (2021). »Die Vision des Gunzo vom Neubau der Klosterkirche von Cluny und das

Feldmesserbuch des Hyginus.« In: *Mittellateinisches Jahrbuch* 56, 281–297.

Birley, Anthony R. (2005). *The Roman Government of Britain*. Oxford: Oxford UP.

Birt, Theodor (1882). *Das antike Buchwesen in seinem Verhältnis zur Litteratur. Mit Beiträgen zur Textgeschichte des Theokrit, Catull, Properz und anderen Autoren*. Berlin: Wilhelm Hertz.

Bischoff, Bernhard (1998–2014). *Katalog der festländischen Handschriften des neunten Jahrhunderts (mit Ausnahme der wisigotischen)*. 3 Bde. Aus dem Nachlaß bearbeitet von Birgit Ebersberger. Wiesbaden: Harrasowitz.

Bloch, Hermann (1901). »Ein karolingischer Bibliothekskatalog aus Kloster Murbach.« In: *Strassburger Festschrift zur XLVI. Versammlung deutscher Philologen und Schulmänner. Herausgegeben von der Philosophischen Facultät der Kaiser-Wilhelms-Universität*. Strassburg: Karl J. Trübner, 257–286.

Bohlin, Erik (2013). »Notes on (Ps.?) Balbus Gromaticus pp. 107.10–108.8 ed. Lachmann«. In: *Cambridge Classical Journal* 59, 1–28.

Boncompagni Ludovisi, Baldassare (1857–1862). *Scritti di Leonardo Pisano, matematico, pubblicati da Baldassarre Boncompagni*. 2 Bde. Roma.

Bonet, Aldo (2015). *L' arcaico DIAGRAMMA dei Gromatici veteres*. https://www.academia.edu/12006190/L_ARCAICO_DIAGRAMMA_DEI_GROMATICI_VETERES.

Bono, Francesco (2022). »*Adluvionum ea natura est, ut semper incerta possessio sit*: Picturing and Regulating Alluvial Lands in Nov. Theod. 20.« In: *The Impact of the Roman Empire on Landscapes*. Proceedings of the Fourteenth Workshop of the International

Network Impact of Empire (Mainz, June 12-15, 2019). Hrsg. von Marietta Horster und Nikolas Hächler. Leiden: Brill, 206–222.

Brodersen, Kai (1995). »Terra cognita. Studien zur römischen Raumerfassung.« In: *Spudasmata. Studien zur klassischen Philologie und ihren Grenzgebieten*. Bd. 59. Hildesheim: Olms.

Buchwitz, Wolfram (2020). *Schiedsverfahrensrecht in Antike und Mittelalter. Eine historische Grundlegung*. Hrsg. von Martin Schermaier, Mathias Schmoeckel und Gunter Wesener. Bd. 35. Forschungen zur neueren Privatrechtsgeschichte. Wien, Köln: Böhlau Verlag.

— (2021). »Schiedsverfahren und Mediation in Rom.« In: *Konfliktlösung in der Antike*. Hrsg. von Nadine Grotkamp und Anna Seelentag. Bd. 1. Handbuch zur Geschichte der Konfliktlösung in Europa. Berlin: Springer, 197–205.

Cáceres-Puerto, Carlos (2019). »Urbanising the countryside: *Territorium Emeritensis* in perspective.« In: *Collectanea Philologica* 22, 135–151.

Campbell, Brian (1996). »Shaping the Rural Environment: Surveyors in Ancient Rome.« In: *The Journal of Roman Studies* 86, 74–99.

Cantor, Moritz (1875). *Die römischen Agrimensoren und ihre Stellung in der Geschichte der Feldmesskunst: eine historisch-mathematische Untersuchung*. Leipzig: BG Teubner.

Capogrossi Colognesi, Luigi (2014). *Land and power in the Making of the Roman Commonwealth*. Translated by Laura Kopp. Originally published in Italian by Il Mulino 2009 as Diritto e potere nella storia di Roma © 2009 by Societa editrice Il Mulino, Bologna. Cambridge: Cambridge UP.

Cappelli, Adriano (1961). *Lexicon Abbreviaturarum. Dizionario di Abbreviature latine ed italiane*. Hrsg. von Ulrico Hoepli. ND 2001. Milano.

Carder, James Nelson (1976). »Art historical problems of a Roman land surveying manuscript: The codex Arcerianus A, Wolfenbüttel.« Diss. University of Pittsburgh.

Castillo Pascual, María Josefa (2012–2013). »Die Kontroverse *de alluvione* bei Gromatikern und Juristen.« In: *eTopoi. Journal for ancient studies* 2, 1–23. URL: https://edition-topoi.org/article/282-die-controversia-de-alluvione-bei-gromatikern-und-juristen.

— (2014). »Die *controversia de iure territorii* bei den Gromatikern.« In: *In den Gefilden der römischen Feldmesser. Juristische, wissenschaftsgeschichtliche, historische und sprachliche Aspekte.* Hrsg. von Eberhard Knobloch und Cosima Möller. Bd. 13. Topoi – Berliner Studien der Alten Welt. Berlin, Boston: deGruyter, 149–170.

— (2016). »Echt oder unecht? Frontin als gromatischer Autor aus historischer Sicht«. In: *eTopoi. Journal for ancient studies* 5, 46–62. URL: https://edition-topoi.org/article/935-echt-oder-unecht.

Chouquer, Gérard (2020). *La terre dans le monde romain: anthropologie, droit, géographie.* 2. Aufl. Paris: Èditions Publi-Topex.

Chouquer, Gérard und François Favory (2001). *L'arpentage romain: histoire des textes, droit, techniques.* Paris: Editions Errance.

Christmann, Erwin (1924). »Studien zur Geschichte der Mathematik und des mathematischen Unterrichts in Heidelberg: von der Gründung der Universität bis zur combinatorischen Schule«. Diss. Heidelberg: Universität Heidelberg. URL: http://histmath-heidelberg.de/txt/erwin/erwin.htm.

Classen, Carl Joachim (1994). »On the training of the agrimensores in republican Rome and related problems: Some preliminary observations.« In: *Illinois Classical Studies* 19, 161–170.

Conso, Danièle (2006a). »Comment définir et délimiter le vocabulaire technique des arpenteurs latins?« In: *Les vocabulaires techniques des arpenteurs romains. Actes du colloque international (Besançon, 19–21 septembre 2002*. Hrsg. von dem Institut des Science et Techniques de l'Antiquité. Bd. 993. Collection »ISTA«. Besançon, 11–23.

Conso, Danièle (2006b). »Étude philologique d'une source gromatique négligée des *Libri coloniarum*, le *Remensis* 132.« In: *Dialogues d'histoire ancienne* 32, 53–82. URL: https://www.persee.fr/doc/dha_0755-7256_2006_num_32_1_3001.

Coulson, Frank T. und Robert G. Babcock, Hrsg. (2020). *The Oxford Handbook of Latin Paleography*. New York: Oxford University Press.

Craig, John D. (1818). *The Elements of Euclid with the use and application of the principal propositions from Dechales, Simson, and Playfair*. Baltimore: F. Lucas Jun.

Cranach, Philipp von (1996). *Die opuscula agrimensorum veterum und die Entstehung der kaiserzeitlichen Limitationstheorie*. Schweizerische Beiträge zur Altertumswissenschaft 26. Basel: Friedrich Reinhardt.

Cuomo, Serafina (2000). »Divide and rule: Frontinus and Roman Land-Surveying.« In: *Studies in History and Philosophy Part A* 31,2, 189–202.

Curchin, Leonard A. (2016). »The Octovirate and Decemvirate in Italian Municipal Politics.« In: *Latomus* 75, 27–54.

Dederich, Andreas (1839). »Bruchstücke aus dem Leben des Sextus Julius Frontinus.« In: *Zeitschrift für die Alterthumswissenschaft* 6, 833–855, 1077–1094.

Del Lungo, Stefano (2004). *La pratica agrimensoria nella tarda antichità e nell'alto medioevo*. Bd. 17. Centro Italiano di Studi sull'Alto Medioevo. Testi, studi, strumenti. Spoleto: Fondazione Centro Italiano di Studi sull'alto Medioevo.

Dihle, Albrecht (1989). *Die griechische und lateinische Literatur der Kaiserzeit: Von Augustus bis Justinian.* München: C. H. Beck.

Dilke, Oswald Ashton Wentworth (1961). »Maps in the Treatises of Roman Land Surveyors«. In: *The Geographical Journal* 127.4, 417–426.

— (1967). »Illustrations from Roman surveyors' manuals«. In: *Imago mundi, A Review of Early Cartography* 21.1, 9–30.

— (1971). *The Roman land surveyors. An Introduction to the Agrimensores.* New Abbot: David & Charles.

Düll, Rudolf, Hrsg. (1989). *Das Zwölftafelgesetz. Lateinisch-deutsch.* 6. Aufl. München: Artemis/Winkler.

Eck, Werner (1983). »Die Gestalt Frontins in ihrer politischen und sozialen Umwelt.« In: *Wasserversorgung im antiken Rom.* Hrsg. von der Frontinus-Gesellschaft. München: R. Oldenbourg Verlag, 47–62.

— (2022). *Gesellschaft und Administration im Römischen Reich. Aktualisierte Schriften in Auswahl.* Hrsg. von Anne Kolb. Berlin, Boston: de Gruyter.

Finkenauer, Thomas (2024). »Rezension zu: Gianozzi, Elena, Le *vir bonus* en droit romain, Liège 2021.« In: *Zeitschrift der Savigny-Stiftung für Rechtsgeschichte. Romanistische Abteilung* 141, 567–571.

Fögen, Thorsten (2014). »Die Traktate römischer Agrimensoren im Kontext antiker Fachliteratur: Form, Funktion, Autorenbewußtsein«. In: *In den Gefilden der römischen Feldmesser, Juristische, wissenschaftsgeschichtliche, historische und sprachliche Aspekte.* Hrsg. von Eberhard Knobloch und Cosima Möller. Bd. 13. Topoi – Berliner Studien der Alten Welt. Berlin, Boston: deGruyter, 215–238.

Folkerts, Menso (1969). »Zur Überlieferung der Agrimensoren: Schrijvers bisher verschollener ›Codex Nansianus‹«. In: *Rheinisches Museum für Philologie* 112, 53–70.

— (1992). »Mathematische Probleme im Corpus agrimensorum.« In: *Die römische Feldmeßkunst. Interdisziplinäre Beiträge zu ihrer Bedeutung für die Zivilisationsgeschichte Roms.* Hrsg. von Okko Behrends und Luigi Capogrossi Colognesi. Abhandlungen der Akademie der Wissenschaften in Göttingen. Philologisch-Historische Klasse. Dritte Folge. 193. Göttingen: Vandenhoeck & Ruprecht, 311–334.

— (2014). »Die Mathematik der Agrimensoren – Quellen und Nachwirkung.« In: *In den Gefilden der römischen Feldmesser, Juristische, wissenschaftsgeschichtliche, historische und sprachliche Aspekte.* Hrsg. von Eberhard Knobloch und Cosima Möller. Bd. 13. Topoi – Berliner Studien der Alten Welt. Berlin, Boston: deGruyter, 131–148.

Folkerts, Menso, Eberhard Knobloch und Karin Reich (2001). *Maß, Zahl und Gewicht. Mathematik als Schlüssel zu Weltverständnis und Weltbeherrschung [= Ausstellungskataloge der Herzog-August-Bibliothek; Nr. 60].* Publikation u. Katalog zur gleichnamigen Ausstellung der Herzog August Bibliothek, (Ausstellung im Zeughaus, 15.7.-24.9.1989). 2. Aufl. Wiesbaden: Harrassowitz.

Förster, Richard (1884). »Mittheilungen aus handschriften.« 1. Handschriften in Holkham. In: *Philologus* 42, 158–170.

Frühinsfeld, Sebastian (2017). *Das Verhältnis von via publica und via privata.* Hrsg. von Ignacio Czeguhn und Cosima Möller. (zugl. Berlin, Freie Universität, Diss. 2015). Baden-Baden.

Fuhrmann, Manfred (1956). »Zur Entstehung des Veroneser Gaius-Textes.« In: *Zeitschrift der Savigny-Stiftung für Rechtsgeschichte. Romanistische Abteilung* 73, 341–356.

— (1960). *Das systematische Lehrbuch*. Ein Beitrag zur Geschichte der Wissenschaften in der Antike. Göttingen: Vandenhoek & Ruprecht.

Gardthausen, Viktor Emil (1911). *Griechische Paläographie*. Das Buchwesen im Altertum und im byzantinischen Mittelalter. Bd. 1. 2. Aufl. Leipzig: Veit und Comp.

Gargola, Daniel J. (2004). »The ritual of centuriation.« In: *Augusto augurio. Rerum humanarum et divinarum commentationes in honorem Jerzy Linderski*. Hrsg. von C. F. Konrad. Stuttgart: Steiner Verlag, 123–149.

Gessner, Kerstin (2020). »Stadt und Kosmos. Zur astronomischen Orientierung mittelalterlicher Stadtanlagen in Europa.« In: *»Maß und Mythos, Zahl und Zauber: Die Vermessung von Himmel und Erde.« Proceedings der Tagung der Gesellschaft für Archäoastronomie in Dortmund 2018*. Hrsg. von Gudrun Wolfschmidt. Bd. 48. Nuncius Hamburgensis. Hamburg: tredition, 371–390.

Gianozzi, Elena (2021). *Le ›vir bonus‹ en droit romain*. Bd. 1. RIDA hors série. Diss. 2015 Université Paris II Panthéon-Assas. Liège: Presses universitaires de Liège.

Giraud, Charles (1843). *Rei agrariae scriptorum nobiliores reliquiae : accessit legum romanarum agrariarum delectus*. Ad usum scholarum ex optimorum librorum fide et mss. codd. ope recensuit, edidit, notulis instruxit. Paris: Videcoq et filii.

Grainger, John Downie (2023). *Sextus Iulius Frontinus and the Roman Empire*. Author of ›Stratagems‹, Advisor to Emperors, Governor of Britain, Pacifier of Wales. Yorkshire: Pen & Sword Military.

Grewe, Klaus (2019). »Rezension: Hyginus. Das Feldmesserbuch. Lat. / dt. Hrsg. von Jens-Olaf Lindermann, Eberhard Knobloch und Cosima Möller.« In: *VDVMagazin* 4, 314–316.

Griese, Lennart (2019). *Die Nutzung von Land nach römischem Recht. Ordnungsmodelle für die Kolonien und für die Provinz.* Hrsg. von Ignacio Czeguhn und Cosima Möller. (zugl. Berlin, Freie Universität, Diss. 2018). Baden-Baden.

Gryczan, Uwe (1999). *Der Melanchthonschüler Hermann Wilken (Witekind) und die Neuenrader Kirchenordnung von 1564.* Bielefeld.

Guillaumin, Jean-Yves (2002). »L'éloge de la geometria chez Agennius Urbicus«. In: *Revue des Études Anciennes (REA)* 104, 433–443. URL: https://doi.org/10.3406/rea.2002.4877.

— (2005b). »Les trois notices des Libri coloniarum sur l'ager Asculanus.« In: *Dialogues d'histoire ancienne* Suppl. 1, 277–290. URL: https://www.persee.fr/doc/dha_2108-1433_2005_sup_1_1_3711.

— (2007). »Sur quelques notices des arpenteurs romains.« In: Bd. 1046. Besançon: Collection Institut des Sciences et Techniques de l'Antiquité. URL: https://www.persee.fr/doc/ista_0000-0000_2007_mon_1046_1.

Haffner, Mechthild (1991). »Die spätantiken Vorlagen und ein wieder verwendetes spätantikes Frontispiz in der Bildereinleitung eines karolingischen Agrimensorenkodex«. In: *Jahrbuch für Antike und Christentum* 34, 129–138 u. 5 Tafeln.

Harvey, Brian K. (2015). *Roman Lifes.* Ancient Roman Lives as Illustrated by Latin Inscriptions. 2. Aufl. Corrected edition. Indianapolis/Indiana: Hackett Publishing Company.

Hermon, Ella (2006). »Le concept d'*ager publicus* et l'équivalence *ager occupatorius*/*ager arcifinius* dans la définition des terres publiques par les *Gromatici.*« In: *Les vocabulaires techniques des arpenteurs romains. Actes du colloque international (Besançon, 19–21 septembre 2002.* Hrsg. von dem Institut des Science et Techniques de l'Antiquité. Bd. 993. Collection »ISTA«. Besançon, 183–192.

Hettinger, Jasmin (2017). »Neues zum Kataster von Lacimurga. Die Darstellung der *subseciva* entlang des Ana.« In: *Zentralblatt für Mathematik und ihre Grenzgebiete* 47. Hrsg. von der Kommission für Alte Geschichte und Epigraphik des Deutschen Archäologischen Instituts, 189–212.

Heumann, Hermann Gottlieb (1907). *Handlexikon zu den Quellen des römischen Rechts. In neunter Auflage neu bearbeitet von Emil Seckel.* 9. Aufl. ND Frankfurt/M. 2012. Jena: Gustav Fischer.

Hinrichs, Fokke Tannen (1974). *Die Geschichte der gromatischen Institutionen. Untersuchungen zu Landverteilung, Landvermessung, Bodenverwaltung und Bodenrecht im römischen Reich.* Wiesbaden: Franz Steiner.

— (1992). »Die ›agri per extremitatem mensura comprehensi‹. Diskussion eines Frontintextes und der Geschichte seines Verständnisses.« In: *Die römische Feldmeßkunst. Interdisziplinäre Beiträge zu ihrer Bedeutung für die Zivilisationsgeschichte Roms.* Hrsg. von Okko Behrends und Luigi Capogrossi Colognesi. Abhandlungen der Akademie der Wissenschaften in Göttingen. Philologisch-Historische Klasse. Dritte Folge. 193. Göttingen: Vandenhoeck & Ruprecht, 348–374.

Kaiser, Wolfgang (2013). »Spätantike Rechtstexte in agrimensorischen Sammlungen.« In: *Zeitschrift der Savigny-Stiftung für Rechtsgeschichte. Romanistische Abteilung* 130, 273–347.

Keegan, Peter (2017). »Traces of the Unfamiliar: Epigraphic Evidence for Extended Families on the Margins in Roman Italy.« In: *Mediterranean Families in Antiquity.* Households, Extended Families and Domestic Space. Hrsg. von Sabine R. Huebner und Geoffrey Nathan. Chichester: Wiley & Sons, 95–120.

Keppie, L. J. F. (1983). *Colonisation and Veteran Settlement in Italy, 47-14 B.C.* London: British School at Rome.

Kidson, Peter (1990). »A Metrological Investigation.« In: *Journal of the Warburg and Courtauld Institutes* 53, 71–97.

Kleine, Uta (o. D.). »Die römische Vermessungsliteratur und ihre mittelalterlichen Schreiber. Gebrauchsformen und Sinnhorizonte einer antiken Kompilation zwischen 500 und 900«. Habilitationsschrift zur Erlangung der *venia legendi* im Fach Mittelalterliche Geschichte [Hagen 2018]. Im Erscheinen.

Knobloch, Eberhard (2014). »Wissenschaftshistorische Aspekte im Thulin'schen Corpus agrimensorum Romanorum.« In: *In den Gefilden der römischen Feldmesser, Juristische, wissenschaftsgeschichtliche, historische und sprachliche Aspekte.* Hrsg. von Eberhard Knobloch und Cosima Möller. Bd. 13. Topoi – Berliner Studien der Alten Welt. Berlin, Boston: deGruyter, 83–111.

Knütel, Rolf (1992). »Die actio finium regundorum und die ars gromatica.« In: *Die römische Feldmeßkunst. Interdisziplinäre Beiträge zu ihrer Bedeutung für die Zivilisationsgeschichte Roms.* Hrsg. von Okko Behrends und Luigi Capogrossi Colognesi. Abhandlungen der Akademie der Wissenschaften in Göttingen. Philologisch-Historische Klasse. Dritte Folge. 193. Göttingen: Vandenhoeck & Ruprecht, 285–308.

Kramer, Johannes (1997). »Die Geschichte der lateinischen Sprache.« In: *Einleitung in die lateinische Philologie.* Hrsg. von Fritz Graf. Stuttgart: Teubner, 115–164.

Kubitschek, Joseph Wilhelm (1885). »Die Erdtafel des Julius Honorius.« In: *Wiener Studien* 7, 1–24, 278–310.

Lachmann, Karl (1843). »Zu Varro de lingua Latina V, p. 35–40 Sp. über ager, actus, via etc.« In: *Rheinisches Museum* 2, 356–365.

Land, Jan Pieter Nicolaas (1862). *Anecdota Syriaca.* 4 Bde. Leiden: Brill.

Lehne-Gstreinthaler, Christine (2017). »Schiedsgerichtsbarkeit und außergerichtliche Konfliktbereinigung im klassischen römischen Recht.« In: *Außergerichtliche Konfliktlösung in der Antike, Beispiele aus drei Jahrtausenden*. Hrsg. von Guido Pfeiffer und Nadine Grotkamp. Bd. 9. Global Perspectives on Legal History. Frankfurt a.M.: Max Planck Institute for European Legal History, 141–168. URL: http://dx.doi.org/10.12946/gplh9.

Lenel, Otto (1927). *Das Edictum perpetuum. Ein Versuch zu dessen Wiederherstellung*. 3. Aufl. Leipzig: Tauchnitz.

Lewis, John (1998). *Adrien Turnebe (1512–1565). A humanist observed*. Geneve: Librairie Droz.

Liebs, Detlef (2008). »Esoterische römische Rechtsliteratur vor Justinian.« In: *Akten des 36. Deutschen Rechtshistorikertages Halle an der Saale 2006*. Hrsg. von R. Lieberwirth und H. Lück. Baden-Baden: Nomos, 40–79.

Lindermann, Jens-Olaf (2013). »Varro und Isidor in den Gromatici veteres.« In: *Philologus. Zeitschrift für antike Literatur und ihre Rezeption*. 157, 119–140.

— (2014). »Locus, ager, spatium. Wortuntersuchungen zum Raumbegriff der Gromatici veteres.« In: *In den Gefilden der römischen Feldmesser, Juristische, wissenschaftsgeschichtliche, historische und sprachliche Aspekte*. Hrsg. von Eberhard Knobloch und Cosima Möller. Bd. 13. Topoi – Berliner Studien der Alten Welt. Berlin, Boston: deGruyter, 199–213.

— (2016). »Echt oder unecht? Frontin als gromatischer Autor aus der Sicht der Philologie«. In: *eTopoi. Journal for ancient studies* 5, 18–45. URL: https://edition-topoi.org/article/917-echt-oder-unecht/.

— (2018). *Hyginus. Das Feldmesserbuch. Ein Meisterwerk der spätantiken Buchkunst*. Hrsg. von Jens-Olaf Lindermann, Eberhard Knobloch und Cosima Möller. wbg Academic. Darmstadt: Wissenschaftliche Buchgesellschaft Darmstadt.

Lindsay, Wallace Martin (1915). *Notae Latinae. An account of abbreviation in Latin Mss. of the early Minuscule period (c. 700–850).* With a Supplement (Abbreviations in Latin MSS. of 850 to 1050) by D. Bains. ND Hildesheim 1963. Cambridge: Cambridge University Press.

Maganzani, Lauretta (1997). *Gli Agrimensori nel processo privato Romano.*

— (2023). »Rivers and Flood risk management in rural areas: some evidence from classical Roman law.« In: *Water History* 15, 125–159. URL: https://doi.org/10.1007/s12685-023-00317-2.

McCluskey, Stephen (2006). »The Medieval Liturgical Calendar, Sacred Space, and the Orientations of Churches«. In: *Proceedings of the Conference "Time and Astronomy in Past Cultures", Toruñ, March 30–April 1, 2005.* Hrsg. von Arkadiusz Sołtysiak. Warzawa/Toruñ, 139–148.

McNamee, Megan C. (2019). »Imaging and Imagining Solidity«. In: *After the Carolingians.* Re-defining Manuscript Illumination in the 10th and 11th Centuries. Berlin, New York: deGruyter, 86–116.

Meißner, Burkhard (1999). *Die technologische Fachliteratur der Antike.* Struktur, Überlieferung und Wirkung technischen Wissens in der Antike (ca. 400 v. Chr.-ca. 500 n. Chr.) (zugl. Halle, Martin-Luther-Universität, Habil.-Schr. 1996). Berlin: Akademie Verlag.

Milde, Wolfgang (1968). *Der Bibliothekskatalog des Kosters Murbach aus dem 9. Jahrhundert. Ausgabe und Untersuchung von Beziehungen zu Cassiodors »Institutiones«.* Bd. 4. Beihefte zum Euphorion. Zeitschrift für Literaturgeschichte. (zugl. Berlin, Freie Universität, Diss. 1966). Heidelberg: Carl Winter).

Millàs Vallicrosa, Josep Maria (1931). *Assaig d'història de les idees físiques i matemàtiques a la Catalunya medieval.* ND 1983. Barcelona: Estudis Universitaris Catalans.

Modéran, Yves (2003). *Les Maures et l'Afrique romaine, IVe–VIIe.* Rom: L'École Française de Rome.

Möller, Cosima (2010). *Die Servituten. Entwicklungsgeschichte, Funktion und Struktur der grundstückvermittelten Privatrechtsverhältnisse im römischen Recht. Mit einem Ausblick auf die Rezeptionsgeschichte und das BGB.* Göttingen: Wallstein Verlag.

— (2014). »Finis und via, iter und limes – die Sicht von Gromatikern und Juristen auf das Wegenetz«. In: *In den Gefilden der römischen Feldmesser, Juristische, wissenschaftsgeschichtliche, historische und sprachliche Aspekte.* Hrsg. von Eberhard Knobloch und Cosima Möller. Bd. 13. Topoi – Berliner Studien der Alten Welt. Berlin, Boston: deGruyter, 65–82.

— (2018a). »Il regolamento di confini.« In: *XII Tabulae. Testo e commento.* Hrsg. von Maria Floriana Cursi. 2 Bde. Napoli: Edizioni Scientifiche Italiane, 449–477.

— (2018b). »Römischrechtliche Regelungskonzepte für Regenwasser«. In: *Wasser-Wege-Wissen auf der iberischen Halbinsel. Eine interdisziplinäre Annäherung im Verlauf der Geschichte.* Hrsg. von Ignacio Czeguhn, Cosima Möller, Yolanda Quesada Morillas und José Antonio Pérez Juan. Baden-Baden: Nomos Verlag, 9–34.

Mommsen, Theodor (1869). »Syrisches Provinzialmass und römischer Reichskataster.« In: *Hermes. Zeitschrift für classische Philologie.* 3, 429–438.

— (1892). »Zum römischen Bodenrecht.« In: *Hermes. Zeitschrift für classische Philologie.* 27, 81–117.

— (1895). »Die Interpolationen des gromatischen Corpus.« In: *Bonner Jahrbücher. Jahrbücher des Vereins von Alterthumsfreunden im Rheinlande.* 96–97, 272–292.

Mommsen, Theodor, Hrsg. (1898). *Monumenta Germaniae Historica. Gestorum Pontificum Romanorum. Libri Pontificalis.* Pars prior. Berlin: Weidmann.

Moscatelli, Pasquale (1979). »Intorno ai passi di Frontino sulla cultellatio«. In: *Rivista Storica dell'Antichità (RSA)* 9, 75–87.

Moyon, Marc (2009). *La géométrie pratique en Europe en relation avec la tradition arabe, l'exemple du mesurage et du découpage: Contribution à l'étude des mathématiques médievales.* (zugl. Université Lille 1, Diss. 2008). URL: https://hal.science/tel-02889911/document (besucht am 30.05.2024).

Müller, Kathrin (2005). »Irritierende Variabilität. Die mittelalterliche Reproduktion von Wissen im Diagramm«. In: *Übertragungen.* Formen und Konzepte von Reproduktion in Mittelalter und Früher Neuzeit. Hrsg. von Britta Bußmann, Albrecht Hausmann, Annelie Kreft und Cornelia Logeman. Trends in Medieval Philology 5. Berlin, New York: deGruyter, 415–436.

Mütherich, Florentine (1974). »Der karolingische Agrimensoren-Kodex in Rom.« In: *Aachener Kunstblätter* 45, 59–71.

Nardis, Mauro de (1994). *The writings of the Roman land surveyors: Technical and legal aspects.* (zugl. London, University College London, Diss. 1994). URL: https://discovery.ucl.ac.uk/id/eprint/1317548/1/247927.pdf (besucht am 22.04.2024).

Neue, Friedrich und C. Wagener (1902). *Formenlehre der lateinischen Sprache.* 3. Aufl. 4 Bde. Leipzig: O. R. Reisland.

Palm, Mechthild (1997). »Zum karolingischen Agrimensorencodex Pal. lat. 1564.« In: *Palatina-Studien. 13 Arbeiten zu Codices Vaticani Palatini latini und anderen Handschriften aus der alten Heidelberger Sammlung.* Bd. V. Hrsg. von Walter Berschin. Miscellanea Bibliothecae Apostolicae Vaticanae 365. Città del Vaticano: Bibliotheca Apostolica Vaticana, 157–173 u. 1 Tafel.

Pasquali, Giorgio (1952). *Storia della tradizione e critica del testo.* Seconda edizione con nuova prefazione e agggiunta di tre appendici. 2. Aufl. Firenze: Le Monnier.

Peterson, John W. M. (2006). »Map conventions in some diagrams of the Agrimensores«. In: *Autour des Libri coloniarum : colonisation et colonies dans le monde romain. Actes du Colloque international (Besançon, 16–18 octobre 2003).* Hrsg. von Institut des Science et Techniques de l'Antiquité. Bd. 1028. Collection »ISTA«. Besançon, 151–161.

Petrucci, Armando (1971). »L'onciale romana; origini, sviluppe e diffusione di una stilizzazione grafica altomedievale [sec. VI-IX«. In: *Studi Medievali* 12. Hrsg. von Centro Italiano di Studi sull'Alto Medioevo (CISAM), 75–134.

Rathmann, Michael, Hrsg. (2022). *Tabula Peutingeriana. Die bedeutendste Weltkarte aus der Antike. Eingeleitet und kommentiert von Michael Rathmann.* 4. Aufl. wbg Philipp von Zabern. Darmstadt: Wissenschaftliche Buchgesellschaft Darmstadt.

Reeve, Michael D. (1983). »Agrimensores«. In: *Texts and transmission. A survey of Latin classics.* Hrsg. von L.D. Reynolds. Oxford: Clarendon, 1–6.

Reynolds, L.D., Hrsg. (1983). *Texts and transmission. A survey of Latin classics.* Oxford: Clarendon.

Richardson, A. (2005). »The orientation of Roman camps and forts.« In: *Oxford Journal of Archaeology* 24, 415–426.

Riggsby, A.M. (2006). *Caesar in Gaul and Rome: War in Words.* Austin: University of Texas Press.

Roselaar, Saskia T. (2009). »References to Gracchan Activity in the Liber Coloniarum.« In: *Historia. Zeitschrift für Alte Geschichte* 58, 198–214.

Roth Congès, Anne (2006). »Nature et authenticité des Casae litterarum d'après l'analyse de leur vocabulaire.« In: Collection »ISTA« 993. Hrsg. von Institut des Sciences et Techniques de l'Antiquité, 71–124. URL: https://www.persee.fr/doc/ista_0000-0000_2006_act_993_1_2165.

Salomies, Olli (1987). *Die römischen Vornamen. Studien zur römischen Namensgebung.* Hrsg. von Societas Scientarum Fennica. Bd. 82. Commentationes Humanarum Litterarum. (zugl. Universität Helsinki, Diss. 1988). Helsinki: Ekenäs Tryckeri.

Schindel, Ulrich (1992). »Nachklassischer Unterricht im Spiegel der gromatischen Schriften.« In: *Die römische Feldmeßkunst. Interdisziplinäre Beiträge zu ihrer Bedeutung für die Zivilisationsgeschichte Roms.* Hrsg. von Okko Behrends und Luigi Capogrossi Colognesi. Abhandlungen der Akademie der Wissenschaften in Göttingen. Philologisch-Historische Klasse. Dritte Folge. 193. Göttingen: Vandenhoeck & Ruprecht, 375–397.

— (2006). »Karl Lachmann und die Schriften der römischen Landvermesser«. In: *Abhandlungen der Braunschweigischen Wissenschaftlichen Gesellschaft* 57, 35–53. URL: http://www.digibib.tu-bs.de/?docid=00048799.

Schneider, Helmuth (1992). *Einführung in die antike Technikgeschichte.* 1. Aufl. Darmstadt: WBG Darmstadt.

Schubert, Dietmar (2014). *Die Mandatarhaftung im römischen Recht.* Hrsg. von Ignacio Czeguhn und Cosima Möller. (zugl. Berlin, Freie Universität, Diss. 2013). Baden-Baden.

Schulten, Adolf (1898). »Römische Flurkarten«. In: *Hermes. Zeitschrift für classische Philologie* 4, 534–565.

Sieber-Lehmann, Claudius (2011). »Das Unsichtbare sichtbar machen«. In: *Faktum und Konstrukt. Politische Grenzziehungen im Mittelalter: Verdichtung – Symbolisierung – Reflexion.* Hrsg. von Nils Bock, Georg Jostkleigrewe und Bastian Walter. Bd. 35.

Symbolische Kommunikation und gesellschaftliche Wertesysteme – Schriftenreihe des Sonderforschungsbereichs 496. Münster: Rhema, 153–168.

Steiff, Eugen (1897). »Ein Lehrbuch über Grundstücksaufnahme und Theilung aus dem Jahre 1578«. In: *Zeitschrift für Vermessungswesen. Im Auftrag und als Organ des Deutschen Geometervereins* 26, 135–140.

Steinmann, Martin (1992). »Neue Fragmente aus der Basler Universitätsbibliothek.« In: *Archiv für Diplomatik, Schriftgeschichte, Siegel- und Wappenkunde* 38, 345–356.

Stückelberger, Alfred (1994). *Bild und Wort – Das illustrierte Fachbuch in der antiken Naturwissenschaft, Medizin und Technik.* Mainz: Phillip von Zabern.

Suski, Robert (2017). »The Epitome – Passive Copying or a Creative Reinterpretation of the Abridged Text.« In: *Res gestae. Czasopismo Historyczne* 5, 25–34.

Thein, Alexander (2010). »Sulla's Veteran Settlement Policy«. In: *Militärsiedlungen und Territorialherrschaft in der Antike.* Hrsg. von Frank Daubner. Bd. 3. Topoi – Berliner Studien der Alten Welt. Berlin, Boston: deGruyter, 79–100.

Thorson Hause, Melissa (1997). »Konkurrierende Grenzen: Text, Bild und Raumvorstellung in De limitibus constituendis des Hyginus Gromaticus«. In: *Die Grenze: Begriff und Inszenierung.* Hrsg. von Thoman Rahn und Markus Bauer. Berlin, Boston: deGruyter, 279–300.

Thulin, Carl Olof (1910). »Eine Ergänzung des Hygin«. In: *Eranos. Acta Philoogica Suecana* 10, 185–199.

— (1911a). *Die Handschriften des Corpus Agrimensorum Romanorum.* aus dem Anhang zu den Abhandlungen der königl. preuss.

Akademie der Wissenschaften vom Jahre 1911. Berlin: Verlag der Königl. Akademie der Wissenschaften. Reimer.

Thulin, Carl Olof (1911b). »Humanistische Handschriften des Corpus Agrimensorum Romanorum.« In: *Rheinisches Museum* 66, 417–451.

— (1911c). »Kritisches zu Iulius Frontinus.« In: *Eranos. Acta philologica Suecana* 11, 131–144.

— (1911d). »Zur Überlieferungsgeschichte des Corpus agrimensorum. Exzerptenhandschriften und Kompendien.« In: *Göteborgs Kungliga Vetenskaps- och Vitterhets-Samhälles handlingar* 14, 1–69.

— (1913b). »Der Frontinuskommentar. Ein Lehrbuch der Gromatik aus dem 5.–6. Jahrh.« In: *Rheinisches Museum* 68, 110–127.

Toneatto, Lucio (1982). »Note sulla tradizione del Corpus agrimensorum Romanorum. I. Contenuti e struttura dell'Ars gromatia di Gisemundus (IX sec.)« In: *MEFRM* 94, 191–313.

— (1992). »Il nuovo censimento dei manoscriti latini d´agrimensura (tradizione diretta e indiretta).« In: *Die römische Feldmeßkunst. Interdisziplinäre Beiträge zu ihrer Bedeutung für die Zivilisationsgeschichte Roms.* Hrsg. von Okko Behrends und Luigi Capogrossi Colognesi. Abhandlungen der Akademie der Wissenschaften in Göttingen. Philologisch-Historische Klasse. Dritte Folge. 193. Göttingen: Vandenhoeck & Ruprecht, 26–66.

— (1994–1995). *Codices artis mensoriae. I manoscritti degli antichi opuscoli latini d'agrimensura (V-XIX sec.)* 3 Bde. Spoleto: Centro Italiano di Studi Sull'Alto Medioevo.

Wardhaugh, Benjamin (2021). *Encounters with Euclid.* How an Ancient Greek Geometry Text Shaped the World. Princeton: Princeton UP.

Weitzmann, Kurt (1959). *Ancient Book Illumination.* 1. Aufl. Bd. 16. Martin Classical Lectures. Cambridge (Massachusetts): Harvard UP.

Willi, Anna (2014). »Land Division and Water Management in the West of the Roman Empire.« In: *Infrastruktur und Herrschaftsorganisation im Imperium Romanum.* Hrsg. von Anne Kolb. Berlin: deGruyter, 137–157.

Zeiss, Gustav (1840). »Über die römischen Agrimensoren und die vorzüglichsten noch vorhandenen Schriften derselben.« In: *Zeitschrift für die Alterthumswissenschaft*, 865–886.

Abbildungsnachweis

Zeitfracht Medien GmbH
Ferdinand-Jühlke-Straße 7,
99095 - DE, Erfurt
produktsicherheit@zeitfracht.de

FSC
www.fsc.org
MIX
Papier | Fördert
gute Waldnutzung
FSC® C083411